滄海叢刊

印度文學歷代名著選

（下）

糜文開編譯

1981

東大圖書公司印行

印度文學第四期文學名著選

印度文學歷代名著概說(五)

印度文學第五期文學名著選

四、第三期印度教梵文文學名著綜述（約自公元四世紀至十六世紀）

印度婆羅門教，自佛教興盛而衰弱。但至公元第四世紀又隨同笈多王朝的強盛，而婆羅門教復興。復興的婆羅門教，被稱爲印度教。於是印度梵文文學亦蓬勃一時，無論哲學著述，詩歌、小說，寓言故事，以至戲劇、美術等，無不呈興盛的現象。直到公元一〇〇一年摩牟特（Mah-Mud）等的回教軍不斷侵入印度而漸衰。至公元一五二六年，拔巴（Babar）在印度建立蒙古王朝，一五五六年其孫阿克拜（Akbar）卽位，採取融洽印回兩教文化的開放政策，印度文學再開創新的境界，而轉入另一時期。所以我們可定這四世紀到十六世紀的一千餘年，以印度教文學爲主的梵文文學時代爲印度文學的第三期。

旃陀羅笈多一世（Chandragupta I）於公元三二〇年開創笈多王朝(Gupta Dynasty)，這時婆羅門教已模仿佛教的有三身，也分化最高神梵天(Brahma)爲三身，卽創造神婆羅摩（Brahma大梵天王）守護神毘溼奴（Vishnu偏入天）和破壞神溼婆（Shiva自在天），以分別象徵宇宙間事物的生、住、滅三階段。旃陀羅一世之子三慕達羅笈多，少懷大志，承父祖之教，從小即自認是毘溼奴的使徒，以統一印度，宣揚聖教爲己任。他於公元三三五年嗣位後，北伐南征，居然統一全印，並渡海征服了錫蘭。從此印度教盛行於全印度，三慕達羅笈多在位四十五年逝世，其子旃陀羅笈多二世即位，武功文治，盛極一時，當時他宮庭中詩人雲集，學者羣進，文學、科學、建築、工藝，都呈復興氣象。他選拔九位賢能，幫他治國，有九珍珠之稱。據說大詩人迦里陀莎（Kalidasa），就是九珍珠之一。

甲、六派哲學

現在我們先說奧義書以後的六派正統哲學。在印度，本無哲學之稱，他們通常所稱的「見」（darshana），有「見解」（View）與「說教」（doctrine）之義，所以明各論師以其所見示教於人。後來才被西方學者稱之爲哲學。六派哲學都是信仰上帝的存在並承認吠陀經的價值的。六派的名稱是㈠數論、㈡瑜伽、㈢勝論、㈣正理、㈤彌曼差、㈥吠壇多。其中後兩派雖以吠陀爲根據，而前四派則不以吠陀爲根據。這六派不像佛教、耆那教以及唯物論的順世(hauayatikas)派否認吠陀經的價值，所以成爲印度哲學的正統派系。

正統六派，可分三組，每組兩派互有關係。數論派建設二元論的世界觀，說宇宙的根元是物質原理的自性，與精神原理的神我，開發出二十三諦去說明一切；瑜伽派以數論思想做背景，組織瑜伽哲學。勝論派主張物理的世界觀，對現實世界，從多元論的立場，用實、德、業、同異、和合、根本六句義，說六種範疇，說明一切；正理派拿勝論思想作背景，論究因明正理。彌曼差派紹繼梵書的儀式；吠壇多派紹繼奧義書的思想，都是祖述吠陀的。

㈠數論派

數論派的梵語是僧佉（Samkhya），這派哲學的特長，在「要素的分類」，是實體論的哲學。因反對奧義書的觀念論而產生。僧佉一辭，含有計數、推理、辨別、總和等義，故譯爲數論。這一派的大師，大概是公元四五世紀與佛教世親同時代的自在黑（Iŝvarakrshna），他所著數論頌（Samkhya Karika），一名金七十頌，共七十二頌，就是佛典中公元五六七年眞諦漢譯的金七十論的頌文。前六十八頌是學說之部，立二十五諦，把宇宙萬有分析爲二元二十五諦去說明；後四頌則說次第相承，是附加部分。所謂二十五諦，有四句訣總括之。那是：

(1)能造者爲自性（Prakrti）

(2)能造所造者爲大（Mahat 或覺Buddhi）我慢（Ahamkāra）與喜性的五唯（5Tanm-ātras色、聲、香、味、觸）

(3)所造者爲闇性五大（5 Mahābhutas 地、水、火、風、空），五知根（5 Buddhindriyas

眼、耳、鼻、舌、身）五作根（5 Kormendriya 口、手、足、男女、大遺）憂性十根，與心根（Manas）

(4)非能造非所造者爲神我（Purasha）

二元卽精神與肉體二要素，卽主觀和客觀的結合。而數論派哲學的最後目的，則在了悟二十五諦的眞義，現證神我與自性的差別，使神我得達解脫之境界。

相傳數論的始祖是迦毘羅（Kapila），早於釋尊，釋尊佛學，就曾受到數論的影響。葢釋尊的祖國所以名劫比羅伐窣堵（Kapila-Vastu）者，意卽迦毘羅仙之住處也。英國牛津大學梵文學家麥唐納教授（A.A. Macdonell）並謂公元前二世紀中流傳於我國的盲跛二人合作故事，係源於數論派的寓言。

數論派最初與吠陀無關，並摒棄梵天與「世界之靈魂」的觀念，演變到後期，始與婆羅門教發生聯繫。

(二)瑜伽（Yoga）派

數論的產生原與宗教信仰無關，而瑜伽卻是宗教信仰的直接結果。瑜伽一詞的本義，原爲束縛（Yoking）意志，而使其集中於一點上。爲要達到這種目的，就得控制呼吸，調整坐姿，限制感覺，以便絕對集中思想於一超自然的目標，而圖最後獲得神異的能力與神異的知識。這派哲學的產生，也早於佛教。故早期佛教中，就有許多屬於這派哲學的法術。印度的苦行者，佛教徒和尼犍子（耆那教徒）就有不同的瑜伽形式。而尼犍子又有露形與白衣的區分。

瑜伽哲學之神自在天（Isvara），既不創造，也不行使賞罰。他是一個單獨的精靈，且永遠與物質的最精微份子相結合，所以他獲得權力、良善、智慧等屬性。而虔敬上帝是唯一的瑜伽道德（Kriyayoga）。其餘的理論，與數論相仿。

瑜伽經（Yoga Sutra）相傳是鉢顚闍利（Patanjali）所著。瑜伽的哲學體系保存於瑜伽疏（Yoga-bhashya）之中，相傳是廣博（Vyasa毘耶娑）所著。其完成的年代，大約在公元五百年左右，別於後世嚴格瑜伽（hatha-yoga）的論著，予瑜伽學以外表的規則，例如坐姿、呼吸、飲食等，這瑜伽哲學稱王瑜伽（raja-yoga），王瑜伽注重參禪。

㈢勝論派

勝論派在佛典裏把其梵名 Vaisheshika 音譯爲毘世師、衞世師、吠世史迦等，或意譯爲勝論、勝宗等。

勝論哲學與宗教信仰無關，原爲企圖以原子解釋世界起源的一種唯物的非神學的異端。本派的宗師名迦那陀（Kanada）是食穀者之意，一名優樓迦（Uluka）是鵂鶹的意思。他建立⑴實⑵德⑶業⑷同⑸異⑹和合六句義，以考察宇宙人生各問題。後來學者增加「無說」句義，成七句義、公元六世紀更有慧月（Mati-Chandra）撰勝宗十句義論。即就七句義再加有能、無能、俱分三句義。我國唐玄奘譯有勝宗十句義論一卷。

本典勝論經（Vaisheshika-Sutra），大約從公元前二百年時開始製作，到公元六百年光景，才整理成現存的體裁。這派的終極目的，是從輪迴解脫而入於出離（Apavarga）的境地。本是無神論，後來才成立了一種神靈。

(四)正理派

梵語尼夜耶（Nyaya），意思是標準的推理法，所以譯作正理。這是闡明推理的學派，也是論究正理的學派。尼夜耶可用於一切辯論。雄辯與深邃的論，在印度古時受到極端重視，所以自然產生一種辯證的方法，名為正理經（Nyaya Sutra），正理哲學的創始者及正理經的作者據傳為公元前三世紀的喬答摩（Gautama瞿曇），亦名阿伽薩波陀（Akashapada）。但此經實非一人之作，是一再經過修改而成。經分五卷又分兩品。前二卷是關於論理學、知識論，以及辯證法的；第三卷是心理學的；第四卷則論及再生與超脫；第五卷是一種補充材料。其後則有毘多莎耶（Vatasayana）的尼夜耶經詳註（Nyaya-bnasya）成於公元四世紀，鄔陀約多伽羅（Udayotakara）的尼夜耶經釋義（Nyaya-Varttika）成於公元六世紀，密須羅（Vacaspoti misra）的尼夜耶經釋義評論（Nyaya-Varttika-tatarya-tika）成於公元九世紀，鄔陀耶那（Udyanana）的尼夜耶釋義大全（Nyaya-Varttika-tatparya-Parisuddtu）成於十世紀，迦耶多（Jayanta）的尼夜耶旨要（Nyaya-Manjari）及鮑薩梵若（Bhasarvajna）的尼夜耶選集（Nyaya-Sara）也都成於十世紀。他們除闡釋發揮尼夜耶經的理念，以及反駁其他學派的批判等。現存尼夜耶學派的成立，則始於公元一二二五年恆河沙（Gangesa）所著的諸諦如意珠論（Tattva-Cintamani）他着重於邏輯上名詞，命題等發展成形式化。這是尼夜耶學派對勝論哲學的補充與和協的一種形式，這是印度因明學的代表作品。

茲舉印度因明學的五支辯證方式，與西洋邏輯的三段論法不同之點，以見一斑。西洋三段論式是將大前提列先，小前提在中，結論最後。而尼夜耶的五支（Avayavas）則爲(1)立宗 Pratijna，(2)辯因 Hetu，(3)引喻 Udaharana，(4)合 Upanaya，(5)結 Nigamana。

三段論式舉例：

(1)人都要死的（大前提）；

(2)蘇格拉底是人（小前提）；

(3)所以蘇格拉底是要死的。（結論）。

五支作法舉例：

(1)蘇格拉底是要死的（立宗——第一命題）；

(2)因爲他是一個人（辯因——第二命題）；

(3)所有的人如亞歷山大、拿破崙、莎士比亞等，都要死的(引喩——全稱命題及其例證)；
(4)蘇格拉底也是一個人（合——全稱命題與當前事實之適合）；
(5)所以蘇格拉底是要死的（結——對前面命題的結論）

又如：

（宗）此山有火；
（因）有煙故；
（喩）有煙處有火，如灶；
（合）此山有煙；
（結）故有火。

印度與希臘在哲學上是否有聯繫的問題，曾引起學者們的討論。一般講來，雙方係平行發展，未借助於外來的影響。但希臘大哲學家畢達哥拉斯（Pythagoras 582-507 B.C.）哲學的例子，有些人認爲他受了印度的影響。也有人主張希臘人影響正理與勝論的，可是沒有事實的證明。因此，亞理斯多德的三段論法（Syllogism）可能影響後世印度的論理學，而恩派多克里斯（Empedocles500-430B.C.）的原子說也可能影響同時平行發展的印度原子論。

(五)彌曼差派

梵語彌曼差（Mimansha）之意爲思惟考察，就是研究，故亦稱思惟派。這一學派的特質是聲常住論，而聲常住論是隨伴着公元前五百年光景興盛的文法論而產生，所以本派的起源，大約是在公元前三四百年光景，而到公元五六百年，才完全大成，成爲有力的學派。

彌曼差分前後兩派，後彌曼差（Uttara-Mimansha）又比前彌曼差（Purva-Mimansha）晚些。彌曼差思想的中心在宣揚梵書中所說的教義。將行爲與概念聯繫起來，爲前彌曼差派所主張，又稱業彌曼差（Karma Mimansha）；後彌曼差則闡述奥義書的奥義，主張推究創造的原則，和梵與宇宙的關係，所以也稱梵彌曼差（Brahma Mimansha）。

業彌曼差經（Karma Mimansha Sutra）相傳是闍伊彌尼（Jaimini）所造，恐非一人之作，而係學人所集。本經有著名的註者爲山隱尊（Sabara Svamin），而公元七百年時童中尊（Kumarila Bhatta）又作複註。

梵彌曼差經（Brahma Mimansha Sutra）相傳是跋達羅衍那（Badarayana）所造，其主旨是以創造或現實的宇宙只是幻覺，那超絕的梵才是實體。梵的本體絕無限量，其中並無個我的存在。作者一方面要試將一神的泛神論納入吠陀的文句中去，以爲這種教義便是吠陀的終極目的；一方面反駁無神論的僧佉，有神論的瑜伽，超神論的尼夜耶等諸學派。書中引了各派的論點，可見這經是極晚出之書。

前彌曼差的聲常住論，我國佛典中也有介紹。玆抄錄三條於下：

(1)有執一切聲皆是常，待緣顯發，方有詮表。（成唯識論）待緣顯者，聲顯也。待緣發者，聲生也。發是生義，聲皆是常。——唯識述記

(2)經云：聲非聲者，聲卽是聲論外道。若聲顯者，計聲體本有，待緣顯之，體性常住。若聲生者，計聲本生，待緣生之，生已常住。——大日經住心品疏

(3)因明疏云：聲論師中，總有二種：一聲從緣生，卽常不滅；二聲本常住，從緣所顯，今方可聞。緣響若息，遂不可聞。聲生亦爾，緣息不聞。今云顯常者，聲顯論師也。生常者，聲生論師也。——法苑義鏡

(六)吠檀多派

吠檀多的梵語 Vedanta 是吠陀「聖典的終極」之意。奧義書居吠陀啓示聖典的終末部位，故得此名。吠檀多派是奧義書唯心哲學的集大成，就襲用這名稱作爲學派之名。前述後彌曼差派（亦譯後思維派）卽吠檀多學派的中堅，係彌補前彌曼差學派的缺失而興起的。前彌曼差學識，以業爲中心來闡說祭祀所獲果報的力量，而獲致祭祀萬能的結論，然而憑執行祭祀的儀式中的聲與動作方式等，便可成就現世諸願，以及往生天國，相對地忽略了神的力量，無異成爲一種無神論了。所以吠檀多派特重奧義書梵的最高神地位。印度本來對六派哲學，只稱五種見，或將前彌曼差與後彌曼差合稱一種見。或將前後分稱兩見，則前彌曼差，僅稱彌曼差派，（或譯思維派）

而後彌曼差派，則改稱吠檀多派，而勝論不列五見。

吠檀多派的本典吠檀多經（Vedanta Sutra）卽前述梵彌曼差經的別名。此經作者跋達羅衍又名婆陀羅衍那（Vada-rayana），年代和事迹，都不明瞭。因書中引了有神無神各派的論點予以批評，知其爲最晚出之書。就它批評佛教唯識論而言，便可推知必在五世紀光景無著世親以後所完成。又從八世紀的商羯羅（Shankara）所作註釋中，可以推定跋達羅衍仙人大概的年代。

跋達羅衍那又有廣博（Vyasa毘耶舍）的稱號，所以吠檀多經，又稱廣博經，或將梵彌曼差經之名略爲梵經。據商羯羅傳中，說廣博仙人的兒子名蘇伽（Suka），蘇伽的弟子中，有一位叫飴足（Gavdapada 喬陀波陀）。飴足的弟子有牧尊（Govindanatha），牧尊卽商羯羅之師。這樣，商羯羅只是跋達羅衍那的四傳弟子。所以吠檀多經作者跋達羅衍那大約不過早上商羯羅二百年光景而已。而這位著名的印度教大師商羯羅，則是公元七八八年到八二一年的人，所以跋達羅衍那在世也不會早於六世紀的。

與商羯羅並稱爲吠檀多經兩大註釋家的爲耶底羅闍（Yati-raja），一名羅摩奴闍（Raman-uja）他與商羯羅同爲南印度人。生於公元一〇一七年，歿於一一三七年。羅摩奴闍大疏（Ram-anuja-bhashya）出，而吠檀多哲學的聲望達於最高點。世人竟仰戴他就是最高實在的梵，爲萬德圓滿之人格神，而與毘溼奴（Vishnu）大神等視，被奉爲四大毘溼奴派之一的吉祥毘溼奴派（Shrivaishnava）的始祖。但歐西人士，均推尊商羯羅的純粹一元論，說他的學術地位，與希臘的柏拉圖（Plato）和德國的康德（Immanuel Kant）相比，毫無遜色。迄今二十世紀南印度的傳承派（Smarta）婆羅門，還自稱是商羯羅正宗的承繼者。

梵經（Brahma-Sutra即吠檀多經）是從極短的經條集合而成，共五百數十條。據商羯羅的大疏說是五百五十五條，而羅摩奴闍則說是五百四十五條。每條字句很簡略，所以全靠註疏來闡明其意義，因而商羯羅和羅摩奴闍的學說也有歧異之處。但吠檀多梵教的根本義，乃說法性（Cosmical Principle）的梵與心性（Psychical Principle）之我的不二，在開示所謂梵我一如（Brahma-atma-ai-kyam）的妙諦，仍是奧義書哲學的闡述。

商羯羅的吠檀多哲學，雖成為六派哲學的最高成就，但仍不如兩大史詩中的薄伽梵歌能成為印度教徒共奉的聖典。次述古印度的兩大史詩。

乙、兩大史詩與十八富蘭那

古印度兩大史詩是約在公元四世紀完成，長達二十萬行的摩訶婆羅多（Mahabharata）與稍早即完成長達四萬八千行的羅摩耶那（Ramayana）。這兩部偉大史詩與希臘的兩大史詩伊里亞特和奧特賽齊名，而更長了數倍的世界名著。

摩訶婆羅多是迄今全世界上留傳下來最長的詩。它的作者是廣博（Vyasa毘耶舍）毘耶舍亦為集合者之意，所以有人以為毘耶舍只是這詩的輯集者而已。而此廣博與吠檀多經的作者同名，但非一人。因爲在吠檀多經中，曾引用過這詩中的薄伽梵歌來作爲論證，吠檀多經的輯成是比這詩更晚的。

印度史詩在亞力山大東征印度時已經流行，每逢節會時，便有詩人前來唱史詩，讓一般男女圍繞着聽受詩裏的教訓。東征的希臘人中，就說印度也有像荷馬的詩歌一樣，贊嘆古代的英雄。

摩訶婆羅多的內容，可說是古印度神話傳說及宗教思想的集大成，有第五吠陀之稱。主要的故事是歌詠婆羅多王的子孫潘達閥（Pandus）和庫拉閥（Kurus）雙方所集全印大小數十國在庫盧之野十八天大戰的前因後果，所以也稱「大戰書」。而印度教徒所共奉的聖典薄伽梵歌，就是大戰臨陣時守護神的化身克里史那（Krishna 黑天）對主將阿朱那（Ajuna 有修）的一長篇訓話。而穿插在史詩中可以獨立的故事，重要的還有：

(1)婆羅多（Bharata）王雙親隱士之女莎昆妲蘿和杜史揚多王（Dusyanta）的戀愛故事。
(2)守護神毘濕奴變魚垂迹的神話。
(3)羅摩（Rama）王子放逐南征的故事。
(4)尸毘王（Sibi）割肉餵鷹救鴿的故事。
(5)薩維德麗（Savitri）戰勝死神救夫的故事。
(6)納拉（Nala）和黛瑪鶯蒂（Damayanti）夫婦失散與團圓的故事。

其中第二故事初見於梵書，第四故事並見於佛典於寓言故事五卷書。第六故事我已另譯出版單行本，第五故事我另譯並輯入印度文學欣賞書中，第一故事卽加里陀莎名劇莎昆妲蘿之所本，該劇我已譯出在商務書館印行。而第三故事卽史詩羅摩耶那的縮影。

一般把印度的故事詩分爲兩大類。一類是如是所說往世書（Itihasa-Puranas），亦稱史傳書，兼指歷史、傳說、寓言故事等作品。另一類是欽定詩（Kauyas）或稱宮庭詩。當代宮庭詩人等所作詩歌屬之。摩訶婆羅多被歸入往世書（Puranas富蘭那）中，而羅摩耶那被歸入欽定詩中。因爲羅摩耶那最初是當時詩人歌唱當代國王之詩，且在宮庭背唱才流傳下來的。

史詩羅摩耶那詩中自述作者是隱士梵爾密寇（Valmiki 意譯蟻垤）所詠故事，卽王子羅摩的生平故事，所以也稱羅摩傳。羅摩王子爲遵父親十車王的諾言，放逐南方森林苦行十四年，愛妻息妲隨行，被楞伽（錫蘭）島上的魔王搶走，幸得神猴哈紐曼飛往喜馬拉雅山移石造橋，才率領猴軍隨羅摩前去把魔王殺死，救回息妲。剛好十四年放逐已期滿，於是羅摩夫婦乘飛車返國登基爲王。詩中勇武守信的羅摩和他美麗妻子息妲，成爲印人心目中的模範男女，而神猴哈紐曼更是我國小說西遊記中美猴王孫悟空的前身。

佛典中巴利文的十車王生經（Dasaratha Jatka）載有羅摩被放逐的事，中文十奢王緣，內容相似，中文未名王生經則載一國王失國，元妃被海龍刼去，得獼猴之助，渡海殺龍救妃，回國復位事，均甚簡短，此爲羅摩耶那史詩的雛型，可知羅摩耶那雖早於摩訶婆羅多，但佛典與起時尚未完成爲長詩。是以兩大史詩的完成現有形式，均不能早於公元四世紀。

關於兩大史詩的考證與評論，我在所譯印度兩大史詩的弁言中，已有五六千字的介紹。至於薄伽梵歌，我已另譯輯入印度三大聖典中，程兆熊博士又於六十五年予以全部六言詩韻譯。

薄伽梵歌教導各階級的人用超脫的精神從事實際的工作，使大家仍嚴守自己的崗位，各盡自己的社會責任：「做你應做的工作」，「放棄你應做的工作是不應該的。」這是行動的號召，它號召了刹帝利的有修，從事於武士應做的正義之戰。但是行動會產生業因，便不得解脫。所以有修墮入極度的悲哀。他的御者克里史那，卻以上帝的身分告訴他，你只要皈依了上帝，虔誠地禮拜祂，把你無私的工作奉獻給祂，便會解脫業的繫縛。這樣，便把奧義書的精神生活與社會的實際生活融合了；把奧義書的個人完善，再引向社會福利；把奧義書的哲學的思考再引向宗教的熱忱。所以羅奴闍說：「薄伽梵歌主要之點是巴克諦（Bhakti 虔信摯愛）的教訓」，那就是最後一句教訓「放棄一切達摩，僅只尋求庇護於我，我將使你從一切罪惡中得到解脫，不用悲哀！」我國禪宗也有「運水搬柴，無非妙道」的體認，而懷海的百文清規，確立僧侶從事耕種的制度，就有着薄伽梵歌不放棄工作的精神；而淨土宗的以念佛爲到達西方極樂世界之路，則無異是薄伽梵歌「巴克諦」的移植。

薄伽梵歌只是戰場上臨陣時一篇鼓舞士氣對話的插曲，大概因被重視而逐漸加添增長到七百頌之多。於是其內容也從數論與瑜伽的理論開始，把奧義書以後剛興起的諸派學說都融合了進去。而其自身是有神派潮流的代表者。不偏重理智，而着重於通過愛與虔信去接近最高自我，所以泰戈爾稱它是：「印度精神的哲學的理論與實際之圓滿階段的完成。」

往世書除摩訶婆羅多外，尚有大往世書（Maha-Puranas 大富蘭那）小往世書（Upa-Puranas小富蘭那）各十八部。從大往世書中，印度教確立了梵天、毘溼奴天（那羅延）、濕婆天（大自在）一身三相（Trimurti）的理論，其中推尊梵天的有梵卵富蘭那（Brahnranda Purana），梵富蘭那（Brahma Purana），梵化身富蘭那（a Brahma Varivarta Purana），將來富蘭那（Bhavisya Purana）等六種，推尊毘溼奴天的有偏入富蘭那（Vishnu Purana），神聖富蘭那（Padma Purana），金翅鳥富蘭那（Varaha Purana），紅蓮花富蘭那（Mataya Purana），野彘富蘭那（Kurma Purana）等六種。推尊濕婆天的則有魚富蘭那（Linga Purana），龜富蘭那（Vayu Purana），跳躍富蘭那（Skanda Purana），火天富蘭那（Agn Purana）等六種。

薄伽梵歌自大戰書中被取出成爲一本印度教的聖典後，也就產生了薄伽梵往世書（Bhagavata Purana）。

兩大史詩除印度文學欣賞一書中已選摩訶婆羅多中韻譯薩維德麗故事一篇外，今再加選韻譯黛瑪鶯蒂故事的片段，和薄伽梵歌拙譯與程譯各四章，以便對照，以及羅摩耶那故事譯文的全篇。

丙、寓言故事五卷書與四部箴言

吠陀文學時期，印度卽有寓言故事，這是純宗教性的。例如百道梵書中魚與摩奴的故事，（魚是梵的化身，而巴嘉瓦他富蘭那（Bhagavata Purana）中魚的故事，則魚爲毘溼奴的化身。）凱那奧義書中梵天顯現的寓言等是專爲宗教而說。和其後興盛的偏重道德教訓的寓言故事有別。印度的寓言故事，以禽言獸語的五卷書（Pancatantra）最有名。印度的輪迴之說，將人獸世界的差別泯除了，於是動物自然易成爲故事的主角，而禽言獸語更是奇趣所在。到後來禽獸更與人說起話來，直接地把人敎訓起來，於是禽獸寓言，竟成爲敎訓的利器。所以大家認爲印度是禽獸寓言的發源地，世界各地的童話與寓言，都受到印度的影響的。阿拉伯的天方夜譚中有好幾個故事，是印度故事的翻版，就是將許多小故事套入一個大故事中的方式，也從印度學習得來。希臘伊索寓言中也有幾個故事和印度相似，「驢蒙獅皮」卽其一例。巴布剌斯（Babrius）於公元三世紀編寫伊索寓言集，而五卷書亦編成於公元三百年至五百年間。印度寓言故事的流行則可追溯到公元前六世紀。而希臘寓言也流行於公元前五百年的伊索時代，所以大約雙方都是獨立發展，而其後曾有零篇的寓言相互交流，留存在雙方的集子中。可是五卷書對西方文學影響之廣大，極爲明顯，是爲舉世所公認的。蓋自公元六世紀中葉，波斯薩桑王朝（Sassanian）的君主庫斯魯安納斯萬（Chasru Anu-shirvan 公元五三一——五七九）下令將其由梵文譯成柏勒維文（Pehlevi

古波斯文）後，於五七〇年就再由柏勒維文譯成敍利亞文。公元七五〇年譯成阿拉伯文，又由阿拉伯文直接譯成許多亞洲和歐洲的譯本。

五卷書的拉丁文譯本出版於公元一二六三年，譯者爲加布亞的約翰（John of Capua）。著名的德文本出版於一四八三年，譯者是善佛爾（Antonvon Pforr），並迅卽被轉譯成丹麥文、冰島文及荷蘭文等。西班牙文本係根據拉丁文本譯成，而於公元一五五二年又轉譯成意大利文。又由諾斯爵士（Sir Thomas North）於一五七〇年譯成英文，書名東尼的道德哲學（The Moral Philosophy of Doni）。可以精確地查考的除以上十種文字的譯本外，據查僅敍利亞文譯本，就曾被轉譯成四十種語文。此外由梵文譯成印度方言的有十五種之多，其中孟加拉語的譯本，也被重複譯成若干種歐洲語文。五卷書就在這種一再轉譯的方式中充實了世界文學，而對歐洲整國中世紀的敍事文學，尤有特殊的影響。例如五卷書貓鼬殺蛇的故事，便變相出現於格童林話集中。

據裴普賢中印文學關係研究一書中所述，五卷書永沒納河之鱷一個故事，就流傳到歐洲各地，以至西伯利亞和高麗，成爲該地流行的故事，而改變了若干的形態。在我們中國宋人謝艮所撰中山狼傳，也是永沒納河之鱷故事的改造。雖則五卷書被盧前節譯成中文，是遲至民國三十三年的事，到三十六年五月，才在上海初版。

五卷書中寓言，有的可以溯源於吠陀文學的故事，更有些與佛典中本生經譬喻經類同。我在五卷書第三卷轉輪王以肉易鳩故事上方，加以一個眉批：「此卽佛經割肉救鴿故事」。文化大學印度研究所釋心定同學見了，就加以比較研究，一下子從佛經中找到了六度集經的兄獼猴本生，雜寶藏經的共命鳥緣，鵄梟報怨緣等八個故事，指出與五卷書中鱷魚想吃猴肝，兩嘴鳥喪命，鵄梟報怨等故事類似，以證明五卷書與佛本生故事間有很密切的關係。

五卷書共分五卷：一、失友，二、得友，三、鵄和梟，四、失利，五、愼行。卷首敍述印度的花城（Pataliputra 或譯華氏城）有一個國王，爲敎導他的三位愚蠢王子，請到一位名叫毘溼奴沙門（Vishnu Sherman）的婆羅門來做他們的導師。他採用了一種特殊的敎學法——講故事，來開導三人。結果，竟在六個月中完成了敎育的任務。書中的八十七個故事，就是這位名師所講。他的故事，像種植葡萄，由一根葡萄藤的總幹上，牽引出無數枝葉般的小故事來。這些小故事，或互相牽引，如啣尾之魚；或中間插入，如寄居之蟹，非常巧妙。而散文與格言詩的交錯運用，讀來更是風味別具。

可是盧前的譯本，旣是節譯，格言部分，未予韻譯，或竟刪除，失卻原書風味。且書名 Pancatantra ，盧譯云：「般洽云者，梵之謂五，檀多羅猶言卷葉」，是應曰五卷書，而彼竟稱五葉書。自許地山以來，均譯作五卷書。故當民國四十六年我在臺大師大敎印度文學時，未採作敎材，而另見林語堂博士所編英文 Wisdom of India 書中輯有美國人賴度（Anthar W. Rydu）直接由梵文英譯的一九二五年譯本。賴度所譯最爲忠實，但林氏所輯僅係十八個單獨的故事，仍不得五卷書全貌，更無復葡萄藤串聯的形式。所以我只請內子普賢，選譯了四篇，以示五卷書內容的一斑，及見其韻散交錯的形式而已。

這次再編印度文學歷代名著選，篇幅可以擴充，而今距盧譯出版已逾三十年，且絕版甚久，故僅將五葉改爲五卷，全書輯入，並囑印度研究所吳美惠同學將內子未譯十四篇，均予依照韻散交錯原樣譯出，並由我再爲校訂，列於盧譯之後，以便讀者參閱，俾得五卷書形式上的整個印象。

印度寓言故事，另外有一本集子，名曰四部箴言。(Hitopadesa) 爲那羅延那(Narayana) 所編輯，其內容和五卷書相仿。全書只有四十三個故事，分爲四部，一、得友，二、失友，三、戰爭，四、和平。一般說來，這只是五卷書的刪節本，其實不然，其中故事，不盡相同，見於五卷書的，只有二十五則，另外還有五卷書所無的十八個故事，所以四部箴仍常被人與五卷書相提並論。從書中提示，四部箴是恒河岸的作品，而五卷書是西北印度的產物，相傳輯成於喀什米爾。

四部箴有伍蠡甫的一九三六年譯本。四部箴由梵文直接譯成英文的有世界名著集（The World's Great Classics）中阿諾爾（Edwin Arnold）譯本和莫利世界文庫（Morley's Universal Library）中威爾金（Charles Wilkins）的譯本。前者諺語格言都保持原來的韻文體式，後者則一律改成了散文。可惜伍譯所本是後者，而且只譯了第二部失友的十則故事。可是，粱實秋先生還是特別給予介紹說：「寓言與小說雖然不是印度文學的精華，但也是清楚地表現着印度民族的傳統精神。一方面是切合於實際人生之道德的嚴重性，一方面是超絕物質生活之宗教的神祕性。因爲嚴重，所以不流於荒誕的浪漫的幻想；因爲神祕，所以不陷於淺薄的寫實的粗陋。這是印度文學所特有的精神。本集十篇寓言，是世上最早的寓言，在這裏，我們看出藝術與道德之和諧的調劑。」伍譯十則，已選錄後五則輯入印度文學欣賞書中，玆再補輯前五則於本書，以便與五卷書的第一卷互相對照來讀。

丁、詩歌戲曲

印度文學中的故事詩，除最有名的兩大史詩等之外，還有加里陀莎（Kalidasa）的兩部大詩（Mahakavya）羅怙系譜（Raghu-Vansa）和童子的出生（Kumara Sambhava）也極有名。這兩詩在印度早已失傳，是後來在爪哇附近的巴里島（Bali）發現，大概印度移民到爪哇的時候，正當印度詩歌盛行的年代，所以他們帶了許多詩歌到他們的殖民地去了。

羅怙系譜和童子的出生都是從神話取材，加上作者的心靈寫成的。羅怙系譜共有十九章，敍述羅摩和他的先人與後人的世系和生活。詩中的敍述與羅摩耶那所載的很相近。全詩起自羅摩的祖先護衞王（Dilipa）的事迹，終於火天鎧（Agnivarman）的死。別的大詩每敍述男女主人，加里陀莎却敍述一姓的興衰。詩中事迹的升降直與文辭的抑揚一致。凡古代印度的莊嚴、偉大、華麗，都從他的筆尖流露在寫羅怙系譜的紙上。

童子的出生共十七章，但有些學者以爲後十章是後人加進去的。作者在首章把雪山的景象描寫得很精采。其次，他才描寫大自在天與芭婆帝（Parvati）愛戀的事迹。詩的結尾是陀羅迦（Tāraka）的死，與昴宿男（Kāttikeya）的出生。昴宿男是印度的戰神，是大自在天與芭婆帝所生的兒子。別的傳說以爲是大自在天自已把生殖的能力寄付在火裏，然後投入恒河，所以他也是火與恒河的兒子。當他生時，昴宿（Krttika）六星各出乳來哺他，因此他長了六個頭。他有童子（Kumāra），偏屛（Skanda），善梵（Subrahmanya）等別名。

相傳加里陀莎還作了一部橋樑的架設（Setubandha），敍述大領猴王爲羅摩架橋渡過楞迦島的事迹。這詩的文體是俗語，與加里陀莎平時所用的雅語不同，所以有人以爲不是出於他的手筆。還有一篇納拉興起詩（Nalodaya），相傳也是加里陀莎寫的。這詩的內容完全抄襲摩訶婆羅多裏納拉與黛瑪鶯蒂的故事，不但沒有新趣，文句上並且造作得很厲害。

但是加里陀莎的詩作代表卻是雲使（Megha-duta）和時令的循環（Ritu Samhara），這兩詩是繼故事詩興起的詩人之詩，即詩人宣洩自已感興的抒情詩。加里陀莎的身世，至今仍然有些模糊。一般推斷，他是公元四世紀笈多王朝旃陀羅笈多二世時的宮庭詩人。他的家庭雖然貧窮，憑他的聰明才智，終於出類拔萃，被列爲當朝九珍珠之一。

雲使是他的長詩之一。全詩以一百十二首四行詩組成。每行詩又是以十七音節的慢進韻（Mandakranta）構成的。此詩係描寫一個中印度的流亡者使雲霧給住在喜馬拉雅山中的妻子那裏去送一封信。故事是這樣的：在雨季將臨之前，他看見黑雲向北方移動，使他心中充滿愛慕思鄉之感，因此思以希望的信託付空中的使者送到他的山居給他的妻子。在詩中的前半部這位流亡者以優美而有力的文辭向雲敍述往北行所將經過的各種情景。在後半部，他先敍述他的開來薩山（Mont Kailasa）住宅的美麗，而後敍述他的妻如何可愛，及其妻所作的事情與其處境的悲哀。

左列是他的詩信中的一首詩：

由攀緣植物我看見你的形狀；由驚惶的牝赤鹿的眼睛可以看見你的顧盼；
由月亮可以知道你的可愛的臉；由孔雀的尾可以知道你的光耀的頭髮；
你的誘人縐眉可以由流動的漣漪而得知；
唉！我從沒有在一地看見你的完全相似。

但是提及他們將來的團聚時，他說：

此爲我們的衷心志願，且因分離而迫切，
在秋天的滿月下享受光榮而爽明的良夜。

這首長詩傑作，一位美國學者賴度（Ryder）曾給與光榮的讚賞。他指出這詩的兩部分說：「前半部是描寫自然的外表，而交織於人的感覺中；後半部是一幅人心的圖畫，而這畫以自然美爲框。這東西是如此的精美，以致無人能說出那半部比較高超些。許多讀過這首完美之詩的原本的人，有的被這一部分感動，有的卻被別的部分感動。加里陀莎在五世紀已懂得歐洲直到十九世紀還不懂的東西，就是現在還沒有完全懂得。那是世界並不是爲人類而創造，那是只有當他承認生命的莊嚴與價值不是屬於人的時候，人才會達到他最高的高度，而加里陀莎把握了這個眞理。這對他的智力是一個偉大讚賞，這性質對於偉大的詩歌是十分的需要，正如需要形式的完美一般。詩的流暢並不希罕，智力的把握也很平常；可是兩者混合卻從世界的開始迄今只有大概一打的數目。因爲他有這種和諧的混合，加里陀莎不只和阿那克里昂（Anacreon）賀拉西（Horace）及雪萊相等，而是和索福克儷（Sophocles）味吉爾（Virgil）及米爾頓並肩。」

另一首優美的長詩時令之循環（Rtusamhara），是以分成六章的一百五十三首四行詩組成的，其所用的韻則有多種。此書是梵文詩人所區分的一年六個印度季節的描寫。作者將愛情的場面、人類情緒的表現及自然之美的生動描寫作成巧妙的配合。也許沒有任何梵文詩曾表現如此的對於物質世界的同情，銳敏的觀察，及以生動的色彩描述印度風景的技巧。

加里陀莎是梵文文學中最有名的大詩人，同時又是一位偉大的戲曲作家。他的戲曲，更爲歐西人士所崇拜。他雖只留存着三部戲曲，卻被稱爲印度的莎士比亞。他的三部戲曲是重認莎昆妲蘿（Auhijnana Sakerntra簡稱莎昆妲蘿）勇健與廣延（Vikramorvasi）摩羅昆迦與火天友（Malauikagnimitra）三劇的藝術手腕都很高超。作者想像力的豐富，和描寫技術的巧妙，使劇中人物的個性都生動地顯現出來。

歐洲第一次知道印度古劇，自從一七八九年出版瓊斯爵士（Sir William Jones）所譯加里陀莎的「莎昆妲蘿」始。因這劇本的發見，在歐洲知識份子間，產生了騷動性的事件，隨即這書出了好幾版。從瓊斯爵士的譯本的轉譯也出現了，有德文、法文、丹麥文和意大利文。歌德受到強烈的感動，他大大地讚賞「莎昆妲蘿」。據說他在「浮士德」用開場白的動機是胚胎於加里陀莎的開場白，而加里陀莎的開場白是依照梵文戲劇的一般傳襲而來。歌德寫了一首四行詩來讚美莎昆妲蘿說：

是否你願青春時代的花朵、
　晚年時代的果實，
以及那些使靈魂被養育，
　被娛樂，歡醉與迷惑？
是否你願塵世與天堂，
　在一個唯一的名字下聯合？
　我名你爲，哦，莎昆妲蘿！
一下便把一切說出。

因爲莎昆妲蘿共分七齣，是一部失樂園，同時又是一部復樂園。戲曲的開始是世外桃源人間仙境的甘華隱士區，純樸少女莎昆妲蘿生活於其間，有如伊甸樂園中的夏娃，一旦大象城國王杜史揚多山中行獵，爲追逐一隻小鹿而闖入隱區，被她的美貌所惑，便對她一見鍾情；莎昆妲蘿也爲邱比特的神箭所傷，犯起相思病來。蓮花題詩，促成兩人的結合。太后聖旨召回國王，國王留下戒指匆匆返國，囑咐靜待迎娶，然而久無音訊。甘華返家，得知其事，即派人送女去大象城。意想不到的事發生了。國王已忘卻前情，而莎昆妲蘿又在途中洗濯時失落了戒指，無物爲證。護送團把她留下，讓她在宮中分娩。莎昆妲蘿便神祕地失踪了。事後漁翁從魚腹中檢得戒指，國王覩物思人，追悔莫及，日夜痛苦想念，幾至瘋狂。後來因陀羅神邀國王平魔，返回時路過馬律基隱區，見一男孩與小獅嬉，他撫觸那小孩時一股快樂的感覺流貫全身，這小孩便是他的兒子婆羅多。於是他會見了小孩的母親莎昆妲蘿。雙方經歷了一番墮落塵世的磨鍊，重新恢復了身處伊甸樂園般的幸福。

勇健與廣延共分五齣，又名以武勇獲得的廣延女神 (Urvasi Won By Valour) 取材於梨俱吠陀裏廣延天女 (Uruasi) 與大號哭 (Pururavas) 的戀愛故事。廣延或指曉神，大號哭即日神。曉與日的戀愛，是古人對朝日的神話化的解釋。開場演廣延天女從天上奔逃，就被妖魔捉住，幸得地上月族的大號哭王所救。大號哭王愛戀她，卻被嫉妒的王后趕走。她回到天上，因她在諸天女中最美，被選在獻壽戲中扮演主角。戲中她應說：「我愛神」，因她愛大號哭王而誤說：「我愛大號哭」，於是天神呪詛她，把她永遠逐出天宮。在諸天會上，因陀羅因大號哭有抗妖除魔之功，改輕她的處罰，許她等到她的愛人見到他們所生嬰兒，就可以回返天宮。於是廣延下凡與大號哭王結婚。不幸一天她誤入不許女人進入的神聖叢林而失踪，變成一棵葡萄樹。大號哭到處找她，他用具體詩抒情的辭句，向着鳥、雀、蜂、蝶、花、草等一一詢問她的下落，最後終得一塊具有結合離人能力的神石之助，把廣延找回。這時，廣延已生了一個男孩。但她恐懼這孩子被她愛人所見，又要使兩人分離。所以她把孩子藏了起來。那孩子終於偶然被大號哭看見了。於是大號哭王一面因看見自己的兒子而喜歡，一面又因失掉愛妻而憂悶。因陀羅憐憫他，又特許廣延與他住在世間，直到他去世之時。這本戲劇，就得到一個圓滿的結局。

摩羅毘伽與火天一劇，也有許多獨特的優點。它根據當時印度君王的宮庭生活而對當時社會情形予以生動的描寫。戲曲內容是紀元前二世紀中統治毘底沙國（Vidisa即Bhilsa）的火天友（Agnimitra）王因愛上王后的侍女摩羅毘伽（Malovika），宮闈裏發生了許多嫉妬的事情。他們經過許多困難，女主角最後被證明是公主出身，終得立爲第二王后，而有圓滿的結果。

加里陀莎以後故事詩的名著有日輝（Bharavi）的山民與有修（Kiratajuniya）摩伽（Magha）的童護之死（Sisupala Vadha）等作品。

日輝是公元六世紀人，山民與有修詩共十八章，故事取材於史詩摩訶婆羅多，敍述濕婆神喬裝成山民與有修爭鬥的情節。此詩文體簡明，思想玄妙，確屬佳作。其中一章內有些詩表演了各種文字的遊戲。例如有一首只用了兩個子音字母，很是特別。

摩伽是七世紀人，但麥唐納以爲他是十世紀的人物。他所作童護之死共二十章，也取材於摩訶婆羅多。童護（Sisupala）是中印度奢地國（Cedi）國王。當堅陣王行灌頂大典（Rajasuya）時，各國國王都親臨觀禮。大家都頂禮黑天，惟獨童護當眾侮辱他。於是黑天和童護決鬥，黑天祭起輪寶來，打在童護的頸項上，使他身首異處，此詩辭句和音節雖然很好，時有模仿日輝的地方。其中一章充斥着有韻的謎語，還有一首類似我國的廻文詩。從後倒讀和從頭順讀句子相同。

加里陀莎以後的抒情詩名著，有公元七世紀衞黃（Bhartrihari跋特利訶利）的小詩三百首，阿摩魯（Amaru）的阿摩魯百詠（Amaru Sataka），十一世紀毘羅訶那（Bilhana）的偷情五十詠（Cauri-Surata-Pancasika）和十二世紀東印度人勝天（Jayadeua）的牧童歌（Gita Govinda）等作品。

衞黃的小詩三百首，分別爲愛欲百詠（Singara Satake）道義百詠（Niti Sataka）和出世百詠（Vairagya Sataka）。他的詩滿含着詼諧和示教的情調。下列一首，可作爲印度抒情詩的例子來讀：

燈旁有火爐的光焰——
即使在日光或星月之光中，

也沒有我愛人發光的雙眼，
這世界對我來說完全是黑暗。

衞黃是一位修辭學家，他著有辭句學（Vakyapadiya）等書。他的小詩，都以單獨的四行詩的形式構成。於是戀愛的情景只用兩三筆勾勒而成。有時描寫的手法，極爲高妙。但毘羅訶那的偸情五十詠，更足爲這類小詩的代表。他是北印度喀什米爾的臣僚。他與大虹（Capotkata）的王女幽會，依法當受死刑，王特赦了他。他把與王女幽會時的情景細細地描寫出來，成這五十詠。詩中把他在王女懷裏的享樂寫得非常穢褻，但辭句的艷麗卻特別動人。印度詩文中關於愛欲的表現，再沒有比這五十首描寫得更細緻的。

阿摩魯百詠是描寫女人最成功的作品。它的風格和舊約中的雅歌相仿。一般讀者對它們也會發生神祕的解釋，正如猶太人讀雅歌一樣。

勝天是晚期抒情詩的大家。他的牧童歌是一篇戲劇體的情詩，描寫郭文達（牧童，黑天的別名）和他的愛人蘿達（Radha）相戀的情形。這詩可以和着樂器載歌載舞地表現出來。詩中男女調情的光景和偸情五十詠不相上下。但它的精神是宗教的。他是近代宗教情詩的模範，還遺留着男女根崇拜的意義。印度人尊重生殖的本業，故常用清潔與敬禮的態度來對待。

加里陀莎以後的戲曲名著，有八世紀有吉(Bhavabhuti)的茉莉與青春(Malati-Madhava)，十世紀王冕（Pajasekhara）的小羅摩耶那（Balaramayana or Ramayana For Boys）和十一世紀黑君（Krishmamisra）的智月的興起（Prabhada-Candrodaya）等作品。

有吉是彌曼差派大師童中尊（Kamarila Bhatta）的徒弟。他是南印度毘陀巴（Vidarbha）的一個婆羅門，他曾在曲女城王耶娑婆曼（Yasovarman）的庇護下生活。

茉莉與青春的劇情是大臣的女兒茉莉（Malati）與在城中求學的文士青春（Madhava）相戀，他們的父母也允許二人結合。但國王決定要茉莉嫁給他的寵臣，並令青春也另行擇配。但茉莉卻被一個凶惡而古怪的司祝擄去，要把她作大自在天妻子難近母（Durga）獻祭的犧牲。青春趕到祭壇，把他的戀人救下，並殺掉那司祝。他倆在危難中相逢，再行訂婚。行婚禮時，他的朋友們開玩笑，由一個男子扮作茉莉來對拜。不料這時茉莉又被人擄去。青春和他的朋友們到處去追尋，最後得人幫助，把她找回，一對情人終成眷屬。劇共十齣，劇中人物的性格，個個都表現得很凸出。而它的情節，很能操縱觀聽者的情感。堪與加里陀莎的莎昆妲羅媲美。

有吉另有大雄本行（Mahavira Carita）和上羅摩所行（Uttara-Rama Carita）兩劇，合稱有吉三大著作。但此二劇都取材於史詩羅摩耶那，且不如茉莉與青春的精彩。

王冕的小羅摩耶那是把羅摩耶那改寫成為給小孩看的劇本，全劇共分十幕，寫得非常長，頗受小孩的歡迎。他另寫了小摩訶婆羅多，但沒有完成。而且第二幕以後都已失傳了。王冕還有一本喜劇叫雕像（Vidhasalabhanjik），劇中女主角喬裝為男子，給觀眾不少發笑的機會。

黑君的智月的興起是一篇諷喻劇，其中人物都是抽象的觀念或象徵的形體。作者很巧妙地運用他所愛好的韻律，主要力量寄託於劇中道德與哲學的詩歌效果上。但其所託喻的人物缺少任何戲劇力量的表現。全劇注重於印度教正宗形式的毘濕奴的崇拜，恰似西班牙詩人加勒得農（Ch-alderon）的讚揚天主教的信仰。

安自在（Ksemisvara）約在公元十世紀生於曲女城，他所編憤怒的憍尸迦（Canda Kansi-ka）一劇，也是值得一讀的好作品。

這一期的詩歌戲曲，我只譯了加里陀莎的莎昆妲蘿一本，交商務書館印行，所以只好再選錄其第四齣以為一臠之嘗。另從奈都夫人詩中轉譯了勝天的牧童歌一首。

戊、小說

印度的小說（Kalpana）起於神仙故事。它的文體把詩歌雜入散文裏有如我國的小說一般。最著名的神仙故事是鬼話連篇傳奇錄（Vetala Panca-Vinsati 鬼話二十五則）。這書包括短篇小說二十五個故事，相傳是一個起屍鬼（Vetala 吠陀羅）為超日王所講，它與五卷書一般予世界文學以很大的貢獻。

另外一本很流行的著名故事小說集叫超日王本行（Vikrama-Carita），包含三十二個故事，所以也叫御座三十二故事（Simhasana-Ivatrimsika），有三種版本，一、散文本，二、詩歌本，三、散文詩歌混合本。故事都很荒誕，且較鬼語二十五則的智慧爲低。書中主要故事爲達羅國的波闍王（King Bhoja of Dhara），所以此書的產生不會早於公元一千年以前。而於公元一五七四年，即有波斯文譯本問世，且有更多印度方言及暹邏文與蒙古文的譯本行世。此外還有一本最流行而最著名的印度故事集，名爲鸚鵡所言七十則（Suka-Saptati），其文體也是用簡單的散文與簡潔的古詩所構成。阿拉伯的天方夜譚別名一千〇一夜，此書也可稱之爲七十夜。因爲故事的主幹是一隻鸚鵡爲了防止牠的女主人當她丈夫遠行在外時想於夜晚出去私會情人而每晚講一動人故事給她聽，到天亮讓她休息。這樣連續講了七十個故事，她的丈夫才回來。鸚鵡的任務也完滿地達成了。

這書產生的年代無可考。但它和世界文學也有重要的關係。因爲此書於十四世紀早期以圖諦納默（Tutinameh）的名稱譯成波斯文。而由納沙比（Nachshabi）改寫成很有藝術價値的詩篇。而十七世紀又有另一個波斯文的譯本，也有了土耳其文的譯本。許多印度故事也通過圖諦納默的譯本而傳入西亞及歐洲。

英國牛津大學梵文學家麥唐納教授（A. A. Macdonell）以其五十餘年研究所著的古代印度（India's Past）一書中根據以下的比較研究：⑴世界文學中著名的辛巴得故事（The Story of Sinbad）和印度的鸚鵡所言七十則等有密切的關係。辛巴得故事大約根據於一種印度的原本；因爲阿拉伯作家馬素諦（Masudi 歿於公元九五六年）曾說：「辛巴得之書傳自印度。」⑵辛巴得故事主要部分在波斯的辛巴得納默（Sindbadnameh），敍利亞文的辛班（Sindban），天方夜譚中的阿拉伯譯文，希伯來文的三達巴（Sandabar），希臘文的性諦巴（Syntipas），以及其他一些歐洲語文的譯本相同。⑶其引言是印度式的，與五卷書的引言相仿。⑷而此故事的講述是爲救某人性命的觀念也是印度式的。⑸其中大多數的故事與某些印度故事集所發現的相同，例如五卷書中的無辜的貓鼬之死卽是。因此他的結論是：天方夜譚無疑是受印度影響的總結集。就是說：其組織的主要成分都是源於印度觀念，其中大多數故事也發源於印度的。但若欲證明天方夜譚的柏勒維文原本是梵文的譯本，則證據不充足。我們僅知有一位波斯詩人構成其組織，其中有些故事是模仿印度原始故事而成，於是完成了所謂天方夜譚。

從神仙故事進一步便發展成爲戀愛小說。現存的這類小說以檀丁所著十王子所行記（Dasakunrara Carita）最著名。檀丁在世時代，學者無定論。麥唐納以爲此書問世時代爲公元第六世紀。此書常注意於描寫女性的美及愛情的場面。其中第七章是一種遊戲的體裁，所用文字，均無唇音。此書在表現社會情況有特殊的興趣，尤其是流氓、盜賊、賭棍、娼妓等的活動。在第八章的吠羅達陀羅（Viradhadra）的故事中，對國君的日常生活也有詳細的敍述。此書現在留存的是一種不完全的形式。

還有一種名叫岡布（Campu）的特殊故事書。它以韻律構成的詩及華美的散文交互更迭着，但詩句的運用不如五卷書中一般地用作加入警闢的材料，或概括了故事，或是着重的要點，詩與散文兩方面沒有一個是優勢的。此類著作中最有名的是納拉岡布（Nala-Campu），爲崔吠可羅摩會者（Trivikrame-bhatta）所作。由於公元九一五年的銘刻，方知他生於十世紀。此書又將著名的納拉與黛瑪鶯蒂的故事重敍一次。

這期的梵文小說，我譯出了鬼話連篇傳奇錄一種，內子普賢特譯鸚鵡所說的故事一種，一併輯入此名著選中，以爲代表。

第三期文學名著選

一、史詩摩訶婆羅多片段

糜文開譯

黛瑪鸞蒂向放逐中的納拉致詞

是不是你將被人世的命運所戰敗？
我的君王，我的愛人，你尊貴的頭，
從未在敗北的憂慮中低垂。
是不是你將被征服？你尊貴的脚，
曾經踢倒無數敵人，踏破許多帝國。

皇后的丈夫，誰將不擁戴你，
磨損你的不可毀壞的威儀？

地上的光輝避却人類的眼睛而昏曚，
地上的王國零落成記憶的夢。

但是今後你將是一個至高的權力，
眩人的部隊，富饒的疆域；
風是你的使者，
全部銀帶似的行星與太陽是你的臣下。

不論何處照射你的來臨的光彩，
黎明將給你展開她橙黃色的地毯，
落日展開她紫與紅的天幕在密集的壯麗中，
還有夜展開她天鵝絨的黑暗，
用星斗的金製成王袍，
柔似小鵠的軟毛。

我的長髮將把你額頭的兩個顆顆聯串，

像一個藍寶石的王冠，
我的接吻在你的眉心，
像「雪帶」樂撫慰你安睡，
等待那太陽獻給你他的光之尊敬。

哦，君王，誰能爭奪你的王國？
什麼命運敢從這懷中摘去你的冕旒？
哦，神生的愛人，我的愛繫住你，
用希望的得意而銳利的火紋劍的
堅固的歡快來武裝你。

譯者註：黛瑪鶯蒂與納拉的故事，為史詩摩訶婆羅多中大插曲之一。其動人故事的梗概，我已譯成一小册由三民書局印行。大意為：尼沙陀國王神箭手納拉與鄰邦毘陀婆國美麗公主黛瑪鶯蒂由天鵝傳語而結合，婚後美滿愉快。但一個神因選婿大會上落選而轉恨入選之納拉，便化身為人，引誘納拉賭博，使納拉把國家連同王后黛瑪鶯蒂都輸掉。納拉被放逐荒野，黛瑪奮勇脫身隨行，納拉脫下衣服用作網來捕鳥以充饑，反被鳥將衣帶走，只得夫妻兩人合用黛瑪僅有一條裹身的紗麗而睡。次晨黛瑪醒來，發現納拉已將半條紗麗撕下裹着悄悄地走了一去不回。於是黛瑪獨自在森林流浪，一路尋夫，遇蛇不懼，見虎問訊，她脫險回娘家後，即派婆羅門僧侶到處查訪納拉的下落，要他們一路背誦黛瑪給納拉的話說：「哦，賭徒啊！把我的衣服分裂為二，你向那兒去了？當你的愛人睡着在蠻荒的森林，你離開了她。聽着！她在期待着你的歸來：日日夜夜，她默默獨坐在憂傷中憔悴，哦，高尚的英雄！……歸來吧！你對她也該生憐情，她望斷關山重重，為你朝朝悲慟！」但納拉始終不回，後來再經過多少曲折的艱辛，納拉才得勝利復國，夫婦團圓。以上片斷，即黛瑪致詞中奈都夫人最激賞的一部分，譯為英文詩，文開據以重譯者。雪帶（Cithar）印度樂器名。

二、史詩羅摩耶那本事

糜文開譯

(1)王子羅摩的出生

古代印度兩大史詩之羅摩耶那（Ramayana）計七卷五百章，共二萬四千頌，每頌分成兩行寫，共四萬八千行。（如每頌分四行寫，便是九萬六千行）比荷馬的史詩伊里亞特長三倍之多。詩中自敍是隱士梵爾密寇（Valmiki）所作，梵爾密寇意譯爲蟻垤。詩中所敍爲王子羅摩（Rama）和他忠貞的妻子息妲（Sita）的故事。

詩的開頭敍述當梵爾密寇知道這位武士典型的王子之經歷和成就以後，心中十分敬佩。他到河中去沐浴，正沈思的當兒，偶然看見一對親密的蒼鷺在河濱遊戲。突然那雄鳥給路過的獵人射中，馬上倒在血泊中死了。雌鳥萬分悲痛，哀鳴不已，梵爾密寇的心也被這悲傷的啼聲深深感動。他的情緒便發爲韵語的河流。他衝口而出道：

『看你這個無情獵人，你將永世留着惡名，
一對蒼鷺多們親愛，你却殺死一隻歸陰。』

這樣他創造了四句音節相當的詩體（以每句八音節（Syllable）爲正體，至少押二韻）完成了他這最初的一頌（Sloka）。

於是這位沈思詩人的面前，來了最高的大神婆羅摩。他笑着命令他用詩的節奏來頌揚羅摩的故事。因此梵爾密寇便坐在菇莎草的地毯上，呷着聖水，凝神思索，故事的情景便顯現在他眼前。這樣一章又一章，以至一卷又一卷的創作了他的史詩羅摩耶那。

羅摩的兩個兒子羅梵（Lava）和庫沙（Kusa）是他的學生，他把這史詩教他們歌唱，從此像河水的流向大海，這史詩一遍再一遍地，永遠歌唱在印度人的唇間。

詩中所詠羅摩和息妲的事蹟，大約發生於公元前十三世紀至十世紀之間。據近代學者的考證，羅摩耶那在公元前五百年左右，還只是簡單的故事，要到公元前二三世紀攙入其餘的部分而完成一部偉大的史詩。至於用梵文寫定爲現存的幾種本子，那更是公元以後梵文文學時代的事了。

梵爾密寇歌詠在日光普照的印度斯坦從前有二個著名的國家。西邊的一國叫憍薩羅（Kosala）東邊的一國叫毘提訶（Videha）。憍薩羅的京城叫阿踰陀（Ayodhya）國王名十車王（Dasaratha）。就是羅摩的父親。毘提訶的京城叫彌德羅（Mithila），國王名賈納楷（Janaka），就是息妲的父親。兩國的位置在中天竺的東部，就是現在尼泊爾西面奧德（Oudh）地方和比哈爾省北部一帶。

阿踰陀城炫耀着有如因陀羅神的天國之城。在濃密樹蔭的環抱裏，巍峨的城樓，廟宇的尖塔，王宮的圓頂，民房的高閣，都聳峙在空中。御花園中有各種的花鳥，孔雀自在地漫步，鸚鵡從這樹飛到那樹。湖沼中點綴着蜜蜂所喜歡的蓮花。輕風吹拂水面的花不住地擺動，躲閃那採蜜的蜂，有如美麗的少女避開那熱切的追求者。彩色的水鳥窺視着澄碧的水底，看見自己的影子以爲是勁敵而撲翅撥水，因而弄縐了水面，滉漾着水底的雲天。

城中的居民善良而虔敬，富庶而安樂，每家都富有牛、穀和黃金。無乞丐，無竊盜。每家的祭台上都點燃着聖火，照亮他們夫婦偕老，子孫繞膝。家庭既融樂，鄰里亦和睦。刹帝利禮敬神聖的婆羅門，吠舍禮敬勇武的刹帝利，勤勞的首陀羅自食其力。四民各守崗位。阿踰陀雖是一座古城，卻還是處女，屹立在薩羅俞（Sarayu）河上，從未被敵人攻陷過啊！

阿踰陀的摩訶羅闍（Maharaja）十車王，是太陽族（Solar Race）的甘蔗（Iksvaku）氏，他安居在莊嚴的王宮中。王宮的四周圍以堅固的牆垣，數千名武士守衞着。八位有德的參議忠心地爲他服務。還有二位家庭祭司的名字是梵西斯泰（Vasishtha）和梵摩提婆（Vamadeva）。十車王雖榮華富貴，權力強大，他心中卻充滿着憂愁。因爲他的三位王后，珂莎雅（Kausalya）凱蔻姨（Kaikeyi）和蘇密泰（Sumittra）都沒有生兒子。他決定舉行供馬祭（Aswamedha）求請諸神賜福，延續他的子嗣。

於是在制呾羅（Choitro）月的滿月之夜，放出一隻黑馬來，由一位婆羅門伴同到各地去遊行一整年，再回到本國來。於是典禮在薩羅俞河岸上舉行時，許多羅闍（Raja國王）都來參加。當祭台的火點燃起來，婆羅門僧侶們高聲唸經，正宮王后珂莎雅便舉起神聖的彎刀宰殺那黑馬。依照着禮節，珂莎雅和凱蔻姨等整夜坐在馬身旁。然後一部分的馬肉投入火中。典禮完成，十車王便把牛和珍寶的重禮酬謝那些婆羅門。在祭典中陳列着供神的物品，諸神都降臨，隨帶着樂師甘陀婆門（Gandharvas），天國的聖人們，祖先的神靈等。婆羅摩（Brahma）偕同毘濕奴（Vishnu），濕婆（Shiva）到來，雷雨神因陀羅也由神速的摩路托（Maruto風伯）們簇擁而來。他們離開以前，答應十車王可得四子。

這事以後，因陀羅和其餘諸神到婆羅摩的天上去訴說楞伽山（Lanka卽今錫蘭島）魔王拉伐那（Ravana或譯哮吼子）逞兇的事。

拉伐那因大苦行的修鍊，婆羅摩允許他諸神與羣魔不能傷害他。因此這魔王使死神閻摩（Yama）做他的奴隸，又命令火神阿耆尼（Agni）風神梵由（Vayu）以及太陽月亮都要服從他。他壓迫諸神，阻礙祭禮，並侵犯了婆羅門人。所以因陀羅領着諸小神朝見婆羅門請求拯救他們脫離拉伐那的支配。

婆羅摩聽取他們的訴說，指點他們到乳海去見毘濕奴。因陀羅和諸神禮敬這位保護者（Preserver）高叫道：『哦，宇宙之主，請解除重壓我們的苦痛，婆羅摩已經降福於拉伐那，不能再收回成命。因此只有你可解除魔王對我們的壓迫。』

毘濕奴開口說：『不要怕，我將拯救你們全體。拉伐那懇求婆羅摩給與防衞一切生物的力量，除卻猴子和人類。那末，你們諸神去吧，去到塵世，成爲猴形。看！我將分身爲四，投胎爲十車王的四子。當我與拉伐那戰鬥時，你們都來幫我。』

十車王的三位妻子吃了獻祭的食物，便都懷孕生子。珂莎雅的兒子名羅摩（Rama），凱蔻姨的兒子名婆羅多（Bharata），蘇密泰的雙生子一名拉克什曼那（Lakshmana），一名薩德路格那（Satrughna或譯滅怨惡）。憍薩羅國的人民皆大歡喜，載歌載舞，阿踰陀城覆蓋滿旗旛和花圈。

(2)羅摩的幼年時代

十車王的四個兒子以羅摩爲最美：他睡在白色的搖籃裏有如一朵青蓮開放在恆河的閃光波紋中。聰明的婆羅門梵西斯泰，那二位祭司之一，發見他具備毘濕奴的一切特徵，便去報告那十分喜歡小孩的摩訶羅闍知道。一天晚上，皎潔的團圞月一輪當空，羅摩伸出他的兩手來要拿月亮當玩具。他的母親給他珠寶，他隨手摔了，他號叫，他哭泣，哭得兩眼紅脹起來。許多婦女都走來圍着他的搖籃着急。有人說這孩子餓了，但給他乳喝他也拒絕了。又有人說這一定冲犯了薩司蒂，馬上向這女神獻祭；可是羅摩依舊哭泣。第三個女人說是鬼怪作祟，駭壞了這孩子，因此又誦經驅邪。

當婦女們知道她們確實無法停止珂莎雅的兒子哭泣，摩訶羅闍便被請來，但羅摩也不睬他。十車王在束手無策時便召來首席大臣，他把一面鏡子放在羅摩手中，反映出月亮來。於是這位小王子滿足了，相信他已經拿到月亮，停止了哭泣。於是個個人都放下了心。

當孩子們漸漸長大，他們開始牙牙學語，他們不會發「披泰」(Peeta 父親)「媽泰」(Meta母親)的音，只說「爸」和「媽」。問羅摩你叫什麼名字，他回答道：「亞摩」(Ama)。有時摩訶羅闍坐在大臣之間，也把這男孩抱在膝頭上。

到三歲時他們便穿耳朵，耳朵上穿了孔便和別人家的孩子一起玩了。他們用泥土做成神像，把供物塞到他們的口中去，因爲他們不吃，又把神像摔碎了。

他們五足歲時開始讀書，梵西斯泰是他們的教師。他先自己禮拜學術女神薩拉史華蒂，(Saraswati) 然後指導他的學生們供養鮮花和菓品。他們天天受教，先教字母，再教文法，最後他們學會十八種語文。他們也學音樂跳舞和繪畫，以及一切智識。王子們時時由父親自在許多大臣面前加以考試。次一階段便訓練他們演習弓箭，刀劍等武器，參加軍事表演。他們成爲熟練的弓箭手、騎象者、馬的騎士、戰車的御者。在所有王子中，以羅摩最爲成功。他超絕羣倫，有如一面旗子神氣地飄揚在高屋的圓頂上。

當他長成到十六歲，他們的父王開始注意給他們選擇新娘。一天，他把這事和他的參議們商量的當兒，妙友(Vishvamitra)剛巧來訪問王宮。十車王謙恭地接待他，發言道：『請告訴我你有什麼要求，我可以馬上照辦。』

這位有道恩的聖人，原來是剎帝利階級，後來經過嚴格的長期苦修，才變成一位婆羅門。他回答道：『哦，摩訶羅闍，羅刹們正擾亂我們的祭禮，我懇求你答應我和羅摩一同回到我的隱區去。他力大年輕而勇敢，可以尅制那些惡魔。』

十車王很躊躇，直等到他們的先生梵西斯泰的首肯，才應允了。他又命令拉克什曼那應該陪羅摩同到隱區去。於是兩位王子便離開他們的雙親和妙友同去了。

第一夜，他們住宿在薩羅俞河注入恆河地方的一個隱區中。妙友告訴他們就在這地點，溼婆被愛神伽摩提婆（Kamadeva）的箭射傷，溼婆便憤怒地用他第三隻眼睛的火焰把愛神毀滅了。

第二天，這位聖人領着二位王子走向一座黑暗而恐怖的荒林中去，許多肉食的猛獸出沒其間，其中居住着一個可怖的羅刹女，名叫泰拉伽（Taraka），是馬力賈（Maricka）的母親。她怪相而可怕，她不斷地蹂躪鄉野。羅摩拉響他的弓弦，和她挑戰，她便怒吼前來，投擲石子，因爲她是女性，十車王的兒子不願殺死她。羅摩射掉她兩隻手臂，而拉克什曼那夫掉她的鼻子和兩耳。她馬上變掉她的形狀使人看不見她，但她用魔術的力量依舊使許多石頭像陣頭雨般落在兩人的四周。妙友要求羅摩殺死她，於是羅摩把一枝大箭，向着發聲的方向射去，把她殺死了。聖人十分快活，擁抱住羅摩吻他的頭。

到早晨，妙友朗誦權力的眞言（Mantras），天國的武器便爲羅摩而出現，這些武器的精靈們站在他的面前合掌道：『我們是你的僕役，哦，高貴的勇武者，善良降臨於你！你有任何願望，我們將給你完成。』

羅摩說：『當我需要你們時，我將想到你們，那時，你們要侍候我。』

此後妙友領着兩位王子到他的隱區去。那是在一座愉快的叢林中，麋鹿漫遊着，鳥兒美妙地歌唱着。全體隱士都歡迎他們。六天以後，婆羅門們預備一個祭典。突然一隊羅刹，由泰拉伽的兒子馬力賈與刹凡虎（Savahu）爲首，領着衝向祭台，用骸骨和血液來玷汚獻祭的犧牲。羅摩想起他天國的武器來，那些武器馬上出現在他身邊。他把一件武器擲向馬力賈，一下驅出幾百哩，將他趕到海中；再抛一件火器在刹凡虎身上，把他燒成灰燼。於是他打殺所有其餘的妖魔。隱士們十分快活，都禮敬這位王子。

(3) 羅摩怎樣娶得公主息妲

翌日清晨，妙友告訴羅摩和拉克什曼那，毘提訶國的羅闍賈納楷舉行一個大典，他和別的隱士都決定到彌德羅城去參加。他說，『你們可以跟我們去，羅闍有面濕婆的大弓，是無論神或人不能拉開的，他將拿給你們看。』

在居留隱區期間和赴彌德羅城途中，一位王子聽到關於毘濕奴的神聖傳說。那是矮子的化身，海洋的攪乳，恆河穿過溼婆的頭髮下降的事，因陀羅被隱士咒詛的事。

最後，他們到達彌德羅，賈納楷歡迎妙友，並且說道：『這兩位具有大象的威風，老虎的無畏的勇武少年是誰？他們秀美如阿須雲神（ASwin）的孿生。』

那位聖人說：『他們是十車王的兒子，羅刹的誅滅者。他們有觀瞻溼婆大弓的宏願。』

於是國王吩咐手下說：『把弓搬來。』

他的命令馬上執行，那巨弓放在內殿的一架八輪鐵車上，許多條大漢把它拖到國王那裏。

『看溼婆的弓啊！』隱士們的呼喊。

賈納楷說道；『看這面大弓，已經是世代國王藏的寶藏。不少羅闍和隱士曾奮力拉開它，但是沒有人拉得開。就是羅刹（Rakshasa）和阿修羅（Asura）也都失敗了。諸神本身也對此畏縮。我已經宣告過，那一位羅闍能拉得開這巨大的神弓，我將把我的女兒美麗的息妲嫁給他。』

羅摩驚奇地注視着，終於開口道：『請准許我舉起你的弓來拉一拉。』

那國王和圍着他的許多貴人和壯士都十分驚奇他的這說話。笑容可掬地，羅摩舉起這弓來，神氣自若地把弦張上。圍觀的人看了都驚愕着。這位王子使出他的臂力來，不可抵抗的力量拉開這面巨弓，直到發出一陣霹靂一般可怖的聲音來，從這弓的中心，折爲兩段。大地爲之震動，山岳爲之響應。這巨大的轟響，類似因陀羅神的雷杵的吼叫。當場的人全都跌倒，驚駭而暈絕，除卻賈納楷王與妙友，還有十車王的二子。

國王說：『現在我親眼看見了奇蹟。無比的羅摩是貴族，他應該得到我的女兒息妲做妻子。

我愛我的息妲甚於我自已的生命。讓快使馬上馳告十車王，請他到此地來。』

賈納楷使者的駿馬經過三夜的歇宿，便到達阿踰陀城。十車王接見了使者後，就帶着其餘兩個兒子和隨從一同到彌德羅去。

結婚典禮在賈納楷的王宮舉行，息妲配羅摩。息妲的妹妹歐米蘿(Urmira)配拉克什曼那，息妲的堂妹孟陀維(Mandavi)配婆羅多，史璐妲克麗蒂(Sruta-kriti)配薩德路格那。花圈放在祭台上，地上升起聖火。賈納楷致詞：『妻子要分擔丈夫的憂樂，丈夫要無論在憂患或歡樂中愛護妻子。』他叫四對夫婦攙手繞着聖火走三個圈子，梵西斯泰在旁邊唸着經文。這時室中落下花來。天國的樂師甘陀婆們彈奏着音樂。

四對夫婦都很幸福。當他們婚後回到憍薩羅來，阿踰陀的人民都歡迎他們。十車王的三位王后擁抱着新娘接吻。凱蔻姨的兄弟俞陀吉(Yudajit)也在阿踰陀城。幾天以後，俞陀吉西行返回他本國凱蔻耶(Kaikeya)，便把婆羅多和薩德路格那帶去了。

羅摩和息妲過着甜蜜的日子。羅摩說：『我愛，你像蓮花一般優雅，你的頭髮像絲做的青苔，你的眼睛像美麗的蜜蜂，你的臉兒的嬌美，有如水中映出的月亮，你的手臂是齊整的藕節。哦，我的無比的新娘。』

他倆一起跳入月光盪漾的清涼水中，羅摩投擲息妲許多美麗的花朵。息妲向後退，羅摩逼近去。她直退到水深之處，於是她便熱切地攀住羅摩，盤繞她的兩臂在他頸項上。他既不急急乎把她拖回淺灘，所以他被她親愛地擁抱着了。

他倆再在浮泛的花朵間玩捉迷藏。羅摩沈入水中，祇剩臉兒露在水面，叫息妲去找着他。息妲不知道她所見的是羅摩的臉還是青蓮花在水面。她俯身去嗅嗅似乎是一朵香花，她觸到了她愛人的口唇，他便甜蜜地吻她。於是輪到息妲躲藏了。她躲在紅蓮花中間，她的臉活像一朵紅蓮花。羅摩吻她好多回她才笑着動起來。最後他倆在皎潔的月光下從湖沼中高高興興地奔上岸來，衣裳上滴下閃爍的水點來。於是他倆飲喝一杯蜜汁，息妲的心是醉了，她說着口齒不清的甜蜜的情話。……共享無上的歡樂，有如毗溼奴與無比的蓮克喜彌（Lakshmi）在光煥的天國中。

(4)選立太子的中變

十車王已經年老，他的八位參議大臣和人民開始商量誰應被立爲太子，（Yuvarajah）傳襲統治之責，准許老王消磨他的餘年在隱居生活中，以備來生居住無憂的天上。

全體聖人和首領都贊成選取羅摩，十車王滿心高興，老百姓聽到羅摩繼承爲他們的統治者的消息時也十分欣喜。他們希望的成功發爲歡呼之聲。於是羅摩被召來，十車王祝福他，並吩咐他偕同息妲到毘溼奴廟中去度過這夜，準備明朝的登極典禮。這夜阿踰陀城已掛燈結彩，老百姓都預備在天明時將各條街巷都飾以花圈和旗旛。

現在卻有一個人不快活，因爲她恨珂莎雅后的兒子羅摩。這人是凱蔻姨的兒子王子婆羅多的老褓姆，她的名字叫蠻太藍（Manthara）。她是當凱蔻姨還在她父王亞沙巴替（Aswapati 馬主）宮中時便侍奉她的老奴隸。蠻太藍的生相奇形百醜，她是短頸項，扁胸膛，腳如甘蔗，腹大而背駝，在羅摩幼年，她曾觸犯羅摩，羅摩給她以打擊，從此她用獰惡的敵意注視他。

當凱蔻姨從王宮的頂上幽閒地眺望燈彩和忙亂的街巷，這駝背奴隸走近來說道：『啊，笨人，在這樣一個夜裏你也會高興的嗎？你有可怕的災難之虞。十車王欺騙了你。你的兒子婆羅多到他外祖父國裏去了，所以珂莎雅的兒子被立為嗣君。從此，你將成為珂莎雅的女婢，而且你將侍候神氣息妲的臉色。現在趕快阻止這可怕的遭遇。』

凱蔻姨說：『為什麼你要恨羅摩？他是正宮王后的長子，沒有得到珂莎雅兒子的同意，婆羅多是不能做嗣君的。羅摩待我很好，孝敬我和孝敬他自己的母親一般。』

蠻太藍聞言驚詫，勃然大怒，她說：『你怎麼瘋了，使你這樣盲目？怎麼笨到使你忽視伺候着你和你兒子的憂患之深淵？我比你年老識多，眼見黑暗的事實埋藏在王室。婆羅多那可做羅摩的奴隸？我清楚地知道猜忌的羅摩，會逼你的威風兒子走上放逐之路，或者把他殺死。起來，你這疏忽的王后，起來救助婆羅多，讓他不被遺漂泊在可怖的荒林。對摩訶羅闍說出你的命令來，他的心已被你的美麗俘獲了。除卻你，任何女人寧死也不肯讓她的敵手制勝她自己的。』

凱蔻姨的心，被挑撥得妒火中燒了，她說：『我怎能說服十車王擡舉我的兒子而把羅摩放逐呢？』

於是這駝子提醒婆羅多的母親，她的丈夫曾允許她可有兩個特別恩典的。從前十車王曾去幫助因陀羅作戰驅魔，他重傷到快要死了，但是凱蔻姨把他醫治好了。所以他立誓同意她兩個恩典的。當時她說；『到我需要這兩個恩典時我再提醒你的諾言吧。』

蠻太藍對婆羅多的母親提議道：『現在你到悲悼室中去假裝悲憤。摩訶羅闍會來尋你的，等他來問你有什麼委屈時，你便要求從前允諾的兩個恩典。』

因此當十車王到悲悼室去安慰她時，她便說：『你曾發誓給我兩個特別恩典，現在請踐約吧，否則我今夜死了。』

十車王說：『你說出你的願望來，我答應你好了。』

於是凱蔻姨說：『讓王上的行動履行王上的話吧。第一個恩典，我請求把我的兒子婆羅多提升為太子；第二個恩典，把羅摩驅逐到荒林裏去十四年，作為一個穿樹皮裝的皈依者。」

十車王聽見這些非常的言辭，像暴風拔出的樹木一般暈倒在地。最後，他恢復了知覺，張開眼睛來說：『是不是我做了一個可怕的惡夢？是不是魔鬼來難我？是不是我遇見瘋子了？』沈默，戰慄，他注視着凱蔻姨有如一隻駭鹿注視着一隻猛虎。過了一時，他才發出欷歔的嗚咽聲來。最後憤怒佔有了他，火赤的眼睛，高亢的聲音，責罵她說：『叛逆，是不是你要毀滅我的家？羅摩從未觸犯你，為什麼你要損傷他？啊，凱蔻姨，我曾愛過的，我曾懷抱過的凱蔻姨，你游進我家來正如一條毒蛇來實行毀滅的。現在我衰老了，把勇敢而高尙的羅摩和我拆開，這是致我的死命。……請可憐我，要求別的恩典吧。』

可是凱蔻婕冷冷地刻毒地說：『如果你要對救你生命的人背誓，一切的人都會鄙夷你的，而且我也就在今夜服毒得了。』

十車王沈默了多時，於是他流着眼淚說：『啊，凱蔻婕，你是美麗的，你曾俘獲了我的心。怎麼會這個罪惡的願望盤據在你的胸中，並用狡猾來掩蔽？你已把你美麗爲餌將我落入陷阱了。……怎能做父親的去汚辱他自己愛好的兒子？寧可我入地獄，勝如把羅摩放逐。我有何面目再見他？我怎麼能忍受眼看他別離溫順的息妲……哦，我已經喝了攙和毒藥的甜酒了。……請可憐我，哦，凱蔻婕！我拜倒在你腳邊了。……我但願閻摩就在這時來攫取我。』

凱蔻婕說：『如果你尊奉誠實，我懇求你同意我的恩典；但是如果你寧可違背你的誓約，那末讓我現在服毒吧。』

十車王在悲傷中哭喊道：『陰影籠罩的夜啊，點綴着星辰！停止這流水的光陰，否則解放我的心吧。用你的黑暗的外衣掩蓋我的悲哀與羞辱，隱蔽這罪惡的事實不爲人類所知。讓我滅亡，在黎明以前，願太陽永不東升來照射我玷汚的生命。』

這樣他整夜悲嘆。最後他對凱蔻婕說：『我同意你的恩典，可是我永遠唾棄你，而且你的兒子也這樣。』

(5) 羅摩的放逐

早晨破曉，京城已用旗旛和鮮花裝飾起來。一張黃金寶座已爲羅摩擺設好，虎皮展開在座底；白色的傘蓋也給他預備。大象和駕車的馬匹都配置起來。……祭禮也部署完成。……民眾開始聚集在街頭，等待着摩訶羅闍和嗣君羅摩。

首席參議蘇曼德羅 (Sumantra) 走向王宮，進入十車王過夜的房間，去喚醒他引他參加典禮。

凱蔻姨遇見蘇曼德羅，向他說：『召喚羅摩到此地來，摩訶羅闍有話一定要同他說。』蘇曼德羅大爲驚奇，趕快到王子的住處傳達命令。羅摩說：『我馬上去。喂，息妲，留在此地等我回來。』

息妲跟隨羅摩走到門口，向神祇祈禱，讓他們保佑他。

當他在車子裏馳向王宮去時，沿途麕集的人民向他高呼萬歲，婦女們從屋頂向他擲花。……他進入大門，驅車經過最初三殿，下車走過兩座內殿；於是他吩咐他的隨從等在外面，他馬上站在摩訶羅闍的面前恭敬地行禮。

羅摩看見他的父親坐在凱蔻姨旁邊，他的身體彎着，滿面愁雲。當他的兒子吻他的腳時，他眼中不禁掉下淚來。羅摩照樣吻凱蔻姨的腳。十車王意欲發言，但眼淚兀自從他眼中湧出，他所能說出的只是「啊！羅摩」。十車王的悲哀在心上起伏着，有如風暴之海的波浪。

羅摩說；『哦！我有否觸犯父王之處？母親，請你說吧。因何他兩眼落淚？因何愁雲滿面？……我寧可死去，不願我父王之心被言語或事故所傷。』

凱蒄姨說：『摩訶羅闍既不發怒，也沒有被觸犯，只是他不好說出他的目的來，除非你答應順從他的話。』

羅摩說：『哦，說好了，我將服從，即使我被令飲服毒藥，不得壽終。我的諾言已說出，我的嘴是從不撒謊的。』

凱蒄姨冷酷地說：『當我給摩訶羅闍醫了傷救了命時，他立誓答應我兩個恩典的請求，雖然現在他像一個下等階級的人一般又要後悔了。我已經請他實踐誓約，我乞求的兩個恩典是：婆羅多，福星高照，他擢升為太子；你呢，放逐兩個七年。……假如你預備順從你父親的意志，保全他的榮譽，你要今天出發，離開京城，答應婆羅多統治這國家。』

十車王的心被這些刺痛的話所貫穿，可是羅摩聽着毫不動情。這些話傳入他的耳朵，有如落入大海。他鎮定地說：『我將今天出發，成全我父親的誓言。我會高高興興地服從他的命令。讓婆羅多快從吉利扶羅闍 (Girivrajah) 處召回。我將迅赴檀陀伽 (Dandaka) 的荒林去。』

凱蒄姨說：『這就好了。但是不要逗留，因為你的父親會既不盥洗，也不飲食的，在你離開以前。』

羅摩拜過他被悲哀所打倒的父王，再拜凱蔻姨。……所有王家的侍從都哭泣，可是羅摩毫不動情，有如一壺水的對大洋注入或汲取。

他走向他母親珂莎雅處去，她約定代他去獻祭毘濕奴的，他告訴她發生了什麼事情。

珂莎雅哭道：『啊，我的兒子，如果你不出生，我也不會遭這樣的災難了。兒啊，我是正宮王后，但凱蔻姨卻取而代之，我被我的丈夫討厭了；輕視了。……兒啊，我已經老了，怎麼再能忍受失去你的苦痛呢？……現在要是我的心無法長得石頭一般硬，怎會不破裂？我不希望再活下去了……一個兒子能夠服從一個老朽的父親嗎？……羅摩啊，羅摩，民眾會起來反對，擁護你即位，如果你父親固執不改，殺掉他，因為他在眾人之前已變得如此卑賤，只是一個女人的奴隸了。』

拉克什曼那說：『母親，你的話是對的。羅摩有我在侍候，有誰敢反對他？』

珂莎雅說：『聽你弟弟的話，羅摩。假如你父親的話必須服從，那末我的話也該服從，現在我命令你不到荒林裏去。我將不再進食，你有致我於死的罪名。』

羅摩說：『我必須服從我父親的命令。母親，允許我現在出發吧。……拉克什曼那，我已經答應我父親服從了，不要叫我違背我保證了的話。』

珂莎雅還是要說服羅摩留下來，羅摩想安慰她，可是她的悲哀是沈重到無法移易了。她熱愛她的兒子，她仇恨她的匹敵凱蔻姨。

於是羅摩顰眉愁眼地去見息妲，告訴她全部事實，並叮囑道：『我的母親已經心碎，息妲啊，她需要你去慰藉她的悲哀。哦，親愛的妻子，現在我必須離你而去，要從此順從婆羅多，不再稱道我，因爲一個羅闍不喜歡人家在他面前讚美別人的。』

息妲說：『妻子必須隨從着她的丈夫，分受他的災難。如果你一定要出發到森林裏去，這是我的職責：走在你的前面，剷除路上的荆棘。只要你在我身邊，到任何天涯地角都是愉快的。同住在森林裏勝如獨處在王宮。我將減輕你憂患的負荷，哦，羅摩。如果你把我拋棄在寂寞的王宮，我一定要死了。』

羅摩講述森林的危險：那裏，到處是野獸和毒蛇；那裏，食物稀少，好容易找到了，也不合口味，難於下嚥；那裏，要找不到一間房子，着地睡覺；而且那裏，有受熱和受冷，暴風和霪雨的苦難。他說：『息妲啊，你比生命更寶貴。我怎能答應你爲我而受難？當我知道和你分離了怎樣情形，我的愛將格外增長。……愛人啊，等在這裏，等我再回來。』

息妲說：『我不怕危險，不愁荒林，我寧可同你一起睡在着地，不願獨自睡在這裏天鵝絨牀上。沒有你，我缺乏了生活的願望，……羅摩啊，帶我在一起，讓我分受你的憂患，分享你的歡樂。在森林裏陪伴着你，勝如獨居在深宮。』

羅摩對她的勸告無效，她反對和他分離。她倒在他的腳邊，傷心地哭泣。最後，他允許她分受荒林的災難。

於是拉克什曼那懇求也陪羅摩同去，羅摩也不能說服他留在後面。

因此，羅摩與息妲以及拉克什曼那一起，赤腳步行，走到王宮去向摩訶羅闍與三位王后辭行。

發生了什麼事情，已經傳遍全城，民眾憂傷地注視着羅摩，他的妻子和他的弟弟。有的人說：『摩訶羅闍着了魔鬼的迷了。』有的人說：『讓我們捨棄這城市跟隨羅摩吧。這樣婆羅多將沒有百姓給他治理了。』

羅摩帶着妻子和弟弟入宮，合掌立在摩訶羅闍面前。

十車王悲嘆而言：『一個女人欺詐了我。她隱蔽她惡意在她的心裏，有如烈火用灰燼來隱蔽。……黃昏已經很深，同你母親和我留在一起，等天亮了再說。』

羅摩說：『凱蔻姨命令我今天出發到荒林去，我已答應服從了。……十四年以後我們再回來見你。』

摩訶羅闍和參議們都想派王家軍和獵人們以及許多糧食和珍寶伴送羅摩到荒林去，雖然凱蔻姨高聲抗議。可是羅摩拒絕了軍隊和隨從，請求穿着樹皮裝，還有隨帶掘根的鐵鏟和裝鐵鏟的籃子。

不知廉恥的凱蔻姨走去拿來三套樹皮裝。羅摩和拉克什曼那馬上脫下王族的服裝和飾物，穿上粗糙的皈依者之服裝。但是息妲，她從小就着絲綢的，哭泣着說：『我怎能穿樹皮衣？我不會使用這樣的衣服。』

所以息妲的樹皮衣拿開了，她沒有答應她應該受這羞辱。

於是羅摩、息妲、拉克什曼那三人向王宮裏的人們辭行，他們坐上一部車子送他們到本國的邊界去。許多城裏的老百姓跟着他們，決心分受羅摩的放逐。第一夜他們住宿在泰麥沙河（Tamasa）邊。天剛亮，羅摩便叫醒息妲和拉克什曼那及御者，在跟隨的民眾沒有醒來以前，他們悄悄地渡河走了。這一天渡過急流的古牟鐵河（Gomti），到達紅色的恆河邊。那裏，是諸神沐浴，眾聖修道之處。他們在樹下過夜，第三天打發車子回去了。他們便渡過恆河前進。第四天到達婆羅梵賈(Bharad-Vaja)聖人的隱區普羅雅伽((Prayaga就是現在的阿拉哈巴Allahabad)。第五日一早他們自己造船渡過深青色的瓊那河（Jumna）進入森林地帶。第六日到達吉德羅古多(Chitrakuta)，遇見了隱士梵爾密寇，便在山上結盧而居。

當泰麥沙河邊的民眾醒來，發現他們敬愛的羅摩走了，只得滿懷傷感的回到悲哀之城阿踰陀去。

(6)十車王臨死的故事

羅摩放逐的悲痛使十車王病倒，就在羅摩到達吉德羅古多的一天，就是羅摩走後第六日，十車病勢沈重，他的死期到了。

夜深人靜，羅摩的母親珂莎雅坐在他身旁哭泣，他安慰珂莎雅，對她悲嘆着述說年輕時的一段傷心故事：

『珂莎雅啊，人生的行事，無論是甘，無論是苦，都會帶來牠們的果實，得到最後的報應，或者獲得幸福，或者遭遇災難。我的災殃也是種因在我自己。

『聽我的故事，珂莎雅。在我年輕的時候，那時你還沒有嫁給我，我酷嗜打獵，我是有名的神箭王子。雖然看不見被射的目的物，只要聽見聲音，就可發射中的。一天傍晚，我在薩羅俞河上打獵，天漸漸黑下來了，我坐下來休息，忽然聽見河邊有潑剌的水聲，那一定是象或鹿的夜飲。我連忙搭上箭向聲音傳來的方向射去，那箭像眼鏡蛇般發出嘶嘶聲來，馬上聽見一聲人的呼喊。哎喲，我無意中製造了深重的罪孽。我連忙跑前去，看見一個少年隱士倒在血泊裏，一個水罐拋在他旁邊。

『這小孩是給他年老的瞎眼雙親來汲水的。他告訴我他的雙親正鵠候他的水去解渴，快去報告他們孝順兒子的命運。他們失掉了相依爲命的兒子，便無法活下去了。箭頭的疼痛，似烈火一般燒他，他要求我把箭拔出。我用力把箭拔了出來，他便氣絕死了。

『當我走到他雙親的住處，他的父親聽見腳步聲，便慈愛的說：「來，我的兒子，來侍奉你的雙親。你爲什這樣遲才回來？我很口渴，你的母親也渴念着你。……你是沒有援助之人的援助，沒有眼睛之人的眼睛，使你的父母得娛晚年。你爲什麼不作聲？你說話啊，我的孝順兒子！」

『瞎眼的父親歡迎他兒子的殺戮者，我的精神多們苦痛！我垂着頭，不敢抬起眼睛來。我沒有勇氣告訴他這不幸的消息，他兒子的悲慘的死，來幻滅他慈愛的夢。最後，我掙扎着發出我斷續的聲音，終於告訴他我是誰，怎樣誤殺了他的兒子。

『這老隱士立刻哀慟起來，說道「領我到兒子那裏去，讓我最後一次擁抱他。」我領着那哭泣的父母到達河邊，父親抱着他僵臥的兒子哭道：「啊，我的兒子，你爲什麼不說話，不招呼我？你只躺在地上，不回答我一聲。啊，你再不能愛我了，你聽見我的話嗎？你的母親也在這裏。你是孝順而勤懇的，你再對她說一聲親熱的話吧！……現在每天早晨誰將給我們誦讀聖經？誰將掘根採果來飼養我們？……哦！等一等，我的兒子，你的父親和母親將和你一同去，仍要你攙扶着，一同走上不再回來的黑暗之路。……」

『這衰老的瞎眼父親慟哭着，然後誦經洒聖水舉行葬禮。這時他含着眼淚說出他有力的預言來：

『「哀憐他心愛的兒子，是父親最深的悲哀，
哀憐他心愛的兒子，十車王你也會體會！

『「看雙親的哭泣以殞歿，悲悼被殺的兒子，

你也將哭泣你也將殞歿，爲一個心愛的正直的兒子！

『「報償雖遙遠——但完成的時間終於到來，

十車王悲痛的死，將贖淸十車王的罪！」

『說完了這話，老隱士爲死者堆起火葬木柴來。當他點旺了焚燒的火，他和他的妻子便跳進烈焰都葬身火窟。

『許多的歲月消逝，時間已經完成，驕傲而愚蠢的果實，罪惡的收穫都來了！最親愛的長子羅摩，誠實而忠心的兒子拉克什曼那啊，請你們原諒臨死的父親，原諒他殘酷的行爲！凱蔻姨啊！你鹵莽地帶來了羅怙（Raghu十車王的祖父——譯者）族的這個罪惡，放逐了無辜的王子，殺死了你的丈夫你的國王！珂莎雅啊，把你的手放在我的手中，拭去你無用的眼淚，安慰你臨死的丈夫！蘇密泰啊！把你的手放在我的手中，我的眼睛已模糊，爲了羅摩的放逐，我的靈魂要飛向天空了！』

在靜寂的子夜，衰弱的國王還在嘆息，祝福了珂莎雅和蘇密泰，祝福了放逐的二子，他與世長辭了。

(7) 婆羅多的禮讓和羅摩的鞋子

使者馳赴凱蔻耶去召回王子婆羅多，婆羅多馬上辭別回國。經過了七夜，他到達阿踰陀，他還不知道十車王已死。他進得王宮，他的母親凱蔻姨才哭也不哭地告訴他父親已經去世。婆羅多聽了落下淚來，仆倒在地板上號哭。

凱蔻姨說：『你不要這樣悲傷，我的兒子。』

婆羅多說：『假使父親在世，他見我回來，一定來擁抱着我吻我了。……可是羅摩在那裏！現在他是我的尊長了。』

於是凱蔻姨告訴他全部經過情形，並且說道：『兒啊，爲你之故，我才這樣做。不要悲傷，因爲現在你已承襲國家的統治權了。』

婆羅多說：『我已失去我的父親和長兄，現在一個國家給我還有什麼好處？哦，黑心女人啊，你已把這家所有的快樂都一掃而光了。你殺了我的父親，放逐了我的長兄，……可是我要把我的哥哥從森林裏請回來的，他將升登寶座，做我們的摩訶羅闍。』

薩德路格那也像婆羅多一樣悲傷，他見到壞蛋駝背蠻太藍，把她摔倒下去，在地上拖過來說：『我們禍殃的根苗就是這可惡的畜生。我要殺掉她。』

凱蔻姨嚇得飛也似的逃去。婆羅多說：『不要殺她，因爲她是一個女人。我也要殺我黑心的母親，可是，如果我這樣做，羅摩一定不饒赦我，再也不理睬我。薩德路格那，饒恕這賤胚，恐防羅摩要對你發怒的。』

珂莎雅，羅摩的母親，於是走近婆羅多說：『哦，有志者，現在王位是你的，你的母親已經給你拿到手了。』

婆羅多俯伏在她腳邊立誓他永不坐上寶座，祇想趕快去懇求羅摩回來。

於是珂莎雅哭泣着擁抱他，因爲他忠實於他的長兄。

當婆羅多給父親舉行了火葬，便同三位母親和弟弟薩德路格那、導師梵西斯泰參議賈梵理（Javali）等帶着王家的軍隊離開阿踰陀去尋訪羅摩。

婆羅多和羅摩在吉多羅古多相會，他們互相擁抱着爲他們父親的去世而哭泣。

隨後珂莎雅等也到了，羅摩擁抱母親，珂莎雅讚美息妲，說她因爲苦行，已經瘦了。

兄弟四人重新相會，拉克什曼那也見到了自已的母親。於是婆羅多說了：『這王位的傳給我，非我所願。我的長兄，現在我讓給你，請你接受，讓我母親罪過的汚點可以洗雪。我的母親也來贖罪了。她十分悲悔，她哭泣她丈夫因她而死去，她哭泣她自已的恥辱。』

羅摩說：『哦，婆羅多，我的父王成全他的誓言，放逐我到荒林，使你繼承王位。一個忠孝之子不能違背他父王的命令。』

於是十車王的婆羅門參議賈梵理開口道『哦，羅摩，爲什麼要用空虛的格言模糊你的智慧？

你已經服從你父親的命令，如果你要繼續服從一個已死者那是愚蠢。一個人單身進入世界單身離開，對於他的親屬沒有自認的愛或友誼。他的父母不過是路旁的旅舍。除掉你自己，更沒有任何親人。人如旅客，到遠方去遨遊，歇息在路旁的旅舍中。當日光拂曉時，他便離去，到另外一個瞬息的家去。所以在大地上那些親屬、家庭、國家、財產，都不過是旅程中所遇之事物。我們繼續前進時便照樣離開了。在世界上我們只有一個生命，爲什麼要如此自苦！如果你不要王國，便是你毀滅自己的生命。哦，我替那些要去實行迷人的職責之凡人痛哭，犧牲他們的享樂，直到空白的生命過去。我們爲什麼要祭祀神祇和祖宗？難道我們給婆羅門人們吃去的供物會養育神祇和祖宗？狡猾的祭司製造許多格言，爲達到他們自私的目的他們才說，——獻出你的供物，實施你的苦行。離開你塵世的財富，來禱告吧！羅摩啊，那裏是沒有「來生」的，人們希望進入天堂是空虛的。尋覓眼前的愉快吧，不要再空想，接受婆羅多的奉獻，返回阿踰陀去接位。』

羅摩心中充滿憤怒，答道：『賈梵理啊，你的動機是好的，不過你的學識是錯誤的。因爲一個人的行爲可以分出善惡來，過眞實生活的我怎可走惡行之路？神祇能知人的心思，將對我咒罵。你的話對我不能有效，因爲不能使人到達天堂。眞理是我們的古道，眞理支持大地、國家和國王。別的東西都會消滅，眞理卻永存。眞理支持天堂，如果沒有了眞理，供物、犧牲、苦行以及吠陀經也都歸無用。你說沒有「來生」，應該尋求快樂，那末爲什麼那些聖人要苦行，吠陀經要勸告我們勿走罪惡之路？如果我們只信目見之物，那末也不需要學問了。是不是一個婦人可以在看不見丈夫時便算寡婦？謊謬言論的毒害更甚於蛇蝎。我不尋求高深的理論，來恢復我的王位。請你原諒，尊者，我仍將服從我天堂裏的父親之命令，實行我對我的母親凱蔻姨后的諾言，讓婆羅多接位。在森林中，我住滿十四年。』

婆羅多說：『如果我們父親的誓言一定要完成，那末讓我留在森林裏十四年，這樣羅摩可以回到阿踰陀去。』

羅摩說：『父王的命令是不是婆羅多或羅摩所能更改或者收回成命的？』

因此婆羅多遞給羅摩一雙飾以黃金的新鞋，說道：『把這雙鞋子著在你腳上，便可以成全一切善行。』

羅摩把這雙鞋子在腳上穿一穿，仍舊脫下還給婆羅多。婆羅多說：『我將像一個皈依者一般亂髮樹皮裝十四年。哦，羅摩，這雙鞋子將放在王座上，讓我來替你守護。當你苦行的時期完畢，如果你不回來，我將在火堆上自焚而死。』

四兄弟仍分作兩起別離了。婆羅多和薩德路格那帶同來時的人馬仍回阿踰陀去。婆羅多對他的參議們說：『我將住在城外南迪格羅摩(Nandigrama)地方，直到羅摩回來。』

於是他穿上樹皮裝，住在樹林中，在那裏處理國家大事，國王的傘蓋卻張在羅摩的鞋上。一切的典禮和貢獻先在鞋子前面舉行，表示婆羅多的統治國土不過是代理他的長兄，羅摩的鞋子是王權的標記。

(8) 蘇巴娜伽的誘惑與復仇之戰

因爲恐防婆羅多再來吉多羅古多麻煩，羅摩息妲和拉克什曼那於是再向南行，進入深林。沿途訪問各種大德的修道者。於是越過了文特耶山（Vindhya Mountains），流浪在德干（Deccan）高原和南印度。在靠近哥達伐里河（Godavari）的河源的潘査伐邸（Panchavati 卽今Nasik 離孟買約百哩）這位放逐的王子用竹子建造了一間四室的小屋，平靜地過着虔誠的生活。

荒林的苦行生活過去了十三年半，再有半年便放逐期滿。一天，這平靜的隱區來了一個羅刹女，名叫蘇巴娜伽（Surpa-nakha）是楞伽山（Lanka 今錫蘭）魔王拉伐那(Ravana) 的妹妹。她生得奇形百醜，她的聲音是破喉嚨，非常難聽。她看見羅摩美如蓮花，高大的身體，忠義的行爲，她便滿心想愛他。她變成一位美女來誘惑他離棄息妲。一位年輕貌美的少女站在王子面前，用嬌滴滴的聲音說：『你是誰啊，帶了妻子到這寂寞的荒林裏來居住？這是羅刹出沒之處啊！』

羅摩說：『我是羅摩，摩訶羅闍十車王的長子。我帶了我的妻息妲，我的弟弟拉克什曼那來到此地，是因爲成全我父王的誓言來過放逐生活。哦，美人兒，你像毗濕奴的夫人一樣美麗，因何孤零零的一個人漂泊到此地來？』

蘇巴娜伽說：『我是一個羅刹女，拉伐那的妹妹；我專爲愛你所以來此。我揀中你做我的丈夫，你可統治我的大帝國。息妲蒼白而醜陋，和你不能相配，但我卻是絕世美人，而且你要我生成什麼模樣兒我就能變成什麼模樣兒。我一定吞食息妲和你的弟弟，這樣我倆可以自由自在地遨遊荒林，攀登峻嶺。』

羅摩說：『息妲是我親愛的妻子，我不願離開她。可是這裏拉克什曼那沒有配偶，倒是你適當的丈夫。』

蘇巴娜伽馬上離開羅摩，去找拉克什曼那，拉克什曼那嘲笑了她。

於是被激怒的羅刹女妒性發作，衝向息妲，但羅摩把她摔了回去。拉克什曼那像閃電般跳上去用刀割了她的鼻子和耳朵。因此她發出尖銳的叫聲來逃跑，似暴風一樣的悲鳴而去。岩石廻響着她令人畏懼的怪聲。

蘇巴娜伽到她的另一哥哥喀拉（Khara）處。喀拉看見她妹妹毀了容，還在出血，便叫道：『除掉天人，無人能做這事的。今日我將如鶴飲水般飲吸因陀羅的血。』

於是蘇巴娜伽敍述發生的經過，並且說道：『羅摩和拉克什曼那爲保護息妲而攻擊我，我渴望要吸息妲的鮮血，我懇求你現在去把她捉來。』

喀拉叫來十四個羅刹，命令他們去把住在檀陀伽荒林中的王家隱士三人捉來。蘇巴娜伽和十四個羅刹一同奔馳而去，可是一會兒蘇巴娜伽獨自悲鳴着逃回，那十四個羅刹都被羅摩的神箭射死了。

喀拉馬上叫來他的兄弟杜沙那(Dushana)，對他說：『集合一萬四千羅刹軍，把我的武器拿來，把我的戰車駕上馬匹，今天我一定要殺死可惡的羅摩。』

當軍隊前進去作戰，先來凶兆。豺狼咆哮，眾鳥悲鳴，天空是現血紅色，羅虎（Rahu）盡力吞噬太陽，致使晦暗而可怖。羅摩的神箭在冒煙。羅摩急速叮囑拉克什曼那把息妲帶入山中的一個隱祕洞穴中去保護好她，讓他一人獨戰羣魔。

拉克什曼那依照他哥哥的話做了。羅摩穿戴上甲胄，手執神弓與利箭。裝束妥當，專候眾兵的到來。當羅刹們出現時，見到他便畏縮不前，因爲他這時的模樣兒正如死神閻摩的伺人而攫。可是喀拉驅車前進，催迫他的部屬進攻。他的部屬吼叫着跟他潮湧而來，有如恐怖的烏雲衝向旭日。

成千的兵器似陣雨般攻擊羅摩，羅摩開始發射火箭，火箭掃蕩羅刹軍有如火燒乾枯的樹林，死傷遍野。喀拉和杜沙那兄弟還是力戰不退，羅摩用一件天國的武器斬殺了杜沙那，迫使魔軍奔逃。喀拉想給他被殺的兄弟報仇，但也給羅摩拉起弓來射出一枝火箭，把他立時焚毀了。所以戰爭是勝利了。息妲從洞穴中出來，抱住她英勇的丈夫不住地吻他。

(9)羅刹王設計搶息妲

羅刹軍全軍覆沒，只有蘇巴娜伽逃得生命。她趕到楞伽十頭魔王拉伐那處報告他兄弟的死耗，並說：『你在戰爭中不能打敗羅摩，但是你可用計謀取勝。他有一位美麗的妻子，名叫息妲，他的愛她勝於自己的生命。只要你捉到息妲，就能殺死羅摩，因為他沒有了她是不能生存的。』

拉伐那說：『好，我將用我的車子把息妲帶到此地來。』

明天，拉伐那和他的兄弟馬力賈出發到羅摩的隱區去。這位馬力賈，就是從前羅摩用一件天國的武器把他趕過海洋的羅刹。現在他們兩個坐在一架耀光的飛車中，那飛車用許多有翼的羅刹頭顱的驢子拖拽着像一隻大鳥般在空中飛行的。

馬力賈變成一隻金地銀斑的梅花鹿，鹿角的尖頭有如藍色的寶石，一雙鹿眼則像兩朵青蓮花，好看極了。這隻美麗的優雅之鹿遊蕩在林中吃草，息妲去採摘野花時看見了十分驚喜。她叫喚羅摩說：『一隻異常美麗的鹿在叢林中閒遊，我很想得到它，讓我可以在金皮上舒適地休息。』

羅摩說：『哦，拉克什曼那，我一定滿足息妲的願望。你和她留在這裏，等我給她去捕獲這隻畜生。』

說着，他拿了他的弓，馬上穿林而去。

拉克什曼那對息妲說：『我的心中很是疑慮。聖人們曾告訴我說羅刹常要變成鹿形，往往有國王在森林的路邊給狡猾的妖魔引誘得去。』

羅摩在森林中東奔西跑的追逐那隻金鹿，最後他一箭直貫鹿心。創痛的馬力賈馬上現出原身，模擬着羅摩的聲音高叫：『息妲，息妲，快救我！救救我，拉克什曼那！』羅摩近前一看，才知道是拉伐那的兄弟羅刹馬力賈來送了命。

息妲聽見遠處羅摩的喊聲，心中異常驚恐，她對拉克什曼那說：『趕快援助羅摩，他在呼救啊！』

拉克什曼那答道：『不必爲羅摩着急，嫂嫂。沒有羅刹能夠傷害他的。我必須服從他的命令，留在你身邊。你聽見的喊聲是妖魔假裝的一個迷惑。』

息妲大怒，她的眼中爆出火花來，她的聲音顫抖，她說：『是不是你也變成了硬心腸？你是不是你哥哥的敵人？羅摩碰到了危險，你還不趕快去援助他，你跟他到森林裏來是不是希望他會死去，你可用強力得到他的寡婦？果眞如此，你的夢想是要幻滅的，因爲他死了我不會再延命一刻。這是徒然的。你等在這裏。』

拉克什曼那聽了眼中充滿了淚水，回答說：『我不爲羅摩憂慮。……哦，息妲！你的話炙傷了我，我是當母親一樣看待你的。我的心向來是潔白無瑕的。……哎喲！那猜忌的婦人要用毒舌來離間兄弟互相攻擊了！』

息妲哭泣着，拉克什曼那後悔說話太苛刻。便對息妲說：『嫂嫂，我服從你，馬上去找羅摩。願森林的精靈守護你逃開敵人。我很爲難，我看見凶惡的預兆了。願我回來時見到羅摩站在你身旁。』

拉伐那暗暗地在那裏窺伺，當他看見拉克什曼那離開小屋，他就變成一個森林修道的婆羅門走向息妲。森林十分靜寂，拉伐那看見息妲的美麗有如子夜的明月，獨照幽林。他走前讚美她道：『哦，具有黃金之美的女人；哦，羞答答的青春少婦，裏着絲質的霧縠，戴着芬芳的鮮花；你是女神，還是天仙？你的嘴唇紅似珊瑚，你的牙齒似茉莉花一般的雪亮，美目的流盼如此柔和，如此光煥，脈脈地含情；纖秀而細長的身材，配以相稱的四肢，有如熟菓的胸。……所以，哦，長頭髮的美人兒，你爲何逗留在這裏寂寞的荒林？你是宜乎點綴於莊麗的王宮的。一個王族的求婚者選中你，成爲國王的新娘。你的父親是什麼神，哦，美人兒？』

息妲對拉伐那致敬，她相信他是一個婆羅門。她告訴他羅摩放逐的故事，說明她住居森林的原因。她說：『你在這裏休息吧，羅摩兄弟就會回來招呼你的。』

於是拉伐那說：『我不是婆羅門，我是諸神畏懼的拉伐那，楞伽的國王。哦，美人兒，你穿在黃綢裏面，已經俘獲了我的心。哦，息妲做我的正宮王后，五千名侍女將聽候你的命令。分享我的帝國和我的榮譽。』

息妲的眼睛閃動着怒火，她說：『你知道羅摩否？他是似神的無敵英雄，在戰爭中他是永遠勝利的。我是他的結髮妻子。你知道羅摩否？他是無瑕的聖人，他是大力士，勇猛而堅貞。我是他的結髮妻子。怎麼瘋狂了促使你向這樣一位偉大的戰士之妻來求婚？我追隨羅摩，有如雌獅追隨雄獅。你，一隻潛行的豺狼，也想匹配雌獅？你能從獅子攫食的腳爪裏搶得小犢，從呑噬鼠蛙的眼鏡蛇口中碰觸牠的毒牙，或者把山岳拔出，或者把太陽取去，那末，你可試一試搶得羅摩的妻子。哦，復仇者。』

拉伐那自吹他的法力說：『我的力量連閻摩都可殺掉。我能拷打太陽，我能射穿大地。你對我的光榮我的英雄事業知道很少。』

於是他變換他的形體，顯出原身來，站在息妲面前一個龐大的妖魔，軀幹魁巍，十首廿臂，……一手握住她的長髮，一手把嚇昏的息妲抱起來，升登飛車，像風一般迅速地飛去。

山林的精靈寒戰地看着，聽見息妲的喊聲。她叫着羅摩的援救，她懇求拉克什曼的饒恕。鷹王佳泰俞（Jatayus）正睡在山巔，給息妲的呼救聲驚醒過來，便飛起來像因陀羅的雷霆一般猛襲拉伐那，在半空中好一場狠鬥。佳泰俞毀壞他的飛車，殺戮羅刹頭形的驢子，但是拉伐那抱着息妲飛得比鷹王更高，用劍刺傷了他。

於是拉伐那仍向楞伽飛去。當飛過猴山時息妲設法把她的珍飾拋下去，在空中落下有如殞星，……有五隻猴子都拾到了珠寶，他們的報告是：『拉伐那把一個美人搶走了，聽見那美人在叫喚羅摩和拉克什曼那呢。』

當拉伐那到達他的王宮，把息妲交給女羅刹隊，叫她們日夜守好。

羅摩回到小屋裏，不見了息妲，非常悲切。知道息妲是被人帶去了；但不知帶到那裏去的。

⑽尋尋覓覓悽悽慘慘戚戚

羅摩爲失去息妲而哭泣。他在森林中四出尋找，訪遍每一座山嶺，查詢每一隻飛鳥，每一隻走獸，問牠們息妲到那裏去的。他檢得他愛人所戴花圈的殘餘，他因過度悲哀而暈絕。

拉克什曼那把冷水滴在他頭上，他才甦醒。他對羅摩道：『唉，哥哥，不要悲傷，照你這樣，你自己的生命先要不保了。』

羅摩說：『息妲是我心愛的人，沒有了她我不能生存。爲我之故，她離開王宮到恐怖的森林來冒險。現在她去了，一刻長於一年。……我失去了她，我怎能活下去？』

拉克什曼那安慰他的哥哥，於是他們一同站起來繼續他們徒勞的尋訪。……羅摩的眼睛被淚水所糢糊，他看見清溪中一朵美麗的蓮花，他以爲是息妲的臉。他高興地叫起來道：『哦，硬心腸的人！你躲藏在水花之間？你是要我來尋找試驗我的愛情的？我愛，站起來走向我吧，不必再猶豫。』

可是蓮花一動也不動。於是拉克什曼那給狂亂的哥哥領路。

『作與她現在已經回到小屋裏去了。』羅摩於絕望之後忽然這樣想着。於是兩兄弟急忙回家。但是看見的依舊是靜寂的空屋。……羅摩月下悲嘆，對着夜空呼喊：『月啊！人們歡迎你的清輝，可是你帶給我一無所有，只有悲哀與眼淚。……你照遍世界，看得見所有生物，你告訴我，什麼地方，什麼地方我的愛人存在？告訴我失去的息妲之所在。』

羅摩在荒林中一會兒踽行，一會兒停歇。月光照着搖晃的樹影到處他疑心是息妲的臉兒窺視。這樣他度過了不眠之夜，充溢着悲愁與幻影。

翌日，兩兄弟再向遠處去尋訪失蹤者。他們走到鷹王佳泰俞的所在，他傷重臨危，告訴羅摩什麼事情降臨於息妲和他自己。

羅摩坐在地上。他擁抱這將死的鷹王，對拉克什曼那說：『唉！我的弟弟，這義氣的佳泰俞爲我而捐軀。我已失去我的國土與父王，失去我的息妲，現在我們的盟友鷹王又犧牲了，……所有我的朋友都去了。假使我坐在一株樹蔭下，樹將倒下；假使我停步臨流飲水，這一條河也將乾涸。……』

於是他對佳泰俞說：『拉伐那帶了我的妻子望那裏去的？』

鷹王說『他向南到不知道什麼森林的堡寨裏去了。……。哎喲！我的力氣盡了，我的眼睛看不見了，我的生命從我的軀體衰竭了。』

鷹王說完這話，便死在羅摩的懷抱中，他的靈魂乘火之車升入毘溼奴的天國了。

此後兩兄弟向南跋涉。在途中遇見一個巨大的黑色妖魔，他的頭生在身軀的中部，只有一隻眼睛，他有無數長牙。突然間，這奇形怪狀的妖魔向他們張開他的兩條巨臂來，他們就打擊這兩臂。

黑魔叫道：『你們是什麼人胆敢觸犯我？我歡迎你們，我今天正肚子餓，好久沒有吃過人肉了。』

羅摩和拉克什曼那繼續奮鬥，把捲住他們的兩條巨臂切成數段，使巨人倒在地上。羅摩對他說：『我們是十車王的兒子，放逐在森林的。』

於是這妖魔自述他是喀彭陀（Kabandha），叫他們焚化他的軀體，這樣他可解脫羅剎的形相恢復自由。他答應他將報告他們有關息妲的事。兩兄弟便掘一個坑焚化這巨人。一會兒火中升起了甘陀婆喀彭陀。他是被咒語所幽禁住的。他對羅摩說：『拉伐那住在楞伽的島上，他是羅剎之王。假使你要擊敗他，你一定要找猴王蘇格禮梵(Sugriva)幫忙。蘇格禮梵是梵納爾（vanar猿猴）的國王，住在尼爾格里（Nilgiri）山脈中的律沙牟伽（Rishyamukha）山上。』

當兩兄弟步往律沙牟伽山的途中，猴王的大臣風神梵由之子哈紐曼（Hanuman 或譯大領猴王）前來相會。他引導他們去見蘇格禮梵，他們把誘拐息妲的故事講述了一遍。

蘇格禮梵說：『幾天以前，我們看見一個女人被一個飛行的羅剎攝在高空，她拋下首飾來，我們檢起小心地保藏着呢。』

於是把首飾取來，被拉克什曼那認識了，息妲戴在腳上的飾物，他是因禮拜她而常見的。可是羅摩哭泣過度，他已不知是否見過息妲戴過這些珠寶的了。

蘇格禮梵是太陽神蘇雅（Surya）之子，他願意幫助羅摩，可是他現在只是一個同病相憐者。他的妻子，他的國土都給他的異父弟拔里(Bali)強奪去了。拔里是雷雨因陀羅的兒子，蘇格禮梵很怕他。於是羅摩答應幫他殺死拔里恢復蘇格禮梵的國土，然後蘇格禮梵再幫羅摩奪回息妲。

蘇格禮梵前往挑戰，叫拔里出來單獨格鬥，兩兄弟狠鬥一場，蘇格禮梵漸漸不支。當拔里正把蘇格禮梵按在地上要結束他生命時，羅摩遠遠地一箭射來，直貫拔里心胸。篡奪者被殺死了，所有的猴子都大樂。梵納爾的正統國王復了位。

可是馬上雨季來了，蘇格禮梵不能出兵，羅摩和拉克什曼那去住在馬爾雅梵納（Malyavana）山上的一個洞穴。

在那裏度日如年，羅摩常爲憂思息妲而悲嘆。他對拉克什曼那說：『這風雨之季節對於有幸福家庭閉門圍坐在家屬之中的人們是愉快的，對於離散的受難者卻最是憂傷之時。……看一大堆烏雲像戰鬥的象隊在天上跳着滾着。雷聲在山中吼鳴，電光閃爍馳騁。唉！這黑夜中的金鞭之光提醒我失去了我的息妲。……現在，風停了，雨淚明亮了大地，我聽見了息妲的嘆息，他正在悲苦中飲泣呢。……虹霓現出來很美麗，正像息妲盛裝在珠寶和華飾中。……現在，大地恢復了舊觀，樹木再放葉開花，來取悅於人，但我沒有得到慰藉。失去的是息妲，我的最親密的愛人，他困頓在羅刹王的宮中，有如電閃的困頓於黑雲之中，……唉！我快活地放棄了我的王位和國土，因爲有息妲陪伴我；現在我的心是碎了，因爲她被搶走了。……看怎麼黑影又籠罩，風號雨瀉，正如我前途的風雲莫測，而黑暗又如這憂傷的日子。佳泰俞曾說息妲是禁閉在一個遠處的堡寨裏。……我怎能得到慰藉？我不只爲我自已悲哀，主要的是悲哀她在異域的悲哀與苦難。』

⑾神猴哈紐曼的渡海察訪

現在，息妲在魔王宮中由女羅刹們看守着，拉伐那一趟一趟的走來對她甜言蜜語，稱讚她的美麗，盡力去博得她的愛。可是息妲輕蔑地予以拒絕。雖然她是他的俘虜，他卻不能用強力得到她。她的品德使人不可侵犯。她又得到婆羅摩威嚴命令的保護。因爲有一次這好色的拉伐那用強力搶到了因陀羅天一個名叫潘姬伽斯泰蘿（Panjikashthala）的仙女犯了罪，婆羅摩大怒，他說拉伐那如果再肆無忌憚胡作亂爲，去強迫天上或人間的婦女，就要搬掉他的腦袋。

息妲對魔王說：『你永遠不能得到我做妻子的，無論今世或者來世。要我滿足你的慾望，我寧可死。』

憤怒的拉伐那便命令雌羅刹們把息妲搬到無憂樹林中。他相信這幽靜地方的美景可以改換她的心理。他說：『你們要供給她漂亮的衣服，華美的飾物，和佳味的食品。你們要當着她的面讚美我，再隔幾時如果仍拒絕做我的妻子，就要得到慘酷的禍殃了。』

息妲心中日夜思念着羅摩，爲他欷歔悲泣，拒絕別人的安慰。

雨季馬上完了，羅摩因梵納爾王蘇格禮梵不盡力於集合軍隊和預備營救息妲而煩惱。梵納王天天飲酒作樂，沈迷於他嬪妃們的歌舞中。最後，拉克什曼那進宮以死威脅蘇格禮梵，因爲他背了約。於是梵納爾王趕快徵集無數的猴子軍和熊隊，分作四師派赴東南西北四個方向去找尋息妲。

哈紐曼指揮的一枝軍隊的努力獲得了結果。他的部下在一座高山頂上發現了鷹王佳泰俞的弟弟山巴提。(Sampati) 他在山頂上既受傷又孤居無援。他的翅膀被灼焦了。因爲他奮力飛向太陽，以爲這樣可以成全他吹牛的大話。雖然他受了這種打擊，他仍舊可以看清老遠的地方。他看見拉伐那帶走息妲越海向楞伽而去。這情報他叫他的兒子傳達給哈紐曼。山巴提對羅摩有了這樣大的功勞，他的翅膀便再長出來，他重新能夠翺翔着掠過那蒼天。

於是哈紐曼決心到遙遠的海島去企圖發見息妲被藏之處。他變成巨人的模樣，站在一座高山頂上，用力一縱，向海撲去。當他跳出來時這座山也震動得搖撼了。這位風神之子迅疾地飄過海去。可是妖魔們努力阻止他在空中的前進。那格 (Naga 蛇) 們的母親蘇拉薩 (Surasa) 伸起頭來張口大叫：『喂，哈紐曼，你到父親那裏去，一定先要經過我的口中。』

這猴子英雄擴大他的體軀，但是蛇母把口張得儘大儘大的大起來，仍把他障蔽着。於是哈紐曼一下子縮小到人類的拇指那麼大小，只管在蛇母口中跳出跳進，這樣他實行了這女妖的條件，她失敗了，只得放他過去。

其次是雌龍辛吼伽 (Sinhika) 站起來緊握哈紐曼的影子把他拉回來。她怒躍起來去呑噬他，但是這伶俐的猴子馬上縮小自己滾進她的嘴裏去，在她肚中攻擊她把她弄死了。

哈紐曼從雌龍的肚中跳出，繼續他的行程，一路無阻，直達楞伽。天已經夜了，但是月亮照耀得很光明。他又變成一隻貓匍匐潛行於古城中，暗地裏察看。他走進拉伐那的大王宮。王宮中是水晶的地板，金和銀的樓梯鑲嵌着珠寶。因陀羅神的大廈不比這魔王的璇宮華麗些。哈紐曼爬行過婦女們的內室，他看見她們睡成各種美妙的姿式。她們的美麗如蓮花的放瓣，等候東方的太陽之第一次接吻，她們才張開她們溫柔的眼瞼。或則如秋夜的明星閃光在高空，這樣一個用人的香花做成的花圈被隨意抛在睡眠的香室。

哈紐曼遊蕩着，最後到達無憂樹林。他找到了久已失蹤的息妲，那眾星之后。許多凶惡的雌羅刹圍繞着她。有些生相十分可怖，有狗頭和猪頭的，有馬面和牛面的，有些身軀偉大，但有些十分矮小；有些只有一隻眼睛，但有些卻有三隻眼睛。她們的耳朵有的長到着地，而有的全身是毛，看相最是可怖。

清晨到來，拉伐那走近自白他的愛情，讚美息妲的美麗。但是她仍像往常一樣拒絕了他，因此這妖魔生氣，說要以殘酷的手段對付她，甚至以死來威脅她。……息妲像一隻溫馴的小鹿被狼羣所包圍。她卻毫不畏懼，與其對羅摩不忠，寧可殺身以殉。

哈紐曼蹲在一棵大樹的樹枝上窺伺着。在無人時他自密蔭中唱了一隻歌，告訴息妲以羅摩的悲哀，以及猴子軍的幫同尋訪。息妲正在驚疑夢中的歌聲時，哈紐曼從樹上跳下告訴她羅摩派他來營救她。最初她疑心這隻猴子是拉伐那變了來騙她的，直到哈紐曼拿出羅摩的指環來給她看，她才相信他，並且知道因為她的失蹤，羅摩怎樣的悲痛欲絕，使她心中悲喜交織。哈紐曼提議把她背在背上帶回去，她沒有答應，因爲她不肯碰到任何男人身體，除卻羅摩。她從頭髮上取下一隻珠子首飾交給哈紐曼作爲找到她的證據。她告訴他說，拉伐那限她兩個月內回心轉意，否則便要殺死她。

哈紐曼拿了息妲給他的珠飾準備回去報告羅摩，但他想在離開拉伐那的京城以前一顯他的身手。他變得非常龐大，拔出樹來毀壞拉伐那的華美王宮。衞兵趕來捉他，都被他摔倒了。後來拉伐那的有法術的兒子因陀羅吉德 (Indrajit) 趕來射出一枝魔術的蛇箭，像一條繩一樣把哈紐曼綑起來，叫他無法動彈。因此他被俘了。他被拖到拉伐那面前，拉伐那命令把這猴子處死。這時一位顧問出來諫阻，說哈紐曼應該當他是一位使者，給他吃點苦頭再放他回去，讓敵人可以害怕。拉伐那接受這建議，用一條油浸的布纏在猴子的大尾巴上點火燃燒。這時息妲禱告神明保佑哈紐曼，不給燒傷，因此哈紐曼並不疼痛。這位風神之子突然將身體縮小，從綑綁的繩索中跳出，躍上屋頂，把尾巴上的火到處點燃。因此城中大火，把高樓大廈都燒燬了。

哈紐曼回到無憂樹林，又與息妲會了一面，然後再跳越大海，趕快把好消息報告羅摩。羅摩大喜，因爲他的愛人的下落已經找出了。

⑿猴子造橋與楞伽之戰

營救息妲的事馬上準備起來。猴子軍全部向南開拔，紮營於海邊，計劃渡海進攻楞伽。楞伽就是現在的錫蘭，離開印度大陸六十哩之遙。羅摩在海邊又得到了一個新的有力的聯盟來參加，那是拉伐那的弟弟卞皮沙那（Bibh shana）。

事情的經過是這樣的。哈紐曼大鬧楞伽山使拉伐那生了戒懼之心。這位魔王便召集軍事會議，討論如何應付猴軍的進攻。全體戰士都勸拉伐那積極準備作戰，只有他的弟弟卞皮沙那阻止他，反對他與羅摩作對。『聽我的話，』他說：『把息妲送還她的丈夫，否則羅摩將兵臨城下。哦，拉伐那，羅摩的到來只如鷹隼的攫取餌食，現在給他講和，遠勝過毀滅於戰爭。』

拉伐那大怒，罵道：『可惡！我的光榮你悲悼，我的災難你欣喜，你還有什麼骨肉之愛？你只是嫉妒與欺詐，你的私心是在憎恨我。……哦，卞皮沙那，你的說話就是罪惡。給我滾開，你這虛僞的王子，帶了你的叛謀到我的敵人那裏去吧。……如果你不是我的兄弟，我現在就把你殺死。』

卞皮沙那從楞伽被驅逐，他馬上渡海參加羅摩的軍隊，供給羅摩很多重要的情報。

羅摩舉行祭典，祭請海洋之神，讓猴子軍過海到楞伽去，但是沒有應驗。於是他怒抓大弓，把天國的武器射進深淵，頓時陸海抽搐，天日昏黑，電光閃馳，雷霆轟震，山岳片片崩坍。羅摩又抓到一枝火熾的投槍來威脅海水使乾。

這時海王卽刻冉冉而上，升到起伏的波浪上面，光煥而安詳，四面閃耀着隨從的水蛇。他恭敬地致詞，提醒羅摩，依照古代的慣例，他決不可涉海而過。他勸告他去找工巧神毗溼華迦摩（

Vish-wakarma）之子猴子領袖納拉（Nala）來幫忙，可以造了橋讓猴子軍渡海。海王說完，沒入波濤，天仍放晴。

納拉馬上被請來幫忙。這隻奇特的綠色梵納爾，（Vanar猴子）動員了大批猴子，搬運山上大石，費五天工夫，建造了一道石島之路，從大陸直達楞伽，至今被稱爲「羅摩橋。」（印度半島南端延伸到錫蘭之一行小島，通稱亞當橋 Adam's Bridge，但也被稱爲哈紐曼橋。史詩羅摩耶那梵文本有孟買本、西印度本及孟加拉本等幾種版本，內容文句，頗有出入，後世各種印度文譯本內容更有改易之處。大約梵文本中造橋原非哈紐曼之功，及後世文學家，均以神通之事集中於哈紐曼一身，因以造橋之功亦歸哈紐曼。相傳爲加里陀莎所作之長詩「橋梁的架設」Sotu-bandha，即專敍哈紐曼爲羅摩造橋事。故今日印人均只知哈紐曼建造此橋了。譯者手頭幾本根據梵文譯出的英文本，都不以此橋爲哈紐曼所造——譯者）

羅摩同時陳設溼婆神的標記靈伽（Linga）拜祭，他拜祭的小島，從此被稱爲羅密賽朗（Ramisseran）。

五天的工夫，這海峽被連接起來了。於是羅摩馱在風神之子哈紐曼的背上，拉克什曼那馱在因陀羅之孫拔里之子昂伽陀（Angada）的背上，領着猴子軍跳躍過海。猴子與熊羆組織成進攻的大軍從一個島上跳到另一個島上，一路高呼着：『羅摩勝利！』『拉克什曼那勝利！』『蘇格禮梵勝利！』猴子軍有各種顏色，有白和黑，綠和青，黃和紅，還有棕色。猴王蘇格禮梵光煥如白銀，昂伽陀像一朵白蓮，火神阿耆尼之子尼拉（Nila）是紅色，哈紐曼黃如純金。沙冷巴（Sarambhá）也是黃毛。納拉是綠色，而達文達（Darvindha）是黑身紅臉而黃毛。這些是猴子軍隊中全部將領和勇士。

猴子軍在楞伽登陸，駐紮在羅刹王京城前面的平原上。

羅刹們趕快開前來迎戰，吹着號角敲着鼓，有如時期（Yuga）之末的大雷轟響。因陀羅吉德是羅刹軍的將領。他的部隊騎象騎獅，或者騎駱駝和驢子，騎猪和蠡狗，還有騎狼的。他們使用的武器是弓箭、鎚矛、長槍、三叉戟、刀和棍。其中少數也有魔術武器。他們吼着浩浩蕩蕩衝向前來，有如驚濤之拍岸。

巨猿們拔出大樹來當做棍棒，把大石拋擲着，而且有些也單靠他們的匕首似的指爪，和箭形的長牙作戰。他們衝前去攻擊魔軍，吶喊着：『羅摩，羅摩！』於是平原上頓時血肉橫飛，堆積着狼藉的屍體，兩軍之間血流成河。

羅摩毫無懼色，他信賴猴子軍，因爲他知道他們是諸神的化身，一場大戰，直到蘇格禮梵投擲一棵大樹，粉碎了因陀羅吉德的戰車，羅刹軍大敗而逃，羅摩才收軍。

因陀羅吉德用一隻黑羊作犧牲祭祀，又得到了一架新戰車便再領兵殺回戰場來。他把箭射羅摩和拉克什曼那，又放出蛇索來把兩兄弟綑縛得不能動彈。他們非常危險，幸得風神梵由給他們援救，放出吃蛇的神鳥伽璐陀（Garuda）來，連成繩子的蛇都逃了，這暈倒的兩兄弟才得蘇醒。

於是拉伐那親自出戰，羅摩看到，放出十枝箭來，把他十個頭上的十頂王冠都射下來，羞得他退回城去，藏匿不出。

⒀拉伐那的受戮

羅刹們到了絕望的窘境，使他們想到了叫醒羅刹中氣力最大的康巴喀那(Kmnbha-Karna)。他也是拉伐那的兄弟，從前，因爲他脅迫宇宙，他不斷地吞食人類，甚至於打敗因陀羅，所以婆羅摩出來干涉，規定他睡眠六個月，方始醒來一天。每次當他覺醒的一天，他要吞食大批肉類，一天過後，他又被睡眠壓服了。

幾千人在他身邊跳踊吶喊，吹號打鼓，他還是不醒，驅策着大象踏過他的身體，他還是動也不動。於是令許多美女來撫摸抱吻他，他突然張開眼睛像海一樣吼起來。他的眼睛因發怒而火紅，他大聲說：『爲什麼我酣睡時來弄醒我？』

羅刹們告訴他羅摩領着猴子軍圍了城。他們給他吃大批食物，他貪饞地嚥下猪和鹿，以及許多人，還有大量的酒。吃了這許多東西，他精神振作了，但是他還沒有滿足，他站起來說：『猴子們在那裏？讓我去吃個飽。』

他登上戰車，出城作戰。猴子們見到他便顫慄起來，驚惶失色，返身逃遁。……蘇格禮梵鼓勵他們，他們才再投擲樹木和石子；但是對這巨人完全無用。他戰敗了哈紐曼，抓住蘇格禮梵把他放在車中帶走。幾千隻猴子給這巨大的羅刹呑食掉。

隨後康巴喀那前來攻擊羅摩，一場狠鬥，勝負難分。最後羅摩發射火箭，使他身首異處。這怪物的屍體搖擺着向後倒入大海，海水激起大浪，洶湧起伏不止。

此後因陀羅吉德又舉行了一個祭禮，祭出幾件新鮮的武器來。他使用隱身術，叫別人看不見他，他便升入高空，像陣雨般射下箭來，把羅摩和拉克什曼那也射傷，倒地暈絕。

當天黑時哈紐曼和卞皮沙那點了火把察看戰場，看見死傷許多猿猴。他們很憂愁，但是猴子醫生沙顯那（Sushena）吩咐哈紐曼趕快到喜馬拉雅山的一個山峯上去採醫治的藥草。這位風神之子便變成異常龐大，跳在高處，蹤身躍入空中，迅速到達該地。可是他辨不清那藥草，無可奈何時他便把這山峯取下，托在掌中帶回戰場。猴子醫生找出那種藥草來，醫治羅摩和拉克什曼那及受傷的猴子。他們馬上站起來，準備再戰。哈紐曼仍飛回喜馬拉雅山把這山峯放還原處。

太陽東昇時，拉伐那派出少年英雄們出城作戰，攻擊猿猴和熊羆，這些小英雄都被殺了。於是因陀羅吉德出來爲死者復仇。拉克什曼那拉開他的弓，把一枝因陀羅給他的箭射出。他的箭百發百中，因陀羅吉德應聲而倒，他的無頭的屍身滾在平原上。

拉伐那爲兒子的死而慟哭，悲呼道：『他是英雄中的最強者，我心中的最親愛者。諸神都怕他，但被凡人所殺。……唉，我的兒啊，你的寡婦在號哭，你的老母痛切地悲泣欷歔。我想不到當我衰老的年代會如此悲慘。我死時是要你來閉上我的眼瞼的，怎麼小輩反先死，剩我一個人對敵軍獨力作戰。』

這魔王痛哭了一個時期，他仍起來切齒復仇，他先趕到無憂樹林去殺息妲，但是羅刹婦女把羅摩的妻子隱藏了起來，勸告拉伐那勿殺婦女以玷辱自己的名譽。有人對他呼喊道：『晦前的殘月是吉利的日子，你報仇的鐘點近了，返身上戰場，偉大的光榮是你的。』

拉伐那憂鬱地走開，他升登他的戰車去攻擊敵人。心中悼念着戰死的兒子。領了大軍，從城中衝殺出去，有似暴風雨前的烏雲遮黑了夏日的天空。他望見了他的弟弟卡皮沙那在助敵作戰，向他怒擲一件龐大的武器，正巧給拉克什曼那看到，馬上飛出一枝鏢槍，在空中把拉伐那擲來的武器碰一個粉碎。拉伐那冷笑一聲，『向拉克什曼那叫道：我兒子的劊子手，我歡迎你！你保護卡皮沙那，現在假使有本領，你保護你自己吧。』

說着飛出一枝投槍，直貫拉克什曼那的心臟，把他插牢在地上。

羅摩走來哭道：『唉！你倒下了嗎？我的弟弟。你的武器從你手中掉落，死亡親近你。可是，哦，拉克什曼那啊，你不要獨自死去，我正期待戰勝，當我的工作完畢，我將追隨你的腳步。……妻子之愛和朋友之愛是容易贏得的，可是像你這樣忠心的兄弟之愛，在這迷幻的世界向何處去尋？……最親愛的兄弟，最偉大的英雄，是不是你將永不從你昏迷中醒來，不再張眼看一下？……唉！拉克什曼那的嘴唇緘默着，他的耳朵也沒有聽見……』

在夜的黑暗中，哈紐曼再度迅速向北飛到喜馬拉雅去把那山峯帶回楞伽。醫生走上山峯找出醫治的藥草，舂碎了做成藥膏，敷在失去知覺者的鼻孔底下。於是拉克什曼那又站了起來，上前殺敵……對羅刹的京城作一次夜襲。拉伐那正在對神道獻祭以求助，給猴子們阻斷了，把許多華廈都焚燬了。

白晝來時拉伐那出城作戰，他的妹妹蘇巴娜伽，那戰爭的導火線，阻止他前進，他不耐煩地把她推在路邊，因此她便咒他說：『你爲此要永遠不再回城。』

拉伐那驅車出戰，心中充溢着對敵人的仇恨和對陣亡者的悼痛。羅摩坐着因陀羅的戰車上前對打，激戰多時，勝負難分，只見大地搖震，海水激蕩。

突然間羅摩衝向前去，拉開弓來射出一枝快箭，拂去拉伐那的一個頭；但是他頭上馬上又長出一個新頭來。於是羅摩抓出一件婆羅摩爲保護諸神而創造的火器來，正確地瞄準了點着火光發射出去，打擊那妖魔。這火器把拉伐那的鐵心碎裂爲二。拚命大吼一聲，拉伐那沈重地倒在平原上卽刻氣絕。所以，神和人之敵給無比的羅摩殺死了。

天上奏着仙樂，鮮花落下勝利的平原，從雲中降下的聲音對羅怙的勇敢之子說『哦，眞理與正義的戰士，現在你的神聖的工作完成了！』

當拉伐那陣亡了，羅刹軍便崩潰竄逃，羅摩凱旋進城。卞皮沙那焚化他哥哥的屍體，舉行葬禮，此後便被宣佈爲楞伽國王。

⒁羅摩登極與息妲的下場

戰爭結束，和平恢復，羅摩命令將息妲帶出來。息妲坐在一頂轎子裏擡到平原上，全體猿猴都圍着來看她。羅摩叫她下轎步行到他面前去，她照做了。她合着掌走到她丈夫面前去，跪在他的腳邊，嗚咽着流下快活的眼淚。

陰雲籠罩在羅摩的眉目間，他堅決地說：『我的敵人都殺死了，你已從囚禁中救出。哦，息妲，可是現在我的羞辱又轉移了，我不想再看見你。我不能再收回你做我的妻子，因爲你曾經住在拉伐那的宮中。』

息妲說：『我始終保持着貞操和清白，……哦，羅摩，假使你早點告訴我你的懷疑，我不等到現在早已死了。與其使你暗中懷疑，不如死了的好。』

於是息妲向拉克什曼那說：『請給我馬上預備一個火葬的柴堆，讓我終結我的悲苦在火焰之中。』

照她的願望，羅摩的兄弟堆起一堆木柴來，他便點起火來。這時息妲向火神阿耆尼祈禱道：

『假使我的確名副其實，無論是思想，無論是言行，
我們罪惡與貞德的證人啊，願你保護我的令名！

『假使欺詐和謊騙的醜聞，污辱了一個忠實的女人，
我們罪惡與貞德的證人啊，願你保護我的令名！
『假使對愛的終身職責，我無罪也無所愧心，
我們罪惡與貞德的證人啊，願你保護我的令名！』

於是毫無畏懼地她跳進火中不見了，在場的都爲她悲慟。羅摩哭喊道：『今天我做錯了，她是無罪的。』

在這時一個偉大的奇蹟發生了。突然間天仙們甘陀婆們和諸神都出現在空中。同時柴堆上的熾烈赤焰左右分開，火神阿耆尼從火中帶着息妲走出，把她交給羅摩道『接受你的妻子，她既無罪過也無羞辱。』

羅摩擁抱着息妲回答道：『我從未疑惑她的品德，她是無罪的，現在她的貞潔已在眾人面前證明了。』

他哭泣着，息妲把臉埋在他的懷中溫柔地擁抱着。

現在放逐的期限已滿，羅摩帶了息妲、拉克什曼那和哈紐曼登上因陀羅的車子飛回阿踰陀去。

婆羅多歡迎他的長兄，並把那雙鞋子放在他腳邊道：『這是你統治的標記，哦，羅摩，我已

給你看守了王座十四年，現在戴上你的王冠，治理你的國家吧。一切我都交還你自己。』

次日，羅摩在萬民歡呼中舉行登極典禮。羅摩和息妲升登寶座，息妲居左。梵西斯泰朗誦吠陀經，梵納爾王蘇格禮梵和楞伽王卞皮沙那都來慶賀。

這樣，幸福的時間過着，可是息妲的磨難還沒有完。人民中對這位美貌的王后竊竊私議，都懷疑她的貞操，他們奇怪羅摩怎麼把她帶回。最後，她的丈夫順從百姓的輿論，把這位無辜的王后驅逐出境。忠心的拉克什曼那護送她到南方的森林裏去，把她安置在梵爾密寇隱處的附近，流着眼淚勸告她取得這位神聖詩人的庇護。

梵爾密寇可憐她便答應庇護她。不久，她一胎生了兩個兒子，名叫羅梵（Lava）和庫沙（Kusa）。

過了十六年，羅摩心中鬱悶，因爲他殺掉的拉伐那是修道者普羅斯泰（Pulastya）的兒子。所以他決意舉行供馬祭（Aswamedha）去清滌他的罪之靈魂。

一隻馬被派出周遊大陸，當牠走近梵爾密寇的隱區，羅梵和庫沙，羅摩和息妲之二子，把這馬強佔了。他們把憍薩羅的軍隊打敗，把薩德路格那打傷了，拉克什曼那趕快帶來另一枝軍隊，可是他又被這二位少年英雄打傷敗回。最後羅摩南來作戰，才把馬匹奪還。他看見這兩位少年的面貌行動處處像他，使他十分驚奇。他便問他們：『你們是誰家的公子？』

羅梵和庫沙客氣地招呼他，回答道：『息妲是我們的母親。』於是羅摩覺察這二位少年是他自己的兒子。（此節係由Mackenzie印度神話與傳說中譯出。據R. C. Dutt譯本，梵爾密寇曾攜帶羅梵和庫沙二生徒參加供馬祭典，羅摩之二子即在祭典中歌唱其師所作之羅摩耶那，因此羅摩認取其二子，情節與此不同。——譯者）

這時隱士梵爾密寇前來見他，羅摩便說：『老百姓說息妲的壞話，便必須證明她無辜。現在讓她來見我，因爲我知道這二位優秀的孩子是我的。』

梵爾密寇回去請息妲和他一起來見羅摩，最初她不允，隱士和她辯論了一番，終於她答應從隱區出來。她的來是兩眼下垂，雙手高舉。在羅摩和人民面前，她祈禱着大地，呼喊道：

『假使我有生以來的所思所行無甚缺瑕，
地母啊，免除一個女兒的羞辱與痛苦，你收容她吧！
『假使對信仰和責任，我已盡力而未辱命，
地母啊，你誕生了這婦人，再把她收回去吧！
『假使證明對我的丈夫我的確是一個忠實的妻子，
地母啊，救助你的息妲，解除這生命的重擔吧！』

她說完這話，大家聽見她哭泣而悲嘆。他們都可憐而同情地看着她。忽然大地裂開，從裂口的深處升上一張黃金的寶座，上面的珠寶閃閃發光；如綠葉的扶持玫瑰，四條大蛇扶持這寶座。於是地母出現，用撫愛的話招呼息妲，領她升登寶座，和她並肩而坐。

於是寶座下降，大地仍合口。

這樣息妲在衆目昭彰中消失，羅摩悲痛到自投於地。這時婆羅摩出現對他說道：『哦，一切之主，你爲什麼這樣的悲觀？你要知道人生不過是一場夢，一個水泡。……』

雖然如此，羅摩在舉行完了供馬祭之後，仍悲悼息妲。直到仙鳥伽璐陀來接引他，他才升登天國，仍爲毗溼奴；而息妲是女神蓮克喜彌（Lakshmi 舊譯吉祥天女），無比的史麗。(Sri)

羅摩的故事終了，他的榮名卻永恆不朽。

三、薄伽梵歌四篇

糜文開譯

（甲）語譯

第一章　有修的悲感

達里泰拉斯多（Dhritarashtra即瞎子老王，日譯持國王）問：

三茄耶（Sanjaya）啊，在這庫魯之野（Kurukshetra）的神聖平原上，雙方已經集合起來，熱望着戰鬥，我的人馬和潘達閥（Pandavas）的人馬在做些什麼事啊？

三茄耶（御者）說：——

庫魯的長輩，那尊嚴的老人皮史庇（Bhishma老王之伯父）爲要使難敵（Duryodhana 老王的長子）壯膽，便吹起他的海螺，發出獅吼一般的聲音來。

立時許多海螺、罐鼓、小鼓、喇叭和牛角等齊響，喧囂震耳。

於是馬達閥（Madhava殺魔鬼者，即克里史那〔Krishna〕）和潘度（Pandu 老王之弟）之子（指有修 Arjuna）站在一架駕着白馬的大戰車裏也吹起他們神聖的海螺來。

喧囂的吼聲充溢着天地，碎裂了達里泰拉斯多諸子（卽難敵等一百人）之心。

於是猴旗之主，潘度之子，看見難敵的軍隊要開始列陣發矢，便也舉起他的弓來。於是，哦，大地之主，向理性之主（Hrishikesha 指克里史那）發出以下的說話：

有修說：——

「哦，不變者（Achyuta），請把我的戰車部署在兩軍之間，這樣我可看見站在陣線上待戰的那些人，那些在這鬥爭中我須對陣的人們，我可觀察那些爲討好達里泰拉斯多的惡心腸兒子而聚集着幫他作戰的人們。」

三茄耶說：哦，婆羅多族的國王啊！睡眠的征服者（Gudakesha 指有修）請求了，克里史那便安置那架戰車在兩軍之間，在皮史麻、德洛那（Drona）和全部地上的統治者前面，他這樣說：

「哦，普麗泰（Pritha 有修之母，亦卽克里史那之姑母）之子，看所有庫拉閥（指難敵兄弟）的軍隊結集起來了。」

於是普麗泰的兒子看見在兩軍的陣線上站立着伯祖、岳父、伯叔、兄弟和從兄弟、表兄弟，他們自己的兒子們，還有上述諸人的子和孫，以及同志和師友。

於是孔蒂（Kunti卽普麗泰）之子被慈悲的心腸所打擊，悲觀地這樣說：

修說：——

「克里史那啊，看了我這許多親友結集到此地來互相殘殺，令我四肢輭弱，我的口焦枯，我的身體顫抖，我的頭髮直立起來，我的弓從手中滑下，我周身的皮膚燃燒，我的腳站立不穩，我的心在旋轉。

「哦，長髮人（Keshava日譯稠髮主）啊，我看見了凶兆，我不希望戰勝，不希望領土，也不希望享樂，在這鬥爭中屠殺親族我看不出什麼幸福。

「師長們、伯叔們、兒孫們、父祖們、兄弟們和其他的親戚們，爲他們之故，我們希望帝國享樂和快意，可是他們自己站在此地參戰，卻拋棄了生命和財富，那末，領土、享樂甚至生命，更有什麼意義？哦，郭文達（Govinda）！

「我不願殺掉這些戰士，寧可我自己被殺，哦，魔鬼的殺戮者，爲了三界的領土我也不願，何況是爲了小於這地界甚多的。

「哦，伽那大那（Janadana救主），殺掉達里泰拉斯多的兒子們對我們有什麼可以高興的！殺掉這些作惡者只有罪孽來掌握住我們。因此我們不應該殺掉那些達里泰拉斯多的兒子，他們是我們的親族，毀滅我們自己的親族，我們怎能得到快樂？哦，馬達閥。

「雖然他們的理性已被貪婪所壓制，他們毀滅家屬和殘害朋友也看不見罪惡了。

「可是，哦，伽那大那，爲什麼我們不應避開這罪惡，認清破壞家屬的可惡？

「破壞了一個家族，便消滅家族的古老儀規；當儀規消滅了，紛亂便征服了整個家族。

「當紛亂降臨在家族，家族中的婦女便墮入罪惡。哦，克里史那，家族的婦女墮落，階級便混亂了。

「哦，克里史那，混亂階級的人，那家族的殺戮者和那家族都要墮入地獄。當獻祭的食品和水缺乏之時，他們的祖先也墮落了。

「這家族毀滅的罪惡，使階級混亂，那末，種族的永久秩序和家族的秩序都被推翻了。」

「哦，伽那大那，那些家族的秩序被推翻的人們住居在地獄中，這是我們所聽到的。

「唉！一個深重的罪惡我們決定去做。因爲貪婪於領土和享樂，我們正預備殺戮自己的親族！

「還是這樣好一些；我不加反抗，也不武裝，讓達里泰拉斯多的兒子們手執武器來殺死我吧！」

三茄耶說：

有修在戰場的中間說了這些話，便在他戰車的座位上坐下。拋棄他的弓箭在一邊，他的心被沈重的悲哀所緊壓。

（節譯。原文共四十七頌）

第三章　工作之路

有修說：——

「哦，伽那大那，哦，長髮者，如果你以爲理解超出動作，那你爲什麼要叫我做一種殘忍的工作？

「你的好似矛盾的話使我的理解淆惑；請你確定地告訴我，兩者之一那一條路我遵循着可到達至高」

主說：——

「哦，無罪惡者，我已講述了在這世界的兩種路線，數論的學問之路和瑜伽的工作之路。

「沒有人不做工作能達到非工作（Naishkarmya）；他也不能達到完美，只爲了放棄工作。

「因爲卽使是一會兒，沒有人能夠忍受不工作；因爲每人是不斷地被自然產生的三德強迫去工作。

「那個人抑制着他動作的感官，卻坐着心想感官的目標，那個自迷的人是一個僞善的左道。

「但是，有修啊！那個人他的感官被心抑制着，不繫着地用他的工作器官做工作之路，他是一個超越之人。

「做你應做的工作，因爲工作（Karma）是比不工作（akarma）爲佳。沒有工作就是你身體也不能供養了。

「所以不要繫着而常做你應做的工作，因爲無繫着地去做工作，人便會到達至高。

「把你所有工作歸諸我，用你的意，注在最高我上，不去渴求，也不自私，拋卻思想中的病熱，去戰鬥吧！

「關於五官所感的愛和憎，只是屬於五官的，人不應受牠們的動搖，因爲二者正是前途的障礙。」

有修說：——

「是什麼力量使人做出罪惡來？」

主說：——

「這是愛欲和憤怒，你要知道，這些是我們在世上的仇敵，所以你先將五官控制住，你就驅除那毀壞智慧和思考的罪犯了。」

（節譯。原文共四十三頌）

第五章　工作的出離

有修說：——

「哦，克里史那，你講了工作的出離又講瑜伽（工作的實行），請確實告訴我，兩者之中，那一種要好些。」

主說：——

「工作的出離和工作的實行都可引向解脫；但是兩者之中，工作的實行超過工作的出離。

「要知道，永遠的出離者（Sannyasi即隱士）沒有慾望也沒有罪惡。哦，赳赳武夫，他已脫離了種種相對（例如冷與熱，苦與樂等），易於解脫一切繫縛。

「不是智者之言，只有無知者才說，理論（僧佉）和實修（瑜伽）是不同的。一個人只要確定二者之一，可得二者之果。

「智者（Jnani）到達的地方，瑜伽行者（Karma-Yogin）也能到達。把瑜伽和僧佉視同一體者是眞正的見者。

「哦，赳赳武夫，如果不實行工作，要出離工作是不易達到的，實行瑜伽的智者會迅速地達到梵。

「用意出離一切工作，寓居於身體者使平靜歇息於九門之城內，不工作也不思工作。

「五官所生的快樂眞是苦痛的源泉。因爲這是無常的，所以智者是不享受這些的。

「那個人，他在人世沒有解脫以前，能反抗現世的愛欲和憤怒的刺激，他是瑜伽行者，他是有福了。

「他沒有了愛欲和憤怒，他懂得了自我，控制住了自己，那末，他就感得梵涅槃轉現了。

「知道了我是祭禮和苦行的接納者，是一切世界的大主宰，一切有情的朋友，那末，他便到達靜寂了。」

（節譯。原文共二十九頌）

第十八章 解脫

有修說：——

「哦，赳赳武夫，哦，長髮者，哦，凱西（披髮鬼）的殺戮者（Keshava），我要知道出離（Sannyasa離欲）和離果（Tyaga）的兩種眞義。」

主說：——

「放棄掉私慾的工作，聖人說是出離；智者說把所有的動作（業）之果離捨名爲離果。

「有些聖人說應將一切動作像罪惡般放棄掉；有些聖人說，祭禮、布施、苦行都不應放棄。

「哦，最優秀的婆羅多子孫，哦，人中之虎，從我這裏聽受離捨的最後決定。

「離捨有三種是不放棄的，祭禮、布施、苦行是眞正應該實行的；因爲祭禮、布施、苦行三者可使聖人淨化。

「可是，普麗泰的兒子啊，就是這許多工作，做出來也應離棄執着，不希望成果，這是我的至高教義的確定。

「不過放棄那應做的工作是不應該的，因爲受了迷惑才放棄應做的工作是屬於第三性德暗（

Tamas 答摩）的。

「那些放棄工作的人於懼怕身體的煩勞，想這是苦痛的，這樣實行第二性德憂（Rajas 羅闇）的，他們得不到出離的果。

「哦，有修啊，離棄了執着與果，把應做的事盡責的做了，這樣的出離是屬於第一性德喜（Sattva薩埵）的。

「那出離的人，沈浸在光明之中，覺悟了，他一切的疑惑都粉碎，他不恨不適當的工作，也不執着於合意的工作。

「具有軀體的人是不能完全放棄動作的，但是那離捨工作之果的人被叫做離捨者。

「工作（業）之果有三種，可喜的可憎的及混合的，那些非離捨者死後得着這些，但是對那些離捨者，工作之果（業果）是從不來的。

「哦，赳赳武夫，從我學得那數論的教義所表揚的成全工作的五種因。

「身體（所依）、動因（能作）和各種感覺（作具）以及各種多樣方式的活動，還有第五種就是司事的神（主神）。

「人用他的身、語、意去做各種工作——正當的或是相反的，這工作的因便是以上五種。

「因為那沒有完全理解的人，把他純眞的自我看做一個動因，他是愚蠢的，他顚倒的心就見不到〔眞理〕。

「那沒有我執的人，他的理解不受〔善與惡的〕汚損，於是他雖殺戮這些世人，他並沒有殺戮，並不被〔業〕繫縛。

「知識、所知和能知是動作的三重因（動機的原素）；官能（作具）所作和能作是動作的三重基礎（結果的原素）。

「知識、所作和能作在數論哲學中稱爲三重，依着三德而辨別，你也照常聽一聽吧。

「要知道，那知識就是喜德（Sattvica）因爲有了知識能在一切差別中的眾生中見到那無差別的不變之一，在分離中見到那不分離。

「但是那種知識，有了牠就在一切眾生中因紛歧的形相而見到各不相同的多樣存在，那種智識是屬於憂德（Rajasica）的。

「而那種知識，依據着單純的外觀便當做是全部，不去找尋因，不看見那眞實的重要，是淺薄瑣屑的，那是屬於暗德（Tamasica）的。

「那事是應做的，一個不去尋求果的人做了，做着而沒有繫着沒有愛憎，那是屬於喜德的。

「但那應做的事，渴念得到慾望的目的而做着，或是一個有自私觀念的人拚命地做着，那是屬於憂德的。

「因迷惑而去做事不考慮能力和影響，不考慮〔對人家的〕毀壞和損害，那是屬於暗德的。

「不執着、不自私、有恆心、有精神、不計成敗、不問得失，這樣的工作者是屬於喜德的。

熱中而貪得，企求工作的果報，本質上是罪惡的，不純眞的，常被憂與樂所支配，這樣的工作者是屬於憂德的。

「做事放浪、粗俗、驕傲、狡猾、刁惡、懶惰、頹喪、拖延，這樣的人是屬於暗德的。

「哦，財富的征服者，聽着，依照三德的理解和堅定之分辨，我分別地詳細的講出來。

「哦，普麗泰的兒子，知道何時去做，何時勿做，也分辨得出應做的和不應做的，該畏懼的和不該畏懼的，以及什麼是束縛，什麼是解放。那理解是喜德。

「哦，普麗泰的兒子，沒有完全懂得合法與非法，正當與不正當事件的分辨，那理解是憂德。

「哦，普麗泰的兒子，包圍在黑暗之中，把非法看做合法，把一切東西看顚倒了，那理解是暗德。

「那永不動搖的堅定，經過瑜伽的實行能控制意向，呼吸及感官的活動，那是喜德，哦，普麗泰的兒子。

「哦，有修，那堅定，頑固地繫着於責任、欲望及物質，希望得到果報，哦，普麗泰的兒子，這是憂德。

「一個愚蠢的人永不放棄睡眠、恐怖、悲哀、絕望和虛榮，那種堅定是暗德。

「哦，婆羅多族的王子，現在聽我講那三種的快樂，人們平日享受的快樂，因牠，人們得到苦痛的終結。

「那快樂，起初像毒藥，後來卻像仙酒（甘露），這是喜德的幸福，由認知自我的實惠而產生。

「那快樂，由感官（根）與所感物（境）的接合而產生，起初像仙酒，但結果卻像毒藥，這是憂德。

「那快樂，始終是迷惑自我，是從貪睡、懶惰及假相的認識中生出來，這是暗德。

「在地上沒有生物，在天上沒有神祇能逃避這與生俱來的自性之三德。

「哦，震敵者啊，婆羅門、刹帝利、吠舍、首陀羅的工作是依照他們的天生的德（Guna）而各自分辨。

「控制意向與感覺、苦行、淸靜、寬容、正直、學問、敏悟和對上帝的信仰都是婆羅門的事業，由他們的天性而生。

「勇敢、英武、堅定、技術、狠鬥、布施和主宰權的威風，是刹帝利天生的事業。

「農耕、畜牧和經商是吠舍天生的事業，服務是首陀羅（奴隸）天生的事業。

「一個人盡力做他自己應做的工作才能達到完滿。現在，再聽講述人怎樣盡力做他應做的工作而達到完滿。

「他（至高存在、梵、上帝），這宇宙被他充滿的他，由於他，萬有展開，一個凡人用自己的工作去禮拜他而達到完滿。

「做自己的工作雖未做好，也勝於做人家的工作而做得好，那做自己天生的工作的人不招致罪惡。

「哦，孔蒂的兒子，天生的工作雖是有缺點的，一個人不應放棄；因爲一切事業的經營被惡所包圍，像火的被圍於煙。

「一個人，他的理性不被染着，他完全控制了自己，沒有了慾望，這樣的人經過〔工作的〕出離達到非工作的至高完滿。

「哦，孔蒂的兒子，聽我簡單的講述，怎樣一個到達完滿的人到達婆羅摩（Brahma 梵），那智慧的最高目標。

「具備純眞的理解，堅定地抑制自己，放棄聲及其他的感覺（色香味等），離絕渴望和嫌惡。

「退處於荒野（樂寂靜），些少的進食（知足），控制言語，身體和意向（少欲），長時期的實行禪定（修禪）與瑜伽，（勤精進）永遠轉向無情（不妄念）。

「排除我執，排除暴力、傲慢、忿怒、貪慾與占有，消滅『我的』的想法（我所），而常住於寧靜和平，於是他便適合於與梵合一。

「與梵合一以後，他心境淨明平和，無憂亦無慾，對一切衆生平等看待，他達到對我的至高虔誠。

「有了虔誠，他眞正的認識我，知道我是什麼我是誰，這樣眞正的認識了我，他很快的進入於我（梵）。

「雖仍常做一切的工作，受庇護於我，憑藉我的恩典，他到達永恆不滅之境。

「把你一切的業（工作）歸諸我，把我看做最高目標，憑藉理性的瑜伽，把你的心永遠傾注於我。

「你的心注向於我了，你將憑藉我的恩典，克服一切的障礙，但是如果爲了『我』的觀念（我執）而不諦聽我，你將滅亡。

「有了『我』的觀念，你就想，『我不打』，但你，這個決心是無用的，你的天性會把你推進的。

「哦，孔蒂的兒子，被你自己天生的業（Karma）所繫縛，你將被引着做你因迷惑而不願做的。

「哦，有修，主是住在一切眾生的心中，用魔力使一切眾生旋轉，好似架在一個輪子上。

「哦，婆羅多，全心的皈依他，憑藉他的恩典，你將獲得最高和平，那永恆之境。

「我已宣說給你聽高深智慧中的最高深者，那最深奧的祕密，圓滿地深思牠，於是你要做什麼就做什麼吧！

「再聽我至高的言辭，那一切之中最最深奧的，因爲你對我極其親愛，所以我將爲你的幸福而說話。

「把我充滿你的心，把虔誠來禮拜我，你的供奉你的敬意都獻給我。這樣你將達到我，我衷心的許可你，因爲你對我是親愛的。

「放棄一切達摩（Dharma法、儀規），僅只尋求庇護於我，我將使你從一切罪惡中得到解脫，不用悲傷！（註：此節爲知名之茶羅摩頌 Charama Sloka ——終極之頌——係全詩之結論。）

「這個，你不應告訴一個沒有苦行和虔誠的人，無信心的人或誹謗我的人。

「他，有了對我的至高虔誠，在我的禮拜者羣中背誦是至高的祕密，無疑地他將達到我。

「在人類之中沒有人的工作比他的使我更願接受，在大地上沒有人比他對我更親愛。

「他，研究我們兩人的神聖對話的，我確信他將用智慧的供奉禮拜我。

「而就是只聽到這個的人，滿是信心不妄言，他將被超脫罪惡，將到達神聖工作者的幸福世界。

「哦，普麗泰的兒子，你曾否專心一致的諦聽這個？哦，財富的征服者，你無知的迷惑是否已消滅？」

有修說：——

「我的迷惑已消失，哦，不死之主，依靠你的恩典，我已恢復我的記憶，我屹立着，一切疑惑消散，我將遵照你的話去做。」

三伽耶說：──

這樣是這奇妙的梵素提婆（Vasudeva 指克里史那，日譯婆藪天王）與偉大靈魂（大我）普麗泰之子的對話，使我聽了毛髮都直立起來。

廣博（Vyasa）的恩寵使我從克里史那聽到至高的祕密，最深奧的瑜伽，瑜伽之主自己所宣說。

哦，國王，當我再次的想起這長髮者與有修的奇妙而神聖的對話，我再次的歡喜。

當我再次想起那奇妙的訶里（Hari）之形相，我是大大的驚奇，哦，國王，於是我再次的歡喜。

只要瑜伽之主克里史那到那裏，只要普麗泰的兒子神箭手到那裏，那裏一定有幸運，勝利，光榮和可靠的策略，我堅確地相信是這樣的。

（原文共七十八頌全譯）

註，關於克里史那和有修的生平，以及這次大戰的經過，可參閱拙譯古印度兩大史詩。

乙、韻譯

程兆熊譯

第一章 疑惑和懊惱

(一) 狄多羅史德羅，「問在句盧勝地：與班荼縛之子，對敵正作何事?」

(二) 桑遮耶回答說：「太子妥威檀那，當敵人集合時，即對其師說話：

(三) 「師呵敵軍主將，乃是都魯波陀；他爲您的弟子，其軍數量甚多。

(四) 「又有庾庾坦那，更加上維羅圪，英勇如阿瓊那，善射亦如毗摩；

(五) 「有特里史計都，又有制啓丹那，尸卑王迦尸王，弗盧孔底亳遮；

(六) 「有禹坦曼尼羽，又有慍怛沒赭；更加上縲婆陀，陀勞波底之武。

(七) 「但在我等軍中，亦儘有其大將；彼等十分精良，今再一一點唱：

(八) 「吾師與毗史摩，維羯拏羯勒波，羯拏縲末陀底，及阿濕縛他摩；

(九) 「還有甚多英雄，皆欲爲君銜鋒；配備各種武器，作戰氣勢洶洶。

(十) 「我軍軍力無窮，乃毗史摩所將；敵軍統帥毗摩，力量究竟有限。

(十一) 「要力助毗史摩，齊集於最前線；並須固守崗位，個個努力作戰。

(十二) 「爲欲鼓舞軍心，句盧之叟大吼，有如獅子之聲，鳴起軍螺刀斗。

(十三) 「羯鼓應鼓大鼓，加上軍螺刁斗，諸聲一時大作，聞之令人顫抖。

（十四）「這時候克西拏，正陪伴阿瓊那，亦各吹其天螺，縱任白馬駕車。
（十五）克西拏吹巨骨，阿瓊那吹天施；還有統帥毗摩，則吹其匏荼羅。
（十六）而于地瑟耻羅，則吹其勝無涯，那拘羅吹妙音，薩提婆吹珠花。
（十七）迦尸王旣善射，施康地則善駕，還有薩底阿契，特荼那，維羅咤。
（十八）此外都魯波陀，陀勞波底諸子，及巨臂繰婆陀，皆吹戰螺不已」。
（十九）螺聲震動大地，又似驚動蒼天；瞽君諸子聽了，亦復打動心田。
（二十）狄多羅史德羅，他的諸子成列；阿瓊那看見了，箭在弦欲射出。
（二一）於是乎阿瓊那，即對克西拏言：「請將我的駕車，馳於兩軍之間。
（二二）「如是我可了然：與誰兵戎相見！他們成排成列，他們躍躍欲戰。
（二三）「我欲親見他們，他們齊集於此；個個熱心作戰，皆爲瞽君之子」。
（二五）阿瓊那說完了，克西拏卽向前；馳車行之急急，駐於兩軍之間。
（二六）於是乎克西拏，面對着毗史摩，及毗摩諸侯等，說：「看句盧嘍囉」。
（二七）於是乎阿瓊那，得見諸祖諸父，又見諸師諸叔，與那兄弟故舊。
（二八）更見諸子諸孫，以及外舅朋友；林立兩軍之間，個個成了對手。
（二九）阿瓊那見此情，心中至爲悲苦；因言：「皆屬同胞，竟敵對而鼓舞。
（三十）「我的四肢疲憊，我的口舌焦枯，我的身體搖擺，我的毛髮直豎。

（三一）「大弓墮自我手，我的肌膚如灼，我是站立不住，我的心無寄托。

（三二）「我見不祥之兆，我應如何是好；戰場殺我同胞，豈有好處可找？

（三三）「我眞不欲勝利，我亦不欲王朝；王朝於我何益？福命我亦可拋。

（三四）「大家從事戰爭，拋棄性命財富，追求王權享樂，皆爲彼等之故。

（三五）「戰場中有恩師，有子孫有父老，有母舅與外甥，有親戚與中表。

（三六）「他們縱然殺我，我亦不殺他們；不爲三界之主，豈爲王朝而然？

（三七）「殺彼瞽君之子，於我有何可樂？我們殺了他們，實已陷於罪惡。

（三八）「要知瞽君之子，都是我們同族；殺了同族同胞；如何可以獲福？

（三九）「雖然他們之心，已爲利欲所蔽，不知殺親之罪，不知殺友之弊；

（四十）「但我們有聰明，能知滅族之禍；何故亦如他們，不能改正錯過？

（四一）「宗族若是被殺，傳統之法卽泯；傳統之法若泯，便卽無法無天。

（四二）「大家無法無天，家庭婦女失貞；貞潔失去之後，種族卽難綿延。

（四三）「並有地獄之禍，降於彼輩之身；祖宗之靈已隕，祭祀之儀亦湮。

（四四）「殺戮宗親之罪，混亂血統之惡，可使律法全無，家法更無着落。

（四五）「而且我們常聞，若是宗法已泯，便卽各族之人，皆墮地獄沉淪。

（四六）「我們今日所爲，眞是罪大不測；我們殺戮同胞，竟爲爭奪王國。

（四七）「若是瞽君諸子，將我殺於陣前，我亦不願抵抗，只求我心安然。
阿瓊那在陣前，說了以上之言；便即仰臥車座，擲弓心憂如焚。

第三章 行的方法

——Karma-Yoga——

（一）阿瓊那又問道：「修慧如重於行；爲何您又要我，從事征戰不停？

（二）「像是言說紛紛，神智無由顯現；就請確示一言，使我止於至善。

（三）克西拏如是說：「我言已是殷勤；人生之路有二：求知與夫力行。

（四）「不能行無所事，行亦終無所獲；如若隱退無爲，圓成亦不可得。

（五）「其實寂然無爲，誰能一刻做到？人之本性如斯，總須行之爲要。

（六）「人若坐而不行，但仍心念外物；如此迷其本性，反有僞行之失。

（七）「人能以心制欲，復能行所無事；由是毫無執着，方足以言勝義。

（八）「你應爲所應爲，工作勝於不作；如若一切不爲，生活亦無着落。

（九）「世界全賴工作，工作卽是犧牲；你應毫無執着，要爲工作而生。

（十）「自古天主生人，就是犧牲爲福；主說：生生無窮，犧牲遂汝所欲。

（十一）「你若對神犧牲，神亦對你奉獻；由此人神交通，便能臻於至善。

(十二)「眾神因你犧牲，自將給你歡喜；若你受恩不報，則你卽是賊子。

(十三)「人食犧牲之食，便卽毫無罪過；若食自私之食，則將自食惡果。

(十四)「人靠食物生存，食物靠雨下落；求雨則靠犧牲，犧牲又靠工作。

(十五)「犧牲原於韋陀，韋陀恒常不變；一切皆由韋陀，故必犧牲奉獻。

(十六)「人在世界之上，若不互相犧牲，則必罪惡成性，以致虛度一生。

(十七)「若以大我爲樂，又以大我自足，並爲大我犧牲，則可無爲有福。

(十八)「在此世界行事，不問有無收穫；既不須有所依，亦不欲有所得。

(十九)「如是一無沾着，只顧爲其所爲；此卽行所無事，其人自是巍巍。

(二十)「聖賢莫不力行，始能完成一己；你自應有所爲，保障世界不已。

(二一)「偉大人物所爲，固爲人之所同；觀其所立軌範，實乃舉世所從。

(二二)「過去現在未來，我皆不必有爲；無須獲所未獲，但乃努力爲之。

(二三)「若我不起而行，而且行之不休，則使舉世之人，莫不從而效尤。

(二四)「若我行之罷休，世界又何能有？由此禍及蒼生，我卽成爲禍首。

(二五)「凡夫執着而行，智者亦不離行；惟須行而無執，以求世界清平。

(二六)「愚人心懷固執，智者應知免除；由是毫無沾滯，人更起而效尤。

(二七)「諸行皆緣性分，有善有貪有痴；但人蔽於私意，每說是我爲之。

(二八)「要知心靈本質，性分異於行業；性分自爲性分，知此卽可無執。
(二九)「昧於性分之人，堅以諸行由己；但明全體之人，心不陷於己體。
(三十)「對我而有諸行，全心皆爲大我；無私去欲以戰，卽能免除心火。
(三一)「人能天眞無邪，全心遵從我敎；則可對其所行，有其無累之效。
(三二)「若對我敎忽略，不能努力追隨；則必智慧全失，諸行只是痴迷。
(三三)「哲人依其本性，衆生亦復如是；各依本性而行，豈必用其強制？
(三四)「人有貪欲嗔恚，緊緊膠着外物；不可入其樊中，此乃二大妖孽。
(三五)「自律雖欠完美，他法美亦不取；故寧自律而死，若遵他法危矣。
(三六)阿瓊那又說：「犯罪是誰主使？眞似有一力量，令人不由自己」！
(三七)克西拏如是說：「此乃貪瞋之力。兩者皆起於惑，諸惡全由此敵。
(三八)「情欲爲惑無窮，正如烟之蔽火；又如塵之蔽鏡，更如胎被包裹。
(三九)「人之情欲如火，欲火愈來愈熾；此可蔽人聰明，眞乃智者之敵。
(四十)「耳目心思才力，皆爲情欲所乘；旣能奪人智慧，亦能亂其形神。
(四一)「故你須先克制：此等情欲之根；並除惑人之孽，以圖保全其眞。
(四二)「諸根力量甚大，但此心力更妥；心力不及智力，智力不及大我。
(四三)「若能了悟大我，遠非智力所及；則能克制己私，卽克情欲之敵。

第五章　眞正退隱

（一）阿瓊那又問道：「旣稱捨離其行，又讚行之無私，二者以何爲宜？

（二）克西拏明言道：「二者實皆爲福；惟能行之無私，其福更爲充足。

（三）「不忮不求之人，常爲退隱之士；因無對待之相，故能心無所繫。

（四）「說退隱異乎行，實乃愚者之見；智者視之爲一，故獲二者之便。

（五）「退隱所達之境，行亦可以達到；能見二者無分，即見眞實之道。

（六）「惟彼退隱之人，終有賴乎瑜伽；合乎瑜伽之聖，其高無以復加。

（七）「若能從事於行，而又無思無慮，且能克己爲公，便即行所無事。

（八）「有道識眞之士，自覺一事全無；視聽觸嗅食息，行臥盡是工夫。

（九）「言語宣洩操持，以及兩眼開閉，都是一任天機，但覺無所事事。

（十）「要知行而無執，其行卽合乎神，有如蓮葉出水，罪惡不沾於身。

（十一）「修行之人無執，全身全心而行；或以全知全識，行以自有其淸。

（十二）「與道合一之行，不問行之結果；與道相違之行，從欲則成枷鎖。

（十三）「能自主宰之人，心不爲行所累；安居九門（註一）之城，無爲亦復無事。

（十四）「神主無營於世，其行實不可得；行果與之無關，祇是行其本色。

（十五）「神主無取於罪，亦復無取於功；無知蔽其智慧，因此眾生迷蒙。
（十六）「惟儘可用明智，斷然去其無知；智光照其眞宰，正如太陽照之。
（十七）「能以眞宰爲歸，並視眞宰如己，則至極地不回，罪即由智而洗。
（十八）「聖者等觀一切：對牛對犬對象，以至對婆羅門，對賤人都一樣。
（十九）「人能宅心平等，於世即可超然；上天無私無垢，故人應法上天。
（二十）「得其所好不喜，得其所惡不悲；神智堅定不惑，知天即被天知。
（二一）「外物絕不沾滯，當下即能自足；如此契合於天，自獲永生之福。
（二二）「凡因外物而樂，即因外物而苦；苦樂有起有終，外物究無所有！
（二三）「人能不貪不瞋，即能生其至樂；形軀未盡之先，修行亦有着落。
（二四）「人有內心之樂，又有內心之慶，則即內心光明，修行臻於神境。
（二五）「善人無垢無疑，一心深造自得，並能造福眾生，自可到達神宅。
（二六）「無貪無瞋之士，其心又能不遷，且能深知大我，自可居於神邊。
（二七）「杜絕外物引誘，內視兩眉之間；鼻中調其氣息，一吐一納閒閒。
（二八）「又能善制諸根，心智亦不懈怠；貪瞋畏懼全無，自可有其自在。
（二九）「我喜犧牲苦行，我與眾生爲一；世界以我爲尊，知我即獲安息。

（註一）：九門指兩耳兩目兩鼻孔一口及大小便門。

第十八章 結論

(一) 阿瓊那又言道：「退隱而與出世；其義究屬如何？求你分別訓示。
(二) 克西拏如是說：「人謂退隱一詞；乃非有求而爲；出世則全不爲。
(三) 「亦有人如是言：凡有爲皆是惡。又有人如是言：祭祀等事應作。
(四) 「今請聽我之言：出世有其眞義；阿瓊那如欲知，亦可說以三事。
(五) 「祭祀布施苦行，皆宜作不宜棄；要知祭祀等事，可使人成聖智。
(六) 「但卽使祭祀等，爲之亦應無求。阿瓊那呵你看：此義決定永留。
(七) 「退避責任不爲，此乃屬於不義；若因無知出此，則爲痴人之類。
(八) 「若因痛苦煩惱，放棄責任不爲；此乃貪圖出世，出世不可爲之。
(九) 「但若爲一大事，認爲義不容辭，不計一切出世，則惟善人爲之。
(十) 「哲人秉其善性，一切了無疑義；旣不耽於逸樂，亦不憎於憂慮。
(十一) 「放棄一切工作，實非人所能爲；但不求其後果，此乃出世所需。
(十二) 「或爲苦或爲樂，或爲苦樂混合；入世所獲如斯，出世則無毫末。
(十三) 「成就一切行爲，有其五大因素；明載聖教之中，望能聽我所訴：
(十四) 「行身與夫行者，以及種種之識；加以種種動力，神明處在五級。

（十五）「人以身心所爲，或以言語所爲；究竟誰是誰非，五者皆爲其基。

（十六）「如此情形可信，凡心總是無知，皆以自己爲主，不能眞正見之。

（十七）「凡無私見之人，其智而又不雜；縱然殺了他人，殺亦如同不殺。

（十八）「知，所知與知者，決定行的本身；識，所行與作者，皆爲行的成分。

（十九）「知與行及作者，數論分之爲三：因諸功德而異，你自聽之能詳。

（二十）「有善性者之知，能知一切之一；又知分中之全，與夫不變不易。

（二一）「有貪性者之知，僅知萬物之多；因其各個分立，遂謂彼此殊科。

（二二）「有痴性者之知，執一以概其全；因其不眞不廣，自非明理之人。

（二三）「有善性者之行，對一切皆無執；無憎亦無所愛，復不問其得失。

（二四）「有貪性者之行，只爲遂其所欲；一切出以私心，用力向外追逐。

（二五）「有痴性者之行，則皆出於無識；不計後果損傷，不問自身能力。

（二六）「有善性之作者，無執又無私意；而且堅貞不懈，成敗皆非所計。

（二七）「有貪性之作者，亟求工作之效；時喜時憂不定，貪汚而又暴躁。

（二八）「有痴性之作者，搖擺因循粗魯；詐僞陰險懶散，頹廢而又頑固。

（二九）「明智以及堅忍，皆可類分爲三；此亦依其自性，聽之你自能詳：

（三十）「有善性之明智，知爲又知無爲；知義又知進退，不畏又知畏之。

（三一）「有貪性者之智，誤認非誤認是；當爲與不當爲，皆不能知之至。

（三二）「有痴性者之智，爲黑暗所籠罩；且以是爲不是，對一切皆顚倒。

（三三）「有善性之堅忍，乃由意志集中；收放心，調氣息，又使諸根從容。

（三四）「有貪性之堅忍，堅持一已之責；求快樂求財富，又求行有所獲。

（三五）「有痴性之堅忍，只知不睡不眠；又復不知憂懼，而只妄自頽然。

（三六）「現再聽我說樂，快樂亦有三重：凡樂皆由修行，有樂則苦無踪。

（三七）「有善性之快樂，其初有如茶苦；終則其甘如飴，實由清明而有。

（三八）「有貪性之快樂，其始甜而終苦；乃感官與外物，相互接觸而有。

（三九）「有痴性之快樂，始終有如醉酒；乃由睡眠懈怠，以及放逸而有。

（四十）「在世上眾生內，在天上諸神間；自性所生三式，若欲解脫都難。

（四一）「婆羅門與吠奢，刹帝利與戍陀，他們一切努力，皆爲自性解脫。

（四二）「嚴肅而又自制，苦行而又清淨；容忍而又正直，明智而又敬信；乃婆羅門之職，
亦生於其本性。

（四三）「敢死而又機敏，勇猛而又精進；凡事都能領導，慷慨而又堅定；乃刹帝利之職，
亦生於其本性。

（四四）「吠奢本性所生，亦儘有其本職：此乃或爲農牧，或爲從事貿易。由此以言戍陀，

則爲做工勤力。

(四五)「各盡一己之職，人始有其完成；若問完成之道，你可仔細聽聞。

(四六)「衆生由之而生，萬物因之而有；於此而起其信，信奉造化之主；終身以爲本職，完成之道可睹。

(四七)「自己所定法則，縱然不能完善；但較依持他法，更有功德可見；人總可以無垢，只須盡其本分。

(四八)「人人依其本性，必須有其工作；縱然會有過失，仍然不宜耽擱；有如烟之蔽火，光明終有着落。

(四九)「智周流而不滯，又克己而無欲；更退隱而自修，自上達而能足。

(五十)「我再對你簡言：當人完成之後；如何臻於妙道，仍須有其步驟：

(五一)「要清明要克己，要絕聲色等等；要無一切沾滯，要無任何嗔憎。

(五二)「要寂居而節食，要寡言而心清，要約束其身體，要淡泊而神凝。

(五三)「要無私要無力，要無欲要無傲；要無怒要無貪，要無所有而好；要如此以求安，方可臻於妙道。

(五四)「已成妙道之後，內心卽獲安妥；無憂慮而平觀，則上達於眞我。

(五五)「由敬我而知我，自可知我之容；更知我而如實，便自進入「我」中。

（五六）「任何工作不停，皈依於我久久；則因我之慈恩，即可永恒不朽。
（五七）「一心爲我工作，而以我爲至上；爲求眞正了解，對我日思夜想。
（五八）「日思夜想之餘，我即度你苦厄；但若不聽我言，你即可遇不測。
（五九）「如你依然固執，仍說不欲作戰；則必所思落空，本性使你改變。
（六十）「你因痴迷不戰，終將事與願違；此乃出於本性，自須爲所應爲。
（六一）「眞主所居之處，正在眾生心裡；他能旋轉眾生，使其如乘輪几。
（六二）「應盡以你身心，皈依於彼眞主；他可賜你平安，又可使你不朽。
（六三）「我今授汝此智，玄祕而又玄祕；你應全體觀之，力行你之所契。
（六四）「你再聽此至言，此言最爲奧妙；對我愛之深深，自知如何是好。
（六五）「應以全心向我，敬我事我拜我；於是到來我處，我亦對你許可。
（六六）「你且放下一切，一心皈依於我；你正不必憂愁，我當赦你無過。
（六七）「如其人無苦行，無願心無誠敬；或則對我垢病，即勿說給他聽。
（六八）「如能以此奧義，傳給我的信士，且有無上信心，則必歸於我寓。
（六九）「如能愛我更深，勝於愛其一身；則亦爲我所愛，勝於全世之人。
（七十）「對此所持之論，如能加以精研，從而能知敬我，則我亦稱其人。
（七一）「對此一心恭聽，不復發生疑義；因此而得解脫，自臻清淨福地。

（七二）「阿瓊那你聞之，是否心思專一？因愚而起之惑，是否已經平息？

（七三）阿瓊那感激道：「我今一切明瞭；我必遵旨而行，多承賜予開導！

（七四）桑遮耶又進言：「克西拏阿瓊那！二人玄妙問答，使我直豎毛髮。

（七五）「承維耶索（Vyasa）之賜，得聞無上奧義；克西拏之所言，眞乃神聖之事。

（七六）「我記之又記之：我心喜又心喜：對此二人之言，眞覺神聖無比。

（七七）「我更常常記之：歡喜而又歡喜：克西拏之神奇，使我驚奇不已。

（七八）「我想任何處所，二人若是眞有，必然勝利吉祥，來裕更兼不朽。」

——傅伽梵曲終於此。以上譯詩，係參照 Savepalli Radhakri-Shnan 與 Charles A. Moore 原著之印度哲學之源泉等書中之散文所譯成。

四、寓言故事五卷書

盧前譯

甲、節縮本五卷書

譯者序言

五葉書者，盤洽檀多羅。「盤洽」云者，梵之謂「五」，「檀多羅」猶言「卷葉」。書不詳作者姓氏，惟編中說教者曰毘什羅薩摩，疑卽作者自謂。是五葉書後世所名，原編修短不可悉；有云初爲十二卷者。蓋旨在述道德，託寓言，以告諸王公者。寓言受佛教影響，考其時代，當在公元前六百年，在公元後五百年印度記載此書者頗夥。書中有與伊索寓言類似處，或云伊索寓言出於此書，則此書之成，在亞歷山大東征以前，亦卽公元二世紀前也。或云此書出伊索寓言，則此書之成，在公元二世紀後。眾說紛紜，莫衷一是。譯此書者，有阿剌伯文、波斯文、臘丁文、希臘文、希伯來文、法蘭西文、德意志文、義大利文；英吉利文，出芮士手，蓋節本也。此書在印度原無定本，以南印度本爲最少，外來影響較小；芮士節本所據南印度本，殆亦最古之本。今前所譯，本諸芮士。諸夏與印度爲昆季之邦，是書不可無譯。書非當代之書，其辭古樸質厚，譯筆不能達萬一，覽者當恕其拙焉。（民國三十三年）甲申正月，盧前序。

原敍

昔日在花城中，有一王名蘇伽多魯薩，冢宰曰阿摩羅薩惕，王以道德與治術聞。不幸三子皆著有過失，不聞敎誨，桀傲不馴，任性而行，昏闇不肖；態復傲慢，人咸遠避之。而三子者，日事賭博田獵，荒淫無度；王屢敎之不改，戚焉憂之。常與冢宰謀曰：吾寧絕嗣，不欲有此劣子。冢宰同情於王，議召國中高僧，所望有能改王子行者。於是集諸高僧，王始訴其衷曲，謂諸僧爲地上之神，宜無所不能；果能改諸王子所爲，當致厚貺以謝。高僧皆默然不應，最後乃曰：王所命，非僧人所能爲也。因天使之昏闇者，僧人無以改之；王有他命無不應，若取膏脂於砂土，活死者於既絕，包河水於羊毛而不漏，生雙角於兔首而不達；惟化惡劣之天性，則非所能也。王聞言而怒，欲沒諸僧之田地產業，奪其權益，且逐放之。高僧中有昆什羅薩摩者，見王色不霽，請息王怒，允敎諸王子；假以六月，定化所行，以副王子之分。王大喜！賜昆什羅薩摩以七寶，七寶者：金、銀、緞、紗、輿、室與蒟醬；並以王子付之。昆什羅薩摩既歸，諸僧怨之，以爲不當爲所不能，曰：衲非大膽妄爲，是爲解我諸僧圍耳；王既怒形於色，不利於我諸僧，今雖未免此厄，然延六月期，其間或有艮圖，未可知也。偶然往往有濟於命定之數，使其成就；人生誠艱難，但得延遲且延遲，亦大佳事，在六月中或可化凶爲吉。於是說數故事以證其言不謬。說畢，諸僧同聲讚揚其智慧與技巧。曰：微毘什羅薩摩延遲之計，無他術也；竭厥智慧，當達所望，遂與告別。且預祝成功，能化諸王子行。毘什羅薩摩復思得一計，即以道德教訓出諸寓言；既獲良益，亦饒興味。此五葉書之所由作也。

第一卷 失友

毘什羅薩摩始窺察生徒性格，護視之周，亦不稍離。一日，諸王子從之田獵，一如往昔，至感疲倦；顧所獲野獸無算，乃同坐憩於樹蔭。當此之時，王子之長者請陳說故事，不知正中毘什羅薩摩意，利此機會，按所豫計，將教訓娛樂融爲一談，於是乎說；此故事是名友別。

有商賈名達納拿希伽者，居康他伐締城，時將遠行，採購珍貴貨物，挈牛而往，欲以載貨物歸，當其過森林時，有心愛之牛曰桑給發伽者，不幸一足陷石中，傾跌足且斷。商賈去留兩難，躊躇至再，決意留牛，以不妨其行旅。牛既被留林中，商賈遂獨往。初牛之被棄也，命危幾殆，後得清泉靑草，蘇息漸愈，乃壯健如故，早已忘其失足時矣。

近林之處，有獅號林中王，統率百獸，以兩豺爲輔臣。一曰嘉羅塔加，一曰達摩拿加，嘗無禮於王，見逐朝廷。兩豺退居於林。獅王因畏熱故，往永沒納河飲水；將返，聞有大聲，桑給發伽之聲也，獅王不知此聲何自來，是何獸之聲，疑必勇往壯健之獸也，豈與我爭王位者耶？憂慮之甚，乃思其輔臣，於是召兩豺。

當嘉羅塔加、達摩拿加聞命時，殆已知獅王所以召之之意，不欲卽奉召，且考量之，曰：王今召我，以困難故，是王自知其不安全矣。達摩拿加曰：未應召時，當自計其利害，吾儕且不往朝，試先自爲計。嘉羅塔加曰：然如子言，當先考量，不爾，則如猴所遇者，請畢吾言，商之名吉多者。

在射羅巴河濱建一廟宇，一日，匠伐大木，木尚未斷，而匠他去，則以木實其隙，値羣猴覓食至，一猴躍至木端，往來其上，所實之木墜而大木合，猴乃被挾以死。達摩拿加曰：聞君說猴，是知不三思必危其身，忠於王而進藎言者，亦必有厄。

往在烏闍衍城，有王名達摩達納者，嘗闢深池，王曰望池中之水溢以爲用，顧待之久，卒不見效。蓋池中有望不易見之孔，孔與溝通，所蓄水悉隱洩於孔，而池常涸。王闢池費多金，而多金枉費，心殊不懌。時有隱者居之近，備聞其事，知王之怏怏也。前語之曰，是池之涸因忌者施魔術故，惟一破魔得水之法：誅一武士或一隱者。王聞而喜，然近處人煙稀少，不得已乃擒此隱者，殺之池側，投尸於池。尸正塞其孔，大小適度，於是水乃不洩，未久而池水滿溢，遶邇田畝得以肥沃矣。

嘉羅塔加悉心聞聽，思而言曰，聞此故事，使吾謹愼，然我輩終宜往見獅王。自離朝以來，爲衆所棄，居於卑賤；一旦承主之寵，則衆必諂我，豈特我輩得此尊崇，亦足爲我親友光，且周濟貧寒，扶助弱小，一切善行無不施。不見犬之馳逐乎，爲些子食物而已，望主人而搖尾，見食物而心喜；又不見大象乎，忘其驕傲，對人馴服，受命維謹，初亦不過爲求食物而已也。我輩若至此，何躊躕爲？

達摩拿加舉古格言而答之曰：盜竊、養馬、蓄財、憤怒、魔術、侍候王公貴人，皆所以毀滅人者也。吾思之熟，終宜不歸，若汝願往，請君獨去。嘉羅塔加曰：君言誤矣，此大事者欲求其成，必二人俱，不然同毀滅耳。我二人相分離，一如彼兩嘴之鳥。

昔日林中有兩嘴鳥，一日，棲息芒果樹上食甜蜜之果實，食者一嘴而他嘴忌之，且相怨曰：汝何啖之不已，使我不得食？食者曰：汝何怨爲？吾之食何異於汝之食乎？吾汝共一腹耳。然他嘴之怒終不息，行思有以爲報，見毒草欲呑嚙之，卒中毒，鳥於是死。蓋兩嘴不和遂至於戕賊而亡也，是不和睦者必多不幸，汝寧忘此古格言乎，勿孤身行路，勿獨自謁王。君欲聞諸他故事乎，說合併互助之利者，吾爲若言，汝更聽之。

昔時在蘇摩樸梨城，有僧人名嘉納薩摩者，甚貧苦，偶獲鉅資，乃發願往恆河進香，浴於恆河，洗滌其罪惡，料理行囊已，遂就道，一日，經森林，菹薩伐締河，將浴，甫投水，而一蟹至前，問其何往，曰：衲往恆河進香，蟹曰：吾居此久，地殊不適宜我，請挈助我而之他，俾稍得安居，定不負君恩，識之終身不忘也。使君有間亦必汝助，僧人怪之，曰：汝區區蟹耳，何得助我高僧耶？蟹曰：唯。

有城名婆羅巴發惕者，古有一王曰阿地惕發摩，一日出獵，侍從甚盛，行至深林中，見一大象至。眾皆恐懼，王慰之曰：朕將擒此象載之還宮，眾乃爭謀擒象，築深溝覆以樹葉，然後繞象成圍，讓路則直底於溝，象逸遂墜。王大喜，顧謂眾曰：象未就擒，先使飢餓八日，象力既乏，自易入彀。眾聞言紛走，獨留象溝中。二日後又有僧人循永沒納河者，經過是處，見溝中象而問之。象白此事，且請僧救之。僧以力不勝辭，不能舉象出也。象固哀求，僧曰：思惟一計，若汝嘗助人，或助他獸者，際此可邀之來助。象沉思久，曰：吾不復能記憶曾否助人，惟記憶脫一鼠於難，試述其事經過。

一歲，蘇伐那巴胡王在位時，伽寧伽國忽來羣鼠，盡一切食糧，隨處荒饉，人民咸集，請願於王，乞籌策以驅羣鼠。王於是舉國之獵戶，眾携網羅以至，爭捕羣鼠。忍耐辛勤，歷久始得取鼠於穴；置鼠瓦罐中，使之餓斃。鼠既入罐，吾適經過，鼠王乃請卹於我，拯彼鼠命。鼠王曰：此事在汝殊易爲之，以足一蹴則罐立破。當時動吾憐憫之心，遂爲破罐。鼠王感我德，曰：銘此恩當不忘，他日使子遇難，必有以爲報。

僧人曰：汝既助鼠，今日可召鼠來，鼠當拯汝，一如汝當日之拯鼠然，汝必得救，吾爲汝祝。言已，僧去。象於是從僧人言，召鼠王來。鼠王立躍至溝中，象語以今日方來之禍，請有以爲救。鼠王曰：此易事耳，勿懼，我必助汝獲自由。遂乃聚羣鼠於深溝，取四圍之土，以填溝壑，未幾溝壑土滿，象乃得出。是象以救鼠而自救也。

蟹說象畢，又曰：小如鼠，尚可以救象，安知吾之無以報子恩耶？嘉納薩摩復思，此渺小者如是其聰慧，不待躊躇，乃置之囊中前進，復至一森林，時在中午，天暑熱，乃憇於是，因而睡熟，是時蟹所豫言之災禍不幸而至。

蓋嘉納薩摩睡在樹下，蟻垤中有一大蛇，樹上爲鴉巢，鴉與蛇鄰，結而爲謀；每當行路人至樹下，鴉必呼蛇。蛇出嚙人，蛇甚毒，遇者必不得生，於是鴉蛇共食其人之尸。鴉見嘉納薩摩時，望蛇而呼，蛇急出齧以死。羣鴉方飛集尸上，鴉王瞥見僧囊中有物蠕動，伸首囊中，覗爲何物。蟹因捉挾其頸，鴉王哀呼求釋。蟹不之許，若不使僧人復活若亦不得活。鴉王轉語羣鴉，其勢危迫，請蛇復活此僧。羣鴉乃求諸蛇，蛇無已至僧尸前，以舌吮傷口吸引其毒，始得復活。顧僧人既醒，四顧見蟹，方捉挾一鴉，心以爲異。蟹告以往事。僧人自以爲睡夢中醒，至爲驚訝，曰：鴉既踐諾，蟹乎，汝亦宜守信釋之去。而蟹欲懲鴉，以爲罪有應得，徒以毒蛇在側，不敢殺鴉，語僧人曰：試前行數武，吾將釋之。僧人遂並投於囊，攜以前行，且促蟹踐其諾言。蟹曰：不必踐惡人諾，亦不信惡人言。當知此鴉已害多人性命，吾從子言而釋之，又必以害多人。吾今語子，彼愚人助惡人之事，其後惡人終自食其報也。

在永沒納河畔，有侶聚居之村，村曰阿耆黎拖藍，村中一僧將往恆河進香，厥名阿思惕加。既成行，一日，在永沒納河浴，既入水，見一鱷魚至，問所自來，今將何往，僧告之。鱷聞僧將往嘉錫國，請攜之往恆河，欲安身所。鱷今所居者至夏日則水涸，頗不能安。阿思惕加憐之，引鱷入囊，負諸背上往。抵恆河邊時，僧啓囊告鱷曰：汝今可以入水矣。而鱷以在日中行旅久，至感疲乏，不能自投水中，請僧更送行數武。僧不之疑，允諾其言，攜之淺水。其時鱷魚嚙僧足，且將率僧至水。僧大恐懼，且怒曰：惡物！汝豈若是以怨報德乎？豈忍如是行不義乎？豈吾救汝，汝乃若是待我乎？鱷曰：子所謂道德感恩者，吾不知其意，吾故欲取助我者而食之也。僧曰：少待，且問之他人，請爲批判，倘所遇同汝意者三，我即以我身飼汝。鱷魚許之。初至河邊芒果樹下，僧問樹曰：以怨報德可乎？芒果樹曰：是非非吾所知，然如若輩人者待我亦若是，飢則食我果，我嘗以樹陰爲人蔽日，及吾年老，或不幸病，無以助人之時，人乃忘我往日，伐我枝榦，甚者連根拔我，由是可知人所謂道德者，未嘗不負其養育之恩也。復叩之老牛，老牛方齕草河畔。僧既問之，牛曰：子無爲我言道德，今人之所謂道德者，亦即食其有養育之恩者也。以吾不幸之經歷，使我知之。吾有益於人者也，耕人之田，予人以犢，飲人以乳，及吾之老，人乃棄我以飼野獸耳。於是，僧人之命絕於第三。時瞥見一獾，僧人往問之，獾未之答而詢其詳情，聞僧所述，乃失聲笑，似甚同情於鱷者，曰：吾未作答前，第欲知若輩在旅途中之狀。鱷未之疑，投身入囊，僧人舉以相示。鱷初入囊中，獾命僧人攜之荒僻之處，令置囊地上，以大石猛擲，遂破其首；且告僧人曰，愚哉僧也，今而後汝聞教訓矣，汝愼勿與惡人友。於是獾召親友，飽餐鱷肉。僧進香畢，始安然返鄉。

蟹說鱷畢，曰：今可知與惡人不可交，亦不可踐諾守信，既入吾手，當無憐憫而殛之矣。說已，乃殺鴉。僧既脫難，攜蟹之恆河縱之入河，且重謝之，以蟹之能助已也；然後浴於恆河歸。

嘉羅塔加說蟹事竟，曰：君知協同互助，智者所爲，吾二人愼無相離，入朝必偕，俾互爲助。達摩拿加聞之，始允同往，前途之禍福願共受之也。立謁獅王，獅王未白其意，先囑以不得洩其祕密，且誓不得違叛，亦不計前此二臣之過失已。二豺乃誓以王事爲已事。獅王乃曰：前數日者，聞有大聲，心甚惶懼，疑揚聲之獸欲奪我王位者也。嘉羅塔加、達摩拿加則視此亦尋常獸，共慰語王，請王勿懼，曰：世間蓋無有力勝於王，勇過於王者，姑無論此聞而未見之獸爲何物，必不能爲王危，王何懼焉？嘉羅塔加於是說故事，以明王之不必恐懼，請復振王威力。

昔北方有二王出獵，初相遇林中，爭一野豕，口辯激烈，至於動武，士卒馬匹死者甚眾，兩方損失皆鉅，然後罷戰。及兩軍退，羣豺趨至，飽啖肉食。方羣豺之食也，狂風倏至，吹折樹枝，拔樹根，揚塵沙，障蔽一切。羣豺疑二王之返戈而戰也，驚遯入林，匿居數日不敢出；終迫於飢餓，勇敢出視，則林中一無所有，知爲風也。

獅王曰：若輩無論何語，使吾不能置信。尋常之獸而有如吾所聞其聲之巨者，是可懼之巨聲，必出自猛鷙無敵之獸。吾將棄王國，以遠避之。古格言不云乎：遠離惡人，勿使有惡習之鄉愚與若近。國有二王，去之可也。豺曰：若然，王奚以爲計？亦有格言曰：勿離故土。願王不去而之他，臣等終謂王之恐懼爲不必有事。王所懼者，雷天之代步耳，臣等願如王意，往見此獸，俾深知底蘊；果如王所料者，則與結盟。獅王曰：諾。二豺往，將會晤，王授以全權，速去而早歸也。

於是二豺往，既尋得桑給發伽於林隅，時在永沒納河畔齕草。二豺行而前，問若爲誰？從何方來？至則奚爲？桑給發伽具告之曰：在大森林中爲其主所棄。二豺聞之，相視而笑，曰：是卽可恐懼之巨獸爲吾獅王所畏者也，健強如吾獅王奚爲而懼此被棄之犢乎？

二豺行且思曰：吾儕胡不欺吾獅王，亦作恐懼之狀，以告王曰：嘗見巨獸，信如王語，則吾王之恐懼或有利於吾儕也。縱功不及我，王亦必以爲舍吾儕莫屬。於是歸，復於王，囁嚅而言曰：王！臣等與相晤，始知王之恐懼良有以也。巨獸者，大自在天之代步，爲大自在天所遣，來至深林，食一切大小之獸。獅王果聞而益懼，語音中流露其憂慮，曰：吾言信然，自當懷是恐懼，吾思之熟且確，能作此巨聲之獸，必強勝於我，必與我爲敵，行將攘奪王位者也。

嘉羅塔加、達摩拿加聞王言而喜，自謂其計成功，因所言而王益懼也。假言慰王曰：臣等與商洽，願與交好，並邀之訂盟何如。王許之，隨返至桑給發伽處，重訪此孤牛，作怫然不悅狀，曰：若今所居之林，乃獅之王國也，若不欲老獅食者，急宜他徙。讀者當知此時桑給發伽之恐懼又何如也。桑給發伽曰：吾何往乎？世人皆我棄，以吾之窮苦老弱，居此未嘗有過失，不過林之一隅，從無害於他物，復何往耶？獅果食我，其食我已耳。吾寧受爪之攫擊，殊不欲延此無聊月歲也。二豺曰：君處困苦境，應出以柔和之口吻，若爾靡然之物，何爲大膽揚巨聲乎？不知者則將以若爲此間王，何爲以是恐懼人心耶。他人之畏若聲，蓋從未聞似若聲之宏者。吾獅王亦以是憤怒，疑若以聲之懼人，王不信尚有能大膽揚巨聲於其國中者。惟我獅王實甚仁慈，未嘗不能憐憫汝。使若安居於是，必謙恭小心，細其聲而語。若不憶格言乎？微風可以悅人，暴風雨使人畏懼。吾儕將導汝見王。若知世人締婚或將覲謁，必須他人爲助，知汝強於我，大於我，然事有往往輭弱爲之而勝壯健者之爲之也：在金山巔，有芒果樹焉，結甜美之果實，一獅從樹下過，欲食此果，而樹枝高不可攀，雖竭盡其力終不可得，苦思取食之法。時樹上有一鴉安閑採果實食，未幾即飽啖而去。獅徒然等待，卒悵然去之，然心未嘗不以不能如鴉之所得爲可恥也。

二豺言已，勸桑給發伽去謁獅王，牛不之疑，隨以前往。既抵獅王宮前，二豺留牛於外，先行入報，告王以不辱使命，且誇其能，曰：牛故固執，初不信臣等言，幾費唇舌，乃得允於王共居，微臣逞巧妙之詞鋒，不得允與王結盟而爲友也。王聞之亦大喜，復獎贊之，稱其忠藎。明日，二豺又去桑給發伽許，引見獅王。獅王嚴肅接見，其盟友高踞王位，旁列羣臣。桑給發伽至，獅王不語，惟善視之，自以爲幸，因輔臣力，獲此盟友也。魁梧其表，銳利其足，可以擊人，欣然領之入宮，授以權，私心忻悅，以爲得偉岸之友，不復他畏，自是安享太平矣。獅乃與牛成莫逆交，互相敬愛，永誓不離。獅王不至飢甚，不出畋獵。而嘉羅塔加、達摩拿加久而悔焉，悔攜牛之來也。

自王見牛，日與俱，忘其故常，不時時出獵；獵之時，亦厪圖一己之飽，棄吾儕如遺，置吾儕之飢餓而不問。是攜牛而來者，吾自毀耳。往日未嘗考慮及此，是吾儕之所爲，與彼僧同。

近南方嘉非里河，有村落曰達摩蒲里，一僧曰德發薩摩者，年老苦行，然不能捨其塵俗，而有貪心。貪得無厭之欲，克服其身，務聚錢財，爲安全計，置之杖中，俾隨取以行。一僧聞之，將來竊其錢財，既求見，虔誠其貌，請任傭保之事，僧許焉。僕善窺主意，事之勤謹，久乃有信。蓋僕力任百役，暇復能爲嬉戲以娛之，僧乃益喜。僕所能，琴爲最。僧未嘗不自幸其運，獲玆慧僕，一切得以託付；惟此貯藏錢財之杖，則不少離。他日，僧挈僕出化村外，歸至中途，僕潛折草簪頭上，迅至僧前，自請罪曰：吾犯大過，頃始知之，在彼飯我人家，稻草落吾頭上，初未之覺，是犯盜竊罪，何由以自贖耶？僧曰：汝本不知，汝故無過。曰：鴆毒終爲鴆毒，知之者不知之者，食之則一，其果一也，請語我贖罪之道。僧大贊許，以僕之忠實若是，曰：如汝忠誠贖若罪，不必他求，汝第着衣服投入水中可耳。僕立從其說，出於水，復至僧前，三叩其首，爲主祝福。僧益訝其心之潔，曰：誠哉吾僕，忠實至此，純潔至此，吾安獨復見其人耶？於是信賴益甚，然貯藏錢財之杖，終不付與。

僕殊不自足，因其計未售故，乃別爲謀。他日復語其主人洗滌罪惡，早登極樂國，意於此修途之中，必得間以盜主人杖中錢財耳。僧躊躇久，卒從其言，偕往嘉錫；行經羅伐悌河，僧既水浴，授僕以杖未之疑，以僕忠誠，不必疑也。既浴河中，泳至彼岸，且浴且祈禱；復回顧其僕，忽見二羚羊從河畔過相鬥毆，互以角觸。一羊乃血被其首，爲一豺所見，知羊之血流，遂行至羊前，飲其血。羊雖敗衄，而彼羊之怒猶未已，亦未見豺之飲其血也。復以角前擊，乃碎此貪心之豺之首。僧驚視其事，浴罷出水至岸旁，竟不見僕，大驚，亦不見其貯藏錢財之杖矣。讀者可知此貪心之僧，其時怨恨爲何如也。曰：噫！今而後始知格言之可味也，世間無有如錢財之能動人心，能欺罔人者，尋聚錢財如受罪，貯藏錢財如受罪，濫費錢財如受罪，遺失錢財亦如受罪也。是時僧之怨恨終無益於事，亦無他術，惟有自止其痛悔而已。無已，遂折而返鄉。

嘉羅塔加曰：不見僧之與豺，不三思而被禍，一如吾儕引牛見獅王，而自受其罪也。達摩拏加曰：爲今之計當思有以補救之者，或不如以計遂殺桑給發伽。嘉羅塔加曰：吾儕何以出此？不知君計將安出？如之何能殺此龐然巨偉之物耶？達摩拏加曰：當出之艮計，或者求助於人，若是力雖不勝，亦可爲之。

住在普羅塔摩薩奇林有鴉，築巢高樹之上，樹之下有大蛇居蟻垤中，鴉知近處有此強敵，思放逐之，或謀殺之，苦力之不勝也。然居之旁有此亦至感不安，乃晤一豺，語其困難，求殺蛇之計於豺。

豺曰：在伐羅達河側有池，池中有魚。值魚鷹來飲水，見池魚欲攫食之，顧池之深，因思一計，乃棲止多魚之處，如修行者狀。魚既見之，潛匿池底，窺鷹故慈和，寂焉不動，遙問何爲。鷹柔聲以告之曰：吾來贖罪，期得善終；平日吾殺生多，傷害魚類尤夥，今者皈依正道，惟修行以終餘年耳。魚初不敢信，觀其容貌態度復若是，久乃與之熟，卒信其皈依正道，不必懷懼也。顧鷹待魚已久，知魚之能信己。其時魚游四圍，鷹忽黯然而有戚容，歎息至於流涕若甚悲者。魚怪而問焉。曰：友乎，吾今悲戚，緣若輩大禍之將至，若輩必不幸也。吾知時運之奧妙，不久天必大旱，十二年中，天無滴雨，一切河流溝渠皆涸，所有魚類亦必喪命。吾與若輩善，思有以救之，惟吾始能救若輩，而若輩必惟吾言是從斯可已。去此有山，山上有池，終古不竭者。若輩欲求生，當信我，吾將一一載之前往。魚聞而大懼，未疑鷹之言誑，謂無足慮，於是共信誑魚之鷹，以爲非此不得救也。鷹乃日載一魚，擇其肥者，載至山巔從容而食之，久乃盡食池中之魚。惟一蟹獨疑之，將懲罰此鷹。値鷹來載蟹，將往魚許，鷹負蟹至山巔。蟹見山無水，所有惟石，石上滿陳魚骨，知鷹之詭計也。於是不復延遲，急捉鷹之頸，窒息以死，然後蟹緩緩歸其故居。

豺說畢，乃曰：使計以殺人者當若是，今吾儕思計以殺蛇，一如鷹之食魚，如蟹之捉鷹也。

鴉於是偕豺往，視蛇所居。當此之時，國王方出獵林中，疲倦甚，坐鴉巢樹下，卸金飾於地，久乃睡熟。豺授意於鴉，鴉急飛下，攫金飾藏之蛇窟，然後飛去。國王之侍從備見其事。王醒，具告之，王於是令掘蛇窟。蛇憤而出，將齧攫其窟者。然諸侍從各有備，投以巨石，擊蛇首碎，卒掘出金飾。鴉既遂其願，乃安居於巢。

達摩拿加曰：故吾力不能勝人，運吾智亦可勝人也。格言有云：力在人心，不在人身，智者即強者耳，若如不信，吾更有說。

昔在馬都拿他林中，有獅曰朋達里加者，羣獸所懼，行且滅絕各種族，欲往尋他林，求獅之所不能至者。將發，忽有老豺至，止其行，囑少待，曰：若輩奚爲去其生長之故土乎？其試與之媾和，共得安居於是。羣獸曰：唯，請豺往見獅，洽商之，當少減殺戮，並以叩獅如之何可使羣獸共居。豺遂慨然往，謂獅曰：君何愚也？滅絕諸獸種族如君所爲者，不久則林中之食盡矣，君亦必飢死。苟得諒解，吾儕日供君所需，飼君之食，不待費些子之力何如？獅聞豺之言，心甚異之，大聲嚇之曰：汝之言云何？對曰：吾所言者，使君不擾我，日飼君一獸耳。獅然其說，羣獸乃踐其諾言，日必餽一獸爲獅食，既循序以餽獸，無何遂及於豺。豺將往之日，召羣獸言曰：吾儕所謀，厪可行諸一時，旦暮之間必盡爲獅口中物，果不甘毀滅者，必計以除獅。羣獸聞言震驚，問曰：若是之難，豈吾儕所爲也？豺曰：吾不待他助可躬自爲之，請言力所不勝，而智能勝者。

嘉摩加林中，有雲雀焉。一象嘗過之，毀其巢，破雀之卵。雲雀抗爭，象不之顧，時復擾其居。雲雀苦象之殘忍，計無可施，惟志決除此巨敵，乃求計於鄰近之豺，涕泣以道悲慘之境遇。豺曰：君無泣，請放心，吾必有以制之。遂招一鴉、一牛蠅、一蛙來，偕訪是象。時象臥於樹陰，豺授意於鴉，鴉飛象首，啄象之目，牛蠅入象之耳。象無術以驅鴉與牛蠅，但狂呼而已，躑躅往來，欲稍殺其痛苦。而此際蛙躍井上，竭聲而鳴。象以爲居近有水，遂奔至井前，痛苦中亦不暇思索，於是墜井而死。象既喪命，豺返告雲雀，雲雀遂得安居；而豺聚親友往食象肉，數日始盡。

豺說象畢，歎曰：吾豈不若彼雲雀乎？雲雀尚能殺象，吾安得無計以殺此公敵之獅耶？說已，會散，豺獨往見獅，途經一井，窺井自見其影，尋自思曰：得之矣，吾終有術以制獅也。計既決，乃趨獅前，狀若懊喪，徐言曰：今日吾來請君食之。吾知末日已至，然未食我前，吾將告汝，初不敢以語君者也。獅大驚疑，囑詳言之。豺曰：君既以囑我，吾將詳述此危。蓋去此不遠，頃來一獅，彼揚言將殺君自代，不欲預洩，故居井中，待機以擊殺君，代君而王。獅聞已，怫然怒，作大聲曰：吾知古格言之意矣，所謂智者懼其侮辱，王者懼其愚妄，妻子懼其不忠，強者懼其仇敵者也，汝其立告我彼敵所在，吾必有以報之。豺遂導獅至井前，曰：君俯視之。獅張毛豎尾，以視井底，自睹其影，以爲敵也，狂吼躍而下，將與敵鬥。豺乃招羣獸至，推巨石入井，於是殺獅，從此各得安居林中。

達摩拿加曰：吾自知其力，然果有智謀必能計取，如故事所云者；智足以殺其敵也。其後達摩拿加曰：無論君言如何其難，吾終必設計以行，人之行事，不當因困難危險而中止，勇敢機智，運用適宜，定能克復一切障礙；或視之爲絕路，而往往適宜於我。

往在解羅那林中，有羣山羊，常齕草於是。一夕羊歸，一老羊追走不及，被留林中，覓一穴宿。入洞見一獅臥其間，初甚懼，對此猛獸安得而不畏也。繼思若我逃亦不得脫，不如無懼，乃大步至獅前，毫無懼色。獅驚訝其膽之壯，敢近其身也，復沈吟曰：此何獸耶？乃敢近吾之身？凡獸必畏懼我，見我而他遁，今彼見我不懼，不他遁，而大步來吾前，勢必擊我。遂至羊前，惶恐而問之，若長髯之獸何獸也？羊莊言答曰：吾山羊之王，自在天之信徒也。吾嘗誓於自在天，食一百一虎、二十五象、十獅，亦嘗誓不足食則不除其髯，今玆甫得一百一虎、二十五象，吾將始食汝獅；食罷十獅，則功行圓滿，可以除去此髯耳。獅大驚，聞之殊恐懼，以爲羊將食己也，從洞穴倉皇逸去，途遇一豺。豺見獅喘息未定，問所驚懼，誠以此一切獸所畏懼之雄，而惶恐若此，爲可異也。獅具語豺所畏懼故，且詳述彼獸之狀，曰：向吾未嘗見若是可懼之獸，首有二巨角，頷有非常修長之髯，向吾亦未嘗知有若是見而可畏者也。豺心知其所畏懼者，乃羊耳，大笑，笑獅之被懼於羊，溫語慰之，且曰：君所謂可畏者，最輭弱最膽小之野獸也。君速返，逕攫羊而食之。獅聞豺言，膽稍壯，遂偕豺歸洞穴。羊見獅偕豺至，知必豺爲之計，危難當前，不得不竭盡其勇。於是更出之以傲慢，迎之前，怒語豺曰：吾所命汝者，今汝乃若是，吾命汝引十獅共爲食，何厪引一獅來，汝不忠於我，吾必懲罰。獅聞其言，以爲見誑於豺，惶懼逸去，時復誦格言曰：勿擾廚師醫巫，勿與官鬥，勿與富鬥，勿與強者鬥，勿與固執者鬥。羊卒以其智脫於險，而得安居林中。於是可知智益以勇氣，必可超越大難，成功於艱危之中。吾更說一事，使若信機智益以他人之助，必可殺除強大之敵者。

在列靡查林有獅以一豺、一犬、一鴉爲輔，平居無事。一老駱駝至，蓋見虐於主人，至感疲乏，自主人家出走，藏於林中者。是日獅率羣臣巡行，與駱駝不期而遇，互視驚訝。豺計將殺玆遠來之獸，商諸其友，眾意僉同，然苦己之無力以殺此巨獸，冀獅王躬自爲之。豺尋得一計，往駱駝前，若甚詫異者然，問曰：若何爲在林中？從何處來？駱駝語其詳，何以出走，主人何以虐待，且怨主人，以報主人故甚勤作。豺佯爲讚許，於其出走若甚同情，復曰：汝今所居，爲獅之王國，宜往拜謁獅王，請求庇護。駱駝曰：君何語我？彼獅王豈欲見我爲世間遺棄之窮老駱駝？吾兩人安有似處？若吾老弱可憐者，如之何敢近獅王？豺曰：弱者恆需強者庇護，從順強者，怡悅強者，君其隨我來，從吾往獅王宮，謁獅王。駱駝不疑其詐也，徑至獅所。豺白王訖，且語王此獸遠來荒野之故，願受王庇蔭，終其天年。獅喜甚，善視駱駝，漸與熟習，以駱駝性良善，王甚推許，深信賴之，引爲宰輔。彼三獸見駱駝之握政柄，惶然無術使獅殺之。値獅病，體弱，久不出獵矣。一日飢甚，命三臣供其所需，出獵野獸，俾取爲食。三臣辭不能，曰：吾三人非強壯者，烏足獵獸供王之需者。豺曰：果王飢甚，可不出行而得飽，王第殺身旁駱駝，因王求食，殺之有理，而駱駝亦必樂從，格言嘗云：臣爲主死，永得那羅延仙人寵愛。不然，王不忍殺駱駝，則殺吾三人亦無不可。吾儕雖死猶榮，以殉主故。言已，竟獲預期之果，獅乃不復苦飢，以王攫駱駝而食其肉也。豺、犬、鴉各得分食其餘，食之數日。

達摩拿加曰：故吾人必去敵者，吾儕應謀得他人之助。吾將指陳一事，亦取玆法，乃無不成功者。

有啼啼覇鳥，營巢海灘，與其雌俱，久無所出，後得天神許諾，予以子嗣。方雛之誕也，雌語其雄曰：吾常懷懼，居於海灘，每月圓之際，潮汐洶湧於平日，驚濤欲捲，恐無情之水掠我雛耳。勸其雄擇地移家。雄鳥聞之而笑，以爲此誠笑柄也，曰：吾儕所居，與海何涉，大海奚爲掠吾之雛。雖汝懷懼，然吾家於是，當安居於是，吾尙自覺其運命佳，得此高鄰庇護我也。吾將語汝：弱者必依居強者之事。

在大荒中，有地名摩羅薩羅希者，一龜居河濱，河流繞之。其旁有數大樹，樹上有二鷹。二鷹自芒果樹覓得其食，以芒果樹之果實甜且美。龜日伏樹下，食鷹口之餘。所居鄰近，龜乃與鷹成莫逆友。居既久，二鷹將遠游，龜聞之，不忍爲別，竭力勸其留止，然不能止其行，知鷹之去志已決也。於是請偕往，龜不獨留。二鷹曰：吾儕何以爲？君水陸兩棲者也，而吾居天衢，何可偕行？龜堅請其攜挈。曰：君等不攜吾往，君等行後，則吾必傷悲以死。鷹憐其友之悲苦，遂許之；覓得樹枝，鷹各啣其一端，令龜嚙枝中節。告之曰：飛騰空際，君應謹愼，無得言語。龜從其說，嚙住樹枝。鷹既飛揚前進，結隊而往，爲一豺所見。以龜懸掛樹枝，思得一法，使之下墜，往攫食之。於是仰呼鷹曰：汝在空中飛，翔狀殊自然，彼愚妄之龜從而效君，令人發哂。鷹不之顧，飛行如故。而龜不欲受愚妄之譏，定欲作答，甫張其口，卽落地上。豺趨前將食之，顧竭其力殺龜，龜之殼堅，食之不得，怪而問之，曰：龜婦乎，君之皮何其厚也。龜曰：然，吾行旅久，飽經風霜，皮亦日以堅。汝如挈我水中，則吾皮必漸脆，可供君食。豺信其言，置龜近處一池中，以一爪搊龜背上，使不得脫。龜既入水，豺曰：汝皮何不見其脆：龜曰：然，已漸脆矣。然爪之所搊，非水所及浸，取汝爪，則盡脆，任若所欲。豺去爪，龜乃得全，避至水底，豺所不能及也，曰：吾友，汝謂我愚妄，今頃所爲孰爲愚頑耶？豺以見弄於龜，大以爲耻，垂其尾緩緩歸矣。

鳥說畢，雌顧其偶曰：如君所說，不能使吾無懼，君知格言勿與強者友，吾不能安心居於是。蓋隨時潮汐可捲吾與雛以去，終須離此危邦，別覓安身之處耳。雌鳥所言，不能使其雄從，雄亦不信其言，且至於怒，不許其續言，曰：雖汝懷懼，吾既家於是，必安居於是也。然雌鳥之所畏懼者，不幸終臨，一日狂潮，水浸入其巢，捲其雛去。雌鳥飛翔幸免，大爲悲傷，而苦無術。其雛之被難也，値雄他往，歸，見其偶之悲，怪而問故。雌告之，且大責備，責其無先見之明，復不聽其屢屢勸告也。雄鳥漸悔，思有以挽救，遂招聚同類，偕訪金翅鳥請助。金翅鳥見羣鳥問來何事，失去其雛之鳥詳告其遇，皆海潮所爲，將請還其雛。金翅鳥諾，立至海濱，命海還無理而掠去之雛，言嚇海曰：汝如我拒，則必強力制汝。然海不爲恐懼，鄙視其狀。金翅鳥乃告諸偏入天。偏入天以此侮辱猶己受之侮辱也，予以神力，使搖海成巨浪，非至收得所索還不止。金翅鳥既得神力，還至海濱，海已知偏入天授之神力，遂謙卑其詞，請其見諒，無用是力，還其雛鳥，蓋是雛爲一切紛擾因也。雄喜復得其雛，率其雌與雛而去之他，安居得所。

達摩拿加曰：是知如何克復困難，運吾之智，且得助於人也，夫然後可完成最艱難事，並使有利於我。嘉羅塔加久無言，於是說：君言信然，請更述一事。

昔有虎住芒多羅山，與僕四豺俱，天性殘忍，四鄰之獸咸畏懼之，既殺人獸無算，其殘忍益使人遠而避之。一僧居南方之達摩普里村，去嘉非里河不遠，將離家往遠方謀生，求其生活略愈於目前。僧名曰法達頗拿那，漫遊四方，初不知何向，亦不知何所歸，經虎所在山。當地之人見僧，警告其無往，前進者必爲虎所食。而僧不之顧，徑入山中，曰：吾困苦一生，果爲虎所食，亦大佳事，藉可以釋吾百憂矣。既入林中，遂與猛虎遇，虎大驚異，以其敢前來而不之懼。問曰：汝膽量何壯？僧安詳答曰：吾何懼耶？吾生飽經憂患，生命實爲吾贅，故來此願供汝食。不圖僧之悲戚，竟感動虎，虎全其生，分洞旁之穴使居之，且以爲安置。自是日予僧以金飾珠寶，是皆取諸所食之人者；僧亦售於近處市肆，積聚錢財日多。時虎已與爲良友，暇則相共，誓不相離。然虎不出獵，四豺恐其絕食而死，竭盡智力間僧於虎。一日引虎於旁，若甚祕密者然，低語於虎，以其善視此僧爲足慮，雖若是優待，苟不愼者，必爲此奸詐之人所陷；二日後彼將以有毒食物以餽君，君其愼諸，君覺察其奸詐，後當勿復信任人類，蓋人爲動物中最不足信任者，請言之。

往在葉締希唐拿加城，有王曰伐羅伐桑塔羅牙。其冢宰爲一僧，名厤羅和羅，君臣甚相得。宵小忌之，揑造罪狀，謂彼將爲王危。王信讒言，雖未得證，即放逐之，奪其爵祿驅之國外。僧見王之信讒，亦無公道，離開城市，往恆河洗滌其罪惡。一日經一荒野，過井邊，井中有一蛇、一虎、一鷹、一金匠。彼等見僧，請爲救助，聞僧往嘉錫國進香，乃謂從中救人，是大功德。僧初拒之曰：若輩皆有罪惡，助若輩者，非爲功德。惟求之益亟，僧卒爲其請與悲感所動，遂入井次第救之。先救鳥獸，鳥獸既得釋，跪謝其恩，示終身當不忘大德也，他日有難，招之必至。未別前，復警告僧曰：井中之金匠，其人殊非善類，是不能改過之人，宜使死於井中，語訖而散。僧方躊躇其應否救彼金匠，顧金匠請求不已，謂鳥獸之言，皆有意害我，彼鳥獸本嫉我人類，吾豈劣於鳥獸耶？何不救我？幸勿忘古格言，大河、高樹、藥草、善人皆應救助他人者。寧忘偏入天亦經諸困難而救人者。僧不得拒，亦復救之，出井遂行。既安抵嘉錫城，浴於恆河，然後歸。一日途經荒郊，飢渴甚，覓不得食，幾至於殆。忽憶所救井中鳥獸，呼其名，鷹乃先至，見其渴也，導之近處池邊。僧飲已，又送果至，亦救僧命。鷹送至大道始別。復過虎洞，虎亦識僧爲恩人，留宿數日，餽以珍寶，皆殺他人所獲者。僧既取珍寶，蒞金匠之所居之城。金匠聞僧至，延至其家，貌甚恭敬。僧以其誠，甚信賴之，語所經歷，示虎所餽囑爲保存。金匠見珍寶，欲奪之，擒僧，卸其所有，送至王前，誣爲盜首，被我所擒，分其珍寶以爲贓證，實先已竊其貴寶。王不暇問，杖而繫之。僧既見羈於金匠，呻吟於縲絏之中，重憶鳥獸之告戒，深悔未信其言而落於宵小之手。然亦不皇慮其惡運，以是爲梵天意，說古格言以自慰，曰：野象飛鳥常被弋獲，日月光明常被黑雲籠罩，善人亦常被損害侮辱，蓋無人能自達其命運者。然痛苦與日俱增，不可解除，於是記當時所救之蛇，乃試招蛇，蛇應聲至。其恩人語所痛苦，數金匠罪，請蛇爲助，丐蛇助復其自由之身。蛇曰：君所願，誠非難事，吾敢斷言迅即爲君復自由之身也，語以計謀，徑往王象苑中，見王之禮象。是象也，國有大典，王必乘之。蛇遂潛入象鼻，象鼻有蛇，性發躁急，不能馴服，無人能近之。然象不飲亦不能食。王聞所愛象遘此奇疾，憂甚，未審寵象何由而變其性。無可醫治，於是揭白通衢，囊置三千金懸於竿端，曰：如有能醫象者，受此金。顧無人知象病之由，亦無應命而來者。僧於獄中聞之，白獄丁，果見釋，吾定能醫治此象。獄丁聞於王，王曰：不惟釋彼，且遺以金。僧立至象前，佯誦咒語，作施魔術狀，微語呼蛇從象鼻孔出。蛇既出鼻，象亦愈，始飲水齕草如故，馴服如故。王知僧之醫象也，召僧前來。僧說過井旁救鳥獸金匠之事，鳥獸皆各報恩，而金匠負恩若是，奪吾珍寶，誣我爲盜首。王聞其語，怫然震怒。僧言甫畢，即縛金匠至，殺之，以其忘恩負義，誣陷善人也。王善視僧，重以往日不自公允，賞賚貴重禮品，封之以地，使得安享天年云。

四豺見虎之樂聞其語，欣然而喜，曰：人類何事不可爲，於施恩者尙施其狡詐，君當謹愼，今後吾儕不復爲君言之；是僧之欲毒害吾王，吾儕亦無以阻之。君信任善視彼若是，未能使不爲惡，惜哉！虎聞而驚訝，然終不信豺之言，將待數日，以觀其後。豺又往語僧，謂其主願與共食，一嘗僧平日之所食者。明日，請僧治餐，僧未之疑，乃敬爲虎造飯，且桀蔬以其所嗜，列之盤籃，有胡椒、芥末、驢糞、香料之屬，徧自嘗之，以爲美味也，延虎共啖。虎近椒芥香料，立發噴嚏。蓋與虎平昔所食野獸味自有別，於是疑僧所爲如豺言，隱忍未發。先令僧置餐於地，飭豺前食之。豺舐以舌，故回首示異狀，若餐之不可食然。虎復嘗之，其味終不可試，遂不復疑慮，以此中必有毒素，乃大怒跳躍，撲僧食之。

嘉羅塔加曰：是誠吾儕所當取則者，如是而後可誅桑給發伽矣。不惜一切必底於成，殺牛之意乃決。二豺漸次施行，視牛不在王側，遂往謁王。王見之而喜，責其曠別之久。二豺三叩首，對曰，王乎，吾儕雖不常親君側，然何日不思之切，不敢忘王之爲我主也。凡吾儕所爲無不爲王，然自桑給發伽至，疑王之不復念吾儕，以遠來之客爲王所幸，當自引避。以彼之強大難與匹耳，顧今日不得前告王者，桑給發伽忘王恩德，陰謀俟機以弑吾王，將自立爲林中之主，王其愼諸，終必遏其亂志。獅王初聞二豺語，驚且懼，自是察牛所爲，果有叛行者，誓必誅戮。桑給發伽故不知二豺之忌進讒言於王也，未嘗少疑，安然處之。一日，在獅宮近處齕草，天色忽昏，沛然大雨，疾歸獅前，揚尾搖首，以拭其身上之濡淋。二豺睹狀，立奔獅前，佯作恐懼，呼曰：王速爲備，桑給發伽來弑王矣。彼將於狂風暴雨，天晦地暗之際，出不意以不利於王，施其陰謀。王不見彼之怒色乎，何其狂妄若是也。王速禦之，當撲殺此獠。獅王見桑給發伽之疾行而前也，若有怒色，以爲果不利於己也；急張牙舞爪而前，與之抗鬥。桑給發伽不知而被其禍，撐拒未久，既竭其力，卒爲獅所攫食。獅王飽啖其肉，以其餘餉二豺焉。二豺既謀殺桑給發伽，復其位，爲王近幸，歷久而寵不衰云。

第二卷 得友

毘什羅薩摩言訖，諸王子贊歎不絕，以師顯示智慧，能寓敎旨於故事中也。三人跪師前，謝所賜訓，曰：願永奉吾師，得脫我往日之愚妄，請續爲說，乞多惠我此有味之敎程。毘什羅薩摩亦喜，以弟子之樂受所說，其規畫成功者半，於是欣然許諾。毘什羅薩摩曰：汝王子，願聞吾所述事，蓋人生誠繁複，必彼此相助；彼此相助，則闇弱者始免於強者之威脅，今試聽之。

一鳩名祈陀羅尼，在嘉納加查拉山巔，營一巢，舉家居焉。山之下有一鴉。一日，鴉名斐加伐摩者，飛尋食物，見弋者布網道上，大驚，疾歸避之。鳩亦偕其侶經過是處，以未及察，遂落網中。當此之時，如何可逃於死亡，實無術以重獲自由。顧弋者前來，鳩忽然驚而偕飛，竟攜網去而脫於難。弋者初以爲必得此鳥，見其將網飛去，亦大驚訝。及鳩攜網安抵於家，鴉見之，不知何所攜而歸也，前迎之。鳩既見鴉，語以冒險事，乞爲除網。鴉曰：不可，近處一鼠曰錫蘭耶伐摩者，可救爲助。於是鳩往召鼠，鼠立至前。當鼠見鳩，責其不愼，遂至於是。鳩復爲己辯護，引古格言曰：任聰明智慧之士，亦無所逃避於運命者也。鼠憐憫之，邀集羣鼠，同嚙網上繩結，乃釋鳩與其眷屬。鴉見鼠爲鳩所爲，請與鼠友，欲結盟，以備不時之患。既與鼠言，鼠辭以族類不同，一居天衢，一在地壤，不知兩相爲友之何有於事也。鴉請之益堅，且曰：友以情合，族類同異無與也。鼠諾，乃訂交。一日偕游，遇鹿於途，通姓名訖，問將安往。鹿曰，吾名戚託藍迦，君等所之，願追隨焉。鴉鼠曰：諾。三物遂同往來。一日出游，口渴甚，覓水，得一井。井中有龜，龜睹三物，請援之出井，置安適居所。三物憐而拯之，拔諸清泉之側。龜感恩，亦與三物友，歡樂共居處久矣。他日鹿出齕草，失足獵戶陷穽中。鼠久待不見其歸，知有變，語諸鴉，令飛以偵尋是鹿。鴉盤旋久，始得見戚託藍迦在陷穽中不得出。鴉告錫蘭耶伐摩，語鹿所遭遇事，召羣鼠往助，不久鹿得釋。戚託藍迦旣相偕返家，久漸忘之。未幾，四物坐憇樹陰，忽見數獵戶至，俱大驚恐。鴉偕鹿迅逃走，顧鼠與龜不能脫身。然鴉鹿不欲棄鼠龜，使爲獵戶所擒。獵戶旣前，鹿故使獵戶見之，藉救兩友，佯爲跛足狀。獵戶見鹿之跛也，以爲不能疾行，遽前攫取，而鹿驚逸。獵戶逐之，忽疾忽徐，遂行至遠。獵戶卒無所得，鹿亦他奔。然此時龜鼠得脫獵戶手，四物復重聚首安居。歷險旣多，自知合力交友有益，蓋從經驗中知弱者必須互助也。

第三卷　鴉與梟

有梟名毗麻陀者，於巴里阿陀羅山嚴中營巢，是爲梟王；以三梟爲輔，一曰達沙薩，一曰德魯德羅沙，一曰可里達沙。時有鴉王曰毗亞沙法摩者，其居去梟不遠，蓋結巢山腹一樹枝上；以三鴉爲輔，一曰婆羅締締，一曰桑締締，一曰提南基毗。梟王性傲，屢欲擴其疆土，以當世無有強於我者。用集羣臣，將稱帝號，飭備大典，臣僚無不樂從。鴉王聞之，謂是將不利於己，憂慮之甚，亦召羣臣，語以強鄰策略，曁所懷恐懼；若梟稱帝，我無噍類矣，彼必毀滅我。故集諸君計議，何以當此危機？語訖，諸臣相顧失色。婆羅締締曰：古格言云，弱者無與強者抗，惟有降或避之耳。以吾之弱，何以敵強梟耶。桑締締意亦與之同，誦格言曰：無爲汝所不能，且曰：高貴者不依賴彼強大於我者，然可以與更強大者爲友，弱者與強者抗，必豫結盟友合力爲之。我固弱者，又無盟友可以助我，惟有避之而已。提南基毗曰：鴉與梟爭，不自昨始，從古已然。吾知梟之日強，亦日以憎恨我；惟思去此禍患，非除梟王及其權臣不可。當未除強敵前，此地不可安居，請使僕往，以奏厥功。鴉王聞提南基毗之言而喜，贊其忠勇，復有賞賜。且謂如君功成，必厚為報。於是提南基毗退而籌措。時梟王猶未稱帝，提南基毗既至梟國，謙卑恭敬以見冢宰。梟之宰問所自來，對曰：僕鴉國舊臣也，然不欲侍小國之王，故告退，乞冢宰留我，授我官職，當無不竭盡心力。梟見鴉之詞謙，頗以為異，審思者再，卒拒其請，曰：吾王性暴，雅不欲汝為其臣；且誦古格言曰，善人勿偕他人妻子游，鸚鵡勿覓無果樹；智者亦不必為暴王之臣。汝所圖謀，頗不適於汝，願汝去而之他，請誦格言：甯居深林，勝於侍暴主為臣。為汝計之，宜棄所圖，在吾梟王御前，汝無時不可逢災殃。請說故事，詳明過於吾言，是知偽善者之足懼也。

在薩魯馬魯山上，大樹下有二兔為至友。一日忽相爭執，因嘗相約進香，久而未行。一兔謂其伴曰：當以好天氣往。他兔不以為然，以春日為愛戀時，非行旅之時也，應與妻俱。宜俟炎熱，始可出行，今日願留於家，不欲外出耳。兔曰：惟此時為行旅之良辰，堅邀之同行。顧其伴不欲留妻於家，懼為友所誘。古格言有云：三事可使至友不和，一求助於友，一貸金於友，一伺友不居家而往謁其妻。是時二兔至於門口，最後請第三者決之，究何時宜於行旅，尋第三者至康他伐締城。此城附近有貓，以機智盜竊著聞。一日至牧人家，尋得一罏乳酪，伸首入罏，一食而盡。罏口小，貓首不得出。值牧人歸，貓聞步聲，避至一寺；首猶在罏中，藏匿牆角，心懷恐懼，不敢稍動。時二兔至寺，見貓首在罏，大以為詫，初不敢前。顧貓不稍動，兔疑為修苦行，故意置首鑊中，以自磨鍊。乃前求甲乙，衡其爭辯。蓋兔無法覓得較苦行貓更適宜於評判者也。此佯爲苦行之貓聞二兔語，作不欲聞狀，曰：若此等語足使聞之悲傷。苦行之士，不欲聞此等惡言，此等惡言皆屬塵障耳。貓作此語，使二兔益景仰，以如是修道士必甚公允也。曰：吾輩決不他去，惟祈錫以批判。貓佯不欲言，既而徐徐曰：去吾首上之鑊，俾得詳聞其事。鑊既脫於首，貓乃思何以食兔，狀若甚虔，曰：吾年已老，耳重聽，汝必近我，坐吾兩旁，與吾耳語。二兔甫近貓身，卽爲貓所攫食。

梟又曰：汝可信僞善者之足懼如是也。格言嘗云：無與惡人游，無從稗販者學。言已，提南基毗信之，乃不欲求仕於梟王；然聞梟之語，知其亦不以梟王爲然，欲勸彼阻其王之稱帝，曰：梟王自有其蔽，且日中不能見物，不能周知天下事，何以爲天子耶？語訖告辭，歸陳於鴉王。

其時梟之冢宰細思鴉言，亦以爲梟王之稱帝不善也，若成，則他日必更驕傲，益不聽忠藎之言矣。遂往謁王，謂天象不吉，須俟四五月後以待良辰。梟王從之，值他梟臣在王側，於是奏王，冢宰不忠，潛與鴉來往，行篡王位，自圖帝制。梟王乃大怒，將立斬冢宰。彼以爲過，請緩其刑，曰：王且稱帝，不宜殺戮大臣以結仇怨，不如先往掃滅鴉國。王曰：善，籌一舉滅鴉之策，迅聚士卒。一夕，圍鴉羣所居之樹。鴉羣以事出意外，多死難者，然亦有聞風而逃者。

王與三鴉臣既脫難，重集臣僚，問何以抗梟之暴。一鴉曰：苟冒大險，恐益塗炭，不如遷國避其鋒，得遂安居，國之幸也。一鴉不爲然，以爲非抗爭不爲功，無論敵何強，終當雪恥辱。因說故事爲證，曰：古時當神與魔相遇，神從銀漢中汲取長生不死之仙露時，有二魔爲衆神之敵，混衆神中，未爲神覺。但爲日月所見，以告徧入天。徧入天聞之大怒，將用最可畏之巨輪以毀滅之。然魔已服仙露不死，乃使變爲二星，一曰羅弧，一曰劫度。此星自是恨日月，力雖小，然始終攻日月不懈，時時奪其光輝。足證抗爭與雪仇怨，未嘗無益也。

提南基毗曰：吾以爲前說最不可取。當我未移國前，應一試果否能毀滅梟國，力若不足，可以計取。吾之計如是，公等若他徙，可使僕獨留。彼梟再來攻我，我作受虐待被驅逐狀，若吾嘗勸降服於梟，苟安歲月，而不獲鴉王之允者。則梟王必信我，以爲我當從梟，吾亦以爲請，俾携以去。待機毀滅彼梟，是時吾歸以報命可耳。鴉王及羣臣咸贊許其言，遂留提南基毗。

是夕，梟果至，見鴉羣一空，惟提南基毗在，獨自歎惋悲傷，流淚而言曰：吾王不仁，幾被殺戮。我實語汝，吾見二國不和，與吾鴉國處境之危，力勸吾王與貴國媾和，受命於上邦以致太平。顧吾王怫然憤怒，衆臣共責我，幾齧我至於死，驅我而出。王今率臣他徙，獨我徘徊歧路，然吾故不欲歸事暴王也。乞憐憫我，庇佑我，許我爲忠忱奴僕，吾敢斷言必使大王遂意耳。梟王不疑，憐鴉之遇，竟諾之，以爲異日與鴉國戰，自得其用也。繼商諸大臣，達沙薩與王意同，惟德魯德羅沙以爲應謹愼將事。鴉爲異類，又係舊仇，未有明證，不可置信，以未辨其言眞僞，常見有人平昔交好，而賣友於一旦者。於是爲說故事。

往在婆羅摩城有一僧徒曰彭雅希納者，位望甚崇，夙爲衆所崇敬。嘗蓄一牛，飼他人麥田中，踐踏土地，至於損毀。然眾知為高僧之牛，亦無敢怨者。一日，牛方歸，遇一瘦犢。瘦犢見其肥健而忌之，問何安適若是，自歎其苦。牛告所以碩壯者，因食於無人管束之田地，草茂盛，麥富養料也。且曰：汝隨吾往，當語汝何處草味最甘，食之不久，汝亦必壯健如吾。瘦犢大喜，從牛遨請，一日方共食草，為田主瞥見，前往驅之，牛犢同亡。肥牛以健足遠逸，而瘦犢不良行，為田主所獲，痛毆之幾至死，還諸犢主，且責犢主勿再使瘦犢踐壞他人田地。犢主聞言，加木架於犢之項。木枷長過膝，犢不得動。

德魯德羅沙曰：是可知當謹愼將事，與惡人交與不相識者為友，而至於是也。可里達沙曰：古格言云，與惡人為友，或見憎於善人，皆不利之事。吾儕應識之不忘。今我未收容提南基毗前，宜先察其為人，不輕率以信異類，俾不見誑，而遂背叛我。況提南基毗者，卑賤怯懦愚蠢之族也。下所述事，可知信任此等人為可畏懼者。

在嘉明理城有王，曰阿比卑加羅牙者，不信任他人，惟蓄一猴，日夜守伺，以是而安。同城有一僧，在宮中綰權要，與一妓媚。一日與妓俱，妓索王之金圈，如僧不能得圈，拒僧前往。僧欲取悅於妓，思乘機竊王金圈。知王有猴之守伺也，而猴所畏者蛇，乃取蛇置罐中，乘王熟睡，潛入王寢。王臥榻上，猴執長矛護衞於旁。僧出蛇，猴見蛇在地，驚失長矛，亦忘其主，直視此蛇。當此之際，僧至王前，竊取金圈，以遺妓女。

聞此猴事，可知信任他人，終蹈危機耳。又述一事，謂二仇讎僞為親善，以圖報復。

昔有一僧名希摩達多，在蘇摩締村以耕植爲生，居拿巴多河邊，種西瓜王瓜甚多，瓜甚茂盛。僧將往採，忽來羣猴爭攫瓜去。僧大懊喪，以其枉費勞力，思逐羣猴而苦不得法。猴性聰慧，凡所以誆之者無不避去。最後僧得一計，一手捧米，一手執杖，往園中睡瓜田內，飾爲死尸。猴來攫瓜，見僧不動，疑其已死，遂至僧前，見米與杖，猴曰：死尸尚能執杖乎，是誆我也。自是行動益愼。

是猴以機警免蹈危陷，今吾儕當效法之，宜謹愼將事，在未受降前，當知提南基毗之意。可里達沙還坐，於是達沙薩曰：人之至德，在助他人，史不云乎，偏入天亦以是爲太上之德。誠如是行，藉救世間善良之人。吾予以明證，俾不致棄彼信賴於我，求救於我之人也，請畢吾說。

昔有王曰轉輪，居達摩伐締城，與大臣達摩波羅俱，人民愛敬，以王有德，名播遐邇。一日雷天神將往安摩羅波伐締城。當地爲賴羅牟尼所居，聞神至，立王座，甚尊敬，問神何由而降。神曰：此來察訊世間，當世名王爲誰？賴羅牟尼對曰，名王是轉輪。雷天神笑而不信，曰：彼必僞善，存心或惡，然既著聞，當往察視。語已，坐鳩背上疾赴王宮，見轉輪王，中途變化爲鷹。鳩大恐怖，逃之轉輪王宮。神示鷹形，追鳩而至，向轉輪索此鳩鳥，王不之許，以其需索不公，且爲之釋，鳩鳥來託庇於我，不當給汝。顧鷹堅索，王不爲動，曰：是非善良者之所爲也。鷹乃改辭，以語王曰：王不與我鳩，給我以肉如鳩者亦可。王待賓客夙有禮，遂可其請，置鳩於秤一端，懸肉秤他端，屢增不已，鳩終重於肉。最後王親至秤前，告鷹曰：汝可食我，且放鳩去。雷天於是深佩王之舍身救人，還復其貌，贊揚王德，復多賚賜，始返上界。

達沙薩曰：故事所云，使吾儕一盡待賓之禮，有來歸者，必居之安，吾謂終當受提南基毗請，無再躊躕也。辯論既久，梟王卒允提南基毗，謂無足畏者。而提南基毗既入梟國，遇事必使梟王宰輔極其信任，事梟君臣非常恭謹，無不從命，且優爲之。故諸梟視如胞與，未嘗以爲客卿，隨處可往，自繇自在，迄無懷疑之者。然是時鴉用心苦學，凡梟起居習慣，力之所能，無不得之；察視石穴，備他日攻擊。久乃知石穴之出入口各一，知梟惟黑夜始可見物。知之詳明，復豫爲計劃。

於是歸見鴉王，告所得於梟國者，獻滅梟策，以爲易舉耳，以燃料實穴口，揚火以焚之。顧鴉王不敢冒大險，未敢遽攻強敵；況在強敵國土之內，鴉力甚弱，又常敗於梟，每望風而逃，使一舉不成，則鴉族絕矣。梟必不忘此大仇，益增嫉恨，必再見攻，無已之迫，勢必悲慘至死。提南基毗曰：勿懼，吾爲此策，蓋一切皆已細察準備，使不必成，吾非至愚，何出此艱難之謀略乎？王知吾之入梟國非易，所計畫者乃經久考慮，斟酌時機，深信必奏其功。王勿遲疑，請速率鴉羣往梟穴。鴉王聞言，賈勇集羣臣示所議，將以一舉破敵，命鴉口各銜乾草木屑，隨提南基毗往。數千鴉聞命，悄然而前。時值炎熱之午，滿布草木荆棘於穴口，覓火種燃之。草木立時焚燒，穴中之梟欲出逃者，無不落火焰中，留守穴中者，亦被火煙薰斃，無一得生者。鴉遂破強敵，自此安居林中。

毘什羅薩摩說竟，諸王子靜心聞教，曰：汝輩交友，可不愼乎？夙不相識而信任之，不可也。今所說事，可證格言，所謂：汝將心內事告彼不知其心之人，必殆，惟有謹愼小心，得脫人於難。

第四卷　失　利

毘什羅薩摩陳述故事，弟子益欽服其智慧。以師能寓敎訓於異聞，顯示師之不倦敎導，循循善誘之苦心如見。弟子久居黑暗中，惟吾師錫吾光明，不揣愚蒙，必永奉爲師，且崇敬吾師無旣也。請更有所說，以廣敎誨。毘什羅薩摩欣然許之，復爲陳說，曰：願聞是事，勿與惡人爲友。

昔在西海之濱，有一毗平南林。當地一猴，曰桑給伐加，爲猴羣之王，起居安豫。時忽患瘟疫，猴之染而死甚眾。桑給伐加權力因以削減；在大林中復有仇敵。仇敵聞遭不幸事，將利其國弱，驅之出境。桑給伐加聞之，無可爲抗，遂逃亡。古格言云：寧至他方流蕩，不養尊處優於舊土中而受凌辱。乃遂意遯跡，不知當棲身何所。至大海濱，見無花果樹，果實茂盛，於是卜居樹顚焉。居此最安閒，亦不患無食。

一日，猴坐樹杪，有數果墜。一鱷聞果落，知果味美，嘗見地上果實不少，遂上岸往食。鱷之名曰檀多羅察加，以不勞而得果腹，用忘其家，移居樹下，漸與猴習。猴常擇甘果投贈，鱷以爲食，猴鱷居處頗和睦。猴旣得友，友又不足畏，嘗引以自慰，漸忘其往日之不幸矣。然鱷妻名康託迦婆羅締者，因夫久出不歸，大爲憂慮。恐其遭遇不幸，頗感不安，央求他鱷名吉多加牟尼者，語之，曰：吾夫久出，亦無消息，豈落漁戶之網而遭殺戮，請往察視，速歸語我。吉多加牟尼許焉，立前往，遍覓水陸，詢問周詳，尚未得實。

是時檀多羅察加，與桑給伐加居處宴然，未嘗有憂慮事。至是吉多加牟尼始至檀多羅察加樹下，責以日久不歸，並其妻憂慮之狀，疑君不測，思念幾殆，倘君尚欲與見，應即返家。檀多羅察加聞之甚恐懼，問於桑給伐加，桑給伐加力勸其速歸，曰：人護其家事之宜也。檀多羅察加遂携嘉果以歸，至家，妻甚欣悅，初責其忘歸，說己思念之苦。檀多羅察加好語慰之，曰：桑給伐加善視我，未覺去日之多也。出果啖妻，妻食之以爲勝於海味。復恐夫不得留於家，或重返桑給伐加所；不欲與夫長離，計殺桑給伐加以爲快。乃僞飾重病，語其夫曰：療治無他法，惟食我猴肝可耳。君其爲我覓猴至，倘不可得，則邀桑給伐加來。

是語頗使檀多羅察加爲難，蓋彼不欲害友，然不知其妻之詐也。顧病勢沈重，非猴肝無可瘳者，躊躇至再，卒曰：人終先護其家，逕返桑給伐加前，欲攫以歸。猴見檀多羅察加來大悅，先問候妻。鱷謂妻病，然不患無妻，正以良友在，曰：自與君別，未嘗小休，見我良友，可忘家室；妻離病篤，予終決計歸來。蓋予所樂者，莫如與君俱。猴聞言疑訝，亦甚欣慰曰：今君之責宜侍病妻；倘君不欲離我，我隨君往，用竭吾智，助療君婦，他時同歸，還我舊日生涯可也。惜水陸異途，如之何與君偕行耶？鱷聞言大樂曰：吾可負君前往，飄浮海面，勿使君濡水斯可已。

桑給伐加乃坐鱷背上，鳧水而往，中途，檀多羅察加以動惡念爲悔，行將背叛至交。自怨運命使然，明知不當爲而爲之也。誦古格言曰：石可試金，言語可知性情，牛之奔識爲何種牛，所不知者婦人之心。且行且自語，繼出以長歎。其聲雖微，顧已爲猴所聞，自知處境危矣。然臨危必當鎭靜，思所以脫之之道，問於鱷曰：君何爲愁？鱷曰：緩當以告君。猴曰：吾覺君妻病已愈，可勿偕往，請留我彼岸，君行較迅便。歸後再以信抵余，倘必欲我，當携藥往。鱷不知是計，遂送猴登岸。猴既返樹，攀援至顛，以手加額曰：感謝上天，吾脫難矣。今而後當益謹愼，昔以爲居此至安，今乃知格言之不謬也。曰：修行離開城市，潛居森林，除去一切障礙，惟不易脫離苦厄。

未幾，鱷又至，謂妻病沈重，請猴偕往，以助治療。猴笑曰：愚者！汝豈以余爲癡耶。汝當知猴性最靈，昔已見誆，尚欲再誆余於今日耶？汝苟非愚，必不邀余，汝之所爲，吾已明了，不復信汝也。吾故不欲爲彼故事中之驢耳。使君不知驢故事者，吾爲若言，汝必愛聽之。

往有獅在毗哥羅哈林中爲王，度其愉悅之一生，忽遘一疾，日見沈重，其後召見羣臣。有豺之爲臣者，曰：王之疾當食驢之心耳。王命爲覓一驢，俾早全愈。豺奉命至近村，有洗衣婦有驢，驢方齕草。獅之臣豺，令無畏懼，決不殘害，願與爲友，然驢不之信。日漸與豺俱，以其無見害之意，遂亦友之。既久，豺以爲可行其計矣，乃謂驢曰：汝如是貧苦，負載既重，主人又不善視汝，永無休止之時；況食物不足，吾夙愛汝，見汝之苦，吾殊痛苦。汝苟同意，爲引見吾王，必獲庇佑。若然，汝得改善起居，且爲衆人所尊敬，奚爲不拋開汝主所置之破布也，從我爲獅國游耶？汝往必受崇敬，復不感缺乏。驢未之疑，欣然許之。既至獅洞，豺令少待。獅王欲出攫之。驢見禍臨，幸能疾行，乃倉皇逸去。獅攫之未獲，悵然返。他豺聞獅王渴望驢之心與耳，請爲王致之，逕來獅穴，唯王所欲。獅曰：諾。豺於是往尋驢，曰：汝膽何小至是？吾王出迎汝，何畏懼焉？王之舉止或稍魯莽，君見之生疑，是王見君而喜也。獅之喜往往不免於魯莽，汝利此時，信賴吾王，必獲厚酬。請隨余往，無復畏懼，共王携手。此愚驢遂又受誑，再訪獅洞，既至，爲獅所食。

獅說已，曰：汝亦以爲余再見誑於君耶？余幸得脫，豈可復往。鱷乃懊喪歸家，不復敢見猴也。

毘什羅薩摩曰：故事所以明示汝無信任惡人；亦證勇敢鎭靜皆臨危難之所需。夫如是始能幸免耳。諸王子大讚歎感謝曰：請師更有所說，凡此異聞，皆有益於我，且可遣日。

第五卷　愼　行

毘什羅薩摩因說敎成而忻悅，以其所爲能如對僧侶言，與國王約者，於是說第五故事。今所欲於汝輩者，凡事必事先思其後果，若不然必遇災禍，如下所說。

一僧名地伐薩摩，住訖陀羅摩陀羅，與妻名雅拿色耆居。甚安樂，然無子，屢禱於天，請錫麟兒。天神聞之，使妻有娠。地伐薩摩大喜，歡快之極，語其妻曰：不久汝育得男，吾樂甚矣。應於彌月之日，盛筵宴客。後此，食嬰兒以珍品，俾速長成。至於冠禮，復延名師，前來授讀，使成通儒，著聞於昧，且至顯貴。夫如是孝順我汝，菽水無缺，必至安適。是僧絮叨不已，其妻聞而笑，莊色言曰：君言愚昧，果何益乎？不知古格言所謂：嬰兒未誕，勿置搖籃耶？吾今告君，作此空言無補實效。君當思之：

昔有一僧名蘇摩薩摩，住一村中，村曰達摩蒲里，有一子雅納薩摩。此人聰明，學習迅速，不久授得公職，學問禮數足獲厚給，以贍父母。一日聞有僧為父週年忌辰宴客，乃前往。當地士紳咸集，筵席豐盛，賓客皆得多食。雅納薩摩食亦甚飽，歸值他僧，時正酬客，行至彼處，眾賓方入座。主人知其甫從他處食來，笑曰：汝在食之已飽，尚能食耶？顧雅納薩摩坦然就席，如未嘗食，大啖不已。飯罷，主人分餉牛油肉類。雅納薩摩盛於罐中，半途置罐地上，曰：今日吾過飽，明日可弗食，此油與肉將何為？吾知之矣，不如售出，以所得錢購一羊，羊產羔，不久乃得羣羊。鬻羊以易一牛，牛生犢。不久，遂積多金。他人聞吾有錢，鄰家必妻吾以女。於是吾妻產一子，子得良師，著錦繡，足珠寶，如其分。苟吾妻忘所當為，竟至鄰家閑談，則吾子亂走，必為牛所踐。吾幼子乃竟為牛所踐，愚婦耶！此汝之罪也。未嘗見有如是愚之頭腦者，吾當訓誨汝，言至此處，雅納薩摩取杖揮之，將罐擊破，牛油牛肉悉棄諸地。幻想隨之俱滅，於是自責其愚，懷慚歸家。

說畢，曰：徒作幻想何其愚也。但知現在，莫計方來，將來或無是事。地伐薩摩亦以為然，世間一切，固命中注定者。無何，其妻果育一男，時值吉辰。母體休養十日，明日始出浴，囑其夫善視嬰兒。其妻之出，地伐薩摩聞王分貺財物，施諸僧侶，彼欲獲賞，欣然前往。家畜一貓，夙所鍾愛，日飲以牛乳。家中無他人，遂使貓爲嬰兒看護，令守之，勿使嬰兒驚，警告其貓，責不旁貸。然後趨赴王宮，領得分內賞賜，立卽返家，恐嬰兒遭遇何事，貓之守護不能放心耳。

其家墻壁有孔，孔中有蛇。蛇久不聞人聲，遂循墻出，至搖籃前，將近嬰兒。爲貓所見，銜蛇至頸，蛇遂斃命。貓碎蛇身，大爲慰悅，坐搖籃旁，守此嬰兒，將語主人此事經過。不久僧歸，往視嬰兒，貓先出迎，作快樂千古之狀。翻滾於地而蛇血滿身。僧見之，以爲殺嬰兒也。未之思索，立斃貓杖下。然行至搖籃前，見嬰兒故無恙，安然酣睡。旁有蛇尸，是貓所除。於是悲悔，知已操之急切，知貓又嘗救嬰兒於難。正悔恨時，妻返自河，見貓死於門，其夫在側悲苦，殊驚惶。問之，夫語以故。貓救嬰兒，而誤殺之，妻亦加責，謂夫罪惡過於殺人。遇事不先思索小心謹愼者，必先思其所將爲。苟不之思，必遇災禍。如彼理髮師然也。

昔有商賈住毗薩羅城，因勤勉積多金，其妻多年無子，其後爲上蒼所憐，賜與男兒。是子生辰不吉，命妨父母。父母以是恐懼，棄諸道旁；爲貧婦所見，拾之歸家，撫養成立，視如己子。子既成立，婦人告以往事，常語子曰：汝生父極富有，衣食優裕，汝有權繼承遺產，乃因前世罪惡，生於不吉時辰，遂爲父母所棄。少年習聞其言，悒鬱不快，以彼可富足，而今茹苦，時想像及之。

一夜得一夢，夢中有神人語之，謂往日罪惡目下銷除，此後日漸富有。並告以脫離貧苦之道，曰：明日召理髮師爲汝理髮，然後往浴於河。歸時，灑掃屋宇，以嘉賓將至，善爲準備；叩灶君前，並須靜肅。時見三化緣僧至，汝延之入，請上坐；於是祀竈，予以食，食頃，汝出杵擊之，次第擊死，則立化三銅盆，滿貯珠玉，汝取銅盆，自可安逸度日矣。次日，舉夢告養母。養母驚疑，然囑照神之言施行。少年早起，遂召理髮師，理髮師怪之，何若是之早也。問何以日出前理髮？曰：因有典禮，理髮後尚須沐浴。且以牛糞塗房舍，飾灶以待佳賓。未幾果見三化緣僧來乞於少年。少年優遇之，延入，請坐，祀竈，獻香花畢，飯之。食時，出杵，在客前向杵禱祝，雙手舉杵重擊其首。三人皆死，果立化爲銅盆，滿貯珠玉，如夢中豫言。於是遂成富有，忘其貧苦矣。

理髮師從旁目睹其異，至爲驚詫，見三化緣僧之立化銅盆，彼頗欲倣效之。以爲但殺化緣僧即可得多金也。於是歸語其妻以今日所遇者，曰：吾將爲之。其妻不可，謂所見或係幻覺，或蒼天之所賜與，冒大險而不期其後果，至愚也。我之貧困是命所定，不當爲惡以裕己。顧理髮師不納勸告，定殺三化緣僧。一日亦爲準備，如所見者，然後覓來三丐，延至其家，三丐飯時，以杵擊之，一人立斃，二人奪關逃去。行且呼曰：惡人，惡人，汝豈若是待我輩耶？理髮師期死者之化爲銅盆，然卒不化，尸身仍爲尸身而已。理髮師大失望，而二丐訴諸官，乃捕理髮師而殺之。

地伐薩摩之妻言至此，曰：不小心謹愼，必受苦厄；粗率將事，必有餘殃。使思而後行，可避災禍。汝苟不發怒，必不致殺吾救嬰兒之貓也。

昆什羅薩摩說故事竟，曰：願吾弟子知粗率從事，而不小心之後果爲何若也。不思而行，惡果隨之，惟智者永思之而後行也。

後記

故事都說畢，昆什羅薩摩之弟子，乃成新人。今之有禮貌有智慧者，與昔日愚蠢動輒爲笑柄者逈不相同。諸王子彌不感師之所爲，使溫雅無媿於王子，於是銘謝師恩於無窮。昆什羅薩摩以說敎之成，至堪欣幸，擁諸弟子，喜極而泣。返見於王，王見子之能改過自新，大悅。王歎服昆什羅薩摩之睿智，贊揚其偉大成就。於是重集高僧，示以三王子，與昆什羅薩摩所爲。眾僧初以爲王子不可敎，覺昆什羅薩摩所計議爲不可能。今乃驚詫慚服，亦贊揚所嘲笑之昆什羅薩摩之睿智也。王率三王子重謝昆什羅薩摩，厚其賚賜，土地珍寶無不畢具。其後三王子輔佐父王治理國政，永居於和平愉快之中。

乙、五卷書新譯十四篇

吳美惠 譯
糜文開 校訂

⑴爬在蛇背上的青蛙

從前在某地方有一條老黑蛇，他的名字叫「慢性毒藥」。他考慮到：「在這世界上如何才能不費力氣而獲得生活呢？」這樣他就去到一個有許多青蛙住的池塘，在那裏裝得無精打彩的樣子。

當他就這個樣子等在那裏的時候，有一隻青蛙來到了水邊問他：「叔叔，你今天怎麼不像往常一樣的忙着找食物呢？」

「慢性毒藥」說：『我親愛的朋友，我這麼痛苦，我還要什麼食物呢？就在這個晚上，當我正忙着找食物時，我看到了一隻青蛙並準備好抓牠；可是青蛙看到我，嚇得要死，就逃到幾個正專心一意在誦經的婆羅門之間。我不知那隻青蛙跑到那裏去，但就在水池邊，有一個婆羅門男孩，他的大腳趾伸在水邊，我竟糊塗得誤以為那是青蛙，就咬了它，那男孩立刻就死了。那悲傷的父親這麼的咒罵我：「你這妖怪！咬了我無辜的孩子，你將因這罪惡而成為青蛙的坐乘，並依他們所允許的方式過活。」因此，我就來到這裏作為你們的坐乘。』

這隻青蛙立刻把這話告訴所有的同伴。而每一隻青蛙都非常高興地去向青蛙王報告。這個青蛙王名叫「水足」。在他的大臣陪伴下，順着次序，匆忙地從水池中升上來——因爲他想，這是一件不尋常的事——並爬到「慢性毒藥」的頭上。其他的，也照年齡的大小，爬上了蛇背；還有一些找不到位置騎的，就跟在蛇身後一蹦一跳的。現在「慢性毒藥」爲了獲取食物以求生活，他表演各式各樣的花式旋轉給青蛙看。青蛙王「水足」很高興地靠着蛇的身體並對他說：

『我騎着「慢性毒藥」，
是比騎着馬、象或
古戰車或人抬轎，
要舒服得多多了。』

第二天，黑蛇「慢性毒藥」故意移動得非常慢，青蛙王「水足」就說：「親愛的慢性毒藥，爲什麼你不再像原先那樣令人愉快地背負我們呢？」

「慢性毒藥」說：「哦！蛙王，因爲沒有食物，今天我沒有背負的力量了。」蛙王說：「親愛的朋友，你就吃那些鄙俗的青蛙吧。」

當「慢性毒藥」聽到這話，他高興得全身顫抖並急急的回答說：「啊！這正是那婆羅門要咒罵我的，爲了這理由，我很樂於聽命。」於是他就不停地吃那些青蛙。沒幾天，他就長得壯壯的。他很高興並暗自竊笑的說：

「這個計謀真正妙，
全部青蛙皆吃掉；
唯一留下的大事，
是能飽腹到幾時。」

青蛙王「水足」，在他來說，他沒注意到一件重要的事情，是被黑蛇「慢性毒藥」的似是而非的說法所愚弄了。

(2) 猴子的復仇

在某一個城市裏，有位國王，名叫「月亮」。他養了一羣猴子，給他的兒子玩賞。這羣猴子由於每日有足夠的和不同的食物，使得個個都身體健壯、精神飽滿。

爲了讓這王子消遣，也養了一羣牡羊，其中有一隻羊特別好吃，幾乎整天整夜的在廚房裏看到什麼就吃什麼。而廚師們總是拿着棍子或其他的可拿到的東西打這隻羊。

當猴羣中的頭子看到這種情形，他就想到：「哦！我的天啊！這種廚師與公羊間的吵架，將造成我們猴子的滅亡。因爲這隻公羊經常狂食暴飲。一旦廚師們被激怒了，他們就會隨便用手裏抓着的東西打牠。萬一有一次他們找不到什麼東西，而用火把打了牠，那麼，那寬大的長滿羊毛的羊背上會很容易就着火的。同時，如果這隻着火的公羊就近逃進旁邊的馬廄，那馬廄也會着火了——因爲馬廄的屋頂大部份是用茅草蓋的——馬就會被燒傷了。那麼，獸醫標準最好處方就是用猴油來減輕馬的灼傷。如此的話，我們勢將受到死的威脅。

得了這個結論，於是他就召集所有的猴子，並對他們說：

「最近發生的人羊之爭；
勢必威脅猴子的生命。
無謂的爭吵殃及屋宇；
想活的同伴最好遷居。」

「因此，讓我們離開此地，在未喪命以前遷移到森林裏去吧！」

可是一些自以爲聰明的猴子，卻對猴王的警告一笑置之，還說：「你說的話證明你是老了而且膽小，我們才不願放棄由王子們親手餵給我們的絕佳美味，而去那森林裏吃那些不成熟的，辛辣的，苦的，酸的水果呢。」

聽了這些話，猴王皺起眉頭說：「得了，得了，你們這些傻瓜，就不考慮考慮這快樂的生活會帶來什麼樣的結果。目前這快樂的生活是甜蜜的，但最後將變成毒藥。無論如何，我是不坐視我家族的滅亡，我要離開此地到那森林裏去。」

說了這些話，猴子的首領就離開他們到森林裏去了。

在他離開之後，有一天，那牡羊進入了廚房，而廚師因找不到什麼東西，就隨手抓了一根已燒了半截而尚在燃燒的木柴打他。因此，這隻羊有半身都着火了，他就一面哭叫一面鑽進附近的馬廐。他在那裏翻滾着，一直到火焰四起——因爲這馬廐的屋頂大部份是用茅草蓋的——因此，使得那些被韁繩拴牢在馬廐裏的馬，有的燒死了，燒得兩眼爆開了，有的被燒得半死，很痛苦地嘶叫着，掙扯着他們的韁繩，人們都嚇得不知所措。

在這種情形之下，悲傷的國王召集了獸醫說：「請開個藥方以減輕這些馬被燒傷的痛苦吧！」於是獸醫們想起了他們這一科所教的，開了猴子的油作爲這種緊急治療的藥方。

當國王得此藥方，乃下令宰殺猴子。不用說，沒有一隻幸免的。

猴子的首領是沒有親眼看到這種暴行。這種加害在他們家族的暴行，他是從別人那裏輾轉得知的，因此，他並不就此罷休，正如俗語說：

「施暴於你房子，
雖因貪生怕死，
而竟有仇不復，

可謂鄙弱之徒。」

當這年長的猴子由於口渴，來到了一個美麗的湖畔，湖內有許多的蓮花。在他仔細的觀察之下，他注意到一些足跡都是走向這個湖，但是卻沒有一個足跡是回頭的。他馬上想到：「在這水裏一定有某種很厲害的野獸，我必須站在一個安全距離的地點用中空的蓮花莖來喝水。」

當他這樣做的時候，從水裏冒出了一個吃人的惡魔，他的脖子上還戴了一串珍珠項鍊，他開口說：「先生，每一個進入水裏的人都被我吃了，就沒有一個像你這麼機靈的，用這種方式喝水，我很喜歡你，說說你心裏的願望吧！」

猴子說：「先生，你能吃多少東西呢？」這惡魔回答：「我可以吃千千萬萬的，無數的。是的，如果在外頭，一隻胡狼就可以把我打敗，但只要進到水裏，我可以吃上千千萬萬的。」

猴子說：「而我，我與一位國王有不共戴天之仇。如果你把那串珍珠項鍊給我，我將以一個繪聲繪影像是眞的故事喚起他的貪心，而讓那國王帶着他的隨從進入湖裏。」因此這惡魔就把珍珠項鍊交給猴子。

然後，當人們看到這猴子在脖子上裝飾着一串珍珠項鍊而在樹林和宮殿的屋頂上來回走動時，就問他：「喂！猴王，這麼長的時間你都幹什麼去了？你這珍珠項鍊從那兒來的？它美得那麼光彩耀目。美得讓太陽爲之黯淡無光。」

這隻猴子就回答說：「在森林裏的一個地方，很巧妙地暗藏着一個湖，那是財神創造的湖，蒙他的恩寵，如果任何人能在星期日當太陽昇起的時候，在那裏沐浴，那麼財神，他就會帶着像這樣一串珍珠項鍊裝飾他的頸項。」

這位國王聽到了這個消息，就傳喚這隻猴子，並對他說：「猴王，這是眞的嗎？」猴子說：「哦！國王，我脖子上的項鍊就是可看到的一個物證，假如你也用得着珍珠項鍊的話，你可以派個人同我一起去，我會指給他看。」

聽到這些話，國王立卽說：「由這些事實看來，我要自己帶着隨從一起去，這樣我們可以得到很多很多的珍珠項鍊。」猴子說：「哦！國王，你的主意高明極了！」

於是國王就帶着他的隨從出發了。他們渴望着那些珍珠項鍊。國王還在他的轎子裏緊緊地把猴子抱在懷裏，在旅途上更是把他待爲上賓。正如：

「毛髮眼耳和牙齒，
日生夜長不停息；
歲月如梭飛逝去，
唯獨貪欲却永駐。」

他們在黎明時到了湖邊，猴子就對國王說：「哦！國王，在旭日上昇的時候，進入湖水的人就會實現願望了。請告訴你所有的隨從，以便他們能在旭日上昇之時，一下子全部衝進湖裏。不過，你必須跟我一起進去，因爲我要找我以前發現的地方，並指給你看很多的珍珠項鍊。」就這樣地，所有的隨從都進到湖裏，也都全被惡魔吃了。

當他們留在水裏的時候，國王就對猴子說：「喂！猴王，爲什麼我的隨從都逗留在水裏不出來呢？」猴子就急急忙忙地爬上樹，然後對國王說：「你這罪不可赦的國王，你的隨從們被住在水中的惡魔吃掉了。由於我家族的被殺，我與你有仇。而你我之間的仇恨，有了令我高興的結局。現在，你走吧！我沒有讓你進入湖水，因爲我沒有忘記你是一國之君。像這樣，你害死了我的家族，我也害死了你的隨從們。」

當國王聽完了這一席話，就帶着深深的憂傷趕回家去。

(3) 造獅子的人

在某一個市鎭上，住有四個婆羅門，他們是好朋友。其中的三個很有學問但缺乏常識，而另一個卻是對學問沒有興趣，他沒有學問但有常識。

有一天，他們四人聚在一起商議事情，他們說：「學問有什麼用呢？」「如果一個人不出去旅行，找機會贏得國王的寵信和賺取金錢，那學問有何用呢？無論如何，讓我們全都去旅行吧。」

但是當他們出發了不久，其中最年長的說：「我們之中，老四是一個庸材，什麼都沒有，就只有常識。沒有一個人，只有簡單的常識，而沒有高深的學問能得國王的寵信的。我們才不和他同享我們賺來的錢呢，讓他回去吧。」

這時，第二個就說：「聰明的朋友，你沒有學問，請你回去吧！」但是第三個說：「不，不，這不是待友之道，我們是從孩提時代就玩在一起的，來吧！高貴的朋友，我們賺的錢也有你一份。」

於是，他們同意了，就繼續他們的旅行，並來到了一個森林。在森林裏他們發現了一堆死獅的骨頭。其中一人就說：「這是一個機會來考驗我們學問的成熟與否。這裏躺了某一種死了的動物，讓我們用我們所擁有的學問給它生命吧。」

這時，第一個就說：「我知道如何來把這骨骸組合起來。」第二個說：「我能賦予他皮肉和血。」第三個說：「我可給他生命。」

於是第一個就組合骨骼，第二個賦予皮肉和血。可是當第三個準備給他生命的氣息時，這個只有常識的人勸告他們不要這樣作。他說：「這是一隻獅子，如果你們給他生命，他會咬死我們的。」

第三個說：「你這笨蛋，我才不把學問貶得一文不值呢。」第四個說：「這樣的話，請你等一下，等我爬上身邊這棵樹吧。」

當等他爬上了樹，這隻獅子已被賦予生命，並站了起來，咬死了他們三個人，只有這個有常識的人，在獅子離開之後，才從樹上下來回家去。

這就是為什麼我要這樣說：

「學問雖好不如常識，
最重要的當有心智；
愚蠢學者才造猛獅，
却被猛獅一口吞噬。」

(4) 喜歡蟹肉的蒼鷺

從前，在某地的水池邊，有一隻蒼鷺。因為已經老了，他在找尋一個容易捉魚的方法來維生。開始，他在水池邊徘徊，假裝猶豫不定，不知如何是好的樣子，甚至於魚就在他近邊捉得到的地方，他都不捉來吃。

就在魚羣中住了一隻螃蟹，他爬近蒼鷺的身邊，並對他說：「叔叔，你今天怎麼不吃也不玩呢？」蒼鷺就回答說：「我一直都是只要有魚吃，享受你們的美味，保持溫飽，我就過得很快樂了。但是，一個大災難很快就要臨到你們頭上了，而我又老了，這個大災難將斷送了我的快樂，就是爲了這個理由，我感到抑鬱不樂。」

螃蟹說：「叔叔，那是一個什麼樣的災難呢？」蒼鷺接着說：『今天，我無意中，聽到了一些漁夫在經過這水池附近時說，「這是一個大水池，有好多魚哦！我們明天或過幾天來撒網吧！今天我們到城附近的湖去。」這樣的話，你們就完了，我的食物也要斷了，我也一樣完了，我一想到就傷心，所以今天我對食物都沒有胃口了。』

當這些水裏的魚、蝦聽了這個騙子的話，他們都很害怕，並苦苦地哀求蒼鷺，「叔叔啊！伯伯啊！哥哥啊！好友啊！智者啊！你既知道了這災難，你一定也知道補救的對策。求求你把我們救離死地吧！」

然後蒼鷺就說：「我只是一隻鳥，也沒有能力和人類去拚鬥。不過，我倒有個辦法，我可以把你們從這個水池遷移到另一個水池，一個沒有底的水池。」由於這篇欺人的說詞，他們就被騙上歪路，以至於爭先恐後地對蒼鷺說：「叔叔啊！好友啊！好親戚啊！先帶我吧！我先吧！你沒聽過這話嗎？

「仁慈心腸見義爲，
自我犧牲不顧身；
如果爲友而奉獻，

當視生命如草菅。」

這時，這老壞蛋笑在心裏，並暗自計劃：「我的機靈，把這些魚網羅到我的能力範圍之內，我該可以舒舒服服地吃他們了。」就在這個念頭閃過時，他答應了那一大羣集合來的魚的哀求，用他的嘴叼起了一些魚，並把他們帶到有一段距離的一塊平坦的岩石上，在那裏把他們吃掉。就這樣，一天過一天的，他很愉快而滿足地作這種旅行，當他見到魚的時候，他始終捏造了一些新的謊言，以保持着他們對他的信心。

有一天，那因怕死而不安的螃蟹，就硬要求蒼鷺說：「叔叔啊！求求你也救救我脫離死地吧！」這蒼鷺就想：「對這種單調而無變化的魚作爲食物我感到很厭倦了，我喜歡嚐嚐他，他是不同的，而且是鮮美的。」於是他就叼起了螃蟹飛過天空。

但是由於他避開了所有有水的地方，且似乎準備降落在被太陽晒焦的岩石上，這螃蟹就問他：「叔叔，那無底的水池在那兒呢？」蒼鷺就笑著說：「你可看到那塊寬大而晒焦的岩石了嗎？所有水裏的朋友都在那兒找到了安息所。現在輪到你也來找個永眠的地方了。」

這螃蟹往下看，看到了一大堆令人毛骨悚然的祭品；是由許多魚骨堆成的。螃蟹就想：「我的天啊！」

「如果你與背叛者一起，

那就像做玩蛇的遊戲；
應避開虛偽的壞東西，
否則惡果就得自己吃。」

哇！他已經吃了那些魚，魚的骨頭散得一堆一堆的，他將怎麼對付我呢？我還有甚麼好考慮的？

「可怕事情未來前，
臨事而愼在心田；
危險之際要奮鬪，
忘記恐懼和憂愁。」

這樣，在他把我放下來以前，我要用我的四隻鉗抓住他的脖子。」

當螃蟹這樣做的時候，蒼鷺試着逃走，但是由於無法可想，他找不到任何可以避開螃蟹大螯的夾擊，以致頭被弄斷了。

於是螃蟹拖着蒼鷺那蓮花莖似的脖子，很費力地爬回水池。當他回到魚羣中來的時候，那些魚就說：「老兄啊！您怎麼回來了呢？」這時候，他就把蒼鷺的頭當作憑據給他們看，並說：「他引誘了我們所有住在水裏的朋友，用搪塞之詞欺騙了他們，將他們丟在離此不遠的一塊平坦的岩石上，並把他們吃掉了。但是我——注定還能活下去——察覺到他毀了信用，我就把他的脖子帶回來。忘了你們的憂慮吧！所有的住在水裏的朋友們將和平地生活在一起。」

(5)不聽勸告的猴子

有一羣猴子住在一個森林裏，一個多天的傍晚，當他們正感到極度沈悶之時，他們發現了一隻螢火蟲。他們查看了這隻蟲之後，相信他是會產生火力的，於是就小心翼翼地捉起他，用乾草和葉子把他蓋住。然後伸出他們的手臂，挺出了腰腹和前胸，又搔又抓地陶醉在他們自以爲是暖和了的想像裏頭。尤其是有一隻棲息在樹上的猴子，由於特別怕冷，他就專心一意的一再往螢火蟲的身上吹。

就在這時候，有一隻鳥，名叫「針臉」，和她作對的命運驅使她自取滅亡。她從樹上飛下來，對猴子說：「親愛的朋友，不要自找麻煩啦，這不是火，這是螢火蟲。」可是，這隻猴子不理她的勸告，只一再的吹，就在她又一次的阻止他時，這猴子還是繼續他的動作。長話短說，由於這隻鳥走得更靠近，並在猴子的耳邊大聲喊叫，惹得猴子發火，這隻猴子就捉住她，並用力把她摔在石頭上，這隻小鳥撞得粉身碎骨也就死了。

這就是爲甚麼我要這樣說：

「利刀難削堅硬的岩石，
亦難彎曲高直的樹木；
由針臉所作的好忠告，
無助於倔強難馴之徒。」

(6)忠心的獴（獴形似鼬，善捕鼠與蛇）

在某一個城裏，有一個婆羅門，名叫歌廸，他的妻子養育着一個兒子和一隻獴。因爲她喜歡小動物，她照顧這隻獴，就像照顧自已的兒子一樣，也給他餵奶、洗澡等等。但是她不信任這隻獴，因爲她以爲：「獴是一種本質險惡的動物，他可能傷害到我的兒子。」

有一天，她把她的兒子裹在被窩裏，拿了一個水罐，然後對她的丈夫說：「先生，現在我要去汲水，你要照顧兒子，防著獴來咬他。」可是她出去後，這婆羅門也出去乞食，讓家裏空著。（只有小嬰兒和獴在家。）

就在這婆羅門出去的時候，有一條黑蛇從洞裏出來，命該如此地爬向嬰兒的搖籃。但是獴，一方面由於天生和蛇就是敵對的，再者是因爲害怕他的小兄弟的生命受到威脅，於是在蛇爬到半途上，獴就和蛇拚鬥起來了。他把蛇撕成一片片的，並把他扔得到處都是。然後，他嘴角還淌著血就跑出去等這個媽媽，他對自已豪勇的英雄行爲感到高興，他希望讓人知道他所作的事。

但是，當這個媽媽看到他來，看到他沾滿血的嘴，還有他那興奮的樣子，她害怕這壞蛋必是把她的男孩給吃了。沒再經過細想，她就很生氣地把水罐投向他而把他給打死了。然後她就讓獴死在那裏，也不再考慮，就急急忙忙地趕回家。到了家，她看到她的孩子平平安安的並沒有受到傷害，而在搖籃附近，有一條大黑蛇被撕得片片。這時，她傷心極了，因爲她毫不思考地殺死了她的恩人，她的兒子，她後悔得搥胸頓足的。

就在這個時候，婆羅門帶著一大碗米粥回來，那是他從外面乞食得來的。他看到他的妻子正悲傷地慟哭她那兒子——那隻獴。她罵道：「啊！你這貪心的傢伙，由於你不聽我的話，你現在嚐到失去兒子的痛苦，你自食惡果。是的，這是發生在那些爲貪欲所蒙蔽者的身上的事情。」

(7)大象和麻雀的決鬥

在一個茂密的叢林，住著一隻麻雀和他的妻子，他們在一棵達摩（Tamal Tree）樹上築了巢，過了一段時間，就出現了一個家庭。

有一天，叢林裏的一隻大象由於春天的燠熱，使他感到困倦，就來到達摩（Tamal Tree)樹的樹蔭下乘涼。由於興奮沖昏了頭，他用他的鼻尖拉了有麻雀築巢的那樹枝，而且把它拉斷了，翻倒了鳥巢，麻雀的蛋也就都跌破了，雖然麻雀和他的妻子——注定還能活下去——也僅是免於一死。

母雀很哀慟，她爲了小鳥的逝去而傷心。這時來了一隻啄木鳥，他是麻雀的好朋友，聽到麻雀的哀嘆，他也爲麻雀的悲哀而感傷，他說：「親愛的朋友，悲傷也是沒用的，因爲聖典上有說：

「智者不爲了失去的、死去的和逝去的而悲傷，
這是聰明的和愚癡的兩者完全不同的地方。」

母麻雀說：「那是很好的教訓，但是那又怎麼樣呢？這大象——天殺的，該咒的春熱——使他殺了我的孩子。如果你是我的朋友，你就想個辦法殺了大象吧！這樣的話，我會減輕對孩子的逝去所感到的悲傷。」

啄木鳥說：夫人，你說的倒是眞的，因爲俗語說：

「不怕無友找上門，
只要你是有錢人；
雖是階級不相稱，
患難之交見真誠。」

「現在，看看我能想出甚麼好辦法。你一定知道，我也有一個朋友，是一隻蚊子，他名叫路

德巴茲，我回去找他，以便把這可惡的大象殺死。」

於是啄木鳥和麻雀就一起去找蚊子，並且對蚊子說：「親愛的夫人，這是我的朋友，母麻雀。他正悲傷呢！因爲一隻可惡的大象把她的蛋打破了。所以，當我想出一個辦法殺他時，你一定要來幫忙協助。」

蚊子說：「我的好友，這是義不容辭的。不過我有一個很要好的朋友，是一隻青蛙，名叫雲使，讓我們一起去找他商量吧。」

因此，三個就一起去告訴「雲使」整個事件。青蛙說：「如果以寡敵衆，那可惡的大象是多麼脆弱的東西啊！蚊子，你必須去，在他的耳邊嗡嗡的唱著，這樣他會閉上他的眼睛，陶醉在你的歌聲中；然後啄木鳥的嘴啄出他的眼睛。這之後，我就在水坑邊呱呱地叫，而他，由於口渴，聽到我的聲音，就會走過來希望找到水，而當他來到水坑，就會跌進去而死掉。」

當他們照這個計畫去進行時，這隻興奮的大象，閉上眼睛陶醉在蚊子的歌聲中，他被啄木鳥啄瞎了眼睛。到了中午，口乾而到處去找水，就順着青蛙的叫聲來到了一個大水坑，結果跌了進去，也就死了。

這就是爲甚麼我要這樣說：

「麻雀啄木鳥　青蛙和蚊子，

拿起而攻之　大象能不死？」

(8)農夫的妻子

從前有一個農夫和他的妻子住在某一個地方，由於這個丈夫老了，太太不安於室，老想找個情人，她的主意是找個陌生漢子。

正好有個流氓，他是靠偷竊維生的，他到見她，就對她說：「可人兒！我的太太死了，當我第一眼看到妳的時候，我就對妳一見鍾情了。求求妳，用愛情的珍寶使我富有吧。」她就說：「好漢子，如果你眞是這樣想的話，那我的丈夫有很多錢，可是他老得一點勁兒都沒有，我會帶走那些錢，可以到別的地方和你共度歡樂時光。」

他回答：「對我來說，那是令人滿意的，趕明兒天亮之前，如果妳來到這裏，這樣我們可以一起去到一個迷人的都市，在那裏生命會帶給我豐碩的果實。」她同意說：「很好！」並且高高興興地回家了。

到了晚上，當她丈夫睡着的時候，她就把所有的錢都帶走，並在黎明之時趕到了約定的地點。而這流氓，要她走在他的前面，就向南方出發了，走了約六哩，他愉快地與她交談。但是走到一條河之前時，他就想：「我跟這樣一個中年婦人在一起幹甚麼呢？而且，可能會有人追捕她，我只要拿到她的錢，然後離開她就是了。」

於是這流氓就對她說：「親愛的，這是一條大河，很難過去。我先把錢帶過去，安全地放在遠遠的堤岸邊，然後再回來背負妳過去，這樣子帶妳過河也比較輕鬆。」她說：「就這樣辦吧，吾愛！」

如此，他就把所有的錢都帶走，然後他說：「最最親愛的，把妳的衣服和圍巾也都給我，這樣妳渡河時才不會弄濕了衣服而感到困窘。」她就照他的話作，這個流氓就把錢和兩件衣物都帶到一個他想好的地方去。

於是，這個農夫的妻子就悲戚戚的坐在河邊，用她的雙手掐她自己的喉嚨。就在這個時候，一隻母胡狼，叼著一塊肉來到這裏，當她上來並在那裏窺探的時候，有一條大魚從水裏躍出而被困在岸邊。這母胡狼一看到這條魚，就丟下那塊肉而急忙趕過去抓魚，但就在那上頭有一隻禿鷹，從天空很快地俯衝下來並攫取了肉，然後又飛走了。而魚呢？看到了這胡狼，他掙扎著又躍入河裏去了。如此，這胡狼辛苦了半天卻一無所獲。當胡狼盯着禿鷹看的時候，這個赤裸的婦人笑著說：

「可憐的這隻母胡狼！
禿鷹攫走你的肉，
河水保有你的魚，

如今失去魚和肉，
尚有何物你可取。」

這母胡狼，看到婦人也是一樣的孤獨可憐，失去了丈夫的錢和她的愛人，也嘲笑她說：

「你這赤身裸體的賤人：
看來你似乎很聰明
像我一樣勝於常人；
如今既失情人又失丈夫
落得孤坐河邊傷心悲哭。」

(9) 婆羅門的夢

在某一個城裏住有一個婆羅門，名叫西廸，他向人討飯，討得了一些大麥粥，他就吃了一些，而把剩下的裝在一個瓦罐裏。有一個晚上，他把瓦罐掛在木樁上，而把他的牀就安放在瓦罐下，然後他兩眼直盯著瓦罐瞧，看得入神而迷迷糊糊地一邊打盹一邊在想。

他想：「我有滿滿一罐的大麥粥，那麼，如果這兒鬧飢荒，滿滿一罐的大麥粥該值一百個盧比吧！以這個金額，我可以買兩隻母羊，每六個月她們會生另兩隻母羊，這樣繼續下去，由羊可換成母牛。而母牛又可生小牛，我賣掉小牛，然後再換成水牛，水牛再換成牝馬，牝馬又生了許多的馬，賣了這些，我會有很多的黃金，黃金就可以買一座有庭院的大房子。然後一定會有人來，並且讓他漂亮的女兒帶着豐厚的嫁粧嫁給我。她將替我生個兒子，我給他取名「月主」，當他長大到可以坐在我膝頭上的時候，我帶本書到馬廐去看，去想。就在那時，月主看到我，而他為了想坐到我的膝頭上，就從他母親的裙邊跳過來，這樣就會太靠近馬了。我一定會生氣，就要我太太把孩子帶走。可是她因忙於家務事而沒注意到我說的話。我就站起來踢她一腳。」

由於沈醉在他的白日夢裏，他突然眞的踢出一腳而把那個瓦罐踢得粉碎，裏面的大麥粥全都撒出來，弄得他一身白白的。

⑽多嘴的烏龜

在某一個湖裏，住著一隻烏龜，他有兩個朋友，是兩隻鵝。他們生在這多變的時代，至今已有十二年的乾旱，兩隻鵝就想：「這個湖已經快乾了，我們再去找其他有水的地方吧。不過我們得先向我們的老朋友說再見。」

當他們去找烏龜的時候，烏龜說：「你們爲甚麼對我說再見呢？我是生活於水中的，這裏沒有水，我會因缺水和失去你們而悲傷得很快就死去了。所以，如果你們愛護我的話，求求你們也把我從死亡的邊緣救出來吧。再者，當這個湖水乾涸了，你們兩位除了節食之外，別無損害，但對於我，湖水的乾涸就等於是死亡的卽刻到來。會卽刻死去的。想想看那一個是更嚴重的，是失去了食物，或是失去了生命更嚴重？

兩隻鵝就回答說：「我們不能帶你一起去，因爲你是生活於水中的，你又沒有翅膀。」然而這烏龜又說：「有一個辦法，就是用一根木棒。」他們就找一根木棒，而烏龜用他的牙齒緊緊的咬在木棒的中間，並對他們說：「現在，你們各在一頭用嘴把木棒咬緊，然後起飛，會很平穩地飛越天空，一直到你們找到滿意的水塘。」

但是他們反對，就說：「這個好計畫還有一個問題，如果你一不小心，偶而一開口講話，那你咬不住木棒，就會從很高的天空中跌下去，跌得你粉身碎骨。」

這烏龜說：「哦！我發誓，從現在開始，當我們在天空的這一段時間裏保持緘默。」於是他們就照計畫去作。但是當這兩隻鵝很辛苦地帶着烏龜飛過一個鄰近的城市時，在底下的人們看到了這情景，就響起了議論紛紛的嘈雜之聲。他們問：「那兩隻鳥是帶着像個車子的甚麼樣的東西，飛過天空啊！」

聽到這嘈雜之聲，那該當絕命的烏龜就毫不在意的問：「那些人是在談些甚麼呀？」就在他一開口說話的時候，這可憐的笨蛋就鬆了口而跌落到地上，讓那些想吃龜肉的人們用利刀把他割得一片一片的。

⑾婆羅門、小偷和鬼

從前，在某個地方，有一個窮苦的婆羅門，他靠別人的接濟過活。在生活上，固然不會有什麼奢華可享，也沒有珠寶及華服可穿戴。他的鬍子和指甲是那麼長，頭髮更是長得蓋住了身體。由於受着窮苦的煎熬，使他長得瘦弱。

別人憐憫他，就給了他兩隻小牛。這個婆羅門就把他乞討得來的食物，如奶油等，加上飼料餵那兩隻小牛，把小牛餵得肥肥壯壯的。

這時，有一個小偷，他看到了小牛，立刻就想着：「我要偷這兩隻牛。」因此，他就帶了繩子在一個晚上出發了。但就在路上，他遇到了一個齜牙裂嘴，高鼻斜眼，雙頰下陷，手腳上暴出許多結節青筋，還有鬍子和身體紅得像火一般的傢伙。

當小偷看到他的時候，小偷嚇了一大跳，問他說：「先生，你是誰啊？」

這一個怪物就回答說：「我是鬼，那你呢？你也說說你自己。」

小偷就說：「我是一個小偷，我很殘酷的，我正要去偷那窮苦的婆羅門的兩隻牛。」

那鬼聽了這話，就感到放心的說：「親愛的先生，我每三天吃一餐，今天我正好要去吃那婆羅門。眞高興，我們兩人是同路的。」

於是，他們兩人就一起去，到了婆羅門那兒就藏起身來，以等候適當的時機下手。在婆羅門去睡覺的時候，那鬼就想去吃他，但那小偷一看到這情形就說：「親愛的先生，這是不對的，你應該等我偷了他那兩隻牛之後再吃他。」

這鬼就說：「你偷牛時發出的聲音，很可能吵醒了婆羅門，這樣的話，我的努力就要白費了。」

那小偷說：「可是，萬一你要吃他的時候，有什麼事情發生而吃不成，那我也偷不成那兩條牛啦，所以我要先偷那兩條牛，然後你再吃他。」

於是他們就吵了起來，雙方都嚷道：「我先！我先！」他們吵得火熱，那叫嚷聲把婆羅門給吵醒了，小偷說：「婆羅門啊，他是鬼，他要吃你。」而那鬼也說：「他是小偷，要偷你那兩條牛。」

當婆羅門聽到這些話，他就起牀，查看一下，就向保佑他的神祈禱，使他免受鬼的侵害而保全了生命，然後他拿了一根木棍趕走了小偷，也救了那兩條牛。

這就是爲什麼我要說：

假如由於意見不合而把婆羅門吵醒，
那這婆羅門卽可從其敵對中保全性命；
因之，他的性命因小偷而得救，

而小牛則因鬼而免於喪生。

⑿老鼠變的少女

恆河的巨浪翻騰，拍打着崎嶇險峻的岩岸而發出咆哮之聲，驚起了魚兒在水裏翻滾躍起，使得河面上冒出了許多珍珠似的泡泡。就在岸邊，有個隱士們住的村子，裏面有很多的隱士都潛心於誦經、自制、苦行、齋戒、祭祀。他們只取用潔淨的水，連喝的水都有一定的份量。他們的身體是靠簡單的食物和蔬果來維持，穿的是用樹皮做的纏腰帶。

這個隱區有一個聖人，名叫「耶那瓦卡」。他在聖河沐浴後，開始漱洗的時候，一隻小母老鼠從老鷹的尖嘴裏掉下來落在他手中。當這位聖人看清楚是什麼東西的時候，就把她放在菩提樹的葉上，再次地去沐浴和漱口，行了一個清淨儀式，然後藉着他的神通，他把這隻小母老鼠變成一個女孩，帶回隱區。

因爲他的妻子沒有生小孩，他就對她說：「親愛的太太，她就作爲你的女兒，妳要好好地教養她。」所以他的妻子就照顧她，也很寵愛她。等到女孩十二歲的時候，這母親眼看着女兒已達婚齡了，就對她的丈夫說：「親愛的夫君，你女兒已到了該出嫁的時候了，你怎麼沒注意到時間的飛逝呢？」

他就回答說：「對極了，親愛的，俗語說：

假如她仍是待嫁閨女，
她會把自己交給她喜愛的人；
所以先知告訴我們，
趁年輕的時候把她嫁人。
假如她既不結婚，又不出家，潔身持護，
只希望長久在家居住，
她可能就不嫁人而成爲
一個痛苦的老處女。
所以爲人父母的應該避免罪過
把她嫁人在適當的時刻，
不管是好，是壞，或是平庸，
只要有丈夫卽可。

今天將給她一個歸宿，俗語說得好：

有了財富和好家世，
兩者是如此的相似，
婚姻（或友誼）必能穩固長久。
但如貧富懸殊，則婚姻堪憂。

故儘管

我那家財萬貫，瀟洒英俊，
才學高超，家世清白，
旣年輕又有地位，而且
誠實可靠的人。

所以，如果她願意的話，我會召來神聖的太陽，而把女兒嫁給他。」
他的妻子就說：「我看那也不錯，就這麼辦吧！」
這位聖人就召來了太陽，太陽很快地就來了，他說：「聖人啊！你召我來作什麼?」這隱士就說：「我有一個女兒，懇請您和她結婚吧。」然後，就轉向她的女兒說：「女兒啊，妳可喜歡這照耀着三界的神聖之燈嗎?」女孩說：「不，爸爸，他燒得太熱了，我無法喜歡他，請父親另外找一個比他更好的。」

聽到這些話，聖人就對太陽說：「聖者啊，可有什麼比你更好的嗎？」太陽就回答說：「有的，雲就比我強，我被雲一遮就不見了。」

於是這聖人就召來了雲，並對女孩說：「女兒啊！我要把妳嫁給雲。」她說：「不，這一個是又黑又冷，把我嫁給一個比他更好的吧。」

然後這隱士就問：「哦！雲啊，可有比你更高超的嗎？」雲回答說：「風比我更利害。」

如此他又召來了風，說：「小女兒呀！我把妳嫁給他吧。」她說：「父親，這一個嘛，太慌慌張張，太不沈着了，請給我找個比他更好的吧。」這隱士說：「哦，風啊！有比你更好的嗎？」風回答說：「有的，山是比我更強些。」

於是他召來了山，又對少女說：「女兒呀！我把妳嫁給他吧。」她說：「哦！父親，他凹凸不平的而且硬綳綳的，請把我嫁給其他的人吧！」

這聖人就問：「哦！仁慈的山，可有任何東西比你更優秀的嗎？」山說：「有的，老鼠就比我強。」

然後這隱士就召來了一隻老鼠，帶到小女孩的面前來，說：「女兒呀！妳喜歡這隻老鼠嗎？」

就在她看到老鼠的時候，她感覺到：「是我族類」，她興奮得全身震顫，她就說：「親愛的爸爸，把我變回老鼠吧，並把我嫁給他吧！然後我可以像我的族類所作的一樣的成家。」

她的父親，藉着他的神通，又把她變回老鼠，並且把她嫁給老鼠。

這就是爲什麼我要說：

雖然太陽、雲、風和山，

曾拜倒她的石榴裙下，

老鼠變的少女，却又變回老鼠，

真是所謂——本性難改，此話不差。

⒀容易受騙的丈夫

從前，在某個村莊裏，有個木工，他的妻子是個淫婦，並且以此聞名。所以，他就想考察她，但如何來考察呢？俗語說：

當一個妻子變爲賢淑之前，

火冷却了，歹徒們祝福別人，月光也會燃燒。

如今，我從大家的閒談中，知道她是不貞潔的，因爲俗語說：

宇宙間的所有事情，
就是科學上或聖經中
沒看過也從未聆聽，
也逃不過人們雪亮的眼睛。

在經過仔細考慮後，他就對他的妻子說：「親愛的，明天一早我要去別的村莊，我將在那裏待幾天，請替我準備好吃的午餐。」當她聽到這些話，她的心狂跳着，她急切地用各種好吃的東西作成午餐，那幾乎全是奶油和糖。事實上，俗語說得有道理：

當低低的烏雲佈滿了天空，
當街道上到處都是泥漿，
當丈夫遠走他鄉，
淫蕩的女人就快樂無窮。

第二天一大早，這木工就起牀出門去了。當他的妻子確定他已出門了，就以愉快的心情消磨這美好的一天。她就去找她的老情人，對他說：「我的丈夫已經到別的村莊去了，等人們睡覺的時候，請到我房子來吧！」這個老情人就這麼作了。

而這木工就在森林裏消磨了一天，到了傍晚，他才偷偷地從側門溜進自己的房子，躲在牀底下。就在這個時候，另外那個傢伙也來了，並且上牀了。而當那木工看到他的時候，由於氣憤而心痛如絞，他就想：「我這就起來打他呢？或者等他們睡着了，再不費力的把他倆給殺了？或者再等等看，看她作些甚麼？聽聽她對他說些什麼呢？」這個時候，他的妻子輕輕地鎖了門，然後也上牀了。

但是當她上牀的時候，她的腳尖碰到了那木工的身體。她就想：「那一定是那個木工——壞蛋——他想考察我，好啊！我就讓他嚐嚐女人的詭計。」

就在她正這麼想的時候，那傢伙變得毛手毛腳的，她就拍着手說：「敬愛的先生，你不可以碰我。」他說：「那妳爲什麼要邀請我來呢？」

「你聽着，」她說：「今天早上，我到女神廟去拜神，就在那裏我突然聽到一種來自天空的聲音，說：『我的女兒呀！我應該怎麼做？妳對我是很虔誠的，然而六個月以後，命運註定你將成爲寡婦。』然後我說：『哦，神聖的女神啊！既然你能預知災難的發生，那妳必也知道補救之方。有沒有什麼方法能使我的丈夫長命百歲呢？』女神回答說：『的確是有的——補救之道就全靠妳自己啦。』當然我就說：『縱使那是需要犧牲我的生命，求求你告訴我，我願意去做。』接着，女神說：『如果你跟別的男人上牀，並且擁抱他，然後，那威脅你丈夫的不該來的死亡就傳給他了。這樣，你的丈夫就可以再活百年。』就是爲了這理由，我邀請你來。現在，作你心裏想作的吧。女神的話絕對不會是騙人的——所以，那是必定可信的。』他的臉漾着無聲的微笑，就照着她的話去做。

現在，像他那樣愚昧的人，那個木工一聽到這些話，高興得激動不已。他從牀底下爬出來，說：「眞了不起！貞潔的妻子，好極啦！幸福的家庭，由於聽到那些壞人的撥弄是非，使我心裏很困惑，因此我就假裝到別的村莊去，以便考察妳，然後我又回來偷偷地躲在牀底下。來吧！擁抱我吧！」

在他說了這些話以後，他就擁抱他的妻子，並且把她舉到他的肩膀上。然後對那傢伙說：「敬愛的先生，由於我過去作的善事而得了這個善報，所以你來了。由於你的幫助，我可以獲得長命百歲，所以你也必須騎上我的肩頭。」

於是他就強迫那傢伙，雖然他是非常不願意，騎上他的肩膀，然後他就在肩膀上扛着這一對男女，在他的所有親戚家門口又唱又跳的。

這就是爲什麼我要那樣說：

由於常識不足，
原諒了明顯的侮辱；
那愚昧的木工，
高抬起姦夫和淫婦。

⒁吃奶油瞎了眼的婆羅門

在某一個鎮上，住有一個婆羅門，他的妻子是一個接受其他男人追求的不貞潔的女人。她常常用糖和奶油作成糕餅，背着她的丈夫偷偷地送給她的情人。

有一天，她的丈夫看到了，就對她說：「我親愛的太太，妳在作什麼呢？妳常常帶着那些糕餅去那裏呢？妳要說實話。」

但是，她的無恥對這種場合正派上用場，她欺騙她的丈夫說：「離這裏不遠有一座女神廟。在那兒，我負責一個齋戒的典禮，我要帶去祭祀的供品，包括那最好吃的食品。」然後她就從她丈夫的面前帶着糕餅走向那女神廟。在她說了這些話之後，她的丈夫想了一想，也就相信他的妻子每天準備那好吃的奶油糕餅是爲了女神。他的妻子到了那座廟，就先到河邊行沐浴的儀式。

這個時候，她的丈夫也從另外一條路到達了女神廟，他就躲在女神的後面。他的妻子在沐浴後也進入廟裏，行了各種不同的祭拜儀式，如沐浴、塗油、上香、上供品等等，她向女神膜拜，並且一面禱告說：「哦！神啊！如何才能使我的丈夫瞎了眼呢？」

這時，那躲在女神背後的婆羅門就壓低嗓子說：「如果妳不停地常給他吃這種奶油和奶油作的餅，他不久就會瞎了眼啦。」

這放蕩的女人，聽了這說得蠻像回事的神示，就信以爲眞的每天給婆羅門吃奶油一類的食品。有一天，說：「親愛的，我看東西都不太清楚呢！」她就在心裏說：「謝謝女神啊！」而她的情人也想：「這婆羅門已經瞎了，他能對我怎樣呢？」於是，他毫不猶豫地白天裏就到她的家裏。

但是，這婆羅門就在他進屋子的時候，終於逮到他了，抓住他的頭髮，又是棍子打，又用腳踢的，也就把他打死了。他也割下了他那壞婆娘的鼻子，並且把她給休離了。

五、寓言故事四部箴五篇

伍蠡甫譯

⑴牡牛獅子和兩胡狼

在南方大道上有一個城市，名叫拉脫拿伐丟。(註一)在那裏，從前住着一個商人的兒子，名叫伐特哈馬那。(註二)他雖然擁有不少財產，但因爲他的親戚們也很富有，他就決意要使自己的偉大還得增加些。俗語說：

「偉大並不接近求遠朝下看的人；所有向上望的人正在窮下去。」(註三)

又說：

「一個人如果很有財產，即使殺死了一個婆羅門，(註四)還是可以尊敬。他如果沒有錢，即使祖先是月中人，(註五)也要被人輕視。」

「拉克希米，(註六)正如年輕的女人不喜歡年老的丈夫一樣？不歡迎沒有精力的人，只信賴命運的懶漢，或因浪費無度而變爲貧乏的窮人。」

「懶惰、崇拜女人、害病、偏愛自己的故鄉、不知足以及膽怯，乃是變爲偉大的六種障害。」

俗語又說：

「一個人應當設法去獲得他所沒有的；獲得後，應細心保持；保持着了，更應增加，而增加之後，應在神明指示的場合施捨掉。

「一個人過着日子，既不施捨，也不享樂，這只像鐵匠的風箱在透着，並沒有在生活。」

一個人渴望自己所沒有的事物，但須努力，便獲得財產。已經獲得的財產，如不加愛惜，就自然而然耗盡了。不加補充的財富，好像一匣鉛粉，雖然消耗極小，遲早也要告罄的；但如果不撥作正用，那末有了財富也等於沒有。

「對於既不施捨也不享用的人，財產有什麼用呢？對於不以之抵抗仇敵的人，力量有什麼用呢？對於不行善的人，神聖的律法有什麼用呢？對於不能制馭自己情慾的人，魂靈有什麼用呢？」

又說：

「看見眼毛上洗染的藥劑用得少了，同時又看見蛀蝕房屋的蟻垤一天天地增高了，人就應該用他一刻也不能留住的日子來行善事研究美德。

「憑着一滴一滴落下的水，罐子逐漸裝滿。這可以作爲獲得各種知識、美德和財產的榜樣。」

這些就是那商人的思想；因此他買了兩條牡牛，一名商齊伐加，一名奈達那，都套在一輛滿載各種値錢貨物的車上，就動身到開士米拉（註七）去經商。

因爲，

「對於有力量的人們，過大的負擔算得什麼呢？對於不會疲乏的人，距離算得什麼呢？對於有學問的人，異鄉算得什麼呢？對於講話總是很和善的人，哪一個是陌生人呢？」

所以當人和牲口走到難行山上的時候，商齊伐加跌了一交，膝蓋受傷；一看到這場災禍，伐特哈馬那就默想道：

「一個人熟悉人情和規矩，隨處都好努力幹些事，但最後的結果卻握在命運的掌中。」

然而，

「猶豫是一切行動的反對者，是應當拋棄的；因此，還是放棄了猶豫，祝事業成功吧。」

這樣決定之後，伐特哈馬那就撇下商齊伐加，繼續前進了；那可憐的牡牛用三只腳支持全身的重量，設法要站起；因爲，

「各人命中注定的壽數，保護着一個人的生機，無論他落在水裏，從峭壁上跌下，或被毒蛇咬了一口。」

過了不多幾天，這牛吃了他最愛吃的東西，重又肥胖起來，精神很飽滿；他在林中那些路上漫遊，發出一聲大叫。在這森林中，還住着一只獅子，名品茄拉加，他的膂力給他贏得充分的歡樂；正如俗語所說，

「別的野獸並沒有替獅子行敷油或加冕的典禮。然而，他天生威武，做了百獸之王，征服了獸國。」

一天，獅子渴了跑到河邊去喝水；當他聽見商齊伐加的叫聲時——這種聲音他以前從來沒有聽見過，所以對於他是和晴天霹靂一樣的可怖——他就沒有去喝水，立刻渾身戰慄，逃回住處，一聲不響地站着，默想那究竟是什麼。就在這樣的狀態中，獅王被他的顧問兩只胡狼發見了；他們一名卡拉泰加，(註八)一名達馬那加(註九)後者對前者說道，——這是怎麼一回事，老哥，獅子雖然口渴，卻沒有照例去喝水，只這樣沈悶，這樣喪氣，留在家裏？達馬那加哥啊，卡拉泰加回答道，照我的意見，我們不該再替這末一個王服役了；既然如此，我們又何必去研究他的舉動呢？我們侍奉他這麼許多年，除了煩惱，什麼也沒有得到。

「看啊，貪財的奴隸們在服役的時候做些什麼事！再看看身體被這些傻子剝奪了多少自由！」

又說：

「凡依賴他人而生活的人，須忍受風寒、炎熱和疲勞！聰明人只要有了這些的一部分，就可以實行懺悔而得到幸福了。

「生活必須具有一種不受約束的生計，纔值得生活；假使在他人的威權之下偷生的人也算是活人，那末誰是死人呢請問？

「工作、來去、伏下去、站起來、說出來、不准做聲！有錢人這樣戲弄那些被依賴的羈絆緊扼着的貧民！」

「傻子們爲要獲利而穿戴起，並且穿戴起纔好做他人的工具！」

這種又是一幅很生動的奴隸的寫照：

「他爲要高升而自卑；爲要生活而消耗其生機；爲要獲得安逸而忍受苦痛。誰傻得像奴隸這樣厲害！

「如果他不聲不響，他是愚蠢；如果多說話，他是一個無用的空談者；如果耐心屈伏，他是一個懦夫；如果他不肯忍受，他就往往被擯棄了。

「如果坐在看得見的地方，他顯然是閒着不做事；如果站在遠處，誰也找不到他了。奴隸的職務，卽使在苦行僧看來，也是非常高深而難辦。」

你所提議的，老哥啊，達馬那加說，無論如何不便實行。

「怎麼！你不該一心一意爲那些有權勢的貴人服役，立刻欣然履行衷心的願望嗎！

「如果沒有僕役，那些貴人何時纔能享受拂塵、華蓋、象、馬和漂亮的肩輿所點綴的顯赫的風光呢？」

話雖如此，卡拉泰加說道，我們同這件事（註一〇）有什麼關係呢？人應該隨時避免管閒事。正如俗語所說：

「喜歡管閒事的人往往要被逐回而躺在地上，好像那拔楔子的猴子。」

這是怎麼回事？達馬那加問。於是卡拉泰加把下面的故事講了出來：

(註一) Ratnavatee——義爲「富於寶貴的事物。」

(註二) Varddhamana ——義爲「偉大起來」或「富饒起來。」

(註三) 這句古語是有點費解的，大概是這樣的意思：「既不要得意，也不要喪氣，應該正視着你前面的事業。」

(註四) Brahman ——印度教中地位最高的人。

(註五) 印度人深信有兩種高貴的人：一爲太陽的後裔，一爲月亮的子孫。

(註六) Lakshmee ——印度教中的命運之神（女性）。

(註七) Kasmeera ——即開士米省。

(註八) 義爲「喜歡譴責」。

(註九) 義爲「懲罰或改正」。

(註一〇) 指獅子不喝水而從河邊回來的事。

(2) 猴子和楔子

在名叫馬茄達的國度裏，一個卡耶斯泰人（註一）塞哈唐泰，着手建築一座戲院。有一木匠，已用鋸子在一段木料上鋸了幾道，就在那裂縫中嵌入一個楔子。一羣猴子照例跑到那邊來找尋食物，其中有一只彷彿受「時間」的魔杖所指點，用兩手握住那個楔子而坐下了，他的下半身懸在那裂縫裏。他天性浮躁，化了很大力氣，竟把那楔子拔出，於是兩面的木塊就合攏來，毀壞了懸在中間的東西，於是猴子就喪了命。所以我說：

「喜歡管閒事的人往往要被逐回而躺在地上好像那拔楔子的猴子。」

雖然如此，達馬那加說，主人的事務，僕役們當然應該顧到的。總理大臣是僱來照管一切事務的，卡拉泰加說，讓他去管吧。一個屬員無論如何不該越俎代謀；因爲，

「由於熱心顧到主人的安全而越俎代謀的人，將來總要懊悔，好像那因狂叫而受懲罰的驢子。」

達馬那加問這是怎麼一回事；卡拉泰加就講了下面的故事：

（註一） Kayastha：現在多半被白人雇用爲書記及會計員，他們的特徵是不惜化費來演劇敬神。

(3) 偷兒驢子和狗

在伐拉拿西城裏，從前住着一個洗衣工人，名叫卡福拉帕泰，有一天晚上，他在一個年輕女子的家裏玩了許多時候，直到夜深纔回來睡覺；因爲疲乏了，所以睡得很熟。這時候，有一個偷兒爬進來，想偷屋裏的東西。那時候，院子裏有一只驢子和一只狗。聽見了偷兒的聲音，驢子就對狗說，——這是你的事情呢；你爲什麼不起來，叫醒你的主人？狗答道，我的職務和你有什麼

相干呢？你很明白我怎樣看管這一家，可是我們的這個主人卻並不賞識我的功勞，反而捨不得給我口糧。你知道，一般的主人沒有看到僕役們的過失，是不會剋扣他們的口糧的。聽我說，野小子！驢子叫道。由於他們的天性，狗類是不可以接觸的。但是再聽我說一說僕人的職務吧：

「臨場猶豫不前的，是僕人呢？還是朋友？如果事情被破壞了，那是僕人的過失呢？還是朋友的過失？」

狗答道，——聽我一句話：

「凡在正當的時候，不顧念他的僕役們的人，可以算是主人嗎？僱傭着僕役的人，不是應當時時撫愛他們嗎？」

古人不是也說過：

「無論僕役們在進食、娛樂、執行職務、奉行宗教典禮、或爲行善而行善——都不應把他們的事情打斷。」

驢子憤怒地喊道，——惡徒！你不管你主人的事。隨你去吧；不過我卻要設法弄他醒來；因爲，

「我們應在背後崇拜太陽，應在腹上崇拜火神，應在各方面崇拜主人，並且應毫不虛僞地崇拜上面的世界。」

他重述了這幾句話，就大聲叫起，結果驚醒了那洗衣服的工人；可是非常渴睡的他，卻爬起

來用一根很粗的棒把那驢子痛打了一頓。所以我說，「由於熱心顧到主人的安全而越俎代謀的人，將來要懊悔的，好像那因狂叫而受懲罰的驢子。」

注意：我們的職務是要尋找獵物；那末讓我們管到我們的正事吧。不過我又想了一想，我覺得今天我們沒有機會做這事；因爲我們還留着許多食物，就是儘量吃也都吃不完。

達馬那加聽了很不高興，喊道，——什麼！你難道僅僅爲了食物纔替獅王殿下服役嗎？這是很不智的；俗語說得好：

「聰明人憑着王侯們的眷顧獲得朋友的扶助，好抵制敵人的陰謀；因爲，誰不是只在圖謀果腹呢？」

俗語說：

「讓藉着他而許多人生活着的人生活下去。呆鳥不是也在用他的啄來果腹嗎？」

注意：

「哪個家藏五經（註二）的人會降爲奴隸？哪個跟財富並駕齊驅的人會被財富失落？」

「人類生而平等，奴隸制度是可以非難的。做不到一族的首領，就被打入部屬中去。」

又說：

「馬、象、車三者，木、石、布三者，女人、男人、水三者，其間的差別都是非常大。」

因爲：

「一條狗找着了一根只留下一些筋腱的骨頭，就會非常快樂，雖然那是齷齪可憎的，而且骨上並沒有一點肉可以供他充飢。」

而——

「獅子只想殺死象，所以讓胡狼走過去又逃開。雖然陷於困境，無論那個都想得到他自己力所能取的果實。」

請注意服侍別人的和受人服侍的人在態度上的差別：

「搖着尾巴，跪在腳邊，伏在地上，仰視着主人的臉和肚子：這是狗對飼養他的主人的行爲。可是高貴的象卻大膽地看着人，在他不願意吃的時候，雖然你用一百種方法去勸誘他，他也不吃的。」

但是，

「人類讚美生命，因爲生命中附着知識勇氣和名譽，雖然這生命只持續一刹那；但知道生命的人卻只知道生命的空名。一只鴉只不過生活得很久，一只大鳥只是吃。」

因爲，

「類似禽獸的人與禽獸有什麼分別呢？——他的理解辨不出善與惡，他沒有受着那些神聖經典的稗益，他只一心圖果腹！」

可是這些意見跟我們有什麼關係呢？卡拉泰加打斷他道；我們只有很小的權力，並不是大人物。達馬那加答道，一個大臣可以在一極短的時間內占着最重要的地位，或者恰巧反過來；因為，俗語說：

「沒有一個人是生而高貴，受人尊敬的；也沒有一個人天生是惡的。一個人的行為會引導他走向卑賤，或與之相反的一端。

又說：

「正如一顆石子可以藉着不斷的努力被拋到山頂上，或突然地丟下來；我們自己也會靠着我們的善行和惡行而上昇或跌落。」

可是你究竟在講什麼啊？卡拉泰加插嘴道。我講的是關於獅王品茄拉加不喝水而回來獃在家裏的怪事，達馬那加回答。什麼，卡拉泰加問道，你知道這事的究竟嗎？聰明人會有不知道的事嗎？達馬那加說。俗語說的好：

「說出來的意思就是畜生也能明白：告訴馬和象的話，馬和象都了解，可是聰明人卻能探出那沒有說出的意思來。我們的感覺給我們的利益，便是能夠感知別人所表示的意思。」

所以，現在，憑着優越的智慧，我要利用他的恐懼所給與的機會，把這缺點轉變為我自己的利益；因為，

「知道隨機應變地說話，愛值得愛的對象，按照着自己的能力來發怒，這纔是聰明人。」

老哥，卡拉泰加說道，你還不明白服侍的規矩。

「不奉召便進去，不被問到而多說話，以及自以爲滿的人，在他的主人看來，都是判斷力薄弱的人。」

我怎麼不知道服役的規矩呢？達馬那加說；因爲，

「天下有什麼事物，在本質上是美或不美呢？普通人所說的美，就是指漂亮的東西。

「一個判斷正確的人，追隨一個具有與他相同性質的人，立刻就可以把他導入自己的權力中。」

還有：

「聽見問『誰在此地？』他就應該回答，『我！——謹聽使喚。』接着他就該用盡全力執行他主人的命令。」

俗語說：

「不服從上司的命令，和不尊敬婆羅門，都是不用刀來殺害的死。」

又說：

「一個人假如對於瑣事也很謹慎，聰明得像影隨着形，被使喚時也毫不猶豫，那末他是適於住在王侯們的宮庭中。」

有時候，卡拉泰加插嘴道，你的主人常因你無端闖入而對你不高興。這是確實的，達馬那加說；然而隨員們必須露面的。俗語說：

「因爲怕得罪人而什麼事都不做，乃是弱者的符號。有誰因爲恐怕不消化而完全不吃東西呢，老哥？」

請注意：

「王侯只替那接近他的人效力，雖然他是毫無學問，家世低微，也沒有什麼親友。王侯們好像女人和葡萄藤一樣，往往環繞着坐在旁邊的人。」

唔，卡拉泰加說，你如果到那邊去，你對殿下說些什麼呢？聽着，達馬那加答道：第一、我要探明他究竟寵愛我不寵愛我？憑着什麼來作這樣的發見呢？卡拉泰加問。我告訴你吧，達馬那加說；寵愛的標記是：

「遠遠見了就欣喜問話的時候很注意又很恭敬，在背後論長論短，而記憶着所愛好的事物。

「這樣的寵愛，卽使一個僕人知道了，也是一種額外的快樂。寵愛的表情，卽使是錯誤的，也是善行的累積。

「一個聰明人還可以在不忠心的僕人身上發見下面這些標記：不做正事，浪費時間，增添奢望和破壞結果。」

我探明這個以後，就要把我的宗旨說出來。可是卡拉泰加說道，——雖然如此，在找到一個適當的機會之前，你是不該說話的。因爲，

「卽使是佛利哈斯巴蒂，(註三)如果不識時務地講了話，也要引起人們的輕蔑和永久的屈辱。」

不要慌，朋友啊，達馬那加嚷道；我不會不識時務地講話的；因爲，

「倘若遭遇災難，發生錯誤，以及預定辦理某事的時間快要過去，那末一個以主人的安寧爲念的僕人是應該自動開口的。」

老實說，假使我不隨時貢獻我的意見，我這顧問的官職不是白設了嗎？

「關於一個人藉以謀飯吃並且藉以獲得世人讚美的資格或條件，是應該加以培養和改進。」

所以，你不要再響吧！我要去了，達馬那加這樣地結束道。但願你的計劃成功！卡拉泰加回答。

因此，達馬那加就略微躊躇，纔跑到品茄拉加那裏去；但當他被獅王遠遠看到了，他就十分恭敬地走過去，行了一個「五體投地」的最敬禮，纔站在獅子面前；獅子用趾上飾有珠寶的右足掌撫摩着他，說了不少恭維的話，然後纔講：我已好久沒有看到你了，先生！

達馬那加回答：我一向沒有機會來侍候你的御足；然而在適當的時間一個僕人無論如何是應該來侍候的；所以現在我就來了。

「受過了教師們的懦怯的教訓所感化，再走近君王的御前，那時候就會鄙棄了這班人的說話；君王上百種的武器，在戰爭時落下來，貫穿了那龐大無比、永遠受人敬愛的大地。」

還有一位詩人說：

「心中懷着鬼胎的人雖然很會說話，但在君王面前，在有學問的人中間，或在正在求夫的婦女們旁邊，都像一個懦夫。」

即使最微細的工具也有用的；詩人說得好：

「就是王侯們，有時也要用得到稻草，剔牙齒或挖耳朵的東西；一個善於說話的人，一個用敏捷的手腕來消弭困難的人，對於這些東西，更是如何地需要啊？」

也許我高貴的主人在懷疑，我已年老力衰，我的理解力已經消失了；因爲，

「人有良好的或惡劣的品性，自己是不會覺得的。有經驗的旅行者從沒有看到麝鹿在欣賞她那可貴的香氣。」

然而，

「珍珠雖然可以滾在腳邊，玻璃雖然可以戴在頭上，但在買賣的時候，玻璃總是玻璃，珍珠總是珍珠。」

「我們對於一個曾經幹過高大事業而偶然陷於困難中的人，不應該懷疑他已經喪失了他的理性。你可以把火顚倒過來，但火焰無論如何不會向下的。」

請神聖的殿下注意，主人應該做事公正；因爲，

「如果主人不加辨別，一視同仁地對待大家，那麼，有才幹者的一切努力就全屬徒然了。

「王啊，人類共有三等：最上等、最下等和中等；因此僱傭他們時，也應分爲三等。

「僕役和房屋一樣，都該與地位相稱。珍珠不應放在腳邊。對於一個有才能的人也如此。」

譬如：

「我們假使看到一顆值得金鑲玉嵌的珍珠放在腳邊，它既不口出怨言，也不顯得輝煌——我們就該對放它在那裏的人講話了。」

請注意：

「『這是一個有判斷力而且忠心的人，這是一個浮躁的傢伙，沒有受過什麼訓練。』會這樣鑑別僕人的領袖，纔會受着好好的服侍。」

俗語說：

「一匹馬，一件兵器，一本書，一架樂器，一番說話，一個男人或女人，都應當先研究他們的眞價值，然後纔決定用不用。」

又說：

「對於一個忠心而沒有才能的僕人，或一個反對你而很能幹的人，你該怎麼辦呢？王啊，無論那一個，你都不應該輕視。」

因爲，

「王侯的侍從們，如果他不加以敬重，就會疏忽起來；而且看了這先例，有判斷力的人就不願去接近他了。」

「當一個國家被它的聰明人遺棄了的時候，行政就要失其效力；由於缺乏良好的規律，整個國家就沒有抵抗的能力而亡了。」

又說：

「人們大抵尊敬受王侯尊敬的人；被君王罷黜的人往往爲衆人所不齒。

「聰明人所稱爲正當的事物，卽使從一個孩子手裏也可以接受。當太陽看不見時，燈光是多麼有用啊！」

「我們是黏附在你腳邊的忠實僕人；我們沒有旁的地方可以避難。」

說得不錯，品茄拉加答道；但爲什麼要說這一切的話呢，達馬那加？你做我們的「高等顧問」，已經好久；你到那裏去搜集了這些俗語來？現在你是總理大臣了。

於是達馬那加說道——望殿下不要動怒，我要提出一個問題來：爲什麼殿下口渴得很厲害時，不願去喝水，卻驚訝地留在家裏？

說得好，品茄拉加回答道。能把一樁心事付託給一個信任的人，那是多麼快樂啊！我告訴你吧。聽着！這森林中已被一種我們從來沒有見過的怪獸侵入了；所以我們應該趕緊離開這裏。你沒有聽到一聲很大的怪號嗎？這推想聲音，這怪獸的力量一定非常大！

謹奏殿下，達馬那加答道，那實在可以引起大的驚恐。我們也聽見那叫聲；不過一遇到這樣的事，如果就主張遷都或宣戰，那就不配作大臣了。這正是一個機會；使殿下可以看到你的僕役

們的用處；因爲，

「憑着急難的試金石，人可以發見妻子、親戚和僕役們的品性，以及他自己的力量和判斷力。」

很好，獅子答道；不過我被極大的恐慌阻擋住了。

達馬那加想好了他該怎麼辦，纔說道，——什麼！你對我們說，你要放棄你的領域內的全盤權利嗎？我坦白地告訴殿下，我是一生一世不會害怕的；不過必需安定卡拉泰加和其餘的人的心理；因爲在急難時期，人民是不易召集的。

後來，卡拉泰加和達馬那加兩人受了他們的君王的委任，一同答應去擊退那威脅着的危險，因此，他們就動身。

當他們一路走時，卡拉泰加對達馬那加說——那引起恐慌的原因究竟能不能被擊退呢？在這問題沒有解決以前，我們爲什麼要答應去設法補救，接受了這麼重大的任命呢？俗語說得好：無論那個，假如沒有實行的能力，就不該接受任何人的使命，——尤其是君王的。

因爲，

「君王十分顯赫：伴着他的快樂同來的是幸運，伴着他的勇武同來的是勝利，而伴着他的憤怒同來的則是死亡。

「君王卽使是一個孩子，也不該加以輕視，而應敬之如成人；或如化身下凡，君臨人間的偉大的神明。」

達馬那加笑道，——不要嚕囌了，朋友；我已知道這恐慌的起因：那不過是一只牡牛的叫號罷了，它正可供作我們和獅子的糧食哩。如果是這麼一回事，卡拉泰加插嘴道，那麼你爲什麼不把殿下的害怕，立刻消滅了呢？假使它立刻被消滅了，達馬那加答道，我們又怎能得到這麼重大的任命呢？俗語說：

「僕人永遠不該使主人脫離恐慌；因爲主人的害怕一消失，僕人就會遭遇達希卡那（註四）的命運。」

這是怎麼一回事呢？卡拉泰加問道：於是達馬那加就把下面的故事講了出來：

（註二）fire Poorans：印度教中的經典，敍述天地人的創造過程以及諸神和古代英雄的歷史。

（註三）Vrihaspsti——語言之神。

（註四）Dadhikarna——貓名義爲「白耳朵」。

(4) **獅子老鼠和貓**

在阿蒲達西哈拉山上，有一只獅子，名叫馬哈維克拉馬。每當他在洞中睡覺，常有一只老鼠來囓他的鬃毛。那高貴的獸王發見了這事，心中非常不高興；可是又沒法捉住那會溜到洞裏去的小犯人，於是他就默想最好的辦法，最後他打定了主意，說道：

「誰有一個不能用威武來制服的卑微的敵人，誰就該利用跟他相類的那種力量來對付他。」這樣說後，獅子就跑到村莊裏去，用一塊肉誘捕了一只貓，名叫達希卡那。他把貓帶回家去，那只老鼠就有好多天不敢出來嚙食獅子的鬃毛。可是最後，老鼠實在餓得急了，冒險爬出洞來，就被貓捉住，吃了下去。現在，獅子不再聽到老鼠的叫聲，覺得貓對於他沒有什麼用處了，不由得吝惜起他的那份津貼；因此，可憐的貓兒就憔悴下去，而終於餓死了。所以我說，——「僕人永遠不該使主人脫離恐慌；因爲主人的害怕一消失，僕人就會遭遇達希卡那的命運。」

於是達馬那加卡拉泰加就到牡牛商齊伐加那裏去；卡拉泰加端坐在一棵樹下，威風十足，達馬那加對那牡牛說道，——牡牛朋友，請你注意，坐在那邊的那一位已被品茄拉加王委任爲保護這些森林的大將軍。於是卡拉泰加莊重地開口道，——快走過來，或者快退避到這些樹林外面去；不然，你的抗命將得到痛苦的結果。那可憐的牡牛不知道他所在的國裏情形如何，帶着害怕向卡拉泰加走去，對他行了一個深深的敬禮。正如俗語所說：

「智慧比力氣更重要。無智的人是可憐的。西伐（註一）的小鼓鼕鼕響着，宣告『可憐的人被擊敗了。』」

商齊伐加大聲說道，——將軍啊，我該怎麼辦呢？卡拉泰加答道，——如果你想留在這些森林裏，你該去向獅王殿下行個叩首禮。你如果擔保我沒有危險，商齊伐加說道，我就前去。這種疑心是用不着的，卡拉泰加說道；因爲，

「飀風決不拔起那些柔弱、卑微而長得不高的小草；它的威力只施在那些高傲的大樹上：因爲偉大的人物只把他們的力量用於偉大的人物上。」

這樣說了，他們就叫商齊伐加留在相近的地方。兩人一同走到獅子面前去，向他行了敬禮，然後遵命坐下；獅王很是高興。——敬奏殿下，達馬那加說道，我們已遇見過這只怪獸，他已被制伏了；可是他的力量的確很可驚！他遵照你的聖旨，要來拜見你的御足；所以請你警備，好讓他走過來；因爲，

「有符呪保護着的堤岸有時也要被水冲破；友誼常爲惡意所破壞，而懦夫會被說話所制服。」

由此可見，我們不該一聽見什麼聲音就嚇倒；俗語說得好：

「在聲音的來源尚未明白時，我們不該爲聲音所嚇倒。一個窮苦的婦人因發見了一種聲音的來源，而獲得了利益。」

獅子問這是怎麼一回事；達馬那加就把下面的故事講出來：

（註一）Seeva——印度神話中的「破壞之神」；據說他的小鼓將在世界末日響起來。

(5) 窮婦人和鈴

在史利帕伐泰山谷中，有一個名叫婆拉馬（註二）的城。城裏居民深信在附近一座山中盤踞着

一個巨人，名叫甘達•卡那。事實是這樣的：一個竊賊偷了一只鈴打山中逃過，被一條老虎捉住吃了下去；那只從他手裏落下來的鈴，被幾個猴子拾得，就時常搖着它。且說城裏的居民發見一個人被殺死在那邊，同時又聽見鈴聲，就常常說，巨人甘達•卡那發脾氣了，正在吃人並搖他的鈴；因此城裏的大戶人家都搬走了。可是後來，一個窮苦的婦人把這問題考察一番，就發見搖鈴的原來是猴子。她就跑到國王那裏去，說道，——殿下，如果我能得到一筆很大的賞金，我願設法去使這甘達•卡那不再作聲。國王非常高興，就給她一點錢。她向城裏的教士們、軍官們和一般平民誇示了她的所得之後，就備齊許多猴子愛吃的果子，跑到林中去，把它們撒在四處；猴子們看見，立即就拋棄那只鈴，來吃果子。窮婦人就趁此機會，拿了鈴，回到城裏來；因此她就變成了城裏的一般居民敬愛的對象。所以我說：

「在聲音的來源尚未明白時，我們不該爲聲音所嚇倒。……」

講完了這故事之後，達馬那加和卡拉泰加把商齊伐加帶過來，把他介紹給獅子；自此以後，那牡牛跟他們非常和睦，同住在那森林中。

過了幾時，獅子的一個哥哥，名叫史泰勃卡那（註二），前來訪他；品茄拉加款待了一番，就一同出去獵取食物。他們回來後，商齊伐加問獅子，這天殺的鹿肉在那裏；獅王告訴他，這只有達馬那加和卡拉泰加知道。請你告訴我，商齊伐加說，究竟還有沒有留着一些。沒有了，獅子笑着回答。什麼！商齊伐加說，這麼多的肉都被這兩人吃了下去嗎？吃了，浪費了，送掉了，獅子答道；這是每天有的事。沒有稟准殿下，怎麼可以幹這樣的事呢？牡牛問道。爲什麼不可以呢？

獅子說，因爲這是不正當的，牡牛答道；俗語說得好：

在沒有稟准主人以前，除了防止急難，僕人絕對不該自作主張，幹無論什麼事。」

又說：

「大臣應該像一只化緣的鉢，在其中收集着大批的捐款。一個不肯做事的傻子，或一只空空洞洞的船壳，對於一位君王有什麼用處呢？」

因爲，

「能使國家富裕起來的，才是最好的大臣。國庫乃是國庫所有者（註三）的命脈。禽獸精神不是王侯們的命脈。

「因爲人不能用旁的任何方法來取得別人的尊敬。一個人完全失去了錢財，有時竟會被自己的妻子所遺棄；其他的人自然更不必說！」

對於一個國家，這些害處也是多麼大啊！

請聽：

「浩大的支出，監察的疏忽；以及非法的聚歛刧掠和王侯們的出巡，都是國庫的大害。

「有錢人用錢好像財神：任意把自己的進款立即化盡，毫不計較它的數量。」

獅王的哥哥史泰勃卡那聽了牡牛的這番說話，就把他的意見說出來：

聽我說，老弟；我以爲卡拉泰加和達馬那加兩人是被用來管理和平與戰爭的事務，所以不宜讓他們主管國庫。我只須把我所聽見過的關於用人問題的話再說一遍。

聽啊：

「教士、軍人和親戚，都不宜請來主管事務。教士，即使他的職務早已完畢，他也不肯告退。

「如果軍人被請來幫忙，他立刻就要拔出刀來；至於親戚，則藉着親戚的關係，吞沒了所有的利益。

「如果一個老僕被任用了，即使叫他去犯罪，他也決不害怕；而主人不要他時，他會毫無怨言而離職。

「有過功勞的人犯了法時，往往滿不在乎。他把自己的功績當作一面旗幟，在它底下刼掠破壞。

「那個大臣不愛錢？人先設法獲得寵幸，於是就必定要作出無禮和卑鄙的事了。

「一個大臣做得太大了，往往要怙惡不悛。富貴能顚倒理性：這是聖賢人的座右銘。

「只想發財的人往往要把什麼都吞沒，一點都不剩。看了鷙鷹們的貪婪，王侯便可以明瞭這種大臣的行徑。

「不知利用機宜，給國家收取利益，反而隱匿支出的費用，又是疏忽，沒有判斷力，以及沈緬於種種娛樂中：這些都是大臣的缺點。

「收集賦稅是官吏們的事；但不斷的監察，薪俸的支付，功勞的酬報，卻是君王的責任。

「不加壓迫，他們不會吐出盜取的皇家公款來；因爲徵收賦稅的官吏大半是很腐敗的。

「君王們的強迫力應該反覆地施在他們的官吏的身上；一塊布只絞一次，便會把它所吸的水完全吐出來嗎？」

這全部忠告，獅子的哥哥結束道，應在機會來時儘量實行。

於是獅王說道，——正是這樣的，這兩傢伙並不肯時時服從我的命令。他的哥哥答道，他們無論如何不該如此；因爲，

「不服從命令的人，即使是自己的兒子，君王也不該饒恕。尤其是當這種行爲將損害了賦稅或他所心愛的任何事物。」

俗語說得好：

「國王應像父親一樣，保護他的子民們，使不被強盜、政府官吏、人民公敵、國王的親信以及他自己的貪慾所侵害。」

老弟，他繼續說道，望你聽我的話，今天就實行我的忠告吧。把那只吃青草和穀類的牡牛商齊伐加委任爲食糧的監督。

獅王果然這樣辦了；此後牡牛和他一同過日子，彼此非常和睦。可是，那兩只胡狼嫌分着的

口糧減少了，就聚在一起，商量辦法。這是我們自作的孽，達馬那加說，我們對於自己找來的不幸，是不該悲傷的。

「我因爲接觸了金絲娘；理髮師的老婆，因爲縛住了自己；商人，因爲想偷盜一顆珍珠：這幾個人都爲着自己的過失而受罪。」（註四）

這是怎樣的呢？卡拉泰加問；達馬那加就把下面的故事講了出來：

（註一）　在印度，有許多地方都叫婆拉馬普利，義爲「上帝之城」。

（註二）　Stabdha-karna：義爲「不靈活的耳朶」。

（註三）　指統治者。

（註四）　這句話來得似乎有點突然，但看下去讀者自會明瞭。

（以上係四部箴第二部失友十篇的前五篇以下五篇已見印度文學欣賞書中）

六、加里陀莎戲曲莎昆妲羅

糜文開譯

第四齣

莎昆妲蘿的朋友們疑慮她的祕密結婚是否一種聰明辦法。她正出神地思念她的丈夫，沒有留意到杜伐薩的到來，杜伐薩咒詛她。但當有人緩頰時得了部分的寬容。甘華聽到了這婚事，便決定把她送到丈夫那裏去，向隱區告別以後，她便和護送的人們一起出發，帶着甘華的信和祝福。全隱區的人都爲她的離別深深地感動。

（亞娜素雅與普麗楊白陀上場採花）

亞娜　普麗楊白陀，雖然莎昆妲蘿用甘陀婆式的婚禮和高貴的國王聯了姻，我還是覺得不放心。

普麗　爲什麼？

亞娜　隱區的祭禮過了，國王和隱士們告別，回到他的京城去了，他再會到了他宮中的嬪妃們，是否仍記憶着莎昆妲蘿呢？

普　麗　明友，你可放心，好的外表不能不與好的質地相合。可是我們要考慮甘華爸回來以後對這事的看法。

亞　娜　照我的判斷，他不會反對的。

普　麗　你爲什麼這樣想？

亞　娜　嫁他的女兒給相當的人物是做父親頂要緊的責任，如果幸運屈駕降臨，他怎麼還會嘮叨？

普　麗　這話很對。（看籃中）我們採集供神的花朵已夠了。

亞　娜　不是莎昆妲蘿要去禮拜守護她的神道嗎？

普　麗　好的，那末再採一些吧。（她們繼續採花）

內場的聲音　我在這裏，喂，我在這裏。

亞　娜　（諦聽）朋友，說不定是來客在通知他的到來。

普　麗　什麼意思？莎昆妲蘿不是在屋裏嗎？（旁白）只怕她心不在焉。

亞　娜　這些花應該夠了。（她們擬退場）

再度後臺聲　什麼？你敢冷淡我，冷淡一位客人，一位眞正的隱士！

因爲你兀自背向着人家，

不理不睬，只一心傾注着他，

要使你當面提醒他，他也不記得你，

像醉漢忘記他自己的說話。

（兩人諦聽均感憂戚）

普　麗　哎喲！哎喲！這是一個大災殃！那一位值得尊敬的被心不在焉的莎昆妲蘿得罪了？

亞　娜　（向屋前望去）並非普通人物，卻是杜伐薩，那容易發怒的聖人。他咒詛了她以後很快的走開了，他的步子顫動着，這是不容易阻止的。

普　麗　沒有別的話說，總之，火已燃燒了。趕快，趕快到他腳前去叩頭勸請他回來。我呢，去汲水和預備禮拜的供品。

亞　娜　是了。（下場）

普　麗　（跌交）哦，我跌在地上把花籃都翻了！（拾花）

（亞娜素雅上場）

亞　娜　天生的怪誕，他不聽取我的懇求，我只成功使他寬恕了一些。

普　麗　（笑）這從他那裏得來已經很多了。

亞　娜　當我發覺他不肯回轉時，我要求這可敬的聖人饒赦他的不知苦行權力的女孩的初次也是僅只一次的過失。

普　麗　於是——

亞娜　我的話不能有一絲兒走樣。於是他加添他的咀咒說，當出示信物時咒詛便會失去效力。

普麗　現在我們可以透一口氣了，因爲當國王臨別時曾有一隻刻着國王名字的戒指戴上她的手指作爲紀念的。莎昆妲蘿保留着這個便得救了。

普娜　來，朋友，讓我們幫莎昆妲蘿去禮拜神道吧。（兩人前進）

亞麗　（探望）亞娜素雅，看，我們的朋友用左手支着臉蛋兒多們像一幅圖畫啊！她思念着她的丈夫連她自己也忘了，她怎麼會注意到一個客人呢？

亞娜　讓我們保守着這件事不必告訴她，我們的朋友，天性很脆弱，不應該知道這事。

普麗　有誰喜歡把熱水澆在素馨花上呢？（同下）

插曲完

（生徒一人上場從睡眠中起來）

生徒　甘華聖人剛從遠方回來，吩咐我注意時間，讓我到外面露天去觀察一下還有多久才天明。（前進探看）哦，天快亮了！因爲，

明月兒已落在西山的頂上，

亞魯那已經出現，立即便會看見太陽，

日月的升降把眞理啓示給我們，

人們的狀態在變化，或則向榮或則消損。
而且，隔離的苦痛對於女性是難堪的。
破曉時百合花將憔悴，葉上的露珠轉成紫色，
羚羊從土岸上探首，孔雀的睡眠醒而不寐，
明月的光輝不再裝飾，
那偉大的最高上升直下降深處的終極。

（亞娜素雅急撥帷幕上場）

亞　娜　我不是不知道的，無論怎樣厭棄尋歡的目的物，國王總曾向莎昆妲蘿做過卑屈舉動的。

生　徒　我將去報告聖人，是舉行祭禮的時候了。（下場）

亞　娜　黑夜已過，我醒來計劃着一定要做我能做的事，可是我能做什麼呢？我兀自沈思着連我的手腳也失卻處理日常瑣事的能力了。但願使我們朋友和那虛僞的人結合的愛得到勝利。或者這變化是爲杜伐薩咒詛的關係，否則，那聖王的談話如此甜蜜，怎麼過了這樣長的時期，會連一封信也不送來呢？（沈思）我們頂好把紀念的戒指送給他看，但習慣於艱苦的隱士們都有着事業，誰可把環送去？告訴甘華爸吧，他現在回來了，去告訴他說莎昆妲蘿已經和杜史揚多結了婚，而且懷了孕了。可是我不

能，我試都不能試。那末，我能做點什麼事呢？事情是這樣的糟糕！

（普麗揚白陀上場）

普　麗　（歡樂地）亞娜素雅，趕快去參加莎昆妲蘿出發的吉利儀式。

亞　娜　這事怎麼樣的？

普　麗　你聽着。我到莎昆妲蘿那裏去問她睡得可好。

亞　娜　於是，

普　麗　於是看見甘華爸抱住她，她低垂着她的頭。甘華爸祝福她，『雖然祭禮者的眼睛被煙燻得看不清了，幸運地，供物直落入火中了。有如學問教給好學生，你的出嫁是沒有遺憾的。就在今天有幾個隱士將送你到丈夫那裏去。』

亞　娜　誰透露給父親的？

普　麗　當他走近聖火的神殿，他聽見了一隻歌。

亞　娜　（好奇地）背給我聽那隻歌。

普　麗　那是梵文的。

哦，婆羅門啊！你的女兒把全部世界好好地掌握，

杜史揚多的種子像沙彌樹般用火來孕育。

亞　娜　（擁抱普麗揚白陀）朋友，這是好消息。可是她今天便離開——那末快樂與悲愁混

雜着了。

普　麗　朋友，我們要想法安慰自己，讓可憐的女孩快樂。

亞　娜　掛在檬果樹枝上的椰子箱裏，爲着這目的我保留着一個拔苦羅 (Bakula) 花環，雖然我藏放了好幾時倒還新鮮可用。讓我拿着這花環，讓我也給她預備一些用哥羅查那聖漿和杜爾伐草混合着做成的吉利油膏。

普　麗　就這樣辦吧。（亞娜素雅下場，普麗揚白陀在取花）

後臺聲　高太彌，讓沙冷伽拉伐等人護送莎昆妲蘿。

普　麗　（諦聽）亞娜素雅，趕快，聖人的聲音在打發她出發到大象城(Hastinapura) 去了（亞娜素雅手持飾物上場）

亞　娜　朋友，我們走吧，（兩人同行）

普　麗　（探望）莎昆妲蘿已經在日出時沐浴過，隱區的婦女們手握野米在慶賀她，對她祝福。讓我們到她那裏去吧。

（莎昆妲蘿與高太彌及隱區婦女們上場）

莎　昆　母親，受我一拜。（拜）

高太嫺　祝你成爲你丈夫的寵愛妻子，得到「偉大王后」的尊稱。

甲　婦　孩子，祝你生一個大英雄。

乙婦　女兒，祝你快樂如意，得到丈夫的尊敬。

（祝福完畢除高太孀外隱區婦女均退場）

普亞麗娜　（走近）希望你剛才的沐浴很稱心！

莎昆　你們都好嗎？朋友們，請這裏坐。

二女伴　（拿出吉利的器物，坐下）請準備，讓我們塗這油膏在你身上。

莎昆　這是可寶貴的一回，因爲也許我不能再領受你們的裝飾了。（落淚）

二女伴　朋友，這是吉利的事情，不該掉淚的。（擦去她的眼淚）

普麗　你的無比的美麗值得好一些的裝飾，我們的裝飾只有損壞你的美麗。

（二青年隱士帶禮物上）

二青年　這裏是衣飾，讓夫人穿戴吧。（大家看了很驚異）

高太孀　孩子那羅陀！這許多東西那裏去拿來的？

青年甲　來自甘華爸超人的力量。

高太孀　是不是他用他的心意的力量創造出來？

青年乙　不，不是的，請聽着，他吩咐我們到樹林裏去爲莎昆妲蘿採花。從那裏，
白綢衣裳來自一棵大樹，

塗腳的胭脂紅色來自另外的一株。
首飾從山林仙子的手中獻出，
美艷如新芽樹木的嫩枝。

普　　麗　（看着莎昆妲蘿）這些不是預兆着你將在你丈夫的王宮裏享受王家的幸運嗎？
（莎昆妲蘿赧顏）

青年甲　哈里泰來，來。讓我們把這事報告甘華爸，他正在馬尼河沐浴哩。

青年乙　很好。（二青年隱士退場）

二女伴　我們從來沒有用過首飾，但從圖畫中我們得來的智識也可以幫你把這些戴上。

莎　　昆　你們的手術我熟知的。（兩人幫她戴上首飾）
（甘華浴後上場）

甘　　華　莎昆妲蘿今天離去，我的悲傷的心有如撕裂，
喉頭被淚潮所阻塞，眼睛因悲痛而無力，
我只是一個山林的人，負荷了這樣傷心的重担。
那些主婦離開她們的女兒，更要多們難堪！（前進）

二女伴　親愛的莎昆妲蘿，首飾你已經都戴好了。現在穿上這套綢衣。（莎昆妲蘿起立穿衣）

高太嬭 孩子，你的父親來了，似乎他在用充滿歡樂的眼睛擁抱你，依照慣例你向他拜吧。

莎昆 （羞怯）父親，我拜你。（拜）

甘華 女兒！像耶也帝之於莎彌希妲，你的丈夫會對你敬重，你生的兒子會是普魯再世，將整個的世界一統。

高太嬭 孩子，這不只是祝福，這是一個恩典。

甘華 女兒，供物剛剛獻進火中，來，從這邊繞着火轉。（全體繞火而行）

甘華 （用梨俱吠陀的格調祝福）

燒着木材的祭臺之純正烈焰取自聖火，

杜爾伐草鋪在四周滌淨了你的罪過。

現在你可離我而去了。（四顧）沙冷伽拉伐等人在那裏。

（生徒二人上場）

生徒甲 我們在這裏，可敬的聖人。

甘華 生徒們，將道路指點你們妹子。

二生徒 請這邊上路。（大家前進）

甘華 哦，樹啊！莎昆妲蘿不再把清水來飲喝你們，

當你們花開時節，她最愛把你們裝飾她自身，
再也不想到別種的裝飾，雖則她也喜愛；
現在她出嫁了，給她說吧，說一聲再會。

（杜鵑的啼聲）

聽，杜鵑的啼聲多們柔和，
這是樹叢對於莎昆妲蘿出嫁的讚歌。

（後臺的聲音）

願湖面鋪滿紅蓮花床來娛悅莎昆妲蘿的旅程，
爲減少熱度，樹兒沿途遮掩着濃蔭，
願荷芰的花粉變成香風，
緩緩地清風正一路吹送。

（全體聽着驚愕）

高太孀　孩子，這些如同親戚般愛護我們苦行林的神祇們也贊成你的出嫁的，你也一拜吧。

莎　昆　（拜，前進，低語）親愛的普麗揚白陀，眞的，我切望會見我的丈夫，但我要離開這隱區，卻使我一步一回頭的難捨啊！
孔雀停止了舞蹈，麋鹿不吃那古莎草，

枝頭的落葉紛紛，都在爲離別而傷心。

莎　昆　（猛省）父親，我還要向我的蔓藤梵納喬斯那告別哩。

甘　華　我知道你像姊妹一樣愛這蔓藤的，這裏就是了。

莎　昆　（走前擁抱蔓藤）梵納喬斯那啊！抱我吧，用你柔枝的手，
從今以後，我將離你而遠遊。

甘　華　女兒，如意郎君你已獲得，
你的幸運的婚姻，正如我擬尋覓，
這攀藤花也找到了檬果樹，
現在我已可以卸卻我的職責
女兒，你的旅程從此地出發吧。

莎　昆　（向朋友們）我把這瑪陀維蔓藤告託給兩位。

二女伴　可是你把我們兩人告託給誰呢？（落淚）

甘　華　亞娜素雅，別哭了，現在你應該去安慰莎昆妲蘿了。（大家在臺上繞行作前進狀）

莎　昆　父親，這母鹿帶着肚中小鹿的重量緩步在小屋的鄰近漫遊，在它平安生產後託人帶給我快樂的消息。

甘　華　我一定這樣辦。

沙　昆　（作行動被障礙態）是什麼攀住我的衣裾？（轉身看）

甘　華　孩子！

這是你曾醫好了它的創傷養育着的小鹿，

你慈愛地餵以香穀，現在，它來送你出閣。

沙　昆　孩子，你爲什麼跟着我？我和我的朋友們告別了。在你失卻母親時我抱你回來，現

在我去了，甘華爸會照顧你的，你回去吧。（且哭且行）

甘　華　不要哭，孩子，眼睛看好了路走。

沈着些，不要讓淚水障蔽了你的眼睛，

你前面的道路不平，你會跌入灰塵。

沙　冷　師尊，古語說的，密切的親屬該護送到水邊，這裏是一個湖的邊緣了，在這裏你應

該給我們最後的訓話便回轉了。

甘　華　讓我們在這棵樹蔭下停留。（大家照做）

甘　華　（旁白）怎樣的信要頂適切地送給國王。（沈思）

沙　昆　看起來雌紅鵝將見不到他的配偶，因爲他用一朵蓮花隱蔽着，她便苦楚叫喊。看來

我的工作着實不容易。

亞娜 朋友，不要這樣說。
紅鶴的失侶悲哀澈夜達旦，
雖則這是重荷，親切希望的結合使她足以負担。

甘華 沙冷伽拉伐，這是你應該用我的名義向國王陳述的，當你把莎昆妲蘿送到國王面前以後。

沙冷 請師尊吩咐。

甘華 有自制工夫的你經過了思索，
滿意於我們，值得成爲你高貴的眷屬，
她把她整個的心獻給了你，
我只懇求你像對別的眷屬一般待伊，
我沒有別的懇求，因爲其餘只可歸之命運，
新娘的親屬不能有更多的希望或籲請。

沙冷 我接受這信了。

甘華 女兒，讓我勸告你幾句；雖然我們住居在森林之中，我們不是不熟悉世界的情形的。

沙冷 一個有才智的人是無物不知的。

甘　華　現在離此去到你丈夫的家。
侍奉長輩，對其餘的后妃似姊妹般親愛，
縱使他粗暴，待你的丈夫始終要溫順，
對僕役們和善，歡樂不可無限，
剛愎是家庭的毒害，
這是怎樣去保持主婦的地位。
你說怎樣，高太嫺？

高太嫺　是給新娘的穩當之勸告，孩子，牢牢地記着。

甘　華　女兒，擁抱我擁抱你的朋友們。

莎　昆　父親，是不是現在我的朋友普麗揚白陀和別人都要回去了？

甘　華　她們也要嫁人的，送你同去時她們是不合式的，只有高太嫺可以伴你。

莎　昆　（擁抱父親）從父親的膝前移開眞像一株小檀香樹從馬來亞連根拔出來，我怎能在別處過活？

甘　華　你爲什麼這樣的悲傷，我的孩子？
因爲你是正宮王后，忙於國家大事，
無人能夠齊肩並峙，

養一個兒子，像東方出生太陽，
孩子，你的別愁離憂會迅速遺忘。
（莎昆妲蘿跪在父親腳前）
願你獲得我希望的一切。

莎　　昆　（走近二女伴）來，讓我擁抱你們兩位。

二女伴　（照做）如果國王在見面時遲遲不承認你，你把刻着名字的戒指給他看。

莎　　昆　你們的疑惑使我驚駭。

二女伴　不要驚恐，太愛你了，所以担心着提防一切。

沙　　冷　太陽已經高升，請小姐快走吧。

莎　　昆　（向隱區悵望）父親，我什麼時候可以再回隱區來？

甘　　華　長期統治了這世界，
兒子的婚事已經安排，
卸下了一切的負担
和你的丈夫一同回來。

高太孀　孩子，你分手的時期到了，把你的父親送回，否則他會羈留住你只管說着這樣一套的，請你老人家回去吧。

甘　華　（再擁抱父親）父親，你的身體因苦行而瘦削了。不要爲太怙念我而再憔悴。

甘　華　（嘆息）

女兒啊！我的悲哀永不能減輕，
直到看見你的供奉送來大門。
祝你一路平安。（莎昆妲蘿與護送者下）

二女伴　（目送莎昆妲蘿）啊，她的身影被一行樹木遮斷了。

甘　華　（嘆息）亞娜素雅，你們的朋友去了，平靜地跟着我來吧。

二女伴　父親！啊，啊！失去了莎昆妲蘿，我們好像走進一個空虛的苦行林了。

甘　華　這是感情作用。（前進）送莎昆妲蘿到她丈夫那裏去我是感到快樂的。

女兒有了歸宿，我感到滿足，
把她送去夫家，已經實踐了我的信託。

七、勝天牧童歌選

糜文開譯

牧童歌之一

我帶着我的乳酪去馬土拉趕集……
那牝牛的嗥聲是多麼溫順！……
我要叫喊，「誰將買，誰將買這些乳酪？
這些乳酪白如空中淨雲
當希拉梵的風吹着。」
可是我的心中充溢着你的美容，心愛的，
他們嘲笑，當我不由自主地喊出聲：
　郭文達！郭文達！
　　郭文達！郭文達！……
河水的流瀉多麼溫順！

我帶着我的罐子去馬土拉潮頭……
那划手們划船划得多麼歡欣！……
我的伴侶呼喊，「喂！讓我們跳舞，讓我們唱歌，
還要穿着橙色長袍去迎春，
還要採摘那含苞正放的花朶！」
可是我的心中充溢着你的音樂，心愛的，
他們效顰，當我不由自主地喊出聲：
郭文達！郭文達！
郭文達！郭文達！
河水的流瀉多麼歡欣！
我帶着我的祭品去馬土拉神廟……
那火炬的燃燒是多麼光明！……
我合掌在祭台前禱告：
「哦，神明守護我的白晝與黃昏」——

那法螺吹出的聲音很高。
可是我的心中對你不勝崇拜，心愛的，
他們憤怒，當我不由自主地喊出聲：
　郭文達¡郭文達！
　　郭文達！郭文達！……
河水的流瀉多麼光明！

譯者註：瓊那河流經德里至阿格拉中途的馬土拉 Mathura 是黑天克里史那的故鄉，黑天是印度人民心目中的神聖，牧牛者，與音樂家——那「神之所寵」。他又被稱爲「郭文達」，此歌爲牛奶女蘿達所唱。希拉梵 Shrawan 印度月份名。

八、梵文小說鬼話連篇傳奇錄

糜文開譯

結　局

譯者弁言

四十五、六年在臺大、師大兼課教授印度文學時，爲充實敎材，在箱底找出包爾定（M Paulding）英譯的印度小說 Vetala Panca Vinsati 的小册。此書在許地山所著印度文學一書中，譯爲鬼語二十五則，和較晚出的鸚鵡所言七十則（Sukasaptali）被譽爲印度敎梵語小說中最著名的短篇故事集的雙璧。書的內容，就是一個起屍鬼(Vetala)對超日王講述的二十五篇故事，以及講述故事的前因，和講了故事的後果。二十五篇故事都是些傳奇性的奇聞佚事，但英文包譯，沒有將二十五篇故事全部譯出，所以我只好改譯書名爲鬼話連篇傳奇錄。簡稱吠陀羅傳奇。

據許書載：「印度現存的考訂本共有五種：第一種編入安主的廣故事穗；第二種編入月天的故事海。其餘三種爲持香授（Tambhaladatta）、惠愛（Vallabha）、濕婆奴（Sivadasa）三位的校訂本。鬼語二十五則早已譯成印度各種文字，爲印度最流行的故事書之一。」「月天（Sonadeva）的故事海（Katha Sarit Sagara）爲印度最大部頭的小說集，是根據公元第六世紀左右功德富（Gunadhya）的故事廣記（Vrihat-katha）所編成。月天是迦濕彌羅人，書完成於公元第十一、二世紀之間。」但未提及英譯本或任何外國文的譯本。

當時我試加翻譯，語意含混之處，雖略加增删，因人名、神名、地名、物名的充斥，譯筆不易流暢。因而時譯時輟，直到四十八年，才在馬尼拉把它草草譯成，仍放入箱底，以備他日修訂應用。

五十八年外交部派我去泰國服務，又在曼谷獲覩華僑僧王手下的佛典敎師黃謹良居士的中譯本。他是根據毗陀耶隆公親王的泰文譯本所重譯，似與拙譯所據同一來源轉譯而成，也是刪節本，所以書名只稱「韋陀羅的故事」，因爲他熟語佛典，兼識梵文，所以印度的神、人、地、物的名稱，大多採用義譯，讀起來就不致十分疙瘩，但缺點也不少。例如書中明言起屍鬼對超日王講了故事二十五篇，而他的譯本中，竟稱最後一篇爲第七篇。又如他自述暹語譯本已有不少增刪，他又有若干增刪，這原是翻譯古代印度小說所難免。但他連我國的特有成語像「姜太公在此」也移植到印度人物的口中，插進印度古典小說中去了。(見第二篇)，這些都是太不檢點之處。

六十三年自外交部退休後，我得暇將我所譯，再參考黃譯加以修改，使譯意更透徹，譯筆更流暢些。本年夏，教育部核准中國文化學院改名中國文化大學，印度研究所始行招收碩士班研究生，邀約我擔任印度文學研究的指導者，因而又將譯稿找出，特請內子普賢幫忙謄寫成講義，影印出來應用。最遺憾的是印度古代小說，原是韻散交錯體，其中引述的格言古訓，都用韻語寫成。現在所見譯本，都已改成散文，無復原來形式，我也無力校正過來，所以這本小說，原本可以和我國舊日夾雜詩詞的章回小說的形式，作一比較研究的，現在要做這種工作，就像霧裏看花，總覺模糊不清了。

這是本諷刺小說，寫得亦莊亦諧，妙語如珠，美不勝收。尤其冷言一出，就諷刺入骨。其高超的技巧，特有的風格，惜為譯文所不易表達，尤難傳神。當然，像書中殉夫自焚的火葬場面，古時婚禮儀式的記錄……等等，也都是研究印度風俗習尚的寶貴資料，為他書所難見。至於黃謹良居士在他「譯前」一文中所云：「在著者的手頭，一切有情無情，都有她的地位和見解——鳥獸能言，山林能語，事雖詭祕，但亦人情；印度若干神話風俗，宗教儀軌，修行法規，古師嘉言，且收在這裏。這在社會史的研究上，還有她的偉大的價值的。」這是所有著名的印度古代史詩、寓言、小說等所共有的資產。由一根藤枝蔓出許多大小故事來的葡萄藤式的作品，也是印度作品的基本形式。這本小說，也採用葡萄藤式，但其主要的二十五篇故事，則相當於我國章回小說的二十五回，和五卷書、四部箴兩大史詩等稍異，其結構較為緊密。這裏，講一個故事，等於唸佛者把一串佛珠一顆顆地撥完，再從頭一顆顆的再撥，這樣撥完珠串達二十五次之多。所以我特名之為撥佛珠式。

關於吠陀羅所以叫起屍鬼；據說是它能夠寄生於一個死屍，使那死屍活動起來。佛典裏也有零星的涉及，散見於十誦律、梵網經、菩薩戒疏、法眾經和慧琳音義中。其實被印度人稱為鬼的，除人死後的鬼魂外，像夜叉鬼、羅刹鬼等都只是對兇惡醜陋的異族的稱呼。起屍鬼則應是傳說中一種類似飛鼠或蝙蝠的動物。據說：牠狀如蝙蝠，尾短如羊，眼睛棕綠，軀體顏面棕色，體瘦骨露，身冷如冰，外皮有膠質纏繞。除尾部有時作微搖外，無其他動作，僅能顯示其爲有生命的動物而已。近年印度有一婆羅門，又宣告吠陀羅也屬天神，身高約二、三尺，是盧陀羅天的侍者，兩翼強大有力，常於黑夜飛遊於林間沼澤，攫食禽獸。如對之持誦盧陀羅天讚，則可避其禍害云。照此說來，起屍鬼或者就是飛鼠的神話化吧！

六十九年十月二十九日文開記於臺北舟山路靜齋

楔子

笈多王朝傳到旃陀羅笈多二世，武功文治，盛極一時，印人尊稱他爲超日王（Vikramaditye 毘訖羅摩迭多）。他恢復故都烏查因，選拔九位賢者，協助他治理國家，被稱爲超日王朝中的九顆珍珠，其中詩人寫詩讚美超日王的治世，是印度的黃金時代。

據傳超日王即位不久，便把國政交給他的幼弟管理，自己卻帶着他的王子法幢，化裝瑜伽的修行者，出外私訪去了。

一天，代理國政的幼王，親見一個死去丈夫的少婦，自焚殉葬的悲壯場面，尤其她那從容就義的節烈儀態，使他深受感動。回宮後就對他的愛妃讚那少婦的壯烈，但他的愛妃卻說：「一個有高超德行的烈婦，在聽到她丈夫的噩耗時，就會馬上被心中悲傷的火焰所燒死，不必再有殉葬場面的安排的。」幼王聽了，未置可否，過些時候，他去郊外狩獵，就命御林軍帶回一身血跡斑斑的王袍，去報告他的愛妃說：「幼王在狩獵中，意外傷亡。」愛妃見物聞訊，眞的立刻心中燃燒起悲傷的烈焰來，結束了她的生命，使試探的幼王因內疚的創痛而遺恨終生。

可是等他娶得一個美如天仙的新妃後，也曾讓他暫忘舊恨的。新妃的美，人間少有。眞是：面如光輝的滿月，髮如天際含雨的烏雲，膚如芙蓉的鮮艶，眼如麋鹿的流眄，唇若安石榴的絳英，頸若粉鴿，兩臂似玉貝，腰柔似虎，雙足若蓮花……。

然而幼王雖一時沈醉着美麗的新妃，新妃卻沈醉着一個英俊的小吏。

一天，王宮附近一個苦行的婆羅門僧，把他苦修所得天賜的阿波羅菓，奉獻給幼王，讓幼王示了可得不死的長生。幼王賞他進入金庫大搬家，儘量取走他拿得動的黃金。他自己拿着天菓，吃送給新妃吃，讓她可以長生不死，新妃接過天菓，嫵媚地吻着王唇、王眼、王頰、王……的表去感恩。但等幼王離去，便把這不死菓去送給她所熱戀的小吏；小吏又去送給他熱戀的一個宮娥。宮娥拿到不死菓，思考一番，又去呈獻給幼王。

幼王重見這婆羅門所獻的天菓，感慨萬千，便看破了紅塵，他重賞了這個宮娥，便把新妃推出宮門斬首，然後自己吃下天菓，改裝爲瑜伽，入山去修行。——據說：現在他還活在喜馬拉雅山的森林裏哩！

超日王聽到他幼弟出走入山的消息後，他連忙趕返烏查音來，在一個子夜時分，趕到了城門口，他正要進城，卻閃出一條大漢來攔住，厲聲怒叱：「你是誰？去那兒？」

「我！超日王。」

「我！帝釋天王特任京畿衞戍司令。你敢較量一下身手嗎？」

「好！來吧！」

二人只交手三兩下，那條大漢便四腳朝天地倒在地上。超日王一腳踏在他毛葺葺的胸膛上，問他：「服不服？」

「服！服！我也願救你一命。」

超日王聞言好生奇怪。查問才知他確實是帝釋派來暗中守護這無王之城的阿修羅，名叫地護。他預知超日王回來，將遭遇無辜死亡的災難，超日王請他起來，加以說明：

「在這國土中，有三個同年同月同日生的人，一個是你，一個是販油的，一個是瑜伽。這個瑜伽，已經殺死了那個販油的，拿來做他難超越天神的祭品。他也殺死了自己的兒子，同時正在計劃殺死你。」

「瑜伽也有兒子？」超日王望着地護。

「是的，這個瑜伽有兒子。在好多年前，你的父王，曾在森林中遇見一個入定的瑜伽。爬蟲在他的臉上散步，螞蟻在他的膝彎做窠，小鳥在他的頭髮頂上下蛋孵雛。瑜伽仍閉目靜坐入定，若無其事。父王對他的定力，十分驚奇，於是就下令：「誰能延請這位瑜伽入宮接受供養的，賞黃金百兩……。

「就有一個紅得發紫的舞女出來應徵。她叫雨軍，居然引導瑜伽入宮，還自動提供要產生瑜伽抱子入朝的奇蹟來。

「雨軍應徵後，前去用蜜水輕輕地擦在瑜伽的嘴唇上。第二天，瑜伽才張眼詢問：『幹麼?』雨軍端莊地說：『我是天女，我深覺在天上修行，不及在人間修行好，所以跑來這兒。』她邀請瑜伽去參觀她的道場，瑜伽遲疑不決間，她已動手除去他頭上的鳥窠，膝間的蟻穴，給他按摩一番，引領他走進她的住處。

「瑜伽對這道場華麗舒適的設備，正十分驚異之際，雨軍已解釋，她不是苦修行，她是更高超的樂修行。要從美的居住、美的衣服、美的飲食和其他美的享受中來完成。……

「雨軍的新奇修行法，征服了瑜伽的苦行；不多久，還共同修出一個孩子來……

「於是雨軍凱旋般偕同瑜伽帶着一個雙眼烏溜溜的孩子，來朝見你的父王……

「父王望着抱子的瑜伽，不覺失聲出言：『奇哉！奇哉！商人之女的媚力！我舞姬的媚力！』滿殿官吏和庶眾，都高聲附和。接着而來的是圍觀瑜伽的笑聲，慰問雨軍的話聲，佩服女人媚力的讚歎聲，孩子的啼哭聲，一時並作，一片嘈雜。這時，瑜伽才頓悟他上了當，終於氣憤地抱起兒子，溜逃出宮，回到他原來的道場，把孩子殺死，重新苦修，計劃着他復仇的工作……

「現在，父王已駕崩，這筆血賬，便落在你和王子的身上。他需要用你的血，祭告突伽天神，成就他的邪果。現在我給你一個忠告，要救你的生命，切勿信任住在寒林中的人，你能做到這一點，你的國脈可以不斷，威名也永留人間。」

地護的話說完，一下子自黑暗中消失。

超日王歸來後，照常處理國務，對地護的一席話，也牢記心頭，一切朝見和貢品，隨時加以注意，免生意外。

一天，一個自稱前來上國觀光的商人要求覲見，並呈獻一個生菓。當然，這可能是嫌疑物品，他命侍衞放置在後宮。第二天，商人又呈獻了一個同樣的生菓，而且以後陸續呈獻了好幾天。直等到有一天，超日王剛接到他生菓時失手墜地，生菓裂開來，才發現菓中有一顆大寶珠，於是滿朝驚詫於這大寶珠的光瑩明潔。超日王便詢問他呈獻的目的。

「古書上有道是：凡朝見帝王的，拜訪師尊的，晉謁判官的，會晤處女的，問候未來岳母的，都得呈獻禮物。」這個不俗的商人回答，並反問道：「我所貢獻的生菓，每個裏面都有這樣一顆明珠，大王何以單獨提到這一顆？」

超日王叫侍衞搬來那堆生菓，一一剖開，果然每個裏面都有同樣光瑩明潔的大珠。超日王於極度驚喜之餘，不禁對這商人說：

「每個人死後所能擁有的東西，就只有一個『公正』，請你告訴我，這些寶珠的公正價值。」

「是的，一切事物，都該求其公正，每顆明珠的公正價值，是一萬萬億金。這是個難以想像的數目，這樣說吧！就是可以購買這個世界七分之一的數目。」

超日王又於極度驚喜之餘，連忙傳令嘉獎，傳令厚賞，傳令進宮，傳令賜坐，傳令奉茶，傳令……然後，很客氣地問：「我的江山，還不及你半顆珠的價値。你是一個商人，爲什麼要送我這麼重的禮物？」

「古書上有道是：對神許願的，誦咒的，配藥的，食違禁品的，侮辱鄰人的，這一類的話都不應公開；而且……古書上也寫着：經過六隻耳朶的不是祕密，經過四隻耳朶的未必祕密，經過二隻耳朶的才是祕密，連大自在天也不會知道的祕密。」

於是超日王延請進入密室，這個古書通的商人，才老老實實地說出他的來歷：

「我並不是商人，而是一個修道的瑜伽，名叫靜戒，目下正在瞿陀婆利河畔的寒林中修行一個大法，需要大王和王子在夜晚到寒林走一趟，爲我做一樣輕易的工作，我的大法，就得以完成。」

被那堆寶珠弄得精神出軌的超日王，至此才記起地護的警告，不覺吃了一驚。可是，他自負視出生入死是常事而無懼，並爲他蓋世的英名起見，當下也就應允了靜戒的要求。靜戒深深伏地感謝他的宏恩。便約定三十夜晚，在寒林相會。

到了月底，超日王和法幢王子，穿上武裝，帶上寶劍，出城向瞿陀婆利河畔的寒林行進。眼前一片漆黑，前途幽深，寒風淒厲，亂墳荒塚的寒林中，零零落落閃爍着燐光，陣陣的屍臭，刺鼻難聞，腐肉殘骨雜陳的泥濘小徑，眞敎人寸步難行。

父子倆望着較明亮的火光摸索前進，沿途剛火葬而餘火未熄的死屍，有野狗咀嚼殘骨的聲音，還有時時從遠方傳來尖銳犀利令人喪魂奪魄的呼嘯與哀吟：這些，都可使人不寒而慄。最後找到寒林中一堆火前面，坐着嚴肅的靜戒瑜伽，膝頭放着一具骷髏，兩手分執兩根腿骨，敲打作聲。

超日王和法幢王子，謙敬地禮拜靜戒，然後坐下，問靜戒要他們怎樣工作。

「請大王和王子到寒林的南方，將掛在無憂樹下的一具屍體，搬到這裏來。」靜戒懍冷地說。

到此，超日王知道地護的話已被證實！這個靜戒，就是殺子的瑜伽；那具屍體，當然就是油販。靜戒正在集中三體犧牲品：油販、他自己和王子，去祭供突伽天神。他清楚這套戲劇的開始與過程，也明白現在靜戒等候的結束。可是他認爲下手的機會尙未成熟；應該暫時順從靜戒。他很謙恭地禮拜瑜伽，然後站起來牽着王子的手，向寒林的正南方行進。

到達無憂樹下，他仰視確有一具屍體：張着的眼睛裏，閃發着綠光，顏面肢體呈黃褐色；全瘦露骨，冰冷且有蛇身似的黏液，看上去好像是個無生命的東西，但有像羊一般的一條尾巴，卻倒懸在樹梢，正悠閒地搖動着，這！這是起屍鬼！（Vetala 吠陀羅）

「或許是靜戒賣弄他的禁咒，把油販的屍首變化成這樣吧！」他想着，便爬上樹幹，連枝下，墮落在地上的起屍鬼，發出嬰兒似的慘痛呼叫聲，超日王一躍而下，厲聲叱問：「你是什麼東西？」

一陣尖銳的笑聲，劃破黑夜的長空，傳遍寒林的樹梢，起屍鬼依然懸掛在無憂樹枝。他只得再爬上，砍下，叫王子馬上抓住。然後再問：「你是什麼東西？」

又是一陣尖銳的笑聲……起屍鬼又升起懸掛在樹上。

這樣一抓一問，一問一起地繼續到第七次，超日王還沒有顯露一點消極的態度，起屍鬼居然就讓他倆納入皮袋中，而且說起話來：「你是誰？爲什麼要這樣做？」

「我是超日王，要把你送到寒林靜戒瑜伽那兒去。」

「那，我倒也可以玩耍一下的，但是一路上我要講些故事消遣，而你不得開口。一開口，我就馬上飛回我的無憂樹來。」

超日王對這提議，本來是無權否決的，他就默默地揹上皮袋，王子身後跟隨，一步步緩緩向北面的寒林前進。不一會兒，皮袋中的起屍鬼，便開始講他的故事。

可笑的故事

這是確有其人，確有其事的故事。

在南印度的摩羅耶區，有一個月光國的國王，叫做堅王。他同其他所謂王的王一樣，有着僞裝神格的人格。在年輕時，是一個無所不嘗的人。他喜歡嘗一切味道，包括那必咀嚼的和不必咀嚼的；屬於食品的和不屬於食品的；有膜的和無膜的……他還喜歡聽油膩的音樂，喜歡看衣服奇薄的舞姬。他的精力消耗在性愛的事情上，比消耗在求知和祀天之上，眞是多上不少。

可是，到他三十歲以後，他的性情突然轉變起來，色、聲、香、味、觸的嗜好，全都戒絕，而埋頭於治理國政的工作。因此不久，並世無雙的英主令名，就加在他身上了。這也實在值得歌頌的。因爲大部分所謂代表大梵天王的那些國王，經常是把衣、食、住和鑑賞曲線作爲他們畢生大事的。

當時堅王文武的官僚中，有一個京師審判官，叫做自在德的，可稱爲出類拔萃的才俊。他聰明誠實，不收受任何賄賂；判罪先再三反覆考慮。對貧人的審判特別慈悲；對富人的審判，特別恩赦。處處時時，都表現出法官與法律，不會欺貧重富，也不會欺富重貧。升堂聽訟的時候，從來不疾言厲色，反之，原告和被告對法官的疾言厲色，他卻能忍耐着聽下去。

這樣好的法官，月光國的百姓，自然會感到滿意的。但百姓滿意，並不會阻止新近偷竊案的不斷發生與日益猖獗。直到三時一小偸，五時一大竊，商民忍無可忍時，就集體遊行到自在德法官那兒去請願。

自在德聽取請願羣眾你一言我一語的報告後，沈思了一下，摸着兩撇鬍子說：「已經發生過的案件，當然是已經發生過了。我們不能叫已經發生過的事情，挽回成沒有發生。但是將來，則要採取有效的步驟，制止這類事件的再發生。」

這樣，很簡易地應付了請願的羣眾，而請願羣眾也就不得不表示滿意而去。自在德馬上召集屬下訓話，勉勵各人對本身的工作，多多加油。他指導站崗的方法，他重新調查戶口，他增設了一個足跡偵查科。——這是一種技術的偵查法，卽使小偷穿上「小偷指南」所說的賊鞋，還是偵查得出他的足跡的。而且，他還強調着下令：凡遇現行犯的竊盜，可以就地殺死。

可是這種新措施，仍無補於物主的損失，被偷的數量，非但越來越多，而且被偷的質量，也越來越高。最後商人們只得再來一次請願，請自在德帶他們去朝見堅王，把這事呈奏聖聽，請求聖裁。

堅王很誠懇的聽取，然後很誠懇地說：「今夜，我要親自出馬，弄清這個案子。假使至尊天對我們慈悲關顧，明天以後，大家就可很安樂的居住下去。」

同樣的，堅王很簡易地應付了請願的商人們，而請願的商人們又不得不表示滿意而去。等到冬晚，堅王便化裝成一個小偷，面孔身體，都塗上黑色，兩撇鬍子，弄成彎曲而拉到眼梢，長鬚也分掛在耳旁，披上黑衣，一手執劍，一手拿盾，跑出王宮去。

是一個沒有星月的黑夜，街上沒有行人。他一直跑到商人區域，才碰到一隻狗。但仔細察看一下，原來是一個人。

「誰？」

「我！我是賊。」堅王回答。

「啊呀！我也是賊啊，我倆一道走吧！不過，你是下流賊？還是上流賊？我是上流賊。」

「賊就是賊，依照賊規，應該聯合起來共同奮鬥。你看！月亮正在上升，行動要快哦！警察抓住就沒命了。」

兩人摸黑前進，一路碰到的賊，漸漸多起來，有各種的來路：有的眼瞼搽上法油，口中唸唸有詞，預備練成一雙貓頭鷹眼；有的正在研究「賊典」，（手持金矛的賊王迦提迦耶天神所撰，而由大盜育迦闍黎傳授下來的一部書）有的正在實習賊典中的入室四法：(1)磚屋拆入法，(2)土壁鑽入法，(3)土壁水攻法，(4)木壁鑽入法。還有，大家都是大自在天之孫，戰神沙迦陀天（王天）之子，因此，雖在作賊鑽壁，還必得把壁洞鑽成蓮花形、太陽形、半月形、或聖瓶形，才可進去。有的更在研究賊典中隱身術的油液和藥散的配製，以及刀箭不傷的符咒。

兩人一面走，一面談話，話越來越多，感情也就越好。最後，這上流賊竟邀請堅王到賊京去見識見識。

出乎堅王意料之外，這賊京與帝京的距離，只有兩拘盧舍（牛鳴）那末遠。從烏查音市郊穿過一個木棚不多路，就是密林，上流賊站在棚外，吹了兩下尖銳的口笛，裏面回答兩聲貓頭鷹的鳴叫，上流賊又做了一聲狼嗥，裏面就走出六個人，觀察他倆一下，就讓他倆通過了。過了密林，是一個小山麓。上流賊掀開一塊大石，下面是個地窟。

地窟裏面，火炬通明，刀鎗林立。地上鋪着地毯，地毯上凌亂地堆積着偷竊來的贓物。有些賊正在換裝，有些賊正在清洗血跡……交談和叫罵，一片嘈雜。冷靜觀察，這些賊卻大半是常聽訓話的偵查科的要員和警察。到此堅王明白賊爲什麼那樣多？爲什麼總是抓不到。他和他們假意應酬一下，到了黎明時分，就分手返回王宮。

一到早晨上朝，馬上把那些「業餘賊」的官員扣押起來。等到黃昏時分，又親率一支官兵去襲擊賊京。一口氣衝進地窟，卻撲了個空，一個賊都沒有。堅王正在驚疑之間，窟外埋伏的賊眾，卻掩殺進來。原來賊首早晨得到了情報，佈置了一個空窟計，等着堅王前來送死的。

殺聲震天，官兵手足失措，照例溜之大吉，連堅王也準備拔腿飛跑。正在這時，後面響起一陣大笑，有人高聲嚷着：

「奇怪！奇怪透頂！堂堂刹帝利，居然也臨陣脫逃！」

堅王回頭一看，對面站着一個英俊無比的賊首，手執一把寒光照人的利劍。這樣，堅王就留下了。一幕王賊的比劍，便展現開來。堅王的劍術固然好，賊首的工夫也不弱，雙方一來一往，一進一退，一躍一蹲；有時停住四眼對瞪，有時衝前連續厮殺；有時堅王大吼一聲，有時賊首獰笑兩下；有時劍鋒再低一點，賊首就可砍下堅王的頭顱；有時刀光再偏左一點，堅王就可斬斷賊首的腳。眞是棋逢敵手，難分勝負。一刹那間，賊首踩着一顆鵝卵石，立足不穩，仰面滑倒。溜走藏身附近的官兵，馬上出來把賊首綑綁起來。這時賊眾也照例是一溜煙走光。

堅王押回賊首，等到天亮，就命令給他香湯沐浴，穿上最漂亮的王服，騎上最神氣的駱駝，押去遊行全城，讓百姓觀看。然後押赴刑場，將他的手腳釘在木架上，再把熔銅，緩緩地灌進他的口中，讓他得一全屍。

當遊完街，將賊首押赴刑場，經過市郊一家富翁的私邸時，發生了一樁奇突的事情：這富翁只有一個女兒，叫做蓮花，具備女性一切的美。可是當她幼年時，一個星相家就判定她將來是個童貞的寡婦。——照印度的習俗，寡婦是要自焚殉夫的。

富翁打從聽到這個預言後，便把女兒輭禁起來，不但不許跨出大門，就連在家裏，也不准隨便走動，鎮日由幾個婢女陪伴着，在她自已的房間裏，過着深閨的禁閉生活。

可是天下事，無巧不有。當押着賊首前去刑場，經過富翁門前時，蓮花的閨房，突然失火，她的婢女慌慌張張地帶她逃到前面樓上來。剛跑到臨街的大窗，坐在駝背上的賊首迎面而來。他是月光國的第一美男子，魁梧奇偉，莊嚴有威，英氣蓬勃地坐在高高的駝背上，和年輕王太子的出遊，毫無二致。他的威武的眼光，碰到蓮花的眼光時，蓮花感覺到如同觸電般一陣暈眩。這感應使她忘記了失火，忘記了閨訓，對她父親說：「爸爸！請你馬上要求國王釋放他，我很愛他。」

「他是押去行刑的，怎麽來得及救？」

「我們把全部財產獻給國王，也許來得及的。我就只要嫁給他，如果不能和他結婚，我只好死掉。」說着，便號啕大哭，哭得死去活來。

富翁慌忙跑進王宮，拜見堅王，呈獻四十萬兩黃金，請爲賊首贖罪。同時用眼淚、用哀辭、用連連的叩頭、用女兒的生命及以自己的生命來哀求。但都被堅王拒絕了。說實在的，這賊首，也太令堅王傷腦筋了。

富翁知道星相家的預言，竟然要證實了。他哭喪着臉回家，對女兒說：「兒啊！你死，我也無法獨生。看來我倆只有一道死了！」

當官兵押解賊首到了刑場，把他的手掌足心，逐一釘在木柱上時，賊首仍然神色如常，他還保持着他英俊的風姿，談笑自若。可是，等到監斬官將蓮花的事件講給他聽了，他不禁放聲大哭，死而復甦。過一會兒，又縱聲大笑起來。笑聲冲破了刑場的冷酷狠毒，連殺人不眨眼的劊子手，也不覺驚奇起來。雖則這時正是熔銅灌進他口裏的當兒。

蓮花證實賊首死去的消息，便依照古來的慣例，預備作自焚殉夫的壯舉。她叫人在寒林中掘一個大坑，坑面架上青翠的樹枝，樹枝下鋪着易燃的木柴和引火的油酪，然後把賊首的屍體洗淨，塗上香油，穿上美服，安放在柴堆上。

她拜倒柴堆前，五體投地，一心至誠，虔敬地禮拜聖婆伽梵天，祈願她和這位夫君同升天國，享天福樂。她禱拜之後，就把身上的飾物和帶來的一些食品，施捨給參禮的親屬。然後把白索分纏左右手腕，將新梳插入頭髮中，面塗紅粉。又把新穀和貝子包在衣角。再對丈夫的屍體，兩掌合十，右繞七匝，把新穀和貝子交給站在身旁的人，接過火把，從容不迫地走上柴堆去，安詳地結跏趺坐，把丈夫的頭，安枕在她的懷抱裏。然後，她點起火來自焚，和丈夫一起火葬。一陣火焰冒起來，周圍便升騰起狼嗥似的參禮人們的呼聲，震天的鼓聲和法螺聲同時響起，許多參禮的人，就繼續把油酪抛洒來助燃。

閉目安坐在火堆中的蓮花，兀然不動，似乎在火焰尚未燒到她的肉體前，她已僵死似的。這證明她已經升天，至少也可證明她在精神上，已經得到最大的幸福和安慰。

富翁在他女兒自焚禮畢，便把準備好的新月形利刀懸掛在客廳中央，他齋戒沐浴，便在刀邊靜坐閉目，把神聖的勝渡河聖泥，遍塗全身，加持些咒語，就把頸子架上刀鋒，用力地一點頭，結束他夢幻的一生。……

起屍鬼講到這裏停了一下，嘆了口氣，好像在體味這父女倆離奇的命運。超日王也墮入默然的沈思。身後追隨的法幢王子好奇的童心，不禁驟然問道：

「爸爸！那個賊首已釘在木架上行刑，爲什麼臨死時要那樣笑呢？」

「就笑那個痴愚無比的女人啊！」超日王失口回答。

起屍鬼不覺縱聲大笑了一陣，然後悠悠地說：

「感謝大王放我回去。但在我未回去前，你對那賊首在木架上大笑的誤解，我是得解釋一下的。否則，這會貽誤王子的一生：

「那賊首聽到蓮花願捨棄全部財產，來營救他的生命的眞誠，他覺得對這位紅粉知己知遇的殊恩，此生已無從報答，所以他就不覺悲從中來，一慟而絕！

「可是，一轉念間，他覺得這樁事情，眞來得希奇絕頂。蓮花對他生命的熱戀開始時，正是他要結束生命下場的一刹那，上天所安排的一切，眞是超出人們所能意料之外。例如：他給一個不敢而且不懂得用錢的人，擁有許多錢，叫他終生做一個守財奴；他給一個無行的人以更高的智慧，叫他有更多方面和更重大的作惡的機會；他把一個美女，嫁給一個不懂得憐惜的無情愚夫；他在沙漠上下一陣無人需要的大雨。諸如此類反其道而行的措施，顚倒排比，觸目皆是。於是他便不覺失聲大笑起來，雖則在那個絕對不該笑的當口。……

「還有，像大王對我這故事的答案，也正是個痴愚無比的見解。可是，因此而能讓我飛回無憂樹去，倒也滿好的。在我呢，以為任何人對世上任何的一事一物，都有一笑一哭的權利。而我自已對隨時隨地碰到的事物，都覺得是可笑的，好笑的。笑，只要一笑，就能輕鬆我的頭腦，強壯我的肺部，美化我的臉色……。」

接着就發出一陣尖銳的笑聲。笑聲劃破黑夜的長空，一霎時，傳遍寒林的樹梢，起屍鬼已飛回他的無憂樹上去了。

超日王和法幢王子，惘然望着寒林的夜空，不見了起屍鬼的踪影，只得向後轉，開步走，仍一步步的走回南方無憂樹下去。

聖雄的故事

超日王父子倆走回無憂樹下，爬上樹端，看清起屍鬼掛在那一根樹枝上，連枝砍下，一聲不吭地裝進皮袋，仍舊由超日王彎腰揹着走在前面，法幢王子跟在身後，緩緩地向北面的寒林進發，不一會兒，皮袋裏的起屍鬼又開始講他的第二個故事：

在很久很久以前，一個妙國的色軍王的手下，有一個大元帥叫做堅軍，他是一位天才軍事家，他對戰略與戰術，都有超人的造詣，他是從一個小兵，逐漸擢升到象、馬、車、步四軍總司令的，他的威名遠揚，傳播到很多的國家。

妙國的官僚，都認爲官階的擢升，是由於天神的加護。因此把辦公的時間和精力，大部分耗費在禮拜天神上。而堅軍卻認爲能把他從小兵升遷到大元帥的事，色軍王是占有最大的功德。因爲假如色軍王朝等於一個股份公司的話，色軍王便占有最多股份的有力股東，而天神如果也有份的話，只不過是一個不記名的股東而已。祭祀是可以的，但也僅限於十分空閒的時候。

在工作方面，堅軍是一個有辦法而敢負責任的人。他敢否定那些沒有軍事學識的婆羅門所著流傳下來的兵書。他的軍事訓練都根據他的經驗。他懂得怎樣選取戰場，爭取主動。他懂得怎樣調遣部隊，徵用物資。他懂得在破壞敵軍補給線的時候，還要保護自己的援應線。他所用的弓箭，都規定有效期限；不像一般將領的等到戰敗之後，才去定造新的弓箭。他還敢於修改遵照古法所製美化而不切實用的刀柄；他並不留意什麼吠陀聖典中的刀柄法規。他還訓練一個專用於對付象軍的火箭軍團。這就是連印度戰神安伽羅天（火天）也為之擊節稱賞的。

有一天，堅軍大元帥正在辦公的時候，一個男子前來求見，想找點工作做。他介紹自己：「名叫勇力，是一個在野的戰術家，印度的國王都知道他是一個最勇敢、最忠實，舉世難得的人才。」這種自我宣傳，大元帥是聽膩了的。但職責所在，也就召見一下，叫他試着表演舞劍。

勇力毫不在意的右手拔出長劍，高舉頭頂，右旋環繞。初時慢慢地轉動，接着速度逐漸增進，直到每分鐘旋轉一千二百圈的高速，才悠悠地說：「我要削去我左手小指尖的指甲。」說着，伸起左手小指頭，向寒光閃閃的圓圈中一插，擦的一聲，一片小小的指甲跌落下來。

大元帥對這個表演，十分滿意。同他談些軍事學識，又發覺他的理論見解，都有切實的根據，並不是婆羅門的書生見識，而且會指摘了些古兵書中的謬誤。這樣，大元帥確知他勇力並不是一個冒牌的人。於是帶他去朝見色軍王，報告一切經過。

向來主張「少說話，多做事」的色軍王，聽完堅軍的啓奏，問勇力說：「你要每天多少費用？」

「我每天各種的費用，總共要一千枚金幣。」

「那，你是帶來十個兵團吧？」

「只有我和我的家人。第一，我自己；第二，我的妻一人；第三，我的兒子一人；第四，我的女兒一人；第五，沒有其他的人了。」

色軍王沈吟了一下，便叫勇力退出宮外候令。——

「大王！你是知道的。」起屍鬼到此突然把話題岔開來了：「你們這些所謂人類，就大多相信那些自己估價的人。對一個自估極高的，往往輕易相信他確有價值。就比方你大王，你常對一些人說：『我是勇敢慈悲而俊美的國王。』不久，那些人也就相信你是這樣的。而且等到他們相信之後，你也無法叫他們認爲你是一個懦怯兇狠而醜陋的人了。……

「我是靠寄生在人類的尸身而過日子的，常從這具尸身寄生到那一具尸身去。看得多了，就知道其中的區別。一個志士，落魄時他不氣餒，得志時他不忘形。他知道他的肉體，是和他的衣服一樣，終究要被捨棄的。而那些愚人呢？他們碰到比他低能的人而得意，遇見比他高明的人而沮喪，而氣餒。因此不敢傲慢誇大，因此不得不謙恭有禮，甚至卑躬屈膝。……

「我——吠陀羅！當寄生在人類屍身之時，無論其爲男女、智愚、賢不肖，我都時時提醒我自己，應該謙遜一些，因爲這個我寄生的肉屋，正是一隻傲慢的野獸剛才所不得不捨棄的住宅。……」

超日王默無反應，起屍鬼就繼續講他的故事，話歸正傳：

色軍王叫勇力退出後，他問他自己：『他！他爲什麼自估得那麼高？』然後他又自己答復：『當然是他有特出的才幹。』然後，他再想下去：『假使我能就這樣僱用他，禮賢下士的美名，就會加在我的身上。』這樣想了，便傳令勇力晉見，手批錄用。又傳令財政部長，每天支付勇力一千金幣。

據傳說，勇力每天一千金幣的分配，是分作兩份：一份供養婆羅門與國師；另一份再一分爲二，其一，分給供奉毘溼奴的去愛派教徒和供奉溼婆的棄世派教徒；其二，準備美食，施捨給貧苦的人民。而勇力自己和他的家人，就吃些施捨剩餘的或多或少的食物。

勇力的職責，是每夜持劍侍立在色軍王的牀前，當國王半夜睡醒時，他立刻報告：『我！勇力在此。』色軍王每次醒來，就聽到『我！勇力在此』的口號，太單調了，久則生厭。倒反而希望在這平靜的日子裏，會發生點事可試一試這徹夜站崗的勇力的勇與力；究竟是怎麼樣的勇和怎麼樣的力？

有一夜，色軍王半夜醒來，遠遠聽得寒林那邊，有婦女哀叫的哭聲。於是他命勇力馬上去看一看。勇力一出去，色軍王也連忙改穿黑衣，暗隨勇力前去，看他是否勇而有力。

勇力跑進寒林，見到一個美女，皮膚呈黃金色，儀態莊嚴，卻一手拿着妙寶瓔珞，一手舉起她自已的一隻腳，大聲的號叫，連哭帶跳，在寒林中猛闖。

『你是誰？爲什麼這樣號哭？』勇力問。

『我是波羅提毘……這個王宮，裏面正充滿着首陀羅的穢德淫行，沒落的命運，已經籠罩這國土，所以我要號哭。我也要離開此地。頂多一個月，你會見到色軍王病篤宴駕……』

『有沒有什麼禳解的方法？』勇力又問。

『有是有的，但要看你的能耐了。從王宮東行五牛鳴路那邊，有一天女祠。你如能親手殺了你兒子供養她，她便會加祐國王。』

勇力聽了這話，一聲不響地望着漆黑的寒林，奔回家去。當然，色軍王也跟在他的後頭，他已看到聽到這一切。

勇力回到家中，喊醒他的老婆，告訴她這件事。接着父母兒女四人，便朝天女祠這邊走去。在漆黑的夜路之中，四個人的心，尤其是勇力的心，都有力地跳着。最後，他茫然地問他的老婆：『你不至於不同意吧？到天女祠後，我要殺這孩子，供養天女。』

『聖典有言，』勇力的老婆，也是一個聖典論的服膺者。『妻不因布施與祀天而稱賢妻，惟承志服從丈夫的妻，才稱賢妻。』然後，她望着她的兒子說：

『我的兒啊！我們如果把你的頭砍下，供養天女，天女就會守護我們的國王，保祐我們的國王，你是知道的吧？』

勇力的兒子，雖然年紀還小，但頭腦卻意外的老練。因此，我們聽到他簡單明瞭，斬釘截鐵的答語，實在無須驚奇。他說：『這件事，我們應該立刻執行。因爲：一、我有服從父命的天職；二、我有護衞王上的天職；三、我有供養天女的天職。』

接着，他又望着他父親說：『爲主子而犧牲的奴才，他的生命不是浪費；而且命終後，還可得生善趣。』

歇斯的里型的女兒，聽完這些話，不禁揉一揉眼睛，打了兩三個呵欠。然後，也不甘示弱地附和起來：『聖典有言：母親命令自己女兒服毒的，父親把自己兒女出售的，國王沒收百姓財產的，我們將依靠誰呢？……』

聖典論的母親，產生了聖典論的女兒。其實，大家都沒有聽清她這些神經質的話，也沒有弄清她話的眞意，或者，就連她自己，也還不知她說了些什麼話，就這樣，四個人走到了天女祠。

一座單進的大廟，四面環抱着走廊，正中是一座大殿，殿中天女像前淌滿着殷紅的鮮血，血腥氣刺鼻而來。可知剛才有人在此殺生供奉。天女像，色黑，高大，長着十隻手。右邊一手持矛，刺着牡牛精，左邊一手握蛇，蛇口正啃着牡牛的胸膛。其他八手，分別執掌武器，高舉在她的頭上。雙腿跨坐着一隻獅子。

勇力牽着他的兒子，對天女下跪，合掌禮拜，口中唸唸有辭：

『我的天神啊！我今殺子供養天神，願天神保祐王上，享壽千歲！願天神誅戮王敵，斬其頭，切其身，食其肉，飲其血！願天神將神杵、神拂、神劍、神輪、神索，種種神器，驅除王敵！』

勇力禱唸畢，起立，命他兒子對着天神，伸長脖子，然後，他在後面拔劍一揮，擦的一聲，一個人頭滾落地上。

勇力丟下劍，呆呆地望着兒子的頸上，冒出一股鮮血，噴濺出來。站在身後神經質的女孩，驟然把劍撿起，就向自己的頸上一抹，擦的一聲，又是一個人頭滾落地上。

勇力正搞不清楚會造成這種局面時，他的老婆卻受不了這麼重大的刺激，突然也拾起劍來，對準自己的脖子，擦的一聲，又是一個人頭滾落下來。

勇力更是呆呆地茫然望着一具屍體，心裏想：「一家人，妻子兒女，死得一乾二淨，要賺錢做啥子？」他也拾起劍來，照樣向他脖子上一掃，擦的一聲，又落下一個人頭來。

在祠外偵察的色軍王，看着四個人頭，逐一從四個人的肩頭上滾落到地下去，殷紅的鮮血，濺滿神座，不覺與起無限悲淒的感慨：

『這父母子女四人，都爲着確保我的存在而犧牲，這個世界雖有無限的廣大，但是要找到這樣的好人，也確實難之又難。誰會這樣一聲不響，在背地裏默默的替人家做這種偉大而無條件的犧牲呢？我的王冠和尊榮，假使必須建築在這窮極人間哀痛之上的話，那末，這頂王冠，非但沒有意義，而且徒然種下了無限大的惡因。我處身十方咀呪的生活中，實在也不見得怎樣得當……。』

他的思路，逐漸伸張前去，越覺神明內疚。他意識到如果不來一個自殺的奉陪，實在無以應付這個悲壯無比的局面。他終於走入神祠，俯身拾起那把劍，伸長了頸項，眼望着天神，就照勇力那樣對準喉部，一揮而下……。

就在這刹那間，天神伸下手來，捉住他的手臂，命令他不要自殺，而且准許他提出一個願求。

『那麼，我願求他四個人，全都復活過來！』

天神對四具屍體，洒些不死露，四屍的頸部，就發出磁石吸鐵一樣的吸力來，吸過四個人頭，又還原位，四個人都復活了過來。……

「大王！」起屍鬼對超日王叫喚了一聲。「一個隨時隨地可以犧牲自己的生命，來救護主子生命的奴才，那是一個最幸福的奴才；但是一個隨時隨地都可捨棄帝王大業的主子，那比奴才有着三倍幸福的主子。而他們父母子女——這四個傻子，那一個是最大的傻子？」

沈醉在這個可歌可泣故事中的超日王，給夜的氣息和悲壯的氣氛薰陶得出神，他對四位義薄雲天的大聖大雄的偉大犧牲，那種聖潔的情操，正在感慨萬千，企慕欽敬，使他熱淚迸流盈眶時，他覺得他應該有這樣的臣子，而他自己，也便是這位色軍王。突然聽到起屍鬼評論的話，不覺失聲憤怒地叱道：

「鬼！你這惡鬼！你問四位聖雄中的聖雄嗎？……

「我告訴你這惡鬼：勇力有殉身的責任；他的兒子應該服從父親的命令；他的妻和女，和旁的女人一樣，有着盲從的毛病；只有色軍大帝，肯爲奴才殺身，不自高他的地位，不留意任何人所要留戀的王業，他才是聖雄中的聖雄，是高尚中的高尚，是偉大中的……」

「也許你是對的，可是，這時，我也感謝你放我回去了！」起屍鬼話剛說完，就是一陣尖銳的笑聲。笑聲劃破黑夜的長空，一霎時傳遍寒林的樹梢，起屍鬼已飛回他的無憂樹去。

超日王和法幢王子，惘然望着寒林的夜空，不見了起屍鬼的踪影，只得向後轉，開步走，仍舊一步步地走回南方無憂樹下去。

復活的故事

超日王父子倆走回無憂樹下，爬上樹端，看清起屍鬼掛在那一根樹枝上，連枝砍下，一聲不吭地裝進皮袋，仍舊由超日王彎腰揹上走在前面，法幢王子跟在身後，緩緩地向北面的寒林進發。不一會兒，皮袋裏的起屍鬼又開始講他的第三個故事：

在瓊那河美麗的北岸有一個法土國，住着一個婆羅門，叫做麗髮。這個麗髮婆羅門，是一個名副其實的淨意人。而且是一個吠陀聖經的學者。他的生活，經常是河岸上祀天和靜修。他家裏所供奉的天象，是自己用淨化泥加持塑造而成，不和別的婆羅門一般，隨便在市上買來。雖然這位麗髮行者，在頑皮的少年時代，曾經向一位五面大自在天像的頭上，撒下一泡尿的。

一個人，年事稍長，性情也就會變得好些的，是嗎？

麗髮婆羅門有一個叫做蜜姐的女兒，——眞是名副其實的甜蜜姐兒：面似蓮花開放，臂如洗淨的嫩藕，垂髮像深夜的漆黑。遇見她的，都要問：『是那一位天女的下凡？』或者說：『是月亮的一半跌下地的吧！』

等到蜜姐到了破瓜的芳齡，她的父母和哥哥，都爲她的婚事擔心。因爲聖典上就這樣說：

『應嫁而未嫁的女子，正同屋頂的一顆災星。』

又這樣說：『帝王，女人，蔓藤，都愛其常來親近的人物。』

再是這樣說：『那一個人，不是因女人而煩惱呢？』

亦復這樣地說：『女人，不能以訓導約束，不能以所愛約束，不能以慈悲約束，不能以撫慰約束，不能以承事約束，不能以法律約束，也不能以刑罰約束。因爲，女人是沒有理解力的。』

可是，女人也並非純粹商品，熱心出嫁的，當然不妨暗中推銷，但也不能沿街販賣。所以，就又得守候着待價而沽。

恰好有一天，麗髮太太到一個朋友家去幫忙婚事，遇到一個覺得很可信賴的男子，就馬上口頭許女爲妻。而同時，麗髮在街上意外地遇見一個青年婆羅門，非常中意，也就把女兒允許給他侍奉箕帚。她的哥哥，又恰巧在教師那兒，談得投機，就把他的妹妹，許婚給一個同學。

不約而同，三個人，帶來了蜜姐的三個未婚夫。這三個未婚夫，學歷、地位、風度、年齡，又恰巧不相上下，又都一見鍾情，熱愛着來到以後才見面的蜜姐。

三個人都各有應娶蜜姐的理由：一個說他是最先到來的，他有優先權；一個說他是麗髮許婚的，只有父親才有主婚權；一個說他有很多很多理由，他雖一時說不出來，但總之，他有結婚權。三個人都呈上了申請書，都希望得到最公平的待遇；而各人所說最公平的待遇，就是取銷另外兩人的婚約，將蜜姐嫁給他。

麗髮對這古書上一向沒有記載的難題，難得他只有皺眉頭痛的份。答應誰肯相讓的有金錢的獎賞，三個人沒有一個肯退讓。他和老婆兒子商量，商量了半天，都想不出一個解決的辦法來。那三位男士呢？倒也不再爭論，就圍着欣賞蜜姐滿月似的面孔——正如傳說中的鵪鶉鳥，在圍食月光似的。

最後，麗髮忽然覺得有一個辦法可一試。那是叫他們三人來一次格言的比賽，優勝的獎品就是他的女兒蜜姐。

第一個男子毫不思索，熟練地脫口而出：『戰陣見勇夫，償債見信士，患難見知己，疾病見賢妻。』

第二個男子也馬上說：『不從父命，不遮面幕，整天睡覺，飲酒作樂，遠離夫君的是壞女人。』

接着下去，第三個男子也馬上說：『不可信任的是：大海、野獸、女人、皇帝。』

麗髮覺得三人的格言，各有他的優點，他分別不出高下來，正如同他不能分別這三個男子的好壞一樣。因此，他除分不出三個男子的好壞而痛苦外，又增加了分不出三個格言好壞的痛苦來。

正在他越來越痛苦，不得過關時，旁邊游出一條毒蛇來，結束了這尷尬的局面，——它一口就把蜜姐咬死了。

六個人慌做一團，但因蜜姐的母親驚覺地說：『快去請醫生來急救！』五個人都走了，只剩母親一人看守在蜜姐身旁。

五個人分頭請來了五個醫生，望着蜜姐的屍身，五個頭不約而同地一齊左右直搖。

第一個說：『在初五、初六、初七、初八、初九、和十四被蛇咬的，無法救活！』

第二個說：『土曜日、金曜日，被蛇咬的，一定喪命！』

第三個說：『生死的問題，要看蛇咬的時候，月亮在天宇的第幾度？』

第四個說：『月亮在第幾度倒不成問題，問題在：如果咬着眼、耳、舌、鼻、下唇、面頰、喉頭、肚臍的，那就活不了命！』

第五個說：『就是請大梵天來，也沒辦法！』

五個醫生發表了各自的診斷後，一齊表示愛莫能助，束手無策的拜辭離去。

醫生走光後，麗髮把女兒的屍體，送到寒林舉行了簡單的火葬。火葬畢，三個男子就在火葬場旁邊，開了個小組會議，會議眞是充滿悲憤的氣氛。三人都發覺人生實在太痛苦，要解除痛苦最好的辦法，頂好就過帝釋天所欽定的行腳生涯。

會議並商定：第一個男子收集蜜姐的骨灰，以勝論派的修行者資格，到各地行腳，持奉勝論的八規：不夜食、不殺生、不食瓜筍、不肉食、不飲蜜水、不偸盜、不邪淫、不食鮮花乳酪醍醐，以及不禮拜外道的神祇。其次，終身必持五大戒行：不妄語、不肉食、不偸盜、不飲酒、不淫欲。除纒身布、淨口布、乞食缽和白拂外，不帶任何用物。還有，勝論派敎下的修行人，不得信仰敎外的任何學說。對來生的報應，深生畏懼，受施飮食，不得超過一日量，還要施與一切衆生。除行爲如此外，精神上也要完全忘卻過去對蜜姐的熱愛。他應竭力告誡自己：『已往認爲女人是幸福的，那是邪惡的見解。他所看見鮮紅的香唇，蓮苞似的乳峯，最是一種痴見，根本只是皮膚所包的膿血不淨。將來再遇見她，決不再那樣迷戀。一個人所要的，以事業爲最重，是在追求一切業力的起源，和斷絕現生的煩惱。』

第二個男子，收集蜜姐的肉灰，依着摩奴法典實行遁世生活。雖則他的年齡尙未到達法典規定的歲數。他帶着阿耆尼祭火缽，前去寂靜處調伏諸根，食淨生菓，日事五供，誦吠陀的法供，水餅祭祀的親供，火中焚燒的天供，布施飮食的衆生供，承事行人的人供。他穿獸皮樹皮，早晚濯身，留長毛髮鬚爪不予剪短，身睡泥地，一足鶴立，熱季炙五火，（身體前後左右四火和頭頂太陽火），兩季淋雨，冬季臥冰。……

第三個男子依照瑜伽派修行，到各地遊行乞食。

有一天，在暮色籠罩的原野裏，瑜伽到一人家去行乞，主婦見他瑜伽打扮，馬上肅立迎進客廳裏去，給他洗足，請他登座，結跏坐已，她就合掌恭敬地說：

『聖典有言：黃昏到家來的客人，不得讓他回去；太陽要回家而來訪的客人，是一位吉祥天使，主人應給他供宿供食。而且供養瑜伽師是增進主人的福壽色力，是升天的善因。』

然後，走進裏面，抱出一盆菜來，那是黃豆、乳酪、米和香料的混合品。

「瑜伽還只吃了一點點，主婦又已抱了第二盆來。當她走到瑜伽面前時，她的兒子拉住她長垂的衣裳，一定要搶先嘗一口。她越是叱罵，孩子越拉得緊。她狠狠地放下菜盆，抓住孩子，就丟進火堆裏去。只聽到一聲慘叫，孩子馬上化成一堆灰。

座上的瑜伽，不禁一躍而起；主婦也不禁為之愕然。

『師尊！吃飽了嗎？』她問。

『我並不會隨便在羅剎鬼家裏用膳的。』瑜伽圓睜着眼睛說：『而且，聖典有言：不能調伏愛憎的心的，不是好人。而且，聖典又言：愚蠢的皇帝，富貴的妄人，幼稚的孩子，這三種人，都喜歡要得到不可得到的東西。而且，聖典又言：皇帝雖在躲避，暴象雖稍輕觸，毒蛇雖僅呼氣，惡人雖在大笑，都還是能夠殺人的。』

瑜伽更瞪大着眼怒目責問：『你竟然就這樣燒死你的孩子？』

主婦含笑不語，伸手在樑上摸索，取下一本回生術，對那堆灰朗誦一遍，一會兒，那個孩子就從火堆中跳出來，依然無恙。

瑜伽馬上想起他的蜜姐來，而且馬上忘了他的不偷盜戒。

他勉強地安詳坐下，繼續用膳，並且在那裏住宿。到得半夜，大家都睡得打鼾了，瑜伽就偸偸地走出臥房，取下回生術，又偸偸地走出門，一口氣直奔火葬蜜姐的寒林來。意外地，那第一第二個男子，也剛剛前來憑弔這戀人的火葬臺。

瑜伽告訴兩人，他已學得回生術，叫他倆幫同舉行回生的儀規。

大家很興奮，第一個拿出蜜姐的骨灰，第二個拿出肉灰，合在一起，他們刺出自己的鮮血，割下一些肌肉，一起燒在火堆中，供養暴怒天女，同聲稱念：

『至高無上的女神！我今刺血焚肌，供養天女，願天女垂鑒，早賜蜜姐回生！』

祈禱畢，瑜伽開始加持咒語，不一會兒，只見一陣白煙，從骨灰堆中湧現上昇。白煙凝合，倏成人形，正是亭亭玉立的蜜姐站在眼前。

四個人歡天喜地地跑去見麗髮。

但太多的人歡喜，重又帶來了煩惱的問題：蜜姐應該是那一個的妻子？

第一個男子說：『我收集她的骨！』

第二個男子說：『我收集她的肉！』

第三個男子說：『我給她復活！』

這又是一個麗髮所不能分辨，不能設法解決的大問題。他們建議同去請皇帝代爲解決……。

「皇帝嗎？」一起屍鬼接下去說：「皇帝！是任何人都知道的，從他那兒，一定得不到什麼智慧的解答的！而且，誰又能夢想碰得到一位高明的皇帝？就像號稱爲超日王也者，也就根本沒有辦法的。我想，要判給那一個，倒眞是一個難題呢！」

「鬼！就給那第二個！那有什麼困難？」超日王不禁悻悻地脫口而出。

「是憑什麼理由呢？」起屍鬼笑着問。

「那收集骨灰的，只是兒子的地位；呪她回生的，可得父親的資格；只有那集肉灰的，才是她的丈夫！」

「對！說得一點也不錯，使人心服口服。可是，我也要回去了！」接着，就是一陣尖銳的笑聲。笑聲劃破黑夜的長空，一霎時傳遍寒林的樹梢，起屍鬼已飛回他的無憂樹去。

超日王和法幢王子，惘然望着寒林的夜空，不見了起屍鬼的踪影，只得向後轉，開步走，仍舊一步步地走回南方無憂樹下去。

換頭的故事

超日王父子倆走回無憂樹下，爬上樹端，看清起屍鬼掛在那一根樹枝上，連枝砍下，一聲不吭的裝進皮袋。仍舊由超日王彎腰揹上，走在前面，法幢王子，跟在身後。

緩緩地向北面的寒林進發。不一會兒，皮袋裏的起屍鬼又開始講他的第四個故事：

當雅利安民族從西方的大高原，像洪流般衝進這美麗的河山時候，一個叫獅子使的婆羅門，他的女兒珠鬘的芳容美姿，便成爲詩人墨客寫作的對象。有十打以上的詩人，表示對她的深愛。有的讚美她像黑夜裏的明燈，有的稱頌她是晴空的朗月，有的做起一首首的新詩來，除卻讚歎而外，還由愛而恨，加上苦痛的詛咒：

『啊！啊！啊！啊！

喲！喲！喲！喲！

你手持芒果花箭的天女神啊！

一箭射出，準對着我的心房，

啊喲！破碎了我毛茸茸的胸膛！

哦！寂寞得有如真空的心啊！

零度下的冰冷凝結的心啊！

你的美好的胴體，

我夢魂中長期的憧憬！

哦！我的心，好痛！好痛！
血要從激動的氣管上升而噴湧！
可詛咒熱愛的壓力啊！
整得我九死剩一息！』

有些墨客，塗上一些自己以爲纏綿悱惻的辭句，除讚美她香艷絕色，還痴想和她來幽會：

『珠鬟卿卿，玉砌金堆，衣袂風飄。看五印稚娃，唯是腐肉，天竺花月，數盡滔滔，四溢體香，萬般髮芳，天女那得共比高！

『須入浴！看隆胸修腿，分外妖嬈。曲線如此豔嬌，引起無盡詩人都瘦腰。惜空懷繾綣，何處問津？明眸善睞，蛾眉工媚，柳腰搖曳，想念風騷，一代天驕，願哀詞客，早得一箭貫芳雕。那好了，會高唐巫峽，暮暮朝朝。』

有些自慚形穢者，不特痛恨自己，而且認爲這地球，應爲他的失望而毀滅：

『嗟余之薄命兮！
敢企攀輝煌銀盤之玉枝也？
阮囊之不名一文兮！

曷不撒一泡小便以照自己之容儀也？

吁嗟乎！

造物之不仁兮！

會有一旦之永刼同歸！』

也有些寄上一首短短的小詩來倚老賣老一番：

『詩人執筆淚漣漣，夢想芳容數百年。

今日姑娘仍絕我，歸家一定喪黃泉。』

此外，還有一些慘綠少年，紈袴子弟，稱道她的皮膚有似金色瞻波花的開敷，她的頭髮如媚蛇，赤足如榴花，星眼如麋鹿，柳眉如彎弓，行進如雁鳥……又一致承認她的聲似妙音的迦陵頻迦鳥，尤其是一致的承認：如果天女來和她賽美，天女會羞得鑽進地洞裏去。

可是，這十打以上詩人墨客的歌頌，卻不會博得珠鬘小姐的垂青。因爲一個美麗的少女，自然會聽慣這些阿諛讚美之詞。即使是上流的詩，仍會無動於中。更何況這些下流的作品，自然只惹來她的討厭。大王！你是知道的，對美女的稱讚，得稱讚她實際上所沒有的聰明。相反的，對五官一無可觀的女子，卻要稱讚她的內在美的潛力，而指摘別人外在美的輕浮淺薄。立言得體的讚美，就像鐵針和磁石一樣，一碰起來，才會發生愛的力量。

可是，這些肉麻當有趣的詩人所做出來的作品，不但不會引起珠鬘的熱愛，反而會引起她對詩詞的憎惡，更進而對詩人墨客，也都討厭起來。

因此，當到達擇夫而嫁的年齡，珠鬘便對父親說：她所要的男人，只是一個好男人，而絕對不是詩人，而要是一位學者，他所學愈博愈好，但不許他懂得詩。

後來不久，就來了四位從四個方向前來求婚的學者。他們對自己的學力智力作自我宣傳，都高人一等。於是獅子使只好約他們四位，比一個智力比賽。

第一個先表現的名大軍，他說：

「要在世界上找常住的東西的人，是一個愚夫，因為世界上的一切，都是無常的。脆弱難恃，有如芭蕉；剎那變滅，有如水泡。

「高的一定要崩坍下來，而低的也要毀滅無存。

「死去的眷屬，要為生的眷屬飲泣……所以……

「造福而投水，不存悲哀心。」

在屏後聽賽的珠鬘，聽完大軍的這些理論，認為一開始便說三災八不吉祥話的人，一定是個不祥之人。而且最後還妄舉兩句下流詩，明明是個詩人。詩人便絕對不行。

於是第二個叫佚名的說：

「服侍丈夫的，是個好女人。聖典曰：有夫而修瑜伽行的女人，會使丈夫早死；而且自己也死在火堆裏。」

珠鬘認爲這是一句其愚不可救藥的格言，所以，根本沒有考慮的餘地。

第三個叫功德行的，是個武士。他說了：

「母親保護嬰兒，父親保護孩童，武士保護家風。」

這是武士的本色，尙無差錯可言。

第四個叫寶賜，是個婆羅門種，卻一直呆坐着，要到獅子使再三問他，他才淡淡地說：

「無言說，高於一切……

「聖人不說明自己的年齡；不報告自己被騙的經過；不誇耀自己所有的財產；不談論家中的不和；不當眾高聲誦咒；不對妻子表示熱愛；不公開配藥的祕方；不表揚自己的善行；不誇張自己的施捨；不揭發別人的惡行；不張揚愛妻的外遇。」

智力比賽告一段落，獅子使對第一第二個男子，表示十分抱歉，各送他們一些禮物，用香油洒他倆的衣角，滴些花露在他倆的頭上，又送些蒲留老葉，然後請他倆回去。第三個功德行，和第四個寶賜，則請他們到裏面來，問他們還有什麼特別學識。

功德行說：「我會製造一種車子，在一轉瞬間，可以前往任何天涯海角去。」

寶賜說：「我有起死回生的法術，而且可以隨便傳授給我願意的任何人。」

獅子使聽完了二人的特長，便跑到內室，問珠鬘喜歡那一個。珠鬘俯首不答，但她眼如麋鹿的流盼，卻瞄向寶賜那邊去。

獅子使很懂得這動作的道理，而且也就記起「珠和寶，貫穿成鬘多麼好。」的俗諺。於是便答應把珠鬘嫁給寶賜。

到得結婚的前夕，落選的三個男子，都不約而同的來了。大概那位大軍先生，正是一位像珠鬘所預測的一位詩人，所以一進禮堂，居然就搖頭擺腦，高聲吟詠出一些和婚事無關的即景詩來。一會兒，便出口攻擊說：女人是大煩惱所集聚；是烈性的毒藥；是罪惡的禍水；是麻醉的源泉。接着又痛罵婆羅門，說他們靠接受別人的布施牛和黃金爲生。婆羅門乃至婆羅門之子，包括新郎寶賜在內，都是世上最壞的壞蛋。最後，他竟當眾宣誓，如果得不到珠鬘爲妻，他必死爲厲鬼。搗亂獅子使一家。

武士作風的功德行，聽不慣大軍詩乎騰騰的牢騷，就很誠懇地請大軍乾脆去自殺，要化爲什麼厲鬼，要怎樣搗亂，悉聽尊便。大軍經不起這一激，就眞的解下腰帶，到獅子使門前的一棵大樹上，吊頸自殺。

到得夜晚，大軍的鬼魂眞的顯起靈來。他變成暴惡的羅刹，闖進獅子使的家裏，把獅子使嚇得拔腳就奔逃。於是這羅刹鬼抱起珠鬘來，飛馳而去。臨走，留下一首謎似的詩，謎底似乎是可以到雪山的最高峯去找他。

大軍的厲鬼一飛走，獅子使趕快去向寶賜報告，寶賜慌忙跑去向功德行商量求援。功德行雖然是寶賜的情敵，而且他早成情場的敗將，珠鬘已屬寶賜，護花沒有了他的份，但他的胸襟卻遠非大軍一樣的詩人可及。他馬上拖出他的神車，叫寶賜一同坐進去，然後口中唸唸有辭：「達達沙陀羅婆……」

咒剛唸畢，呼的一聲，神車便衝向喜馬拉雅山的最高峯去。他們一經尋找，就發現珠鬘眞的被丢在那兒。於是兩人便把她抱上神車，平安地飛回。

珠鬘回來後，獅子使生怕再發生什麼事故，便馬上請一位星相家，揀定儘早的一個黃道吉日舉行珠鬘的婚禮。獅子使把一些黃羌粉，塗抹在女兒的雙手上，把她交給寶賜。

珠寶姻緣婚禮的舉行，在當時確實發生着嚴重的影響，二打以上的詩人，因聽到這訊息而心臟衰弱，臥病牀褥；又有三打以上的墨客，患嚴重的失眠症，必須易地療養。

婚禮一完畢，獅子使爲免再生厤煩起見，馬上請新郎帶他新娘，回到他的老家去。熱愛着珠鬘而心地純眞的功德行，提議結伴同行，做他倆的義務護衞者。

路上平安無事，但寶賜忽然心血來潮，覺得前途似乎就有什麼災難要發生，於是他拿出兩條白帶子來交給兩人，又把回生的咒語，也教兩人背熟。他告訴兩人，無論人身斬成幾段，只要擺在一起，蓋上這白帶，加持咒語，全身就會合攏復活起來。

當天的黃昏，寶賜的預感應驗了。在暮色蒼黃，夜幕低垂下來時，他們剛走過一個山腰，驀地裏竄出一羣武裝的訖利多賤種，衝向他們這邊來。跟在後面的珠鬘，連忙躲進一個樹洞裏去，讓兩個男子去抵抗。兩人寡不敵眾，幾下子，就都被砍下了頭，賤種們就搶了財物，呼嘯而去。眾賊去後，珠鬘連忙走出來，把兩個頭顱，湊上兩個身體，蓋上白帶，口中背誦回生咒。咒剛誦畢，兩個男子，眞的便一躍而起，毫無傷痛地復活了。

死的問題，迅速解決；可是新的問題，也馬上發生了。原來珠鬘太慌張，在暮色中也看不清楚，竟把寶賜的頭去裝在功德行的頸上；而寶賜的頸上，卻安了功德行的頭。於是——

寶賜一人分成兩人，兩人都爭認珠鬘爲妻。而珠鬘呢？她兀自在那兒發昏。她當然是寶賜的妻，但一個是寶賜的頭，一個是寶賜的身，她究竟承認那一個是她的丈夫寶賜呢？

這——我吠陀羅，也就爲之發昏了。眞是除非把他們兩人的頭，重新砍下來，換裝過來，否則是沒有辦法解決問題了。不，就是兩人死後去見閻王，連閻王也要發昏的。因爲二個頭顱，一定會在閻王面前，否認二個身體從前所作的惡行的。

超日王對這無聊的桃色案件，根本沒有興趣，他還是揹着起屍鬼默默前進。可是天眞的法幢王子，對這錯亂換頭的故事，聽得不禁哈哈大笑起來。

武士作風，喜怒不形於色的超日王，向來是以隨便地笑，是有損自己的尊嚴的。而且認爲喜歡笑的，是一個淺薄無聊的人。因此，他很嚴肅地說：

「孩子！不要隨便地笑喲！聖典上說的……」

這時突然起屍鬼冷笑一聲說：

「大王！聖典又說什麼的？充其量，大王也不過舉什麼所謂文壇九珠的九位詩人中一個什麼叫天勝的奢耶提婆之類的詩人吧！這九位詩人，當然也是詩人，但是，他們只懂得他們自己的詩，比別人的詩要好，並不懂別的。而且，他們談他們自己的詩，也比談別人的詩爲多。」

超日王知道自己已經失言，但爲維持他的尊嚴，他轉過話鋒來說：

「聖典上說：從天上來的恆河是一切水之長，時間的刼波羅樹是一切樹之王，妙高的須彌山是一切山之高，頭是一切肢體五官之尊；所以珠鬘應該認那個有寶賜頭的人。」

起屍鬼笑着說：「我的意見，卻和大王相反，也和聖典相反。我以爲：身是比頭更重要，珠鬘應該嫁給那寶賜的身，因爲這身的胸膛，是不滅的眞心的所在。頭呢？頭就只是一個裝着腦袋的骨架，情形正如一個牛頭，裝着一些牛腦漿而已。」

說着，起屍鬼縱聲大笑起來。笑聲劃破黑夜的長空，一霎時傳遍寒林的樹梢，起屍鬼已飛回他的無憂樹去。

超日王和法幢王子，惘然望着寒林的夜空，不見了起屍鬼的踪影，只得向後轉，開步走，仍舊一步步地走回南方無憂樹下去。

品德的故事

超日王父子倆走回無憂樹下，爬上樹端，看清起屍鬼掛在那一根樹枝上，連枝砍下，一聲不吭地裝進皮袋。仍舊由超日王揹上，走在前面；法幢王子跟在身後，緩緩地向北面的寒林進發。不一會兒，皮袋裏的起屍鬼又開始講他的第五個故事：

這是自古流傳的一個千眞萬確實在發生過的故事——

很久很久以前，在這印度有一個富聞全國的商人，叫做銀賜。他有一個女兒，叫做愛軍。愛軍姐臉如晶瑩的明月，髮如玉海的銀城，眼如香麝的流盼，眉如燕角的艮弓，鼻如鸚鵡的啄稻，頸如光潤的乳鴿，齒如石榴的肉粒，唇如月季的玫瑰，腰如細柔的老虎，膚如茉莉的開敷，還有其他一切傳統上美的條件。而且愛軍姐的美，並不單是建造在立體的靜止的美，也是音樂的旋律的行進的美，是和時間成正比例幾何級發展的美。所以，等到後來，就連晶瑩明月，玉海銀城，香麝流盼，燕角艮弓，鸚鵡啄稻，乳鴿榴肉，月季玫瑰，虎腰茉莉，也都不及她的臉、髮、眼、眉、鼻、頸、齒、唇、腰和肌膚的美妙了！

在一次盛大賽會中，愛軍姐一度作選婿性的露臉，使得最勝王治下的愛城國內，無數男子爲她的美而心弦震顫，包括賢聖、豪傑、學者、詩人、天龍八部，都聘請畫師畫出自己的尊容，送到銀賜家去，做他擇婿的參考資料。

銀賜把那些畫像，一律交給愛軍姐去自由挑選。但愛軍姐卻同別的被稱爲美人的女子一樣，東挑西選，吹毛求疵，最後把所有的畫像丟在一邊，她說：她沒有中意的，還是請父親代她挑。提出的條件倒並不苛刻，只包括簡單的三項：一、相貌漂亮的；二、品德優良的；三、學問廣博的。

大王！你是知道的，要找一個相貌漂亮的男子，已經是十不得一，不過，還不至於找不到。要找一個品德優良的，也不十分容易，但也不致沒有。可是相貌漂亮的，大多就品德要差一點；而品德優良的，相貌就未必漂亮。二者得兼，就少之又少，就百不得一了。從全世界的未婚男子中去找，恐怕還找不出十個人來。現在既要貌美，又要品優，而且再要加上學問的廣博，那簡直是大海撈針般的希望渺茫了。

可是，財能通神，大富翁千金，又是一個十全十美的大美人的徵婚條件公佈出去，居然等不多時，就有從四個國土前來登門應徵的男子出現。而且四個人的第一條件貌美都通過了。

於是銀賜問他們有什麼本領？

第一個說：「我精通一切吠陀聖典和五印度所有的文字，至於我的長相，那你老人家自己細看好了！女人是最喜歡我這種長相的。」

第二個說：「我對射藝素有研究，射起箭來百發百中，而且一隻野獸躲在草叢，我雖看不見牠，只要聽到牠的聲音，我一箭循聲射去，也會把牠射死的。而我的相貌，老伯！你看！是不是稱得上儀表堂堂?」

第三個說：「我懂得飛禽語，走獸語，水獸語，尤其精通鹿語。還有，我力大無匹。至於相貌漂亮不漂亮?你早已看到了!」

第四個說：「我有特別的織布技能，我織出來的布，每條可以換到五顆珍珠，這五顆珍珠，我把一顆供養婆羅門，一顆供養天仙，一顆給自己裝飾，一顆送給我心愛的人。餘下的一顆換錢來宴請親戚賓朋。我非凡的長相，那是任何人所讚嘆的!」

銀賜聽完四個人的自我介紹，心裏忽然想道：「聖典有言：太好的東西，往往就是太壞的東西。白妃息妲太美，所以給夜叉島的十頭魔王偷抱去。大供養天太好布施，所以變成最貧乏的鬼王。」自己的女兒太美，所以變做一個重大的累贅。左思右想，不敢決斷。沒有辦法，再去問他女兒的意見。愛軍妲照例同別家的女兒一樣，俯首不答。

終於，銀賜自己決定。他對自己說：「懂得聖典的，是婆羅門；懂得射箭的，是刹帝利；懂得織布的，是首陀羅；只有懂得一切語言的，是吠舍。第三個男子和自己同屬吠舍，我是應該把女兒嫁給他的。」

於是銀賜便通知四人他選定了女婿，婚禮就擇吉舉行。

結婚前五天，好一個迎接着晨曦的春之晨，愛軍妲心情愉快地步出閨房，走進花園去賞花。當她正在萬紫千紅的花叢中觀賞時，一個商人叫法賜的兒子，取名月賜的，剛巧打從那兒路過，一見愛軍的絕色，不禁失聲道：

「如果我能有她爲妻，我便是世界上最幸福的人。否則，我將白活一世！」月賜足不自主地跑進花園，走向愛軍姐，突然伸手握住愛軍姐的手說：

「愛的！我一見鍾情……」

愛軍姐驚慌得縮去手。他就說：「如果你不愛我，我就自殺。」

「哇！你不要這樣輕言犧牲。自殺是惡業。我也要因此種下無窮的惡因，今生來生，都要承受無窮的苦痛。」愛軍姐委婉地勸解。

「你夜鶯似的聲音，穿透我的心房；我熱戀的猛火，正在燃燒我的身體和靈魂；我忘卻了一切，熱愛使我盲目，請你給我一個約會，我才能支撐着生存。」月賜慷慨激昂的陳詞。

「天哪！天哪！末刼卽將到來！末刼，妄語充滿世界，眞理隱晦不彰，人們用舌說着漂亮的話，而用心去長養着狂妄；敎理淪喪；大地的收穫萎縮；稅賦劇增；婆羅門貪婪無厭；子逆父命；兄弟鬩牆互鬥，友誼喪盡；奴婢紛紛叛離；男子缺德，女人不怕羞耻。後此五日，就是我結婚的佳期，假使你不自殺，我行完結婚禮後，就先來找你，然後才和我的丈夫同居。」愛軍姐說完這些話，便指恆河爲誓，叫月賜好好回去。

我們聽了愛軍姐一大段的「末刼論」，便會奇怪她爲什麼要說得那麼多。其實，她要說的，不外就是表白她的所以不害羞，是怕造下月賜因她而自殺的惡因。

結婚的前一天，銀賜支出一筆龐大的結婚費。新郎新娘用香水細濯全身，然後塗滿黃羌香粉。聽完一夜的印度音樂，再灑上一身香油，新郎行一番剃髮禮後，一早便到新娘家去。

送新郎的隊伍，非常熱鬧。火炬通明，有如白晝。沿路燃放焰火，馬隊象隊，加上駱駝隊，莊嚴而綺麗地整齊行進。這熱鬧的迎親行列，使五個小孩，給象踩死；六個少年，被馬踢傷；八個中年，給焰火燙倒之後，才到達新娘家的門前。

婚禮依照聖典舉行，先誦梨俱吠陀，供養聖火。右繞三圈，新郎新娘向東北方行走七步，一同仰視北斗七星，誓證兩人愛情的永久不渝。接着便是美食宴客。一直享受到全體賓主撐飽，上自喉嚨，下至大腸，都充滿着五香五味以後，大家才得到一個適可而止的默契，停止進食。

新婚禮畢，新郎帶着新娘和兩頭白牛，一起到新郎家去。分居十二天後，才由新郎的長嫂和最小的弟婦，連推帶拖地把新娘送到新郎的房裏去。抱起新娘放在綴滿着色香微妙鮮花的牀上，然後退出來。

等到各人撤退乾淨，新郎正要開始家庭作業的時候，新娘愛軍姐卻提出遲延行動的宣告。她把她對月賜的「君子協定」，很具體地報告新郎。

新郎耐心地聽完報告，不勝慨嘆地說：「一切人物，因一切言語而知道一切。一切，是言語的所生。言語，是一切的所立；所以一切虛妄的言語，就是一切虛妄事件的創造。你要去！你就去好了。」

我們聽完新郎這段「言語論」，正同聽完愛軍姐那「末刼論」一樣的弄不清。所能弄清的，就是他竟准許愛軍這時前去。

愛軍姐一聽到新郎的准許，連脫下結婚的新娘禮服和耀眼的裝飾都來不及，就一直跑向月賜的家裏去。走到半路上，碰到一個賊，攔路問她：

「你要到那兒去？」

「愛人的家裏去！」

「誰保護你去？」

「保護我的是愛神，就是那一位手持花箭的欲主羅底波特。」接着，她就把她和月賜的約言，講給他聽，要求他暫時不要搶走她的禮服和飾物。她說：「我會過他回來的時候，我會把這些送給你的。」

這賊聽完愛軍姐那一段詩一般美麗的自白，不覺心裏想：「這，這我老子倒也覺得很奇怪，我老子自出娘胎以來，一切的幸福和財產，都不曾來拜訪過我老子一次，我老子也沒有去拜訪過他們，這正是聖典所說：『沒有仁義的，無故大笑的，和女人討論的，服侍愚主的，不懂梵文的，都是一流人。』又說：『壽命、財富、學問、業力、名譽，都是生前註定的。』我老子正在做着好事，將來自然就有隨順我老子的一天。」

我們聽到這一大段「老子論」，也和聽到「末刼論」和「言語論」一樣的搞不清，搞得清的，就是這賊竟准許愛軍姐通過的請求。

賊一點首，愛軍姐便拔步飛奔到月賜的家中，把在睡夢中的月賜拉起來。

月賜看到愛軍姐極度興奮的神態，並知道她是獲得她丈夫的同意而來赴約，不覺喟然而歎，就自言自語起來：

「這正同未裝美櫝的寶珠，未加醍醐的食餅，未配音樂的獨唱一樣掃興的事。而且，聖典說：『織衣將使穿者無色，壞餅將使食者肚痛，淫婦將使丈夫早死，逆子將使家庭破產，阿修羅將使人死亡。』而且，女人無論是愛是憎，都會使人痛苦。因爲，思想不存在女人的舌上；而且，卽使存在舌上，也不會說出來；而且，女人做出來的，就是她所不說出來的；而且，女人，是神所創造出來的唯一的怪獸。」

我們聽了一大段「而且論」，也正同聽了末刼論、言語論、老子論一樣，都難於弄清。所可弄清的，是最後他對愛軍姐說：

「你回去吧！你是個有夫之婦，我沒有心存這個。」

愛軍姐聽着月賜這麼說，卻也無感於中，就轉身逕奔回家。她到得賊那裏，把事情講給賊聽，然後脫下一身裝飾送給他。可是，這老子論的賊，大概是給而且論所感動，他竟拒絕她這些贈送，叫愛軍姐回去了。

愛軍姐回到家裏，把事情經過從頭到尾說給新郎聽。這言語論的新郎，大概是給那而且論與老子論所感化，他突然對愛軍有了無限的憎惡，就憤怒地說：

「聖典有言：皇帝、主人、老婆、頭髮、指甲，這些，假使在一個不應該住的地方住了，就要非常難看。而且，妙聲鳥因聲而美，醜女因學識而美，瑜伽因不瞋而美，女人因貞操而美。所以，你去你所要去的地方好了，我，不需要你……」

這個舉世無雙的美女，就這樣結束她的新婚生活……但是，大王！你以為這三個男子中，那一個是比較有品德呢？

「當然是那個賊！」超日王失口而答。

「也許，也許是這樣吧！那末，我也要回去了。」起屍鬼說着，便縱聲大笑起來。笑聲劃破黑夜的長空，一霎時傳遍寒林的樹梢，起屍鬼已飛回他的無憂樹去。

超日王和法幢王子，惘然望着寒林的夜空，不見了起屍鬼的踪影，只得向後轉，開步走，仍舊一步步地走回南方無憂樹去。

鳥做媒的故事

超日王父子倆走回無憂樹下，爬上樹端，看清起屍鬼掛在那一根樹枝上，連枝砍下，一聲不吭的裝進皮袋，仍舊由超日王彎腰揹上，走在前面。法幢王子，跟在身後，緩緩地向北面的寒林進發。不一會兒，皮袋裏的起屍鬼又開始講他的第六個故事：

蒲伽婆底國的國王羅闍提波底（王主）的太子羅摩犀那（金軍）是一位很聰明的王子，正如大王身後跟從的王子一樣聰明。但他的父王，卻正和大王相反，是我不敢恭維的國王。他喜歡打獵、下棋；喜歡白天睡覺、黑夜飲酒，還喜歡衆多的女人。他的缺點一籮筐，而優點呢，卻很不容易找出一丁點兒。可是他仍然是他王后和王子尊敬的中心。因爲上天從來沒有替妻和子規定要怎樣的夫怎樣的父才可敬愛的原則，而只有不敬愛父親不敬愛丈夫的，就得入地獄的規定。這自然和那些自命爲好父王，而令王子跟在後面的大不相同。

父親，大概可分成三類：第一類是胸圍三肘（約三尺），胸襟也三肘寬的父親。這種父親，樂觀進取，同情兒子，但大多數是家道貧困的。然而，兒子倒絕對敬愛這類父親的。第二類是胸圍二肘，胸襟也成正比例小了些。這一類父親，如果肯聽我吠陀羅的話，也許會回家去同情一下兒子。但也僅僅一下而已。因爲他不太肯把兒子做他同情的對象的。第三類是胸圍一肘，胸襟也更狹小的。羅闍提波底正是這一類父親。他從小在「沒有敎鞭，不可能爬上天堂」的敎養下長大起來的，自然給他的兒子，也會常日舉起一根到達天堂的敎鞭來。當他的鬍子還沒有長到觸手盈握前，他只有接受父命的份；等到他的鬍子觸手盈握後，他就不接受任何人的敎導了。一有人敎導他，他就會唸出荒謬絕倫的格言來：「新則不眞，眞則不新；新者必假，假者必新。」

但是羅闍提波底王也自然有他的用處。當他活在世上時，像一隻駱駝一樣的服務；當他死去，他的骨灰，也居然同那些大聖大賢的骨灰一般無二，和其他的物質化合而去。

等到羅闍提波底王駕崩，金軍太子就繼位登基。在他繼承父王的許多遺產中，值得特別提起的，有一隻叫做朱拉曼的鎮國大寶雄鸚鵡，它說得一口流利的梵語，精通一切印度聖典，思想正確敏捷。它成爲金軍王上自國策大政，下至家庭瑣事的高級顧問。

有一天，金軍王對它說：「聖典說的：『好的男人，不應該和以下那些家庭的女人結婚：一、不依聖典祀天者，二、家主身上長毛太多者，三、高曾祖有傳染病者。而好的妻應該是：一、遍身無瑕疵者，二、姓名美妙動人者。三、行如幼象者，四、齒數髮數適當者，五、肌肉柔滑可玩者。』請你告訴我，要在那兒可找到一個這樣的女人？」

「這並不難。」朱拉曼說：「摩竭陀國國王摩竭自在的一個公主，叫做月圍的，她便是大王的王后。她具足一切美的條件，膚色金黃，鼻似爪花，身似蕉心，眼如蓮瓣，眉長齊耳，唇紅如柰，臉似滿月，聲似夜鶯，手長齊膝，頸如乳鴿，腰柔似獅。黑髮齊腰，齒如石榴，行如醉象。」

朱拉曼雖是一隻懂得梵語的鳥，但它對月圍公主美麗的形容，當然是根據它禽鳥美學的觀點，所以，在我們聽起來，實在無動於衷。可是，金軍王卻非常中意，而且居然熱戀起自己所未曾見過的月圍公主來。於是就派遣一個婆羅門做他求婚的特使，去晋謁摩竭自在王。臨行金軍王對特使說：「如果議婚成功，必大予嘉奬。」這最後一句附註，無異在求婚特使的背上，安上了雙翼。因此，任命剛下，特使就已經飛到摩竭陀國，做起摩竭自在王座上的貴賓了。

天下事，往往無獨有偶，金軍王既擁有一隻聰明絕頂的雄鸚鵡，摩竭自在王的月圍公主，居然也養着一隻叫做蘇迷伽的絕頂聰明的雌八哥，同樣懂得梵語，腦子裏藏着幾百部聖典。它的思想，大概也只有金軍王的雄鸚鵡朱拉曼才足以媲美。

有一天，月圍公主正在王宮中和蘇迷伽密室談心。當然所談無非是少女們私下所關心的事。我們知道，一個少女無論對任何密友談話，請求任何預言，卜算任何夢兆，請教任何批評，歸根到底，都要談到一個問題——婚姻問題。

月圍公主和蘇迷伽拉扯一些話後，就又問起那個月圍已經問過一百零八次的夫婿問題。蘇迷伽告訴她：「公主的未婚夫，便是蒲伽婆底國的國王金軍王。他將是公主的玩偶，公主同樣是他的玩偶。他是個青年美男子，濶綽豪富，胸襟豁達，容易滿足，也不太聰明。而且命中不會患病。」

公主僅只聽到這些話，也竟和金軍王一樣馬上有反應，她也熱戀起金軍王來了。因此，這兩人雖然從未見過面，而雙方的熱戀，已升高到坐立不安不能忍耐的程度。

所以當議婚的特使到達摩竭陀的王庭，開始談判以後，一切便馬到功成。隔了不多幾天，金軍王便親自前來摩竭陀舉行婚禮。婚禮舉行，塗在新娘手裏的黃羌粉還來不及洗淨，新郎便拜辭摩竭自在王，帶着新娘，雙雙返國。

返國後的新婚生活，王后照例像一般新娘一樣，先誇耀自己的國家的美麗和偉大。接着，就誇耀起自己的蘇迷伽來。她說這隻鳥有怎樣的聰明伶俐，有怎樣的博學有識。而國王，當然也像一般新郎一樣，先誇耀自己國家的偉大和美麗，接着，也就誇耀着自己的國寶朱拉曼來。他說：這隻鳥有怎樣的博學有識，有怎樣的聰明伶俐。

王后聽到夫婦二人竟擁有這舉世無獨有偶的兩隻鳥，而且又恰好是一雌一雄，就主張把它倆配對結婚，讓牠倆得到美滿的幸福。這當然也是已婚婦女應該給人家做媒的心理表現。

國王聽到這個提議，便馬上叫好，表示絕對贊成。因爲一個人，不！一切動物，如果不結婚，便沒有幸福可言。當然，這也是一個新婚男人的感覺。現在，他認爲除結婚外，別無幸福可言；而不幸福這一類事，永遠不會發生在已婚者的身上的。

國王王后一商量，就傳令製造一個華美的大籠，把兩隻鳥放進去。

兩隻鳥一進大籠，雄鳥朱拉曼，就站在架子上，歪着頭望住蘇迷伽；而雌鳥蘇迷伽，卻斜視一下朱拉曼，便仰首望着天空，表示不屑一顧的輕蔑神態。

之後，朱拉曼很哲學地向蘇迷伽看一看，用百分之百的標準梵語說：「喂！蘇迷伽，你也許要說出來了吧——你不喜歡結婚！」

「這個猜測，也許並沒有猜錯。」蘇迷伽也用百分之百的標準梵語回敬。

「那是爲什麼呢？」

「爲如是我想！」

「嘿！這眞是女人的說法。這樣的解釋，並非解釋。所以，也就等於沒有解釋。」朱拉曼冷笑着說。

蘇迷伽一聽完這話，氣得幾乎忘了梵語的文法。牠恨恨地說：「我懶得解釋這個。男性，只是罪惡、虛偽、自私、無恥、兇暴的混合品。男性，只會出賣和玩弄女性。」

在籠外諦聽辯論的金軍王，不覺搖着頭說：「王后！這雌八哥眞正兇得很！」

朱拉曼轉向金軍王說：「大王！女性的話，只是一陣風，不要去管她。」然後，又轉過來說：「你們這些女性，如果不是欺詐、造作與無知所造成的，你們爲什麼這樣堅決地從事破壞全世界所有的幸福？」

在籠外諦聽辯論的月圍王后，也不覺搖頭說；「大王！這雄鳥眞正是信口開河！」

朱拉曼就說：「我說的，是有一個故事爲證的！」

蘇迷伽也就說：「我說的，也是有一個故事爲證的！」

籠外的國王與王后，於是同意這兩隻鳥，各舉出自己的故事的證據來。月圍王后要求蘇迷伽的優先權，金軍王准許了，蘇迷伽就講出以下的一個故事：

八哥說的故事

男人——是這樣的壞。

在我還沒來到月圍公主宮中居住以前，是在一個豪商的愛女寶圍家裏。寶圍小姐是一位可敬可愛的小姐。

那個時候，牡牛城有一個富商，因爲沒有兒子，就實行瑜伽苦行，禮拜聖蹟，誦讀聖典，施與淨行，一直做到上天賜給他一個兒子。

這個兒子長大起來，長相眞不堪入目。臉部輪廓構造，就同猴子一樣；兩腳瘦細如鶴；背曲像駱駝……這，王后，你是知道的，聖典上就這樣說：「碰到拐腳的，是碰到二十一條奸計；碰到眇目的，是碰到八十一條奸計；碰到駝背的，馬上要加持聖呪，請大自在天，多多保護。」……這個壞蛋男人唯一的本領，是賭博和邪淫。因此，弄得他父親氣死，家產蕩盡，成爲通緝的犯人——強盜。因此，他逃到寶圍小姐居住的城市來。他打聽到寶圍小姐父親的名字叫金護。想起金護是他父親的朋友，便哭哭啼啼地投靠到金護家裏來。他告訴金護，他的父親已經病故。幾個月前，他集中所能集中的資本，辦了一批貨，僱一條大船運到海外去銷售，回程時又買了好多貨裝回來，不幸卻半途遭遇颶風吹沈了船，他死裏逃生，僅以身免。現在兩手空空，身無分文，怎能回到牡牛城去見故鄉父老。

金護對這個壞男人的哭訴，信以爲眞，覺得實在可憐，而且又是朋友的兒子，也就讓他住在家裏，做些雜事。他在金護家中，極盡恭順奉承的手段，日子一久，金護眞以爲他誠實可靠，竟把寶圍小姐下嫁給他。

寶圍小姐有着長長的頭髮，每一根有着蟬翼般蔚藍色處女青春的輕柔。盈盈的眉眼，正似瑪瑙的晶瑩光潔。如果將海裏的大赤珠來比她的嘴唇，就顯得小姐的嘴唇，要更爲紅艷而柔潤。小姐的牙齒，白淨如貝。小姐的全身，是天上人間一切最可愛的集合。看過小姐一次的人，就希望多看幾眼和多看幾次。聽過小姐聲音的人，就希望多聽幾聲，和繼續的聽下去，小姐的品德，就同她的美麗一樣可愛。可是，就這樣糊里糊塗被金護嫁給這個壞男人了。

當寶圍小姐從雙親那裏知道她將嫁給壞男人時，她自己決定要做一個好妻子。這壞男人的醜陋，非但不引起小姐的憎惡，反而因這難看的長相，使小姐格外的同情與愛護他。

愛，原是一種奇怪的力量，是從天上撒下黑暗人間的幸福聖潔之光輝，是使下流人產生超越感的神呪，是現在的快樂，而且是將來幸福的寄托，化醜陋爲美麗，化愚蠢爲聰明，化老爲少，化惡爲善，化沈悶爲活潑，化渺小爲偉大的神奇元素。

朱拉曼聽蘇迷伽背誦出一大堆聖典，就擺出哲學家的臉孔，搖着頭說：「古典引用得越少，表現自己的學問越多，在許多聖典中搬來許多成語，並不就是一個學者的有爲。」

蘇迷伽不睬，繼續說她的故事：

聖典有言：「虎，絕不會變成羊。」壞男人假裝的好，絕不會永遠假裝下去，他記得他的浪子格言有云：「大男人，就得掙脫家庭和妻子的束縛。」所以有一天，他告訴寶圍小姐，他要同她到他的故鄉，去探視一下親友。妻子當然服從丈夫的說話。

臨行的時候，金護還送給他許多財物和一個婢女。

當三個人行到山深林密的地方，他，這個壞男人，便殺死那個婢女，又把小姐推下山崖去，帶着他所有的財物，獨自回到故鄉牡牛城去。

吉人自有天相，寶圍小姐沒有摔死，一個樵夫救了她，送回她父親的家裏。小姐不忍洩露丈夫的惡行，她還騙她的父親說，中途遭到強盜攔刼，丈夫已被綁去。

壞男人回到故鄉，不出三五個月，就把所有財物花個精光，再恢復他竊盜生涯。不久，又被故鄉驅逐出境。他走投無路，想起他豪富的岳父來，就又奔回他岳父家去。

一進岳父家，不禁嚇了一跳，他以爲早摔死的妻子，竟站在那兒歡迎他。

我小姐並不以他的舊惡爲意。她告訴他，不必這樣害怕；因爲她回家時報告她的父親，就說是半路遇盜被刼的。接着又叫他進去洗澡，換好衣服，帶他去見雙親，說他剛從盜窟逃回來。

這，小姐的偉大胸襟，這個壞男人應該怎樣感恩感德，忠心圖報……

唉！壞男人就是壞男人！出於意料之外，隔了不久，竟在一個月黑風高的夜裏，他邀約一幫強盜，裏應外合，夥刼他的岳家，把小姐和她一家人全都殺死，搜括財物，呼嘯而去。

「王后！」蘇迷伽感慨地說：「這是我親身經歷的事情。男人，就是這樣的壞。把男人當作朋友的女人，就和同一條眼鏡蛇一起睡覺一樣的危險。男人，除了說他是奸詐百出，自私自利以外，再沒有什麼可說的。不過，我再要附註一下……」

「呸！」雄鸚鵡朱拉曼聽到這裏，馬上阻止雌八哥再說下去。等蘇迷伽語聲停了，就微笑一下，對金軍王說：「大王！如果女人說：『再沒有什麼可說』的時候，意思是說：『還沒有說到主要部份』這些主要的部份，都要在她的附註裏面。而這一附註，往往要比主文長到幾十倍……。

「現在，讓我講我爲什麼要抱『獨身主義』的原因，說一個故事來聽聽。」

鸚鵡說的故事

女人——是這樣的不好。

我，從前是住在富商海賜的家裏的，海賜有一個女兒，叫做勝吉祥。海賜的營業複雜而又繁忙，他清早起牀就要整天加一個半夜在店裏忙碌。他用在管理銀錢賬簿的時間，要比用在管理女兒的時間多上幾十倍。所以，勝吉祥就有絕對的行動自由。而她的自由行動的方向，又大多是壞的。

勝吉祥比別人個子高一些，身段肥碩一些，也算得上一個健美的小姐了，她的大大的眼睛，高高的鼻子，寬濶的手，經常手掌裏微熱有汗。她聲音宏大，有點像男人的聲音。髮黑膚白，顯出一個引人注意的輪廓來。不是美，也不是醜，恰在美醜的中間。這也是一個重要的條件。因爲女人如果太美，就是金王羅摩的妃子，也會給十頭魔鬼誘拐去的。何況勝吉祥又缺乏約束自己的能力。

可是，我一向就樂於讚嘆美女的道德觀念，總比那醜女的道德觀念為優。因為美女受到下流的引誘之時，她還有自尊的武器可以抵抗；她相信自己的姿色，隨時可以吸引人再度前來求歡。總而言之，美女少有穢行，是她自信隨時都有實行的機會。醜女呢？就一向在引誘人家。所以，也就必須履行那引誘的結果。因之，這履行，反而是出於她的自尊觀念。

勝吉祥對男人的引誘，使用她放蕩的風情，較使用她的姿色要多。而使用得更多的，那是她父親的財富。勝吉祥從來不曾少過半打以上的情人。如果有一個情人表示嫉妒她另一個情人的話，她就會馬上下逐客令。

當她十三歲的時候，一個叫做室利達多（吉祥賜）的青年，隨父出外去經商異地。幾年以後，又回到故鄉來了。這吉祥賜，和別的久客他邦的人一樣，一回到家，就覺得故鄉的什麼事物都非常親切可愛，包括最吝嗇的鄰翁，和正在門外吠他的癲狗，也都可愛起來。特別是他幼年所愛的玩伴勝吉祥，更顯得美麗迷人。所以，他就口頭向勝吉祥求婚。勝吉祥對這種要求，照例是表示也許是可以答應的。可是，等到吉祥賜眞要她答應時，她卻表示，可以答應，只是答應做個朋友；如果是夫妻的關係，那就不可以。

這個不可以，讓吉祥賜受了一個難堪的嚴重打擊，他馬上想要自殺，而且又想出幾種最奇特最轟動視聽的自殺方法來，包括跳火、跳山和入山苦行。可是，當他再考慮選擇那一種是最好的自殺方式時，卻發現這些自殺方式，都是其愚無比的方法。因爲，無論怎樣的自殺了，就再也得不到勝吉祥了。最後，他只好退而採取大家「知之久矣」的老辦法——忍。

忍，本來是好的，但在吉祥賜的這一次忍，卻變成他的大不幸。因爲等到吉祥賜一忍，出乎意料之外，勝吉祥卻又答應了他的求婚，因此災禍臨頭了。

勝吉祥一答應嫁給他，吉祥賜不禁雀躍三百，馬上自稱是「世界上最幸運的人」，又禮拜薄伽梵天，感謝他的恩賜，更忙着做了些狂人般的酬神謝天的工作，一直做到結婚那天爲止。

婚後，沒有多久，勝吉祥覺得夫妻的生活太單調了。就討厭起丈夫來。終於和一個浪子發生關係，最後在一個夜裏，當吉祥賜酣睡在夢中時，她竟悄悄地跑到那浪子家裏去。

半路上，一個伏在暗中的攔路強盜，瞥見她在黑夜裏那樣興奮地急步匆匆，不覺生出好奇心來，就跟在她後面，看她去做些什麼事情，就一直跟踪到浪子的家去。

那時，恰巧浪子橫臥在門外，勝吉祥以爲他喝酒醉倒在地，而事實上那浪子早就給這個強盜刺死了。勝吉祥既然是前來幽會，便俯身下去接一個長吻。剛在這時，一個躲在屋外樹上的吸血鬼毗婆闍，看見勝吉祥吻着一個死屍，想開她一下玩笑，便飛下樹來，附在浪子的屍上，使他臨時復活起來，張開口把勝吉祥的鼻子咬下來，然後飛返樹上，縱聲大笑。

勝吉祥猝然被咬下鼻子，驚嚇萬分。可是她沈靜了一下，就折返家來，走進吉祥賜的房間，然後大聲呼喊，號啕大哭。家人和鄰居們聽得哭叫聲，都飛奔而來。只見一個是缺了鼻子滿面血污的勝吉祥，一個是驚惶慌張，不知所措的吉祥賜。自然，大都不約而同地責罵吉祥賜的狠毒，千不該，萬不該，不該咬掉老婆的鼻子。

從夢中驚醒過來的吉祥賜，知道他已經墜落進他愛妻的奸計中，不覺感慨地說：「聖典說的：『黑色的蛇，有武器的敵人，還有女人，他們的行爲，都是不可信任的。』其次：『世界上沒有詩人所不能形容的東西，沒有瑜伽所不知道的事情，沒有醉漢所不能說的話，沒有女人所變幻的止境。』再有：『天神都不見得知馬的劣點，雲層的電，女人的行爲。』這，連天神都無法知道，叫我怎能知道呢？」

說着，便放聲大哭起來，又指着神聖的多羅斯樹（蘇樹）發誓，說他並未咬斷她的鼻子。可是，無奈竟沒有一個人相信他。大家就把他送到審判官那裏去，審判官問了口供，就送到國王那兒，請國王定罪。

國王開始審判，就叫吉祥賜照實招供；不招供就要斬去他的左右手。可是吉祥賜所實供的，國王卻又不予採信；國王所採信的，卻又是吉祥賜所不承認的。終於，國王勃然大怒起來，吩咐左右，把這窮兇極惡狡猾的人，活活用矛插進肛門去示眾。

左右正要將吉祥賜行刑的時候，雜在羣眾中一起來看審的那個賊，對吉祥賜的無辜受刑，忽然激起他的一股正義感來，就在觀眾中走出來，承認他是一個正牌的賊，那夜尾隨着勝吉祥，親眼看到一切，他很詳細地把那一夜的經過，稟報給國王聽，只有刺死那浪子的這一回事，卻一字不提，隱瞞過去了。最後，他請求國王派遣一個判官去檢驗浪子屍體的嘴裏，有沒有鼻子。驗屍的判官回來報告，浪子嘴裏，確實含着一個鼻尖，又確定就是勝吉祥所缺的那個鼻頭。這樣，案情大白，吉祥賜無罪開釋。勝吉祥呢，剃掉眉毛和頭髮，臉塗黑炭，倒縛在驢背上，押去遊街示眾。而國王自己，也不覺十分高興，就贈送吉祥賜和那個賊許多檳榔和蒲留葉，又對這兩個人加上一番終生所絕對不需要的「訓話」。

「女人，就是這樣的。」朱拉曼繼續着說下去：「聖典有言：『濕的布會滅火，壞的兒子會滅族，盛怒的人會殺人，女人會給人痛苦。』又說：『妙聲鳥因聲音而美，男子因學問而美，瑜伽因不瞋而美，女人因貞操而美。』但是世界上卻沒有貞操的女人。聖典又說：『那羅陀仙（下流仙）在仙籍中，狼在獸類中，女人在人類中，都是以奸詐著稱的。』我相信這些話。」

「那兩隻鳥」，起屍鬼輕聲地補充：「雄鸚鵡朱拉曼，和雌八哥蘇迷伽，結果在大籠中互相攻訐，繼而互相責罵。籠外的金軍王和月園王后，也因男女的立場不同而衝突起來……。

「這實在是難乎其難解決的事。這男和女誰好誰壞的問題，我想，就連絕頂聰明的超日王，也未必能判決吧……。」

「當然是男人好。男人卽使壞，也是有程度的……」超日王還沒有說明他的「男好女壞論」，已經響起一陣尖銳的笑聲——

笑聲劃破黑夜的長空，一霎時，傳遍寒林的樹梢，起屍鬼已飛回他的無憂樹去，超日王和法幢王子，惘然望着寒林的夜空，不見了起屍鬼的踪影，只得向後轉，開步走，仍舊一步步地走回南方無憂樹下去。

最後的故事

這樣，超日王重新抓住起屍鬼背向寒林，起屍鬼再講他的故事，超日王聽得出神又不禁插嘴搭了腔，一開口，一切便從頭來過。起屍鬼一個個故事講下去，居然一連講了二十四個故事。超日王父子也毫無倦容地走了二十四個來回。

現在起屍鬼又開始講他的第二十五個故事。他說：

「這一次，我的左眼皮在跳動，似乎是一個不得好的預兆。可是，大王雖然不討厭這種跑來跑去的革囊負荷的工作，我對這被背負着的痛苦，卻委實已經有些不堪。這一次，讓我講一個很短很短的故事吧！」

達摩補羅（法城）國，有一位摩訶婆羅（大力）王，他的王后有着青春長駐的方法。雖然她的公主已經成年，而她自已，仍有着青春少女的姿容。見過她母女倆的，都以爲是一對絕世無雙的孿生姊妹。

不久，法城國裏，發生了一次叛變的大事。叛變軍隊的武器，包括鋼鐵做的和黃金做的，這就是說：「可以用金錢收買的人，就收買；金錢收買不動的人，就殺戮。因此一路直入京畿。

王后和公主，在極度恐怖和慌亂中，就決定回她父王的故國去。可是走不多遠，便迷失方向，徬徨在一座廣濶的密林中。

恰巧在這當兒，月軍王帶了他的太子來到這大森林打獵。父子兩人，被她母女倆煥發的容光，照得眼花撩亂。終於這一對父子和這一對母女，就在一見鍾情的場合下，在大森林中結起婚來。

結婚，當然沒有問題，問題在月軍王是和公主結婚，而月軍王的太子，卻同公主的母后結婚。

「這！將來月軍王和公主所生兒子，對太子和王后所生兒子，怎樣稱呼呢？大王！」

超日王給這個倫理關係，實在搞得他頭腦昏昏。父和子，母和女，兄妹和姊弟，繼母和生母，親子和子媳……他正沈思這倫常關係時，驟然記起他的「不答」的信條，馬上停止念頭，沈默着，一聲不吭，向寒林那邊加快腳步前進。

超日王雖然不答覆起屍鬼的問話，起屍鬼倒並不灰心。他仍繼續說：

「大王能夠沈默不答，令我不得不預爲大王的前途祝福。大王確實幾次準備禁止自己的饒舌而沒有成功，這一次大王的啞口無言，我也無須追問還是由於大王的定力而不答，還於由於大王的愚魯而的確回答不出來。因爲我也得保持點帝王一流人的面子。而且，這無言，還是我吠陀羅給人警誡的教訓，我也很高興得到一個這樣服從我的帝王……。」

超日王對這一席亦莊亦諧，冷嘲熱諷的話，還是默默地忍受着。

「大王既然知道自己確實愚昧無知，而且受了這樣多的『不可說』的痛苦，實在也得憐憫。我決定不再爲難大王，我馬上捨棄這個死屍，另外去附在那些所謂帝王一流的屍體上去，嘗嘗帝王的味道……而且，我在未飛走以前，還要依照我自己的預約貢獻我的禮物。那地護不是說過對大王警告的一席話嗎？……

「那個獻珠寶的商人，就是這個在賜水河邊大寒林中修行的靜戒瑜伽。而這靜戒，也就是預備對大王的太上王復仇的瑜伽。我附着這具油販的屍首，是他用苦行的威力所迫死，再拿來倒掛在無憂樹上。……

「等到大王背負這具屍體到他那兒時，他會大大地讚嘆大王的英勇，叫大王『八體投地』禮拜他的突羅伽天。就在這禮拜堂裏，殺死大王，報復他的血仇，祭告他的女天……

「大王須得提防這一着……」

起屍鬼說完這些話，就悄悄地離開所附的屍體，飛向無憂樹的方向去。

黝暗而深邃的寒林邊的夜空，隱約飄來起屍鬼說話的迴響。

「自認爲無知和謙讓的人，是全世界最幸福的人。」

結局

超日王和法幢王子，急速地朝着寒林裏走，一口氣奔到靜戒瑜伽身邊，靜戒正在敲打着骷髏，口唸：

「唵，加里（黑）；唵，突羅伽（難超越）；唵，依提毗（女天）。」

超日王輕輕把皮袋放在靜戒面前。靜戒看見超日王沒有失約撞來油販的屍體，除了表示大大的驚異外，就大大的稱讚超日王的英勇與誠信。他連忙探囊取出那具屍首，帶着供養天女的蒲留葉、香花、檀香木、白米、生葉和沒有接觸過刀鋒的人肉，又加些油在那骷髏上，燃起火來——這算是燭。然後，招同超日王和法幢王子，到突羅伽黑天神像那邊——是一個黑色身軀，頸半斷下垂，吐舌出口，眼睛、眉毛、頭髮血紅色，穿着象皮衣，腰繫指節骨鬘，左右耳璫是屍體各一具，瓔珞是人的骷髏，四隻手分別拿着劍、索、叉、杵，一隻腳踏着尸縛天的胸，一隻腳踏着大腿。供台上羅列着燈、燭、螺貝和犍椎，一切都染有鮮紅的血跡，濃烈的血腥味揚溢着。

靜戒到神台前把燈安放在台上，拔出利劍。接着，就請超日王對天女行八體投地的大禮。

到此，超日王知道事態的進展，已達最後階段。他記得地護和起屍鬼的預言；不過他仍然保持着武士刹帝利的作風，鎮定而和靄恭敬地說明他是出身刹帝利，一向不懂得八體投地的大禮，要請師尊先行示範一下。

掘好了坟墓，預備埋葬超日王的靜戒，結果卻埋葬了自己。當靜戒正在跪下俯伏禮拜，做榜樣給超日王看的時候，超日王嘣的一聲，拔出長劍，對準靜戒的頸項砍下去！

就在這刹那間——突羅伽天像突然倒下來！

這時黑夜已盡，天空驟放金光，照徹寒林；鈞天廣樂，自然敷奏；芬芳天花，繽紛飄舞；帝釋桓因，諸天圍繞，出現半空；讚嘆超日王的貞誠威勇，而且答應他一個願求。

超日王俯伏跪地說：

願我這個故事，永遠流傳人間！

九、鸚鵡所講七十夜

裴普賢譯

譯者弁言

印度梵文小說 Suka-Saptati 在許地山所著印度文學一書中，中譯爲鸚鵡所言七十則。而我所見海爾胡僧 (Rev. B. Hale Wortham)的英文譯本卻稱之爲施魔法的鸚鵡 (The Enchanted Parrot)，或逕稱七十故事集 (Seventy Stories)。海爾胡僧的所以名他所譯爲施魔法的鸚鵡，而不稱七十故事集，當然是因爲他所譯只是節縮本，而且所譯故事，連十個也不到。只好就這隻鸚鵡所講故事的迷人魔力而另予書名。我既據海爾胡僧的英譯本，並另找些材料加以改組，譯成我的中文本。覺得正如英國牛津大學的麥唐納教授 (A. A. Machdonnell) 研究的結果，這鸚鵡所言七十則與五卷書，是印度故事影響阿拉伯產生天方夜譚的主要二書。那末，據書中敍述，這七十個故事，是連續七十個夜晚一隻鸚鵡所講，則正如天方夜譚之可稱爲「一千〇一夜」，我的中譯本既未譯出整個的七十故事，但仍不妨稱爲「七十個夜晚」，爲了表明這些故事爲一隻鸚鵡所講，所以我定名爲「鸚鵡所講七十夜」，顯示了阿拉伯的天方夜譚與此書的密切關係。天方夜譚與此書主要相似點，就是連環圖畫般的故事結構。後者是由同一隻鸚鵡連續講了七十夜的故事，而前者更發展爲由同一女人連續講了一千〇一夜的故事，且兩書所講故事又都是一個大故事產生出許多小故事來。或則幾個故事被套在另一故事中，或則幾個故事像葡萄藤般糾結在一起，一時分不開來。五卷書雖也顯露着故事相套與糾結現象的印度特點，並且有好幾個故事被天方夜譚所吸收，但由同一人連續若干個夜晚來主講故事且被天方夜譚所吸收，卻是此書獨特所有。因此我將這本節縮的中譯本，改定書名爲「鸚鵡所講七十夜」，簡稱「七十夜」，可說是最恰當的事。

至於此書與五卷書都是用散文來講述故事的情節，而詩體的諺語或格言不斷地夾帶出來，成爲特具風味的韻散交錯體，未被天方夜譚所吸收。

這些諺語格言，往往只是印度某些古人的偏見，但也別有情趣，也有很能刻劃得入木三分的。我們隨便撿拾幾條來品味一下：

(1)國王、婦女和蛇蟲等，總是抓住離他們最近的東西。

(2)不可信賴河流，兇暴的野獸，有觸角的牛，武裝的男人，婦女和王子們。他們就像披戴盔甲的武士般野蠻，用不正當的方法像蛇蟲般爬到你身上；國王笑裏藏刀，他可以給你榮譽，但他是危險分子；大象用碰觸殺人，蛇蟲則用觸吻。

(3)婦女們的詭計是：欺詐的言詞，奸計，咒罵，虛情假意，裝哭裝笑，苦樂的虛僞表現，用溫和的口氣問些問題，對幸運和惡運處之泰然，善惡不分，對愛人直接投以睥睨的眼光——這就是這城鎮的婦女們所要實行去完成的項目。

(4)施與、接受、告知祕密、問些問題、一起吃東西，這都是友誼的五種證明。

(5)烏鴉講清潔，賭徒講誠實，蛇蟲講和善，女人滿足於愛情，宦官有精力，醉漢說實話，國王講友誼——誰曾聽到過這些？

(6)一個債台高築的人，一個有惡妻的人，一個處在四面楚歌之中的人，又怎能睡得着覺呢？

(7)悅耳之言受歡迎，逆耳之言無人聽。

(8)一個陌生人，只要他富有，他就是親戚；而一個親戚，如果是窮光蛋，他就是被六親不認的流浪漢。

(9)當上帝要毀滅一個人，必先使他失去理性。如此一來，他就善惡不分了。

關於此書的作者及其產生的時代，迄今尚無確切的考據，只能說，大概在十一、二世紀，與鬼語故事二十五則同時有廣泛的流傳，成為兩本著名的梵文小說。因此於十四世紀早期，就被以圖諦納默 (Tutinameh) 的名稱譯成了波斯文。於是與哈非玆和沙底 (Hafiz and Sadi) 同時代的納沙比 (Nachshabi) 據以改成頗富藝術價值的詩。而根據納沙比的詩，一世紀後被譯成土耳其文譯本，十七世紀又產生另一種波斯文的譯本。許多印度故事透過圖諦納默譯本的關係，逐漸傳入亞西及歐洲。至於海爾胡僧的譯本，他自述是十四世紀意大利作家包伽邱從梵文原本中，抽取出來，而他據以英譯的。此外在印度境內，尚有用梵文和方言寫的鸚鵡所講七十夜的模倣本也有好多種。

七十年五月十八日普賢識

緣起篇

從前有一個名叫帕拉白瓦蒂（Prabhavati）的婦女，當她的丈夫馬達那（Madana）要出門作長途旅行時，把一隻會魔法的鸚鵡留給她作伴。她在她丈夫離去的第二天下午，就感到生活枯燥乏味，難於忍受。於是等到傍晚，她的兩個侍女就建議她在她丈夫不在的這段日子裏，去找個情人來安慰安慰。她想這倒也是個好主意，就點頭微笑，再刻意打扮一下，收拾一些東西，準備溜出門去。就在她要出發的當兒，那隻鸚鵡突然開腔說話，非常猛烈地批評她這種無恥的意圖，千萬使不得，應該愼重考慮考慮。然而帕拉白瓦蒂認爲鸚鵡只不過是隻逗人玩樂的鳥兒，不値得理睬。她不聽勸告，還是要走。而且惹她使性子揑住它的脖子作勢要勒死它。於是鸚鵡就說：「且慢！只要你能像雅素德維那麼聰明，能排除一切困難的話，那你就儘管去找你的情人好了。」

帕拉白瓦蒂就放開手來，急急地問：「誰是雅素德維？她做了些什麼聰明的事？你快說給我聽！可以讓我參考參考。」

鸚鵡說：「你不是要掐死我嗎？要是我告訴了你，就誤了你出門，那我就眞會被你掐死了。

還是不說的好。」

帕拉白瓦蒂連忙說：「這你放心，我不再虐待你，我一定要聽聽雅素德維的故事。」

於是鸚鵡就講述了第一個故事。當鸚鵡講到最高潮時，就停止下來，然後問帕拉白瓦蒂和她的兩個侍女說：「你們認爲這個故事該如何結局？」

她們當然不知道，猜也猜不出來。

鸚鵡讓她們等得不耐煩了，最後才把意想不到的結局告訴她們。而這時已是深夜，她已無法再摸黑出去找尋情人，她和侍女們就只好各自回房睡覺。

次日傍晚，當她們想出門時，鸚鵡又講了一個新的故事給她們聽，又是講到深夜才完。

這樣，每天傍晚鸚鵡講一個故事，都是講到深夜才止。一連講了六十九個夜晚。最後，第七十一天下午，帕拉白瓦蒂的丈夫馬達那回來了。帕拉白瓦蒂竟沒有出門一步。

可是馬達那對他的妻子帕拉白瓦蒂總是疑雲重重，他相信好動的妻子，怎會守在家中七十天都不曾出門。憑她平日的言行，推想她一定撒了謊。他就指桑罵槐地大聲吼叫，火爆的場面正要爆發的時候，鸚鵡又說話了。要求它的主人，且先聽它講一個故事出來給他參考。這樣在第七十個夜晚，施魔法的鸚鵡又講了它的第七十個故事，馬達那在聽了第七十個故事以後，也就心平氣和地接納他的妻子帕拉白瓦蒂了。

雅素德維和她的轉移術

魔法的鸚鵡講的第一個故事是這樣的：

有一個叫做南達那的市鎭，也就是那個小王國的都城，而那國王的名字，也就叫南達那。南達那王有一個兒子，名叫瑞耶斯哈拉，瑞耶斯哈拉王子的妻子叫撒西普拉哈。一次偶然的機會，達那西那遇見了她，一見鍾情，就發狂般愛上了她。他被那熱情的火，燒遍了全身，但她冷若冰霜，對他的殷勤，未予理睬。最後他的母親雅素德維問他神不守舍的是怎麼回事。

於是達那西那不斷地歎氣，終於淚流滿面地告訴了她，他犯了相思病。他必須得到撒西，那王子的妻子，否則他就活不下去了。可是，可是……他就說不下去了。

雅素德維聽了這些話，勸她兒子想開些。她說，我家有的是金銀珠寶，那裏找不到年輕美貌的媳婦，何必一定要去做那冰霜美人的情夫？但是他的兒子不依，他要的就是撒西一人。雅素德維無奈，只得用好言來安慰她兒子說，憑她的聰明，她會設法怎樣去做，一定達成她兒子的願望。要她兒子高興起來。

第二天，她戒絕所有的食物，穿上最講究的衣服，牽着一隻母狗，就前往撒西普拉哈那兒去。

雅素德維見到撒西普拉哈，就把她叫到一邊，裝出滿面愁容地對她說：「你看這隻母狗，在往昔的世界裏，她也是一位高貴的女人。你，我，和這母狗，前生是三姊妹。因爲各行其是，今生就各得其果。像我，我是大姊，我接受了愛人們的奉獻從沒後悔；而你，你是二姊，你接納他們的殷勤時還有些猶豫。而我們的三妹就不是那回事了。有着任何的代價，她也不同男人做他們要做的任何事，她和他們保持距離。而如今你看她已被貶到一種什麼樣的情況。她必須像狗一般地過活，老是回憶她從前是個什麼樣子。你，由於你的勉爲其難，今生已得到相當好的報應。哦，你也許會，也許不會記得你過去的情況吧！至於我，前生事我都記得一淸二楚。可是我是不願作任何回憶的，因爲我始終自我陶醉。然而我爲你難過，因爲你今生卻像前世的小妹般對別人總是保持距離。所以我帶着狗來把她的故事講給你聽，對你提出警告。如果你已有了追求你的情人，我勸你，就給他他所需要的一切，免得將來淪爲像牠這樣不堪的情況。因爲人對別人慷慨，自己也將受惠無窮。據說：

「那些挨戶乞討的人，很少讓你知道他們眞正的需要；但施捨是獲福的，只要你施捨，你就有福了。而慷慨施捨往往要看情形。因爲施捨給那些需要幫助的人，才能獲大福。」

撒西眞是被這番話說服了，她哭泣着擁抱雅素德維，並且懇求她的幫助，使她從毀滅的邊緣逃離。

這樣，雅素德維就說動了撒西的心，代她物色情人。並且講了有關選擇情人的故事給她聽。最後她堅定了撒西的信心，把撒西介紹給她自已的兒子。那末，瑞耶斯哈見她時常出門，不會起疑嗎？不，他早已受她的欺騙而接受那些耀眼黃金珠寶的賄賂，相信他妻子編的一套謊話，所以也願意讓她出去，而且想到好運已降他身。

這樣，雅素德維就用她的技巧和聰慧欺騙了王子夫婦，而達到她的目的。主婦啊！如果你和雅素德維一樣的聰明，就去吧！否則就留在家裏睡覺去，不要魯莽行事，敗壞你自己。

王后和奇怪的笑魚

第三天傍晚，鸚鵡又講了它的第二個故事，那是王后和奇怪的笑魚。故事的情節是這樣的：

有一個叫做由加依尼的城市，國王叫維克拉瑪誦亞。王后是卡瑪麗娜。她是貴族出身，且是國王最寵愛的妻子。有一天，國王和她共餐時，給了她幾條烤魚。她看着在場的男士們，說：「唉呀！我簡直受不了去看它們，更不要說碰它們了！」這些話使那幾條魚爆出大笑，笑聲之大全城人都聽到了。國王不明所以，覺得好生奇怪，就去向那懂得多種鳥語的占星家，那些魚笑什麼？沒有一個能告訴他的。於是他派人去問他的私人祭司，他是這城裏婆羅門的領袖。並且說：「假若你不能告訴我魚對王后的話大笑的意義，我就把你和所有的婆羅門放逐。」祭司聽了這些話，確實傷腦筋，必然地，他和其他受尊敬的紳士們必須離開，因爲對於這個問題，似乎不可能找出任何答案。他的女兒看到他這種沮喪的樣子就說：「爸爸，什麼事呀？你爲什麼那末憂鬱？告訴我麻煩的原因！你知道，人們擁有了智慧，卽使有了困難也不會失去鎭靜。因爲人家說：『

一個不過份陶醉在成功中的人，是不會被拋擲在災難中的，在困難中他能堅定不移。這樣的人，他是爲永恆的光耀和作爲世界的保護者而生的。』」

於是祭司就告訴了他女兒整個的故事，以及國王如何威脅要放逐他。因爲——世上沒有一個人的友誼和情愛是可信賴的。這對於一個走向叛逆之途的國王，更是不值得信賴了。

因爲據說：「烏鴉講清潔，賭徒講誠實，蛇蟲講和善，婦女滿足於愛情，宦官有精力，醉漢說實話，國王講友誼——誰曾聽到過這些？」

還有，——「不可信賴河流、兇暴的野獸、有觸角的牛、武裝的男人、婦女和王子們。他們就像披戴盔甲的武士般野蠻，用不正當的方法像蛇蟲般爬到你身上。國王笑裏藏刀，他可以給你榮譽，但他是危險分子，大象用碰觸殺人，蛇蟲則用觸吻。」

「多少年來我都忠誠地服侍國王，可是他卻成了我的仇敵，而要把我和我的同件放逐。人家說：

「『一個人可以爲了他的本鄉而放棄別的什麼；可以爲他的國家放棄家鄉；但是爲了挽救他的生命，他卻會放棄整個的世界。』」

他女兒聽了這話之後說：「這倒是眞的。不過，爸爸，一個被他主人放逐的僕人，是不會受到尊敬的。

「因為人家說——『一個人可能是高貴的或很平凡的。只要他貢獻他自己去侍奉統治者，不管他是那一種人，他都不會得到任何東西。國王會接受他所碰到的第一個人——他可能沒有什麼知識，也可能是有學問；是正人君子或卑鄙小人——來為他服務。因為國王、婦女和爬蟲等總是抓住離他們最近的東西。』」

「此外——一個人可能很有學問，精力充沛，很有才幹，有野心，非常精通於各種的職務，但是沒有王子的寵愛，那他就什麼也不是。一個人可能出身高貴，有才幹，但是如果他不對王子獻殷勤，那他只能在乞討和永遠的苦行中過他的日子。一個疾病纏身，或被鱷魚包圍，或受國王所挾制的人，而這不知如何掙脫出來的愚夫，在一生中就永遠不會保住他的職位。

「因為據說——那些聰明而有技巧的人，他們以他們的權力可以帶領獅子、老虎、蛇、象，完成征服的人，國王對他們是一錢也不值的。可是聰明的人靠着國王的寵愛，就可獲得高位；傘達樹叢只在馬來耶山上才長得茂盛。

「所有職位的標誌——用傘蓋、大象、馬匹——都是由國王授予那些他喜歡嘉獎的人。你是國王所喜歡的，所以，親愛的父親，不必沮喪。祭司頭目的職責，就是時常澄清國王心中的疑惑。所以振作起來吧！我會找出那些魚大笑的意義。」

這個婆羅門聽了這個勸告感覺舒服了些。把他女兒的話去稟告了國王。國王很高興，就立刻派人去找那少女。她來到並對國王很尊敬地屈膝行禮說：「先生，求你不要虐待這些婆羅門吧！

那不是他們的錯。求你告訴我，你聽到那魚是怎樣的笑聲呀？而我只是個女子，我奇怪你並不以要我來澄清這事而感到難爲情。」

「因爲——一個國王可能很壞，並不比別人好，但卻具有神聖的外貌。你，維克拉瑪蒂亞，就像你的名字所示，是神聖權力的享有者。因爲人家說——『從因陀羅（譯者註：（吠陀經中之主神，司雷雨及戰爭）產生權力；從火產生熱，閻摩（譯者註：梵語，掌管陰府的閻羅王）發出暴怒。庫瓦拉產生財富，而國王卻是由卡和毘濕奴連結而成的。』」

「你應該去譴責的那人是你自己，因爲排除懷疑和困難是你的工作。」

「那末，聽着，我必須告訴你什麼……

「如果你派人叫我來而得不到答案。無論如何，你不可能懷疑王后的節操，因爲她從不出戶。」

國王和他的智囊團對於這番說詞的含義，都沒有絲毫的意見。所以婆羅門那聰明的女兒就離去而把他們留在迷惑中。

糕餅的秘密

國王整夜未睡而想解出這些說詞的含義。正如人家所說——

「一個債台高築的人，一個有惡妻的人，一個處在四面楚歌之中的人，又怎能睡得着覺呢？」

熬過了痛苦的一夜，國王又派人去找來那聰明的少女並且說：「我不能了解那魚大笑的含義。」

「陛下，最好不要問我。」她回答道：「那可能你會後悔，就像那商人之妻所做，當她決心要找出糕餅是從那裏來的一樣。」國王說：「那是怎麼回事？」她就講了下面的故事：

「有一個叫做耶延提的城鎮，商人蘇馬提住在那裏。他的妻子是帕蒂米妮。他很不幸地失去了他所有的錢，結果他的家人不再同他來往。因爲大家都知道：財富和友誼是相伴的。——

「『有錢的就有朋友；有錢的就有親戚；有錢的就有智慧；事實上，他是個重要的人。』」

「在摩訶婆羅多中（譯者註：印度古代兩大史詩之一）說：『在五種情況下過活的人，雖生如死：飢餓、疾病、愚蠢、放逐，毫無出頭之日的奴隸。』還有——『一個陌生人，只要他富有，他就是親戚；而一個親戚，如果是窮光蛋，他就是被六親不認的流浪漢。』」

「所以這商人就常常帶些柴草去市場出售。一天，他找不到任何柴草，但看到一個甘尼撒的肖像，是用木頭做的。他自忖：『此物正合孤意。』

「因爲人家說——『爲了填飽肚子，餓鬼是無所不爲的；沒有良心的人就被毀滅；任何犯錯的行爲都是有罪的；一個受尊敬的人，做夢也都不會想到去做這些，而對他們那些人卻是很自然的事。』」

「於是他爲了木柴，決心破毀肖像。而當甘尼撒對他說：『如果你能留下我的肖像獨處此地，我會每天給你五個用牛油和糖做的糕餅，你每天可來這兒拿。只是這事你必須不告訴任何人。如果你洩漏了祕密，我的諾言就不算數了。』」

「他就高興地答應了，甘尼撒就給他五個糕餅，他拿回家給了他的妻子。他妻子就拿了幾個給她娘家的人，其餘的給了她的一個朋友。有一天，那朋友就問她糕餅是那兒來的？帕蒂米妮不能回答這問題。這個朋友就說：『如果你不告訴我，我們的友誼就此結束。』因爲正如古諺所說：

「『施與，接受，告知祕密，問些問題，一起吃東西：這都是友誼的五種證明。』」

「帕蒂米妮答道：『我的丈夫知道，不過他說那是個祕密，不能告訴我；即使我問他一百次，我也從他那兒得不到什麼。』這朋友答道：『那末我所要說的就是假若你找不出這個答案，你的青春和美麗，就一個錢也不值了。一定會造成最壞的價值。』

「於是帕蒂米妮又問她的丈夫：『那兒來的這些糕餅呀？』他答道：『蒙命運之神的恩寵，因爲人家說，命運之神降臨於你，她就會完成你所有的願望。即使是從遙遠的地方，從世界的末端，從海底的深處，她都會帶給你所有你所需要的。有一次一隻老鼠正爲牠自己在挖個洞，結果竟掉進蛇的嘴裏去了。這蛇正因找不到東西吃而處於餓死的邊緣，這塊幸運的肉使牠恢復了精神而高與地離去。所以命運是一個人上升或跌落的原因。』」

「當帕蒂米妮發現她丈夫不肯告訴她時，就拒絕進食。他很是爲難地說：『假若我告訴你你想知道的，災難就會隨之而來。那你就要後悔了。』帕蒂米妮無論怎樣都不理會這警告，只是繼續地堅持要知道。最後，她丈夫無可奈何，只好告訴了她。因爲據說：『當上帝要毀滅一個人，必先使他失去理性。如此一來，他就善惡不分了。』」

「那末，陛下！」婆羅門的女兒繼續說：「蘇馬提是被他那傻老婆引誘着說出了祕密。因爲——

「即使羅摩也會沒有認出那金鹿；那胡沙用婆羅門去駕他的車子；有修把母牛和小牛都帶走；堅陣賭博輸掉了他的妻子和四兄弟。所以常常即使是個好人，在危機存亡之際，也會成爲愚蠢的犧牲者。』」

「好了！帕蒂米妮從她丈夫那兒得到了這個祕密，就去告訴她的朋友。結果是這個朋友叫她自己的丈夫到甘尼撒那兒去，甘尼撒就把糕餅給了他。第二天帕蒂米妮和蘇馬提一起到甘尼撒那兒去拿每天的禮物。但他坦白地告訴他們，到他這兒來是沒有用的了，因爲他們的協議已被破壞，糕餅已給了別人。於是帕蒂米妮的丈夫把她狠狠地罵了一頓，非常難過地回家去了。同樣的情形，陛下不必求我解釋那些說詞的含義，以免你後悔莫及。最好沒有我的幫助而由你自己想出來。」如此說着，就站起來回家去。

魔術斗篷

又過了另一個沒有合眼的夜晚之後，這個國王還是想不出那些說詞的意義，於是又派人去把婆羅門的女兒找來，並且說：「求求你，告訴我那些說詞的意義，不要再有任何躭擱。」

她回答道：「你千萬不要用懇求來煩瀆眾神，否則悔恨會隨之而來，就像那和薩坦姬卡墜入情網的婆羅門的事情一樣：在某處有一個城鎮——在什麼地方是無關重要的——那兒的國王是毘拉布耶，那兒住着一個叫克沙瓦的婆羅門。有一天，他有了一種想法：『爲什麼我不再增加一些我父親留給我的財富？因爲人家說——

「『由於你自己的美德而獲致的榮耀是最可靠的；其次是由你父親那兒獲得的；但是從較遠的來源所獲得的就不值什麼了。』」

「於是他懷着要得到更多錢的念頭出發了。在漫遊之際，經過了幾個城鎮，和幾個神聖的朝聖者必經的地方。最後到達一個荒僻的地方，在那兒他看見一個修行者盤腿坐在那兒沈思。

「這個婆羅門就走向前去行跪拜之禮。修行者就暫時停止沈思，看着這個婆羅門說：『在這世界上，應該把慷慨的施捨賜予誰呢？誰應該被保護？把好像幾乎不可能獲得的東西應該贈予誰呢？』」

「這個婆羅門就從他跪拜的姿勢中站起來，並且說：『先生，應該給我，我是個財富的追求者。』」

「修行者知道訪客是個婆羅門，而且震驚於他竟說出那樣不相稱的話來。因爲人家說：

「『看見一個傑出的人物行乞，在飢餓的狀況中，要求他不該要的東西，雖然有人準備給他，也會令人心煩。因爲一個好人雖然他內心很煩，可是他仍然爲別人執行他的任務。傘達樹縱然砍成千百段，它仍然有清潔的作用。』」

「因此這位修行者就給了他的訪客一件魔術斗篷，並且說：『不管什麼時候你抖動它，它就會落下五百塊黃金來；但是你不能把它給任何人或說出金錢的來源。』」

「這個婆羅門謝了修行者就帶着斗篷離去。次晨他抖動這斗篷，立刻就成了五百塊黃金的擁有者。於是他繼續旅行，到達一個叫拉都阿維提的城鎮。在那兒，他狂熱地愛上了一個叫薩坦姬卡的年輕淑女。她搞不清他那兒來的那麼多錢，就私底下和她母親說出了她的疑心。她母親說：『那末，這個婆羅門是幹什麼行業的？他看起來非常有錢，是怎麼弄來的？』於是她就去問她的愛慕者，可是他不告訴她。由於這種困擾，她對他很不高興，假裝不再理睬他。爲求她的歡心，幾經折磨，他終於把魔術斗篷的事全說出來了。結果是她直等到他睡着了，就把那斗篷偷走。如今他失去了所有的錢，女孩子的母親就對他下逐客令。

人家說：

「『對於一個信賴我們的人，要欺騙他不需要多費心思；要謀殺一個熟睡中的人，也不需要多大的勇氣。』」

「這個婆羅門醒來找不到他的斗篷，於是就到法官面前去控訴。他激動地斷言他被偷盜了。於是就審訊這件案子。那母女二人被指控就是那賊。母親說：『這個一無所長的傢伙向我女兒求愛，他就編造了他那斗篷的故事——沒有一個有理性的人會相信這種無稽之談。整個的事情徹頭徹尾地是一個謊言。他到我家來，我的僕人發現他是個外國人就把他趕出門去，而且我們把斗篷已送還那位給他的聖者。』這就決定了這個案子是婆羅門敗訴。他失去了薩坦姬卡和斗篷，都是由於祕密的洩漏。而且這恐怕也是你陛下的命運，如果你堅持你的好奇的話。」說着這些話，少女就站起來走回家去。

背叛丈夫的妻子

這個國王還是不能徹底明白那些詩句的意義，所以第二天他又派人去把婆羅門的女兒找來。她說：「陛下！你不該老是這樣糾纏不休。作爲一個國王不應該如此頑固，不管你所堅持的事情是爲了好的還是壞的目的。國王如同人體，人民只是他的手足，要聽命於他的。然而如果我服從你的命令，就會有惡運降臨你身，就如同那失去了家和所有一切的商人般。」「那是怎麼回事？」國王說。婆羅門的女兒答道：「在一個城裏住着一個商人，他的妻子叫薩哈葛。她是一個非常輕浮任性的人，高興做什麼就做什麼，她的丈夫都管不了她。一天，當她在城裏閒蕩嬉戲的時候，她遇到了一個住在耶克沙的商人。她卽刻愛上了他。當他非常願意接納她時，她就決心跟他遠走高飛。在逃跑之前，她就對她的一個可靠的女傭說：『我要離開一會兒，我一走開，你就立刻把這房子點上火。我的丈夫爲了忙着救火，就不會發覺我的離開了。我不久會再回來。』「於是當薩哈葛剛剛走開，她那可靠的女傭就把這地方點上火。她那已經對那商人起了疑心的丈夫，就離開對耶克沙屋子的監視而回家去救火。等這房子被燒光了，她的計謀也就完全成功了。」

「這樣一來，這個商人就失去了房屋和一切。如果陛下你如此決定的話，這也將會是你的命運了。不過，如果你允許，我會自已告訴你你所要知道的。」

說着，她就離去。

眞相大白

第二天早上，這個國王還是不能找出答案，就把婆羅門的女兒找來說：「你答應要告訴我那些詩句的意義，因爲我自已不能了解它們的含義。」

女孩答道：「如果你不能找出它的意義，那就聽我的。在你的預言家和智者之中，有一個叫樸希帕卡拉的，他是他們的頭兒。我相信他是一個謹言愼行的賢者。告訴我，爲什麼他叫樸希帕卡拉？」

國王答道：「他之所以叫樸希帕卡拉，因爲他笑的樣子，就好像繁花從他面部飄落一般。據報告說，這是他的特性。」

於是就派報信者去帶他來證明有關他這種報告的眞實性。當他來到，他既不肯笑，也沒有什麼花朶從他臉上落下來。由於這個理由，他們就叫他是『祕密的嚴守者。』

婆羅門的女兒說：「那麼樸希帕卡拉爲什麼不笑？你知道原因嗎？」「我毫無所知。」國王回答。「那麼你應該使他告訴你呀！」婆羅門的女兒再接着說：「你曾經問我魚笑的意義是什麼，你問他這同樣的問題，或許他會回答，同時告訴你他自己爲什麼不笑。」

於是國王就請教樸希帕卡拉。由於他是一位智者，又相當重要，所以就送給他貴重的禮物，並且問他爲什麼不笑以及魚爲什麼笑。他答道：「家醜不可外揚。錢財的損失，內心的煩惱，家中的困窘、欺詐、恥辱——從來沒有智者會把這些給揭露出來的。國王的命令，就等於對首陀羅下命令，在地球上有超越的力量；一個正直的，精力充沛的國王的最大聲望，是超越太陽的光華的。因此我要回答你陛下的問題。我發現我的妻子在跟別人戀愛，所以傷心止住了我的笑。」

於是國王就對智者提出了他自己的困難。智者不給回答，但對王后沒頭沒臉地亂打。王后假裝暈倒，樸希帕卡拉不禁失聲而笑。這使國王極端生氣，並且注視着這術士和婆羅門的女兒說：「這有什麼好笑的？你這是什麼意思？」

術士深深地一鞠躬答道：「先生，王后在另一個夜晚並沒暈倒，因爲她是被一些年輕人亂打，她是他們的同伴。如今我亂打她，她就暈倒；或者是假裝暈倒。」

這個國王仍然怒不可遏地說：「什麼話？難道是你親眼看到的？」術士答道：「我是親眼目覩，如果陛下不相信，我可以證明給你看。」

這個國王就進入一個密窟而發現了一切。術士說：「我想陛下現在該明白爲什麼婆羅門的女兒不告訴你魚笑的原因了吧！（當王后說那幾句話的時候，她禁不住去注視那些在場的男人）。」

這事的結局是，當王后和她的情人們被縫進一個麻袋裏丢進河中去的時候，樸希帕卡拉和婆羅門的女兒，於驚恐萬分中被送回家去了。

關於兒子的諾言

次日，帕拉白瓦蒂的兩個侍女，又向她獻殷勤，並且說：「去到那傘達樹油膏被流下的汗水化去的地方，去到那有繁多的愛情聲音的地方，那兒脚踝的裝飾品都不發出叮噹的聲音：那兒每樣東西都激起愛情。去到那愛情的一般法則流行的地方。因爲——

「『健康、愉快、和平、權力、統治：沒有了愛情，這些都算不了什麼了。』人家說——『婦女用長久半閉的眼睛注視她們在彎曲鏡中的美麗的燦爛形象，渴盼地等待情人的來臨。由於她們的嫵媚，婦女們就可獲致愛情之果。』」

這隻鸚鵡就插嘴說：「男人們是容易贏取的；他們常常說得天花亂墜。那是很令人討厭的演說家。縱然所說是有益心智的眞理，他也找不到一個聽眾。可是爲什麼還要說呢？你和你的朋友們是決定做壞事了。」

鸚鵡繼續說下去：

「有一個叫做帕得馬瓦締的城鎭，在那兒，陽光照射在舖有珠寶的街道上，就像那狡猾的國王兜帽上珠寶的光輝落在地上一般。當太陽灼晒着，當漫長的白晝不堪忍受的時候，當風兒像火爐的呼吸，當每樣東西都乾枯或熱死的時候，傘達樹的油膏，薄薄的衣服，提神的飲料——這些就能解熱而帶給你涼爽和舒適。對於有些人，熱度只不過是奴隸。對於那些在白日塗抹傘達油的人，對於那些在傍晚沐浴的人，他們的夜是被扇子的風冲淡了。

在某一城裏，有一個叫旃達納的商人，他和他的妻子在他們房頂上度過熱季。太陽即使發光，但在白天過後，它還是落入海洋。因爲人家說——「當命運和你作對時，再努力也是枉然！」

當夕陽西下時，再多的光線也不能使太陽更亮。於是太陽在西天下沈，他那燦爛的光彩消失了，只是像珊瑚般發着光；然後普照大地的月亮呈現出來代替了太陽，她伴同無數的星星從東山升起，驅除了黑暗。在夜晚的開始，月亮探頭於東山之上往下照射着。——一盞被黑暗籠罩的世界之明燈。從東山背後升起的月亮，當她躺在可愛夜晚的包圍中，或閃爍地站在黑天克里史那（譯者註：印度神話，毘濕奴的第八化身）的頭上時，她發出燦爛的光輝。

這就是旃達納和他妻子一起度過的日日夜夜。他們有一個叫拉瑪的兒子，他的父親教給他一些超人智慧的祕密。

他的母親向旃陀羅神祈禱說：「我僅僅只有一個兒子，所以我由於憂慮不安而感到極度痛苦。」旃陀羅神回答說：「只有一個兒子那對你是最好了。因爲一個兒子聰慧和善，不自私，賢明，會各種的藝術，有各種的美德；只有一個兒子而能像這樣就足夠了。再說，更多的兒子又有什麼好？他們會讓你憂傷，操心。滿足於一個性情脾氣高尙的兒子是更好的。」

但是旃達納的妻子並不滿足，她就對一個叫做杜荷塔瑪雅的婦人吐露私情說：「如果你肯爲我訓練一個兒子能對抗婦女們的騙術，那我就給你一百塊黃金。」「我會給你一個兒子。」杜荷塔瑪雅回答道：「如果他成爲婦女引誘下的犧牲者，我將沒收你雙倍的錢。」於是交易完成而且簽了字。這個兒子就被放置在這商人的家中。在那兒，他就變成婦女們所能想出的各種詭計的對象。

婦女們的詭計是：欺騙的言詞，奸計，呪罵，虛情假意，裝哭裝笑，苦樂的虛僞表現，用溫和的口氣問些問題，對幸運和惡運處之泰然，善惡不分，對愛人直接投以睥睨的眼光——這就是這城鎭的婦女們要實行去完成的項目。

所以這兒子就依照和杜荷塔瑪雅的約定，交給了別人，被他父親送到蘇瓦那島去獲取財富了。

在那島上住着一個叫凱拉瓦蒂的女子，他同她在一起度過一整年。一天，他對凱拉瓦蒂說：「求你告訴我，我的么妹曾經常常說，她雖然深諳各種引誘男人的技巧，可是她從來沒有成功於從她的愛慕者那兒得到任何東西，這要怎樣才能達成呢？」凱拉瓦蒂就把這些話對她母親重述了一遍。

「親愛的」老婦人說：「這很清楚，你的這位愛人是很懂得對付女人的：如此一來，你是抓不到他的了。也許諂媚可以成功，當他想要回家的時候，你就說你要跟他去。而且，如果他離棄你，你就去投水自盡……等等。我敢說他就會給你任何你所要求的。」凱拉瓦蒂回答道：「親愛的母親！不要那樣做吧！沒有了他，對於他的金錢我毫不在意。而且人家說——

「『不要渴望用不正當的方法，或從你所鄙視的仇敵那兒獲取財富。』」

她母親答道：「我的女兒，你全錯了；財富是決定生死的原因呀！人家說——

「『一個精力充沛的男人一定會成功；因為對一切事情，精力是通向幸運的道路。那些不曾洩漏祕密的人，沒有做過壞事的人，沒有濫殺無辜的人——他們會得到榮耀。命運是正義和邪惡的原因；是光榮和恥辱的原因。命運使一個人既是給予者，也是要求者。』

「你照我告訴你的去做。」她母親繼續說：「其他的由我來處理。」於是她聽從了她母親的勸告，結果是：這個商人的兒子把他所有的錢都給了她，而且當她得到了那原本屬於他的幾百萬元之後，他就被逐出去流浪。

於是凱拉瓦蒂的愛人丟掉了金錢和名譽，回到家去。他父親看到他這種情形，非常悲痛就問他這事是如何發生的。他不願意告訴他。但是卻告訴了他的教父。他教父說：「我兒，不要沮喪，幸與不幸同樣都是人的命運，爲什麼聰明的人就該對金錢想那麼多？如果丟了，不必悲傷；如果來了，不必在意。」

當他父親聽到了所發生的一切，他到杜荷塔瑪雅那兒去並且說：「我必須來告訴你發生了一件很大的不幸。我的兒子成了一個婦人奸計下的犧牲者。」「誰沒有被婦女們毀滅掉？」杜荷塔瑪雅回答：「因爲人家說：『一個男人有了財富就變得驕傲；他陷入災難就變得愚蠢。誰會是國王的朋友？誰不曾進入死亡的權力？誰不尊敬一個富有的人？誰落入罪網而毫無損失地逃掉？』所以假若你肯爲我乘船航行，我將同你的兒子回去。常言道：『損壞用損壞回報，傷害用傷害；如果你拉下我的羽毛，我就撕掉你的頭髮。』

「我答應，如果你的兒子被一個婦人欺騙了，我願負責。因爲『雖然這個世界，被狡猾的國王，巨大的山嶽、烏龜、大象等支持着，也可能會移動，而那被聰明的或有思想的人決定的事情，是永遠不會移動的，即使經過很多年代。』」

於是杜荷塔瑪雅和旃達納的兒子回到蘇瓦那。所有的居民包括凱拉瓦蒂都歡迎他。但他沒有得回他的錢。所以問題是杜荷塔瑪雅能做什麼？錢既然沒有得到，他就裝扮成一個旃陀羅神，試着找機會去把錢弄回來。在她漫遊的途中，她碰到旃達納的兒子和凱拉瓦蒂在一起。同時他也看到了她，就衝過去見她。這種行動是他倆事先約好的。凱拉瓦蒂跟着他，並且喊道：「她是誰呀？」他答道：「這是我的母親，自從我丟了所有的錢之後就沒再見到她！」杜荷塔瑪雅緊握住他的手，親切地噓寒問暖，並且說：「我兒呀！你竟然到這個女人的家裏去！你成了她詭計的犧牲者，不過不久你就逃掉了。你知道你拿去的那些錢都是我的呀！」

她用一些詛咒的話繼續辯護，直到凱拉瓦蒂和她母親把這個裝扮成旃陀羅神的女人帶到家中，並且說：「夫人！告訴我們，你是從那兒來的？你叫什麼名字？總而言之，你是誰呀？」「我，」她答道：「是孫達拉沙那的一個詩人，帕德馬瓦禘的國王。我的這個兒子拿走了我所有的錢，而你們又從他那兒把錢偷走。」凱拉瓦蒂和她母親完全給嚇着了，就說：「錢在這兒，請拿去吧！」杜荷塔瑪雅答道：「不！除非這個國家的國王給我許可，否則我不拿。」

於是她們跪在她腳下並且說：「我們求你把錢收下，饒了我們吧！」所以她受了凱拉瓦蒂和她母親的最高敬禮，拿了錢和拉瑪高高興興地回到他們自己的國家去。

德維卡和她的傻丈夫

在一個大村莊裏，住着一個大傻瓜。他的妻子是一個輕浮的，行爲卑劣的人。她有個情人——是個婆羅門——她常常和他在離村莊有一段路程的一棵樹下相會。這就成了當地人們閒嗑牙的主要話題。當然也就給她的丈夫聽到了。她的丈夫決心親自去看個究竟。到了那兒，他就爬到那棵樹上去偵察。他在那隱蔽的地方所看到的完全證實了人家所談的。

於是他就大聲喊他的妻子說：「你這無恥的賤婦！你過去到這兒來做這種事已經很多次了。」

她被弄得有些困窘，就說：「我不知道你是什麼意思？」

「我就會讓你知道我是什麼意思。」他答道：「只要你等在那兒直到我下來。」

於是她答應等他從樹上下來。而在這同時，就把她的情人遣走。

她的丈夫終於從樹上下來了，就對她說：「你求饒是沒有用的，你作的事已經當場被我抓到了。」

「我親愛的丈夫，」她答道：「你必須知道這棵樹有一種非常特別的性能。就是任何一個人爬上去就會立刻幻現出他或她的配偶的欺騙不忠的情境來。」

她丈夫答道：「那麼，你爬上去看看是不是也是這樣。」她就照做爬上去而且大吼道：「你這無恥的卑鄙小人，你已經追逐別的女人很多很多天了。」

這個傻瓜以爲她所說完全是眞的，就一言不發地和他老婆和好而一起回家去。

貴婦和老虎

在某一村莊裏住着一個王子，他的妻子是一個很有聲望的人。但是脾氣很壞，又愛吵嘴。一天，她和她丈夫起了一番激烈的爭吵。結果她就帶着兩個兒子回娘家去。

她走過幾個市鎮和村莊，最後到達一個馬拉亞附近的大樹林。在那兒她看到一隻老虎。老虎也看到了她，就憤怒地搖着尾巴向她走來。她有些驚嚇，但是裝出一副勇敢的樣子，就狠狠地摑了她兩個兒子每人一個耳光說：「你們幹麼爲了誰要有虎肉吃而爭吵，你們沒看到走來一隻嗎？先把牠吃掉然後我們再去找另一隻。」老虎聽到了這話，心想：「無疑地，這個女人眞正是個可怕的人。」就嚇得逃走了。

不一會兒，一隻胡狼遇到了牠，就爆出一陣笑聲，說：「喂！這兒有一隻被什麼嚇得逃走的老虎。」老虎答道：「胡狼朋友！你越快離開這兒跑去遠方的國家越好，因爲在這附近有一個最可怕的人——一個正牌的食虎者——就像那只有在寓言故事中才聽說的。她幾乎要了我的命。我一看到她，就趕快拚命逃跑。」「啊呀！這使我很驚奇，」胡狼說：「你的意思是說你所怕的只不過是一個人類的軀體嗎？」

老虎答道：「我接近她了，她的所說所做足以驚嚇任何東西。」

胡狼答道：「好吧，我想我要自己去看看是否能找到那個吃虎的女子，你恐怕最好不要去了，因爲她可能會認出你來。」

老虎答道：「同我去不同我去是沒有什麼分別的，反正你被殺死是一定的。」

「好了，那麼，」胡狼說：「讓我騎在你背上，我們一起去。」

於是胡狼就被綑綁在虎背上出發了。不久就發現了食虎者和她的兩個兒子。看到了老虎回來還陪着一隻胡狼，起先她有點緊張，不過思慮了一分鐘她就大喊道：「你這可惡的胡狼，從前你一次總是帶給我三隻老虎，如今你只帶了一隻來是什麼意思？」老虎聽到這話，嚇得背着胡狼趕緊轉身逃跑。

老虎繼續埋頭奔跑，而在牠背上綁着的胡狼，忍受着最大的難過和不便。對於牠的問題是，如何解脫這種困境。因爲老虎怕得要命，拚命地向前衝，衝過河流，越過高山，穿過樹林。突然胡狼爆出一陣大笑，老虎大吼道：「啊呀！我就看不出有什麼好笑的！」

「有很多，我想。」胡狼答道：「我剛剛想起我們是多麼聰明地欺騙了那可惡的食虎者。現在虧了你的幫忙使我安然無恙。而她卻被留在後面，沒人知道她在那兒。這就是爲什麼我要大笑。所以，親愛的老虎，務必讓我下來看看我們是在什麼地方。」老虎覺得被奉承了，欣然從牠背上鬆解了胡狼的綑綁。牠剛剛做完這事，突然地，牠倒下死了，而胡狼就歡天喜地地走了。因爲人家說：

「智慧比壯觀和炫耀更好。因爲智慧可以使人得到地位，財富和榮耀；可是一個人缺乏了智慧，就會落入悲慘的命運。無知者的力氣往往去完成別人的事業，即使像大象那麼卓越的力量也要受制於人。」

完結篇

這樣鸚鵡每晚講一個動人的故事，在這些故事的終了，馬達那從他的遠征歸來，被帕拉白瓦蒂用各種愛的表示歡迎着，並自白她等他七十天工夫，未出家門一步。而馬達那看他一向好動的妻子的臉色，卻疑心生暗鬼，覺得越看越不對勁。終於吼叫一聲責罵她的假殷勤。

這隻鸚鵡就非常緩慢而嚴肅地說：

「主人啊！女人的情愛毫無意義；女人的自尊毫無意義。在你不在的這段時間裏，她一直是忠實於我的。」

馬達那聽了鸚鵡所說的話，臉色卻沒有改變。他沒有注意到牠話中的含意。

於是鸚鵡微笑着繼續說：「一個聽了忠告而能遵行的人，今生來世都會幸福的。」這一來就引得馬達那問鸚鵡牠這話是什麼意思。對此帕拉白瓦蒂感到有點不安，好像有什麼事要發生似的。因爲人家說：「善良的永遠是勇敢的，因爲有善心支撐着；邪惡的永遠是恐懼的，因爲他們的邪惡使他們膽怯。」

於是帕拉白瓦蒂就對她丈夫說：「先生！你的位子剛好給補上了，因爲在這屋裏住着一隻鸚鵡，牠似乎從眾神之所降臨的，他說一些智慧之言。對於我，他曾經既是丈夫也是孩子。」

這隻鸚鵡對於這些話，覺得有點難爲情。因爲那似乎不是他所應得的讚美。馬達那轉向帕拉白瓦蒂說：「請告訴我這隻鸚鵡是用些什麼智慧之言來安慰你的？」

她答道：「我主，一個說眞理的人可能會找到，但卻不容易找到一個聽衆；因爲常言道：

「『悅耳之言受歡迎，逆耳之言無人聽。』

現在，我的夫君，聽我說：自你走後，有一段時間，雖然我們分隔兩地，可是我一直想念着你。後來來了一些邪惡朋友想把我引入邪道，是這隻鸚鵡阻止了我去跟隨她們，並且用講故事給我聽的方法把我禁制了七十個夜晚。所以，我就不能隨心所欲，因而我那些罪惡的企圖就沒有實現。從今天起——不管活着還是死去——你，我的夫君，就是我主要的對象了。」

在這長篇高談濶論的結尾，馬達那轉向鸚鵡，並問牠世界上的一切有什麼意義？

鸚鵡答道：「言辭一定不是聰明的人在匆促之間說出來的；那些懂得什麼是對的，什麼是正當的人們，言行一定是一致的。先生，對於那愚者，醉漢，婦女，病魔纏身的人，戀愛中的人，懦弱的，盛怒的，我都沒有什麼可說的。那神經錯亂的，粗心大意的，怯懦的，挨飢的，像這一類的人，是沒有什麼美德的。有十種人他們不知道正義之道——神經錯亂的，粗心大意的，醉酒的，衰弱的，盛怒的，貪吃的，草率的，膽怯的，貪婪的，淫蕩的。

「請寬恕帕拉白瓦蒂的缺點。實在地，那些並不是她的錯，而是她那些邪惡朋友的錯。因爲常言道：

『近朱者赤，近墨者黑。卽使畢喜馬偸了條牛也是受了杜業育達那的影響。這個國王的女兒是被一個毘特耶達拉引入歧途的；雖然她的錯誤是明顯的，可是她父親也原諒了她。』」

然後這隻鸚鵡就講給馬達那下面的故事：

「有一個叫馬來耶的山，山頂上有一個乾達伐司城市。那兒住着一個乾達伐人。他有一個妻子叫拉德那娃麗。他們的女兒是孟嘉麗。她極其美麗而迷人，每一個見到她的人，不論是天神或英雄，都會完全失去理智。要爲她找一個足以相配的丈夫，那實在是不可能的。」

「一天，發生了這樣一件事，一個修行的那羅陀來到這兒，當他看到她時，被她的美色迷惑得發瘋了。可是過不多久，那羅陀的師父，一個有道行的律西，他自己來到，就很嚴肅地，用這些話詛咒她：『因爲一看到你的美麗，使我內心燃起了熱情之火，你必定會是詭計的犧牲者。』然後她的父親聽到了這咒罵，就對這位律西鞠躬到地，並且說：『先生，可憐可憐我女兒，允准對她的寬恕吧！』律西答道：『她的確是應該被欺詐的。不過，她不會受損失，也不會沒有丈夫。在天國梅盧的山頂上有一個叫毘布羅的城市，那兒住着一個乾達伐，叫做甘般白，他就是你女兒的丈夫。』說了這些話，律西就離去，依照對他的諾言，孟嘉麗就嫁給這個乾達伐。

「此後不久，她丈夫離開了她，往凱拉沙去旅行。對他的離去，她很傷心，就全身伸展地躺在她家庭院中的一塊石板上。於是被一個毘特耶達拉看到了，他大膽地向她求愛。她毫不遲疑地拒絕了。但是最後，他裝扮成她丈夫的樣子，達到了他的目的。

「不久她丈夫回來了，可是看到了他，她並不顯得特別高興。他想這必定是她受了別的誘惑力的反應。結果他使自己如此地嫉妬以至於考慮要把她弄死。孟嘉麗看出了這點，就到女神難近母廟去大聲慟哭。

「女神聽了她的訴怨，就對她丈夫說：『高貴的乾達伐！你的妻子是無辜的；她是被一個裝扮成你的樣子的毘特耶達拉欺騙了。由於她在事情的眞相中是無知的，那她又怎能受譴責呢？而且，整個事情的起因是由於這個律西對她所發出的呪語。如今這呪語已被用掉了，因此她已無罪，你就得帶她回去。』聽了這女神的話，甘般白就帶他的妻子回家，快快樂樂地生活在一起。

「所以，馬達那啊！」鸚鵡繼續說：「如果你對我所說的還有幾分相信的話，就好好對待你的妻子。因爲她是沒有邪惡的。」

於是馬達那聽完了這鸚鵡所講的第七十個故事，心情也平靜了下來，就順從了鸚鵡的意願，仍接納了他的妻子帕拉白瓦蒂，帶她回故鄉的老家去。而他的父親對他兒子的歸來，非常高興，就大擺筵席，表示歡迎他快樂的兒子帶着青春美貌的媳婦一起回來。當盛宴正進行時，天上的鮮花就如雨般繽紛地飄落下來。而這鸚鵡——帕拉白瓦蒂的勸告和說服者——也就解除了迫使牠成爲鸚鵡模樣的呪語，冉冉上升，到眾神的住所去。原來牠本是一位仙女，不小心冒犯了一位律西，被呪變成鸚鵡的。而馬達那和帕拉白瓦蒂在和平安樂中度過了他們幸福的下半生。

印度文學歷代名著概說㈣

五、第四期宗教革新的混合文學名著綜述

（約自公元十四世紀至十九世紀前半）

如前所述，印度教從公元一〇〇一年摩牟特等的回教軍自西北不斷入侵，在德里相繼建立回教統治的奴隸王朝、基爾奇王朝、圖格拉王朝等回教王國，梵文文學卽呈衰象。許地山所著印度文學就說：「自十世紀到十六世紀中葉，是印度文物成熟和凋落的時代。蒙古大帝阿克拜（Akbar）治印度時，（公元一五五六到一六〇五年）國中一切都現出太平的景況。在他的朝廷裏，常有宗教、哲學、文藝等等辯論。參加辯論的有波斯人、基督教徒、猶太教徒、回教徒等。致她的文藝完全失掉本來面目。這個時代的文學作品，多半含有印度教與回教色彩，也有些是闡發基督教教義的。」查以阿克拜稱盛的蒙古王朝，於一五二六年由其祖父拔巴（Babar）所創立，入主印度三百年，至一八五七年印度軍民大暴動，始被英軍覆亡，全印度始爲英人統治。

蒙古王朝治印的三百年間，以在位五十年娶印女爲后的阿克拜大帝爲代表，是企圖混合印度

教與回教的文化，創造一種新宗教新文化的計劃下所產生的混合文學時期。可是這計劃實不自阿克拜始。基爾奇王朝的阿拉烏丁（Alaud-din 一二九五年至一三一六年）就想創立新宗教而未果。圖格拉王朝的開創者圖格拉（Tughlak）父爲突厥人，母爲印度人。其弟羅迦巴（Sikah Salar Rajab）更娶印度教貴族羅那摩爾（Rana Mall）之女毘梨奈拉（Bili Naila）爲妻，故其所生子費魯玆沙（Firoz Shah）實爲兩代印回混血兒，幼承母教，深受印度亞利安文化之影響，及其繼承爲王，在位三十七年間，（一三五一至一三八八）卽改變高壓虐殺印度教徒政策，施行融合印回兩教人民的溫和措施，國內平安，百工樂業。

而此後十五世紀時，印度人民中，也有哲人羅摩難陀（Romonad）革新印度教的運動興起，他確立「羅摩」（Rama）爲宇宙最高主宰，人若敬愛羅摩，虔誠默念羅摩之名號，卽獲解脫，被稱爲巴克諦（Bhakti虔敬摯愛上帝）運動。那時德里回王朝庭既不用梵文，民間知曉梵文者也日少。所以他卽廢棄梵文，改用當地土語寫述宗教詩偈，而使婦孺咸能傳誦，寺廟之宗教遂傳入家庭之中。詩哲泰戈爾所推崇的詩人加比爾（Kabil 一四四〇—一五一八）卽其十二門徒之一，而詩人杜爾西達斯（Tulsidas 一五三二—一六二七）用印地文所寫的羅摩功行之湖（Ramcarit-manas）更成爲羅摩宗的新教典。而那那克（Nanak 公元一四六九年至一五三八年），繼加比爾而起撰寫原經（Adi-granth）創立了錫克教（Sikhism），更成爲印度一種獨立留存的新宗教。流佈在旁遮普一帶，至今盛行，擁有教徒六百萬。

因此，我們可以說，阿克拜的種種措施，實爲時勢所趨，所以他所領導的混合文學運動，應自十四世紀算起，到蒙古王朝覆亡的十九世紀前半爲止，五個半世紀爲印度文學的第四期。

第四期作品所用語文，爲回教王朝所用的波斯語、突厥語等，印度各地所用方言，及印回兩教人士長期間日常接觸而所產生的烏都語(Urdu)。烏都語採取印地文的文法，而字與成語則取自波斯文與阿拉伯文。通行於西北印度地區。蓋自回教軍由西北入侵，印度吠舍、首陀羅階級尤以賤民，一信回教，即得被一視同仁，即奴隸亦可以功擢升高官，故印人改信回教者甚多，尤以西北地區爲然，故烏都語遂爲印度回教徒通用的語文。

奴隸王朝、基爾奇王朝、圖格拉王朝之王族，皆爲突厥人，而朝中大臣，亦用波斯人。例如波斯詩人柯書羅(Amir Khasrau 公元一二五三年生)即爲基爾奇王朝的大臣與宮廷詩人，著有詩文集甚多，大部分已散失。其中一書，爲描述阿拉烏丁王的戰績者。另一書則闡述當日印度社會宗教文化情形者。彼主張對於被征服的印度人民應予同情、友誼，進而瞭解其習俗與思想，方可使國家臻於強盛。另一著名波斯文詩人提爾毘(Mir Hasan Dehlvi)與柯書羅爲同一時期人物。

羅摩難陀的十二門徒中，有賤民也有回教徒。他有名的門徒加比爾，就是一個織造匠，約於公元一四四〇年生於貝那勒斯，(即波羅奈城)父回教徒，他卻幼年即皈依印度教大師羅摩難陀爲弟子。因此，他反對虛僞的宗教儀式，反對職業僧侶。他認爲念珠不過是木頭做成，神像只不過是冰冷的石塊，羅摩與黑天不過是死去了的人。吠陀與古蘭經也是空話。剃頭匠、洗衣婦、木匠，比僧侶更易接近上帝。他追求眞理，追求愛。眞理只有一個，因此：「上帝是唯一的，不管你把他當做羅摩或阿拉來禮拜都可以。」他的教義遭到頑固婆羅門的反對，約在公元一四九五年，當他將近六十歲時，被逐出貝那勒斯，一直在北印度各地流浪。公元一五一八年在瑪加爾逝世。他並不是個出家人，他有家室，以織布爲業。他沒有受過很好的教育，但由於他對神和愛的追求，卻留下了不少淳樸動人的宗教詩篇。加比爾是般提宗（Panthi）的創立者，也是錫克教的祖師之一，他的教理，部分是從基督教借來。他的著作用西印度的印地語（Hindi）寫成。他的詩可和着樂器一起來唱，所以他晚年成爲一個流浪詩人。最著名的詩集是五千頌（Sakhis）和闡發教理的詩歌羅摩尼（Ramainis）。從他書中，我們可以體會他的純一神觀、人道主義，和對於眞理的見解。他非但希望廢除階級制度，並且要解除一切宗教的及世俗的障碍。詩哲泰戈爾用英文譯出了他的詩一百首，書名加比爾詩百首（One Hundred Poems of Kabir）。

錫克教的唯一聖典原經，這一本那那克等所寫宗教詩的總集，是公元一六〇一年有修師（Guru Arjuna）所編成。經中的文辭有些是旁遮普語（Punjabi），有些是摩拉陀語（Marathi），而多數是西印度語。那那克出身武士階級，曾爲拉河省督掌文書。後從詩人加比爾學道，他潛心研究各宗教教理，均極相似，印回兩教亦然。上帝只有一，超乎世間，永恆存在。更主張內心的眞純信仰，反對偶像崇拜。他曾有詩偈曰：

上帝只有一，其名曰真理；
或名創造神，或謂精神晶；
不懼與不害，亦無時空限；
既是無生品，永久長存在。

他雲遊印北各地，招集徒眾，宏揚其說。且曾赴回教聖地麥加觀光。逝世時指定其弟子奧伽特（Angad）為錫克教之第二祖，故能綿延至今。否則恐亦將似羅摩難陀然，傳一二世，即與印度教同化，無復單獨的組織系統了。

大詩人杜爾西達斯的作品，除羅摩功行之湖以外，還寫了十一種關於羅摩事蹟的詩歌。如童子羅摩福音（Gitavali）、羅摩迦毘陀婆利（Rama Kavittavali）、皈依羅摩祈禱書（Vinaya Pattrika）等都很為人所傳誦。他用東印度語寫來韻律鏗鏘，意境深遠，更顯得帶有濃厚的音樂的神韻。加以他高超的文學手腕，能把羅摩寫得非常活現。使羅摩上帝之名，深印北印度每一人民心靈之中。他說天上羅摩，是人們的慈父，而人們都是兄弟。他詩中的文辭隨着詩中的情節而張弛，尤善表現別離和戰爭的哀苦。他出身婆羅門，但不是僧侶；他曾結婚生子，所以洞悉世情。他在貝那勒斯（Banaras）鄉村中與民眾同住，向他們求乞，和他們共同祈禱，均分甘苦。他常遠遊，遊踪到處，相知甚多，見識廣博。所以他的詩歌既從自然界的印象得來，而也含有偉大的氣魄。他的聖歌集（Gitavali）、十六韻詩集等也很有名。

杜爾西達斯與錫克教二世祖伽特的時世，已在蒙古王朝入主印度初年。他們都影響着阿克拜大帝的宗教政治措施。而蒙古王朝的開國君王拔巴，就是一位能文善戰英雄，他雖是成吉思汗的後裔，卻使用突厥語，信仰回教，他自中央亞西亞輾轉到達阿富汗，進軍德里，一五二五年潘尼帕德（Panipat）一戰而入主印度。他用突厥語撰寫自傳式的備忘錄，由其子胡馬雍（Humayun）謄寫出來，到阿克巴大帝時代，譯爲波斯文。到十九世紀初年，英人皮萬麗奇（Beveredge）譯成英文，成爲蒙古王朝第一本名著。

蒙古王朝二世帝胡馬雍也文武兼備，有烏都文的贈美女左蓓達詩等流傳下來。

蒙古王朝的三世帝就是歐西人士所尊稱他爲大帝的阿克拜。他幼年生長於波斯，一度曾信仰耆那教，十三歲卽位，衡度情勢，採取混合印回文化政策。十八歲時自娶印度教羅奇普德族的公主奇雅拉妮爲后，任用她的兄與姪爲大臣。又給皇后奇雅拉妮（Jiya Rani）所生太子沙零（Salin）娶了個羅奇普德的公主喬特蓓（Jadhbai）爲妻，來提倡印回通婚。阿克拜幼年不喜讀書，專習騎射戰鬥，等到以武力統一印度後，感到需要文治了，才孜孜不倦地讀書研究。他聘請阿拉伯人費其（Faiji）兩兄弟做他的顧問，講解有關宗教政治文學等名著。招請各教學者討論宗教教理。尤以印度教與基督教的高僧，最爲他所敬仰。他採各教之長，自創新教，名爲神聖教（Din-Ilahi）以爲國教。此新教的要點爲：「阿拉（Allah）之外無他神，阿克巴爲神的預言者。」但亦尊重印度雅利安人的習俗。依據這新教教義，實行減輕賦稅，每年開放穀倉，賑濟貧民。而歧視印度教徒的人頭稅與朝山進香稅等亦均予廢止。自此神聖教教團卽擴大於印回兩教民眾之間，對異族統治者的反感大形減退，蒙古王朝之統治得以鞏固，阿克拜的武功文治，在印度史上足與阿育王媲美。而當時朝中，則以波斯文著作盛極一時。

在印度波斯文壇上首屈一指的爲阿克拜的老友阿布法玆爾（Abul Fazl），他寫了兩部名著，一爲阿克拜大帝本紀（Akbarnama）記載阿克拜在政治軍事上的偉大成就；一爲阿克拜大帝治國會要（Ain-i-Akbar），詳述阿克拜的行政措施實況，均爲世所重。另有尼柴姆烏定（Nizam-ud-din）等著有阿克拜大帝評傳（Tabaqat-i-Akbar）。

阿布法玆爾之弟費其，則於公元一五七五年被阿克拜賜以「詩王」的榮銜。所作波斯二韻詩之外，更有圓心、所羅門與示巴女王、納拉與黛瑪鶯蒂、地的七帶等波斯文詩歌傑作。

阿克拜大帝治世時的文學，除上述波斯文著作，以及用東部印地文寫詩的杜爾西達斯的羅摩宗名作外，另有用西部印地文寫詩的盲詩人蘇爾達斯（Surdas）的黑天宗名作蘇爾詩海（Sura-sagara）六萬頌，描寫黑天上帝克里史那的生平事略，也是俗語文學中的偉大作品，流傳頗廣。而黑天宗的女宗教家詩人米蘿貝（Mira Bai）也是阿克拜時代的名人。她以一五五七年生於羅奇普德地方，她是米華爾（Mewar）國王的公主，嫁作吉多爾土邦（Chitor）的王后。但她爲了追求永恆的生命，爲了探索宇宙的奧祕，爲了尋訪吹笛的牧童——黑天上帝，而捨棄榮華富貴，唱着她自作之歌，去林下禪定。阿克拜大帝和他的樂官唐珊（Tan Sen）聞名前往拜訪，見她跪在黑天像前，虔誠禱告，贈以珍珠項圈，她拒絕接受。阿克拜謙虛地聲明是供養黑天上帝的，她遂收下置於像前。米蘿貝之夫蒲琪王聞訊大怒，不准她獨居廟中，下令放逐。於是米蘿遄赴黑天聖地勃林達朋（Brindaban）進香。蒲王扮作乞丐，前往謝罪，始行同歸。不久，蒲王逝世，她再度朝山進香，遂達到她與上帝合一的願望。她用西印度語所作詩歌，印人愛唱，令人神往。吉娑弗達斯（Kesav Das）用西印度語所寫羅摩月（Ramachandrika）則爲描寫羅摩事迹的詩歌。

用東印度語寫的名著，還有公元一五四〇年摩力摩罕默德（Malik Muhammad）寫的詩體的歷史小說紅蓮花（Padmavati）也很重要。這書富有創作力，文辭上且帶着詩歌的秀麗。摩力是一個回敎的修道士，他這部小說描寫公元一三〇三年回王阿拉烏丁攻破吉多爾城的故事。吉多爾國王從鸚鵡的話裏知道錫蘭國公主紅蓮花的美麗和溫柔，便歷盡艱險去找她，終於將她帶回吉多爾，一同過着愉快的日子。阿拉烏丁聞名前來，要用武力強迫吉多爾王獻出美人，於是戰爭開始，吉多爾王出戰被擒，仍要他獻出紅蓮花才釋放他。這時甘巴尼（Kambhalner）國王，又來侮辱紅蓮花，幾經波折，吉多爾王得友人哥拉（Gora）和巴多爾（Badal）等的援助，才得以殺出重圍返城，但當他知道甘巴尼國王無禮，又即宣戰，把他殺死。而他自己也受了刀傷，回到宮中便死了。紅蓮花殉節於丈夫火葬堆中。這時阿拉烏丁又兵臨城下，巴多爾應戰陣亡，城亦陷落。有人以爲這雖是一段史事，但內有寓意的。書中吉多爾城喻人身，吉多爾王喻靈魂，鸚鵡喻教師，紅蓮花喻智慧，阿拉烏丁喻謬見。作者理想極高，表示他與回教徒對於凡要求眞者的同情心。在俗語文學裏，這樣寄寓深理的作品，實不多見。

阿克拜的太子沙零於一六〇五年繼位，即四世帝傑罕基（Jahangir），後改娶波斯女子奴傑罕（Nar Jahan）爲后，二人均愛好波斯文學，奴傑罕尤擅小詩，傑罕基更有自傳留世。而傑罕基之孫女齊白恩尼莎公主（Zeb-un Nisa）更爲波斯文的有名詩人。其詩前期艷麗，後期淒美，最爲動人。

四世帝沙傑罕（Shah Jehan）自公元一六二八年至五八年，在位三十年，勤政愛民，晚年卻爲其子所幽囚。他爲其后所建泰姬陵，和我國長城、埃及金字塔齊名，是世界最有名的建築七奇之一。當時波斯文學亦甚發達，阿伯陀爾哈密達（Abdul Harmid）所著回王沙傑罕（Badshanama），及伽斐可汗（Khafi Khan）所著歷史會要（Muntakhab-ul-lubal）爲當時文學名著。印地文詩人毘訶黎羅爾（Biharilal）所著七百首韻詩（Sateaiya），亦當沙傑罕執政時期。

上述西印度語（Western Hindi）則爲恆河中游一帶通用的語言。係古代摩揭陀語（Magadhi）演化而成。除此之外，印度西部阿拉伯海沿岸達曼（Daman）一帶，通行摩拉陀語。圖迦羅摩（Tukaram 1608-1649）生於浦那（Poona）附近，初爲商人，不得志，便棄家爲乞士。他用摩拉陀語寫成他編入天文學的名著不斷的歌頌（Abhangas）四六二一首。他不拘格律，不受音韻和聲調的束縛，他只是以詩代說話，來頌念上帝毘濕奴，是一種詩的革命。詩中所寓宗教和道德的教訓很優越。當地人民，就是未受過教育的，也都能吟唱他的詩歌。各階級各宗派的人民，不論在野外田地裏，在家中燈光下，都愛誦他的詩歌。

師利達羅（Sridhar 1678-1728）也是摩拉陀語的詩人。他的重要作品，是梵文薄伽梵往世書的摩拉陀語譯本。

史詩摩訶婆羅多也於公元一八二九年由貝那勒斯城詩人牛羣圭（Gokulnath）等譯成東印度語，譯筆優美，北印度人多喜習誦。

此外屬於雅利安系的方言，北部有克什米爾土邦所用的克什米爾語；五河區所用的旁遮普語；印度最東部阿薩姆（亞三）所用的阿薩姆語；（Assamess）孟加拉灣北岸濱海地區所用孟加拉語，約自恆河口加爾各答一帶，東到今日孟加拉國達卡（Dacca）一帶，北到阿薩姆河谷下游及恆河北岸一帶。巴基斯坦則通用烏都語。南印度方言，則大多非亞利安人語系，一般稱之為達羅毗荼語。主要有：㈠邁索爾（Mysore）土邦及馬德拉斯（Madras）以南全多操塔米爾語（Tamil）；㈡由馬德拉斯到奧里薩德干高原東邊沿海以及海德拉巴土邦操德魯古語（Telugu）；㈢自孟谷魯爾（Mangalore）以南的西海岸區人民通用摩羅耶語（Malayalam）等方言。惟上述諸方言，未必均有文學名著產生。

現在先說克什米爾語的作品。公元十四世紀有一位濕婆派的女性苦修者，曾著有那羅的諭言

（Nalla-Vakyani）流傳下來。克什米爾人至今懷念着這位女詩人，並崇奉她爲濕婆宗的女先知。

旁遮普語很少文學作品。爲三百年前錫克教徒所發明，以供寫作經典之用，有修師（Guru-Arjuna 1581-1604）所輯原經中所用文字一部分就是用旁遮普語所寫。但像加比爾詩被輯入原經的御用西印度語。此外五河土邦宮庭中常有些彈唱詩人，用旁遮普語彈唱古代英雄的事蹟，爲人民所愛聽。

阿薩姆語自十三世紀以來就產生了若干作家。最著名的詩人師利商迦（Sri Sankar）乃徧入宗的改革家，和薄伽梵歌的方言譯者。阿薩姆語的兩大史詩譯者爲羅摩室羅筏（Rama Sarasvati）。摩陀普（Madhab）寫了不少詩，而以他的敬信寶文（Bhakti-Ratnavali）最有名。

孟加拉語作品首先要說的，也和其他方言同樣地把兩大史詩和薄伽梵古史記（往世書）譯成當地方言爲一重要工作。自公元一三七〇年後，克利諦婆娑（Krittivasa生於一三四六年）所譯的羅摩耶那的孟加拉文譯本成爲孟加拉地方最流行的書籍之一。摩訶婆羅多的最古孟加拉文譯本據說也於同時爲三甲耶（Sanjaya）譯成。但是此史詩的最著名譯本是伽西羅（Kasiram）所譯的（約在公元一六四五年）。薄伽梵古史記爲馬拉巴婆蘇（Malabar Vasu）於公元一四七三年及一四八〇年間譯成孟加拉文。約在公元一四〇〇年間宗教詩也在孟加拉發展着。同時，孟加拉詩人昌第達斯（Chandi Das）著有近千首的愛情歌，其中同時描述天上的與人間的愛情，用以紀念羅達及黑天的神聖之愛」。伽維干干（Mukundaram Kavikankan）也被列爲最偉大的孟加拉詩人之一。他著有昌第女神（卽難近母）的頌詩。此詩列入完成於一五八九年的昌第曼谷爾（Chandi Mangol）一書中。此故事的主要情景雖然置於濕婆天之上，但作者卻依照實際情況敍述孟加拉的眞正生活狀態。

有知（Chaitayana）——這位聖哲是狂熱而激烈的黑天崇拜者。他與宗教史的關係較與文學史的關係尤爲密切。他並且對於孟加拉的精神生活發生重大的影響。他的眞名是比三巴彌斯羅（Bisambhar Misra 一四八六—一五三四年）。他於公元一五〇九年成爲一個苦修者，因此獲得「有知天」（Chaitayan Deva）的稱號。他在旅行傳敎的期間獲得不少的信徒。甚至在他生時，卽被人民目爲黑天的轉世，他的像至今仍爲孟加拉及奧里薩的毘濕奴宗的信徒敬奉着。他自己常反對將他敬奉爲神，他僅在精神恍惚時有時叫着：「我就是他（黑天）」。有知的傳記是孟加拉文學中的主要部分，最先敍述他的事蹟的人是他的門徒鐵工牧者，他曾伴着他的夫子旅行四方。他敍述有知是精神失常的上帝敬信者，因爲他若聽到任何人喊「黑天，黑天」的時候，他就要掉下淚來。佛利達萬達斯（Vridavan Das 一五〇七—一五八九）所著的有知尊者(Caitayana-Bhagavata) 及黑達斯(Rrishna Das生於一五一七)所著的有知本行集(Caitayana-Caritamrta)及其他的著作，一部分是詩歌，一部分是傳記敍述。此後孟加拉的敎派，又變爲大自在天派，他們又轉而崇拜濕婆神與其妻難近母。到十八世紀而更盛。詩人兼聖哲的婆羅薩（Ram Prased 一七一八—一七七五）所作難近母的頌詩，他在孟加拉很受人尊敬。孟加拉文學史家森氏（D. C. Sen）曾說沒有一個農夫，沒有一個老人，沒有一個婦人不從這位作家的詩歌中獲得安慰。

南印度達羅毗荼語系的塔米爾語所寫作品，最初爲耆那教徒所寫。十三世紀時，南印度的耆那教徒很活動，留下了一部重要的詩集那羅迪耶（Naladiya），至今尙留存四百頌。而提魯婆魯華的鳩羅書（Kurral）是塔米爾語文學的傑作。此書由二千六百六十句短語集成，內容是討論道德、財富、安樂等事。南印度各宗的教徒都爭認作者是他們的教徒。客觀地說，它帶着耆那教的色彩較多。提魯婆魯華的妹妹奧毗耶（Auveiyar）也是有名的塔米爾語詩人。塔米爾語的小說有無名氏的如意珠（Chintamani）與甘班（Kamban）的羅摩耶那等。十六世紀時塔米爾人的詩王婆羅跋提婆（Vallabhadeva）只是梵文文藝的翻譯家。十七世紀時悉達派（Sittar 或 Siddhas）的教徒寫了許多反婆羅門的文章，其中以濕婆所說(Siva-Vakyam)最著名，文體顯出了單純的美。有人以爲此中含有基督教的成分。十八世紀的作家達柔摩那文（Tayumanavan），寫了一千四百五十三首關於泛神的歌頌，很爲人愛誦。另有一位意大利的耶穌會教士百思齊（Beschi 1742 A. D.）寫了本名著不謝的華鬘（Tembavani），是混合意大利故事與塔米爾傳說所成的書。作風新穎，南印文人多愛模仿他。

摩魯耶語文學多模仿塔米爾語作品，十七世紀的伊魯達眞（Tunjattu Eruttaehhan）譯了摩訶婆羅多及幾部往世書。十八世紀末葉，南貝爾（Kunjan Nambiar）的戲劇和詩歌，多數從梵語譯成。

德魯古語文學因十六世紀初葉毘闍耶那伽（Vijayanagar）的黑羅耶（Krishna Raya）王庭獎勵而發達。當時的詩聖百達那（Allasani Peddana）有「德魯古詩祖」的徽號。他的名著室伐羅支娑曼奴奢利特羅（Svarochisha-Manucharitra），內容取材於梵文摩肯提耶往世書。黑羅耶自己也寫了一部阿目多摩羅耶陀（Amuktamalyada）。十六世紀中葉蘇羅那（Surana）所寫戀愛故事作品迦羅富那鄔陀耶（Kalabhashini）很有名。毘摩那（Vemana）則是一位俗語的諷刺詩人。他最擅於諷刺印度的種姓制度和女人，現代的德魯古人還很喜歡他的作品。在日常的對話中，常引用他的詩句。

第四期的印度混合文學，因語文種類太多，難於一一介紹，而譯成中文，更是困難重重。我在這印度歷代文學名著選中，只由我和長女榴麗根據泰戈爾的英譯，譯了加比爾詩二十五首，從奈都夫人的詩中譯出了胡馬雍詩一首，齊白恩妮莎詩一首，和從長女榴麗所編印度古今女傑傳（三民出版）中錄出羅三家倫所譯奴家罕詩一首與周祥光所譯米羅貝詩二首(其中一首由我改譯)。共計作家六人，詩歌十首而已。

第四期文學名著選

一、加比爾詩選二十五篇

糜文開
糜榴麗 譯

(一)

信徒啊，你往那兒去尋找我？
瞧！我就在你身邊。
我既不在印度廟，也不在清眞寺！
我不在加巴，不在開拉喜；
我既不寄寓在敎規或儀式中，又不存在於瑜伽或禪定中。
假使你眞誠尋找，你會馬上看見我：你會驀地遇見我，在一刹那之間。
加比爾說：「苦行者啊！上帝是氣息中的氣息。」

譯者註：加巴（Kaaba）卽麥加的黑石堂，開拉喜（Kailash）是印度敎聖地之一。

(二)

這瓦罐中有亭臺樓閣，創造者也就在裏面。
這瓦罐中有七重海洋，也有數不盡的星辰。
試金石和珠寶鑑定師在內；
在這土罐中，永恆在呼喚，泉源正湧現。
加比爾說：「聽着，我的朋友！親愛的主就在這裏面。」

譯者註：瓦罐喻人體。

(三)

日日夜夜，我和同伴們玩耍，現在我好驚怕。
我主的宮殿太高了，我就是上階梯也心慌：若是我想享受我主的愛，我便不該羞怯。
我的心要依附我的愛；我要卸除我的面幕，我要整個身體和祂會合：
我的兩眼要行愛之燈的儀式。
加比爾說：「聽着，朋友：能夠愛的人就能夠理解。假使你不能感受到對愛人的渴念，你怎麼修飾也沒有用，你就是眼瞼上塗抹香膏也枉費心機。」

㈣

在知覺與無覺的兩端中間，心靈已給架上了一道鞦韆：
一切的生命，一切的世界，都掛在那兒，鞦韆永不停息地在擺盪。
那兒有千千萬萬的生命：那兒有日月在運行：
千萬個世紀過去了，而擺盪仍繼續不停。
一切擺盪着！天界、地界、空界和水，以及主自己於是形成：
這光景使加比爾成爲侍者。

㈤

每家屋子裏點燃着燈火，盲人啊！你卻不能看見。
有一天你將突然開眼，你將看得見，死的枷鎖會從你身上脫落。
無所說，無所聽，也無所作：似乎那個人雖生猶死，他卻永遠不會再死。
因爲他過着獨居的生活，那瑜伽修行者說他的家在遠方。
你的主就在你身旁，你卻爬上高樹棕櫚去找祂。
婆羅門僧侶挨家挨戶地去傳授敎義：

可嘆啊！生命的眞源就在你身旁，你卻豎起一塊石頭來禮拜。

加比爾說：「我說不出來我的主有多美妙。瑜伽與誦經，善與惡——對祂來說，都毫無用處。」

㈥

唵（OM）創造了所有事物；

愛的形態是祂的身體。

祂無形，無質，也無窮：

尋求，你尋求和祂結合吧！

那無形的上帝，在祂的創造的眾生眼中，卻有千種形狀：

祂淨純而不滅，

祂的形狀無限而不可測，

祂狂歡而舞，舞出一波波的形狀。

身心一碰觸到祂的大喜大樂，牠們就不克自制。

祂沈浸在全覺全喜，以及全悲之中；

祂無始又無終；

祂的歡樂能容萬物。

㈦

苦行者啊！單純的結合是最妙的。

一從我那天與我主相逢，我倆的愛之歡娛便永無終止。

我眼不閉，我耳不掩，我更不壓制我的肉體；

我張大雙眼而笑了，我到處都可見到祂的美：

我叫祂的名，而無論看見什麼就想起祂，我無論做什麼事都是對祂的禮拜。

升與降，對我來說毫無兩樣；任何矛盾都解除了。

無論我去到那兒，我都在繞着祂轉，

所有我的成就是爲祂而服務：

就是我躺下來，我也是俯伏在祂的脚邊。

祂是我唯一所愛，更無另外任何人。

我已拋棄一切汚言穢語，我歌唱祂的榮耀，日日夜夜：

不管是立是坐，我都不會一刻忘記祂；因爲祂音樂的節奏，在我耳中廻響。

加比爾說：「我心已瘋狂，因爲我的靈魂發現了一向隱蔽着的，我溶合在超越一切苦樂的無上幸福中。」

(八)

浸洗的聖地只有水罷了；我曾在那兒浸洗，所以我知道，那是無效的。

神像何曾有生命？牠們根本不能說話；我曾向牠們高聲呼喊，所以我知道。

富蘭那和古蘭經也只是文字，揭起帷幕，我已看清了。

加比爾說的是經驗之談，因爲他知道得澈底，其他一切都是假像。

註：富蘭那（Purana 或譯往世書）是印度敎的史書。

古蘭經（Koran）或譯可蘭經，是回敎的聖經。

(九)

愛的途徑多微妙啊！

是這樣的，不問也不不問，

那兒，一個人失落他自己在祂的脚下，

那兒，一個人沈浸於尋求歡樂之中：投入愛的深淵有如魚的得水。
愛人永不遲緩去奉獻他的頭於爲他主的服務。
加比爾宣告這愛的祕密。

註：這詩爲加比爾宣示巴克諦（Bhakti）的對上帝之虔敬與熱愛者。

㈩

我聽見祂吹笛的妙音，我不能自制：
現在雖非春天，而百花盛開，蜜蜂接到了邀宴的請柬。
天空怒吼，閃電耀威，波濤在我心中湧起，
雨下着；我的心渴慕着我主。
我的心不論到那裏，那裏世界的音調在起伏：
在那裏，隱祕的旗幟飄揚於風中。
加比爾說：「我心正死亡，此刻雖仍活着。」

㈩㈠

隱祕的旗幟插在天空的廟宇裏；那兒藍色罩蓋飾以月亮，耀眼的寶石鋪展着。

那兒，日月之光照射，面臨這種輝煌的場面，你的思慮會靜下來。
加比爾說：「任憑是誰，飲喝了這甘露，也會發瘋似的到處流浪。」

㈩

親愛的朋友，我渴望見到我的愛人！我的青春已開花，離祂的苦痛，緊壓我心頭。
毫無目的般，我在學識的狹衖裏徘徊，但我也在這些狹衖裏聽到了祂的訊息。
我收到了我所愛的信：在這信中有一說不出口的消息，所以我對死亡的恐怖已解除。
加比爾說：「我親愛的朋友啊！我收到的禮物是不死的一。」

㈫

人啊！如果你不識你自己的主，還有什麼可以自傲的？
把你的聰明抛開：只靠文字，你將永遠不會和祂結合。
不要用經文的證書去欺騙你自己：
愛不是這些，誠心尋求愛的人才會眞正找到祂。

(十四)

你與我之間的愛怎能斷絕?
有如荷葉躺在水面:你是我主,而我是你的僕役。
有如夜鳥査苦兒整夜凝視月亮,你是我主,而我是你的僕役。
自從太初直到時間的結尾,你我之間只是愛;這樣的愛怎會熄滅?
加比爾說:「有如河流進入海洋,我的心就這樣趨向你。」

(十五)

我將向誰去瞭解我所愛的那個人?
加比爾說:「有如你永遠不能找到森林,假使你不理睬樹木;也許在抽象中去尋找,就永遠找不到祂。」

(十六)

是否任何聰明人會聽到那莊嚴的音樂,在空中升起?
祂,一切音樂之泉源,使一切詩歌充沛,而剩下了祂自己不充滿。

他常渴望進入個體，因爲他追求的在部分裏面：

但總是掘井，更深又更深，而發出：「祂是這個——這個是祂」的聲音；融鑄愛和自制合爲一。

加比爾說：「朋友啊！那是第一句話。」

(七)

浪跡在不朽生活的大洋之風味，解除了我一切的疑問：

有如樹木之在種子裏，所有的病痛就在這一問裏面。

(八)

當祂自己洩露祂是梵自身時，證明了「彼」永遠不被看見。

有如植物之在種子裏，有如凉蔭之於樹木，虛空之於天宇，而無限的形象則在這虛空之中——

因此，超越「無限」，而「無限」才來；從「無限」伸展到有限。

眾生在梵裏面，梵在眾生裏面；彼此互有分別，而又彼此聯結合一。

祂自己是樹木，是種子，又是原始。

祂自己是花，是菓，又是凉蔭。

祂自己是太陽，是光線，又是明亮。
祂自己是梵，是眾生，又是摩耶。（幻影）
祂自己是繁多的形象，無限的空間；
祂自己是氣息，是語言，又是意念。
祂自己是界限，又是無界限：超越界限與無界限兩者的是祂，那「純粹的存在。」
祂是「內在的心靈」，存在於梵的裏面，也存在於眾生裏面。
最高精神看得見，就在精神的內部。
「細節」看得見，就在「最高精神的內部。」
而在「細節」內部，又再看得見反射的映象。
加比爾頌揚了，因爲他有這個無上的憧憬。

註：梵（Brama亦譯作婆羅摩）原爲婆羅門教唯一的最高神，吠陀哲學卽宣揚「梵我不二」之說者。印度教時代最高神卽分化爲創造神婆羅摩，守護神毘溼奴，毀滅神溼婆三大神，而各司其職，加比爾此詩卽以印度教的觀點，闡釋梵的哲理，而出之以歌唱者。

㈥

一株奇異的樹，無根而立，無花而果；

無枝無葉，這是遍在的蓮荷。

兩鳥在那兒歌唱；一隻是祖師，另一隻是門徒：

門徒選取生命的繁果而品嘗滋味，祖師愉悅地看着他。

加比爾所說有什麼難懂：「鳥在所見之外，還是淸晳可見。「無形」藏在一切有形裏面，我歌唱這有形的榮耀。」

譯者註：「無形」喩眞理，卽指上帝而言。

㈩

當我離別我的所愛，我的心滿溢着痛苦：白天不得安寧，夜晚不曾安枕。我將向誰訴說我的愁緒？

夜是漆黑的，時間在溜滑。只因我主不在，我爬起來，因恐懼而戰慄。

加比爾說：「聽着，我的朋友！除卻與所愛者相遇，別無滿足可言。」

㈡

那是什麼笛子，牠的樂聲使我高興得震顫？

火焰無燈而點燃；

青蓮無根而開花；

繁花一簇簇地盛放；

月光鳥獻身給月亮；

全心全意地兩鳥渴望著陣雨的驟來；

這就是「愛人」正貫注祂的整個生命於愛之上嗎？

譯者註：這是神秘色彩的感神詩篇，詩中「愛人」即指上帝而言。

(二)

乞丐出去求乞，但我乞求對祂一瞥，也未得償。

我將求爲乞丐嗎？祂不給我回答。

加比爾說：「我就是祂自身：我願降臨，現在讓我降臨吧！」

(三)

豎琴發出細語般的音樂；舞蹈進行在無手無足之上。

這是指頭以外的彈奏，耳朵以外的聽覺：因爲祂是耳朵，祂是聆聽者。

大門已上鎖，但聞得到裏面的清香，那兒的約會看不到一個人。

這智者會明白。

㈣

瑜伽信徒把衣裳染色，卻不去把思想染上愛的色澤：
他坐在廟宇裏，放棄了婆羅摩，卻去禮拜石頭。
他兩耳穿了孔，他鬍鬚長長，頭髮糾結，看起來眞像一隻山羊：
他去到荒野，扼殺他一切的欲念，使自已變成一個太監。
他把頭剃光，把衣裳染色；他持誦聖歌，說話更滔滔不絕。
加比爾說：「你已縛手縛脚，趨向死亡之門。」

㈤

今天，架起愛的鞦韆吧！
把身與心掛在愛人的兩臂間，在愛的快樂之狂喜裏：
把雨雲的淚河帶向你兩眼，把黑暗的陰影掩蓋你的心：
把你的臉移向祂的耳邊，說出你心中最深的渴念。
加比爾說：「朋友！聽着我說話，把愛人的憧憬帶進你的心裏。」

二、胡馬雍詩一首

贈左蓓達(z0beida)

靡文開譯

你炫耀你美麗在玫瑰花叢，炫耀你的光彩在黎明，
炫耀你的溫柔在夜鶯聲裏，炫耀你的白淨在天鵝之羣。
醒時我見你如在夢中，睡時我見你美如明月，
入耳似音樂的曲調，撲鼻如麝香的氣息。
但，我愛，當我求你一瞬慈悲的眷憐，
你卻喘喊，「我坐在面幕之後，我不能露我容顏。」
這愚蠢的面幕，豈能阻礙我渴望於達到你的福分？
這無力的帷幃，豈能隔離你的美麗和我的熱吻？
這是什麼戰爭介乎你與我？放棄這無謂的嬌嗔，
你是我心中之心，我生命裏的生命。

譯者註：胡馬雍（Humayun）爲回教蒙古王朝二世帝，公元一五三〇年繼承父位，爲印度皇帝，即位十年即兵敗失國。流亡十五年，得波斯之助，始於一五五五年克復首都德里，翌年逝世，子阿克拜嗣位。烏都文爲印度回教徒通用之語文，觀此詩左蓓達當爲一印度回教女子，胡馬雍未援位時所作。

三、米蘿貝詩二首

米蘿貝原作
周祥光譯

許身上帝歌

世無他物，唯有上帝，
我欲認彼，即爲自己。
離開嚴父，離開慈母，
離開摯友，獨自浪遊。
聖者能現，急欲一見，
世事縱橫，付之一哭。
忍痛於心，淚痕未乾，
所眷念者，永恒的愛。
追求眞理，聖者顯現，
仙佛之名，記在心田。

上蒼冥冥，指示歸眞，
侍者米蘿，許身上帝。
人世謠言，何足介意？
人間毀謗，不值一提！

侍者之歌

我貞誠的皈依上帝！
當眾歌唱，滿心歡喜。
不覺飢餓，無分朝夕；
既不睡眠，也無休息。
神祕的愛之箭，
穿過我心，飛逝不見。
所見是：這麼多家人親友，
如蜂羣集，環繞左右。
哦，米蘿是上帝的侍者！

米蘿貝原作
糜文開改譯

這可笑的世界，
對她來講，
譏諷那有力量？

四、皇后奴家罕詩一首

自題墓石

皇后奴家罕作
羅家倫譯

照我可憐墓，
望勿耀明燈；
玫瑰縱鮮艷，
毋庸麗此墳。
爲免飛蛾撲火而喪生，
更何勞夜鶯爲我啼酸辛。

編者註：奴家罕（Nur Jahan）爲蒙古王朝四世帝賈罕基（Jehangir）的皇后，波斯人，小名彌兒(Mihr)。四世帝爲太子時於宮中與彌兒同放鴿同戲，一見鍾情，惟其父阿克拜大帝主印回通婚，强太子娶印度教王族之公主，而遣嫁彌兒於波斯人殺虎將亞利奎理（Ali Quli Beg）彌兒擅波斯文藝，從其夫習騎射，又嫻武事，繼而其夫被殺，四世帝欲后之，彌兒不可，爲其夫服喪四載，四世帝殷勤慰問，愛護備至，四載如一日，彌兒終許嫁，帝名之曰奴家罕，意即「世界之光」也。帝好飲，委以國政，后肆應無礙，於是專政者幾十六年。帝崩，后爲廬墓服喪者凡十八年而死，后葬帝側，墓甚簡素，而自題其墓石詩以明志，我駐印大使羅家倫爲撰小傳，並重譯其詩。

五、公主齊白恩妮莎詩一首

公主齊白恩妮莎作
糜榴麗譯

自詡美貌之歌

當我卸去面紗露出我的兩頰，
玫瑰花爲嫉妒而失色蒼白，
那劇烈的疼痛使她們刺傷了我的心，
像哀哭一樣地放出她們的清芬。

有時一縷薰香的鬈髮，
鬆散在撫愛著的風裏，
那些甜蜜的風信子立即訴怨，
萎枯在甜蜜的痛楚裏。

還有，當我在靜寂的樹叢邊小停，
（我是這樣的嬌美）
一羣夜鶯驚醒，
逼迫她們的靈魂發爲震顫的歌音。

譯者註：齊白恩妮莎（Zeb-un-Nisa）公主爲印度蒙古王朝六世帝奧蘭齊白之愛女，美而能詩，事父至孝，終老未嫁，其波斯文詩集至今流傳。

編者註：本詩原文爲波斯文，由印度奈都夫人譯爲英文，糜榴麗據以譯成中文，並爲之作傳，列入她所編「印度古今女傑傳」古代之部中。（印度古今女傑傳，臺北三民書局出版）

印度文學歷代名著概說㈤

六、第五期近代文學（附現代）名著綜述

（自十八世紀下半至一九八〇年）

歐洲人自海上遠赴印度貿易，始自十五世紀，葡萄牙領先，西班牙、荷蘭就起而競爭。到十七世紀初年，英、法兩國，也各組東印度公司遠征印度和南洋羣島。他們名爲貿易，有時簡直是掠奪，都有軍隊做後盾。五國中以葡、法、英三國勢力最大。葡佔半島西海岸的可慶（Cachin或譯柯枝）、第烏(Diu)、果亞(Goa 臥亞) 等地；法佔半島東海岸的本地治里 (Pondicherry)與昌德那哥 (Chandernagore)；英佔西岸孟買 (Bombay)、東岸馬德拉斯 (Madras) 和孟加拉灣內的加爾各答 (Calcutta) 三處。一七四四年，英法兩國在歐洲開戰，在印度的兩軍便也互相攻擊，要把對方逐出印度，戰鬥達二十年之久，兩方互有勝負。直到一七五七年英人克萊武在普拉西 (Plassy) 一戰獲大勝，把法國勢力打退，印度逐漸成爲英國獨佔之地。於是英國勢力再從恒河下游向上游推進，一百年後，一八五七年五月，印度軍民爆發了一次反英大暴動，德里的蒙古王朝的王統也從此斷絕。英人經過整整兩年苦鬥，才把亂事平定。維多利亞女王遂於一八五

八年十一月一日宣布詔書，把印度由東印度公司手中接收過來，由英王直接統治。這樣英國又統治了整個印度九十年，在甘地領導的獨立運動中，英國才採取印回分治的政策，允許印度的印度教徒與印度的回教徒，於一九四七年八月十五日分別成立獨立的印度與巴基斯坦兩國。（英屬印度政府，原統治印度半島及錫蘭緬甸錫緬，亦於次年初脫離英國而獨立。巴基斯坦分東西兩部分，東巴基斯坦亦於一九七一年十二月獨立爲孟加拉國。次年五月，錫蘭又改國名爲斯里藍卡，故昔日英人統治之印度，現已成爲印、巴、孟斯、緬五國。）因此英國統治印度，可從一七五七年的獨霸時期算起，共爲一百九十年。在此期間，英國一面帝國主義侵略殖民地的印度，同時也輸入了西方文明，使印度文學，又有了新的內容和新的面貌，成爲印度近代文學的第五期。自印度獨立與回教的巴基斯坦分成兩國後，也已匆匆三十多年，現代印度文學的新內容和新形式，正似雨後春筍般冒出來，但尚無可以代表時代的名著產生而被公認，所以只好暫時附在這第五期來一談，而不單獨作爲第六期予以敍述。因此，這裏暫定印度文學第五期爲近代文學，約自公元第十八世紀下半以迄一九八〇年，包括現代文學的三十年在內的二百三十年。

印度文學第五期繼承第四期的作品，是各地方言文學的繼續發展，不同於第四期的是表現出殖民地反抗帝國主義的侵略與發揚民族意識和固有文化的昂揚。而同時又吸收了西方的近代思想和學習了歐洲作品的風格與技巧，並產生了不少用歐洲文字寫出來的名著。

首先我要介紹十九世紀下半期孟加拉語的代表作品。那是題名藍靛之鏡（Nil Darpan）的詩和劇本。一八五〇年前後，孟加拉的英國人強迫佃戶種植靛青，用規定的低價售與英人。這種靛青的包種制，佃戶自然不願接受的。英印政府便通過特種法律，通令佃戶替英人種植。佃戶因限於只許種植靛青，所以雖獲豐收，低價出售仍不足以購買糧食來充飢。迫不得已，祇有出之以暴動。詩人查特其（Chatterji），就寫成一詩，來揭露這種強種靛青的慘狀。一八六〇年，劇作家第那彭豆彌德羅（Dinabandhu Mittra 1824—1873 A. D.）又用孟加拉語寫成劇本，對英人榨取殖民地的措施，予以嚴刻的抨擊。這本藍靛之鏡的劇本，便在加爾各答上演而流行起來，並被譯成英文，惹得英政府把翻譯者拘禁起來，繳納罰金；也惹得有良心的英國人起而呼籲對印度統治的改良。著名的經濟學創始人亞丹斯密（Adam Smith）在他一七七六年出版的原富一書中論東印度公司，便責備當時印度政府是：「一切國家中最惡劣的政府。」領導護士們發起救護戰地傷兵的南丁格爾女士（Nightingale）更痛心疾首地說：「我所不忍見的是我們東方帝國的農民，貧窮得不能生活，實在是英國的法律所造成。有這樣的法律，才使肥沃之國，原不知有所謂飢荒的，竟陷人民於半飢死的境地。」

當時孟加拉語的文學，十分蓬勃。蓋自宗教改革家羅摩罕洛埃（Rammohain Roy 1774—1833A. D.）畢生努力於孟加拉語散文和詩的寫作以來，車大志（Bankim Chandra Chetterji 1838—1894）又於一八六四年發表了他第一本小說多爾者散難提尼（Dargesanandini），便使印度的文壇趨向近代化。一八七二年他又刊行一種很高尚的文學雜誌孟加達爾散(Banga-Darsan)

發表了他許多小說散文，來領導孟加拉文壇，於是孟加拉語散文便有蓬勃的發展。孟加拉語寫出來的散文詞句流暢而有含蓄，凡文學的語言的特質差不多都有，很是優美，故比梵文作品還容易令人激賞。車大志所獎掖的後進很多，其中派利昌德米德羅（Pyari Chand Mittra）的小說阿拉羅加利爾都羅（Allaler Gharer Dulal）被譽爲孟加拉最好的小說。戲劇的復興，則有甘摩羅(Krishna Kamala 1810—1888 A. D.)的名著維拉沙之夢(Svapna-vilasa)等。而以一八五六年上演的達伽羅德那(Rama Marayana Tarkaratna)所寫古里那古拉沙瓦斯瓦(Kulinakula Sarva-sva)一劇攻擊婆羅門族利用結婚以圖利，與當時的藍靛之鏡同樣有名。爲孟加拉語劇作的双璧。

由於加爾各答的工商發達，孟加拉文壇成爲印度近代文學的中心。生於一八〇九年的詩人自在月藏（Iswar Chandra Gupta），也是近代文藝的先驅，而其後進達德（Madhu Sudan Datt 1824—1873 A. D.），比他聲望更高，生於一八五三年的詩人摩羅波利（Behramji Merwanji Malabari）的著作尼提毘諾（Niti Vinad）及羅茶與羅茶人（Gujarat and Gujaratis）都含有充分的滑稽情形。他具有諷刺詩人的態度，所以能博得讀者的歡迎。他是新聞雜誌的主筆，關於政治、社會和倫理的文章寫了不少。他畢生的努力，集中在印度婦女解放運動上面，像童婚及守寡等，都是他所最反對的。

孟加拉人用歐洲語文寫作的，以女詩人托露達德（Taru Datt 1856—1877）出名最早。她是出生於加爾各答的印度婆羅門階級，十三歲赴法國留學，已兼通英德法三國語文。在巴黎不久，便轉往英國劍橋。十五歲時便寫了英文詩行近赫斯丁 (Near Hastings) 來紀念她的行程。一九七四年，她十八歲，就發表了她的法文作品李色的故事 (Le Conte Lisle) 。這時她已回到了印度，開始學習梵文。她的母親向來喜歡把印度故事講給她聽，所以她對本國古文辭的研究，也覺得很有興趣，而且頗有心得。她試着把她喜歡的法國詩歌譯成英文，總名爲「在法蘭西田原上所割的一綑稻草」(A Sheaf Gleaned in French Fields)於一九七六年出版。她又寫了一本英文作品印度斯坦的神話與古歌(Ancient Ballads and Legends of Hindustan)，雖是一部翻譯的詩歌集，卻顯露着個人豐富的創作力，竟得到很大的讚美。像名文學批評家歌史(Edmud Gosse) 就稱她爲「歌之嬌花」。但正在她聲譽鵲起的當兒，她竟以二十一歲的青春年華，就患肺病夭折。在她死後，才又出版了她的遺作法文小說「亞魯華女士的行蹤」(Le Journal de Mlle D' Awers)。這是一部用兩兄弟同愛一個女子的故事來描寫法國近代生活的作品。一八七八年「在法蘭西田原上所割的一綑稻草」再版，她的父親詩人歌文達德(Govin Chunder Dutt)爲她寫了一篇小傳和書序，再增加了四十三首詩。法國有名的批評家大梅司退妥(Darmesteter)說：「她是孟加拉的女兒，英文的詩人，法文的作家，她的表現在文學史中是一個無可倫比的非常人物。」印度女子托露達德以她二十一歲的短壽，卻放射出燦爛的光芒來照耀在西方的文壇上，讓英、法、印度三國，都認她的作品是自己的光榮。因此她被稱爲十九世紀世界文壇上一顆光輝的流星。

用歐洲語文寫作的第二位名作家，是比托露達德小五歲的詩哲泰戈爾。卽二十世紀世界大文豪拉平特拉泰戈爾(Rabindra-Nath Tagore 1861—1941)，他是王子泰戈爾 (Prince Dwarkanath Tagore) 的孫子，德本特拉泰戈爾 (Debendranath Tagore 1818—1905) 七個兒子中的老么，出生於加爾各答。德本特拉是一位宗敎改革家，是信仰上帝者協會的組織者。他於一八四八年根據奧義書、摩訶婆羅多及其他若干書籍纂集而成一種經典集成，以之爲信仰上帝者協會的信條的基礎。此會的敎條以梵天爲永久而完善的上帝，及世界的創造者，僅可因信仰他始能在今世及死後獲得超脫。此派的崇奉則爲對上帝的敬愛及完成上帝所喜歡的工作，它是一個眞正印度奧義書的一神論與薄伽梵歌的崇神論的協調者。所以這派是一種保守的而爲國民的宗敎。德本特拉泰戈爾並不像正宗婆羅門敎徒一般認爲奧義書是啓示的，他祇尊崇這些聖經爲深邃哲理的貯藏者。他的宗敎哲學，給了他么兒很大的影響。

拉平特拉泰戈爾自幼不喜歡學校的刻板生活，但七歲時便學會了做詩。十一歲時他父親帶他到喜馬拉雅山旅行，那裏的森林生活，給他的感化很大。第二年他母親去世，他便跟他父親在恒河畔居住，練習他的寫作。十四歲用孟加拉語寫成詩劇 Balmiki-Prative等作品。十七歲遊歷英國，玩索英國詩的韻律，但翌年卽返印。這時期他給孟加拉的各種報章雜誌寫稿，共有三十種以上的孟加拉語詩，二十八種以上的孟加拉語散文。他的日沒之歌(Sandhya Sangrita) 等詩集是謳歌着青春和浪漫的情詩。二十三歲結婚，兩個兒子三個女兒相繼出世，轉變了他詩的風格，孩子的天眞與母愛的引發寫出了他美麗的新月集。此後他在鄉間管理田產，過着田園生活泛舟河上，任情地陶醉在自然的懷抱裏，寫出了他許多雋逸的小詩。同時他深深體驗了農村生活，寫出了許多短篇小說，劇本則寫了奚德蘿等名作，成爲印度的名作家。

可是他在三十五歲前後，不幸夭折了兩女一子，而且夫人也逝世了。極度的悲痛，純化了他的心靈，使他的思想和作品達到了最高的境地。於是在四十歲以後寫出了他在國際間的成名作園丁集、頌歌集（Gitanjali）和劇本暗室之王、郵局等巨著。一九一二年，他携帶他自己英譯的園丁集巡遊歐美，在各大學演講，大受歡迎。一九一三年秋季，諾貝爾文學獎金，就第一次破例贈給了這位亞洲詩人。而得獎的頌歌集，成了他的代表作。他於一九〇二年在孟加拉鄉間創設了一所國際大學，以溝通東西文化，宣揚他的森林哲學。

此後，他的詩歌、戲劇、故事、浪漫文學及散文著作以英文及德文譯本而爲世界知名。由此泰戈爾遂占有世界大詩人的地位。

印度的過去（India's Past）一書的著者麥唐納（A. A. Macdonnel）在他於一九二七年所著的這本書中，寫下了他對泰戈爾的評介說：「在他的著作中，有向我們控訴的純人道的成分，並兼有我們生活的生動經驗。但是他的控訴並不僅是無色彩的世界主義的詩人，他是澈始澈終的印度人，印度的精神在他的所有詩中呼吸着。他所著的故事代表眞正印度的生活，而古代印度的哲理卻在他的宗教神祕的詩及宗教哲學的講演詞中出現。他的父親的見解及信仰上帝者協會的精神則呈現於講演詞中，而其詩中則有完善的表達。他恰如加比爾及其他神祕的虔信上帝的詩人一般，將奧義書中的泛神論及薄伽梵歌的神祕信神的概念結合在一起。但他又如其父及幾百年前的加比爾，是一個自由思想家，他不完全盲從古人的哲理。古代印度聖哲教人說人生最高的『解脫』僅可因離棄塵世而獲得，而僅有實行苦修（Sannyasin）始可到上帝那裏去。泰戈爾對於這些觀念決心不作任何行動。他既不脫離塵俗，也不苦修，也不作儀式以希望到上帝那裏去，他祇住在家中從事著作。他生活於塵世中，他對人生及地上的事物有很大的興趣。此可由他的童話及情詩中見之，由其詩歌可見他是少有的世界詩人能將自已與兒童及婦女的心靈融合爲一。此更可由他小說及故事中證明之，在其中他逼眞的描寫印度現代生活，使男女注意今生，並且暴露他們的心智衝突。祇有像他這樣偉大而愛好世界鉅細事物的人物，始能予以描寫。

「他的奚德蘿（Chitra）劇本足以表現他對婦女問題有深刻的了解。他根據很粗俗的摩訶婆羅多的傳說基礎著成他的詩劇。他對婚姻的高尚觀念則是以之爲眞正的社會生活，在這一點上他較任何印度斯坦的詩人爲高明，他並不鄙視女性及家庭生活，但古代印度的苦修者的詩歌，尤其是佛教僧侶的歌曲，對此極爲鄙棄。

「他能將古代印度的哲理與現代進步的精神相合爲一，他並且不以印度瑜伽論者（Yogi）的眼光來觀察現代世界的紛擾問題。他在犧牲（Sacrifice）一劇中處理戰爭的問題，在瑪麗尼（Malini）一劇本中他解決了宗教的問題。而民族主義尤很深刻的感動他，此可由他的小說國家與世界（The Home and the world）以及他的講演集民族主義（Nationalism 一九一七年）

中見之。在此及其近著創造的統一（Creative Unity 一九二二年）中他將印度與西方各國的關係予以評論。至於西方文化及其觀念，他則予以公平的批判。例如他說：『我們僅可因切實了解歐洲的偉大與美好的方面，然後方能保護自己不受壞的及貪婪的歐洲的禍害。』他承認歐洲住過『炮火的煙霧及市場的塵土』所介紹到東方的是各方面的自由：道德自由的理想、良知自由、思想與行爲的自由、脫離文學與藝術桎梏的自由等。他爲了要保全東方，因而反對西方的權力崇拜及『無限的貪婪』，他目之爲最壞的毒物。他對民族意識與民族特性的保存有十分的同情；但他譴責民族的自傲，民族的誇張，以及所有的民族的怨仇；因爲他將人道置於民族之上，所以纔有這樣的見解。」

「假若泰戈爾的詩沒有達到神祕的頂點，則他將不成爲一個印度人，他的造詣普通人是不能追及的。但是不爲神祕所引誘的人們也不能不讚美他所表現的高尚德性。」

泰戈爾於一九四一年逝世，享年八十歲。長子羅諦（Rathindranath Tagore）爲印度當代藝術家，繼其父主持國際大學。文開及長女榴麗曾在該校留學。最近因爲要她蒐譯加比爾詩，她來信就順便提起泰戈爾受加比爾影響的一點說：

「泰戈爾所受加比爾以來的影響，非但是宗教的巴克諦（Bhakti），而且是詩歌與音樂的結合，這兩種傳統，他都承受了。印度方言文學自加比爾以來，就把這宗教的與音樂的兩者混合一起發展在詩歌的創作中。以後的發展，在北印度，杜爾西達斯所作羅摩功行之湖是其代表，他把羅摩傳說帶到了不懂梵文的民間。而在西部古迦拉德（Gujarat）並影響及於孟加拉的則是蘇爾達斯的蘇爾詩海，他傳佈的是黑天的愛。巴克諦的特點，不在經典的理論，而在對上帝的既虔信而又熱愛，熱愛到瘋狂的程度，不像佛教徒的對佛祖雖虔信而不熱愛。

「印度文學自蒙古王朝六世帝奧蘭齊白（Aurangzeb）時，就沒有什麼大發展了。而泰戈爾的出現，就是孟加拉方言文學復興的產品，他繼承了羅摩宗黑天宗的巴克諦，而且把自加比爾以來流浪詩人的詩歌與音樂結合的種種也全擔照收，因為他又受歐西文學的影響，所以會一下子被西方文壇所推崇而成為舉世聞名的大詩人。但大家只知道他頌歌集巴克諦式的與神相通，而未注意到他的詩也是隨伴着音樂的拉薩的。

「我對音樂沒有研究，對印度的Rasa（拉薩）一字，不知道可譯為英文或中文什麼相當的名詞，我只知道印度自加比爾以來用方言寫的詩，都是寫來歌唱的。而在歌唱時就用這時新成的樂器雪帶（Sitas）和吞蒲籟（Tambola）來伴奏，表現出九個拉薩來。雖然有些地方的流浪詩人只用簡陋的樂器，還是可以表現出拉薩的心境來的。我就特地去問過這樣的一羣人。我們在國際大學時，不是常參加他們的踏月晚會嗎？那就是集體的伴樂唱詩會。印度學生唱得最多的歌，就是泰戈爾頌歌集第四十五首『他來了』。做禮拜的人正是像等待愛人的樣子待神的。這種情形在崇拜黑天的各地比崇拜羅摩各地更為明顯。黑天與牛奶女蘿達的嬉戲是頌歌的主題。又因音樂及歌唱在感情方面是更密切的，所以不管是對黑天克里史那或對羅摩（Rama 簡稱 Ram）的禮拜，都兼用詩歌與樂器的。樂器可以是最簡單的一絃琴（雕空了一段竹筒，兩頭留一點，中間拉一根絃），或兩個人搭擋的雪帶與香蒲籟。如果是坐下來唱，最常用的就是這兩種樂器，而雪帶可以獨奏，有時也可用清唱來伴舞。泰戈爾詩大多原用孟加拉語寫成，不但每篇可以唱，有好些也可用舞來表現。不過我們如果要大羣人走動着唱的，往往就改用小提琴來伴奏。依我體驗，樂器是不重要的，重要的是情感高漲時的唱。這樣子唱的人，當然是用自已的方言了。

「香蒲籟是一種手鼓，放在地上來敲。雪帶是一種用手指彈的直琴，彈時像中國人彈琵琶一樣斜靠在左肩。像中國古琴一樣平放在彈奏者面前的叫做毘那（Vina）。雪帶與毘那都不像中國古琴、西洋大直琴那樣發出叮叮咚咚之聲的，所以常用香蒲籟一起來伴奏。拉薩是印度語。我不知是否有相當的中文或英文。印度人把九個拉薩與一天的時間來配合。好像披頭士所師的雪帶大師 Ravi Shankar，他所作一首關於晚秋的樂曲，就叫做 Hemanti （秋），而在拉薩方面是屬於下午的。這一樂曲是什麼拉薩的，那一樂曲又是那個拉薩的，從前我都聽得出來。但我卻說不出來。泰戈爾對音樂和繪畫也很有研究，有些泰戈爾的孟加拉文詩用樂器伴奏起來，也有拉薩的。現代印度音樂流行着拉格（Rag 或 Raga）的名詞，似乎拉薩與拉格是有分別的，但我不清楚兩者如何區分。」

這樣說來，泰戈爾詩的成就，非但是印度自吠陀讚歌以來宗教詩的繼承人，而且是印度近代宗教詩中頌神的巴克諦與音樂的拉薩相結合，而通達於現代西方文化的大文豪。一九二七年麥唐納的評介，讓西方人士更了解泰戈爾。十四年後泰戈爾逝世時，泰戈爾的盛譽就到達高峯而不曾下降過。(一九四七年印度獨立時，就採用泰戈爾的詩做國歌)現在離泰戈爾逝世又已四十年，而他的詩依然被大家愛好而研讀，歷久彌新，使他在世界文壇上的地位格外似喜馬拉雅最高峯般的高山仰止。去年十一月，我國詩人鍾鼎文，就在日本東京舉行的國際詩人會議，討論東西方的現代詩時，發表英語演說，推崇泰戈爾是詩的世界的喜馬拉雅山。玆摘錄其自己的中文翻譯於下：

「如果說，喜馬拉馬雅山是世界的分水嶺，本世紀最偉大的詩人，印度詩聖泰戈爾 (Rabindranath Tagore, 1861—1941) 則是詩的世界的喜馬拉雅山。從東方看，那是一座高不可攀的山峯；從西方看，那也是一座高不可攀的山峯。泰戈爾是一個獨立的存在，不屬於東方或西方，但卻涵蓋著東方與西方最崇高的精神領域。甚且，更是一個超越的存在，不屬於任何時代而屬於永恒。」

泰戈爾作品的中譯本，近年最流行的有糜文開主譯的泰戈爾詩集七册，糜文開夫婦合譯的泰戈爾小說戲劇集一册。

同在十九世紀初年，用歐西語文寫作，並與泰戈爾同享盛譽的印度詩人是莎綠琴尼奈都（Sarojini Naidu 1879—1949)，她是出生於南印度回敎士邦海德拉巴的孟加拉婆羅門望族。本姓卻託帕特耶 (Chattopadbyaya) 因主張打破階級觀念，所以就嫁給最低賤的第四階級首陀羅的醫生哥文拉朱羅奈都 (Govind Rajulu Naidu) 故稱奈都夫人。

奈都夫人自幼熟諳英語，十二歲就考進了南印度馬德拉斯大學，十三歲就依照英國詩人司各德的格調，寫成了一首一千三百行的長詩，又寫了一篇二千行的劇本。十六歲愛上了階級懸殊的青年醫生奈都，她父母深感不安，便把她送到英國去留學。可是三年後返印，仍嫁給了奈都醫生，成爲社會革命的先驅。她在英留學期間埋首寫作，就獲得作家兼批評家亞塞西門（Arthur Symons）的賞識。後來又得文學批評家歌史爵士（Sir Edmund Gosse）的指點，勸她改變作風，用英詩的技巧來描寫印度的風土，表現印度的靈魂。她就連續出版了金閾（The Golden Threshold 1905）、時之鳥(The Bird of Time 1912)、折翼(The Broken Wing 1917) 三本詩集，一躍而爲聞名世界的印度女詩人。有「印度夜鶯」、「印度女王」等稱號。她的詩，有幾種歐洲語的譯本。而印度人也把她的詩譯成各種印度方言，若干首並配上了樂譜在各地流行歌唱。

富有革命熱情的奈都夫人，用她「給印度」等詩來鼓吹印度國魂的復活，她在「愛之頌歌」裏高呼着：

哦，母親，我們有一條心來愛你。
一個完善的不可分的靈魂，
我們奔向一個偉大神聖的預定目的地，
一個希望，一個目標，一個信仰的聯繫。

她在「死與生」一詩中，更確切地說，必須完成的預定工作爲「我國家需要的服務」。她寫「蓮花」詩來讚美甘地的獨立運動，寫「醒來」一首來呼籲回教領袖眞納的合作。她參加了實際的革命工作。詩哲泰戈爾爲表示贊成甘地的不合作運動，將英國賜給他的爵位，退還給英國政府。他告訴奈都夫人說：「當房屋着火燒起來時，詩人必須暫停歌唱，而去拿水來搶救。」她就把她烈火般的演說，代替了她的歌詩。她赴全印各地的演講，所發生的力量，不下於久經戰場的十萬雄師，據說尼赫魯的走上遠大的前程，也曾受她動人雄辯所感召。一九二五年她當選爲國民大會黨的主席，後又被選爲印度婦女大會的主席，主持全印婦女運動。她曾多次被捕入獄。在印回糾紛中，她是一個有力的調停人。一九四七年八月十五日，英國將印度政權交還印人，印度新政府成立，她被任爲聯合省省長。此後印度各地發生印度教徒與回教徒互殺的暴亂事件，而奈都夫人治下的聯合省，藉她之力得以安靜如常。一九四九年二月中旬，她在印京新德里歡度了她的七十壽辰，返回勒克諾任所，於三月二日因病逝世。舉行國葬，消息所至，舉世哀悼。

奈都夫人詩全集的中文譯本，於一九四九年初版。詩人覃子豪據此譯本撰有奈都夫人詩欣賞一小册，他在前言中說：「近代印度出現了兩個大詩人，一個是泰戈爾，一個是奈都夫人。泰戈爾的詩是表現他的哲學思想，而奈都夫人則表現了印度的生活，兩者同樣是表現東方精神的極致。泰戈爾以古代哲人的姿態歌頌了自然；而奈都夫人卻以近代的鬥士的姿態歌頌了醒覺的印度。兩位詩人均能在思想上給我們一種啓示，而奈都夫人的詩較之泰戈爾的詩更能使我們接近；

因爲奈都夫人詩中所表現的生活感情使我們感覺切實。數月前在書店中購得糜文開先生所譯的『奈都夫人詩全集』，匆讀一遍，頗感詩中意味甚濃；讀之再三，始覺奈都夫人藝術手腕，極爲高妙，和英法詩中所有的迴然不同；因其內容豐富，格調新鮮，表現了東方的生活和精神，適合中國讀者的趣味，而糜文開先生的譯筆，信實流暢，生動有致。故我決定從『奈都夫人詩全集』裏，選擇一部份詩，在每一首詩後面，我加以技巧上的分析與研究，這樣便於讀者了解和學習。」因此他這本小册子等於是奈都夫人詩的研究與介紹，對當年臺灣貧乏的詩壇，一度成爲青年們學習新詩的範本。

與奈都夫人同一時代的印度詩人，還有生於一八七五，死於一九三八年的伊克巴（Iqbal），他也以他所寫的英文詩歌，聞名於世界。

聖雄甘地（Mahatma Gandhi 1869—1948）既是印度獨立運動的領導者，也是一位演說和寫作的能手。他所寫文章極多，而尤以寫到一九二一年爲止的自傳，是一部代表他人格的文學作品。世界名人的自傳中，再也沒有他寫得那麼坦白而生動的了。他能以自我犧牲的精神，非暴力的不合作手段，來領導印度人民，不屈不撓地從事獨立運動。不經流血，而使大英帝國，雙手恭請殖民地的印度，自組獨立政府，這是突破人類歷史進步的創舉。而此風一開，最近三十年間，帝國主義殖民地，用和平磋商而獲得獨立的就屢見不鮮。也讓人因此肯定了世界永久和平的努力，可以有途徑來達成。最後他甘地自己被刺流血而死，得證聖果，這血的昇華，更使他像耶穌一樣，成爲人類所頂禮的最高神。這未完成的傑作，他的自傳，也就成爲最新的聖經了。

甘地的自傳是於一九二二至二四年間在獄中用西印度語口述記錄而成。英譯本則是後來由他的好友摩訶提婆得賽（Makdev Desai）與派亞來拉耳奈爾（Piyerelal Nair）兩人合譯，並經他自己校改而成。文開所撰聖雄甘地傳前半本，即係根據他的自傳並加入自傳所缺資料而成。最近看見臺北正文書局六十五年出版了陳得利的中譯本。

印度二十世紀上半期最有名的印度語小說家，當推普雷姜德（Munshi Premchand 1880—1936）他是班那勒斯（Benares）人，也是聖雄甘地的信徒。曾任師範學校教師。一九〇二年，開始用烏都文寫作，一九〇七年，出版他的第一本短篇小說集娑齊滑丹（Sozi-Watan）後用輿地文寫作。他同情貧苦的農民，發掘印度社會的病根，他描繪甘地領導下的民族革命運動。他的文筆朗朗上口，既通俗淺顯而又深刻生動，所以人人愛讀，只要有人讀出聲音來，連不識字的文盲也聽得懂。他的三百多篇寫實小說的風行全印，使他成爲輿地文小說的權威作家。長篇小說有施牛禮（Godan）和業根（Karmabhumi）等傑作。他作品的中譯本有糜榴麗直接由輿地文譯出的普雷姜德小說集一册。

其他小說家還有查探奇（Saratchandra Chatterji 1876—1938），則與普雷姜德異趣，普雷姜德學到了西方寫實主義的冷眼旁觀的描寫技術，而查探奇卻趣向於浪漫的傳奇的情節。

印度獨立後三十年來的文學的特點是，印度本國各地方言寫作的提倡與英語寫作的不再被重視。而其作品內容則是光怪陸離現代意識的湧現。

先說印度各地方言作品的提倡。一九五〇年的國家憲章，規定了十四種印度語言，而以興地語（Hindi）爲印度國語。一九五四年國家文藝學院的設立，即以提倡印度地方文學爲主旨。到一九七三年，而有包括梵文和英語在內的二十種地方文學爲文藝界所公認。由於地方文學的種類繁雜，作家的力量分散，作品的內容紛亂，以致迄今難於舉出二十世紀下半期這三十年來的可以代表印度現代文學的作家來。像以英文寫作的教授伊英加（Srinivasa Iyengar），他雖是一位戲劇作者，但他的劇本，不受人重視，而只以用英文來寫印度文學的現況報告，知名於國際間。像彭獨巴第亞（Tarashankar Bandapadhya 1898—1971）雖曾於一九五六年以小說「健康之家」（Arogya Niketan）得獎，他以他所生長的農村社會爲背景，描寫一般本地生活與人物，有些像英人哈代（Hardy）的風格，但仍未受人特別重視。晚一輩的像雅達夫（Rajendra Yadov 1929—）他是最重要的興地文小說家之一。他的很多作品改編成電影，均獲好評，也有譯成英文，又轉譯成別種文字的。像他的短篇小說泰姬陵的縮影（Miniatune Taj Mahal）於一九七四年譯英，已被轉譯成中文刊載在中外文學十卷一期，但其內容，頗爲黯淡，技巧也無甚特色。

至於三十年來的詩歌，最顯著的是畸形的紛亂，有的人對獨立後的政治社會十分悲觀，寫出了「月亮的面貌是彎曲的。」這樣怪異的詩句。他又寫着：

有些事物
不來也不去，
可是牠的翅膀
消失在金色的影子裏，
牠的脚
在迷霧中戰慄。

有些詩人強調新詩的目的爲建設一種「唱反調的風格」，以取代人類的遠景，而在形式方面出奇的創新。南狄（Pritish Nandy）主編，於一九七四年出版的「近代印度詩選」（Modern Indian Poetry），所載的詩爲「光着身子穿迷你裙的新詩」（New Topless Miniskirt Poetry（甚至詩人作出嘲笑自己諧謔詩說：

新詩
不是一首詩
五六個片段
構成的句子
（閉着眼睛寫出）

幾個新名詞
（字典裏找不到）
詩的用意何在？
不必有人懂得
（包括詩人自己在內）

——以上兩詩的中譯係柳無忌由英文譯成，見其所作印度獨立後的文壇概況一文。

不得已而舉個國際間較知名作家以充數，長女榴麗向我推薦。她推薦了蓋棺而論未定的小說家雷怒（Phanish Warnath Renu 1921—1977），他逝世時在國際間的知名度還不怎麼高。但自他死後，就有幾人研究他的作品用英文來寫博士論文發表後，他的聲望就大起來了。他的寫作時期是從一九五四年到一九六六年。目前大家認爲他最特出的小說是一九五四年發表的塵灰的邊境（Maila Anchal）和一九五七年發表的荒地的故事（Parti Parikatha）。

雷怒自己對他的塵灰的邊境就稱爲地區小說。但是他的成功，是在把興地文推前一大步，把印度小說的型，演變成歐西十九世紀小說與印度傳統文學相結合的型。同時，在文字方面，與地文（Hindi 或譯印地文）雖說是北印度人的文字，但是它像我國的白話文一樣，實在不能說是那一地區的語言，大家嘴裏講的和手裏寫的有很大的差異。因此，我們用某一地區的方言來寫作，就只有生長在那地區的人才可以看得懂了。所以直到印度獨立，興地文是一種文學的藝術化的語言，不是當地的土語。這種文字，在表達已歐化了的都市人士的心態是足夠了，可是，畢竟大部分的印度人是在農村的，而印度固有文化的力量是不可動搖的，那末這種與地文的運用，還是缺陷很大的。雷怒作品的成功，就在他能不使用道地的方言，雖不使用道地的北印度方言，有時還借用些孟加拉文、烏都文、英文、梵文以及部落民族的口語，而仍能使讀者感覺到地方性的特點。他的作品，不僅要讓讀者用眼睛去看，更要讀出聲來聽。在這方面，雷怒和普雷姜德一樣，承受了加比爾、杜爾西達斯等的傳統，使與地文的作品有了進一步的成就。他的作品，用印度本身的詩歌以及像我國說書的方式來做故事的背景，而且在講故事方面，也脫離了西方時空的觀念，不是事情的發生有着連鎖的起因，有着地點的限制的。還有，他的故事，雖有主角，而實際的主角，卻是那一個地方，而不是一個人物。

榴麗說，她看到的，只是介紹研究雷怒的英文論文。當雷怒的小說發表時，她已離開印度，所以她未能看到他與地文的作品，她正在查問他作品的英譯本。因為二十多年來她對與地文也已荒疏了。如果要把雷怒的作品譯成中文，也只有靠英譯本幫忙了。

印度文學第五期文學名著，除在印度文學欣賞一書中已選了泰戈爾和奈都夫人兩位的若干詩篇及普雷姜德的小說一篇，現在名著選中再加選泰戈爾詩七十三首，奈都夫人詩二十四首，普雷姜德小說兩篇外，並另選甘地自傳三章，泰戈爾的小說四篇，劇本二篇。其中瑪麗尼一劇，是我特為名著選而新譯的。

第五期文學名著選

一、泰戈爾詩選

詩哲泰戈爾是本世紀初年世界最偉大的詩人，他的詩每篇都讓人像嚼橄欖般富有回味。所以有人說，只要每天讀上泰戈爾的詩一首，便能整天心情平靜而愉快，他的詩值得每首細讀。蘇雪林教授爲拙譯新月集撰序，便說：「我個人所喜愛的是孩兒之歌、睡眠的偸竊者、誹謗、雲與浪、香伯花、商人、英雄等幾首，不過說句老實話，新月集的四十首詩，內容雖各殊，都有同等的價値」。我說，另外的六集，也是如此，所以要作泰翁詩的選錄是難的，我也僅憑我個人的喜愛，除印度文學欣賞一書中已選之外，再選幾十首，篇幅已特別多，園丁、採果、愛貽、横渡等集中詩，只好不再加選了。

文開識

（甲）漂鳥集三十首

麋文開譯

（一）

從前我們曾夢見我們都是陌路人。
當我們醒來時卻發見我們互相親愛着。

（二）

啊，美啊，你要從愛之中去發見你自己，不要向你那鏡子的阿諛中去追求。

（三）

瀑布唱道：「我得到自由時我便唱出歌來了。」

（四）

他把他的武器當做他的上帝。
他本身是失敗了，當他武器勝利的時候。

（五）

似海鷗與波浪的會合，我們相會，我們親近。
似海鷗的飛去，波浪的盪開，我們分離。

（六）

上帝對人說：「我醫治你所以我要損傷你，我愛你所以我要處罰你。」

（七）

貞操是一種財富，那是充沛的愛情之產物。

（八）

在死之中，多數合一；在生之中，一化成多數。

當上帝死去，宗教將合而爲一。

（九）

藝術家是「自然」的愛人，所以他是自然的奴隸又是自然的主人。

（一〇）

權力對世界說：「你屬於我。」

世界把他俘繫在她的寶座上。

仁愛對世界說：「我屬於你。」

世界給他出入她寓所的自由。

（一一）

別作聲，我的心，這許多大樹正在做禱告呢。

（一二）

雲謙卑地站在天之一隅。

黎明用光彩作王冠來給他戴上。

（一三）

山峯正如羣兒的呼喊，高舉着手臂，想要攬捉星星。

（一四）

不是鐵鎚的敲打能奏效的，只有那水的跳舞的歌聲，能使石卵臻於完美。

（一五）

婦人啊，你優雅的手指接觸到了我的器物，便井然有秩像音樂般有節奏之美了。

（一六）

上帝的大權力是寓於和風中，並不在暴風雨裏。

（一七）

「愛」啊！當我來時因你手中正燃燒着的愁苦之燈我得看見你的面色，並且知道你就是「快樂」。

（一八）

夜的黑暗是一隻袋，黎明的金光從袋中爆裂開來。

（一九）

和我們地方同樣的蓮花開在這異域的水中，有同樣的香氣，但換着別的名字了。

（二〇）

月亮把她的清光照耀整天空，黑斑卻留給她自己。

（二一）

把眞實的意思讀錯，和把他的着重點放錯便成不眞實。

（二二）

死亡像出生一樣，都是屬於生命的。

走路須要提起脚來，但也須要放下脚去。

（二三）

大地啊，我來到你的岸邊像一個生人，我住在你的屋中像一位賓客，我離開你的大門像一位知友。

（二四）

休息的黃昏，星照耀在我心中，於是讓夜色對我蜜語談愛。

（二五）

讓死的有不朽的名，但活的要有不朽的愛。

（二六）

愛是充實的生命，正如盛滿着酒的杯子一樣。

（二七）

縈繞我的生命，愛的痛苦唱着，有如深不可測的大海，愛的歡樂唱着，有如花叢裏的小鳥。

（二八）

眞理激起反對自己的風暴來，便把自己的種子廣播開了。

（二九）

靜寂的夜有慈母的美，喧囂的晝有孩子的美。

（三〇）

我主啊，當我生命的絃線全部調和時，於是你的每一撫觸都會發出愛的音樂來。

（三一）

讓這做我的最後一句話吧，「我信賴你的愛」。

（乙）新月集十二篇

糜文開
糜榴麗 譯

海邊

在這無垠世界的海邊，孩子們相會。

這遼濶的天宇靜止在上空，這流動的水波喧噪着。在這無垠世界的海邊，孩子們相會，叫着，跳着。

他們用沙造他們的房屋，他們用空的貝殼玩着。用枯葉織成他們的船，一隻隻含笑地浮到大海裏去。在這世界的海灘上，孩子們自有他們的玩意兒。

他們不懂得怎樣游泳，他們不懂得怎樣撒網。採珠者潛水摸珠，商人在船上航行，可是孩子們把卵石聚集起來又撒開去。他們不搜尋寶藏，他們不懂得怎樣去撒網。

海水大笑着掀起波濤，蒼白閃耀着海灘的笑容。兇險的浪濤對孩子們唱着無意義的歌曲，就像一個母親正在搖着她嬰孩的搖籃。大海與孩子們一起玩着，蒼白閃耀着海灘的笑容。

在無垠世界的海邊孩子們相會。暴風雨遨遊在無徑的天空，船隻破裂在無軌可循的水中。死神已出來而孩子們在玩耍。在無垠世界的海邊是孩子們的偉大相會。

（本篇與頌歌集第六〇篇相同）

孩兒之歌

假使孩兒要想這樣，他能即刻鼓翼飛向天堂。

這不是無故的，他沒有離開我們。

因爲他連看不見母親也永遠不能忍受，孩兒愛把他的小頭放在母親的胸懷。

孩兒知道各種的智慧之辭，雖然世上很少人能了解那些意思。

這不是無故的，他常不言不語。

他唯一的願望是從母親的唇邊來學習母親的說話，這是他爲什麼看來這樣渾噩。

孩兒有大堆的金銀和珍珠，他卻似乞丐的模樣蒞臨這世界。

這不是無故的，他要如此扮飾。

他要求母親的愛之珍藏，而這可愛的赤裸小乞是冒充着全然無助。

孩兒在纖細的新月之鄉沒有什麼約束。

這不是無故的，他放棄了自由。

他知道在母親的心之角裏有無窮的歡樂之所，擁抱在她親愛的兩臂之中，是遠比自由爲甜蜜。

孩兒從來不知啼哭，他住在一個完全幸福的境邑。

這不是無故的，他選擇流淚。

雖然他可愛面龐上的微笑吸引着母親渴望的心向他，但在小小的困苦上哭幾聲卻織着愛和憐的雙結。

領悟

當我帶給你彩色的玩具，我的孩子，我明白爲什麼有這樣顏色的變幻在雲霞上，在水面上。爲什麼花要染着色彩——當我把彩色的玩具給你，我的孩子。

當我唱着歌使你跳舞，我才眞正知道爲什麼樹葉裏有音樂，爲什麼浪濤傳出合唱曲到靜聽之大地的心裏去——當我唱着歌使你跳舞的時候。

當我帶糖果給你貪得的手，我知道爲什麼花之杯中有蜜，爲什麼水果暗地裏飽含着甜漿——當我帶糖果給你貪得的手的時候。

當我吻着你臉使你微笑，我的寶貝，我確實明白什麼是晨光裏從天上瀉下來的喜悅，什麼是夏天的涼風帶給我身體的愉快——當我吻你使你微笑的時候。

（本篇與頌歌集第六二篇相同）

雲與浪

媽媽，那些住在雲中的人民對我喊着——

『我們遊玩，從我們醒來直到一日完了。
我們同金色的黎明玩，同銀色的月兒玩。』
我問：『不過我怎麼能到你們那邊來？』
他們回答：『到大地的邊緣那裏，舉起你的雙手向着天空，你就會被帶上雲中來。』
『我的母親在家裏等待我回去，』我說：『我怎能離她而到你們那邊來呢？』
於是他們笑笑飄去了。
但我知道比那更好的遊戲，媽媽。
我將是雲而你是月。
我將用兩手來遮蔽你，而我們的屋頂便變成青天。

那些住在波浪中的人民對我喊着——
『我們從早到晚歌唱着；前進，前進，我們旅行着，不知我們路經什麼地方。』
我問：『不過我怎麼樣來加入你們？』
他們告訴我：『到岸的邊緣來站着緊閉你的雙眼，你就會在波浪上被帶去。』
我說：『我母親永遠要我黃昏時在家——我怎能離她而去呢？』
於是他們笑笑，跳着舞過去了。

但我知道一個比那更好的遊戲。

我將是波浪，你是異鄉的岸。

我要向前滾着，滾着，直到帶着笑聲衝碎在你的膝上。

世界上沒有人能知道我們兩人在什麼地方。

香伯花

假使我變成一朵香伯花，只爲好玩，我長在一根樹枝上，高高地在那棵樹上，笑着在風裏搖曳，跳舞在新放芽的葉子上，你會知道我嗎，媽媽？

你要喊：『寶寶，你在那裏？』於是我應該自己窃笑，忍住十分的靜默。

我應該偸偸地開放我的花瓣，看好你在做什麼。

當你沐浴完畢，濡濕的頭髮披在你肩上，你走過香伯樹的影子裏到小庭中去做禱告，你會聞到香伯花的香氣，但不知道是從我發出來的。

當午飯以後你坐在窗前閱讀「羅摩耶那」，樹影子倒在你的頭髮上和膝頭上，我便投我細小的影子在你書頁上，正在你讀着的地方。

但你會猜到這是你孩子的微影嗎？

當黃昏時候，你點着燈在你手裏到牛棚中去，我便驟然再跌落到地上來，仍舊做你的孩子，乞求你講一個故事給我聽！

『你頑皮孩子，你到那裏去的？』

『我不告訴你，媽媽。』這便是你和我要說的。

仙境

假使人們知道了我的國王的宮殿在那裏，宮殿就要消失到空中去。

宮殿的牆壁是白銀做成的，屋頂是發光的金子做成的。

王后住在有七座庭院的王宮裏，她戴一顆寶石，那寶石價値七個國土的財富。

但是讓我來用耳語告訴你，媽媽，我的國王的宮殿在那裏。

它是在我們屋頂花園的角裏一盆吐爾雪植物那兒。

公主睡着在遙遠的七個不能航行的海岸上。

在世界上沒有一個人能找到她，只有我能夠。

她的手上戴着手鐲；她的耳朵上戴着珠子的耳墜。她的頭髮伸展在地上。

她會醒來，當我用我的魔杖觸她。珍珠會從她的嘴唇上滾下來，當她笑的時候。

但是讓我向你耳語，媽媽，她是在那隻角裏，在我們屋頂花園裏的一盆吐爾雪植物那兒。

當你要到河裏去洗澡的時候，跨上那屋頂上的花園。
我坐在那角裏，牆頭的影子相連的角裏。
只有貓咪許可和我一起，因爲她知道那故事裏的理髮師住在什麼地方。
但是，媽媽，讓我在你耳邊低語，那故事裏的理髮師住在什麼地方。
那是在我們屋頂花園角裏的一盆吐爾雪植物那兒。

紙船

一天又一天，我把我的紙船一隻又一隻的漂浮在奔馳的溪流中。
我用大楷的黑字把我的名字寫在船上，還有我住的村莊的名字。
我希望在有些陌生地方會有人發見牠們，知道我是誰。
我把我們花園裏的雪麗花戴在小船裏，希望這些早晨的花朵會平安地在晚上帶上岸去。
我把我的紙船放下水，仰望一下天空，看見小雲正放出牠們白色的隆起之帆。
我不知道我的什麼遊伴在天上把牠們送下空中來和我的船競賽。
當夜到來，我埋我的臉在我兩臂間，夢見我的許多紙船漂浮前進，前進在午夜的星光下。
睡眠的仙人們乘在這些船裏，裝的貨物是他們的籃子滿載着夢。

花校

當烏雲在天空發出隆隆聲，六月的陣雨就開始了。
潮溼的東風，行經荒原來吹牠的風笛在竹林中。
那時羣花就突然從無人知道的地方出來，狂歡地在草地上舞蹈。
母親，我眞正相信花兒是到地下上學去的。
他們把門關着讀書，若是他們要未到時間就出來玩耍，他們的教師就要叫他們立壁角的。
當雨季到來，他們就放假了。
森林的枝條相擊，在野風中葉子發出沙沙聲，雷雲們拍着他們巨大的手，花朵孩童就衝出來了，穿着粉紅、鵝黃與雪白服裝。
你知道嗎，母親，他們的家在天上，就是有星星的地方。
你有沒有看見他們是怎樣急切的要到那裏去？你是不是知道他們爲什麼這樣的匆急？
當然，我能猜得出他們對誰高舉着他們的兩臂。他們有他們的母親，像我有我的一樣。

招魂

她離開的時候，夜是黑漆漆的，他們都睡熟了。

現在夜是黑的，我叫喚着她：『歸來啊，我的寶貝；世界睡着了，星星默默地望着星星，如果你回來一刻，沒有人會知道的。』

她離開的時候，樹林剛放芽，春天還年青。

現在花朵已盛放，我呼喚着：『歸來啊，我的寶貝。孩子們隨意玩耍，把花朵採集了又散開去。如果你來拿一朵小花，沒有人會覺察的。』

那些玩耍的人，仍在玩耍，生命是這樣的被浪費。

我聽着他們的喋喋談話聲而叫喚：『歸來啊，我的寶貝，母親的心充滿着愛，如果你來向她偷一個小小的吻沒有人會妒忌的。』

榕樹

哦，枝枒參差的榕樹，站在池塘岸上，你有沒有忘記那小孩子，像那些鳥兒一樣在你枝葉間巢居而又飛去了的小孩？

你記得嗎？他坐在窗口，驚奇地望着你那些向地下投陷的根之糾纏。

女人們帶着水瓶到池裏來汲水，而你巨大的黑陰就開始在水面蠕動，像睡眠掙扎着要醒來。

日光在水波上舞蹈，像不息地梭織着金色的綉帷。兩隻鴨子游過垂影下來的草叢的邊緣，那孩子就靜坐着沈思。他渴想着要變成風來吹過你的沙沙發聲的枝枒，變成你的陰影，跟着日光在水上伸延，變成一隻鳥棲息在你最高的枝上，或像那些鴨子在雜草與陰影中漂浮。

我的歌

我的孩子，這首我的歌將揚起樂聲像愛之歡欣的手臂來盤繞你。

這首我的歌將如一個祝福的吻撫觸你的額頭。

當你獨自時我的歌會坐在你旁邊在你耳中低語。當你在眾人之間，我的歌會用超然來守衞你。

我的歌將如你夢的雙翼，運送你的心到未知的邊緣去。

我的歌將如忠心的星照在你頭上，當黑夜隱沒了你的道路。

我的歌將坐在你眼睛的瞳仁裏帶你的視線看進東西的心裏去。

還有，當我的聲音在死亡中靜止，我的歌會在你活着的心中言語。

小天使

他們喧鬧，他們格鬥，他們猜疑與失望，他們爭吵着不知終結。

我的孩子，讓你的生命到他們當中去，像光明的火焰，安定而純潔，你使他們快樂得靜默下來。

他們殘暴地貪婪着，嫉妒着，他們的言辭有如隱藏的刀，正渴於飲血。

去，我的孩子，去站在他們不歡之心的中間，讓你溫和的眼睛落在他們身上，有如黃昏的慈愛之和平蓋沒那日間的爭擾。

讓他們看你的臉，我的孩子，因而知道一切事物的意義；讓他們愛你，因而彼此相愛。

來，我的孩子，坐在無限的懷抱裏，在日出時開啓而振作你的心，有如一朵開放的花，在日落時，垂下你的頭，在靜默中完成這一天的禮拜。

(丙) 頌歌集二十四篇

糜文開譯

(一)

你已使我成爲無限，這是你的歡喜。這脆薄的東西，你使它空了再空，而時時充實它以新的生命。

這枝小小的蘆笛，你曾帶着越過許多山嶺與谿谷，用它吹出許多永遠新鮮的曲子。

在你兩手的神聖撫觸下，我的小小的心，消融在無邊的歡快中，產生說不出的言辭來。

你給我無窮的賜予，只是在我的這雙渺小的手上。年代移轉着，你仍傾注，我仍有地方待充實。

（二）

當你命令我唱歌時，似乎我的心得意到要迸裂開來，我瞻望你的臉，淚水已含在我的眼眶。

我生命中所有刺耳的，不協調的，都融化成一片美妙的諧音——我的崇拜展開着兩翼，像一隻飛渡海洋的快樂之鳥。

我知道，你從我的歌唱裏得到愉快。我知道，惟有作爲一個歌者，我才能來到你面前。

我只有用我歌唱的遠展之翼緣，來撫觸你的脚，那我從來不敢想望觸到的脚。

陶醉於歌唱的歡樂，我忘記了我自己。我的主啊，我竟喚你爲朋友。

（三）

我生命的生命，我將永遠努力保持我的身體純潔，我明白你生命的撫摩，正接觸在我四肢上。

我將永遠努力保持我的思想沒有虛妄，我明白你就是在我心中點着理智之光的眞理。

我將永遠努力驅除一切邪惡遠離我心頭，保持我的愛開花，我明白你已供奉在我心最深處的聖廟裏。

這是我的企圖，把我的行動來顯示你，我明白是你的感召，給我力量去行動。

（四）

哦，傻瓜，想把你自己揹在肩膀上！哦，乞丐，向你自己的門口去求乞！

把你所有的負擔，交給能擔當一切的他底手中吧，永不要惋惜而後顧。

你的慾念的氣息碰觸着這燈，光明便立刻從燈上熄滅。它是邪惡的——不要用它的不潔的手來拿你的禮物。只有神聖的愛所奉獻的才領受。

（五）

這是你的脚凳，你息足在最貧窮最卑賤最失意人羣的住區。

我想向你鞠躬，我的敬禮不能到達那最深處，那你息足的最貧窮最卑賤最失意人羣之中。

你穿着謙遜的衣服步行於最貧窮最卑賤最失意人羣中間，傲慢永遠不能臨近那地方。

你同那些沒有朋友的最貧窮最卑賤最失意的人們爲友，我的心從來不能找到那地方。

（六）

我旅行所佔的時間很長，那旅行的路途也很長。

我坐在光之最初閃耀的車上出來，追趕我的行程，飛越無數世界的洪荒，留下我的轍跡在許多個恆星與行星之上。

這是最遙遠的路程，來到最接近你的地方；這是最複雜的訓練，引向曲調的絕對單純。

旅客須徧叩每一扇遠方的門，才能來到他自已的門；人須遨遊所有外面的世界，最後才能到達那最內的聖殿。

我的眼睛先漂泊着，遙遠而廣濶，最後我閉上眼說：『你原來在這裏！』

叫喊着問道：『啊，在那裏？』這一聲銷溶在千股的淚泉中，和你保證的回答「我在這裏！」的洪水，一起氾濫了世界。

(七)

假使你不說話，我將把你的靜默充實我的心而忍耐着。有如在星光下守候的夜，我將靜候你，耐心地低着頭。

晨光定會到來，黑暗行將消失，你的聲音將劃破天空，從金流中傾瀉下來。

於是你的言語，將自我的每一個鳥巢中撲翅而唱歌，你的曲調，將在我的所有叢林迸發成花。

(八)

蓮花開放的那天，唉，我心不在焉，沒有知道這回事。我的花籃空空，那花朵遺留着沒有被注意。

只有憂思時時來襲擊我，我從夢中驚起，覺得南風裏有着奇異芳香的甜蜜蹤跡。

那迷茫的香氣，使我渴念得心痛。這在我彷彿是那夏天急切地呼吸着，在尋求它的完成。

那時我不知道它是這樣近，而且是我自己的，這完美的香氣是在我自己心的深處開放。

（九）

我獨自出門走上我的赴約之路。是誰在靜寂的黑暗中尾隨着我呢？

我走到旁邊去躲避他的前來，但我避不開他。

他昂首濶步地揚起地上的塵埃；他把我說的每一個字都加上了他的高聲。

他是我的小我，我主，他不知羞恥；但我卻羞於由他隨伴着到你門上來。

（一〇）

只要我的一小點尚存，我可以把你稱爲我的一切。

只要我意識的一小點尚存，我可以在我的四周感覺到你，我事事請示於你，時時把我的愛奉獻於你。

只要我的一小點尚存，我可以永不隱藏你。

只要我束縛的一小點尚存，那把我被你的意旨所束縛的一小點尚存，你的意旨就在我的生命裏實現——那就是你愛的束縛。

（一一）

在那個地方，心沒有恐怖，頭擡得起來；

在那個地方，智識是自由；
在那個地方，世界不曾被狹窄的家國之牆分裂成碎片；
在那個地方，說話出自眞實之深淵；
在那個地方，不懈的努力伸出它的手臂向着「完美」；
在那個地方，理智的清流，不曾迷失在僵化的積習之可怕的不毛沙地；
在那個地方，心靈被你引導前進，成爲永遠寬大的思想與行爲——
進入那自由的天國，我的父啊，讓我的國家醒來。

（一二）

這是我對你的祈禱，我主——剷除，請剷除我心中貧乏的劣根。
請賜我力量來輕易地負載我的歡樂與憂患。
請賜我力量，使我的愛在服務中得到果實。
請賜我力量，使我永不遺棄貧賤，也永不屈膝於無禮的強權。
請賜我力量，使我的心靈超越於日常瑣務之上。
並請賜我力量，得以用愛來把我的力量投效於你的意旨。

（一三）

我要你，只要你——讓我的心一再說着這句話，永無窮期。日夜煩擾我的一切慾念，都純然是虛妄與空幻。

有如夜的藏在幽暗中祈求光明，同樣地，在我潛意識的深處，也響出呼聲來——我要你，只要你。

有如暴風的用全力衝擊和平，卻依然尋求和平做它的終點；同樣地，我的反抗衝擊着你的愛，而它的呼聲依舊是——我要你，只要你。

（一四）

你有沒有聽見他的靜靜脚步？來了，他來了，時刻在來。

每一瞬與每一代，每一日與每一夜，來了，他來了，時刻在來。

在許多種情境下，許多隻歌我已唱過，但所有的調子常常宣告：『來了，他來了，時刻在來。』

在晴和四月的芳香日子，經過森林的小徑，他來了，來了，時刻在來。

在七月之夜的陰雨朦朧中，坐着雲霧的雷車，他來了，來了，時刻在來。

在憂患頻仍中，他的脚步，響在我心上，而他脚的黃金之撫觸，使我的歡樂生輝。

（一五）

黑夜已到。我們白天的工作業經做完。我們以爲投宿的客人都來了，村裏的門都關上了。有的人說，國王是要來的。我們笑了笑說道，『不，這是不可能的！』

那邊好像有叩門的聲音，我們說，沒有什麼，這不過是風罷了。我們熄滅了燈躺下睡覺。有的人說，『這是使者！』我們笑了笑說道，『不，這一定是風！』

在死寂的夜裏傳來一種聲音。我們朦朧中以爲是遠方的雷聲。地震牆搖，我們在睡夢中受了驚擾。有的人說，這是車輪的聲音。我們在昏睡中發出怨言，『不是，這一定是隆隆的雷響！』鼓聲響起時夜還是漆黑。有聲音喊道，『醒來！不要耽誤了！』我們用手按在心頭，因恐懼而戰慄。有的人說，『看啊，這是國王的旌旗！』我們站起來叫喊，『不能再耽誤了！』

國王已經來了——但是燈在那裏呢？花環在那裏呢？給他坐的寶座在那裏呢？啊，慚愧！啊，太慚愧了！大廳在那裏，擺設又在那裏呢？已有人在說，『叫喊也無用了！空手去歡迎他吧，領進你全無布置的空房裏去吧！』

把門打開，把法螺吹響吧！國王已於深夜降臨我們黑暗淒涼的屋裏來了。空中雷聲吼鳴，電閃使黑暗震顫。拿出你的破蓆鋪在院子裏吧。在可怖之夜，我們的國王同暴風雨一起突然到來了。

（一六）

你已使我認識我素不相識的朋友。你已在許多別人的家裏給我位子。你已縮短了距離，使生人變成兄弟。

當我離開我熟習的庇護所，我心緒不寧，我忘記那是舊人遷入新居，那裏，你也住着。

透過生與死，不論今生或來世，到處是你引導我，總不離你，你是我無限生命的唯一伴侶，永遠用快樂的帶子，把我心和陌生人的心聯繫在一起。

人只要認識了你，便沒有一個是異邦人，也無門戶不開放。哦，准許我的祈禱，准許我在眾生的遊戲中，永不喪失撫觸那「唯一」的福分。

（一七）

就是他，那至眞之一，用他看不見的撫觸來覺醒我的靈魂。

就是他，在我這双眼睛上施他的法術，又快活地把我的心弦彈奏出苦與樂的種種調子來。

就是他，織造金和銀，青和綠的易消失色彩的「摩耶」（魔幻）之衣〔來炫惑人〕，又把他的雙足露出在衣褶的外面，讓我得撫觸而忘我（覺醒）。

日子不斷地來，年代便接連地過去了。就是他，永遠用許多個名字，許多個形式，許多個極樂與深憂，來打動我的心。

（一八）

我須在絕慾自制中得救。在千萬愉快的約束中，我感覺自由的擁抱。

在這瓦罐之中，你時時爲我斟上各種不同色香的新酒之滿杯。

我的世界，將用你的火點亮不同的百盞明燈，放到你廟裏的祭臺前來。

不，我將永不關閉我感覺之門。那視之愉快，聽之愉快，觸之愉快，將帶來你的愉快。

是的，我的一切幻想會燃成歡樂的燈彩，我的一切願望，將紅熟成愛之果實。

（一九）

當宇宙初創時，星辰作它們第一次燦爛的照耀，諸神在空中聚會，齊聲唱道：『啊，完美的圖畫！啊，純粹的快樂！』

但有一位突然叫起來——『那邊光鏈上好像有個裂痕，少了一顆星了』。

頓時他們竪琴的金絃斷了，他們的歌聲停了，他們驚惶地喊着——『對了，失踪的一顆星是最美麗的，她是全天空的光榮！』

從那天起，不斷的找尋她，衆口相傳地說，因她的失去，世界已失去了一種快樂。

只有在夜的最靜寂之時，星辰才現出微笑，互相低語——『枉費的尋覓！無缺的完美正籠蓋着一切！』

（二〇）

死，你的侍從，來到我的門口，他遠涉未知的海，傳達你的命令到我家。

漆黑的夜，我的心裏很恐怖——但我仍將拿我的燈，開我的門向他鞠躬歡迎。因爲站在門口的正是你的使者。

我將含着眼淚合掌禮拜他。把我心之珍寶放在他的脚邊，我禮拜他。

他將完成了使命回去，在我的淸晨留下一個暗影；於是在我淒凉的家裏，只有煢獨的自我剩留着，作爲獻給你的最後供品。

（二一）

懷着無望的希望，我向我每一隻屋角尋找她，我沒有找到她。

我的屋子很小，一旦丟失什麼，便永遠找不回來。

可是，你的大廈是無邊的，我主，我上你的門來找她了。

我站在你晚空的金幕下，高擡我熱切的眼睛望着你的臉。

我已來到了永恆的邊緣，這裏一切不能隱滅——無論是希望，無論是幸福，無論是透過眼淚見到的一張臉。

啊，把我空虛的生命浸入這大洋吧，投進這最深的完滿吧。讓我在宇宙的完整裏，覺到一次失去的甜蜜擁觸吧。

（二二）

當死神來敲你門的時候，你將把甚麼奉獻給他呢？

哦！我將在我的貴賓面前擺下斟滿的生命之杯——我絕不會讓他空手而去。

當死神來敲我門的時候，我願把所有我秋日和夏夜的豐美收穫，以及我匆促生命中所貯存獲取的一切，統統都擺在他的面前。

（二三）

我已經獲准離開，向我說再見吧，兄弟們！我向你們鞠個躬就啓程了。

在此我交還我門上的鑰匙——並且放棄對我房屋所有的權利，我只要求你們幾句最後的贈言。

我們做過很久的鄰居，但是我所接納的多過我所付出的。現在天已破曉，照亮我黑暗角落的燈盞已熄滅。召令已經來到，我就準備上路了。

(二四)

我並沒有覺察到當我剛跨進這生命門檻的一刹那。

是一種甚麼力量使我在這無邊的神妙中開放，像半夜裡森林中的一朵花蕾。

當清晨我看到光明時，我就覺得在這世界上，我並不是個陌生者，因爲一種不可思議，無可名狀的東西，已經把我浸潤在慈母般的柔懷裡了。

就是這樣，在死亡裡，這同一不可知的東西，將要像我的舊相識似的出現。因爲我愛生命，所以我知道，我將會同樣的愛死亡。

嬰兒會在母親把右乳從他嘴中拉出時啼哭，可是他卻立刻會在左乳上得到安慰。

(二五)

當我同你在一起遊戲時，我從沒問過你是誰，我既不知羞怯也不知害怕，我的生活是騷擾的。

一清早你就如同我的伙伴似的，把我從睡夢中喚醒，帶着我跑過一片片的林野。

在那些日子，我從沒想到去瞭解你對我所唱歌曲的意義。我只是隨聲附和着，我的心隨着節拍而跳舞。

如今，遊樂的日子已經過去，那突然顯現在我眼前的景象是什麼啊？世界俯視着你的雙脚，並和它的靜穆的星羣敬畏地站立着。

（丁）孟加拉文詩三題

泰戈爾用他方言孟加拉語所寫詩歌未自譯爲英文的很多，加爾各答華僑，多習孟加拉語，當地華文報紙，偶有此等泰翁詩的中譯刊載，茲自民國三十四年四月間的中國週報，蒐得三題，轉錄於此，以備一格。其中「敬禮祖國」一詩一九四七年八月十四日印度獨立卽宣佈採用爲印度國歌。

敬禮祖國 (Bande Mataram)

小呆譯

祖國，我向你敬禮！
啊，看山川壯麗，花果香熟，
吹拂着的是南方底薰風，
黑壓壓地是豐收的五穀，

我的祖國！
海岸在月光輝耀中歡笑，
大地被滿樹好花所艷裝，
笑聲甜美，說話也甜美！
啊，祖國，快樂是你所賜予，
幸福是你所恩賞！

譯者註：這首印度民族主義者們心目中的印度國歌，是詩翁泰戈爾的手筆，此係據孟加拉語原文所試譯。
編者註：此詩於一九四七年印度獨立時被正式承認爲印度國歌。

短歌五章

山靈譯

（一）

在這暗澹的雨天的早晨，
陪伴着，陪伴着我吧！朋友！
孤寂的昨夜，你不是曾在我的夢裏嗎？
在這潤濕的撩亂的微風裏，

日子等閒地度過去，朋友！
說話啊，對我的心說：手放在我的手裏。

(二)

你留下一些再去吧，在我心的深處，
在花的芬芳，笛聲的悠揚，風的悄悄的低語裏。
你帶走一些再去吧，從我憂鬱的憂鬱中，
從我含淚的微笑，沈默的眸子裏。

(三)

我將以痛苦完結痛苦，
讓妳浴在無底的深憂裏。
我要放火燒毀我的世界，滌清
這愚昧的痴情的黑色斑點。
我不惜以死亡的痛苦奉獻在妳的足前啊！

(四)

當茉莉蓓蕾初綻時，

為了你，朋友，我採掇盈掬。
那時候薄霧還不曾消散，露珠的花鬘閃耀在晨曦裏。

如今，林中之歌，朋友，還沒有唱絕呢，
你卻，你卻畢竟要離去？

啊，我溫柔的藤蔓，你疲倦的茉莉已紛紛的萎謝了。
你還不說出你最後的言語？

（五）

一天天的過去了，我坐在路旁邊，
春風吹着，我唱啊又唱着歌。
時光無法消磨，我把那
樂音的蜃樓，夢鄉的幻影編成了詩歌。

一天天的過去了，我還沒有見到妳，
我唱啊又唱着我的歌，我只是孤獨的一個。
是怕我的歌聲停頓嗎？你始終不肯來在我的身邊？
愛使相愛的人痛苦啊！

（譯自孟加拉語原文）

生日

山靈譯

他被視線的網，千萬隻眼睛
緊緊綑縛，
他陷落於嘈雜的漩渦裏，那個人。
那些忘記了自己生辰的，他們
如輕風的葉子不曾贏得多少相識，
搖動飄落都沒有一點聲息。
看在神面，帶那個人到他們的
行列中去吧。

他被迫與大眾分離，在那人羣
環成的囚室裏
名譽的鐵鐐在他的足下
不息的鎯鐺。
他被大家五顏六色塗抹，
扯上厚顏高臺，日夜指點着。
他無處隱蔽，遮障全被
扯落在塵埃。
釋放他，釋放他到
那陽光恬靜，樹蔭油碧
沈默的世界裏，
廣漠無邊的土地上，
那裏是永恒赤子的遊戲場。
清晨的鳥聲裏，他的輕舟第一次
靠攏這新相識的國土。

登岸時他並沒有服飾遮蓋，
閒適的陽光愛撫着他赤裸的身體，
正如觸撫着小舟的鼓漲着的白帆，
無憂樹的嫩葉一般。
在那清晨的從容裏，
不知名的枝頭燃起了花的聖火，
春天展開金色的翅膀在無邊的天際。

假日的靜寂裏，他的名子
忽然得到被甜蜜聲音
呼喚的價值；
耳邊的那悄悄的呼喚
讓他出神於四月倦人的午後。
今天綠葉上陽光閃耀着
寫下了那一瞬間的日子。

蓮花池給他詩的邀請——
抖顫着的青竹梢頭，閃亮着黃昏星；
潮濕着的微風裏烏黑的雲堆
撒陰影在岸邊的林中；
沿着村中彎曲的路
頂着水罐的村女們談笑着
向河邊走去；
芥子和亞麻的田裏
顏色的合唱調諧於啞默的天空，
落日的斜暉裏他凝望着
說「我愛這些。」

讓榮譽成爲灰燼
只這一點的愛留在他的身後吧；
縱使名子不被記憶，
不可思議的土地上卻永留着

他感服的敬禮。

（譯自孟加拉語原文）

二、泰戈爾小說選四篇

糜文開譯

喀布爾人

米尼，我的五歲大的女兒，她不和人說話不能過日子。我眞相信她有生以來從沒有靜過一分鐘。她的母親常因此而惱怒，要阻止她的喋喋不休；但我不願如此。看着米尼悶聲不響是不自然的，這樣我也忍受不了多久。而我和她的談話，也常是有趣的。

一天早晨，我正專心在我新寫的小說第十七章之中，我的小米尼偷偷地走進房間來，將她一隻手放到我的手裏來說：「爸爸！看門的蘭達雅爾，他把『烏鴉』叫『吾鴉』！他什麼都不大懂，是不是？」

在我能對她解釋世界語言的差異之前，她已轉移到另一話題上去了。「爸爸，你以爲怎樣？菩拉說在雲裏有一隻大象，水從象鼻裏噴出來，這就是爲什麼會落雨了！」

於是，她又提出新問題：「爸爸！媽媽和你是什麼關係？」這使我默坐思考一些答話。

「我的親愛的結拜小姊妹！」我口中喃喃自語，但我到底板起臉來這樣作答：「去同菩拉玩，米尼，我很忙！」

我房間的窗戶下臨街道，這孩子靠近桌子坐在我腳邊，輕輕地在她膝上敲着鼓玩。我埋頭寫我小說的第十七章，男主角普魯泰·辛正抱着女主角侃姜蘿妲，要同她從碉堡三樓越窗而逃。突然間，米尼放下玩具，跑到窗口喊道：「一個喀布爾人！一個喀布爾人！」一定的，在下面街上有一個喀布爾人慢慢地蕩步而過，他穿着他們寬大而骯髒的衣服，頭上一個高高的頭巾，背上還揹了一個大袋，他手裏拿着幾匣葡萄。（譯者註：喀布爾為阿富汗京城，喀布爾人有一批小販在印度以賣菓品為業，故在印度人腦中，喀布爾人即賣菓小販。）

我不知道我的女兒看見這個人時感觀如何，但她已大聲地喊他。「啊！」我想，「他將進屋來，我的第十七章永遠不會脫稿了！」就在這時，喀布爾人回頭仰望這小孩，她看到這情形起了恐慌，逃去求母親保護，並躲藏起來。她迷信在這巨人所揹的袋裏，裝着兩三個像她這樣的孩子。同時，這小販走進我的門口，用笑臉招呼我。

我的男女主角的情勢是這樣的危險，但既然這人被叫了來，我不得不停下筆來買一些東西。我作成了他一點小交易，又同他閒談幾句。談到阿布杜拉曼（譯者註：阿富汗國王名）、俄國人、英國人，以及邊疆政策。

當他要離開時，他問道：「先生，那小女孩在那裏呢？」

我想，米尼假想的恐怖必須袪除，所以把她帶了出來。

她站在椅子邊，呆望着喀布爾人和他的袋子，他送給她一些胡桃肉葡萄乾等，但她並不被誘，只更緊緊地拉住我，她的疑慮反而增加。

這是他們的第一次會面。

可是，相隔沒有幾天的一個清晨，當我出門時候看見米尼坐在門口附近的一張長椅上，同那個她腳邊的喀布爾人談笑自若，頗使我驚異。

在我的腦海中，我這小女兒自有生以來，除卻她的父親以外，從不曾找到這樣有耐心的一個聽眾。在她小小紗麗（印度女衣）的一角，已經裝滿了杏仁和葡萄乾，那是她客人的禮物。「你爲什麼給她這許多？」我說，並掏出一枚八安那錢幣（卽半塊錢，一盧比等於十六安那——譯者）遞給他。這人把錢收下，毫不推卻，放進他的口袋裏。

唉！一個鐘頭以後我回來，發現不幸那錢幣已造成兩倍大於它本身價値的禍事來！因爲那喀布爾人把它給了米尼，而她的母親瞥見了這光亮的圓東西，抓住這孩子追問：「這八安那錢幣妳從那裏拿來的？」

「喀布爾人給我的。」米尼愉快地說。

「喀布爾人給妳的！」她母親十分震驚。「哦，米尼，妳怎麼可以拿他的錢？」

我及時進門，救了她的迫切之災，並進行我的查詢。

我發現他們兩個相會已不止一二次，那喀布爾人聰明地用胡桃肉杏仁的賄賂征服了這孩子最初的恐怖，他們兩個現在是好朋友了。

他們有許多奇怪的諧謔，給了他們不少樂趣。坐在他的面前，她卻以這樣纖小的身形，俯瞰他那魁梧的大個子。米尼的臉上漾溢着笑波，她說：「哦，喀布爾人！喀布爾人！你袋子裏究竟裝的什麼呢？」

他會用山國之民的鼻音回答：「一隻象。」不是借此作樂，就是他們彼此在享受詼諧的情趣。對於我，這個小孩與大人的閒扯，常有一種奇異的迷醉。

喀布爾人絕不遲延，馬上反問：「噯！小寶寶，你幾時到你阿公的家裏去？」

大多數孟加拉（以加爾各答爲省會的印度省名——譯者）的小姑娘都早已聽到關於公婆家的話，但是我們，略爲新式一點，不把這些事告訴我們的小孩；米尼對這問題一定有些迷惘，但她一點不窘，她馬上圓滑地答道：「是不是你要去？」

在喀布爾等小販階級之間，大家知道「阿公的家」或「丈人的家」（譯者註：Father-in-law's house——女子對夫之父與男子對妻之父均用此名稱，故可譯「阿公的家」，亦可譯「丈人的家」，隨實際應用而定。）另有一種意義，這也就是監獄的代用語，因爲這地方招呼周到，有吃有住，又一概免費。所以這剛直的小販以爲我女兒的問話是這樣的意思。於是他說：「哦！」一面舉起他的拳頭揮向他那空氣中假想的警察。「我要揍我的老丈人！」聽到這話，和看描擬擊敗對方的那種神氣，米尼會哈哈大笑，而她那驚人的朋友也跟着一起笑得很開心。

這些秋季的早晨，古老的國王們每年正在這時出征；而我呢，永遠靜居在加爾各答的一角，只讓我的心，漫遊世界。每提起一個國家的名字，我的心便會神遊到那裏去，而看見一個異邦人在街上，我會不禁織起夢之網來，——那高山，那深谷，和他那遙遠之家的森林，他那房舍村落，以及那漠漠原野的自由自在的生活。也許旅行的景物在我面前幻化，在我的想像中去而復來，更見生動有緻。因爲我是一個道地的素食者，一說起去旅行，便像雷霆轟擊在我身上。這個喀布爾人的出現，我馬上轉移到了那些荒瘠頂峯的腳下，那裏有窄狹的小峽道曲折盤纏在高聳的崗巒間。我看見一條線的駱駝行列負荷着馱運的商品，一隊包頭巾的商人帶着一些他們式樣古怪的舊槍和長矛蹒跚着向平原走下來。我能見——可是往往就在這時，米尼的母親會來干擾，懇求我當心防備那人。

米尼的母親不幸是一位十分膽怯的婦人，隨便什麼時候，只要聽見街上有一聲喧嘩，或者望見有人向屋裏走來，她常會一下子緊張起來，斷定那不是強盜，就是醉鬼，或者是蛇，或者是老虎，甚或瘧疾，甚或蟑螂、毛蟲，或者是一個英國水兵，縱使已經經歷了這麼多年的考驗，她還是不能克服她的恐怖。所以，她對這喀布爾人滿是疑慮，要請求我留意防備他。

我曾笑她杞人憂天，而她便嚴厲地對付我，鄭重提出問題來問我：

「是不是曾有小孩拐騙過？」

「在喀布爾有奴役制度存在，是否事實？」

「這麼魁梧的大人帶走一個小小的幼童，是不可能的嗎？是這樣令人可笑嗎？」

我力言雖說不是絕對不可能，但可斷定不會發生，然而她還是不放心，固執到底。可是，這種事既不能斷然指證，似乎沒有理由拒絕那人進門，所以他們的親密依然無阻碍地繼續下去。

羅赫蒙，那個喀布爾人，每年正月中旬照例要回國去一次，將近回國之前，他非常之忙，挨門挨戶地收取他的債款。可是這一年他時常有空來看米尼，這從旁人看起來，他們兩人之間似乎有什麼陰謀存在，因爲他若早晨不能來，晚上定會出現。

在暗室的角裏，突然瞥見這個魁梧的，衣服寬大的，很像布袋樣的人物，有時連我也有一點驚愕。但當米尼笑迎着歡呼：「哦，喀布爾人！喀布爾人！」這兩位朋友便沈浸在他們從前的歡笑與嬉謔之中，雖則年歲相差如此之遠。於是，我仍放心了。

在他決心離去的前幾天，一天早上，我正在我書房校對我的校樣。天氣寒冷，陽光穿過窗戶撫觸我的脚，這種微溫很受歡迎。差不多是八點鐘的時候，徒步出去做宗敎方面早課的人都蓋着頭回了家。驀地我聽到街上一陣吵鬧，探頭望去，看見羅赫蒙綁架在兩個警察中間被拉去，在他們的後面是一羣看熱鬧的孩子。喀布爾人的衣服上染有血汚，其中一個警察是帶了一把刀的，我急忙趕出去，攔住他們，探詢究竟是什麼一回事。東湊西拚所得的消息，某鄰人欠了這小販一條蘭普利圍巾的錢，但刁滑地否認曾買他的東西，兩人口角起來，羅赫蒙就打了他。現在他被刺激得憤慨到極點，用種種的壞名字來罵他的仇人。忽然這時我的小米尼出現在我家的走廊上，照往常一樣呼喊着：「喀布爾人！喀布爾人！」羅赫蒙回頭看她，面現喜色。今天他身邊沒有帶袋子，所以她不能和他討論象的問題。但她馬上提出了次一問題：「你是到老丈人家裏去嗎？」羅赫蒙笑笑說：「小寶寶，我正在到那地方去！」他看見這回答還不能逗引這孩子的高興，他舉起他被綁着的雙手，說道：「啊！我眞的想揍那老丈人，只是我的雙手被綁着了！」

羅赫蒙被控謀殺之罪，判決了幾年的監禁。

時光像流水般逝去，他也被人們遺忘了。我們在習慣了的地方做着習慣了的工作，很少想到曾一度自由的山國之民消磨他的歲月在監牢裏。我眞羞於直陳，連我那生性愉快的米尼也忘了她的老朋友了。新的友伴塡滿她的生活。她長大起來，和女孩們一起消磨她大部分的時間。的確，她和她們厮混的時候眞夠多，連她時常走動的父親的房間裏也不來了。我也很少和她閒談。

幾年已過去了，又是一個秋季來臨，我們已準備好我們米尼的婚事，吉期揀在普佳節假日。把難近母送回開拉斯（關於難近母的普佳節故事，參看拙著商務版印度歷史故事——譯者），我們家裏的光明也將送到她的夫家去。而留下她的父親的家在陰影裏。

晨光晴明，雨洗後的空氣使人有纖塵不染之感。太陽照耀，如鍍黃金。這眞夠明亮，連我們加爾各答小巷中汚穢的磚牆，也沐受着美麗的清輝。從今天黎明開始，喜事的喇叭便響着。每響一下，我的心便悸動一次。巴拉毘（Bhairavi）的哀調，似乎加劇我行將離別的苦痛。我的米尼今夜要出嫁了。

喧囂和雜沓一清早就充溢着我屋子，在天井裏要把天幕張在竹桿上，那響着丁令之聲的枝形燈架，一定要掛在每一間房中和走廊裏。忙亂與騷擾持續着沒有盡頭。我正坐在書房裏看帳目，有個人進來必恭必敬地行了禮站在我面前。他就是喀布爾人羅赫蒙。起先我想不出來，他沒有帶袋子，沒有長頭髮，也沒有從前一樣結實。可是他一笑起來，我仍認識他了。

「你幾時來的，羅赫蒙？」我問他。

「昨天晚上，」他說，「我從監牢裏釋放出來。」

這些話在我很覺刺耳。我從來沒有和那種人——他曾傷害同他來往的人的——說過話，當我意識到這點，我的心不禁收縮起來，因爲我覺得他不來打擾，這吉日的兆頭比較好些。

「我家正在辦喜事，」我說，「我很忙，可不可以請你改天再來？」

他馬上轉身走出去。但當他走到門口，他遲疑了一下，對我說：「先生！我可不可以看一看你的小寶寶？」在他的腦中，米尼還是和從前一樣。他描擬着米尼和往常那樣奔向他，喊着：「哦，喀布爾人！喀布爾人！」他還想像他們會說說笑笑，正像從前的老樣子。事實上，他爲了憶念往日的友誼，想法從一個同鄉那裏獲得了一些杏仁、葡萄乾和葡萄，小心地用紙包得好好的帶了來，因爲他自己的一點兒老本，都已化光了。

我又說：「屋裏有喜事，今天你看那一個人都不可能。」

那人的臉色變了，他有所希冀地呆望了我一會，說一聲「早安」，就出去了。

我覺得有點抱歉，想叫他回來，但我看見他又自動回來了。他拿出他的禮物走近我身邊說：「先生，我帶了這一點兒東西給小寶寶，你願意代為轉遞嗎？」

我收下禮物，正要付他錢時，他捉住我的手說：「你太客氣了，先生！請不要付錢，留下我的紀念吧！——你有一個小女孩，在我家裏也有一個正像她一樣。我想念她，就帶菓品給你的孩子。——並不是為我自己作買賣。」

他一面說話，一面伸手到他寬大的衣服裏去掏出一張骯髒的小紙，戰戰兢兢地展開它，放在我桌上用雙手把它撫平。那不是一張照片，不是一幅圖畫，在那上面是用墨水塗在手掌再按在紙上的一個小小的手印。他雖年年來到加爾各答，在大街小巷兜售他的貨品，這個他小女兒的印記，卻常在他心頭。

我不禁流出眼淚來，我已忘掉：他是一個可憐的喀布爾水菓販子，而我卻是——哦，不，我和他有什麼兩樣？他同樣是一位父親啊！

他那在遙遠山國的家裏的小帕爾拔蒂的手印，使我想起我自己的小米尼。

我馬上把米尼從閨房內室叫出來。雖引起了不少麻煩，我都不理會。她穿着吉日的紅綢衣服，額上塗着檀香膏，已打扮成一個年輕新娘。她羞答答地走來站在我面前。

喀布爾人看到這情景有點站立不穩，他不能重溫他們舊日的友誼。最後他含笑說：「小寶寶，你是不是要到阿公家去了？」

米尼現在已懂得「阿公」這名詞的意思，她不能像從前一般答復他，她被問得臉紅，兀自站在他面前低下了頭。

我記起了喀布爾人和米尼初次相見那天的事，我感到難過。米尼走了以後，羅赫蒙深深地嘆了一口氣，就蹲下坐在地板上。忽然他想起來，在這長時間內他的女兒也一定長大了，她大概也和他生疏了，須得從新熱絡起來。無疑的，他將找不到他往常所熟悉的她。而且，在這八年之間，難保她沒有什麼變故啊！

喜慶的喇叭響着，溫暖的秋陽照射着我們。可是羅赫蒙坐在那加爾各答的一條陋巷裏，眼前展開着阿富汗的荒瘠山嶺。

我取了一張大鈔票給他道：「回到你本國自己的女兒身邊去吧！羅赫蒙，願你父女團聚的歡樂，也帶給我的孩子以幸福！」

送了這麼一個禮後，我不得不節減掉若干儀式，我不能再有我預定的電燈和軍樂隊，屋裏的婦女們大爲洩氣。可是在我，覺得這次的喜筵格外光彩，因爲我想到在那遙遠的地方，一個存亡莫卜久已失去的父親從新會到他那唯一的孩子了！

戀之火

裴普賢譯

我到大吉嶺（喜馬拉雅山中避暑勝地，屬孟加拉省，與西藏、不丹、尼泊爾鄰近——譯者）

的時候，正值天氣陰沈多霧。碰上這種天氣，誰也不願意往外跑。可是留在屋裏，卻又覺得悶得難受。在旅館裏吃過早餐，我就穿上厚實的大衣和靴子。仍舊出去散步。

天空飄着陣陣的細雨，濃霧籠罩着羣山，使牠們顯得好像是一幅畫家想擦去的圖畫。沿着加爾各答路，我一個人獨自漫步，忽然聽到近處有一個女子嗚咽的哭聲。這事本來極平常，不足爲奇，不會引起人家特別的注意。的確，若在平時，我總也不會去留心牠。可是在這舉目是無邊的濃霧裏，使我聽來竟像是一個正被悶死的世界在啜泣。

循聲走去，我發現一個女人坐在路旁一塊石頭上。盤繞在她頭上的一團蓬亂的頭髮，已被太陽晒成青銅色，她那發自內心深處的哭聲，好像已厭倦了長期的冒險，一下子被這層雲籠罩的山國之無比孤寂所降服了。

我試用此地通用的話問她是什麼人，爲什麼在哭。初時她默不作答，只是透過濃霧和她自已的眼淚凝望着我。我叫她不要害怕。

她微笑一下，用道地的印度斯坦語作答道：『我早已不再害怕了；羞恥心也毫無剩留了。可是從前有過一段時期，跋菩者啊（印人對男子的尊稱，等於我國的「大人」或「先生」）我也住在自已的閨房中的，就是我的兄弟也要先得到許可才進來。可是現在，我在這廣大的世界中，連什麼面罩也不剩留了。』

『我可以幫你什麼忙嗎？』我問。

她用眼睛盯着我的臉，答道：『我是巴德朗地方那華伯（譯者註：印度土邦之國王信印度教的稱羅闍，信回教的稱那華伯，意譯均爲王或君長之意。）可蘭迦提汗的女兒。』

巴德朗究竟是什麼地方？巴德朗的那華伯究竟是什麼人？而且天曉得，怎麼那華伯的女兒會變成一個苦行者，坐在加爾各答路上的轉彎處哀泣？——這一切我旣無從想像出來，也無法相信。可是我對自己說，我又何必過於認眞呢。不是眼前的故事滿有趣味的嗎？於是，我就恭而敬之地深深行了一個禮，說道：

『比媫莎喜白，（印度人對回教的公主的尊稱）我剛才竟猜不出你是什麼人。』

這位比媫莎喜白顯然很高興，她招呼我坐在她附近的一塊石頭上去，把手一揚，說道：『拜依喜顏（請坐）。』

從她的儀態上，我看出她有天然的優雅和動人的魅力；不知怎麼，我覺得我能坐在她身旁這塊冰冷潮濕而又滿生青苔的硬石頭上，卻是一種意想不到的榮幸。這天早晨，當我穿上大衣步出旅邸時，不論怎樣也想不到竟會享此恩典，坐在巴德朗邦主可以解作「邦國之光」或「世界之光」的可蘭迦提汗的女兒身邊一塊濕漉漉的石頭上——而且是在加爾各答路的轉彎處！

我問她：『比媫莎喜白，是誰使你陷於這樣的情景呢？』

公主用手按着她的額角，說道：『我怎麼能說，是誰使我這樣的？——你能告訴我，是誰把這座大山放逐到雲霧後面來的嗎？』

那時我恰巧無意牽入哲學的探討，所以就順着她的話說道：『是的，公主。的確，誰能測量命運的神祕呢？我們不過是渺小的生物罷了。』

如果在平常時候，我一定要跟她辯論出一個究竟來；可是現在，我對於印度斯坦語一知半解，把我難住了。我從那些僕役們所學來的一點兒印度斯坦語，決不能讓我在大吉嶺路邊與巴德朗的公主或任何人透澈地把命運和自由意志等問題來討論。（譯者註：泰戈爾生長加爾各答，所用方言爲孟加拉語，與印度北部人所用印度斯坦語大不相同。正如我國上海人對於北方話，雖能聽懂，而要說得流利正確，則非易事。）

於是比媿莎喜白說道：『我生平的奇特的羅曼史剛於今天告一結束，假使你許可的話，我就把全部經過都告訴你。』

我馬上接住她的話說：『要我許可嗎？——能夠洗耳恭聽，已是特別的恩典了！』

凡是認得我的人都可以明白，我講起印度斯坦語來，我所能表達出來的意思，實在少得可憐，全部的意思，大都沒有表達出來。反之，當公主對我講話時，她的談吐，好像是吹在微微閃動的黃金稻田上的晨風。在她，流利的語調，優雅的吐屬，一點兒也不費勁。而在我，所有答語都很簡短，不相連貫。

下面就是她講述的故事：

『在我父親的血管裏，流動着德里皇族的血液。（德里皇族，指回教徒在德里建都的蒙古王朝——譯者註。）因此，我就很難找到一位適當的丈夫。曾有人給我和勒克瑙的那華伯做媒，可是我的父親遲疑不決。就在這時，印度士兵對英國統治的大叛變爆發了。（指一八五七年的印度大暴動——譯者）印度斯坦被鮮血染紅，又被砲火所薰黑。』

我平生從來不曾聽到過從一個女子的口中講出這樣完美的印度斯坦語來。我明白，那是一種尊貴的王侯們所使用的言語，不適合於現代商業的機械化時代。她的音調，含着一種魔力，能夠在這個英國式的山間驛站的中央，給我召來了白雲石的蒙古式宮殿的穹窿圓頂。那裏有披着華美鞍韉拖着長尾的駿馬，有裝飾富麗，上設華蓋的寶座的大象，有戴着各色各樣燦爛頭巾的朝臣，他們壯麗的飾帶上佩着彎刀，繡金線的靴子有高翹的腳尖，飄飄然的絲綢長袍顯得瀟洒有緻。還有陪襯着這些的一切無限莊嚴堂皇的儀仗。

公主繼續講述她的故事道：

『我們的城堡在瓊那河畔，這時由一位印度教的婆羅門管理着。他的名字叫開顯夫拉爾——一說到開顯夫拉爾，這女人似乎把她喉嚨裏全部完美無瑕的音樂突然傾吐出來了。我的手杖掉在地上，我坐得筆挺，一動也不動。

『開顯夫拉爾』她說下去，『是一個正統的印度教徒。每天大清早，從我閨房的格子窗裏，我可以望見他站在瓊那河中，水齊胸口，用水向太陽禮拜。他常穿着那水淋淋的衣裳坐在河埠的雲石階級上默誦他的聖詩；然後用他那清越而悅耳的聲音唱着宗教歌一路回家去。

『我是一個回敎徒的女兒，但我從來不曾有機會研究我的宗敎，也不曾奉行任何禮拜的儀式。那時我們的男子都已變得放蕩，失卻了宗敎信仰；那些名爲「哈倫」的閨房，也不過是尋歡作樂的地方，宗敎也踏不進去了。可是，不知怎麼的，我天生渴望着精神的事情；當在黎明的晨曦中，從那導向一片蔚藍的瓊那河之恬靜中去的低低的白淨石階上，我親眼看見這虔誠的景象時，我那最近覺醒的心中，就會氾濫着那虔誠賜給我的一種說不出的甜蜜。

我有一個信奉印度敎的侍女，每天早晨，她總去給開顯夫拉爾除掉腳上的塵埃。看着這事使我有一種快感，有時在我心頭也引起輕微的妬意。遇上節日，這侍女便請那些婆羅門吃一餐，還送禮物給他們。我時常把錢接濟她。有一次我勸她請開顯夫拉爾也來赴她的宴會。不料她竟挺直了身子說，她的主公開顯夫拉爾決不接受任何人的飯食或禮物的。這樣，我就無論是直接或間接都不能表示一點對他的敬意了。我的心從此常在飢渴中。

『我有一位祖先曾用暴力把一個婆羅門的女兒搶到他的哈倫裏去，因此我時常想像她的血液還在我的血脈裏跳動。這會給我某種方面的滿意，而且讓我感覺到和開顯夫拉爾也有些親屬的關係。當我傾聽這個信奉印度敎的女侍，根據印度敎的史詩講述印度敎男女神祇一切神奇的故事時，在我的心中，竟會構想出一個理想的世界來，那裏，印度敎的文明佔着無比的優勢。那些神祇的形象，那些廟宇裏的鐘鼓聲，那些高聳的金光尖塔下的神座，那些敬神的鮮花和檀香的香氣，那些具有超人力量的仙人，那些婆羅門的聖潔，那些印度敎中神祇下凡的傳說——一切事物充滿了我的想像，而且造成了一個廣大渺茫的幻想境界。我的心時常在這境界中飛來飛去，有如黃昏時的一隻小鳥，在一座寬敞的古老大廈裏，從這一間房到那一間房的穿飛着。

『於是，那大叛變爆發了。我們雖然身居這巴德朗的小小城堡中，也受到了震動。印度教徒和回教徒起來爭取印度斯坦寶座的那套老戲又上演了；那些宰食神牛的白種人非從印度人的土地上趕出去不可。

『我的父親可蘭迦提汗是一個小心謹愼的人。他儘量辱罵那些英國人，但他又說：「你認爲不可能的事情，這些英國人往往能夠做到，印度斯坦的人民決不是他們的對手。我不能因追求一種妄想而喪失我這小小的城堡。我還不打算與巴哈杜的軍隊作戰。」（巴哈杜爲尼泊爾的統治者，於一八五七年六月率領尼泊爾兵四千人鎭壓印度土著兵的叛變，有功於英國——譯者。）

『印度斯坦的每一個印度教徒和回教徒的熱血沸騰了，然而我的父親竟還這樣的謹愼，我們都覺得很可恥。就連閨房中的貴族婦女們也不能安靜下去了。於是掌握全體軍隊指揮權的開顯夫拉爾出來開口了：「那華伯殿下，如果你不站在我們這一邊來，那末，在戰爭進行期間，我將監禁你，讓我來防守這城堡。」

『我父親回答說，這是不必着急的，他自己已準備加入叛兵的一邊了。當開顯夫拉爾問國庫要錢的時候，我父親給他一小筆款子，說以後需要時還會多給他的。

『我呢，把身上從頭到腳所有的裝飾品全部卸下來，暗中派我那信奉印度教的侍女送去給開顯夫拉爾。當他接受了這些首飾時，連我那卸去飾物的四肢仍在興奮。開顯夫拉爾開始準備，擦去那些舊式槍械和廢棄不用的刀劍上面的鐵銹。突然間，在一天下午，英國的官員率領一隊紅衣白種兵開進了城堡。原來是我父親把開顯夫拉爾的計劃暗中報告了他。可是，這婆羅門的感化力卻非常偉大，當時他的小隊人馬還是用他們無用的槍和銹鈍的劍前去應戰。我覺得我的心因羞慚而破碎了，雖然我的眼睛裏沒有淚水。

『穿上了我兄弟的服裝，我偷偷地走出我的閨房，戰爭的烟火，士兵的吶喊，槍砲的轟擊聲，都已停息了。可怖的平靜和死亡籠罩着整個世界。太陽染紅了瓊那河的碧水，帶着斑斑的血跡安息去了；在黃昏的天空裏，出現着一輪欲圓未圓的月亮，那天晚上，我走在路上好像是一個夢遊者。我唯一的目的是要找到開顯夫拉爾，其他一切都朦朧不清，無從意識了。

『直到子夜時分，我才從瓊那河附近的一叢芒果樹中找到了開顯夫拉爾，他躺在地上，他那忠心的僕人戴奧奇的屍體橫陳在他近旁。我推斷，若非受了致命傷的僕人揹着他的主人，便是受傷的主人揹了他的僕人來到這裏。我那時暗中久已滋長的愛慕之敬意，這時再也約束不住了。我俯身在開顯夫拉爾的腳邊，用我下垂的髮辮揩去他腳上的塵埃。將我的前額碰觸他冰冷的雙腳，我遏制着的眼淚，就衝決了出來。

『就在這時，開顯夫拉爾的身體動了一下，微弱地喊了一聲痛。他的眼睛閉着，可是我聽懂他無力地要水喝。我馬上跑到瓊那河裏，把我的衣裳浸在水中，再來把衣裳裏的水擠到他那兩片半閉的嘴唇裏去。我又從身上撕下一條布，包紮他那受了刀傷的左眼和頭皮上一條很深的傷痕。我給他絞了幾次水，又把水洒在他臉上，於是他慢慢地甦醒過來。我問他要不要再喝些水。他雙目注視我，問我是誰。我不能再忍耐，馬上回答說：「我是你的奴婢，那華伯可蘭迦提汗的女兒。」

『當時我心裏希望開顯夫拉爾能在他垂危的頃刻間把我的最後的自白帶了去，沒有任何人得以剝奪我這最後的幸福。不料他一聽到我的名字，就大聲嚷道：「賣國賊的女兒！不信正神的人！——在我臨死的時候，你竟來玷汚了我的一生！」（印度敎習俗，不能喝異敎井中之水，婆羅門且不用同敎其他階級所煮之飲食，若從回敎徒手中喝水，就是在不知情時誤喝，或失去知覺時被灌入口，仍是不潔的玷汚——譯者）這樣說着，他就向我右頰上猛擊一拳。我馬上暈過去，眼前一切都變成黑漆一團了。

『你要知道，這件事情發生時，我的年紀還只有十六歲，那是我生平第一次跨出我閨房的門。戶外天空中貪婪而灼熱的太陽，還沒有奪去我面頰上嬌嫩的櫻花色澤。可是正當我第一步踏進外面的空氣裏，從我那理想世界的神祇所得到的卻是這樣的一種禮敬！』

我傾聽着這苦行者的故事，好像迷失在夢中。我甚至沒有覺察到我香烟上的火已經熄滅了。我究竟是醉心於她言語的美，還是她喉間的音樂，還是那故事的本身——這不容易辨得淸；只是我始終沈默，未發一言。但當她敍述到這裏時，我不能再緘默了。我破口而罵：「這畜生！」

那華伯的女兒說：『那個是畜生？畜生會在他渴得要死的時候，還拒絕把淸水送到他嘴邊的嗎？』

我馬上改正自己道：『哦，不錯！那是神聖的行爲！』

可是那華伯的女兒辯駁道：『神聖的嗎？你是不是可以說，神也會拒絕一顆虔誠眞摯的心之奉獻呢？』

經過這個波折之後，我覺得還是一聲不響爲妙。於是那華伯的女兒再繼續講她的故事。

『這在最初，對我是一個極大的打擊，好像那破滅了的理想世界的殘骸都一股腦兒跌落在我的頭上了。當我頭腦淸楚一些時，我遠遠地對這冷酷得像鐵石心腸，依舊泰然自若的婆羅門戰士行了一個頓首禮，心裏自語說：「好！你絕對不接受下等人的效勞，異教徒的食物，富翁的金錢，年輕人的靑春，女子的愛情！你這樣的高傲，離羣而獨立——超越了塵世的一切汚濁。而我，連把自己奉獻給你的權利都沒有！」』

『我不知道當他看見我這那華伯的高傲的女兒用頭觸地對他行禮時，他心裏想些什麼。只是他臉上並沒有顯露驚異或別種的表情。他向我的臉凝視了一會，就慢慢地支撐着坐了起來。

『我馬上伸出兩手去幫助他，可是他默默地推開我，苦痛地掙扎到瓊那河的河埠上。一隻渡船正繫在那裏，船上旣無旅客，也無船夫。開顯夫拉爾便跨上船，解開纜繩，盪向河心順流而下，終於消失了。

『我當時有一種強烈的衝動，要像一朵採來獻神投擲到瓊那河裏去的含苞鮮花般，把我所有的愛情和青春以及不被接受的敬意一齊奉獻給那載着開顯夫拉爾遠去的小船。但是我已不能這樣做，那冉冉上昇的月亮，那瓊那河對岸一排濃黑的樹影，那靜靜地展開在面前的湛藍的河水，那遠方芒果樹叢梢頭閃爍着的我們的堡壘——這一切都向我奏着無聲的死的音樂。可是那隻順流漂浮到遠方去的單弱的小舟，卻依舊牽住我走向人生的途程，在這靜寂的月夜，把我從美麗的死之懷抱中拖拉了出來。

『沿着瓊那河走去，我已像一個神志昏迷的人，一路穿過叢密的蘆葦和荒涼的沙地，有時搴裳涉過清淺的水灘，有時奮身攀登險峻的山崖，有時披荆穿過原始的林莽。』

講到這裏她停住了，我也不去攪動她的沈思。過了好一會，她才重新講述她的故事：

『此後的事蹟已不清楚了。我不知道怎樣把許多情節一一敍述出來，把我的故事講得很具體明白。我如置身在一片曠野，不知道我的方向在那兒，我很難回憶在那些人跡不到的地方我怎樣的流浪。我不知道怎樣來開始，怎樣來結束，插進些什麼，刪除些什麼，怎樣把整個故事講得清清楚楚，讓你聽了覺得沒有遺漏，也不嚕囌。只是我可以說，我受過了這許多年頭的苦，我已逐漸明白這世界沒有一件事是不可能的，或是絕對困難的。最初，前途重重的阻碍，似乎決非一個嬌養在那華伯深閨裏的少女所能克服的。其實不然，現在看來，那不過是幻想而已。只要你一跑到外面的世界去，你總會找到一條路。這條路也許並不是給一位那華伯走的；但不管怎樣，牠總是一條路，會引導人們走到他們各自的命運裏去——不管是一條崎嶇難行，險象迭生，而又迂迴曲折，儘走不完的路，一條夾雜着歡樂，憂愁和恥辱的路——總會有一條路的。

『在這條人人必走的人生之路上，我所身歷的許多漂泊故事，講出來是不會引人入勝的，並且即使講述，我也沒有精力能把牠講完全。總之，我經歷了各式各樣的困苦、危險、侮辱——然而人生是並非絕對不能忍受的。好像一枚流星砲，我愈燃燒就愈往天空上衝。我只感覺到我要迅速前進，不會意識到燃燒的痛楚的。可是等到我那無限快樂和那無限悲慘的熱戀之火熄滅了，我便精疲力竭地跌落向地上的塵埃中。我的飛行已在今天終了，我的故事也就完結了。』

這樣她停止了。

可是我搖頭自語，這不能算是一個適當的結尾。因此我只好用生硬的印度斯坦語吉吉巴巴地對她說：

『請原諒我，如果我太無禮貌，公主，現在我鄭重地報告，你如果能把結局講得稍微再清楚一些，我心裏就十分舒暢了。』

那華伯的女兒微笑了一下。我發現我斷續的印度斯坦語自有牠的功效。如果我的話說得純熟正確，那她即使不願多說，也會情不自禁地滔滔而言了。我說話的不達意，無異擋上了一道屏風。現在，她繼續說下去了：

『我雖時時聽到有關開顯夫拉爾的消息，但我總無緣和他會面。他加入了反抗政府的湯鐵篤庇隊伍，會像閃電般時而出現在東方，時而出現在西方，突然又不知去向的行踪不明。我換上苦行者的打扮，到班納勒斯去，跟從那位我稱他爲「老爹爹」的賽內達史瓦彌學習梵文經典。全印度不論那裏發生的新聞，都會傳遞到他腳下來；我一邊十分虔敬地向他學習經文，一邊又急切地慌張地傾聽着戰事的消息，不列顛的女皇（指維多利亞——譯者）終於撲滅了印度斯坦各地叛變的餘燼。

『從此以後，我就再也聽不到關於開顯夫拉爾的消息了。天邊那道毀滅的紅光裏時隱時現的人影，突然沒落入黑暗中了。

『於是我離開我師父的庇護所，出去沿門挨戶地尋找開顯夫拉爾。我朝拜過這一聖地，再去朝拜那一聖地，但是無從找到他。有少數幾個認識他的人，都說他一定已經犧牲了，不是在戰場上，就是在追查的戒嚴令下。可是仍有一個微小的聲音在我心裏不住地反復着，似乎說這是絕對不確實的，開顯夫拉爾決不會死的。那個婆羅門——灼熱的火焰——決不會熄滅的。一個難於接近的孤獨的祭壇依然點着祭火，等候我把生命和靈魂來作最後的奉獻。

『印度敎的經典裏有着不少的先例，低等階級的人單憑苦行的力量可以變成婆羅門；可是一個回敎徒究竟是否可能變成婆羅門，卻從來無人討論過。我知道我必須忍受長期的苦難，才能和開顯夫拉爾相結合。因爲我要先修成婆羅門，才配得上他。這樣一躭擱就是三十年。

『我在心理上和生活習慣上都已成了一個婆羅門。我那一位婆羅門遠代祖母遺傳給我的一股婆羅門血液，在我的血管裏淨化，又活躍在我的四肢了。當這大功完成的時候，我在精神上可以毫不遲疑，將投身於我第一朵青春之花開放時所碰到的第一個婆羅門，也是在我的世界中的唯一婆羅門的腳下。同時，我感覺到環繞在我的頭部會有一個榮耀的光輪。

『在大叛變的戰爭中，開顯夫拉爾怎樣英勇的故事，我也時常聽到人們談論，可是這些事在我心上幾乎一點印象也沒有。我腦中留着一幅永遠鮮明的圖畫，那是開顯夫拉爾乘上擺渡船，順着瓊那河凝靜月光照亮的河水漂流下去的情景。不分晝夜，我都看見他向那沒有路徑的大神祕中航去，沒有伴侶，也沒有僕人——他是不需要任何人的婆羅門，他是完全自己主宰的婆羅門。

『最後，我終於打聽到開顯夫拉爾的消息了：他爲避免懲處，已經越過邊界，逃到尼泊爾去了。於是我也追踪而去。我在尼泊爾躭了很久，才知道他早已於好多年前離開了那裏，而且無人知道他又往什麼地方去了。此後我就在山中躑躅。這地帶的居民並非印度教徒，這裏許多不丹人和雷普遮人（Lepchas）都是異教徒。他們的飲食沒有什麼規律，他們有他們自己的神祇和禮拜的方式。我不得不提心吊膽地保持我宗教生活的淨潔，避免種種的玷污。我知道我這小船快要到達牠的港口，離我今生的最後目的地不怎麼遠了。

『於是——所有一切的結束都是短促的。只要呼地一聲吹一口氣，就可把燈吹熄。那末，我又何必把我的結局拉成一個很長的故事呢？……就在今天早晨，分離了三十八年以後，我終於遇見了開顯夫拉爾。——』

她在這裏驟然停下，我那裏忍耐得住，我問道：『你是怎樣找到他的呢？』

那華伯的女兒答道：『我看到年老的開顯夫拉爾在一個不丹人村莊的院子裏撿取麥子，他的不丹老婆就在他身旁，他的不丹孫兒孫女們圍繞在他的四周。』

故事就此完結了。

我覺得我應當說幾句話——只簡短的幾句——來安慰她。於是我說：『這個人爲怕不能保全生命，不得已藏身在異敎徒中，一連三十八年——那末，他怎樣還能保持他宗敎上的純潔呢？』

那華伯的女兒答道：

『難道我還不懂這一切嗎？可是，我在這許多年裏所懷抱的是一種怎樣的錯覺啊！——當我年青時，這一個婆羅門偸去了我的心，他不是早已把我迷惑住了嗎？我怎會懷疑到他的迷惑別人乃是他的一種習慣呢？我以爲這就是眞理——永恆的眞理。否則，當我還只有十六歲，生平第一次從我父親的家裏跑出來，把我的身和心以及青春獻給這婆羅門，竟會虔誠得戰慄起來，而這婆羅門反而報我以頰上的一拳時，我怎麼還會以爲我的情人是爲神服務才給我這難堪的侮辱呢？唉！婆羅門啊！你自己可以接受了另一種生活習慣來代替原有的習慣，可是我怎能有另一個生命和青春來代替我已喪失的生命和青春呢？』

她傾吐了這句悲悼的話，就站起來告別道：『南無司加，跋苦者！』（敬禮，先生！——印度敎徒用語——譯者）繼而她又改變口音說：『撒朗，沙喜伯！』（回敎徒用語——譯者）

她用這回教徒的告別詞和那些抛在塵土中的對婆羅門的理想之殘骸永遠分手。我還沒來得及再說一句話，她已消失在喜馬拉雅山中灰色的濃霧裏了。

我閉上眼睛，就看見她故事中所有的情節又重新一一掠過我的腦海——那十六歲的少女，那華伯的女兒坐在她閨房裏的波斯地毯上，從格子窗口，看那婆羅門在瓊那河中向朝陽禮拜；那穿着苦行裝的悲哀女子，在某寺院的長明燈下做那晚禱的功課；那被幻滅壓倒了的傴僂老婦人，在大吉嶺的山路邊哀哭。兩種氣質不同的血液混合在一個女人的身體裏，產生了悲哀的音樂，用她無比的莊嚴的語調彈奏出來：這一切都深深地感動了我的心。

於是，我張開眼睛來。烟霧已消散了，山麓清晰地在晨光中閃爍。英國的太太們坐着人力車出來了，英國紳士們則騎在馬背上。每隔一兩分鐘，總有一個裹着頭巾的孟加拉小職員，用好奇的眼光從齊眉的頭巾縫下瞥視我一下。

自由

巴　宙譯

『皇庫裏出了盜案！』全市都鬧着這句話。當然，定要把那強盜捉獲，否則守藏官是要吃官司的。

瓦吉囉沈是從某外國商埠到城裏賣馬的商人，一羣土匪將他所有的財物刼洗一空，無已，只好蹤臥在城外一所破廟裏。人們控他以盜罪，上了枷鎖，把他從街上牽到監獄去驕傲的希雅馬——這傾城的國色，坐在洋臺上嬾洋洋地望着這過路的一羣。伊忽然戰戰兢兢地驚喚着伊的侍者：『唉！誰是那位美貌得像天仙樣的少年，戴着鏈子與普通的強盜一樣？用我的名義叫那位官吏把他帶到我的面前來。』

監視長與那犯人同來，向希雅馬說道：『小姐，你的恩召不得其時；我須要趕快去回復王的命令。』

瓦吉囉沈匆忙地擡起他的頭說道：『女人，這是你什麼樣的翻雲覆雨，把我從街上牽來，用你那冷酷無情的好奇心來嘲弄我？』

『嘲弄你！』希雅馬叫道：『我會很高興地用我的珠寶換取你的鐵鏈來枷在我身上。』

伊向着那官吏道：『把我所有的錢都拿去，且放了他吧！』

他鞠躬道：『那怎能行，我們必定要有個犧牲品去搪塞王的忿怒。』

『我請求對這犯人只緩刑兩天。』希雅馬堅請着，那官吏笑了一個會心的微笑。

在獄中第二晚的夜盡時分，瓦吉囉沈舉行過祈禱，坐候他那最後的一刹那，忽然獄門開了，那女人提了燈進來，在伊的暗號下，典獄官遂把這犯人釋放了。

『惻隱的女人，你給我帶了燈光來。』他說：『正像黎明於夜間譫妄的狂熱後帶來了晨星。』

『惻隱當然是惻隱。』希雅馬高叫並狂笑着及至淚涔涔如雨下，伊嗚咽的說道：『這間獄塔裏，沒有石磚比這女人的心還硬。』握住了這犯人的手，伊遂把他拖出門口了。

在瓦魯拉岸上晨曦出現了，有一隻船等候在渡頭，『同我上船吧，不認識的青年。』希雅馬說道：『你只要了解我斬斷一切纒縛來同你在這隻船上漂流。』

船很快地滑動了，小鳥唱着歡娛之歌。『吾愛，告訴我，』瓦吉囉沈問道：『你化費了多少錢財買來了我的自由？』

『不要作聲吧，現在還不是時候，』希雅馬說。

清晨過去了，又是中午的時分，農村婦女同着她們那水流水滴的衣服，已洗澡回來了，水罐貯滿了水，市集已散了場，村路很孤靜地在陽光中閃眩着。

正午辛熱的狂風，把希雅馬的面罩從伊臉上吹下，瓦吉囉沈在伊的耳邊低語道：『你把我從桎梏中解放出來，那至少是使我終身不得自由，請告訴我其中的經過。』那女人再把伊的面紗遮上說道：『現在還不曾，吾愛。』

一天過去，又是幽暗的夜，沒有一絲絲兒風。纖月在鋼青色的水面上射着淡淡的清輝。

希雅馬坐在幽暗裏，將伊的頭擱在那少年的肩上，伊的頭髮蓬鬆地臥在他的臂中。

『愛，我替你所做的事情是非常艱鉅。』伊悄悄地低語着：『但要告訴你，更有難言之痛。我且說個大概吧。是那害相思病的孩子烏提雅替了你，自已故認了那盜案，用他的生命作爲獻給我的禮品。爲了愛你，我犯了這樣大的罪惡，我最知已的愛人。』

伊說話的時候，纖月已沈墜了。羣鳥的睡眠和森林的靜寂，陰沈得可怕。

慢慢地，少年的臂從那女人的腰部滑下，沈靜環遶着他們，變得像石頭樣的冷硬。

驟然間那女人跪在他的腳邊抱住他的膝頭哭道：『原諒我，吾愛。讓上帝來懲罰我的罪惡吧。』

移開他的腳，瓦吉囉沈喝道：『用罪惡的代價來買我的生命，那末，我每一呼吸都應該咒詛！』

他站起來由船上跳到岸上，走向森林去。他行行復行行，直到路已不通，茂密的叢樹纒遍亂藤，用各種離奇的形態阻止着他。倦了，他坐在地上。在那漆黑的長路，那一聲也不響地跟在他後面，並站在他背後像幽靈樣的是誰？

『你不放我過去嗎？』瓦吉囉沈嚷着。

霎時間那女人，用了兇猛觸撫的潮漲向他傾瀉，用了伊那蓬鬆的頭髮，長飄飄的衣裙，雨一般的吻，咻喘的呼吸，伊把他整個地包圍了。

伊嗚咽地，眼裏滿含着淚說道：『不，不；我永遠不會離開你的。為你我犯了罪。責打我吧，假使你願意的話；用你自已的手殺死我吧！』

森林靜寂的幽黑顫慄了一會兒；恐怖透到地下彎曲的樹根。整夜有着呻吟和閉窒的呼吸，一個人睡在墜葉上面。

瓦吉囉沈從樹林走出的時候，晨曦正向那遠遠的寺頂射着光，他整天都在火熱的太陽下沿着河邊在那沙灘上徘徊，不曾有片刻的休息。

晚上，他漫無目的地回到船上來。牀上橫着一隻腳鐲，拾起來將它放在他的心口邊，及至刺傷了他，他斜臥於堆放在船角的藍沙利〔註〕上面，將他的臉藏在摺紋面，從那絲的接觸和不可見的香氣，那可愛，動人的身條的回憶，不自主地吸住了他整個靈魂。

夜現着濃密而可怕的沈靜，月兒躲在樹的後面。瓦吉囉沈站起來，伸着他的雙臂向樹林喚道：『來，吾愛，來！』

忽然間有一個人影從黑暗中出來站在水之涯。

『來，吾愛，來！』

『吾愛，我已經來了，你那親愛的手不曾殺了我，那就是我命不該死。』

希雅馬來了，站在那少年的前面，他望着伊的臉，進前一步，把伊抱在他懷裏——於是，兩隻手用力推着伊，叫道：『爲什麼，哦，爲什麼你又回來了？』

他閉着他的眼睛，掉轉他的臉說道：『走開，走開；不要跟着我。』

在她跪在他腳邊並向他磕頭以前，伊靜靜地站立了片刻。於是，伊起來向岸邊走去。

伊消逝在森林的隱約處，像夢消沒在睡裏一樣；而瓦吉囉沈，帶着刺痛的心情，靜寂地坐在船上。

〔註〕Sari爲印度女子日常穿著之服或裙，約一丈四尺長，三尺多寬，與一疋布相似。用時將其橫繞於下身約兩轉，所餘下之部則用以橫搭於肩際。

我主—嬰兒

裴普賢譯

一

李查嵐到他主人家做僕役的時候是十二歲，他和他的主人屬於同一階級，主人的小兒子安納庫就交給他來看護。光陰荏苒，小主人漸漸長大，離開了李查嵐的懷抱而到學校去，由小學到大學，大學畢業後就去從事法官的工作，這樣直到他結婚，李查嵐始終是他唯一的伴隨人員。

但是，當一個女主人進到這家中，李查嵐發現一個主人變成了兩個，所有他以前的權勢都移交給新的女主人了。這是新到的主人應給予補償的，安納庫夫人就生了個兒子交給他，而李查嵐以一種密切的關懷，不久就對這小孩獲得了完全的佔有。他常用他的兩臂把這孩子舉起，用一種可笑的孩子的語言叫着他，把他的臉貼近嬰兒的臉齜着牙笑笑，然後把臉移開。

現在這個孩子已能爬過大門了，當李查嵐去捉他的時候，他就頑皮地格格地笑着逃脫掉。李查嵐爲他被追踪時所表現的那種熟練的技巧和正確的判斷而感到驚愕，他就帶着一種膽怯而神祕的表情對他的女主人說：『你的兒子將來會是一個法官』。

又有新奇的事令他們驚訝了，當這孩子開始蹣跚學步的時候，這在李查嵐認爲是人類史中的一個新紀元。當他會叫他的父親爸爸，叫母親媽媽，叫李查嵐爲「詹納」時，李查嵐的狂喜更是不可限量，他出去把這消息告訴給世上所有的人。

不久之後李查嵐就須在其他方面表現他的技巧了，例如：他必須演一匹馬的角色，用牙齒啣着繮繩，用兩腳表演馬的跳躍。他又必須同那小被保護者搏鬥。如果他不能以一個角力者的技巧搏鬥的話，最後他對他的控制就要失敗了，而且毫無疑問的，一定會有一種大聲的喊叫發出來。

在這時，安納庫就遷到柏特瑪河邊的一個地方去。在途中他經過加爾各答的時候，就給他的兒子買了一個習步車，又爲他買了一個黃緞子馬甲，一個鑲金邊的帽子，和幾個金的手鐲腳鐲。每逢他們出去散步的時候，李查嵐常常拿出這些東西來，帶着一種嚴肅的驕傲，把他們佩帶在他所看護的小孩身上。

後來雨季來到，霪雨連朝，綿延不絕，那飢餓的河流，像一條巨蟒，吞沒了街道，村莊和稻田，在沙洲上以它的洪流掩蓋了高高的草叢，當河岸潰決時，屢次發出一種巨大的響聲。這廣大的河流不斷的怒吼，遠遠地就可以聽到。大量的泡沫迅速地翻滾着，一看就知道是個急流。

一天下午，雨停了，天上有雲，但是天氣涼爽而明朗。這麼好的一個下午，李查嵐的小暴君是不肯呆在家裏的，他的小君主爬到習步車裏。李查嵐就雙手控着兩個車把，慢慢地推着他，一直到了河邊稻田那兒。田裏沒有一個人，河中沒有一隻船，河對岸遙遠的地方，雲彩在西天裂開了縫隙，落日的靜穆儀式就在它整個紅色光耀裏顯示了出來。在這種靜肅裏，那小孩突然用手指着前面嚷道：『詹納，花，花。』

在附近一片泥淖裏，有一株開滿了花的卡達巴樹。他的小主人，用一種貪饞的眼光望着它，李查嵐明白了他的意思。只是在很短時間之前，他曾經用一些花球做了個小習步車，這小孩是如此高與於用一根繩子繫着它，以致於使得李查嵐整天都不得放下繮繩，他已由一匹馬擢升爲一個馬夫了。

可是李查嵐在那黃昏的時候，並不想穿越濺到膝蓋的泥漿去弄那些花朵，所以他趕快指着相反的方向，喊着：『噢，看！寶寶！看哪！你看那兒有隻鳥！』他發出種種奇妙的聲音，趕快推着習步車遠離那棵樹。

然而在一個被認定是要成爲法官的小孩，卻不是那麼容易推脫的。況且在這時沒有別的東西可以吸引他的眼睛，而且你也不能永遠維持一個想像之鳥的托辭。

小主人下了決心，李查嵐就弄得毫無辦法，終於他說：『很好，寶寶你靜靜地坐在車裏，我去給你採那些漂亮的花朵去，只是要當心，不可到水邊那兒去。』

他一邊說着，一邊把褲腳捲到膝蓋，踏着泥漿向那棵樹走去。

就在李查嵐走開的當兒，他的小主人用賽跑的速度奔向那被禁止去的水邊。他看到河水急遽地流着，飛濺着泡沫，發着嘩啦嘩啦的聲音向前奔流着，好像是這些不聽話的浪花它們自己帶着上千的兒童的嘩笑從一個更大的李查嵐那兒跑開似的，它們這種惡作劇，使得這個有人性的兒童漸漸激動而不安起來，他從習步車上悄悄地下來，搖搖擺擺地跑向河水那兒去。半路上他撿起一根小木棒來在河邊彎着身子裝着釣魚，而河裏那些頑皮的小妖精好像在用它們那種神祕的聲音請他到它們的遊戲室去似的。

李查嵐從樹上採了一捧花朵，用他的衣服兜着滿面笑容地帶回來。但當他到達習步車的時候，那兒一個人也沒有，他各方尋找，也看不到一個人。他再回頭看那車子，還是一點踪影也沒有。

在那最初可怕的片刻，他體內的血液都凍結住了，整個的宇宙在他眼前旋轉得像團黑霧。從他破碎的心底發出聲尖銳刺骨的喊叫：『主人哪！主人哪！小主人哪！』

但是沒有聲音回答「詹納」，沒有小孩子頑皮地笑着回報；沒有小孩子那種歡喜的尖叫聲迎接他的歸來。只有河水依舊激濺着，嘩啦嘩啦地向前奔流，——它好像什麼都不知道，而且也沒有時間去注意像一個小孩子的死亡這類微不足道的人間事件。

黃昏過去，李查嵐的女主人就非常着急了。她派出一些人到處去尋找。他們手裏提着燈籠，最後到了柏特瑪河岸。在這兒他們發現李查嵐在田野中像狂風似地急速地浮沈着，發着絕望的呼喊：『主人哪！主人哪！小主人哪！』

最後他們總算把李查嵐弄回家去，他就仆倒在女主人的腳下，他們搖撼着他，問他問題，並且再三地追問他把小孩子放到那裏去了，但是所有他所能回答的是：他什麼都不知道。

雖然每個人都持有一個意見，就是柏特瑪河吞下了這孩子，可是在他們心中仍留有一種潛在的懷疑。因爲這天下午，人們曾注意到村外有一隊吉卜賽人，那是有些嫌疑的，孩子的母親在她狂野的悲痛中想得很遠，以爲可能是李查嵐自己把小孩偷走了。他就把他叫到身邊，用一種哀憐的懇求說：『李查嵐，歸還我的孩子，噢！歸還我孩子吧。你要多少錢儘管從我這兒拿。但是要歸還我的孩子呀！』

李查嵐只是打着他的額頭以作回答，女主人就命他離開這個家。

安納庫想說服他妻子所有這種不公正的猜疑。他說：『他究竟怎麼會犯這樣一種罪呢？』

事後再來說服她是不可能的了。

二

李查嵐回到他自己的村莊上。直到那時他是沒有兒子的，而且現在也沒有希望會有任何孩子的出生。但是事情卻起了變化，在一個年底之前，他的妻子生了一個兒子後就去世了。當他看到這個新生嬰兒，起先在他心中有一股不可抑制的憤怒。在他思想的背後有一種憤怒的懷疑，就是這嬰兒像是他小主人的一個篡位者而來臨。他又想到在他主人小孩的事故發生後，而再對自己的兒子感到高興，是一種很大的罪過。實在地，假若不是他一個守寡的妹妹撫育了這個嬰兒，那他一定不會活長的。

不過，在李查嵐的心中，漸漸有了個改變，一件奇妙的事情發生了，這新嬰兒能開始爬行了，而且會臉上帶着頑皮的表情爬過大門去。他又表現出一種滑稽的聰明使他逃脫追捕。他的聲調，他的哭和笑的聲音，他的姿態，都簡直就是那小主人的。在有些日子，李查嵐聽到他的號哭時，他的心就突然開始狂野地擊打他的肋骨。那好像他以前的小主人在一個不可知的死亡之土，因爲丢掉了他的詹納正在號哭一般。

費爾納（這是李查嵐的妹妹給這新生嬰兒起的名字）不久就開始說話了。他學着用一種嬰兒的語調叫爸爸媽媽。當李查嵐聽到那些熟悉的聲音，那種神祕性就突然變清楚了。小主人不能解脫他的詹納的服務時間，所以又重生在他的家裏了。

對李查嵐這種論調的證明是完全不須辯論的，因爲：

（1）這初生嬰兒是在他小主人死後不久降生的。

（2）他的妻子從來不會貯積如此的精力在中年時還會生個兒子。

（3）新嬰兒走起來是搖搖擺擺地，而且也會叫爸爸媽媽。

對於這未來法官的暗示，是不缺乏任何記號的。

於是李查嵐突然記起那個母親可怕的譴責，驚駭地對自已說：『那個母親的心是對的。她知道我偷了他的孩子。』當他一度有這種結論的時候，他就爲他過去的疏忽充滿了悔恨。如今他就把他自己，他的軀體和靈魂，獻給這新生的孩子，而且成了他忠實的侍從。他開始把他當作濶人的兒子般養育他。他買了一個習步車，一件黃緞子馬甲，和一個金線綉的帽子。他把他亡妻的首飾鎔化了，做成金的手鐲和脚鐲，他拒絕讓這孩子和鄰居的任何人玩耍，而使他自己成爲這小孩晝夜間的唯一伴侶。當這孩子到了童年時代，他是被如此地寵愛着，嬌縱着，並且穿戴得如此華麗，以致村裏的孩子都稱他「您閣下」，並且嘲弄他；比較年長的人們就認爲李查嵐對這孩子是一種不可思議的癲狂。

終於到了這孩子進學校的時候了。李查嵐就把他的一小塊土地賣掉，到加爾各答去，他費了很大的力才得到一個僕人的職務，而把費納爾送到學校去。他不惜任何勞苦給他最好的教育，穿最好的衣服，吃最好的飯食。而同時他自己卻只靠一把米生活，並且還暗地裏說：『啊！我的小主人，你太愛我了，所以才回到我的家裏來。你再也不會從我這兒遭受任何的疏忽了。』

就在這種情形下，十二年過去了，這孩子已經能夠寫讀得相當不錯。他聰明，壯健，而有着好的儀表。他對他的外表花費很大的心思，而對他頭髮的分梳更是特別留意。他傾向於奢華而講究服飾，並且隨便亂花錢，他從來不把李查嵐完全看做一個父親，因爲雖然在感情裏李查嵐對他有種父愛，可是在表面上，他卻做得像這孩子的僕人，更錯誤的是李查嵐對每個人保持着他自己就是此子之父的祕密。

在費爾納寄宿的那個宿舍的學生，都拿李查嵐的土包子作風尋開心，而且費爾納背着他父親也參加他們的胡鬧，不過，在他們的心底，卻都愛這個心地淸白而慈悲的老人，費爾納也是非常喜歡他的，但是就像我原先所說的，他對這個老人是一種謙遜的愛。

李查嵐越來越老了，他的僱主不斷地對他的不稱職找他的錯。爲了這個孩子的緣故，他自己一直是在忍飢受餓。所以弄得身體衰弱而也就不如以前那樣能勝任他的工作了。他常常好忘記一些事情，頭腦也變得愚笨而遲鈍，然而他的僱主希望的是一個整個僕人的工作，所以對他就不會有所原諒了。他帶在身邊賣地的錢已經用光了。這個孩子還不斷地抱怨他的服飾，而要求更多的錢。

三

李查嵐下了決心。他放棄了作爲一個僕人的職位。留下點錢給費爾納，並且說：『我在家鄉有點事情要去料理，不久就會回來的。』

他立刻到巴拉塞去，安納庫是那兒的法官，安納庫的妻子仍因悲傷而沮喪。她不曾有其他的孩子。

某日，安納庫經過法庭上漫長而疲勞的一天後正在休息，他的妻子正在出特別高的價錢向一位江湖醫生購買據說能保證生育的一種藥草。聽到庭院裏有問安的聲音。安納庫就出去看：是誰在那兒？那是李查嵐。當安納庫看到他的僕人時，心就軟了。他問了他許多問題，並且主張再叫他回來服務。

李查嵐淡淡地笑了笑，回答道：『我要向我的女主人敬禮。』

安納庫就帶着李查嵐到屋裏去，在那兒，他的女主人並不像他的老主人那樣親切地接待他，李查嵐並不理會這點，只是合掌說道：『不是柏特瑪偸去你的孩子，是我偸的。』

安納庫喊叫道：『天呀！唉！什麼？他在那兒？』

李查嵐答道：『他同我在一起，後天我就把他帶來。』

是一個禮拜天，法官不必出席法庭。夫婦倆都期待地望着那條馬路，從一大早就等着李查嵐的出現。十點鐘時，他來了，帶領着費爾納。

安納庫的妻子，沒有問一個問題，就把這孩子拉到她的膝上，興奮得簡直發狂了：時而大笑，時而哭泣，撫摸着他，吻着他的耳朵和前額，而且用一對飢餓而熱情的眼睛注視着他的臉孔。這孩子樣子很神氣，而且穿着得像一個紳士的兒子。安納庫的內心洋溢着一種突如其來的愛情的狂熱。

雖然如此，做爲一個法官的他卻要問：『你有任何證據嗎？』

李查嵐說：『對於這樣一種行爲，怎能有什麼證據？上帝只知道是我偸了你的孩子，世上沒有別的人了。』

當安納庫看到他的妻子是如何熱情地親近這個孩子時，他就發覺要求證據的無益了。就相信它還比較好些。而且，那末——要不相信的話，像李查嵐這樣一個老人，會從那兒弄來這樣一個孩子呢？而且爲什麼他的忠實的僕人要毫無所爲地欺騙他呢？

他嚴厲地加了一句話：『不過，李查嵐，你一定不得留在這兒。』

李查嵐用一種窒塞的聲音，合着手掌說：『我到那兒去呢？主人？我老了，誰肯要個老人做僕役呢？』

女主人說：『就讓他留在這兒吧！我的孩子會喜歡的，我原諒他了。』

但是安納庫以他法官的良心卻不允許他。他說：『不，他所做的事是不能原諒的。』

李查嵐鞠躬到地，並且抱住安納庫的脚，哭訴道：『主人，讓我留在這兒吧！做那事的不是我，是上帝呀。』

當李查嵐想把這種罪過推到上帝身上時，安納庫的良心受到比以往更壞的打擊。

他說：『不，我不答應，我不能再信任你了。你已經做了一件叛逆的行爲。』

李查嵐站起來說道：『那不是我幹的。』

安納庫問道：『那末是誰呢？』

李查嵐答道：『是我的命運。』

可是沒有一個受教育的人能以此作爲寬恕的，安納庫依然很固執。

當費爾納明白了他是濶法官的兒子而不是李查嵐的，想到在過去這一段時期他的生來就有的權利一直被欺騙着時，起先他很生氣，可是看到李查嵐陷在苦痛中，就勇敢地對他父親說：『父親，原諒他吧，即使你不讓他同我們住在一起，也讓他每月有點養老金吧。』

李查嵐聽到這話以後沒有再說什麼，他在他兒子的臉上看了最後一次；他向他舊日的男女主人行了個禮，然後出去，就混入茫茫人海中了。

在這月的月底，安納庫送了點錢到他村上去給他，可是錢退回來了。那兒沒有一個叫做李查嵐的人。

三、泰戈爾戲劇選二篇

糜文開譯

奚德蘿（chitra）獨幕劇

作者原序

這本抒情詩劇取材於史詩摩訶婆羅多（Mahabharata即大戰書）中下面的故事：

有修爲實行他贖罪的誓言，雲遊各地，來到曼尼坡（Manipur東印度境，在今印緬邊界，印度獨立前尚係一土邦）。在那裏他見到了曼尼坡國王奚德蘿法訶南的美貌女兒奚德蘿恩伽陀（Chitrangada）。被她的嬌媚所迷，他向國王要求和他的女兒結婚。奚德蘿法訶南查問他的身世，得悉他是潘達閥（Pandava）王子有修，於是告訴他曼尼坡王統的一位祖先普羅彭闍南，多年膝下空虛，未育兒女，因而實行嚴格的苦行以求子嗣。至誠感天，溼婆神的恩賜，許以每代必有一兒。以後眞的世代一子相傳。但傳到奚德蘿法訶南時，卻第一次只生了一個女兒奚德蘿恩伽陀來綿延血胤。因此他常常把她當作兒子看待，也以她爲嗣。

國王又繼續說道：「她生的一個兒子必得作爲我宗族的繼承人。這兒子就是我對這件婚事所要求的代價。如果你願意接受這個條件，你可以娶她。」

有修允諾了，娶了奚德蘿恩伽陀爲妻，並住在她父王的京城裏三年。他們生了一個兒子以後，他親熱地擁抱她，辭別了她和她的父親，又踏上他的旅途去了。

劇中人物

神：摩陀那（愛神）

梵生泰（花神）

人：奚德蘿　曼尼坡國王之女。

有修　庫魯族的王子，武士階級刹帝利，這時正隱居森林中爲隱士。

曼尼坡邊區的村民數人

第一場

奚德蘿　你是五箭的愛神嗎？

摩陀那　我是創造神心中出生的一人。我用苦痛和快樂的帶子來締結男人和女人的生命！

奚德蘿　我知道，我知道那苦痛是甚麼，那些帶子是甚麼。——還有，你是什麼神？我主。

梵生泰　我是他的朋友——梵生泰——季節之王。死亡和衰老侵蝕世界入骨，可是我跟踪着他們，永遠攻擊他們。我是不老的青春。

奚德蘿　梵生泰神啊，我對你敬禮。

摩陀那　可是，漂亮的陌生人啊，你守着甚麼嚴厲的誓言嗎？爲何你要用苦行來自毀青春呢？這種犧牲是不適合於愛的禮拜的。你是誰？你有甚麼祈禱？

奚德蘿　我是曼尼坡國王的女兒奚德蘿。蒙溼婆神慈恩的允諾，使我王統不絕，世世有男繼承。不想神的說話竟失卻效力，不能變換我母腹的生機化女爲男——可是我雖身爲一女，生性卻剛強無比。

摩陀那　我知道，你父親爲此把你當兒子撫養。他教授了你挽弓的技術，國君的職責。

奚德蘿　是啊。因此我才穿上了男裝，脫離了閨房的幽禁。我不懂得女人的媚術。我的雙手強硬而有力，可以彎弓。可是我從來不曾學習邱比特的箭法，會眉目傳情。

摩陀那　好人，那用不到教授的。眉目的傳情，不學而能，而且他很知道誰的心被射中了。

奚德蘿　有一天，我在普那河邊的森林裏獨自遊獵。把我的馬拴在樹榦上。沿着鹿跡進入一處叢林。我發現一條蜿蜒曲折的狹隘小路，彎彎曲曲地穿過繁枝密葉所交織成的隱蔽處所。樹葉的搖動和蟋蟀的鳴聲相應和。突然看見一個男人以乾葉爲牀，躺在那兒擋住我的去路。我倨傲地叫他起來讓路，他卻置若罔聞。我輕蔑地用我弓的尖端試探着去刺他。他突然一躍而起，像死灰中忽然冒出一把火來，用他兩條高而直的腿站在我面前。討人歡喜的笑容顯現在他嘴角上，這或者是看到我的童顏之故。這是我生平第一次自覺是一個女子，而知道在我面前的是一個男人。

摩陀那　每於良辰吉日的適當時刻，我教導世間男女這一門最高的功課，讓他們知道自己。那末你後來怎樣呢？

奚德蘿　我又害怕又驚奇地問他：「你是誰啊？」他說：「我是大庫魯族的有修。」我這時呆立有如一尊石像，連向他合掌致敬也忘了。這眞的是有修，我夢寐中的偉大偶像嗎？是啊，我早就聽說他發誓獨身苦行十二年的。以往多少日子，我的少年大志激勵我要去和他比武，折斷了我的長矛，穿上假裝和他單獨挑戰，以證實我兩臂的武藝。唉，癡心人，我的妄想那兒去了？我只要把我的少年英氣和一切抱負化爲泥土，踏在他腳下，我便將引爲無上的恩寵呢。當我呆想之際，忽然我看見有修穿林而去。我不知道我的頭腦失落在甚麼漩渦裏了。唉。蠢女！你旣不向他致敬，又不發一語，也不請求他寬恕，卻木立似無教養的村夫，任他傲然離去……第二天早晨，我把我的男裝丢在一邊，戴上手鐲、腳環、腰鍊，穿上一襲紫紅色綢衣。這不習慣的服裝使我有些不好意思；但是我急於搜尋他，竟匆匆出門，在樹林中的溼婆廟裏找到了有修。

摩陀那　請你把故事全部講完。我是心生之神，我知道這些心的衝動之奧祕。

奚德蘿　我只能夠約略記得我說的和他所給我的回答。請不要教我詳細地敍述全部。羞恥像雷霆般落在我身上，但卻還打不碎我，打不碎像我這樣夠堅強的人，堅強得像男子漢一樣的人。我臨走時聽到他最後的一句話，眞像燒紅的針刺我的耳朶。他說：「我已立誓苦行，我不配做你的丈夫！」嘿，一個男人的誓言！愛神啊，當然，你知道的，古來曾有不知多少的尊者和仙人，他們把修持苦行的畢生之功俯伏在一個女子的石榴裙下啊。我把我的弓一折兩段，把我的箭扔在火中燒了。我怨恨我這堅實輕捷而有弦疤的雙臂。哦，愛神啊，我的男子體力的虛榮，已給你打倒在塵埃之中；我所有的男子教育，都給你踏成了齎粉。現在，請你教我，教給我那柔弱的力量，徒手的武器。

摩陀那　我願做你的朋友，我將把征服世界的有修，帶給你做你的俘虜。讓你的手接受他叛逆的判決。

奚德蘿　我只要有時間，我自能慢慢地得到他的歡心，無須請求神助。我可以站在他身旁給他作件，給他的戰車駕御烈馬，陪他從事於遊獵的歡娛，夜裏守衛在他營帳的門口，幫助他盡到刹帝利（武士階級）的一切重大責任，保護弱小，維持正義。當然，最後總有一日他會注意我，覺得奇怪：「這個少年是誰？我從前的奴隸，有這樣地順從我，像我的功績般得心應手的嗎？」我並不是一個天生的寡婦，在孤寂之中撫養她的失望，晚間餵它以眼淚，白天掩蓋以強顏的歡笑。我的願望之花，在沒有結果成熟以前，決不掉落入塵埃。可是要使一個人眞的被人認識和尊敬，那是畢生的工作。因此，我登門求教。你這克服世界的愛神啊，和你，梵生泰，你這青春的時令之主啊，從我年青的軀體中，取去這主要的不公吧，取去這不能吸引人的陋容吧。令我在一天之中，化爲絕色，美麗有如我心中之愛怒放的花朵一樣絢爛。只要給我短短一天的無瑕美麗，以後的日子，我必有所回報。

摩陀那　小姐，我答應你的祈求了。

梵生泰　不只是短短的一天，而是整整的一年。春花的魅力會密集在你身上。

第二場

有修　還是我做夢呢？還是我在湖畔所見眞有其事呢？在黃昏的斜陽餘輝裏，我坐在青苔之上，追想多少年來的往事，忽見一位絕色的美女慢慢地出現在幽林之中，站立在水濱的一塊白石板上。好像在她瑩白的赤足之下，地心也當快樂興奮似的。我想遮掩她身體的霧縠之衣，定將狂喜而融化到空氣裏去，有如東山的雪峯融化爲金色的朝霧。她俯身湖水的明鏡，自顧其影。初時微露驚愕而靜立，繼卽嫣然而笑。左臂偶一揮動，鬆散了她的頭髮，頭髮便下垂到地上去，拖曳在她腳邊。她袒露出她的胸部來，自已端詳她的手臂，那是白璧無瑕的天生麗質。他低頭俯視她青春之花的芬芳甜美，她嫣紅柔嫩的皮膚。她面露驚喜之色。有如白蓮含苞，清晨展眼，爲的是延頸俯首以視水中之影。這樣，她怎會不整天地兀自驚詫呢？可是一會兒她臉上的笑容收斂起來，憂愁的暗影爬進了她的眼睛裏。她束好她的頭髮，披上輕紗，緩慢地歎了口氣，像一個美麗的黃昏沒入黑夜般走了。在我，那是渴望着的宿願得到最高的報償了，倏然顯現，然後又幻滅不見了……可是有甚麼人在推門呢？（奚德蘿女裝上）

呀！就是她啊！我的心，鎭靜些！……小姐！不要怕。我是剎帝利。

奚德蘿　尊貴的先生，我就住在這廟裏，你是我的貴賓。我不知道怎樣來款待以盡地主之誼。

有修　美麗的小姐，我能一瞻芳容，已屬萬分榮幸。如果你不見怪，我就問你一個問題。

奚德蘿　我答應了。

有修　你立了甚麼嚴格的誓言，把自己幽禁在這座孤廟裏，使一切凡人，不能一覩芳容呢？

奚德蘿　我心中隱藏着一個祕密的願望，所以天天在濕婆神前禱告，要求我願望的實現。

有修　唉！你還會有甚麼要求？你的本身就是全世界所要求的啊！我足跡遍天下，東自日出之山，西至日沒之土，我都去過。我曾見過世界上最珍貴的，最美麗的，最偉大的。只要你說一聲你要求的是甚麼東西或甚麼人，我都可盡力。

奚德蘿　我所求的人，舉世皆知。

有修　當眞！誰可以做這神之所寵呢？誰的名譽竟佔據了你的心呢？

奚德蘿　他出身於皇族之中的最高皇族，他是英雄之中的最大英雄。

有　修　小姐，不要將你的美色，成爲他虛名的犧牲。虛名的流佈，口口相傳，像日出之前的朝霧一樣不可靠。請告訴我，究竟在最高皇族之中，誰是最大英雄呢？

奚德蘿　隱士啊，你在妒忌別人的盛名了。你難道不知道普天之下，以庫魯族在所有皇族之中爲最有名嗎？

有　修　庫魯族！

奚德蘿　而且你從未聽見過這天下聞名的皇族中的最大偉人的名字嗎？

有　修　從你口中說出，我當洗耳恭聽。

奚德蘿　他是有修，那個征服世界的人。我從眾人的口中，選出這不朽的名字，鄭重地藏在我處女的心坎裏。隱士啊，你爲甚麼這樣驚慌呢？難道那名字只是一個欺人的光彩嗎？果眞如此，我決不躊躇，我可以打破我這心頭的小匣，把假寶石扔到塵埃中去。

有　修　不論他的名譽，他的勇敢和豪氣是虛是實，請求你的慈悲，不要把他從你心中驅逐出去——因爲他現在當面跪在你腳下了。

奚德蘿　你，你就是有修嗎？

有　修　是的，我就是他，你門前的求愛之客。

奚德蘿　那末，有修立誓獨身苦行十二年難道不是眞的嗎？

有　修　可是，你解除了我的誓約，就像月亮解除了夜的黑暗一般。

奚德蘿　唉，你眞不知羞恥！你何所取於我，竟使你對你自己不忠呢？假使你預備支付給我你誠實的價值，那麼你在這對烏黑的眸子中，在這雙乳白的手臂上，找的是誰呢？我知道，這不是眞我。這確實不能是愛情，這不是男子對女人的最高禮敬！唉！這肉體是無常的假相，假相卻會使人看不見那不滅的精神之光！是的，我的確知道了，有修啊，你的英雄品格的名譽原來是假的。

有　修　唉！名譽，勇敢的英名又有甚麼用處！在我看來，萬事萬物，皆是夢幻。只有你是完美；你是世界的財富，一切貧乏的終結，一切努力的目標，那唯一的女人。一般人要日久而始知其美。可是一見到你，就馬上看見了永恆的完美。

奚德蘿　唉！那不是我，有修啊，那不是我！那是神的詭計。去，去，我的英雄，去吧。不要求愛於虛妄，不要把你的偉大之心，奉獻給一個幻象啊。去！

第三場

奚德蘿　不，不可能，面對那幾乎像餓鬼的緊握雙手般用熱烈的注視來緊迫你；只覺得他的心在掙扎着破除其束縛而激動它感情的呼喊遍於全身——這樣把他像乞丐一般揮之使去——不，不可能的。（摩陀那與梵生泰上）

唉，愛神啊，你把甚麼可怕的火熾籠罩着我！我燃燒，我燃燒着一切我所接觸的東西。

摩陀那　我願意知道昨夜發生的事情。

奚德蘿　晚上我把春花的花瓣舖滿草牀就躺在上面，追想有修對我美貌的奇妙稱頌；——有如一點一滴的飲喝我白天所收儲的蜜。我已往歲月的歷史，恍如隔世，都記憶不起來了。我自覺像一朵花，只有飛逝的數小時之久，去聽那林地上的一切蜂蝶的喃喃嗡嗡的諂媚和柔語，於是須得從天空中低眉垂頭，在一呼吸之間，默不作聲地自已掉落向塵土中去，就這樣完結了一個既無過去也無將來的美滿一瞬的短史。

梵生泰　一個光榮的無限生命，就像曇花一現般開謝於俄頃之間。

摩陀那　猶如一首數行的短歌之中含有無窮的意義。

奚德蘿　南來的微風，撫我安眠。花亭上的藤花，從上面無聲地落下，吻遍我全身。在我的頭髮上，我的胸口，我的腳上，都有落花選作死所，躺在那兒。我睡着了。正沈睡之際，忽然覺着有人熱切地注視着我，像火焰的尖指，觸到了我睡臥的身體。我驚醒了坐起來，看見那隱士正站在我面前。這時月已西斜，從樹葉的空隙裏窺視奇妙的神工藝術，表現在一個脆弱的人的形體中。香風馥郁；夜的靜寂借蟋蟀的鳴叫而發聲；樹木的倒影反映在湖水中悄立不動；他拄杖鶴立，身高且直，狀如喬木。睜眼看時，似乎我已脫離了一切生活的實體，而轉生於影子的夢境裏。羞怯之心，頓歸烏有，有如鬆開的衣服，直落到腳下去。我聽見他叫道：「親愛的，我最親愛的！」於是我的所有前生，合一而答應他。

我說：「娶我，娶我的一切！」我就伸出我的兩臂迎他。這時月亮下沈到樹後去。一張黑暗之幕掩蔽了一切。天與地，時與空，苦樂與生死，都沒入於狂歡之中……。曙光初現，林鳥初唱，我起來撑着我左臂坐着。他還睡着，唇邊微露笑容，宛若曉月一勾。旭日的玫瑰紅色映射在他的額角上。我歎口氣立起來，將藤葉拉攏來擋住照在他臉上的太陽。我審視我自己，我看到了這依然如昨的舊地，我記起了舊日的我，於是像一頭怕她自已影子的花鹿一般穿過滿佈奇葩麗花的森林小徑而奔逃。我找到了一個僻靜的隱蔽處，坐下來雙手掩面，想要哭泣。但眼睛裏卻淌不出一滴眼淚來。

摩陀那　唉！你這凡人的女兒！我從神的寶庫中竊取了這天國的芬芳美酒，裝滿一個人世之夜，放在你手裏讓你喝——我卻還是聽到了這苦痛的呼聲。

奚德蘿　(悲痛地)誰喝這個來？人生願望的最難完成的愛情之第一次結合是給我了，但是仍要從我的掌握中搶去嗎？這個借來的美麗，這個蒙在我身上的假相，將棄我而去，就像花瓣從枯萎的花枝上凋謝一般，那甜蜜結合的惟一紀念將偕與俱去。而那自愧赤貧的女人，將坐着哭泣，日以繼夜。愛神啊，這可詛咒的外貌似魔鬼的附身，一切愛情的賞賜都被攫取——那我心所渴求的全部接吻都被攫取了。

摩陀那　唉！你一夜之經歷，竟這樣虛擲了嗎？歡樂的帆檣已到眼前，但是洶湧的波濤卻不讓船靠岸。

奚德蘿　蒼天離我的手只有咫尺的距離，而我一時竟忘了我還沒攀登上天。可是我早晨從夢中醒來，自覺我軀體已成了眞我的對敵。這是我所厭惡的：要我每天修飾她，把她送到我愛人的面前，看她被撫養着。愛神啊，取回你的恩賜吧！

摩陀那　可是，我若取去時你將怎樣站在你愛人的面前呢？當他正在啜飲我第一杯歡樂之酒時，從他的唇邊奪去酒杯，不也太殘忍嗎？而且他將怎樣生你的氣呢？

奚德蘿　這樣還是好得多，我將把眞我顯示給他，高尚的行爲勝於虛假。他若不接受眞我，他若唾棄我，令我心碎，我也寧可一聲不響地忍受。

梵生泰　聽我的忠告。要花季過了秋天才到來，花謝然後有結果的勝利。時候自然會來的，當你身上最火熱的花朶要萎謝時，有修將歡歡喜喜地接受你內在的常住眞我之果。哦，孩子，回到你狂歡的節期去吧。

第四場

奚德蘿　我的武士，你爲甚麼老是這樣看着我？

有修　我看你怎樣編織那花冠，巧妙而優雅像攣生的兄弟和姊妹，遊戲地在你的指尖上跳舞，我一面看一面想。

奚德蘿　你想些甚麼，先生？

有　修　我想你啊，就用這同樣輕快的撫觸和甜蜜，正將我放逐的日子織成一個不朽的花冠，等我回家的時候來替我加冕。

奚德蘿　家！可是我倆的愛情不是爲了家啊！

有　修　不是爲了家？

奚德蘿　不，請千萬不要說到那個。把持久的堅實的東西，帶回你家去。那野生的小花，讓它留在原來生長的地方，讓它在日子完了時美麗地和殘花落葉一起死亡。不要把它帶到你的宮殿裏去，拋棄在那石板上而被遺忘了。那石板是不知憐惜凋謝的東西的啊。

有　修　我倆的愛情是那樣的嗎？

奚德蘿　是，沒有別的了！爲甚麼要懊惱呢？凡是只適合於閒逸日子的事物都和它們本身同時死滅，當去的強要留住，那末歡樂便轉爲苦痛，所以取來保留它只到它不能存在時爲止。不要讓你晚上有過多的要求，超越了你晨間所能獲得的願望。……白晝已完了，戴上這花冠，我已疲倦了。我愛，把我抱在你懷裏，讓一切無謂的爭論，消滅在我倆嘴唇的甜蜜接合裏。

有　修　勿作聲！你聽，我愛，遠村神廟召喚禱告的鐘聲藉晚風傳過靜寂的樹林來了。

第五場

梵生泰　我的朋友！我不能跟隨着你了，我疲倦了，你所點燃的火，要保持着燃燒不熄是一件難事。我老是瞌睡，扇子從我手中落下來，星星之火被冷灰掩蓋着，我從瞌睡中驚起，使勁救護這殘焰。但是我看這保持不了多久。

摩陀那　我知道，你和小孩一般浮躁。不論在天上的遊戲，在人間的玩耍，你總不能持久，你用許多時日和無盡的條件建立起來的事物，卻毀於頃刻而毫不惋惜。可是我們這工作快要完成，生翼的歡樂日子疾飛而過，一年的時間快滿期，將暈倒在狂喜的幸福中了。

第六場

有修　我早晨醒來，覺得我的夢已昇華為一塊寶石，我沒有手飾匣來藏放它，沒有王冠來安上它，沒有金鏈來佩掛它，但卻捨不得拋棄它，我刹帝利的右臂，被它無故佔據了，忘卻了它的責任。

（奚德蘿上）

奚德蘿　告訴我你在想甚麼，先生！

有修　今天我滿心想着打獵的事，看，雨這樣傾盆而下，猛擊着山坡。雲這樣濃陰昏暗，密罩森林。暴漲的溪流，像勇往直前的少年一般，帶着輕佻的笑聲躍過一切堤堰的障碍疾走而下。在這樣的下雨天，我們兄弟五人就要到齊德拉楷的森林中去獵取野獸，那是愉快的時日。隆隆的雷聲，使我們衷心歡躍。孔雀的驚叫聲，使樹林發出回響來。膽怯的鹿因雨點的淅瀝和瀑布的喧聲，聽不見我們腳步的迫近；虎豹的足跡留在濕地上，指引了牠們洞穴的所在。打獵完了，我們就互相激勵着一股勁游泳橫渡湍急的河流回家去。這種生氣蓬勃的活力我還保存着。我很想打獵去。

奚德蘿　現在你追踪的獵物應先捕捉住。你十分確知你所追的迷人之鹿一定會被捉住嗎？不，還不能一定。正像一個夢，這野獸似乎離你很近時便躲掉了。你看風是怎樣被瘋狂的雨點追逐着，一千枝利箭集射在身後，但風仍自由跑去，不被征服。吾愛，我們兩人的事也類乎此，你追趕這捷足如飛的美麗精靈，你手中的每枝箭都向他發射。這頭魔術之鹿，仍然自由地跑去，終究不能接觸到。

有修　我愛，你那能沒有家？那裏慈愛之心正等着你回去呢！一個家，不是一度因你的溫情而甜蜜，自你離去，來此荒野，便即黯然無光嗎？

奚德蘿　爲什麼有這些問題呢？是不是着迷的快樂時間已經過去？你要知道，我的一切就只有這點，不是都擺在你眼前了嗎？就我而言，渺無前程。掛在金素佳花瓣上的露水，既沒有名字，也沒有甚麼目的。對於任何問題它都沒有答覆。你所愛的她正像那露珠。

有　修　難道她完全與世無涉嗎？她能只像一個放浪的天神偶因不愼而落在地上的一小塊青天嗎？

奚德蘿　是。

有　修　唉！所以我常常躭心會失掉你啊。我的心沒有滿足，我的神總不能寧定。過來靠近着我，不可得的人！將你自已委身於姓名家庭和宗族的關係裏。讓我的心感覺得到你的眞實，和你一同生活在愛的和平領域中。

奚德蘿　爲什麼要徒勞無益地費力去捕捉那雲彩的顏色，浪花的舞蹈，和花朵的芳香呢？我的女主人，不要用空話來解我愛的渴。給我一點可以把握的東西，一些能比歡樂持久的東西，即使遇到苦難也能忍受的東西。

有　修　我的女主人，不要用空話來解我愛的渴。給我一點可以把握的東西，一些能比歡樂持久的東西，即使遇到苦難也能忍受的東西。

奚德蘿　我的英雄，一年還沒有滿，你已經厭倦了！如今我才明白花的壽限的短促，實在是天賜之福。假使我這身體能同前些時的春花一起凋謝，那一定死得很榮耀，但現在日期的來臨，已經屈指可數。哦，我愛，不要放鬆它，請把蜜汁都榨乾。否則恐怕你乞丐似的心仍會懷着不滿足的慾望時時回到這裏來，像夏花凋謝落入泥土後的飢渴蜜蜂一樣。

第七場

摩陀那　今晚是你最後一夜了。

梵生泰　你的美貌明天便要歸還給春之無盡寶藏了。你那嘴唇的鮮紅，將脫離有修接吻的記憶，而再化為無憂樹的新葉兩片；你那皮膚的柔嫩瑩白，將重生為一百朵茉莉香花。

奚德蘿　哦，兩位神明啊，請允許我這個祈禱！今天晚上，讓最後的鐘點顯出我美之無上光輝，像將熄火焰的廻光返照。

摩陀那　你可以如願以償。

第八場

村民們　誰會來保護我們啊？

有　修　甚麼？你們怕甚麼危險？

村民們　盜寇蜂擁而來，像山洪暴發似地從北山衝下來刼掠我們的村莊。

有　修　你們這地方沒有守衞者嗎？

村民們　奚德蘿公主是盜寇所最怕的。當她在這樂土的時候，除卻自然的死亡，我們沒有別的恐懼，現在她禮神進香去了，不知從那裏去找她。

有　修　這國家的守衞者是一個女子嗎？

村民們　是的，她是我們母兼父職的英雄。

（村民下）

(奚德蘿上)

奚德蘿　你爲什麼一個人獨坐在這裏？

有修　我正想像奚德蘿公主是怎樣一個女人，我從各種人的口裏，聽到了她的許多故事。

奚德蘿　唉，可是她並不美麗。她的雙目，沒有我黑眸的可愛，像死人一樣暗淡無光。她的箭百發百中，但射不中我們英雄的心。

有修　他們說她有男子的英武，女人的溫柔。

奚德蘿　這正是她最大的不幸啊！當一個女人只是一個女人的時候，她施展她的倩笑嬌啼，侍奉偎傍，來屈身以纏繞男子之心，那是最快樂不過的。學識和功績，對她有甚麼用處？假使就在昨天你經過森林小徑在濕婆神廟的庭院裏遇見她，你會不屑一顧地走過的。是不是你已對女子的美貌生厭，因此想在她身上覓取男子漢的勇力呢？片片的綠葉，濺上瀑布的飛沫，洗得潔淨而清涼，我把它們舖成一張午睡的牀，舖在蔭蔽如夜的黑洞裏。洞裏柔輭的青苔，厚厚地蓋在有泉聲伴奏的黑石上，吻接你的眼睛，使你入睡。讓我領路，你跟我來吧。

有修　親愛的，不是今天。

奚德蘿　爲什麼不是今天？

有修　我聽說有一夥強盜已臨近平原。我必須準備我的武器，去保護受驚的村民。

奚德蘿　你不必替他們擔憂。奚德蘿公主在出發進香之前，已經在各個邊界的要隘上佈置着堅固的防衞了。

有　修　可是仍請你准許我一點時間去做一回剎帝利的工作。我想這閒散的手臂，充實以新建之功，更值得讓它來做你安睡的枕頭。

奚德蘿　難道我能拒絕不讓你去嗎？我能把你纏住在我懷抱裏嗎？你眞將堅決地爭取你的自由，離我而去嗎？那末，去吧！可是你必須明白，一旦瓜葛旣斷，便永遠不能再連接起來。假使你在這裏已經解了渴，你走就是了。假使沒有，那末，記住這點，快樂女神是有脾氣的，誰也不等待的。我主！請坐下來！你且告訴我，有甚麼煩惱攪擾了你。今天誰使你這麼心神不定？是奚德蘿嗎？

有　修　是的，是奚德蘿。我不明白她有甚麼誓願，才遠行禮神進香，她需要的是甚麼？

奚德蘿　她的需要嗎？嗐！這薄命女郎，她曾有過什麼？就是她的品性成爲她牢獄的牆壁，把她的女人的心，禁閉在一間空房裏，她被埋沒，她的願無從得償。她女性的愛情穿戴得破爛潦倒，也得自己知足；因爲美麗在否定她。她像不歡之晨的幽靈，坐在石山的頂上，一切光輝，都被黑雲遮蔽住了。請不要問我她的情形。這絕對不是男人所喜歡聽的。

有　修　我急欲知道她全部的情形。我像一位遊覽的旅客，在半夜裏來到一處陌生的城市，亭臺樓閣，園林勝景，隱約可辨；海濤的呼號，在睡眠的靜寂中時時傳進耳朶裏來。他怎樣渴望早晨到來，將一切的奇景異觀，都顯現在眼前啊！哦，請告訴我她的故事。

奚德蘿　此外還有甚麼可告訴的呢？

有修　在我心目的想像之中，我似乎看見她騎着一匹白馬，昂然而來，左手威武地拉着馬韁，右手拿着一面弓。像勝利女神分佈愉快的希望在她四周。像警戒的母獅，用猛烈的愛保護她乳頭的幼兒。女人的臂膀，只要健而有力，即使沒有什麼裝飾，也是美的！美人兒啊！像蟒蛇從長期多眠裏復活起來，我的心活動了。來，讓我倆並騎疾馳，像輝煌的雙星，橫掃過空際，離開這綠沈沈的睡獄，離開這阻碍呼吸的香氣醉人之濃密覆蓋。

奚德蘿　有修，對我說眞話。假使現在我用魔術能把自己馬上卸脫這香艷肉感的嬌媚，使這美觀的怯弱花朵在宇宙的粗魯而健康的一撫觸下收縮起來，並像一件借來的衣服般從我身上褫奪去，你能忍受得住嗎？假使我毅然挺立，振作我的勇氣，一腳踢開這柔弱的詭計與藝術，假使我高高地昂起頭來，像一棵高聳的年青山松，不再像蔓藤的匐匍地上，那時我還能要求男子的垂青嗎？不，不，這樣你不能忍受。我還是照舊在我周圍散佈着一切亡命少年的漂亮玩具，耐心地等着你吧。當你樂此而回時，我就含笑地在我這美麗肉體的杯子裏，倒出歡樂之酒來侍候你。當你這酒喝夠了，倦了，你就可以出去工作或是遊戲。到我老了，我將謙卑而感謝地接受你安置我在隨便那一個角落裏。可是，假使晚間的遊伴，希望成爲日間的賢助，假使左手要求分擔右手的重負，難道就不能取悅你英雄之心嗎？

有修　我的瞭解你，似乎從未正確過。我看來，你似乎像一位女神，隱藏在金像之中，我摸不着你，我不能報答你的無價之賞賜。因此，我的愛情，總不圓滿，有時在你愁容的謎之深處，有時在你閃爍其詞，模糊其意的俏皮話中，我彷彿曾見一人，想要撕破她肉體的愁悶美色，從喜笑的虛幻面幕中，呈現出苦痛的純火來，幻象是眞理的最初表現，她化裝了走向她的愛人，但時間到了，她拋棄了她的珍飾與面幕，站在那兒露出她本來的莊嚴來。我正探求那究極的「你」，那純潔的眞相。

我愛，你爲甚麼簌簌淚下？爲甚麼兩手掩面？我的寶貝，我傷你心了嗎？忘掉我的話吧。我會滿足於現狀的，讓這美的一刹那，像一隻神祕之鳥，從黑暗中看不見的巢裏帶着音樂的信息，來到我這兒，讓我懷着希望永遠坐在實現的邊緣上，就這樣了結我的一生。

第九場

奚德蘿　（穿着外套）我的主啊，是不是這杯裏只剩下最後一滴了呢？是不是這的確終結了呢？不，雖然一切已完，仍有些東西留着，這就是我在你足下的最後奉獻。

我從天國的花園裏帶來了無比的美麗花朶。我用它們來崇拜你，我那內心的上帝。假使祭禮已完，假使花已褪色，讓我把它們擲出廟去。（脫去外套露出男裝）現在，請用慈悲之眼，看看你的崇拜者吧。

我沒有像我奉獻給你的鮮花那麼美麗完善。我有許多瑕疵和缺陷。我是一個跋涉世路的旅客，我的衣服上滿是泥汚，我的腳被荊棘刺出血來，我那裏能及得到花朶的美艶，及得到俄頃生命的光煥可愛呢？我可以毫不羞愧地雙手奉獻給你的，那是女人的心。這裏面一切的苦痛和歡樂積聚着；這裏面是一個塵世女兒的希望、恐懼和羞愧；這裏面，愛情奮發，向着永生邁進。這雖不完美，卻也高潔莊嚴。假使花的服務已經完了，我的主啊，請接受這個做你來日的僕人！

我是奚德蘿，國王的女兒。也許你還記得，有一天一個女人到濕婆廟裏來看你，滿身裝載着珠寶珍飾。那個無恥的女人竟來向你求愛，好像男子似的。你拒絕了她；你沒有做錯，主啊，我就是那女人。她是我的化裝。後來幸獲諸神的恩賜，我得到爲期一年的最光煥容貌，那是人間罕有的美色。就靠那虛幻的欺騙，擾亂了我英雄的心。絕對確實，我並不是那女人。

我是奚德蘿，不是可崇拜的女神，也不是像飛蛾一樣隨便可以刷掉的普通憐憫的對象。假使你允許我在危險和勇敢的路上隨伴你，假使你允許我分擔你一生的重任，你會知道我的「眞我」的。我現在有孕了，如果生出來的是兒子，我將親自教導他成爲有修第二。時候到了，我便把他送給你。那時，你終究會眞正知道我了。今天，我只能奉獻給你奚德蘿，一個國王的女兒。

有修　親愛的，我不虛此生了。(劇終)

瑪麗尼(MALINI) 兩幕劇

第一幕

王宮樓上臨街的走廊

瑪麗尼　我的時候已經到來，我的生命，正像荷葉上的露珠，在這偉大時間的心上顫動着。我閉上我的眼睛，就似乎聽到那天空中的喧譁聲。我不知道爲什麼我心中感覺着有一種苦痛。

(王后上場)

王后　我的孩子，這算什麼？你爲什麼忘了穿上和你美貌與青春相配的衣服？你的裝飾品到那兒去了？我的美麗的晨曦啊，你的手臂和腳踝，怎麼也沒有戴上黃金鐲鍊？

瑪麗尼　母親，有些人天生是貧乏的，卽使生長在帝王之家。財富決不裝點在那些註定要在貧乏中求富有的人的。

王后　這樣一個乳臭未乾的孩子，竟對我談起這種像謎一樣奧妙的問題來了！——我聽了你的話，我的心就震恐。你從那兒檢來你的新信條，來反對我們所有聖書的敎義？我的孩子，人家說你拜他們爲師的佛敎僧侶，是會施行魔法的，他們將灌輸呪語到人們心中去，他們用謊騙來迷惑人。可是，我要問你，宗敎究竟是不是必須一個人去尋求才能獲得的一種東西呢？它不是正像太陽一樣，永遠照臨着你的嗎？我是一個沒有思想的婦人，我不懂男人的敎義和格言。我只知道婦女的眞正崇拜物，是不須請求，而自動到她們的懷中來的。這些崇拜物就是她們的丈夫和子女。

（國王上場）

國王　我的女兒啊，暴風雨的密雲已經籠罩在王宮之上，不要再往你滅亡的道路亂闖吧！停止，就暫時停止一下吧！

王后　這是些什麼不吉利的話？

國王　我的傻孩子，假使你一定要把你那新敎義帶進這古老國土裏來，你還是不要來得太急驟，像那洪水般氾濫，驚恐了住在河邊的人吧！把你的崇信，堅守在你自已的心裏。不要激起大眾的疾惡，而羣起反對。

王后　不要責備我的女兒，不要敎她學你那曲線的外交手腕。假使我的孩子要選擇她自已的老師，走她自已的路，我不明白誰能責備她！

國王　王后啊，我的百姓在騷動了。他們大聲呼號，要求把我的女兒放逐出去。

王后　放逐？要把你自已的女兒放逐？

國王　那些婆羅門聽了她的異敎，都很吃驚，已經聯合起來，要——

王后　眞的異教！難道所有的眞理，只許存在他們那些陳腐的書裏嗎？還是讓他們把那些腐敗的教義拋開，跑來聽聽這個孩子的教訓吧！我告訴你，國王，她不是一個平凡的女孩，——她是純潔的光焰。神的精靈誕生在她身上了。不要蔑視她，免得將來敲打着你自已的額頭哭泣，悔恨你再也找不到她了。

瑪麗尼　父親，答應你百姓的要求吧，偉大的時刻已到，放逐我吧！

國王　爲什麼？孩子！你覺得在你父親的宮裏有什麼不滿足？

瑪麗尼　聽我說，父親，那些喊叫着要放逐我的人們，實在是爲我喊叫。母親，我沒有言辭可以告訴你我心裏所要說的話。你還是將我丟開，不要懊惱，就像樹木的不吝惜於落掉了她的花朵。讓我出去到全體人民那裏去，——因爲世界要求我從國王的手掌中走出來。

國王　孩子，我不懂你的話。

瑪麗尼　父親，你是一個國王。要堅強些，克盡你國王的使命。

王后　孩子，難道此地，你所生長的地方，就沒有地位給你嗎？難道世界的重擔，正等着你的小肩膀去擔當嗎？

瑪麗尼　我清醒着，我就夢想到風在狂吹，水在洶湧，黑夜沉沉，那船停泊在港灣裏，要將那些流落的人們送回家去。船長呢？船長到那兒去了？我覺得我是認識路途的，只要我

王　后　把這船觸動一下，牠就活力充沛，迅速行駛了。國王，你聽見了嗎？這些話是誰說的？不是從這個小女孩說出來的嗎？她是你的女兒嗎？她是我生的嗎？

國　王　是的，就像黑夜產生了黎明，——黎明不屬於黑夜，而是全世界的。

王　后　國王，你竟無法把她——這個光明的象徵——留在你的宮中嗎？我親愛的，你的頭髮，披散到肩膀上了。讓我來紮上去吧！——國王，他們不是討論放逐嗎？假使這也是他們的教義的一部分，那末，讓我們接受新的宗教，讓那些婆羅門高僧再接受一次眞理的教訓吧！

國　王　王后，讓我們把我們的孩子帶開，不要在這走廊上吧！你看見羣眾已集合到街中間來了嗎？

（國王、王后、瑪麗尼同下）

（一羣婆羅門上場，聚集在王宮走廊前的大街上，他們高聲呼喊。）

衆婆羅門　放逐國王的女兒！

克 孟 卡　(Kemankar) 朋友們，堅持你們的決議。一個女人成了仇人，就比什麼都可怕。因為理智不能抵抗她，武力又被人鄙棄，男人的權力，碰上她就毫無力量而自動屈服，於是她躲藏在我們那牢不可破的心坎中。

婆羅門甲　我們一定要去會見我們的國王，告訴他一條毒蛇已經從他自己的窩巢裏擡起它有毒的頭蓋，向我們神聖宗教的中心進攻了。

蘇坡禮雅　(Supriya) 宗教？我眞笨，我不懂你的意思。告訴我，先生，要求放逐一個無辜的女孩，這就是你們的宗教嗎？

婆羅門甲　蘇坡禮雅，你是害羣之馬。你的無謂干涉將敗壞大家的事情，你不要老是阻碍我們一切的進行。

婆羅門乙　我們聯合起來，我們維護我們的信仰。你的前來，就像牆上看不出的一條裂痕，就像輕蔑者緊閉嘴唇的微笑。

蘇坡禮雅　你們以爲仗着人多，就可以決定眞理；聚集着咆哮，就可以拋棄理智嗎？

婆羅門甲　蘇坡禮雅，你這是傲慢無禮的舉動。

蘇坡禮雅　這不是我傲慢無禮，而是那些附會他們的教義來逞他們狹窄心胸的那種人的傲慢無禮哩！

婆羅門乙　把他轟走，他不是我們的人。

婆羅門甲　我們大家一致贊成放逐公主——那一個要提異議，就請他離開這個團體。

蘇坡禮雅　諸位婆羅門，你們舉我爲你們同盟之一，原是你們自己的錯誤。我不是你們的影子，也不是你們的應聲蟲。我決不承認眞理的一邊是要叫囂的，是要教我接受依靠武力而存在的教義的，我也羞於接受這種教義。（對克孟卡說）親愛的朋友，讓我走吧！

克孟卡　不，我不讓你走，我知道你做事向來是堅定的，只是當你辯論時有些懷疑而已。好朋友，保持緘默，此時不宜開口。

蘇坡禮雅　天底下最難忍受的事是碰到了冥頑不靈，只知盲目從事。試想你們要救你們的宗教，用的方法，卻是把一個女孩從她的家裏驅逐出去！我倒要知道她犯了什麼罪？她不是主張眞理和愛，是宗教的精神和實質嗎？如果是這樣，那末，這不就是一切教義的要素嗎？

克孟卡　宗敎的要素原是一樣的，不同的不過是形式而已。水原是一樣的，而是因爲堤岸的不同，就劃分畛域，各地的人就飲用各地的水了。假使你有一口自己的井泉在你的心中，卻也無須蔑視你的鄰人，只因他們定要到他們那個年代久遠綠草成茵老樹結果的祖上傳下的古池去汲水而予以干涉。

蘇坡禮雅　好朋友，我聽從你，我要照我生平所做的聽從你，我不再爭辯了。

（婆羅門丙上場）

婆羅門丙　我有好消息報告。我們的話已傳播開來，國王的軍隊也要公開加入我們的陣容。

婆羅門乙　軍隊？我不很贊成。

婆羅門甲　我也不贊成，那有些反叛的意味。

婆羅門乙　克孟卡，我不主張這樣極端的辦法。

婆羅門甲　給我們以勝利的，是我們的信心，並不是我們的武器。讓我們懺悔，讓我們背誦聖詩，讓我們呼喚保護我們的神靈的名字。

婆羅門乙　來吧，女神，你的怒譴就是你信徒們的唯一武器。請你俯允現形，殲盡那不信仰的人的冥頑的傲慢吧！請向我們證明我們信心的力量，引導我們達到勝利。

羣　衆　娘娘，我們求你，從你高高的天上，降臨到人間來顯示你的神威。

（瑪麗尼上場）

瑪麗尼　我來了。（羣衆一齊向她禮拜，只有克孟卡和蘇坡禮雅站得遠遠的望着。）

婆羅門乙　神母，——你終於降臨了。你裝成凡人的一個女兒，拋棄你所有可怕的權力，變成一個女子的溫柔美貌。娘娘，你從那兒來的？你的意旨是什麼？

瑪麗尼　我是應了你們的呼喚，才被放逐下來的。

婆羅門乙　從天上放逐貶謫下來，是因爲你地上的兒子們呼喚了你？

婆羅門甲　娘娘，請饒恕我們。巨大的災難，就要降臨這個世界，這個世界正高聲呼求你的援救啊！

瑪麗尼　我永遠不會拋棄你們。我早已知道你們的門是爲我開着的。把我放逐的呼聲從你們這兒發出，於是我覺醒起來，從王宮的豪富與享樂中覺醒起來。

克孟卡　公主。

羣　衆　國王的女兒。

瑪麗尼　我從我的家裏放逐出來，因此我要把你們的家作爲我自己的家。但是要請老實告訴我，你們需要我嗎？當我蟄居着，是一個孤寂的女孩時，是你們曾從外面的世界來呼喚我嗎？那是不是我的一場夢境？

婆羅門甲　娘娘，你來了，你來常駐在我們大眾的心裏了。

瑪麗尼　我生長在國王的宮殿裏，從來不曾向窗外觀望過。我早經聽人說過，這世界——我所接觸到的以外的世界——是一個煩惱的世界。可是我不知道什麼地方覺得痛苦。請你們指點我把這找出來。

婆羅門甲　你那溫和的聲音，使我們熱淚盈眶。

瑪麗尼　月亮剛剛破雲而出，偉大的和平是在天上。這和平似乎已將整個世界，收拾在牠的懷抱中，籠罩在一個廣大無邊的月光之下。那裏是條大路，延伸到莊嚴的樹林裏去，沒入於寂靜的樹蔭中。那裏還有房屋，還有廟院；那遠處的河濱，望過去覺得朦朧而荒涼。我似乎像一陣驟雨，從夢幻的雲中降臨到這個凡人的世間，落在大路旁邊。

婆羅門甲　你是這個世界的聖靈。

婆羅門乙　當他們喊叫着要放逐貶謫你的時候，我們的舌頭爲什麼不痛苦地燒灼着呢？

婆羅門甲　來，敎友們，讓我們重新將天母恭送回家吧！

（羣眾的歡呼聲：）

世界的天母勝利！

人間女兒心中的天母勝利！

（瑪麗尼被眾人擁護着下）

克孟卡　讓這場幻景消散吧！蘇坡禮雅，你要到那兒去？怎麼像夢遊病似的在睡夢中走路？

蘇坡禮雅　不要攔阻我，讓我走吧！

克孟卡　控制你自己。你也要像那些無知的羣眾般飛進火裏去嗎？

蘇坡禮雅　克孟卡，那是一場夢境嗎？

克孟卡　沒什麼，不過是一場夢境。你清醒清醒，睜開眼睛看看！

蘇坡禮雅　你天國的希望是假的，克孟卡。我也是徒然在敎義的荒原中遊蕩了一番，——我從來沒有尋得和平。羣眾的上帝，書本上的上帝，都不是我的上帝。這些神從來沒有解答過我的疑問，也從來沒有安慰過我。可是，最後，我竟在人們的眞實世界裏，找到在呼吸着生活着的神了。

克孟卡　唉，我的朋友，當一個人的心欺騙他的時刻，是眞正可怕的時刻。盲目的欲望，成了他的福音，虛幻夢想，也篡奪了他神的尊敬的寶座。那邊躺在輕鬆似銀絲般的白雲中睡着的月亮，就是「不朽之眞」的眞的符記嗎？白晝又將於明天到來，飢餓的羣眾，又要用他們千百個網，投入生存的大海中。到那時，這個明月之夜，便很不容易有人記起了。所剩的，不過是那睡鄉、影跡、和幻景所構成的一些微薄的虛象。一個女人的妖冶所構成的魔術之網，亦復如是——牠怎能來充當那至高無上的眞理呢？在那灼熾的烈日當空，人們普遍覺醒，渴極思飲的中午時刻，你那產生於你幻想中的什麼教義，能夠使人滿足嗎？

蘇坡禮雅　唉，我不知道。

克孟卡　那末，醒醒，從你的夢中醒過來，向前看看吧！那古屋着火了。歷代的人，都是裏面的嬰兒。我們祖先的靈魂翱翔在將臨的毀滅之上，有如那覆巢的上空的哀鳴之飛鳥。現在黑夜深沉，仇敵在敲打着大門，有資格的人都還沉睡不醒，一般的人，都昏迷顛倒，自相殘殺，這種時候，還可以躊躇不決嗎？

蘇坡禮雅　我一定附從你。

克孟卡　我必須離開此地。

蘇坡禮雅　去那兒？爲什麼？

克孟卡　到外國去。我要到外國去借兵，這場大火一定要洒熱血才能熄滅。

蘇坡禮雅　但我們自己的兵士，已經準備着了。

克孟卡　要希望他們來援救，那一定落個空。他們只會像飛蛾一樣，自己向火裏撲進去，你沒有聽見他們如癡如醉的叫囂嗎？全城的人都瘋狂了，他們在他們自己神聖信仰的火葬柴堆邊，大張着慶祝的燈彩。

蘇坡禮雅　如果你一定要去，帶我一同走。

克孟卡　不，你留在此地，觀察一切，給我報告。可是，朋友，你的心不可被虛僞的新奇吸引去而離棄了我啊！

蘇坡禮雅　虛僞是新的，但我們的友誼是舊的。我們從童年時代就在一起的，這是我們第一次分別。

克孟卡　也許這是我們的最後一次呢！在罪惡的亂世，最堅固的帶子也會斷裂。兄弟可以毆打兄弟，朋友轉身攻擊朋友。我出去投入黑暗，在夜的黑暗裏，我會再回到城門來。我將見到我的朋友把燈點亮了，在等候着我嗎？我走時把那個希望一同帶着。

（二人下）

（國王和王子上，在走廊中）

國王　我恐怕我一定要把我的女兒放逐了。

王子　是的，陛下，遲了怕出事。

國王　別急，我兒，別急。不必懷疑，我會盡我的責任的。你儘管放心，我一定把她放逐。

王　后　（王子下）（王后上）國王，告訴我，她在那兒？你把她藏起來，竟連我也不能見面嗎？

國　王　你說誰啊？

王　后　我的瑪麗尼啊。

國　王　什麼？她不是在她房間裏嗎？

王　后　沒有，我找不到她。帶了你的兵士，全城挨戶去搜查。是百姓把她拐走了。將他們統統驅逐出去。把全城都弄空了，非教他們將她交還，不讓他們回來。

國　王　我一定要把她找回來——即使攪掉了我的王國，我也顧不得了。

（眾婆羅門和兵士們，手執燃燒着的火炬，簇擁瑪麗尼上）

王　后　我的寶貝，我忍心的孩子。我兩眼從來不曾離開過你——你怎麼會瞞着我跑出去的？

婆羅門乙　王后，不要對她生氣，她到我們家裏去給我們祝福的。

婆羅門甲　她只是你的嗎？不只是我們大家的嗎？

婆羅門乙　我們的小媽媽，不要忘記我們。你是我們的明星，領導我們渡過這無轍跡的生命之海。

瑪麗尼　我的門既爲你們打開了，這些牆壁就決不再隔離我們了。

眾婆羅門　我們有福了，我們生長的鄉土有福了。

（眾婆羅門下）

瑪麗尼　母親，我已經將外面的世界帶進你的家裏來了。我似乎已破除了我軀殼的界限，我已和這個世界的生命合而爲一。

王后　是的，孩子。現在你永遠不必再出去了，把世界帶進來給你自己，給你的母親——現在快要二更天了。坐在這兒，安靜你自己。你這猛如烈火的精神，興奮得你完全不想睡眠了。

瑪麗尼　（抱住她的母親）母親，我疲倦了。我週身發抖，這個世界是這樣的廣大。——親愛的母親，唱個歌使我睡着吧！眼淚到了我眼中，憂愁也降臨我的心上了。

第二幕

王宮裏的花園

瑪麗尼與蘇坡禮雅

瑪麗尼　我能夠對你說些什麼呢？我不知道怎樣辯論，我沒有讀過你的書。

蘇坡禮雅　我不過在那些書呆子中學了一點。辯論與書籍，我已經置諸腦後。公主，領導我，我跟隨你，如同影子跟隨着燈盞。

瑪麗尼　可是，婆羅門，當你對我提出問題時，我就失去了所有的能力，我不知道怎樣來回答你。我好驚奇，連像你這樣無所不知的人也來問我問題。

蘇坡禮雅 我來到你這裏，並不是爲了求知識。讓我忘了一切我所知道的。道路是有的，而且不計其數，但是光明消失了。

瑪麗尼 唉，先生！你問我越多，我越覺得自已的貧乏。像一個看不見的閃電，從天空下來，來到我心裏的那個聲音，到那兒去了？你那天爲什麼不來？反而疑惑地離開呢？現在，我已和世界面對面的碰到了。我就漸漸的膽怯了。我不知道我將怎樣握住我所必須指揮的大船的舵柄了。我現在覺得我是孤獨的，世界是大的，道路是有許多條的。那突然從天上來的光明，轉瞬也不見了。你是個聰明而有學問的人，你可以援助我嗎？

蘇坡禮雅 如果你要我援助，我就認爲是我自已的幸運了。

瑪麗尼 有好些時候，失望的到來，阻塞了一切生命之流；這時我在羣眾間突然向我自已一看，就不覺驚慌起來。在這種茫然不知所措的當兒，願你照拂我，說一句充滿希望的話，再能使我蓬勃而有生氣，好嗎？

蘇坡禮雅 我會時刻準備着。我將使我的心地簡樸而純潔，我的胸懷和平而安定，能夠眞實有效的爲你服務。

（侍從上）

侍從　百姓來了，請求晉見。

瑪麗尼　今天不見，請他們原諒。我一定要有時間去充實我空虛的心，也要休息以消除疲勞。（侍從下）再告訴我你的朋友克孟卡的事。我很想知道你們以前的生活，以及你們受了些什麼挫折。

蘇坡禮雅　克孟卡是我的朋友，我的兄弟，也是我的主人。他爲人堅決剛毅，從早年就是這樣。而我則常狐疑不決。然而他總關心着我，像月亮永遠離不開牠的黑斑。可是，任憑你一條船是怎樣的堅固，如果船底有了小小的漏洞，便難免於沉沒——克孟卡啊，我使你沉沒，那是自然的規律。

瑪麗尼　你曾使他沉沒嗎？

蘇坡禮雅　是的，我使他沉沒。那天當叛徒見了你臉上的光彩，見到了天空的音樂迴繞着你，甘露飄洒，都慚愧潛逃的時候，祇有克孟卡立着不動。他留住我在他的後面，他說他一定要到外國去借兵，來剷除這喀什（Kashi）聖土內的新教。——後來的事情你都知道，你使我在一個新生的土地內再生。「普渡眾生」不過是一句空話。自古以來，就等待着人去實現。——我在你的身上，看到那個眞理具體的活現了。我關心我的朋友，可是他離開了，我找不到他了，眞使人望眼欲穿。後來他的信來了，他說他帶着外國軍隊，要來用血把那新的信仰冲走，並置你於死地。——我不能再等了，我就將那封信呈獻給國王看了。

瑪麗尼　蘇坡禮雅，你怎麼舉止失常了？怎麼被恐懼所征服了？難道我屋裏沒有很大的地方足以容納他以及他的兵士們嗎？

（國王上）

國　王　蘇坡禮雅，到我懷抱裏來。我在一個恰當的時刻，去襲擊了克孟卡，把他捉了來。遲了一小時，他就要像雷霆一般，乘我不備，來猛攻我的王宮，在我睡夢中把我的宮殿都燒燬了。蘇坡禮雅，你眞是我的朋友，來——

蘇坡禮雅　願上帝寬恕我。

國　王　你不知道國王的愛並不是不切實際的嗎？我允許你請求你所喜歡的任何報酬。告訴我，你要什麼？

蘇坡禮雅　我一無所求，陛下，我實在無所需要。我活着可以挨戶乞食。

國　王　只要你開口，你便可以得到足使國王欣羡的幾個富裕省份的土地。

蘇坡禮雅　這些不能令我欣羡。

國　王　我明白了。我知道你面向什麼明月，才舉起你的雙手來。痴傻的青年，大膽提出你的要求，卽使你認爲不可能實現的也儘管要求。你爲什麼不開口？你不記得你們祈求放逐我的瑪麗尼的那一天嗎？你願意再向我重提那個祈求，使我的女兒從她父親的宮裏放逐出去嗎？——我的女兒啊，你知道你的生命，就靠這個可敬佩的青年所救嗎？是不是你難報答這大恩，除非用你的——？

蘇坡禮雅　陛下，請發慈悲，不要再提這事了。有許多信徒，他們用終身的虔求，得到他們所願望的最高滿足。我如果也能算作他們中的一個，我就很快樂了。但竟因此能從一個國王的手裏，得到一種作爲叛友的報酬嗎？我的公主，你有你完善與和平的偉大；你不知道一個困於靈魂的貧乏者的隱衷。我只請求你那對於世上眾生同樣的慈悲，決不敢多要絲毫的愛憐。

瑪麗尼　父親，捉到了的人，你將怎樣懲處？

國王　將他處死刑。

瑪麗尼　我跪下求你對他的寬赦。（下跪）

國王　我兒，但他是一個叛逆犯。

蘇坡禮雅　國王，你裁判他嗎？當他來討伐你時，他也將裁判你。但他並不篡奪你的王位。

瑪麗尼　赦了他的生命，父親，只有這樣，你才有權力對那解救你大災大難的人，保住他對你的友誼。

國王　蘇坡禮雅，你怎樣說呢？我將重新使一個朋友，重回他朋友的懷抱嗎？

蘇坡禮雅　那是國王的恩惠。

國　王　時候到了就這樣，你將重新得到你的朋友。可是一個國王的恩惠還不止於此。我一定給你超過你希望的東西。——但並非完全爲酬報而給的賞賜。你深得我心，我心裏是要獻給你我最寶貴的東西。——我的孩子，你以前的羞怯態度那兒去了？你驟看起來，並無玫瑰紅色，——牠的光是白而閃爍眩目的。但是今天，你臉上就調和着一種溫柔的悲惻的氣象，有一種恬適的感覺，出現在世人的眼前。（對蘇坡禮雅說）離開我的脚，站起來，到我懷中來。快樂的情緒壓在我心上，好像很難過的。現在離開我一會兒，我要和我瑪麗尼單獨在一起。（蘇坡禮雅下）現在我覺得我又找回我的孩子了。——不是那天上的一顆明星，而是在大地的泥土中盛放出來的一朶鮮花。她是我的女兒，我心的愛人。

（侍從上）

侍　從　犯人克孟卡在門口。

國　王　帶他進來，他瞪着眼睛，他那驕傲的頭擡得高高的，額上一塊黑色的血痕，像暴風雨將要來襲時停留在天空中不動的一朶烏雲。

瑪麗尼　鐵鍊的加諸那人身上，實在是鐵鍊的耻辱。侮辱偉大丈夫就是侮辱自己。他反抗囚禁的樣子，看起來像一個神。

（克孟卡帶着鐵鍊上）

國　　王　你希望我給你什麼懲罰？

克 孟 卡　死刑。

國　　王　但假使我赦了你呢？

克 孟 卡　那末，我就有時間再來完成我已經着手的工作了。

國　　王　你似乎不愛惜你的生命了。那末，你如果有什麼任何最後的請求，就告訴我吧！

克 孟 卡　在我處死前，我要見一見我的朋友蘇坡禮雅。

國　　王　（對侍從說）請蘇坡禮雅前來。

瑪 麗 尼　那人的臉上有一種威力使我害怕。父親，不要讓蘇坡禮雅前來。

國　　王　孩子，你的害怕是沒有根據的。

（蘇坡禮雅上，兩臂張開，向克孟卡走去）

克 孟 卡　不，不，還不是時候。先讓我們說話，然後再親熱。——來，靠近一些。你知道我是一個不善於說話的人。——而且我的時間不多了。我的審判已過去，但你的還沒有。告訴我，你爲什麼幹這件事？

蘇坡禮雅　朋友，你不會了解我的。我不得不保持我的信仰，犧牲我的所愛，也是勢所難顧。

克 孟 卡　蘇坡禮雅，我了解你。我看見過那女子的臉，因內心的光明而神采煥發，看起來就像一種聽得見的聲音。你對你祖宗教義的信心，對你國家利益的信心，都奉獻給那雙眼睛的燭火了。於是在那叛教賣國的基礎上，你建立了一個新的宗教信仰。

蘇坡禮雅　朋友，你說得對。我的信仰已經在那女人的形象上完成了。你們的聖書對我是沒有說出什麼來的。依靠那雙眼睛之光的幫助，我讀過了古代有關創造的書。我知道眞實的信仰是什麼，那是人道，那是愛。那來自母親的赤誠，又從她孩子回到她那兒。牠附着在給予者的贈品上，而顯現在接受者的心裏。當我把我的眼睛注視那充滿着光明、仁愛、和平與深潛的智慧的面孔之時，我領受了這個信仰的約束。這個信仰就在人間顯示出眞理的無限。

克孟卡　我也曾有一次，我的眼睛注視過那副面孔，也曾一霎時夢想到那宗教終於來了，在一個女人的形象中來領導人們的心到天國去。有一時刻，音樂從我胸部的肋骨裏演奏出來，所有我生命的希望都在那充實裏如春花的怒放。然而我不曾衝破了這些幻象的網，跑到外國去嗎？我不曾忍耐着受那賤人的汚辱，忍耐着與你總角之交的離別之苦嗎？而就在同時，你卻做了些什麼事？你坐在國王宮苑的樹蔭下，消遣你甜蜜的閒暇，懶散地織造了一個謊話，以掩蓋你的昏迷，而稱牠爲一個宗教。

蘇坡禮雅　我的朋友，這個廣大的世界，竟不足以容納各種性質大不相同的人嗎？那天上無量數的明星，又何嘗爲獨霸而爭鬥呢？各種不同的信仰，怎麼不能在需求他們的各種心靈的世界裏相安無事，和平地顯出他們各個不同的光輝來呢？

克孟卡　說說罷了，不過是一番空話。世界雖無限的廣大，卻不容虛僞與眞實和睦相處。假使充當人類食物而成長的穀類，應該騰出地方來給荆棘去繁殖，那末，仁愛也不該是這樣可惡的泛愛了。一個人能否容許用洩漏信託去掘毀友誼的堅實基礎？能否忍受那樣無信義的十惡大奸？一個人爲衞道而像個盜賊般被人處死，而另一個人卻因陷害他而反倒尊榮安富地活着——不，不，這世界決不是這樣鐵石心腸地能忍受着如此可怖的矛盾而心裏不感覺痛苦的。

蘇坡禮雅　（對瑪麗尼說）我的公主，這一切一切的毀謗與侮辱，我都爲了你的緣故而承受。克孟卡啊，你因你的信仰犧牲你的生命，——我犧牲得更多。對你的愛，比我的生命更寶貴。

克孟卡　這些空話，不要再說了。一切的眞實，都要到死神的法庭去受考驗的。我的朋友，你還記得嗎？當我們做學生的時候，我們常常整夜地爭論着，到第二天早晨，便到我們老師面前去，即刻分曉出我們兩人的誰對誰錯。現在讓那種早晨再來吧！讓我們到最後的國土裏去，帶了我們的問題站在死神之前，在那兒，所有惑亂難解的疑雲，一呼吸間便都可消散；磨滅不掉的眞理的山峯，便將顯露出來；而我們兩個愚人也將相視而失笑，——親愛的朋友，將你認爲最珍貴而不朽的東西，帶到死神的面前吧！

蘇坡禮雅　朋友，就照你的意思去做。

克孟卡　那末，到我的懷中來吧！你曾離開你的同伴太遙遠了。——現在，親愛的朋友，永久靠近了我，接受那愛你的人給你死的贈品。（隨手用他身上的鐵鍊向蘇坡禮雅打去，蘇坡禮雅應聲倒地）

克孟卡　（擁抱蘇坡禮雅的屍身，向國王說）現在叫你的劊子手來。

國　王　（站立起來）我的刀在那兒？

瑪麗尼　父親，赦了克孟卡吧！

（劇終）

四、奈都夫人詩選二十四首

糜文開譯

印度文學欣賞一書中已選奈都夫人詩十八首，並由詩壇領袖覃子豪逐首加以技術上的詳細分析評解，玆再選其代表東方情詩的廟二十四首，可分別從「愉快之門」、「淚痕」與「聖地」三種境界，領略其獨特的風味。

——文開識

折翼集第四輯 廟二十四首

愛的歷程

『我的熱情將燃燒如超渡之火燄，
我的愛之花將成虔誠的熟果。』

——泰戈爾

I 愉快之門

(1) 禮　獻

假使美麗是我所有，心愛的，我將帶牠
像一枝珍奇的花獻給愛神的閃光聖所；
假使青春是我所有，心愛的，我將拋擲牠
像一顆昂貴的珍珠投進愛神的明澈醇酒。
假使偉大是我所有，心愛的，我將奉獻
這樣顯赫而榮譽的光彩禮薦，
像傾注瑞香與凝乳來奉獻
在愛神的輝煌祭火之前。
但是除卻我心之不滅的熱情，我一無所有，
我的熱情不求神聖甘美的報酬，
情願等待着用得意而又卑微的方式
去吻那愛神經過的足跡。

(2) 節　日

不用帶來芬芳的香膏，
但是，愛啊，讓我收集
那僥倖被你踩過的
迷惑而生花的塵末，
我將用來塗染我的顏面和眼睫。

不用帶來香蓮花冠，
月的不寐，露的撫愛；
愛啊，經過了可紀念的長年夢，
我的不羈之心將更覺芳甘，
你的腳痕印上我的酥胸。

不用從刼海帶來明珠，
不用從盜域帶來珍寶，

愛啊，允諾我無價的恩賜，
一切你往年的悲愁，
一切你淚點的隱私。

(3)樂　極

讓春光把火的花枝照耀那西山，
讓春光把樹的芽餧使南谷醒來——
但我卻採擷你，哦，我渴望的神奇之花，
把你口部的燃燒之花瓣啣在我唇間。

讓春光解放那濃香的風髻，
去招引紫色蜜蜂銷魂地死滅——
縱使狂熱使我的靈魂甘願馳向絕命，
我已痛飮你呼吸的甘美芳醇。
讓春光開放那水泉的樂曲，
讓春光敎導人的幻想去模擬飛禽之藝術，

但更天然的音樂震顫了我，當你熱血的河流經
我生命的閘門，淹沒了我期待的心！

⑷琵琶曲

爲什麼你要一面黃金的明鏡？
哦，光亮而迫切的容顏。
我的雙眸是渴望的無影之井，
映受你燦爛而慈愛的太陽之照臨！
爲什麼你要象牙琵琶的謏頌？
哦，自負而顯赫的令名。
我的聲音是旅程的愉快之琴，
歌唱你的榮譽與英勇！
爲什麼你要錦帳和繡枕，

與天青色輭地毯？哦，愛人！
我的心是你的枕帳供你休憩，
是你的雙足的歇息之地！

為什麼你要為生命的愚蠢恐怖與苦惱，
而悲愴地懺悔求恕或祈禱？
在不變年代的火燄中，哦，愛啊，
我的靈魂是你現實的贖罪者！

(5) 假使你叫我

假使你叫我，我將立即到來，
哦，我愛，
我將迅疾於森林的駭鹿，
或者驚悸的鳩鴿，
迅疾於眼鏡蛇的飛行，
甘為吹笛人的鹵獲……

假使你叫我，將立即到來
　無畏於任何災難。
假使你叫我，我將立即到來，
　迅疾於你所期待，
迅疾於電閃的神足，
　飛馳着火羽的鞋。
生命的暗潮將衝激乎其間，
　或者死亡的深坑要裂開……
假使你叫我，我將立即來到，
　無畏於任何徵兆。

(6)愛的罪愆

赦免我，赦免我兩眼的罪愆，
哦，愛啊，萬一牠們一時膽敢
以熱切而顯露的愉悅
侵襲你臉的聖域，

像勇猛奮飛的野禽，
凌觸那高天的神靈——
哦，寬宥我兩眼的罪愆！

赦免我，赦免我兩手的罪愆，
萬一牠們魯莽地
以震顫的渴望來碰觸你美好的肉體，
來撫摸，來擁抱你，
天性地讚美你，哦，愛啊，
不可計數如恆河之沙——
哦，寬宥我兩手的罪愆！

赦免我，赦免我口的罪愆，
哦，愛啊，萬一牠鑄成你的過錯，
用固求的緘默或歌
來向你進攻，

包圍着壓制着，扨掠你的唇與胸，
來慰藉牠乾涸的苦痛——
哦，寬宥我口的罪愆！

赦免我，赦免我心的罪愆，
萬一牠觸犯你，
角逐於誘致或求得你愛的競爭，
去平抑牠的熱情。
去解除牠的飢饉
與醫治牠悲哀或劇痛的創痕——
哦，寬宥我心的罪愆！

(7) **愛的願望**

哦，我但願能釀我的靈魂成酒
用以使你壯健，
哦，我但願能用我的歌曲

把你彫成自由之劍！

注入你難免死亡的肉體
以永生的呼吸，
得意地贏得生命
而脚踏死神。

還有什麼高度的犧牲
我未曾實行？
希望我的眞愛能使你
變爲上帝。

(8) **愛的視野**

哦，愛啊！我愚蠢的心與眼
除你以外一切都不知，
到處——不論刮風的天，

不論着花的地——我總看見
你面貌的多變風韻，
你優雅的無窮象徵。

在我狂喜的眼中你是
至上與極美的眞實，
晨星之光輝，
大海之權威與音波，
春之奇妙芳香，
一切時間收穫的豐果。

哦，愛啊！我愚蠢的靈魂與知覺
除你以外一切都不見，
你是我營養的神聖源泉，
從那裏，生生世世，刻刻時時，
我的精神總飲喝

悲哀與慰藉，希望與權力。
哦，鋒利的劍！哦，無價之王冠，
哦，我禍福所繫的神廟，
一切痛楚形成於你的蹙顰，
一切歡樂集中在你的接吻，
你是我呼吸的內容，
也是死亡的神祕苦痛。

Ⅱ 淚　痕

(1) 愛的悲苦

爲什麼你背轉臉去？
是不是爲了憂愁或恐懼
你的權威會衰微，你的尊嚴將減低，
假如你聽我的言詞，假如你觸我的手，
在這久別的長年以後？

爲什麼你背轉臉去？
　是不是爲了愛或恨？
還是爲了那不羈的奧妙鐘點的俄傾
還是爲了那不羈的奧妙鐘點的俄傾
將以無限的力量把我倆的靈魂
　投入命運的旋轉之火中？

請別將臉背着我，哦，我愛！
　難道將用哀傷或死亡來
把我們受難的精神解放，
超脫記憶的多情束縛，
　或排除舊夢的奴役？

(2)愛的緘默

自從我獻給你
我整個肉的歡樂與靈的至寶，

你生命的負債於我可謂極大，
難道我的愛情必須轉向吝嗇之道，
要用暗示或明言來懇求
一個報答的禮物自你勉強的手？

你將給我什麼……你的所給或是任何所有！
但，雖說你是呼吸着，因此我亦生存，
而我所有的日子只是思念與渴望未遂的
葬禮的毁滅之積薪，
我怎忍心使我的愛情用憂傷的記憶與憾恨
來乞求你或包圍你的心？
我切望傾吐的熱烈言詞還是抑歛，
即使我垂斃，我怎能從你滿水的河邊
獲得一些復活的水分？
從你光輝的歲月，尋覓一個獨佔的鐘點？
只是爲了愛神之故，命定着我

擔負一個熱情的緘默與絕望的重荷。

(3)愛的恫嚇

哦，愛啊，當春之深恨
將記憶的凄風猛襲你，
能多久，智慧的寬大之翼把你庇蔭？
能多久，無情的尊嚴裨益於你？

在紅花樹的恫嚇裏，
我熱血的被封閉之悲苦將嘲罵你；
在子夜的海之低泣裏，
我呼聲的渴念之憂傷將追踪你。
用欲望的強健而不眠之翼，
你自己的野心之喧囂將困擾你，
用火燄的迅疾而殘酷之毒牙，

你情感的銳敏之飢餓將咬嚙你。
那時，年輕與陽春及情慾將蠱惑你，
以重挫來玩弄你傲慢的叛逆，
哦，愛啊，無人知道那時我將救你或殺你
當你力竭仆地，在我足下你破裂！

(4) 愛的報償

雖說是猛烈的創傷你打得我，哦，我愛，
雖說是兇暴的毆擊！
但從你可愛的手上所受的一切苦難
依然甜蜜於別的伴侶帶來的鮮豔的愛情
贈貽，
那些深紅色的夾竹桃與玫瑰。
雖說冷酷是你的獰笑，哦，我愛，
雖說殘忍是你的言詞！

但從你唇間迸出的多少難堪
依然甜蜜於憐惜的唇所獻的慇勤，
與佳哥鳥之感人的情曲之樂韻。

你摘取我的心把牠裂碎，哦，我愛。
把牠血淋淋地拋開！
在你的腳下踐踏而死亡，
卻甜蜜於遠隔你而獨坐上象牙的寶座，
加冕於寂寞的虛名之欣狂。

(5) 假使你死了

假使你死了，我不該哭泣！
我憂傷的心將是多們甜蜜，
躺向花圈之中在你的胸前，
同衾共享那無夢的睡眠，
最後獲得了愉快與慰安，

假使你死了！

只爲生活正似焚燒的布幕，
牠隔離我們渴念的靈魂，
冷酷的命運是一道攀越無望的高牆，
而尊嚴是劃分的劍，啊，我愛！
愛情正隔着一重廣闊而難涉的海
在你與我之間。

假使你死了，我不該哭泣！
我們的心將是多們甜蜜，
混一在朦朧不分的睡眠，
抱合在死亡的深狹之夜，
哦，愛啊，最後！
一切忿怒隱沒，一切哀傷消解。

⑹ 籲請

愛啊，但願不是如此深不可測的過失，
會毀損我青春之生命與一切的喜悅，
剝奪我甜蜜與光明的歲月，
破壞我安睡與歌唱的隱蔽之洞穴，
但願有你贖罪的慈悲讓我保留
惟一的悲痛的所有，
以減輕我心之光煥遺傳的損傷，
讓我保留痛哭流淚的力量像常人一樣。
但我，哦，愛啊，我正如一片落葉
焚燒在毀滅的苦痛之尖極，
拋擲在疲乏的暗黑之池上，
在愉悅或悲哀的風裏默無聲響。
大地與蒼天的變換之光輝

不能復燃我心中的反應和讚美，
我的鍾愛的死友送向他們安息的河濱，
也不能受我親唁目送的禮敬。

不必讓逝去的歡情再回，
希望已斷絕，幻夢已銷毀，
零落的意念，殘破的榮寵，
與星光和晨曦的因緣也都告終。
但，以可誇的命定之手
控制我哀樂與力之源泉的你，
請就一小時的短暫憐憫，
給與淚珠之贈品來超度我創傷的靈魂！

(7)殺戮者

愛，假使在黎明時有行人經過，
他說：『看啊！是不是你的衣服滴下朝露？

你的面龐被冰冷的海浪侵及？
你的頭髮被陣雨打溼？』
　回答他：『不，
這些是我用苦痛的躁急火炬殺戮的
憂傷之眼的死之點滴。』

又，假使在暮色中縱飲者要叫喊；
『什麼硃色葡萄酒給你溢出？
還是你的外袍被潑着
搗碎的緋紅花瓣之赤色染汁？』
　哦，愛啊，復語是：
『這些是我用悲哀的利刃殺戮的
心的生之點滴。』

(8) 秘　密

他們來，甜美的少女們和男子們，帶着耀眼的

祭物，
花圈與禮品，頌讚的歌曲與鐃鈸……
心愛的，他們怎能知道我已死，
這許多悲哀的日子？

怎能知道我的華美之夢的靈魂，
被踐踏似熟果之碎裂，你腳的無意蹂躪？
怎能知道你把那樣愛你的跳動之心拋丢，
作爲肉食去餵飼野狗？

他們帶給我的面紗橙黃，鞋子銀色，
還有崇敬的寶冠把我頭來裝飾——
因爲除你以外無人會知道這悲慘的祕密，
哦，我愛，那便是，我已死歿！

Ⅲ聖　地

⑴愛的恐怖

哦，我愛，可否設計造成
一面盾牌給你隱庇那些嫉妒的眼與唇？
那些眼與唇用讚美的紛擾
來汚辱你往日的美好！

哦，我愛，可否計劃建築
一座祕密的封閉着的不壞廟屋？
來藏匿你使你快樂而不受傷損，
避開那貪婪的時間與命運。

愛啊，我恐怖入骨，
憂懼這年歲的無窮貪得
會侵害你蘊蓄的優美之得意，

侵害你臉色的欣喜！

我爲絕望而顫動，
憂懼那遠程的日光與風
會運載你誘人的眉宇與氣息之光亮聲名
去到死亡的叢林。

我將怎樣來給你保衞？
我自己的至誠愛你也是瀆犯；
哦，我要拯救你躲過
我自己的心之欲望的刼掠之火！

⑵**愛的感覺**

心愛的，你也許正似人們所說，
　只是一盞土燈裏的
光燄如豆的閃爍火花——

我毫不介意……因你照亮我的黑暗
如同白晝的無限光華。

親愛的，你也許正似人們所以為
只是一顆普通的貝殼，
偶然被海風簸上海濱，
我毫不介意……因你發出宏大的聲響
卻有永遠的美妙音韻。

雖則你不過，一如平常的凡人，
只是一個不幸的生存，
將被死神所毀損，命運所汰除——
我毫不介意——因你帶給我心
以天堂的眞景。

(3)愛的崇拜

捏癟我，哦，愛在你光煥的手指間，

像一片脆弱的檸檬葉或羅勒花。
直到爲你而生存或延命的我化爲零，
只剩記憶的芳香之幽靈，
讓每一次吹拂的晚風，
因我的死而變得格外清芬！

焚化我，哦，愛，像在熾熱的香爐中的
檀香木之美質爲虔敬而毀滅，
讓我的靈魂銷毀爲烏有，
只留一股深表我崇拜的濃烈香氣，
於是每朝晨星會保持這氣息
因我的死而讚美你！

(4) 得意的愛

假使你純潔的心被黑暗的磨折所制伏，
你可愛的手被殘酷的罪惡之血所汚辱，

假使你芬芳的肉體陷於蝕骨的腐爛，
難道我不渝的深愛不能給你贖罪？
不能保護你避却那命運神的痛心之宣告？
不能保護你避却那恐怖的愛與憎恨的人世風暴？

你的可怕的病症或罪惡於我何妨？
人們的嘲笑，時間的無情之報復於我何妨？
愛啊，爲你之故，生命的一切苦難，
我那肯怯於制勝或忍耐？
但願我能使你得到慰藉，救助和安泰，
與靜止你非常的苦痛在我的胸懷。

(5) 萬能的愛

哦，愛啊，爲你之故，難道有什麼事情能阻止我的勝利？
你的需要，會授我纖弱的手以無敵的能力：
去駐留那黎明與黑暗，去踐踏與破壞

那山岳如海貝，搗碎那明月如鮮花，
去乾涸那奔放的河流如露滴，更上天庭，
去摘取那日光如箭，摘取那星斗如自誇的虛弱之眼睛。
哦，愛啊，你口一出言，難道有什麼事情我會怯於實行？
你的意志，會給我纖弱的手以如此大膽的歡欣：
去俘獲並馴服那暴風雨使如小鳥之歌唱，
去屈曲那迅疾的電閃製成一隻王冠戴在你額上，
預先展開未來時間的喜悅如地毯之舖伸，
衝破那無情的緘默，戰勝那死亡的酷唇。

(6)卓絕的愛

當時間停息，世界成末日，
當命運之神解開那判決的卷帙，
通過他無數的侍從，上帝會知道
每一個靈魂的祕密事蹟。

於是每人將各自前往指定的地方，
而你的是上帝的最高天堂，
坐着加冕環繞着塗油的人們，
哦，我的具有純潔之眼的聖人！

我的驕矜的靈魂將不可恕罪，
因爲一個熱情的罪愆不容懺悔，
哦，愛啊，我將被宣判被驅逐，
被拋出天堂的高壘。

獨自跌落於時間的深淵，並無驚忧，
穿過燃燒的空間如石子拋擲，
但我迅速的下降會是甜美與光輝，
因你光煥之臉的記憶之歡快！

自宙代至宙代，如一葉之旋轉，

自火燄轉火燄，如一羽之飄展，
愛啊，我將高唱歡欣的讚歌，
因你不死之名使死亡戰抖。

這樣，你安居於上帝的神祕之園中，
高據如星在上帝的無窮期之天空，
我的違法的靈魂不爲乞宥而哀懇，
哦，我的具有純潔之眼的聖人！

(7) 祈　求

不要從你高傲而寂寞的天體下降，
我的信奉之星！
但願你照耀，堅定與晶純，
恬靜與公平；
並令我掙扎的靈魂，
潔靜地超脫凡塵！

仍讓你懲罰的憤怒保持，
　哦，你依然是
一個燦爛的火燄，十分猛熾，
一個磨煉
使毀壞而又創造
　來更新我的心與志。

依然你的侮蔑是燃燒的山頂，
　我的腳必須攀登，
依然你的憂鬱是苦痛的頂戴，
　把我的頭壓得低垂，
你的堅強的控訴之緘默
　作爲我每天的糧食！
這樣我的渴望的愛最後

將逐漸清純，
經過悲哀去覓取拯救，
超脫凡人的驕矜，
這樣我的靈魂可到達你身邊，
贖回，再生。

(8) 摯愛

請把我的肉體去餵你的狗彘，
請把我的熱血去灌你的園樹，
把我心化成灰燼，把我的夢揚作飛塵——
我不是你的嗎？哦，我愛，溫存我否則把我殺死！
濫殺我的靈魂，把它投入火中，
我的貞愛總不會猶豫不會恐懼不會暴動。
愛啊，我是你的，伏在你的胸懷像花朵的鮮豔，
否則爲你之故，似葬衣般焚我以地獄之火燄。

五、甘地自傳三章

陳得利譯

第二章　學校時期

我在中學時候的那些新朋友，有兩位算是親密一點的。其中一位的友誼並未維持長久。我沒有拋棄我的朋友，只因爲我同又一位訂了交，他於是便不睬我了。後來這一位的友誼，在我的生命中我是視爲一幕悲劇。我們的友誼繼續很久，我是以一種改造家的精神來從事的。他本是我二哥的朋友，他們是同班。我知道他的弱點，但是我把他當作一位有信義的朋友看待。我的母親，我的大哥，以及我的妻子都警告我，不要同這位損友往來。我那時儼然以丈夫之居，自可不聽妻子的警告，但是最初我尚不敢反對我的母親同大哥的意思。然而我總是強辯道：『你們所說關於他的弱點，我也知道，但是你們不知道他的品性。他不能誘我走入迷途，我之同他往來，意思是要引他歸正。我相信他若是能改正他的行爲，他可以成爲一個有作爲的人。我懇請你們不要爲我擔心。』

我不以爲這個答復足以使他們滿意，但是他們竟然接受我的解釋，讓我自行其是了。後來我才知道我的打算是錯了。一個人要想感化他人，在感化的歷程中彼此不能過於親密。眞正的友誼乃是靈魂的合一，而這在現世上是很少有的。只要性情相投，友誼便算是有價值而可以持久了。朋友是互相呼應的，所以在友誼上要感化一個朋友，可能性是甚微甚微。人之就惡較服善爲易，所以我主張所有外貌的親密要一概避去，人以上帝爲友者一定是孤獨的，要不然全世界就當是他的朋友。我說的也許不對，但是我想培植一個親密的友誼的努力，是證明失敗了。

當我開始同這位朋友締交的時候，正有一個「改革」的波浪從另一方向掃蕩了拉吉科特全境。他告訴我說我們的先生中有許多位在那裏祕密的食肉飲酒。他又擧出好幾位拉吉科特的知名之士，都屬於此一團體。並且還有許多中學生在內。我聽了這種消息，深爲詫異，問我的朋友是何理由。他這樣給我解釋道：『我們之所以柔弱，是因爲我們不食肉。英國人所以能管轄我們，因爲他們是肉食者。你知道我何以這樣結實，而且是一個大賽跑家，就因爲我是肉食者，肉食者不生癤不生瘡，即有也能迅速痊可。我們的先生同其他有名的人食肉，他們並不是蠢人，他們知道食肉的好處。你應該照樣去行。除掉嘗試以外，更無他途。試試看，看能給你以甚麼力量。』

所有這些食肉的行動，進行並不簡單。我的朋友爲要打動我，常拿這些事來同我爲長久而縝密的討論。我的二哥已經加入了，所以他也贊助我。同我的二哥和這位朋友比起來，我的身體的確相形見絀。他們兩位都結實堅強，比我膽大。這位朋友的能力更其誘動我。他能用最快的速度跑很長的距離，跳高同跳遠的成績很好。任何體罰，他都能忍受。他常向我顯示他的本事；他看見別人有勝過他的處所往往豔羡，而我也爲我的朋友的本事所炫動了。我也很想學他。我不能跑，跳。爲甚麼我不能同他一樣的強壯呢？

、還有我的膽子很小。我怕賊，怕鬼，怕蛇。夜裏我不敢開門出外。黑暗在我是一個恐怖。要我在黑暗處睡，幾乎是不可能的事，我會想着以爲鬼、賊，以及蛇要從四面八方跑了過來。所以我睡的時候，房裏非得有燈不可。那時正在年輕，我的妻子睡在身旁，我怎能將我這種畏懼的情形使她知道呢？我知道她的膽子比我大，這使我自己很慚愧。她不怕蛇同鬼。黑暗處無論那裏她都敢去。我的朋友知道我這一些弱點。他於是告訴我他敢把活蛇握在手裏，敢去追賊，不相信鬼。這一些的結果，自然是食肉。

我們當學生時，曾流行一首拿瑪德 (Narmad) 的打油詩：

看那強壯的英國人；
統治了小小的印度佬，
因爲，他是肉食者，
所以有五肘那麼高。

這一首打油詩在我發生了相當的影響，最後我失敗了。我漸漸以爲食肉是好的；食肉可以使我強壯勇敢；若是全國都能如此，便能夠將英國人戰勝。

於是確定一個日期，去開始實驗。這是祕密舉行的。甘地氏一族都是毘溼孥敎徒。我的父母對於信仰尤其虔誠。我們一家並且還有自己的廟宇。耆那敎（Jainism）在古茶拉特（Gujarat）的勢力很強，到處隨時都可以感到這一派的影響。古茶拉特的耆那敎徒和毘溼孥敎徒之反對和嫉惡肉食，極爲強烈，無論在印度或者在外國，都可以看出來。我所生長的宗敎環境是如此，而我之極端孝順父母又如彼。他們若是知道我食肉，立刻會將我打死。加以我之愛好眞理，更其使我勉強。我一食肉，便是欺騙父母，此事我並不是不知道。但是我的心已是傾向『改造』去了。這不是使舌頭受用。我的心上並沒有肉是特別好吃的思想。我僅只想望強壯勇敢，希望我的國人都能這樣，然後我們能夠打敗英國人，使印度得到自由。我那時還不知道『斯瓦拉哲』（註一）（Swaraj 自治，）但是我知道自由的意義。『改造』狂蒙蔽了我，祕密地去做。我自己安慰自己以爲將事情瞞住了父母，並不算是不守眞理。

到底那一天來了。要把我當時的情景完全描摹出來，很不容易。一方面熱望『改造』，想在生命中獲得一個偉大的成就。又一方面則祕密地參加此事，躲起來像賊一樣，又感到羞愧。這兩個勢力到底誰強，殊難斷言。我們在河畔找得一個荒僻的處所，在這裏我有生以來第一次看到肉食。我們又有英國式的烤麵包。但是兩者都不能給我喜好。肉之粗硬有如牛皮，我一點都咽不下。實際上我害了一場小病。走的時候滿懷厭惡。

當天晚上很不好過，發生了一個可怕的夢魘。每次要睡熟的時候，便似乎我的身內有一隻活羊在叫，我總嚇得直跳起來，充滿了悔恨。隨後自己又自寬自慰以爲我所作的乃是一種責任，如此我可以更爲快活。我的朋友對於此事不輕易放棄。他着手烹煑許多很好的肉食，弄得極其清潔。會餐的地方也不再選河畔隱僻的處所，而在一所邦有的屋子，那裏有餐室有棹椅，我的朋友同廚頭商量安排妥帖。這樣的吃很爲有效。我對於英國式麵包不討厭了；不爲山羊憐憫了；雖還不喜歡肉食的本身，然而卻愛盛肉的碟子。這樣前後繼續大約一年。因爲邦有的屋子不能每天可用，又常吃美味的肉耗費也太大，所以我們前後享受不過十二次左右。我是沒有錢去償付這種『改造』，所以常是我的朋友會鈔。我不明白他何以會有這許多錢。然而他一心想把我變成一個肉食者，他竟做了。可是他的接濟究竟有限，於是聚餐的次數少而且稀了。

我既然有機會沈溺於祕密的肉食，回家吃飯於是成爲問題。我的母親自然要我來吃飯，並且把食物拿來，問我何故不吃。我只好說，『我今天不想吃，』或者『我的胃有點不舒適。』我之設爲種種口實，未嘗不感覺悔恨。我知道我是在說謊，並且是對母親說謊。我也知道我的母親同父親如果知道我已變爲肉食者，不消說他們是要打我的。這一些利害的觀念在我心上侵蝕不已。因此我撫躬自問道，『吃肉，實行食物「改造」，雖然重要，但是對自己的父親母親欺騙說謊，那比禁肉還要壞。所以在我父母生存的時候，這一類事一定要免去。一到父母百年以後，我自己已經自由了，然後公開的食肉。這個時期如尚未到，我應該把肉食戒去。』

我將這個決心通知我的朋友，以後我就不再去了。我的父母從來不知道他的兩個兒子犯了教規。於是肉食一事，最後因爲我不願意向我父母說謊的純潔欲望而棄絕了；但是我還沒有棄絕我的朋友。我的使他棄邪歸正的熱望，已經證明可憂，這一些的時候，我完全茫然不知所措。

這一位朋友又幾乎使我對於我的妻不忠實。所幸懸崖勒馬，得以不至失足。有一次我的朋友帶我上妓院去。他送我進去並且傳授了一些必要的指導。事情是預先安排好了的，賬款也已付過了。我已經投身在罪惡的掌中，而上帝懷着無限量的仁慈，保護我以反抗我自已。在這罪惡的淵藪裏，我幾乎眼也瞎了，耳也聾了，我於是不同我的朋友商議，便跑出來了。我覺得我男兒氣格已受了損傷，羞愧得想從地縫裏鑽了下去。但是我只有永遠感謝上帝，他總是拯救了我。在我的一生中，據我記得共凡有四次這樣的事發生；大半靠着運氣好而得了救，而與我自已的努力無關。從嚴格的倫理觀點說來，這些都應視爲一種道德上的過失；肉慾的情感已然出現，這同見諸行事是一樣的壞。但是從通常的觀點而言，一個人只要保得住肉體上不犯罪，便算是得救了。我之沒有犯罪，是只就這一種的意義而言。有許多行爲，幸而得以逃出，這在逃出的人與陷害人的人，兩方面都是天意。人，一恢復艮知避除罪惡，這是要感謝神的恩惠。我們知道一個人無論他怎樣抵抗，總是傾向於受誘惑，可是我們又知道他自已雖然如此，然而神靈常要出面干涉，而拯救他。這些事是怎樣來的？人的意志，到底自由到一個甚麼地步？人爲環境的產物到底到一個甚麼程度？命運之參加活動，又到一個甚麼地步？——這都是一個神祕，而且永遠會是一個神祕。

閒話少說，言歸正傳。像以上所舉，還不能使我覺察到我的朋友的罪惡。因此我還得吞嚥一些苦淚，一直到後來蒙神靈的指示，發見他有一些令我意想不到的過失，我纔爲之恍然覺悟。這留待後來再說。其中一事也在此時發生的，我必得先爲敍述一下。我同我的妻子之發生意見，其中一個理由自然是由於我與這位朋友往來。我是一個忠實而又嫉妒的丈夫，這位朋友於是將我對於我妻懷疑的無名火煽動起來。我一點都不疑惑他的說話，每當他告訴我一些話語，我回去便使我的妻受罪，這種粗暴之處，我是永遠不會自行饒恕的。只有一個印度敎人的妻子能夠忍受得住，所以我時常以爲婦女乃是忍耐的化身。一個僕人橫被誣蔑，可以棄職不幹；一個兒子遭逢同樣的事，可以同他的父親各居；一個朋友當此可以絕交。至於妻子，即使她懷疑她的丈夫，仍然保守沈默；然若丈夫懷疑了她，那她可就毀了。她到那裏去呢？一位印度敎人的妻子不能上法庭提起離婚。法律不能替她申雪。當時我把我的妻迫上了那條絕望的路，至今想來，我是永遠不能忘記，並也永遠不能寬恕我自己的。

一直到我明白仁愛（Ahimsn）(註二) 的各種意義以後，多疑的病根纔算澈底剷清。那時我始知道淨行(Brahmacharya) (註三) 的可貴，而恍然於妻子並不是丈夫的賣身投靠的奴僕，而是他的伴侶和助手，共同享受他所有的苦和樂，也同丈夫一樣，有選擇她自己的途徑的自由。任何時候只要一想到我那多疑猜忌的黑暗時期，對於我的愚笨與殘酷以及盲目的信從朋友，便不勝悔恨。

我還要述說幾樁在這個時期以及以前我的若干過失，這大約是結婚前後不久的事。一位親戚同我在那時忽然喜吸紙煙。我並不是以爲吸紙煙有甚麼好處，或者愛好紙煙的香味，只是喜歡將煙吐出以後看着煙圈兒冉冉上升，以爲有趣而已。我的叔父有這種習慣；我們看見他吸煙，於是以爲也應該學他的樣子。但是我們沒有錢，所以只有將叔父棄去的紙煙頭偷偷的聚起來。

可是紙煙頭不常有，又不能有許多煙，因此我們便動手從僕役的荷包裏竊取銅幣，去買印度紙煙。買來以後，收藏何處，又成問題。我們自然不能當着長輩的面吸煙。拿着這些偷來的錢，計畫去買印度紙煙，躊躇了好幾個星期，還不知如何處置。那時我們聽說有某一種植物，中空有孔，可以生煙。於是我們弄了來，如法炮製，但是全然不能滿意。我們因而爲獨立自尊的心所傷了。沒有長輩的允許，不能作任何事，這是我們所不能忍受的。到最後，由恨而轉厭，我們竟決心要自殺了！

但是我們怎樣去自殺呢？到甚麼地方去弄毒藥呢？我們聽說達土拉（Datura）的籽是很烈的毒藥，於是跑到樹林裏去找這一類的籽，居然找到了。決定於夜間實行自殺。我們到曼地克達兒寺（Kedarji Mandir）去，把溶了的牛油注到寺燈裏，向神座禮拜，然後去尋一僻靜的角落。可是我們的膽子使我們躊躇不決：假使我們一下並沒有卽刻死去？我們自殺了又有甚麼好處？不能獨立，我們何以不姑且忍受下去？如此的自問一頓，到底吞了兩三粒達土拉籽下去。可是不敢多吃。我們倆此時都怕死了。我們決定到曼地蘭寺（Ramji Mandir）去休息一會，將自殺的思想拋除。自此我才知道實行自殺固然不容易，就是僅僅想去自殺也不是容易的事。從那一晚以後，無論何時聽到誰去自殺，我都不為所動。

自殺思想的最後結果，我們倆將吸香煙頭以及為着吸煙而偷僕人銅幣的習慣都棄掉了。從那時候起一直到成人以後，我從沒有想吸煙。吸煙一事在我看來野蠻汚穢而且有害。我不懂全世界對此為何趨之若狂。旅行的時候我若在一滿是淡巴菇煙味的車廂裏，我是窒息得實難忍受，非出去呼吸新鮮空氣不可。

此事過後不久，我又犯了一樁比此更為嚴重的盜竊行為，發生在我十五歲的時候。這一次的事是我偷偷的從我那吃肉的二哥的手鐲上刮了一片金子。這付手鐲是我二哥借二十五盧比的債弄來的。他有一隻金手鐲，要從那裏刮取一點，並不是難事。

這件事作過了，債也清償了。但是我良心上的責備，再也忍受不住。我決定不再偷竊，我並且決心向我的父親懺悔。但是我不敢說。我並不是怕他打我，我記得他就從來沒有打過我們。我不是怕打，我是怕他因我的不肖而痛苦難過。但是我覺得這一次非冒險不可，因為如不明白的懺悔，是不會清潔的。最後我決定將我的懺悔寫在紙上，送給父親，請求他的寬恕。於是我將紙片寫好，親自遞給他。在這一張字條上，不僅懺悔我自己的罪惡，並且請求施予應得的處罰。字條的末尾又懇請他不要因為我的不肖而自己責備自己，我又說我以後誓不再犯。

我把字條交給父親的時候，戰慄不已。他那時正患瘻症，偃臥牀上。他的牀只是一塊光木板。我把字條遞給了他，我就坐在對面。他將字條讀過以後，眼淚就像斷線珍珠一般從他兩頰流了下來，溼透了字條。他閉目靜思一會，然後將字條撕碎。他讀字條的時候已是坐了起來，他又睡下去。我看見父親傷心，我自己也在那裏掉淚。那時情景至今在我心頭猶躍然如生，我如是一個畫家，我可以把全部的情形都描繪出來。那些愛的珠淚滌淨了我的心弦，洗清了我的罪惡。只有體驗過這種愛的，才能知道愛是甚麼。聖詩上說道：

只有那被愛的箭所射中的人，
才知道愛的力量。

這在我是「愛」的一個客觀的教訓。那時我僅僅以爲不過是一位父親的慈愛，但是現在我知道那是純潔的「愛」。這一種愛如變爲涵育萬物的時候，任何事物凡一接近便可爲其所化。愛的力量了無限制。這樣高尚的寬恕並不是我父親的本來。開始我以爲他會發怒，說嚴厲的話，自行打他的額頭。但是他卻異常地鎭靜；我相信這是由於我的清潔的懺悔。清潔的懺悔，加之以絕不再犯的誓言，呈給一個有權受此的人，乃是最純潔的改悔。我知道我的懺悔使得我的父親對於我絕對滿意，而他的愛我之忱也因而大大的增加了。

這時候我已是十六歲了。我已說過，我的父親臥病在牀。侍候他左右的只有母親，家中一位老僕人，同我自己。看護的責任付托給我。大那分的事務是紮縛傷處，遞藥給父親，藥如須在家配製，則我又去配合藥品。我每夜爲他按摩兩腿，他要我去睡或者他睡熟了，我才休息。這些事情我很覺得親切有味。我從來沒有大意過。我每天的時間，盥洗以外，便分爲入校念書與侍候父親兩部分。他答應我，或者他感到好一點，我才出去散步。

其時我的妻正在希望有一個小孩。這一種情景，就今日看來，對我是兩重的羞恥。第一，我那時是一個學生，不曾就自己的分內，予自己以克制。第二，這樣肉慾，反而使我視爲做學生的一個責任，尤其以爲是孝順父母的一個大責任。每夜，我的手在急急忙忙的按摩我父親的兩腿，我的心早已飛馳到臥室裏去了；當宗教，醫學以及常識都禁止性交的時候，我也是這樣。我只願意將事情早早做完，向父親鞠躬告辭之後，便對臥室直跑。

同時我父親的病勢一天壞似一天。印度教醫生用盡了他們的油膏，回回教醫生用盡了他們的膏藥，（註四）當地的江湖郎中也試盡了他們的偏方。一位英國外科醫生也請來一試他的技能。這位外科醫生主張用外科的手術。但是家庭醫生出來說話了。他以爲這樣年紀的人是不能施用手術的。家庭醫生是一位老資格而且頗有名氣的人，於是採用了他的勸告，放棄施用外科手術的計畫，別購各種藥品來治理。我的意思以爲若是家庭醫生准許施行手術，病痛或許可以容易救治一點。施術的也是孟買（Bombay）負有盛名的外科醫生。但是上帝卻別有他的用意。大限如已迫近，誰又能有方子起死回生呢？我的父親從孟買帶回了一些施用手術的器具，至此都無用處。他自知不久於人世，他一天弱似一天，一直到最後他才命令在牀上爲他預備一切。但是到了最後那一天，這種種事情他一概拒絕，他努力掙扎要離開他的牀，——毘溼拏教徒的規矩，外部清潔是絕對不能通融的。

這種清潔自然是必要，但是據西洋的醫學，各種盥洗，連沐浴在內，都可行於牀上而仍然極其清潔，對於病人毫無不適的處所，牀上則常是一塵不染。我以爲這一種的清潔法同毘溼拏教規絲毫不背。而我的父親卻堅持要離開牀上，他的那種毅力我只有驚異，只有讚歎。

可怕的一夜畢竟來了。我的叔父那時是在拉吉科特。我還彷彿記得他接到我父親病危的消息於是趕了來。兩老相見，深相依戀。我的叔父於是終日坐在我父親的榻畔，打發我們都去就寢以後，自己也就睡在父親的牀旁邊。沒有人想到這是命運所繫的一夜。至於危險，自然是時刻都在那裏的。

我按摩完了以後，大約是下午十時三十分到十一時光景。我的叔父命我休息。我喜歡直對臥室裏跑。我那可憐的妻已是睡熟了。但是我來了她怎能睡呢？我把她鬧醒了。大約有五六分鐘光景，僕人在外敲門。我駭得爬了起來。僕人在外叫道：『快起來，父親病危了！』我自然知道父親病勢不好，所說『病危』的意思可想而知。我於是一躍下牀。問道：『事情怎樣了？請快告訴我。』僕人答道：『父親是不在了。』

一切都完了！我急得只有搓手。我深深地感到羞愧同悲哀，於是跑到我父親的房裏去。若不是禽獸的情慾把我弄昏了，在我父親最後的一瞬，我會不辭勞苦，守住了他，爲他按摩。他或許就死在我的臂上。但是現在我的叔父卻來擔當了。他十分忠於他的兄長，因而爲他盡了最後的服務。我父親作一個手勢要筆同紙，在上面寫道，『準備最後的儀式。』他於是卸除了他臂上的手鐲同金念珠（Tala-si-beads）（註五），拋在一旁。做完以後，只一瞬間便與世長辭了。

以上所述，乃是懺悔我在父親臨死的一刻，應當寸步不離的照拂，而我乃耽於肉慾的羞恥。這一個汚點我永遠不能消去，也不能忘懷。我常以爲我孝順父母無有限度，所以任何其他事務我都應該放棄，但是在那最重大的時期而我竟因爲心耽慾樂，不在旁邊。所以我總以爲我雖然是一個忠實的丈夫，但也是一個淫慾無度的丈夫。我過了許久才得脫掉這種桎梏，不過在得着寬釋以前卻也經過許多的磨難。

當我敍完我的兩重羞恥以前，我還要一述我的妻養了一個可憐的嬰兒，不到三四天也就夭殤了。此外更無可希冀。讓天下結婚的人都以我爲前車之鑑吧。

（註一）印度耆那教的成立是同佛教在同一時期。耆那教最重要的一個教條就是不殺生。非武力主義之所以能深入印度的宗教意識中，一部分是受的耆那教的影響。在西印度，毘溼拏教徒有時依他們自己的信仰，也信仰耆那教的生命哲學。甘地一族就是奉行此規者。

（註二）Ahimsa 一辭的意義直譯即是天眞（innocence），非武力（non-violence）。就積極方面而言，其義即等於仁愛（love）。

（註三）淨行（Brahmacharya）一辭的意義，直譯即是引導一個人到上帝那裏的行爲。專門的意義爲克己，尤其是貞潔。

（註四）藥典（Ayurvedic）式的醫藥乃是按照吠陀書所說的一種印度式治病法。回回教的治病法稱爲臾那尼（Yunani希臘的。）醫生則稱爲哈欽（Hakim）。

（註五）土拉西是印度極重視的神樹，所結的子可以作爲念珠。

第四章　在倫敦的生活

麥他博士一看我的房間同器具，搖頭表示不贊成。他說：『這個地方不行。我們到英國來，讀書以外，同時還得熟習英國的生活同習慣，那你非得住到一家人家去不可。但是在未搬以前，我想你應該先跟我一位朋友學習學習，那位朋友會照應你。』

這個提議我欣然承受，於是搬到那位朋友的家裏去。他十分和善而又盡心，待我同自己的兄弟一樣，告訴我英國的習慣。然而我的飲食，仍然成爲嚴重的問題。燒煮的菜不加調味，我不能吃，因而主婦也弄得不知如何是好。我們早餐吃燕麥粥，甚爲滿意，但是中點同晚餐我時常挨餓。那位朋友總繼續的勸我吃肉，但是我爲着有誓在先，總是默然不答。中點同晚餐我們有菠薐菜，麵包同菓子醬。我的食慾常常變得貪多無厭，但是要兩片或三片麵包，似乎是不應該，我因而畏羞不敢。中點同晚餐都沒有牛奶。那位朋友有一次對於我的情形實在厭惡不過了，公然的對我說道：『你若是我自己的兄弟，我眞得要你捲舖蓋回去。對一位不識字而又不知道此間的情形的母親宣誓，我眞不知有甚麼價値？你的誓完全算不得誓，在法庭上也不能視之爲誓。這純然是對於這樣的一種允許的迷信行爲。你要如此固執，這裏會沒有甚麼你可以得到的。你自承以前曾吃過並且也喜歡過肉食。完全不必要的時候，你倒去吃，當吃的時候，反而不吃了。』但是我仍然堅持不變。

這位朋友於是同我開始辯論，而我卻老是用消極的方法對付他。他發的議論愈多，我愈不屈服。我每日只禱求上帝的保護。我對於上帝的觀念並不清楚，但是相信冥冥中是有上帝在那裏運作不息；這粒種子是我那位良善的保姆朗巴替我下的。

當我在城中閒逛的時候，最後在法林頓街（Farrigdon Street）找着了一家素食館。我看見之後，其歡喜正同小孩得了他所要的東西的情形一樣。我還沒有舉步入內之先，周覽門旁玻璃窗內所陳列的書籍。內中有一册沙爾特氏的素食論（Salt's Plea for Vegetarianism），我花了一先令買來，然後走入餐室。我在這裏才嚐到抵英國以後第一次快心的食品。上帝來助我了。

我將沙爾特的書從頭至尾細讀一遍，深爲感動。從讀過那一部書以後。我才成爲一個自願的素食者，自已慶幸那一天在母親面前所宣的誓。以前之所以不食肉，是爲着眞理同所宣的誓，而同時卻願意每個印度人都成爲肉食者，眞的，我那時已經想到如有一日我脫然一身，我就要自由公開的從事於此，並勸別人也要如此。到現在我總傾心於擁護素食主義。而以廣事宣傳爲我的使命。

我以前從孟買帶來的衣服，現在看來不適宜於英國社會，因於海陸軍成衣店 (Army and Navy Stores)另製新衣。並花十九個先令買一頂緞帽。還不以爲足，又在龐得街(Bond Street)花上十磅做一套晚禮服，我那和善的哥哥又送我一條雙金表鍊。帶用現成的領結不合於禮，所以我又學會自己打領結。在印度，鏡子是一件奢侈品，只有家裏的理髮匠替我理髮的日子，可以對一對鏡子。在這裏我每天立在一面大鏡前面要花上十分鐘工夫，來打領結分頭髮。我的頭髮並不柔輭，用刷子將頭髮弄得伏帖，成爲每日的常課。每回將帽子帶上或取下的時候，手總不知不覺地向髮上去撫摩一遍，使之就緒。

以上種種還不以爲滿足，我的注意更轉到其他的小節上去，以期養成英國式的紳士。於是有人說我得更學一點跳舞，法文，和演說術。我已決心到一個跳舞學校去學跳舞，交三磅錢以爲第一學期三星期的學費。我大約學了六課。然而我於有節奏的動作不能有所成就，因爲我跟不上鋼琴，於是不能守住時候。然則我當怎麼樣呢？故事上說一位隱士爲着要養貓驅鼠，於是養一隻母牛來擠奶餵貓，又用了一個人去看牛，如此這般的弄了下去。我此時的野心也像那位隱士的一家了。我以爲我應當學會拉提琴，以培養聽西洋音樂的耳朵。於是我花上三磅錢去買一架提琴，學費更不止此，然後找第三位先生教我的演說術，付初學學費一幾那 (guinea) 。他介紹我去購貝爾的標準演說家 (Bell's Standard Elocutionist) 作課本。

貝爾教本中的警鐘把我敲醒了。最後我自言自語道，我既不打算在英國住一世，然則學會了演說術有甚麼用呢？難道學會跳舞就可以使我成爲紳士麼？提琴在印度也可以學。我是一個學生，我應該從事我的學問事業。若是我的品格能使我成爲紳士，那自然再好不過，否則我就要放棄這種妄想。

這種種的思想盤據了我的心中，我因而寫一封信給演說敎師，告訴我的思想，聲明不再上課的歉忱。又寫一封同樣的信給跳舞敎師。此外親自去看提琴敎師，商量以任何價格將提琴出讓。提琴敎師對我較爲客氣，我因此告訴她說我近來發覺我以前的理想都錯了，她對我決定全行變策也予以鼓勵。這一些事情我沈溺其中前後大約有三個月光景，至於衣服方面之斤斤於繁文縟節歷好幾年。然而從此以後，我成爲一個學生了。

可是我之學習跳舞等等，不可誤會以爲我的生活是在墮落。雖在那時，我的靈智依然不滅，在沈溺的時期中，藉內省之力得以拯拔者不少。我的用費都立有賬目。當我把賬目一算，發覺我絕對應該節省。因此決定將生活費用減少一半。據賬目所記，有許多項都是費於飲食上面。還有寄住在人家裏，每星期照例要付伙食。此外還得偶然請他們中間某人到外面去吃飯，或者同他們參加宴會，此中並包有一筆很重的車費。若是一位女朋友，男子照規矩應該負擔一切的費用。在外面吃飯，而每星期照例所付的伙食又不能將不在家吃飯的次數扣除，所以是一種額外的消費。這在我看來都可以省去，而我的荷包因我動用不節，也有點空虛了。

所以我決定自行租屋，不再寄住在人家裏，又按我工作的地方而時時搬動，如此同時可以得到新的經驗。房屋的選擇以步行三十分鐘可達工作地者爲準，這樣又可以省費用。以前我無論到何處都得坐車，散步還得另花時候。採行新法以後，散步與經濟合而爲一，一方面省錢，一方面我每日可以步行八哩到十哩路。我在英國那麼久，實際上沒有得病，而身體練得很強，大部分得力於這種長途散步的習慣。

此後不久，我瀏覽了一些論述簡單生活的書，於是把所租多餘的房間退去，只留一間，中裝爐子，自行在家裏燒早餐。作一點燕麥粥，燒一點開水沖可可，因此所花還不到二十分鐘。中點在外面吃，晚餐用麵包和可可，也在家中自備。每日所費只有一先令三便士左右。這一個時期我讀書也最用功。簡單的生活，使得我有富裕的時間從事讀書，我的考試也及格了。這樣的經濟，我的生活一點不覺着枯寂，反而因此變化，而身心內外的行動諧和無間。同家庭的意旨也因而一致。我的生活自然更爲眞實，內心的喜悅也就無邊無涯了。

四十年前留學英國的印度學生比較不多。他們雖然結過了婚，到此仍說還是鰥夫。英國中學同大學的學生都沒有娶妻，學生時代視爲萬不可以結婚。我們印度古來原也如此，近代才有童婚之習，這在英國實際上是不知道的。在英國的印度少年因此也羞於說他已經結婚。我也受了影響，毫不遲疑地說我是未娶，其實我已結婚，並且還作了一個兒子的父親了。我這個扯謊者其實也就苦惱，猶幸我的靦覥同靜默，將我從深淵裏救了起來。

有一個假期，我同一家人家在梵特諾（Ventnor）住。照這種家庭的習慣，主婦的女兒應該帶客人出去散步。我的主婦的女兒一日帶我到梵特諾附近的小山上去。我走路並不算遲，但是我的同伴走得更快，將我拖在後面，一路上嘖嘖嘈嘈地說個不住。我有時輕輕的回答一聲『是』或『否』，最多也不過說，『是，多麼美啊！』她像一隻鳥似的飛，我疑惑起來以爲不知道甚麼時候才能回家。我們於是到了山頂。可是怎樣下山又成了問題。這一位二十五歲左右年輕的少女雖然着的是高跟鞋，可是一溜下山，如箭一般。我是滿面羞慚，蹣跚下山。她站在山下望着我只是笑，打算走來扶我。好容易，一面走一面喘息，幾乎是連滾帶爬才到山腳。她大聲笑道，『好漢子！』又盡量的把我羞了一頓。

但是我不能把傷害全然避去。上帝還要罰我不誠實的罪，有一次我到布里頓 (Brighton) 去，在旅館裏遇見一位和善的寡婦。這是我到英國的第一年。旅館的菜單都是寫的法文，我不認識。我同這位年老的太太同在一個桌上，她看見我是生客，並且不知所措的樣子，即刻來幫我的忙。她說道：『你似乎是一位生客，並且看來不知所措。你爲何不點菜呢？』我道了謝，將我的困難告訴她，說我不懂法文，不知那幾樣是蔬菜。

她說道『讓我來幫你我把菜單解釋給你聽將你可以吃的指示給你』。這是我們友誼的開始，我在英國以及後來許久，友誼仍然保持未絕。她把她在倫敦的住址開示給我，並且邀我每逢星期日到她家裏去晚餐。逢着特別的機會，她還要給我介紹幾位年輕的少女，要我同她們談話。這些談話之中特別可以稱述的是一位與她同住的少女，我們兩人常常在一起談天。

這些事最初我都很勉強。談話時既不知從何處說起，也不能夠縱情笑謔。但是她時時引着到那條路上去。我於是開始學習，時間一久，只望星期日到臨，並且喜歡同那位年輕的朋友談話。這位上年紀的太太在那裏把她的網一天一天撒開。她對於我們的聚會感着興味。也許是她對於我們自有其一種計畫，亦未可知。我十二分的覺到迷惑。我自己問自己道：『我若是早日告訴那位和善的太太，說我已經結了婚，那是多麼的好！她現在也許以爲我們已經訂了婚了。然而從事補救，絕對不宜再遲，現在卽說實話，還可以免除許多愁慮。』我的心上既然如此，於是遂寫了下列這樣的一封信給她：

自從在布里頓會見以後，諸承你的厚遇；殷勤看顧，有如慈母之於其子，你又以爲我是應該結婚了，於是你介紹了一些的年少淑女給我。不過我爲着事情不要弄得太遠起見，我要向你懺悔，我已不值得你的愛顧了。我最初造府奉看的時候，就應該告訴你我是已經結了婚的。我知道在英國的印度學生對於他們的結婚大家都瞞住不肯告人，我也不能自外。我現在知道我不應該如此。我並且要告訴你，我在小時候便已結了婚，如今已做了一個孩子的父親。此事我到如今才告訴你，實是不安之至。但是我很高興上帝給了我勇氣來說出眞話。不知你是否能夠諒恕我？至於你所殷勤介紹的那位賢良的淑女，我自知我的分際，不敢作非分之想。你不知道我已結婚，自然希望我們可以訂約。但是我們的友誼只能止於此步，所以我不能不向你陳明我的實情。

若是你接到了我這封信，以爲我不值得再受你們的厚遇，那我也不怪你。你那種和靄和顧念之情，我已是永遠感激不盡了。假使你看了我這封信以後，如蒙不棄，仍然以爲我還值得你的厚遇，那是我所不惜痛苦以謀得到的，我自然喜之不勝，並且更足以見出你的和愛顧念之意。

這一封信我寫了又改改了又寫，總有若干次。寫完以後，若釋千斤重負。我的信發去以後，大約即是原班郵差遞到了她的回信，信內約略說道：

你那封坦白懇摯的信收到了。我們兩個人都很高興，並且歡笑了一場。你所說的那種不誠實，是可以諒恕的，好的就是你同我們全然相處以誠。我邀請你的意思仍然不更，我們並且希望你下星期日仍能惠然降臨，得以一聆你當年童婚的情形，對於你的損失，我們要大大的嘻笑一場。我們的友誼並不因此而受些微影響，務請你不要介懷。

我的不說實話的過失就此淸除了。以後無論在甚麼地方，如有必要，我總毫不猶疑的說我已經結了婚。

我到英國的第二年年底，遇見了兩位神學先生，他們是兄弟，都沒有結婚。他們同我談到薄伽梵歌 (Bhagavad Gita) 他們讀過阿諾爾德爵士 (Sir Edwin Arnold) 翻譯的天國之歌 (The Song Celestial)，他們要我將原文讀給他們聽。我不禁覺着羞愧了，我既沒有讀過梵文的原作，也沒有讀過古茶拉特文的譯本。我只得告訴他們說我沒有讀過，但是我願意爲他們讀一遍，我的梵文知識雖不甚高明，我希望我能讀得懂原文，並能將譯本有失原意處爲之指出。於是我同他們開始誦讀薄伽梵歌。讀到下面所舉第二章內的一節詩，在我心裏淡淡的留下了一個印象：

默念身外物，
卽足引思量；
思量生願望；
願望若激揚，
慾念遂猛狂；
慾念涉放縱，
良知斯淪亡；
於時墮高志，
心靈亦以喪；
馴致並其人，
擧歸無何鄉。

這部書之激動我眞是無價之寶。我心裏對於薄伽梵歌的這種教訓一天一天的擴充起來，結果在今日我以此歌爲求眞理的至高無上的書，當我困阨的時候，尤其給我無量的幫助。所有的英文譯本，我幾乎都讀過，其中以阿諾爾德的譯本爲最好。阿氏譯本對於原文甚爲忠實而讀來又不似翻譯。我雖然和那些朋友同讀薄伽梵歌，其實我也在那裏學習。一直到若干年後，才成爲我每日常讀的書。

那時我只知道阿諾爾德是薄伽梵歌的譯者，他們於時又介紹阿氏所著的一本亞洲之光（The Light of Asia）給我，我讀了以後所感着的興趣比薄伽梵歌還來得濃厚。我一開始讀此書就捨不得放下。他們有一次又帶我到布拉瓦次基會（Blavatsky Lodge）裏去，介紹我見布拉瓦次基夫人（Madame Blavatsky）和貝桑夫人（Mrs. Besant）。貝桑夫人那時才加入通神學會（Theosophioal Society），她敍述改信的經過，我聽來很感興味。這兩位朋友勸我加入，我婉謝道：『因爲我對於我自己的宗教粗有所知，我不能加入其他的宗教團體。』這兩兄弟於是又介紹我讀布拉瓦次基夫人著的通神學入門（Key to Theosophy）。因爲讀這一部書，於是引起我讀印度教書籍的欲望。我心中所有從基督教士得來以爲印度教多是迷信的謬見，至是始克一掃而空。

大約卽在那時候，我於素食館中得遇一從曼徹斯忒（Manchester）來的艮善的基督教徒。他同我談基督教。我將在拉吉科特所傳聞的告訴他。他聽了甚是難過，說道：『我是一個素食者，我不飲酒。有許多基督教徒食肉飲酒，自然不能否認；但是聖經上並沒有教人食肉飲酒。請你一讀聖經，便可知道。』我接受他的勸告，他給我一本聖經。我彷彿記得他以賣聖經爲職，我從他那裏購了一本有地圖，索引和其他的聖經。我開始去讀，但是舊約我實在讀不下去。將創世紀（Gencsis）讀完，以下諸篇，便催人欲睡，但爲表示我已讀過起見，其他各卷我只有勉強結篇，而毫不感着興趣和了解。我不喜歡讀列王紀（Book of Numbars）。

但是新約給予我的印象卻大不相同，尤其是山上書（Sermon on te Mount），內中的話語直打入我的心坎。我拿來同薄伽梵歌比讀。山上書中有這樣的幾句道：『我對你說，你不要抵抗罪惡：若是有人打你的右頰，你將左頰也轉過去給他。若是有人把你的裏衣拿去，你就把外衣也給了他』。我讀了這幾句，喜歡之狀，非言語所可形容。不禁令我想起巴特沙馬爾（Shama Bhatt）的『投爾一碗水報之以美餐』的一句詩了。我的幼稚的心想把薄伽梵歌亞洲之光和山上書中的教訓一齊融會貫通起來。不抵抗觀念（idea of Renunciation）乃是宗教最高的形式，很使我感動。

讀過此書以後，再讀其他宗教家傳記的渴想爲之一增。一位朋友於是介紹卡萊兒的英雄與英雄崇拜（Carlyle's Heroes and Hero Worship）給我。我讀了先知者傳（Hero as a Prophet）一篇，才認識回教先知者的偉大勇毅，與夫生活之嚴肅。

我之研究宗教除此以外因爲預備考試太忙遂無餘暇作更進一步的探討。但是我的心上卻時常念念不忘，以爲我還得多讀一點宗教書，和認識其他所有的重要的宗教。

關於無神論有甚麼方法再知道一點呢？凡是印度人大約都知道布拉得勞（Bradlaugh）的名

字和他所倡導的無神論。關於無神論的書籍，我曾讀過一些，現在書名都忘了。我已經越過了無神論的撒哈拉沙漠，所以這一派對我沒有影響。貝桑夫人那時正是光輝燦爛，也從無神論轉入有神論，因而更加強我對於無神論的厭惡。我讀過她所著的我轉爲通神論者的自述 (How I became a Theosophist) 一書。

布拉得勞氏大約也就死於是時。他葬於溪林寺 (Brookwood Cemetery)。我曾參與葬禮，我相信當時留居倫敦的印度人也都曾到場。有少數教士也到那裏致他們最後的哀忱。葬後我們回去，在車站等車。有一位無神論者從人叢中走出問那幾位教士道：『請問先生，你相信上帝的存在麼？』

那位純善的人低聲答道：『我相信。』

無神論者面帶自信的神氣，微笑道：『地球圓周二萬八千哩，你也是同意的。那麼，請告訴我，你的上帝大小怎樣，住在何處？』

不錯，若是我們還能知道，那『他』就住在我們兩人的心裏。

『現在，現在，不要把我當作一個孩子看待了。』這位朋友說完之後，看我們一眼，臉上浮着勝利的光輝，而那位教士只是沈默不語。

這一回的談話，更其增加我反對無神論的成見。

正是這個時候亨羌得拉拿拉揚 (Narayan Hemchandra) 來到英國。我知道他是一位著作家。我們在國家印度協會 (National Indian Association) 馬寧女士 (Miss Manning) 的家裏相會。當我到她家裏，我只是坐在那裏一言不發，除非對我說話。她給我介紹亨羌得拉拿拉揚。他不懂英文。他的衣服很奇怪：穿一條笨拙的長褲，上身一件滿是皺紋骯髒不堪的棕色上衣，作拜火教人裝扮，沒有領帶也無領子，一頂有穗的羊毛織便帽，一把長鬍子。身體短小瘦弱。圓圓的面孔上面點綴了一些麻子，鼻子不尖不平。這樣一副奇怪的形容同奇怪的衣服的人，在時髦的社會裏是一定會挑出去的。

我們每天見面。我們的思想同行為相似處極多。我們兩人都是素食者。因此我們常在一起吃中點。這是我一星期只花十七先令自己煮飯吃的時候。有時我到他家裏去，有時他也到我這裏來。我煮東西是學英國式。但是他除了印度式的煮法以外，甚麼也不喜歡。我時常作些胡蘿蔔湯，他也常常可憐我的口味。有一次他弄了一些扁豆，自己做好，帶到我那裏。我吃得很高興。我們常是這樣彼此的交換，我把好東西帶給他，他也把他的帶給我。

那時馬寧主教 (Cardinal Manning) 的大名，誰都知道。船隖工人罷工，得彭斯 (John Burns) 同馬寧主教的斡旋，不久卽行結束。我以狄斯拉果 (Disraeli) 所貢獻於這位主教的單純生活告訴亨羌得拉拿拉揚。他說道，『那麼我一定得見見這位聖人。』

『他是一位大人物。為甚麼你要去看他呢？』

『為甚麼？我自有道理。我一定請你用我的名字寫一封信給他。說我是一位著作家，我個人想去祝賀他的人道的工作，並且告訴他說我不懂英文，所以請作翻譯。』

我於是遵照他的意思寫了一封信。過了兩三天，馬寧主教回一個明信片，約我們去見。於是我們兩人去見主教。我穿上普通的拜客衣服。亨羌得拉拿拉揚同平常一樣，仍然穿上那件上衣同長褲。我試同他開玩笑，他卻笑我一頓，說道：『你們文明人都是懦夫。大人物絕不注視一個人的外表，他們所想的只是他的內心。』

我們到了主教的家裏，剛好坐定，一位瘦長的老紳士便出來同我們握手。亨羌得拉拿拉揚於是致他的賀辭道：『我不打算耗廢你的時間。關於你的事我聽得不少，你爲罷工的工人作了好事，我覺得我應該來致我的謝意。我的習慣要遍訪世界上的賢人，這是我來打擾你的微意。』自然他說這些話是用古茶拉特語，而由我替他翻譯。

主教回答道：『你到這裏來我很高興。我希望你在倫敦住得還合適，並且希望你能同這裏的人接觸。祝上帝賜福給你。』說完了這些話之後，他便站起來同我們道別了。

有一次亨羌得拉拿拉揚到我這裏來，身上穿一件襯衣，下身圍一條布裙（dhoti），（註一）同我們在印度穿的一樣。和善的房東太太開門一看，駭得跑來對我說道：『有一位狂人要來看你哩。』我到門邊看見亨羌得拉拿拉揚穿一條布裙，也頗爲驚異。但是他的面上並沒有甚麼，只是平常的微笑。

『街上的兒童不嘲笑你麼？』

『是的，他們跟着我跑，但是我毫不在意，他們也就不響了。』

亨羌得拉拿拉揚在倫敦住了幾個月以後，又去到巴黎。他開始學法文，翻譯法國書。我所知道的法文很足以修正他的翻譯，於是他給我校。但是他的文章不能算是翻譯；那另是一篇新東西。

最後他決心到美國去。好容易才買到了一張甲板票。到美國以後，有一次出外穿一件襯衣同布裙，致被人以『穿淫猥的衣服』起訴。我記得他後來是釋放了。

在英國充當律師容易，找實習的機會卻難。我的主旨在學法律，但是我不知道要怎樣去實習。我讀法學金箴（Legal Maxims），甚感興趣，可是卻不知道要怎樣去應用。

當我讀法律的時候，只是懷疑莫釋，因此將這種困難告訴幾位朋友。其中一位主張我到諾洛達達貝先生（Dadabhai Naoroji）那裏去請教。我從印度來的時候本帶有一封介紹信給他，但是以爲他那樣的偉人，我沒有權去奉看。偶然他公開演說，我也赴會，總坐在演講廳的一個角落裏恭聽，耳同目飽飽的供養了一頓然後歸去。他爲着同學生接近，於是創設了一個協會。我也時去赴會，對於達達貝之關切學生以及學生之敬重他，頗爲喜悅。到後來我鼓起勇氣將介紹信遞給他。他說道：『你若是願意的話，到我這裏來，我可以指教你。』但是他的盛意，我始終沒有去領受。

我也忘了，不知是否就是這位朋友介紹我去見賓各特先生（Mr. Fre derick Pincutt）。他是一位保守黨員，但是他對於印度學生的好感卻是純潔而不自私的。有許多學生都到他那裏求敎，我也約期見他，他答應了。這一次的訪問，我絕不會忘記。他歡迎我如同友朋一樣，嘲笑我的悲觀。他說道，『從種種方面可以知道作一個普通的律師，並不需要特殊的才能。普通的誠實和勤勉就可以使他能夠生活了。所有的案件都不甚複雜。好，你且把你平常讀書的範圍說給我聽聽。』

我把我小小的範圍告訴了他，看他似乎有點失望。但是這只一瞬間，他的面貌隨又轉爲喜色，說道：『我知道你的煩惱，你的普通知識太缺乏了。你不知道世界。甚而至於連你本國的歷史你也沒有讀過。一個律師應該要研究人的品性，而每一個印度人都應當知道印度的歷史。這同法律實習沒有關係，但是你應該具有那種知識。我看你連凱同馬勒生的印度兵變史(Kay & Malleson's History of Muting) 也沒有讀過。趕緊將那部書買來，並且還讀一兩種研究人類品性的書。』

這位可敬的朋友對我所說的話，我是萬分感激。他的敎導的本身對於我到沒有甚麼，只是他那種和靄的態度在我卻很有用。他那帶笑的誠懇的面容我至今還記得。我相信他所說要作一成功的律師，大才幹並非必要，只要誠實和勤勉就夠了的話。我於這兩點都很齊備，因而心上爲之一慰，法律考試及格以後，而我在英國住居的生活也告一段落了。

(註一) 用一長塊棉布，圍繞腰部，並將下身遮蔽起來，這種服裝稱爲 dhoti。

第二十三章 土布運動

土布運動的開始，逐漸引起我的注意。手機和紡車我到一九〇八年才看見，我在印度自治論中逃及此事，以此爲救濟印度逐漸貧窮的靈藥。在那部書中我擬議以爲凡足以幫助印度大眾免於貧困的，同時也卽可以建設印度的自治云云。直到一九一五年我從南非洲回到印度，還沒有眞正的看見紡車。沙巴馬提消極抵抗運動學園成立，我就置備了幾架手機放在那裏。但是我們從事於此，困難並不下於其他。我們這些人非士卽商，沒有一個是工人。我們能夠織布之先，必得找一位紡紗專家，敎習我們如何去紡。最後我們從巴蘭浦（Palanpur）找到了一位，但是他不把所有的技術傳授給我們。而甘地馬甘拉爾不是一個容易灰心的人，他具有機械方面的天才，不久他於此事便完全熟練了。又逐漸由他在學園裏訓練了幾位紡紗師。

我們的目的是使我們能完全穿用自己所織的布，排除印度綿紗所製的機織布。採用這種實習，我們又得到了一個經驗。在紡紗匠之中直接接觸了生活的情形，我們於是才知道他們生產的限度，綿紗供給的阻礙，爲貧苦犧牲的情形，以及他們債負之有加無已。我們的地位尙不足以立卽製造我們所需要的布。時間一天一天的過去，我也愈不能耐。每逢有客人來訪，便向他打聽手紡以及手紡的技術諸問題。此技只限於婦女。要是窮鄉僻壤紡紗匠還有倖而存在的，那只有婦女可以打聽出來。

一九一七年，古茶拉特的朋友拉我去作教育討論會（Broaoh Educational Conference）主席。在這裏發見了奇女子甘加伯恩（Gangabehn）。她是一個寡婦，但是她的工作精神極其偉大。她所受的教育，就這一個名辭的通行意義而言，並不算多。而其膽量常識，遠勝我們一般受教育的婦女。她於不可接觸的觀念早已摒除淨盡，在被壓迫階級之內往來服務，毫不畏懼。她自已能維持生活，需用又甚簡單。身體強健，各處往來，不愁疾病。在馬背上也如同家內一般。在哥得拉會議(Godhra Conference)中，我知道她更爲詳細。我於是向她傾吐關於紡車(Charkha)的痛苦，她答應繼續不斷的盡力爲我尋找紡車，使我如釋重負。

後來甘加伯恩無目的地在古茶拉特往來，忽於巴洛達邦(Baroda State)的維賈浦(Vijapur)找到了紡車。那裏有一些人家都有紡車，但是久已束之高閣，視同廢物。他們對甘加伯恩表示，只要能源源不絕的接濟棉條，並且收買他們所紡的綿紗，他們便立即可以開始紡紗。甘加伯恩把這個可喜的消息告訴我。供給棉條倒成爲難題，我將此事告知蘇巴尼（Umar Sobhani）時，他馬上答應由他的紗廠供給充分的棉條，於是困難算是解決了。蘇巴尼所供給的棉條送到甘加伯恩以後，綿紗便源源而來，於是如何對付，又成爲問題了。

繼續從蘇巴尼那裏收受棉條，很容易使我感到不安。還有使用紡紗廠的棉條，在我看來是根本錯誤。所以我同甘加伯恩說去找一個能夠供給棉條的榨花人。她忠實的從事，僱到一位可以榨棉花的榨花人，工資每月要三十五個盧比。我以爲在那時候並不算高價。由她更去訓練一些青年，從榨出的棉花裏製棉條。甘加伯恩的事業因此意外的興旺起來。她又找來織工織造維賈浦紡出的紗，於是維賈浦的土布不久就到處馳名了。

當這些發展在維賈浦開始時，紡車在學園中也有了迅速的進步。甘地馬甘拉爾以他的良好的機械天才，對於紡車有許多的改良。學園逐漸能造紡車和紡車的附件。學園所織的第一匹土布每一碼的成本要合到十七個安那。我毫不遲疑的便將這種粗布以原價向友人兜售，他們也欣然的買了。

我在孟買，臥病在牀，但是還有餘力在那裏尋找紡車。後來我碰到兩個紡紗匠，帶到我的住室，即在室內咿咿啞啞的紡將起來。即說我的健康之復元，一部得力於這美妙的紡車聲音，也不算過。我也承認這是心裏的影響要比身體的影響爲多。但是那時也可以看出人類身體方面受心裏的影響，其反應是如何的強烈了。我自己也曾親手去紡，其時所紡還不甚多。

土布運動一開始的時候，很引起紗廠廠主的批評。蘇巴尼自己就是一個能幹的廠主，他不僅把他自己的知識和經驗幫助我，並還使我時時和其他廠主的意見接觸。其中一位的辯論很使他感動，他於是極力勸我去會會那一位廠主，他並且約好我們晤談。由紗廠主人先行開始談話。

『以前就有過提倡國貨運動，你知道麼？』

我回答說：『是的，我知道。』

『在鬧孟加拉分離（Partition）的時候，紗廠主人曾充分的利用提倡國貨運動，你也是知道的了。當此種運動達到極點的時候，我們曾將布價提高，甚至做了一些更壞的事情。』

『是的，我彷彿聽得這麼說，此事使我很難過。』

『你之難過，我甚爲清楚，但是我看這是沒有根據的。我們並不是把生意當做慈善事業。我們做生意爲的是賺錢；賺了錢股東可以滿意。一件東西的價格是因需要而定。誰能阻得住需要和供給的法則？孟加拉人應已知道他們的運動激起對於布匹的需要，當然使國產布匹價格高漲。』

我插言道：『孟加拉人像我一樣，本性都是誠實的。他們十分相信紗廠主人不會如此自私自利不愛國家，於危急的時候賣國求利，甚至以外國布充當國產布匹出售。』

他接着說：『我知道你的信實的本性，所以我要煩動你到我這裏，我可以警告你不要再蹈那心理簡單的孟加拉人同樣的錯誤。』

說過這些話後，紗廠主人招呼立在旁邊的書記，命他把廠裏所出的貨樣拿來。他指着貨樣說：『請看這一種貨。這是我們廠裏所出最新的花樣，銷行甚廣。我們從廢料中製出，自然甚爲便宜，我們四處運銷，北方遠及喜馬拉雅山谷一帶。國內各處，甚至你的聲音和你的代表所絕不能到的地方，都有我們的分銷處。你由此可見我們並不再需要代銷的處所。此外你應該知道印度所出的布遠不足以應他的需求。因此提倡國貨運動的問題，大部分應歸結於生產一途。我們能夠有充分的生產，和把品質在必要的範圍之內予以改良，外國布的重要便自然可以停止。因此我要勸你不要把你的運動向現在的路上走，應該注意到建設新的紡織廠方面去。我們需要的不是宣傳擴大對於我們自己貨物的需要，而是大量的生產。』

我問道：『要是我已從事於此，那你當然爲我的努力慶幸了。』

他略爲躊躇一下，喊道：『那怎麼能夠呢？但是也許你是想促進新紡織廠的建設，在這一點說你當然是應受慶賀的。』

我解說道：『我所要作的恰恰不是此事，我是要使紡車復活。』

他覺得有點迷惘了，問道：『那是甚麼意思？』我於是把紡車以及我搜求甚久的故事一齊告訴他。我又說：『我完全和你同意。我要是僅僅替紡織廠作分銷處，對於國家害多而利少。我們的紡織廠不因沒有主顧而要待長久的時間方能實現。我的工作因此應該是組織手織布匹的生產，以及使所產的土布如何分配。所以我集中我的注意於土布。我之所以誓採這種提倡國貨的形式者，因爲藉此可以爲一半挨餓一半僱傭的印度婦女謀得工作。我的意思是使這些婦女紡紗，全印度的人都穿用這種綿紗織成布匹所製的衣服。我不知道這種運動要多久才能成功，現在不過正是開始。但是我對於此事有充分的信仰。無論如何，此事是不會有害的。不僅無害，充其量可以增加國家布匹的生產，雖然數量甚少，可是可以代表堅強的收穫。從此你會看出我的運動，並不如你所述的那樣壞了。』

他回答說：『要是你所組織的運動，意在增加生產，我無可反對。在這一個時代，紡車是否可以敵得過用原動力的機器，那是另一問題。但是我也是願意你事事成功的一個人。』

現在把不合作運動的故事再述一遍。當阿里兄弟所發起的有力的基拉法特運動以全力進行之際，我已同故巴利 (Maulana Abdul Bari) 和其他諸人充分的討論到此事，特別是回回教人對於非武力規條所能遵守的限度。討論結果，大家同意以爲回回教並不禁止以非武力爲政策，並且只要他們一採取這種政策，他們便要信實的遵行。

最後『不合作』的議案在基拉法特會議中提出，延長時間的討論甚久。我還記得很清楚怎樣的在阿拉哈巴得成立了一個委員會，澈夜的討論此事。開始的時候，故阿吉馬爾汗對於非武力的『不合作運動』的實際性頗有所懷疑；他所懷疑之點除去以後，他便將全部心靈都放在上面，他的幫助，對於這個運動，有絕大的價值。

全印大會委員會 (All India Congress Committee) 決定於一九二〇年九月在加爾各答召集一次特別大會，現在也爲回回教人所接受了。於是大規模的開始準備，選舉雷意 (Lala Lajpat Rai) 作大會會長。大會和基拉法特會議的專家都從孟買聚集於加爾各答；代表和預會者也麕集此地。我被命於本次會中提出『不合作』的議案。

在我擬的提案裏『不合作』的意思只是要改正旁遮普和基拉法特問題所發生的錯誤。這一個主張，拉迦法察利 (Sjt. Vijaya Raghavachari) 卻不贊成。他反駁說：『既然宣布不合作，何以又指出特別的錯誤來說？沒有自治，就是國家逼處其下的一個大錯誤。不合作也要指向這一點才對。』我即刻接受他的建議，將要求自治插入我的提案之中，經過詳盡熱烈的討論，便通過了。

摩提拉爾首先加入『不合作運動。』我至今還記得我同他對於提案的溫和的討論。他建議修改若干字句，我一一照改。他又擔任去勸說達斯加入運動。達斯心爲之動，但是他對於人民實行這種計畫的能力還有所懷疑。一直到那格浦大會（Nagpur Congress）他同雷意才死心塌地的接受不合作運動。

我在特別大會中對於提拉克的死去，深爲惋惜。到現在我還堅決相信，如提拉克猶在人間，他在那時候一定會給我許多幫助。即或他不如此而反對這個運動，他的反對我也認爲有益，可以給我一個教訓。我們意見不同，但是這種不同絕不至引起痛苦。他常常要我相信我們中間的連繫是最密切的。我寫到這裏，他死的情形，還躍然如在目前。雅得法得卡（Yadvadkar）用電話將他的死耗告我時，大約已是半夜。其時我的同伴正圍繞着我，得了這個噩耗，我不禁失聲嘆息道：『我的最堅固的堡壘去了。』其時不合作運動正在以全力進行，我是渴望着他的鼓勵和激勸。

加爾各答特別大會通過議案，接受不合作計畫，那格浦年會又予以追認。預會者和代表到這裏來的人是不少。大會代表的人數其時還沒有限制，這一次到會的達一萬四千人左右。雷意對於抵制學校一條些微有所修正；達斯又修正幾處；於是不合作的議案遂一致通過。

大會目的也成爭辯甚烈的題目。在我提出的大會會章裏大會目的是：如其可能，在不列顛帝國之內求得印度的自治，如其必要，則求之於帝國之外。大會中有一派要將大會求自治的目的只限於在不列顛帝國以內；由馬拉維雅和金納宣布他們的主張。但是這一派的主張並沒有得到許多人的贊成。還有會章草案對於達到自治的方法定為『和平合法的。』這種規定又引起反對，以為採取的方法，不應有所限制。經過有益與坦白的討論之後，大會仍採原來的草案。

關於印回兩教聯合，取消不接觸的限制，以及土布運動的議案，此次大會一一予以通過；自此以後大會中的印度教會員遂自行擔負起袪除印度教中不接觸限制的責任，藉着土布運動，以與印度這些可憐的『骷髏』成立了一種活潑新鮮的關係。而大會為着基拉法特問題的原故，採取不合作運動，其本身就是要使印回兩教聯合的一種實際的企圖。

現在應該將以上各章作一個結束了。從此以往，我的生活很是公開，幾乎沒有一件事是人民所不知道的。還有從一九二一年以後，我的工作同大會各領袖關係甚為密切，要述及我的生活的任一段落，都得論及我同他們的關係。提拉克，斯拉達南得，達斯，阿吉馬爾汗，以及雷意諸人今日雖已不同我們在一起了，所幸還有一羣勇敢的大會領袖存在，在我們中間工作。大會的歷史還是方興未艾。過去七年之間，我對於眞理方面的重要實驗都是藉助於大會而成。我要是再述我的實驗，一定得述及我同領袖們的關係。要是僅為適當一念而言，現在我是不能寫的。最後我從平常實驗中得來的結語，尚難視為定論，因此就我看來，敍事即止於此，也是我顯明的責任。而在事實上，我的筆也本能的不願再往下寫了。

我的敍述就此爲止，在我也未嘗不感痛苦。我對於這些實驗的價值，看得很高。我不知道我對於這些實驗是否說得公平，我只能說我是毫無痛苦的寫出一部可信的敍述罷了。要記述我所見到的，以及我所曾達到的眞理的正確情形，乃是我不斷的努力之點。這一次的練習給我以心理上不可形容的和平，因爲這是我熱烈的希冀一般對於眞理和非武力躊躇不決的人能因此而起信仰。

我的貫澈始終的經驗，令我堅信除去眞理以外，並無上帝。我在以上各章的每葉中都表示要實現眞理，唯一的方法只有非武力，如其不然，那我所寫的各章都白費了。卽使我在這一方面的努力失敗，那也只是乘載以行的輪子有毛病，不能歸罪於大原則。總而言之，我對非武力的努力無論是怎樣的鄭重，還是不完備不合適。眞理的光輝比之我們肉眼日常所見的陽光，還要濃厚幾百萬倍，我所得到的一瞥，不足以達其萬一，實際上只算是這偉大的輝光中所有微末的餘明而已。但是就我所有實驗的結果，我所能斷言者要對於眞理有眞知灼見，只有遵行完全實現仁愛「非武力」的一條路。

一個人要面對面的體認到瀰漫宇宙無所不及的眞理之神，一定能如愛自己一般的愛那最劣等的生物。抱有這種熱望的人在任何人生活動的範圍，自不能驅之使出。我之所以致力於眞理而投身政治的舞臺者，其故在此。我可以毫不遲疑，但是極其謙虛的說，那些說宗教與政治無關的人其實是不懂宗教的意義的。

要同一切有生之物證合爲一，非先從事淨行（Self-purification）是做不到的；沒有從事淨行，非武力法則的實行仍然是一場大夢；而一個人心靈沒有清潔，是絕對體認不到上帝的。因此淨行的意義一定是生命各方面的清潔。清潔的感動力甚大，個人自己清潔，當然足以影響及於四周。

然而淨行的途徑卻是崎嶇艱困。一個人要完全滌清，就得超然於愛憎執着之上，並在思想語言行動各方面均須絕對沒有慾念。但是此事談何容易，我雖常常不斷的努力，而此三者的清潔猶未能達到。因其如此，所以世間的虛譽不唯不足以動我，反而使我痛苦。要克服陰險的慾念，在我看來，比之用武力征服世界還要困難。自從我回到印度以來，隱伏在我內部的慾念，我都曾經歷過；我知道了這些之後，雖是羞愧，然而卻不爲所屈。經歷和實驗救濟了我，給我以很大的快樂。但是我知道在我的前面還有一條困難的道路待我通過，就是我一定得把我自已縮減到零點才行。一個人若不能出自本意的情願處在同儕的後邊，他是不能解脫的。而非武力則是謙虛的最遠的限度。

在向讀者告別的時候，我要懇求讀者能同我一起禱求眞理的上帝，於思想語言行爲方面賜我以仁愛〔非武力〕的恩惠。

六、普雷姜德小說選二篇

糜榴麗譯

進行曲

一

從今晨起全村在騷動，就是泥土的房子也興奮得歡笑。今天「非暴力」的行伍要進村了，科岱(Kodai Chowdhury)的門前支起了一個天蓋。粗麥粉、奶油、菜蔬、牛奶、凝奶，雜亂的堆得一大堆，每個人的行動表現了有力的興奮、愉快。布達黑(Brudahi)那個平日供應給警官及隨從們牛奶的人，也過來把大量的牛奶，一放下來又羞怯的走了；平日有事就躲避起來的陶工，今天也送來了好多的罐鉢，理髮師及那一類卡哈(Kaha)階級的人也匆匆地趕來了。如果還有不高興的人那應該是那老婆婆娜赫麗了，七十五歲的年紀了，她坐在她門前，迷茫地看着來去的人羣，想着她自己的思念，她有什麼東西可以送到科岱的門前去？嘴裏說：「這裏是最貧乏的體物了！」

娜赫麗不是一直是這樣的，她有錢，有自己的家人，就是說她什麼都有，她好似是村子裏的女王，她常賽過科岱的，她是女人中的大丈夫，她的丈夫從前常睡在家裏，她卻睡在田裏看夜，她曾親自到法庭裏去辦案件，有什麼交易也都是她一手辦的。現在神靈把這些都拿走了，現在她沒有錢，沒有自己的人，也沒有名氣了，只有她一個人想着從前的事，雙眼無光，耳朵也聾了。走動對她已不是容易的事，可以說她只是在偷生吧了！科岱卻很幸榮呢！人們對他是恭維的時候了，就是今天的大事也在他門前張佈呢，有誰再會去理會娜赫麗呢？她是多麼苦痛啊！如果命運沒有把她推得這麼低，那她將粉刷牆壁，請來樂師，把油鍋架在門前，叫大家來歡宴，以後呢！把整把的錢撒在人羣中。

她還記得那一天她帶了她的老伴到四十里外的地方去見聖雄，那時是有多麼的熱心，有純潔的愛及尊敬。像烏雲滿佈她的思潮，科岱走來，笑着他沒牙的笑對她道：「大嫂啊！今天聖雄的徒弟們要來了啊！妳幹嗎什麼都不給呢？」

娜赫麗恨恨地對他望着，好似說：「作孽！你爲何來取笑我，想叫我低頭嗎？」她自負的說：「我有什麼能給他們，是我的事，我爲什麼要給你來看？」

科岱笑道：「我不會告訴誰的，大嫂啊！說實話，拿出妳的錢罐來，妳還能守着它多久？妳沒有給什麼啊！村子的臉上怎麼過得來呢？」

娜赫麗無助的道：「不要把鹽散在瘡傷上，大叔啊！神能給我還用着你來問我嗎？從前這個門前，有多少的修道人，聖人，不用說那些大人物來過，但日子不一定是永遠一樣的啊！」

科岱有點慚愧了，他臉上的皺紋更緊了：「大嫂，不要理我的開玩笑，我是來見妳，讓妳不用以後說：『沒有人來過問我的。』」

他說完就轉身走了，娜赫麗目送他的背影，他的取笑，像蛇般的絞着她。

二

當大家大聲的呼喚着說聖伍已來時，娜赫麗還是坐在門前，灰塵遠遠地從西面揚起，泥土也在歡迎這個聖雄的隊伍，散着牠能投出的東西，全村的男女老少都拋下工作來迎接他們。一刹那時，三色的旗子在風中飄揚，自由坐在高處在祝福大衆，女人們開始唱吉祥的歌。一會兒，聖伍可以清楚的看見了。他們兩人，兩人的向前走着，每個人都是穿的土布衣，戴着甘地帽，背着布袋，兩手卻空空地好像預備來擁抱自由的樣子。又一會兒，他們說話的聲音也聽得到了，村子裏的男子們唱着愛國歌，活潑，深沈又愉快：

「從前我們是全世界的領袖，
現在沒有比我們更可憐的人存在；
從前有我們爲志願而死的時候，
現在沒有比我們更可憐的人存在。」

唱着歌的人跑前去迎接那個隊伍，隊伍裏的人滿頭是灰，嘴唇都是乾的，他們都是高大而魁梧的人，自由之光，閃耀在他們眼睛裏。

村子裏的女人還在唱着，青年人都裂着嘴在笑，老年人走向前去用頭巾替隊伍裏的人扇着風。這莊嚴的時刻，沒有人注意娜赫麗在做什麼事。她手裏拿着手杖，站在人羣後面，好似在祝福，眼淚充滿她的雙眼，她臉上的光彩四照，她又像是村裏的女王了。這些人都是小孩子，都在她管轄下，她從來沒有覺得這樣強壯，這樣高貴，這樣……。

她突然把手杖擲得遠遠地，經過人羣站在隊伍的前面。同手杖一起拋掉的是她的老年，她精神上的負擔。她站在那裏溫柔的看着那些自由的戰士們，飢渴地飲進他們的力量。她起舞了，舞着像一個美麗的少女，爲愛的感動而起舞。人羣向後退了三步，留出中間一片空地，就在這場上，娜赫麗在狂舞，不平常的歡樂緊抓着她，使她忘記了自身的哀傷。她的身體，四肢是多病的，連她自已也不知道，這份力量，這輕鬆的步子是從何而來的。初先人羣看好看的望着她，像孩子們看猴子跳舞的好奇。漸漸地，他們爲她的愛陶醉，全大自然都沈入這偉大而忘我的舞蹈。

科岱說：「大嫂啊！夠了吧！該停了。」

娜赫麗停下來問道：「爲什麼？難道你今天仍覺得你是老了？我的虛弱，今天全已消失。看到這些英雄們，你不覺得趾高氣揚嗎？他們的決心啊，是來除卻我們的苦痛。這些手被逼迫替警官們做事，這些耳朵是否常聽見他們粗魯而狂暴的言語？現在被壓迫的日子可以完了——你我現在怎能夠值得稱老啊！我們受過飢餓的交迫！說一句老實話，這裏有那一個人曾有連續六個月肚子能裝滿大餅的？那一個聞到過煉奶油香味？那一個能無愁的睡個好覺？三個盧比租來的田，現在你不要付出九個到十個盧比嗎？是田裏在長金子嗎？我們的背被工作壓得多麼低？我們需要生活，我們需要忍受幾多？有勇氣的人早已要出來反抗而至死不屈，聖雄甘地，他的信徒們是多光榮？他們才知道被迫者的苦悶，來爲拯救我們而受苦！別人只知怎樣來磨折我們的骨肉」。

隊伍裏每人都發着光，每一顆心爲溫暖而跳得更急，充滿着愛的歌聲，飛揚在高空。

「以前這土地出產的是點金石，如今沒有人比我們更沒有辦法。」

三

火把在科岱門前燃燒着，近村的人羣擠在那邊，「非暴力」的隊伍吃過飯，大會就開始了。他們的領袖站起來演講：

「弟兄們！你們今天給我們的歡迎及擁護，使我有希望我們的枷鎖，不久就可以打斷了。我到過很多東方、西方的國家，由我的經驗，我可以說，我國人民的單純！眞實！刻若及眞誠是別國人所沒有的，我可以說你們不是凡人而是神，你們不渴求華麗，你們不嗜酒，你們由工作而滿足於你們能生產的，這是你們的理想。但這就是神樣的質地，天眞反而使你們受害，你們要知道這世界不配你們，你們的地方應當是天國。租地的租金，高漲像雨季時的溪流，你們卻一言不發。官吏及他們的走狗用針刺你們出血，你們卻一言不發。結果呢？人家是雙手來搶奪你們而你們卻不覺得。人家都來搶你們血汗掙來的錢，他們來毀滅你們，爲什麼你們不睜眼看看？從前幾百萬的弟兄們靠紡織生活，現在布匹都是舶來品；幾百萬兄弟自製的鹽花，現在卻要到外面去求鹽，爲什麼我們不能自製鹽？難道製鹽是錯了？是罪惡？

我國能製鹽，可以供給全世界兩年的需要；但你們卻每年要付七千萬的盧比來買鹽，我們的鹽田裏，滿滿的是鹽，而我們卻不准去動一下。誰能知道過幾天，他們不要連我們的井也要加稅了？你們能忍受這不公平嗎？」

羣眾全體一同問道：「那我們幹什麼呢？」

那領袖回答道：「這就是你們錯了的地方，帝國站在你們的肩上，你們應該是軍隊及文官的主人；但是你們卻餓死還忍受他們的不公平待遇，爲什麼？你們不曉得你們的力量啊！現代的世界不能保護自己的人就要被壞人們搾取膏血。今天世界上最偉大的人犧牲自己，他的千萬信徒們跟隨着他要來終結你們的苦難；那些雙手來搾取你們的人，怎忍得讓他們的餌食從他們手下被獲得自由？他們這些人壓迫、虐待你們自由的戰士；但我們願意忍受任何的苦難，想一想！你們是不是能夠願意來幫助我們？你們是不是願意有志氣的起來保護自己；還是你們情願孱弱的對他們低頭？機會不會再來了，錯過了，你們要後悔的。我們是爲眞理來對不公平反抗！我們用公平及眞理的武器來戰鬥，我們需要那種英雄能從他們心裏驅逐一切暴行及憤怒，堅定地相信爲眞理而接受一切；你們預備供給我們什麼？」

沒有人站起來，全會場爲靜默所覆沒。

四

突然會場騷動——警隊來了！警官帶着警員們站在那裏，人羣的眼睛裏露出恐怖，心！劇烈的跳動，大家四處找逃避的路。

警官命令：「棒打這些混蛋們，把他們趕出去！」

警員們舉起他們的棒；先用拳打着一些人們：人羣漸漸地散去消失！有的向東逃，有的向西跑，人羣自相踐踏奔亂，十分鐘之內，場上沒有餘下來村裏一個人。是的，那隊伍的領袖穩固的站在場上，他的隊伍坐在他的後面地上；只有科岱坐在領袖身旁是目不轉睛的看着地面。

警官目刺科岱說：「很好，你科岱啊！你當這些混蛋們是什麼東西？」

科岱紅着眼睛看看警官，像吃毒藥嚥下他的憤怒。如果近來他不爲了他家裏的事情擔心，他一定要還嘴的，他一生五十年來的家事像毒蛇繞在他的心上，不讓他說話。

科岱還沒有反駁，娜赫麗卻從後面走前來反斥道，「很好，有了你的紅包頭，就是你的舌頭也變得靈活了！科岱是你的僕從嗎？你可以『科岱啊！科岱啊！』的對他問話？你吃的是我們的飯，而卻來對我們發作。你不覺慚愧？」

娜赫麗在發顫，像中午的日光顫動，警官一時沒有作聲，想着他要降低自己的地位對一個女人來講話。他對科岱說：「這個魔鬼的阿姨是誰？要是我不怕神，我一定要拉出她的舌頭來。」

老婦人把她手杖在地上一頓，在警官面前轉了幾轉，對他說：「你用神的名字來罵人做什麼？你的神是你的上司，你不是正在舐着他的鞋子嗎？爲什麼不淹死在你自己的吐液裏？你知道這些來人是那一個？他們是願意爲窮人犧牲生命的人！你卻喚他們混蛋，你這個受賄好賭的人！你這個偷竊搶劫都做得出來的人！欺善作惡的人！用鼻子來拭你神鞋子的人！你配來叫他們混蛋？」

聽見娜赫麗罵警官的怒語，一些躲起來的人又走了出來，警官看見人羣集中，舉起棒來就打人，人羣又散了。他打着人一下，打着了娜赫麗，她感得背上好似火燒，眼前一陣黑，提起她餘下的精力，她大聲高叫：「孩子們！爲什麼要逃走？你們是來吃東西，看好看的嗎？你們的孱弱使他們變了老虎，你們能忍受這些棒打，辱罵，多久？」

一個警員一把拉着老婦人的頸項，把她一推，她臉向下的跌下去，科岱跑前一步把她扶着了：「朋友們！你們就這樣會欺侮老弱來滿足你們的憤怒？奴役已使你們失去一切禮儀了？你們變做打老弱無助的人了，是男子應幹的嗎？」

娜赫麗跌在地上說：「他們配稱男子嗎？這些奴隸！天啊！有這樣的兇惡的人！英國人黑良

心，到底因爲這裏是他們的帝國。他們呢，只是英國人的奴僕，又分享不到帝國的，他們滿足於酒及女人，他們只要有錢拿，就不論誰的頸項都可以割的。」

警官在毒打隊伍的領袖：「誰命令你到這村裏來的？」

領袖平靜地回答：「上天的命令。」

「爲什麼你唆使人們造反？」

「如果叫他們認識自己是造反，那我就是造反！」

逃走的人羣又停下來，科岱用失望的眼光看着他們，聲音顫動地說：「弟兄們！好幾個村子的人，今天聚集在這裏，警官侮辱了我們，從今你們還能好好兒安睡麼？有什麼人會替我們伸怨？那些法官們會聽我們的話嗎？永不！如果我們今天反打他們，是沒有用的，被侮辱的是我們的榮譽。生命在對比之下是不值錢的。」

村人們站在他們停下的地方，像溪流被大石橫斷，恐怖的霧從他們心中消失，他們變做堅定。警官看見這樣子，即刻爬上他的馬，命令他的部下逮捕科岱。兩個警員走前來一把抓着科岱的兩臂。科岱說：「不用怕，我不會逃的，走吧！走到那裏去？」

當科岱與兩個警員向前走時，他兩個年輕的兒子及好幾個旁人，攻擊警員，從他們手裏把科岱搶過來，忿怒的羣眾圍着警員，警官說：「喂！向後退，不准再向前來，不然我要開槍了！」

村人們大叫：「印度萬歲！」來回答他的恐嚇，繼續向前湧，一步近一步。

警官眼看沒有逃生的機會了，立刻轉過語調，輕柔地說：「領袖先生！這些人，什麼都做得出來！結果不會是好的。」

領袖說：「不用急，只要我能命令得這些人，沒有人會毆打你們的，你是不能來傷害我們的，我們不都是生活在鐵蹄下嗎？這是我們的不幸，被分裂而變成對立。」

領袖說着就去指導村人們：「兄弟們！我告訴過你們，這是公平及眞理的鬥爭，所以我們用的應該是公平及眞理的武器，我們是不與我們兄弟對打的，我們不是與誰來打鬥，即使就是這個警官是一個英國人，我們亦有保護他的責任。警官雖是逮捕了科岱，這應是科岱的好運，爲了自由爭鬥而受到苦難的人的生命，才是有價值的，這絕不是怕或是孱弱的問題，請退後，讓警員們走過去。」

警官及警員們帶着科岱要走了，村人們高聲歡呼「印度萬歲！」

科岱也回答道：「弟兄們！神！神！堅定的站在戰場上，不是用得到怕的事情啊！神是一切的主人。」

科岱的兩個兒子流着淚感動地說：「您對我們說什麼呢?」

科岱鼓舞他們，不要停止靠神的力量，做有志氣人應該做的事，害怕是一切惡事的根苗，把怕從心裏剷除！就沒有人能傷害你們。眞理是永不打敗仗的」。

在今天警察及村人的爭扭中，科岱覺到從來沒有勇氣，監獄、絞架，對他已不是恐怖的事物，而是光榮的了。第一次他實在的感覺到眞理，眞理好似一個護身符掛在他的身上。

五

村人們覺得科岱的被捕是可恥的，村首領在他們眼前被捕而他們不能阻止，他們還有臉見人嗎？每個人臉上深深地印着苦痛的影子，好似村子被搶過。

娜赫麗打破沈默高聲地問：「站着後悔什麼？看一看你們的惡劣境況，還有什麼再可以比這更壞的了？今天你們看見他們不是用公道而是用棒棍來統治這帝國的。我們不知羞恥，對這種境況也不反對，我們不自私，我們不怕事，那麼他們有力量來用鞭子，鞭撻我們嗎？至今你們是奴隸！你們的服務，只求到一點牛料，你們移動你們肩頭的一天，你們就要被鞭撻！這鞭撻，毆打要到何日才停止呢？你們像死屍被鷹鷲啄到最後那時刻？給他們看！你們會醒來的，你們也知道名譽及自尊，你們沒有自尊心，下田去工作掙錢爲何？活着根本是什麼？難道你們活着是讓你們的孩子被人家一腳踢開走的？拋去你們怕事的心，有一天你們會在牀上死的！爲什麼不像英雄爲眞理的鬥爭而死呢？我不過是一個老太婆，如果我別的幹不來，我至少可以去用掃帚清理他們睡覺的地方，把扇子來扇他們。」

科岱的大兒子美古說：「伯母！妳這樣大年紀也去，我們是有生氣的人而不去，那眞可恥啊！我好似您的兒子一樣，您命令了我，我要到那邊去的，恒伽(Ganga)可以照管田裏工作的。」

恆伽是他的弟弟，他也說：「哥哥！你眞不公平，我留在這裏，你也不能去。爲什麼不是你留在家裏看管田裏，家裏的事呢？我在這裏也沒有用，讓我去。」

美古：「讓伯母決定吧！不然我們要吵架了，伯母叫誰去就誰去」。

娜赫麗高興地說笑道：「那個給我賄賂，我就叫那個去。」

美古：「伯母您的法庭上亦受賄的嗎？我以爲這裏可以有公平決定的」。

娜赫麗：「算了，算了，我到將死才有一點力量，我爲何不願賺一點呢？」

恆伽笑着說：「伯母！我會給您賄賂的，我到街上去替您買上等的煙葉好嗎？」

娜赫麗：「很好，你勝利了，你可以去。」

美古：「您眞不公平！」

娜赫麗：「法庭決定那裏有能夠滿足兩方面呢？」

恆伽用手觸了娜赫麗的腳，擁抱他哥哥說：「明天我一定給你帶來爸爸的消息。」

一個村人說：「把我名字要記下來——濕婆羅尼。」

村人都高聲歡呼，濕婆走來站在領袖的身旁。

又一個聲音說：「把我的名字也寫下來——巴冉・辛赫。」

村人又高聲歡呼，巴冉也去站在領袖後面，濕婆是近村子裏有名的大力者，他挺着胸，頭向後高舉，站在那裏，好似今天他有了新生命。

第三個聲音急忙說，「我的名字——古拉（GURA）。」

他是看更人，人們都舉起頭來看他，沒有人能相信他也加入了。

濕婆笑着問：「古拉！什麼東西在咬你？」

古拉說：「咬你的東西，也咬了我，我已做了二十年奴隸，我從不覺得的！」

又一個聲音來了：「還有我的名子，——加來可汗。」

他是支持地主的人，平日他眞兇暴，是個有勢力的人，村人又奇怪起來了。美古說：「我們知道你搶過我們，來裝滿你屋子的，是不是？」加來可汗莊重地回答：「是的，你難道不願讓一個迷路的人走正路麼？弟兄！至今我是服從我吃他鹽的人，我搶了你們裝滿了他的屋子，現在我懂了，我是多少可憐啊！弟兄們！我知道，我壓迫了你們。這裏我請你們原諒我。」

這五個新戰士緊靠着大家，歡樂從他們身上分散出來，好似他們已經達到自由，已享受那寶貴的自由。自由是一種心境，誰能從心裏驅逐從屬的恐怖，他就得到了，恐怖就是附從，無恐怖，就是自由，組織及秩序不過是次要的。

對着他們，那領袖說：「朋友們！今天你們加入自由的隊伍，我這裏祝賀你們，你們知道嗎？我們是怎麼樣的掙扎？你們將被虐待。要記得，從今起你們已放棄要避免眷戀任何東西，你們得避免忿怒，激烈的感情，我們走的是眞理的路，你們預備這樣做嗎？」

五個人同聲道：「我們預備這樣做。」

領袖祝福道：「讓神幫助你們！」

六

在那個美麗的金色早晨，那裏有極度的興奮，飄着的風裏，照着的陽光裏，興奮在顫動，人們瘋狂了，自由之神號召他們，這些農田，這些菜地，這些人們，都是依舊，但今天卻有幸福、優美、莊嚴，這是從來沒有過。在這些田地，這些菜園，這些人們，今天加上了新的莊嚴。

太陽未昇前，幾村的羣眾已聚集了，「非暴力」的隊伍走出來時，人羣的歡呼，飛揚高空，新的戰士的離去，他們婦女，沈默的忍耐；他們父母，眼淚涔涔的驕傲；這樣的與新戰士的別離使人們有無言的興奮。

娜赫麗倚着她的手杖走來，筆直的站在那裏。

恆伽說：「伯母！祝福我。」

娜赫麗：「孩子！我也與你們一起去，你們需要多少祝福」。

好多人一起說：「伯母！妳也去？那麼誰留下來呢？」

娜赫麗充滿着愛戀的語音對他們說：「孩子們！有一天我要去的，我今天不去，這幾個月中我終要走的！我今天去，我一生就滿足了，幾個月內我就要上牀去死，我的欲望將留在我的心中，這裏有多少年輕人，我與他們一起走，我就得到我的超度，如果神要這樣做，好日子將要來了，誰知道我不能活着看到你們的快樂？」

說着娜赫麗祝福完大家，去站在領袖的身邊。

羣眾站起來唱着歌，隊伍漸漸離開村子，唱着歌：

「從前我們是全世界的領袖，

今天沒有比我們更可憐的人存在。」

娜赫麗的腳不在地上走，她已爬上了天車向着天國行走。

村井

縻榴麗譯

一

「你拿給我的是什麼臭水啊，」喬柯把水壺舉向他唇邊時對恒姑說：「這水的氣味這樣難聞，我不能喝它，而我的喉嚨一直焦渴着。」

每天恒姑常使水瓶裏的水裝滿着。水井離開很遠，常到井邊去汲水是很困難的。昨晚她從井裏汲來的水一點也沒氣味，怎麼現在會有這樣觸鼻的臭味？是否有什麼畜生掉在井裏淹死，屍體腐爛？

沙虎——放債人——的井便在村外，可是誰會讓她到那邊去汲水呢？喬柯已經病了好幾天，他開始覺得很焦急。他的喉頭很乾燥，他幾乎要渴死了。

「恒姑，」他呼喚他的妻子，「就讓我喝你放在屋裏的水吧，我可以捏緊了鼻孔，喝一點兒殺殺渴。」

恒姑回答道：「你怎能喝那臭水呢？我將馬上跑到村上的井邊去給你汲清水來。」

喬柯驚愕地看着她，「從那裏你能汲得到清水呢？」

「村上有兩口井，一口是撻苦兒——地主——的，還有一口是沙虎的，難道連一壺水也不讓我取嗎？」

「不要冒失，那些婆羅門要詛咒你的。那撻苦兒會用他的長棒打你的。而沙虎，他將把你的負債增加五倍。你的骨頭將被粉碎了。……誰了解窮人的苦痛？甚至我們快死了，也無人踅進我們屋裏來問一聲你們怎樣了，這種人怎會讓你到他們井裏去取水？」

恒姑對喬柯的這些議論沒有接口，只是緘默着，總之，她不曾讓他喝那臭水。

二

這是晚上九點鐘，疲憊的傭農們已經上牀去了。只有幾個遊手好閒者在撻苦兒的門口，他們表現戰場的奮勇時代已不再到來，他們只談論着在法庭上的勇氣，他們談那撻苦兒怎樣用賄賂警察局長的方法躲避掉某一事件的處罰，怎樣他不顧別人的反對獲得一份重要文件而又不費分文。

一個人一定要只知交易的技術才好。

剛巧在那時，恒姑到井邊來汲水。

油燈的光在井上暗淡地映射着。因此恒姑靜候片時，但她心中自語：「全村的人都從這井中汲水，爲什麼只有我們是不吉利的人，應該被剝奪這權利？」

恒姑的心開始對社會的拘束起反感。她大膽地想：「爲什麼他們算貴族，而我們是賤民？難道就因爲他們佩帶一條線兒？而且他們每個人對人狡詭而奸滑，他們盜竊，他們欺詐，他們誣陷別人。就在前幾天，就是這撻苦兒偸走一個窮牧人的一頭羊，後來把牠做成了菜餚。而那個大先生——他的屋子一年到頭是一個賭窟。至於我們的沙虎者——他把油攙在煉酪中出售，他們得到需要的工作，但當我們要求工資時他們便感到不舒服了。那麼，在什麼地方，他們是比我們高貴些啊？或者就是因爲我們不向每一街角自稱我們是貴族吧？如果我偶然走進村上來，人面獸心的他們便用血紅的眼睛瞪視着我。」

就在那時，恒姑聽到有一個人的腳步聲，她的心馬上忐忑地急跳起來，她檢起她的瓦瓶和繩子，連忙躲到幽暗的樹蔭背後去。她怕那些硬心腸的人們，他們在不久以前就曾毆打梅哥，可憐他竟被打得吐了一個月的血——他的罪名就只是他要求了他的工資。

兩個女人到井邊來汲水。她聽得淸楚她們的談話：「這些人不讓我們有一刻坐定的工夫，他們命令我們去做這做那，好像我們是他們用幾塊錢雇來的女僕。」一人訴說了，另一人說，「算了，我如果在別人家做女僕，也如此拚命的工作，我早可生活得舒服些了。可是我們的男人還一點不賞識我們哩！」

兩個女人裝滿了她們的水壺去了，恒姑從藏身之處出來，她窺見撻苦兒是到屋裏去休息了。恒姑想：「總算夜闌人靜了。」她提心吊膽地走到井邊，有如古代王子出發覓取長生不老之藥一般。當她到達井邊時，她感到一陣勝利的得意。

她把繩圈套在水壺的頸上放下井去，她鷹瞵般四周張望，有如一個武士打出一個裂口衝入敵堡時的所爲。如果那一瞬間當場被捕一定將毫無饒赦或慈悲的希望，她向諸神虔心祈禱而鼓起勇氣來。

恒姑把水壺在井中急撞三四次，然後用驚人的快捷把它拉起來。突然撻苦兒屋子的門呀地一聲敞開來，這洞開的門比老虎張着嘴更可怖。繩索從恒姑手中滑脫，水壺落入井中，發出一聲巨大的聲響來。「誰在那兒？誰在那兒？」撻苦兒高聲叫喊，快步走向井邊，恒姑屏氣奔逃。當她空手到家時她發見喬柯已經把髒水喝下了。

（註）題目原名「地主的井」，村井係譯者改用。

滄海叢刊已刊行書目（四）

書名	作者	類別
累廬聲氣集	姜超嶽	中國文學
苕華詞與人間詞話述評	王宗樂	中國文學
杜甫作品繫年	李辰冬	中國文學
元曲六大家	應裕康 王忠林	中國文學
林下生涯	姜超嶽	中國文學
詩經研讀指導	裴普賢	中國文學
莊子及其文學	黃錦鋐	中國文學
歐陽修詩本義研究	裴普賢	中國文學
清眞詞研究	王支洪	中國文學
宋儒風範	董金裕	中國文學
紅樓夢的文學價值	羅盤	中國文學
中國文學鑑賞舉隅	黃慶萱 許家鸞	中國文學
浮士德研究	李辰冬譯	西洋文學
蘇忍尼辛選集	劉安雲譯	西洋文學
印度文學歷代名著選(上)	糜文開	西洋文學
文學欣賞的靈魂	劉述先	西洋文學
現代藝術哲學	孫旗	藝術
音樂人生	黃友棣	音樂
音樂與我	趙琴	音樂
爐邊閒話	李抱忱	音樂
琴臺碎語	黃友棣	音樂
音樂隨筆	趙琴	音樂
樂林蓽露	黃友棣	音樂
樂谷鳴泉	黃友棣	音樂
水彩技巧與創作	劉其偉	美術
繪畫隨筆	陳景容	美術
素描的技法	陳景容	美術
都市計劃概論	王紀鯤	建築
建築設計方法	陳政雄	建築
建築基本畫	陳榮美 楊麗黛	建築
中國的建築藝術	張紹載	建築
現代工藝概論	張長傑	雕刻
藤竹工	張長傑	雕刻
戲劇藝術之發展及其原理	趙如琳	戲劇
戲劇編寫法	方寸	戲劇

滄海叢刊已刊行書目（三）

書名	作者	類別
知識之劍	陳鼎環	文學
野草詞	韋瀚章	文學
現代散文欣賞	鄭明娳	文學
藍天白雲集	梁容若	文學
寫作是藝術	張秀亞	文學
孟武自選文集	薩孟武	文學
歷史圈外	朱桂	文學
小說創作論	羅盤	文學
往日旋律	幼柏	文學
現實的探索	陳銘磻編	文學
金排附	鍾延豪	文學
放鷹	吳錦發	文學
黃巢殺人八百萬	宋澤萊	文學
燈下燈	蕭蕭	文學
陽關千唱	陳煌	文學
種籽	向陽	文學
泥土的香味	彭瑞金	文學
無緣廟	陳艷秋	文學
鄉事	林清玄	文學
余忠雄的春天	鍾鐵民	文學
卡薩爾斯之琴	葉石濤	文學
青囊夜燈	許振江	文學
我永遠年輕	唐文標	文學
思想起	陌上塵	文學
心酸記	李喬	文學
離訣	林蒼鬱	文學
孤獨園	林蒼鬱	文學
托塔少年	林文欽編	文學
北美情逅	卜貴美	文學
女兵自傳	謝冰瑩	文學
抗戰日記	謝冰瑩	文學
孤寂的廻響	洛夫	文學
韓非子析論	謝雲飛	中國文學
陶淵明評論	李辰冬	中國文學
文學新論	李辰冬	中國文學
分析文學	陳啓佑	中國文學
離騷九歌九章淺釋	繆天華	中國文學

滄海叢刊已刊行書目（二）

書名	作者	類別
國家論	薩孟武譯	社會
紅樓夢與中國舊家庭	薩孟武	社會
社會學與中國研究	蔡文輝	社會
財經文存	王作榮	經濟
財經時論	楊道淮	經濟
中國管理哲學	曾仕強	管理
中國歷代政治得失	錢穆	政治
周禮的政治思想	周世輔 周文湘 著	政治
先秦政治思想史	梁啓超原著 賈馥茗標點	政治
憲法論集	林紀東	法律
憲法論叢	鄭彥棻	法律
師友風義	鄭彥棻	歷史
黃帝	錢穆	歷史
歷史與人物	吳相湘	歷史
歷史與文化論叢	錢穆	歷史
中國人的故事	夏雨人	歷史
精忠岳飛傳	李安	傳記
弘一大師傳	陳慧劍	傳記
中國歷史精神	錢穆	史學
國史新論	錢穆	史學
與西方史家論中國史學	杜維運	史學
中國文字學	潘重規	語言
中國聲韻學	潘重規 陳紹棠	語言
文學與音律	謝雲飛	語言
還鄉夢的幻滅	賴景瑚	文學
葫蘆・再見	鄭明娳	文學
大地之歌	大地詩社	文學
青春	葉蟬貞	文學
比較文學的墾拓在臺灣	古添洪 陳慧樺	文學
從比較神話到文學	古添洪 陳慧樺	文學
牧場的情思	張媛媛	文學
萍踪憶語	賴景瑚	文學
讀書與生活	琦君	文學
中西文學關係研究	王潤華	文學
文開隨筆	糜文開	文學

滄海叢刊已刊行書目（一）

書名	作者	類別
中國學術思想史論叢(一)(二)(三)(四)(五)(六)(七)(八)	錢穆	國學
兩漢經學今古文平議	錢穆	國學
先秦諸子論叢	唐端正	國學
湖上閒思錄	錢穆	哲學
中西兩百位哲學家	黎建球 鄔昆如	哲學
比較哲學與文化(一)	吳森	哲學
比較哲學與文化(二)	吳森	哲學
文化哲學講錄(一)	鄔昆如	哲學
哲學淺論	張康	哲學
哲學十大問題	鄔昆如	哲學
哲學智慧的尋求	何秀煌	哲學
老子的哲學	王邦雄	中國哲學
孔學漫談	余家菊	中國哲學
中庸誠的哲學	吳怡	中國哲學
哲學演講錄	吳怡	中國哲學
墨家的哲學方法	鐘友聯	中國哲學
韓非子哲學	王邦雄	中國哲學
墨家哲學	蔡仁厚	中國哲學
中國哲學的生命和方法	吳怡	中國哲學
希臘哲學趣談	鄔昆如	西洋哲學
中世哲學趣談	鄔昆如	西洋哲學
近代哲學趣談	鄔昆如	西洋哲學
現代哲學趣談	鄔昆如	西洋哲學
佛學研究	周中一	佛學
佛學論著	周中一	佛學
禪話	周中一	佛學
天人之際	李杏邨	佛學
公案禪語	吳怡	佛學
不疑不懼	王洪鈞	教育
文化與教育	錢穆	教育
教育叢談	上官業佑	教育
印度文化十八篇	糜文開	社會
清代科學	劉兆璸	社會
世界局勢與中國文化	錢穆	社會